W0243466

LA MAISON DES SEPT FEMMES

www.editions-jclattes.fr

Leticia Wierzchowski

LA MAISON DES SEPT FEMMES

Roman

Traduit du portugais (Brésil)
par Danielle Schramm

JC Lattès

Titre de l'édition originale :
A CASA DAS SETE MULHERES
publiée par Editora Record, Ltda., Rio de Janeiro.

Maquette de couverture : Atelier Didier Thimonier
Photo : © Corbis

ISBN : 978-2-7096-3823-4

© Leticia Wierzchowski, 2002
Tous droits réservés.
© 2013, éditions Jean-Claude Lattès pour la traduction française.
Première édition juin 2013.

Cette histoire est pour toi, Marcelo –
toutes les histoires d'amour sont pour toi…
Et elle est pour João. Car il l'a écrite avec moi,
pendant ces longs après-midi où il se faisait lui aussi.

« Ils apprirent le chemin des étoiles, les coutumes de l'air et de l'oiseau, les prophéties des nuages du sud ou de la lune entourée d'un halo.

Ils furent gardiens du bétail sauvage, solides sur le cheval du désert qu'ils avaient dompté le matin même, ils furent lanceurs de lasso, marqueurs, convoyeurs, quelques fois avec les policiers, quelques fois bandits ; l'un d'eux, celui qu'on écoutait, fut le chanteur.

Il chantait sans hâte parce que l'aube tardait et il n'élevait pas la voix. [...]

Ils n'ont certainement pas été des aventuriers, mais un convoyage les menait parfois très loin, encore plus loin, les guerres. [...]

Ils ne moururent pas pour cette chose abstraite, la patrie, mais pour un patron occasionnel, une colère ou pour l'attrait du danger.

Leurs cendres sont aujourd'hui perdues en de lointaines régions du continent, dans des républiques dont ils ne surent jamais rien, sur des champs de batailles aujourd'hui fameux.

Hilario Ascasubi les vit chanter et combattre.

Ils vécurent leur destin comme dans un rêve, ignorant qui ils étaient ou ce qu'ils étaient.

La même chose nous arrive, peut-être. »

Les Gauchos
Éloge de l'ombre
Jorge Luis Borges

La Révolution *farroupilha*[1] éclate le 19 septembre 1835 dans le Continent[2] de São Pedro du Rio Grande. Les révolutionnaires exigent le départ immédiat du gouverneur de la province, Fernandes Braga, et une nouvelle politique pour le *charque*[3] national lourdement taxé par le Gouvernement impérial représenté par le Régent, alors qu'en même temps on réduit ses tarifs d'exportation et que l'on augmente le prix du sel, indispensable au processus de salaison, donc à la fabrication du *charque*.

L'armée *farroupilha*, conduite par Bento Gonçalves da Silva, défait les troupes loyalistes et pénètre dans la ville de Porto Alegre le 21 septembre 1835.

C'est le début de la longue guerre de la Pampa.

Avant de partir à la tête de son armée, Bento Gonçalves regroupe les femmes de sa famille dans une estancia au bord du fleuve Camaquã, l'Estancia de la Barra. Un lieu protégé, d'un accès difficile. C'est là que les sept femmes, avec les quatre jeunes enfants de Bento Gonçalves, devront attendre le dénouement de la Grande Révolution.

---

1. De *farrapo* qui veut dire guenille, cette armée étant une armée de guerrilla, de « gueux ».

2. Au Brésil, pendant toute la période coloniale et jusqu'au XIXe siècle, on appelait « *Continente* » la province du Rio Grande do Sul. Voir le roman de Erico Verissimo, *Le Temps et le Vent*, tome 1 : *Le Continent* (Albin Michel).

3. Le Rio Grande do Sul, région d'élevage de bovins, produit et exporte le *charque*, viande salée et séchée très prisée dans la cuisine de tout le Brésil. (Toutes les notes sont de la traductrice.)

Cahiers de Manuela

La nouvelle année

Nul ne pouvait prévoir que l'année 1835 nous apporterait, dans le sillage lumineux de la comète, les sortilèges, les amours et les malheurs dont elle fut prodigue. Quand le douzième coup de minuit sonna à la pendule du salon de notre maison, coupant la nuit fraîche et étoilée comme un couteau tranchant la chair tendre et douce d'un agneau, rien ici-bas ne sembla se parer d'une autre couleur ou d'une autre essence, les meubles de la maison ne perdirent pas leurs contours lourds et rigides, mon père ne se mit pas à prononcer plus de mots que ceux qu'il prononçait d'habitude de sa place en bout de table, en nous regardant tous de son regard noir et profond qui avait perdu depuis longtemps la vivacité, l'éclat et l'intelligence de l'homme de la pampa *gaucha* capable de mesurer la soif de la terre et la pluie cachée dans les nuages. Quand l'horloge cessa d'émettre son dernier hululement, la voix de mon père se fit entendre : « Que Dieu bénisse cette nouvelle année que la vie nous offre et que cette maison ne manque ni de santé, ni de nourriture, ni de foi. » Et nous répondîmes « Amen » en levant bien haut nos verres, et rien à ce moment ne laissait supposer que quelque chose pût altérer le cours des événements qui régissaient si mollement les jours de ce temps-là. Ma mère, dans sa robe de dentelle, ses cheveux retenus sur la nuque, belle et droite comme d'habitude, commença, secondée par les servantes, à servir les mets cuisinés pour ce dîner familial et, quand l'horloge cessa ses gémissements, la maison retrouva son ordre antique et inébranlable. Des rires et des boissons. Toute ma famille était réunie autour de la table qu'éclairaient de lourds candélabres : mes deux sœurs, Antônio mon frère aîné, mon père, ma mère ; dona Ana ma tante, son mari avec leurs deux fils bruyants et joyeux ; mon oncle, Bento Gonçalves, sa femme aux beaux yeux verts, Caetana, ma cousine Perpétua et mes trois grands cousins Bento Filho, Caetano, et face à moi, me jetant des regards furtifs de ses yeux étroits et ardents comme ceux de son père, Joaquim à qui j'avais, toute petite encore, été promise, et dont la présence faisait légèrement trembler mes mains, ce que j'essayais de dissimuler en tenant fermement les lourds couverts d'argent que ma mère sortait les jours de fête. Les jeunes enfants d'oncle Bento et de sa femme étaient dans une autre partie de la maison avec les négresses et les nounous, peut-être étaient-ils déjà couchés, car l'attente de l'année nouvelle ne concerne pas ceux qui portent encore des couches.

C'est exactement ainsi que l'année 1835 vint se poser parmi nous. Il y avait dans l'air, depuis quelque temps déjà, un léger murmure d'insatisfaction, des plaintes contre le Régent, des réunions mystérieuses et secrètes dans le bureau de mon père, ou ailleurs, l'éloignant de la maison pour de longues soirées qui se poursuivaient jusqu'au matin. Mais, comme je l'ai dit, pendant cette nuit douce et chaude de ce début de janvier, aucun de ceux qui étaient attablés ne semblait manifester l'ombre d'un tourment. Joaquim, qui arrivait avec ses frères de Rio de Janeiro pour revoir la famille, me lançait de longs regards admiratifs comme pour me dire que je ne devais pas oublier que j'étais sienne : je voyais du bonheur dans ses pupilles noires – la cousine qui lui était destinée était belle, la vie était belle, nous étions jeunes, et le Rio Grande était une terre riche, une terre dont nos familles étaient les maîtres. Plus loin, oncle Bento et mon père riaient et buvaient, hommes puissants aux voix tonitruantes, au cœur vaste. Les femmes s'entretenaient de leurs modestes affaires, de leurs soucis d'épouses et de mères non dénués d'importance car c'est bien de cette délicate frange féminine que sont faites les familles, et par conséquent, la vie ; elles parlaient de leurs enfants, de la chaleur de l'été, de leurs accouchements récents ; elles avaient un œil sur les conversations, les rires doux, la joie ; l'autre sur leurs hommes : elles s'assuraient qu'il ne leur manquât rien à manger ou à boire et veillaient au bien-être de leur corps et de leur âme. Elles étaient là.

Ainsi s'écoulait la nuit, étoilée et paisible. Ma cousine Perpétua et mes sœurs ne se lassaient pas de parler de bals, de promenades en calèche, des garçons de Pelotas et de Porto Alegre. Après les viandes on servit les desserts, l'ambroisie brillait comme de l'or dans le cristal des carafes, les plats se succédaient à leur rythme, le punch se buvait à grandes gorgées pour apaiser la chaleur des conversations et des inquiétudes. L'année 1835 flottait entre nous comme un fantôme, le bord de ses jupons blancs caressait mon visage comme un souffle ; 1835 avec ses promesses, avec ses peurs et ses angoisses encore en gestation dans l'officine de la vie. Aucun des convives n'aperçut seulement sa silhouette ou n'entendit sa voix de pythie, étouffée par le bruit des couverts et par les rires. Moi seule, assise sur ma chaise, droite, plus silencieuse que de coutume, moi seule, la plus jeune des femmes assises à cette table, ai pu entrevoir ce qui nous attendait. Devant moi, Joaquim souriait et racontait de sa voix joyeuse de jeune homme les cancans de Rio de Janeiro[1]. Derrière mes yeux embués, je l'apercevais à peine. Je voyais, oui, je voyais, se tenant au mât d'un navire, un autre homme, plus âgé, aux cheveux très blonds, non pas noirs comme ceux de mon cousin, et au doux regard bleu. Et je voyais les vagues, l'eau salée envahissait ma gorge, m'asphyxiant de terreur. Et je voyais du sang, une mer de sang. Et le *minuano*, le vent froid et violent d'hiver, se mit à souffler pour mes seules oreilles. La silhouette de la nouvelle année, pâle et gracile,

1. Jusqu'en 1960, Rio de Janeiro était la capitale du Brésil, impérial ou républicain.

étendit alors sa main aux longs doigts. Je pus l'entendre me dire d'aller sur la véranda pour regarder le ciel.

— Tu es bien silencieuse, Manuela, la voix de ma sœur Rosário couvrit le souffle cruel du vent d'hiver.

— Ce n'est rien, dis-je en souriant faiblement.

Je sortis de table en faisant une révérence discrète à laquelle Joaquim répondit par un grand sourire si pur que j'en eus les larmes aux yeux. Je me glissai vers la véranda d'où je pouvais contempler la nuit calme, le ciel étoilé et limpide qui recouvrait tout, les champs et la maison, répandant sur la terre une lumière pâle et lunaire. De l'endroit où je me tenais, je pouvais entendre les voix de ceux qui étaient dans la maison, et plus encore leurs rires joyeux, leurs mots épars et légers, on ne parlait ni de bétail ni de *charque* car c'était un soir de fête. « Comment peuvent-ils ne pas s'en rendre compte ? » pensai-je de toutes mes forces. Et pourtant, les champs devant moi, humides de rosée et fleuris çà et là, étaient toujours les mêmes. C'est alors que je vis, du côté de l'orient, l'étoile qui descendait en laissant dans son sillage une trace rouge feu. Ce n'était pas le *boitatá*[1] qui venait prendre mes yeux écarquillés, c'était du sang, un sang tiède et vigoureux qui teignait le ciel du Rio Grande, le sang épais d'une jeunesse vaillante et éprise d'idéal. Un goût amer emplit ma bouche et j'eus peur de mourir là, immobile sur cette véranda, aux premières minutes de la nouvelle année.

Dans la maison, la fête continuait, joyeuse. Quinze personnes autour de la table dressée et aucune d'elles ne vit ce que j'avais vu. Dès la première nuit, je savais déjà tout. L'étoile de sang m'avait confié un terrible secret. L'année 1835 ouvrait ses ailes, pauvres de nous, pauvre Rio Grande. Et pauvre de moi, destinée à trop d'amour et trop de souffrance. Mais la vie réservait ses mystères et ses surprises : aucun de nous, dans cette maison, ne serait plus jamais le même, plus jamais la même, et plus jamais les rires ne se feraient entendre aussi légers aussi limpides, plus jamais ces voix ne seraient réunies dans la même salle, plus jamais.

1. *Boitatá* : entité mythique indigène, symbolisée par un serpent de feu.

« Le même rêve qui nous fait vivre peut aussi nous faire mourir », c'est la pensée qui me vint à l'esprit, effrayante, comme un oiseau noir qui se pose sur une fenêtre, avec son innocence et ses mauvais présages. Très souvent, au cours des longues années qui suivirent, j'eus l'occasion de me souvenir de cette étrange phrase que j'entendis à nouveau un peu plus tard dans la bouche aimée de mon cher Giuseppe qui avait répété ce que j'avais moi-même dit en entrevoyant le futur dans une brèche du ciel... C'est peut-être cette nuit-là que tout commença.

Manuela

1835

L'Estancia de la Barra était la propriété de dona Ana Joaquina da Silva Santos et de son mari, le *senhor* Paulo, qui dans la nuit du 18 septembre 1835 avait rejoint avec ses deux fils, Pedro et José, les troupes du colonel Bento Gonçalves da Silva. L'Estancia de la Barra se trouvait dans la commune de Arroio Grande, sur les rives du Camaquã, à douze lieues de l'Estancia du Brejo qui appartenait à dona Antônia, sœur aînée de Bento et de dona Ana. L'Estancia du Brejo s'étendait elle aussi sur les rives du Camaquã et possédait une immense orangeraie, réputée auprès des enfants de la famille Silva.

Le matin du 19 septembre de cette année-là, sous un ciel parfaitement bleu et paisible dans lequel, çà et là, filaient de fins nuages de dentelle blanche évoquant la délicatesse d'une nappe richement brodée par des mains habiles, déployée au-dessus du paysage, bois, rivières, étangs, bétail et maisons, l'Estancia de la Barra était en effervescence. Cet après-midi-là, devaient arriver pour un long séjour les sept femmes de la famille avec leurs lourds bagages, leurs négresses de confiance, les servantes et les nourrices car le convoi comptait aussi, dans une joyeuse confusion, les quatre plus jeunes enfants de Bento Gonçalves et de Caetana dont la dernière, Ana Joaquina, qui n'avait pas encore un an, tétait encore le sein de la négresse Xica.

Ce matin dona Antônia, avertie de l'arrivée de ses parentes et des intentions de son très cher et très estimé frère qui marchait à la conquête de Porto Alegre, se réveilla plus tôt que de coutume et s'en fut jusqu'à l'estancia voisine pour donner ses ordres à dona Rosa, l'intendante, et lui recommander de préparer tout ce qu'il fallait pour manger et boire. Car il était certain qu'Ana, Maria Manuela, Caetana avec les quatre jeunes filles, et les petits fatigués par leur long voyage depuis Pelotas, en plus de l'inquiétude qui devait les tenailler, arriveraient affamés, parce qu'en général les jeunes et les enfants ont un gros appétit contrairement aux gens plus âgés, comme elle, à qui, pour dîner, suffisaient une bonne assiette de soupe et une viande grillée.

Dona Antônia avait célébré, cette année 1835, son quarante-neuvième printemps. Elle avait à peine trois ans de plus que son frère Bento et bénéficiait, comme lui, d'une constitution robuste, de chairs fermes, des mêmes yeux noirs intelligents et calmes, de la même voix mesurée, et comme lui, était encore d'une étonnante jeunesse. C'était une femme grande et maigre, au visage lisse, aux cheveux noirs toujours retenus en chignon, elle s'habillait de tons discrets et ses robes étaient simples ; la ville ne l'attirait pas et elle vivait toute l'année dans son estancia, avec ses chevaux, ses orangers et ses oiseaux depuis qu'elle avait perdu son mari Joaquim Ferreira qu'elle avait aimé de tout son cœur, un avocat qui s'était tué à cheval en se brisant la colonne vertébrale dans une chute. Dona Antônia avait alors vingt-sept ans, aucun enfant, et elle n'avait rien changé à sa vie depuis. De Pelotas, où elle était allée vivre après son mariage, elle était revenue à l'Estancia du Brejo qu'elle n'avait plus jamais quittée ; elle ne souffrait pas de n'avoir pas eu d'enfants. Elle avait plus de douze neveux et nièces et cela suffisait à son bonheur.

Tandis que la petite calèche parcourait, sous le soleil agréable de septembre, les milles qui séparaient les deux maisons, dona Antônia ressentait un profond sentiment de plénitude : elle allait revoir ses deux sœurs et sa belle-sœur, ses nièces et les petits, elle aurait de la compagnie pour un moment ou tout du moins le temps que durerait la guerre. Guerre, le mot la fit frissonner. Son frère commençait une guerre contre l'Empire, contre la tyrannie de l'Empire, contre les prix démesurés du *charque* et les impôts sur le sel. Bento commençait une guerre contre un roi, et cela la remplissait à la fois de souffrance et d'orgueil. Elle avait reçu sa lettre ce matin même et elle l'avait lue tout en buvant son maté. L'herbe amère et les mots de son frère lui avaient laissé dans la bouche un goût âcre et une sensation de chaleur dans le corps. Et tandis qu'elle faisait servir du maté et du pain au porteur du message, un gaucho taiseux aux longues moustaches qui la regardait avec le respect dû à la sœur d'un colonel, elle avait pris sa plume et avait écrit : « Que Dieu et la liberté vous accompagnent, mon frère. Vous pouvez laisser Caetana et les autres sous ma garde et celle d'Ana. L'Estancia du Brejo et mes péons sont à vous tant que vous en aurez besoin. Votre Antônia. » Après, elle avait recouvré un peu de tranquillité. Bento était né pour la guerre. Et elle, comme les autres, savait attendre avec patience. Bento avait été de toutes les guerres la majeure partie de sa vie et il en était toujours revenu. Il n'était pas homme à mourir, comme son pauvre Joaquim.

Dona Rosa était une Indienne d'âge indéfini, robuste et cordiale. Elle avait travaillé chez les Gonçalves da Silva depuis qu'elle tenait sur ses jambes, comme sa mère, et elle avait passé ses trente dernières années sur ces terres des rives du Camaquã, à pétrir le pain, à touiller les chaudrons de pâte de coings, les chaudrons de confitures de pêches, de potiron, s'occupant de la maison de l'estancia, des jardins, des animaux de la basse-cour, des domestiques et des esclaves de la maison. C'était elle qui veillait à la cuisine et aux chambres, elle connaissait les goûts de dona Ana et de ses enfants, la façon de préparer le maté pour Monsieur Paulo, les assaisonnements que Monsieur Bento préférait quand il s'arrêtait là sur le chemin de ses chevauchées ou pour voir la famille de sa sœur.

Quand dona Antônia se présenta, très tôt encore, pour annoncer l'arrivée de la troupe, dona Rosa ne s'inquiéta pas : tout était réglé, les chambres étaient propres ; les lits des cinq chambres destinées aux invités étaient faits, les draps immaculés sentaient la lavande, les rideaux ouverts laissaient entrer le soleil du printemps dans les pièces encore imprégnées de l'humidité de l'hiver, les brocs remplis d'eau fraîche reposaient sur chaque commode. La chambre de la maîtresse était apprêtée selon son goût, car dona Rosa avait toujours à l'esprit que les maîtres de la maison pouvaient arriver à n'importe quel moment, et que dona Ana aimait beaucoup le printemps à l'estancia, le parfum des jasmins et des chèvrefeuilles, le chant des *curiangos*[1] qui déchirait le ciel des nuits étoilées.

— Ils arrivent à treize, si l'on compte les trois négresses, dona Rosa. Préparez un couchage pour elles aussi, dans la grande pièce de la cour, à côté de celles de la maison.

Antônia réfléchit, se repassant la liste que lui avait gentiment envoyée Bento, pour qu'elle ne soit pas prise en défaut, et dit :

— Têrencio vient aussi, mais je ne sais pas s'il reste ou s'il retourne sur les terres de Bento. Ah, et il y a les petits, il faut une chambre pour les deux garçons de Caetana et une pour les deux petites. Je crois que la négresse Xica dort avec elles, vous voyez ça.

Dona Rosa acquiesça, tranquillement. Elle appela Viriata et Beata qui surgirent de la cuisine. Dona Rosa leur donna ses ordres : préparer des chambres pour les petits garçons, aller chercher les deux berceaux qui se trouvaient dans une réserve et les installer dans une autre chambre pour les petites de dona Caetana. Et que l'on envoie Zé Pedra couper plus de bois, les nuits ici étaient encore froides et il fallait chauffer toute la maison.

Dona Antônia fut satisfaite :

— Je vais aller m'asseoir sur la véranda de devant. Elles ne vont pas tarder à arriver et je veux les recevoir. Faites-moi apporter un maté.

Elle sortit d'un pas rapide, empruntant le corridor qui menait aux cuisines. Elle connaissait la maison depuis sa plus tendre enfance, tout ici était un peu à elle. Dona Rosa s'en fut vers ses tâches non sans demander à Viriata d'apporter un maté à Madame. Et que l'on fasse cuire

1. Oiseau nocturne, sorte d'engoulevent.

plus de haricots, plus de riz, plus de manioc. Et que l'on rajoute aussi un rôti dans le four.

Il était midi passé quand la petite procession de calèches apparut à la barrière de l'estancia. Le jour était clair et sans nuages, le ciel d'un bleu très pur faisait paraître encore plus vaste le paysage infini, une brise fraîche soufflait du fleuve. Dona Antônia, assise dans son fauteuil sur la véranda, reconnut la silhouette de Terêncio sur son cheval, Bento avait dû l'envoyer pour rassurer les femmes. Non que la pampa fût en effervescence, car tout n'était encore qu'un soupir, un spasme, un sujet de conversation autour d'un maté, chuchotements de commères aux yeux écarquillés ; en cette matinée du 20 septembre, aucune nouvelle, bonne ou mauvaise, n'était arrivée de Porto Alegre. Mais Terêncio, solide et impassible, son visage rude protégé par l'ombre de son large chapeau à mentonnière, les éperons en argent, cadeau de Bento, brillant au soleil printanier, en tête du petit convoi, descendit de cheval pour ouvrir la barrière avant même que l'un des péons de la maison n'eût le temps de se précipiter.

Dona Antônia demeura assise, dans l'attente : il restait encore un bon bout de chemin avant d'arriver devant la maison, mais elle se sentait déjà heureuse à l'idée de revoir ses sœurs et sa belle-sœur, ses nièces et neveux. Aucun signe des garçons. Sans doute étaient-ils partis en ville avec les autres, un sang aventurier courait dans leurs veines, il était impossible qu'ils restassent à la maison alors que tant de choses se produisaient à leur barbe encore si discrète. Les fils de Caetana, les trois aînés, se trouvaient eux à Rio de Janeiro, du côté de l'Empire. Dona Antônia était sûre que si la guerre se précisait, Bento, Joaquim et Caetano reviendraient au Rio Grande.

Elle aperçut la première calèche grimpant la petite route de terre, conduite par un des nègres : il y avait là dona Ana, vêtue de bleu, très droite, et Caetana, une de ses filles sur les genoux – ce devait être Maria Angélica la plus grande –, Caetana, si belle même de loin, ses cheveux noirs brillant au soleil. Il y avait avec elle la négresse Xica portant dans ses bras Ana Joaquina, un petit paquet rose aux petits bras dodus. Dona Ana fit de grands gestes joyeux de sa main gantée. Caetana salua avec plus de réserve. Dona Antônia la connaissait très bien ; elle devait, en ce moment si particulier, penser à Bento, à la poitrine de Bento, défiant les épées, les carabines et les dagues, à la tête de ses hommes et de ses rêves. Oui, Caetana devait être abattue et elle avait encore trois tout petits enfants qui étaient un souci quotidien. Mais aimer Bento c'était accepter cette fatalité, et Caetana l'avait toujours su.

Dans la deuxième calèche, Maria Manuela et sa fille Manuela, qui avait bien grandi depuis l'automne et était devenue une jeune fille éclatante et très jolie, Milú, la servante de dona Ana, les deux fils de Caetana, Leão et Marco Antônio, qui montraient du doigt la campagne autour d'eux, excités comme les garçons de leur âge à l'idée de courir et de grimper aux arbres. Dona Antônia pouvait voir Maria Manuela essayer de les calmer sans succès, tandis que la négresse Xica se contentait de sourire de son grand sourire aux dents si blanches, sa peau noire contrastant avec le jaune du foulard qui ceignait sa tête crépue. Maria Manuela aperçut sa sœur, lui fit signe et dona Antônia leva bien haut le bras pour répondre longuement à son salut.

Et en dernier, les autres nièces, bavardant sans relâche, étrangères à tout ce qui les entourait. Dona Antônia se remémora sa propre jeunesse en les voyant, petites oiselles joyeuses, agitées et rieuses, dans leur calèche. Perpétua, Rosário et Mariana, les trois cousines étaient tout à leurs papotages qui n'avaient cessé depuis le départ de Pelotas, tandis qu'un négrillon menu et impassible conduisait les deux chevaux vers la maison. Dona Antônia savait que Manuela, la plus jeune, avait préféré faire le voyage avec sa mère dans l'autre voiture, plongée dans ses rêveries. Dona Antônia éprouvait beaucoup de sympathie pour la belle Manuela, elle-même ayant été une jeune fille pensive, silencieuse et secrète. La fille de Bento et Caetana, Perpétua, qui avait hérité du nom de sa grand-mère paternelle, était faite d'une autre argile, comme les autres filles de Maria Manuela : elles étaient indifférentes à tout, n'avaient même pas salué leur tante qui les attendait sur la véranda, leur conversation devait être palpitante, sans doute parlaient-elles de bals et de garçons. Seule Zefina, la femme de chambre de Caetana, recroquevillée dans un coin de la voiture des demoiselles, était silencieuse et buvait des yeux le paysage qui l'entourait.

À un signal de Terêncio, les trois calèches s'arrêtèrent devant la grande maison blanche aux fenêtres bleues voilées de rideaux de velours gris. Dona Antônia descendit les cinq marches de la véranda et s'avança pour recevoir ses sœurs et sa belle-sœur. Sur le côté de la maison, deux chariots chargés de malles et de paquets se dirigeaient vers le fond du terrain. Terêncio les suivit afin d'organiser le déchargement des malles.

— Soyez les bienvenues, déclara dona Antônia en serrant dona Ana dans ses bras. Vous avez l'air d'aller bien, ma sœur, dit-elle en souriant. J'espère que l'arrangement de la maison vous conviendra. Je suis venue en personne tôt ce matin pour donner mes ordres à dona Rosa. Toutes les chambres sont prêtes, et s'il n'y a pas de retard à la cuisine, le couvert doit déjà être mis.

Dona Ana sourit de son grand et joyeux sourire, ses petits yeux noirs brillants de satisfaction. Elle embrassa fort sa sœur, sentant ses côtes sous le tissu clair de la robe.

— Vous m'avez manqué, Antônia. Même un hiver rigoureux échoue à vous faire sortir d'ici, hein, paysanne ?

— Mon âme n'est en paix que sur mes terres, ma sœur. Vous devriez le savoir.

Dona Ana balaya l'air de sa main gantée.

— Il n'y a plus de soucis, Antônia. Nous sommes là maintenant. Et qui sait, nous resterons ici un bon moment..., soupira-t-elle, et pendant une seconde son regard s'obscurcit, mais elle se reprit en souriant. Allons, tout cela dépend de Dieu et de nos hommes... Nous parlerons de la guerre plus tard, s'il s'avérait que nous ayons une guerre. Pour l'heure, il y a de quoi faire. Il faut installer tout notre petit monde.

Et, tout en montant les marches de la véranda, elle s'écria :

— Dona Rosa ! Dona Rosa ! Nous sommes là et nous amenons des enfants affamés ! Dona Rosa, avez-vous mis du jasmin dans ma chambre ?

La voix énergique se perdit dans l'intérieur de la maison. Dona Antônia embrassa Caetana en lui souhaitant la bienvenue. Caetana tenait sa fillette de cinq ans par la main.

— Tu es bien jolie, Maria Angélica ! Tu es bientôt une jeune fille ? Les enfants aujourd'hui poussent comme l'herbe sauvage... – Dona Antônia caressa les cheveux blonds de la petite qui souriait. – Et vous-même, comment allez-vous, chère belle-sœur ?

Caetana eut un sourire doux et las. Son regard ardent illuminait son visage d'un éclat surnaturel.

— *Estoy muy bien*[1], Antônia. Et je continuerai à aller bien, jusqu'à ce que je lise une lettre de Bento... Vous le savez, quand ses lettres arrivent, je me sens à moitié mourir en anticipant leur contenu, et quand elles tardent c'est la peur qui m'étreint... Mais cela a toujours été ainsi, depuis notre mariage. J'ai l'habitude de toutes ses campagnes. Cette fois-ci, au moins, nous serons ensemble, chère belle-sœur.

— Vous verrez, nous aurons de beaux jours, répondit dona Antônia.

— *De cierto,* chère Antônia, certainement.

Caetana reprit la main de sa fille et s'en fut voir comment s'était passé le voyage des garçons. Elle se déplaçait avec une grâce d'aigrette, grande et droite comme une reine. Caetana était, sans doute, l'une des plus belles femmes du Rio Grande. Aucune jeune fille, dans les bals, ne lui arrivait à la cheville lorsque, dans les salons, elle dansait la valse dans les bras de Bento Gonçalves.

Dona Antônia embrassa en dernier Maria Manuela qui lui raconta leur paisible voyage.

---

1. La région où se passe ce roman est frontalière avec l'Uruguay. Beaucoup de mots espagnols se mêlent donc au portugais parlé au Brésil. Nous avons choisi de les conserver lorsqu'ils ne compliquent pas la lecture.

— La route était presque tout le temps déserte. On dirait que le Rio Grande est dans l'attente... Mon mari est parti avec Bento, il y a deux jours... Rien que d'y penser... – elle baissa la voix – je tremble. Si la guerre est vraiment déclarée, les parents se battront contre les parents, ajouta-t-elle en se signant.

— Soyez tranquille, Maria. Vous les connaissez, ils savent ce qu'ils font. Laissons-leur ces préoccupations...

— Vous avez raison, ma sœur. Ce dont j'ai vraiment envie à présent, c'est de manger quelque chose et de boire un jus de fruits bien frais. La poussière du voyage m'est entrée dans la gorge comme l'enfer.

Elles gravirent ensemble les marches de la véranda où une servante avait commencé à servir des boissons aux jeunes filles et aux enfants. Dona Antônia passa un petit moment avec les petits de Bento, mais ils voulurent entrer pour explorer la maison dans une course effrénée. Les quatre nièces s'approchèrent alors pour la saluer. Dona Antônia dit à Perpétua qu'elle était devenue une jolie fille et qu'elle ressemblait à son père.

— Vous êtes en âge de vous marier, Perpétua. Il faut que nous vous trouvions un bon mari, petite.

Perpétua rougit un peu et répondit qu'en temps de guerre c'était une tâche ingrate que de trouver un prétendant. Elle avait la peau dorée de sa mère, mais ses yeux ressemblaient à ceux de Bento, bien que son regard fût plus langoureux, et ses cheveux brillaient d'un beau châtain sombre.

— Ils ont tous rejoint mon père et les autres, ma tante. Tant que durera cette guerre, je resterai sûrement célibataire.

Mais elle ne se doutait pas de ce que l'avenir réservait à la province, aucune des femmes ne s'en doutait en ce doux début de printemps sur la pampa. Perpétua Garcia Gonçalves da Silva avait l'espoir que la paix reviendrait avec l'été. La paix et la victoire. Ainsi que les bals élégants dans lesquels on verrait défiler les robes venues de Buenos Aires et les souliers de satin que l'on faisait venir de la Cour. Dona Antônia prit ses mains dans les siennes :

— Le temps peut paraître parfois très long dans nos campagnes, mon petit... Mais soyez tranquille, si un mari doit se présenter, ce n'est pas la guerre qui va l'écarter de votre chemin. Toutes ces choses sont programmées. Croyez-moi, je connais tous les ressorts du destin car je les ai appris de la façon la plus dure : en vivant.

Perpétua sourit et embrassa gentiment sa tante qu'elle n'avait jamais connue autrement que veuve. Il semblait bien loin le temps où dona Antônia, si discrète et solitaire, avait eu un homme dans son lit.

Rosário s'approcha, c'était son tour d'embrasser dona Antônia. Elle s'excusa pour la poussière qui la recouvrait. Elle avait envie d'un bon bain tiède. Rosário était la plus citadine de toutes : quand sa mère lui avait appris qu'elles allaient quitter Pelotas pour passer quelques jours à l'estancia, elle s'était enfermée dans sa chambre un après-midi entier et avait pleuré toutes les larmes de son corps. Elle voulait connaître Paris, Buenos Aires, Rio de Janeiro, elle voulait les bals de la Cour, elle voulait les danses et la vie joyeuse que les femmes y menaient, et maintenant, alors que les hommes se battaient au nom de Dieu sait quelles illusions, il lui fallait se retirer à la campagne, cette campagne silencieuse et infinie où tout paraissait s'éterniser comme le chant des *quero-queros*[1]. Rosário de Paula Ferreira n'aimait pas la pampa et elle se retrouvait là, avec les autres, confinée dans un exil dont elle ignorait la fin.

— Avant le repas, si vous voulez, on peut vous faire préparer un bain. À présent embrassez-moi, il y a des mois que je ne vous ai pas vue, petite. Et vous savez bien que la poussière ne m'a jamais fait peur.

Dona Antônia lui entoura la taille de ses bras forts de cavalière et sourit. Rosário était frêle, la peau claire, les yeux bleus, les cheveux blonds et fins. Elle avait des mains délicates faites pour tenir des verres en cristal. Elle l'imagina sur une selle et sourit malicieusement : Rosário avait des manières de salon, ça oui.

1. Oiseau de la famille des pluviers ou des vanneaux, symbole du Rio Grande do Sul.

— Maintenant allez prendre votre bain, dit-elle en poussant la jeune fille dans la maison.

Mariana déposa un baiser sur la joue de sa tante, le bonheur d'être là faisait briller ses yeux bruns.

— Ma tante, quelle *saudade* ! Je suis si heureuse d'être là avec vous.

Et dans le même élan, elle entra dans la maison à la recherche de Perpétua. C'était une jeune fille de stature moyenne, à la peau brune et au visage large dont le charme résidait dans ses yeux noirs en amande bordés de longs cils épais. Des yeux d'Indienne, disait sa mère. Et elle était pétulante comme une enfant.

Manuela, la plus jeune des filles, embrassa affectueusement sa tante. Elle était quelque peu décoiffée car elle avait enlevé son chapeau au milieu du chemin pour sentir la brise dans ses cheveux, et son beau visage, ses yeux vert très clair, tout cela avait quelque chose de jeune, de frais et de mystérieux à la fois. Ses lèvres pleines s'entrouvrirent sur un beau sourire. Elle portait une robe jaune à empiècement de dentelle qui rehaussait sa grâce naturelle.

— Tante Antônia, dit-elle seulement en serrant entre ses mains chaudes celles, osseuses, d'Antônia.

—Vous êtes une jeune fille, Manuela. La dernière fois que je vous ai vue, l'été dernier, vous étiez encore une enfant.

— Le temps passe, ma tante, assura Manuela juste pour répondre quelque chose ; elle aspira le parfum de jasmin qui embaumait la véranda et le jardin. C'est bon d'être ici.

Dona Antônia sourit à sa nièce préférée. Et la fit entrer. Qu'elle rejoigne les autres, se débarrasse de la poussière du voyage et se prépare pour le déjeuner ; tout le monde mourait de faim.

— Même moi, petite, qui me suis levée avec le soleil et n'ai pas mangé grand-chose depuis, j'ai hâte de voir arriver les plats sur la table.

Elle observa Manuela tandis qu'elle entrait dans la maison en foulant le plancher de bois de son pas gracieux et qu'elle s'enfonçait dans le corridor en direction de la chambre qu'une des négresses lui avait indiquée. Un léger frisson parcourut son corps alors qu'elle regardait sa nièce se déplacer avec une grâce de fée, mais elle mit cela sur le compte de la brise printanière qui, dans ce coin de la pampa, pouvait encore être glaciale.

Elle était désormais seule sur la véranda. Les femmes et les servantes s'occupaient de l'installation, ouvraient les malles, se préparaient pour le déjeuner. Dona Antônia sourit : la maison était pleine comme pendant les vacances, une joie nouvelle et bruyante envahissait le domaine. Pour combien de temps ? ne put-elle s'empêcher de se demander. Pour combien de temps, mon Dieu ?

Dona Ana s'assit sur le lit et caressa le matelas à ressorts. Du côté gauche, elle pouvait palper, plus avec son cœur qu'avec ses doigts, les marques laissées par le corps de Paulo. Elle s'allongea un petit moment, mais ne retrouva pas dans le lit vide la chaleur et l'odeur de son mari, son odeur forte, mélange de tabac et de citronnelle. Partout flottait un parfum de propreté qui lui fit mal. Paulo n'était plus un jeune homme, malgré sa forte constitution de cavalier, sa haute taille, ses épaules larges, sa barbe fournie, sa voix puissante, ses mains calleuses et fortes de gaucho. Il avait la cinquantaine, bien que ses cheveux fussent encore aussi noirs que dans sa jeunesse et qu'il eût les mêmes rêves que ceux qui ont la vie devant eux. Il aimait l'Empereur, la Cour, la routine calme que bouleversaient les grandes migrations du bétail qu'il tenait à conduire, mais aujourd'hui, il était avec Bento, défiant le Régent et ce qu'il représentait, l'arme au poing contre tout ce qui avait été sa vie. Ces derniers temps, les choses allaient mal pour les grands propriétaires et dona Ana voyait dans les yeux de son époux une angoisse croissante qui se traduisait par des gestes plus secs, par des nuits sans sommeil quand elle le sentait se tourner et se retourner à côté d'elle dans le lit, essayant de calmer ses pensées. Quand il lui avait demandé de venir à son bureau la semaine précédente et qu'il lui avait annoncé qu'il partirait sous le commandement de Bento, pour prendre Porto Alegre, dona Ana était déjà au courant de tout, car elle avait appris depuis son enfance à glaner dans les silences les réponses à ses doutes. En regardant son mari rouler sa cigarette, le visage feignant un calme qu'il n'éprouvait pas, ses yeux verts pleins d'une fièvre secrète, dona Ana voulut seulement savoir :

— Et José ? Et Pedro ?

Son mari n'avait pas détourné son regard :

— Je leur ai parlé. Ils m'ont dit qu'ils viendraient avec nous. – Et pour ne pas céder à la peur qu'il devinait dans les yeux de sa femme, il avait ajouté d'une voix ferme : – Ce sont des hommes, ils sont du Rio Grande, ils seront les maîtres de ces terres, ils ont le droit de se battre pour ce en quoi ils croient.

Et maintenant dona Ana était là. Ses trois hommes, ses trésors, étaient peut-être dans les alentours de Porto Alegre, dans l'Azenha, conspirant, polissant leurs dagues, nettoyant leurs baïonnettes, se nourrissant de *churrascos* grillés sur les feux de bois, respirant cette odeur de terre, de chevaux, d'appréhension qui devait flotter dans tous les campements militaires.

Dona Ana caressa encore une fois le matelas sous le boutis blanc du couvre-lit. Un soleil doré pénétrait par la fenêtre entre les rideaux ouverts, un soleil ténu et rassurant. Elle devait se changer pour le repas ; après tout, il n'y avait pas de quoi être triste, pas encore. Elles auraient devant elles beaucoup de jours d'anxiété, dans l'attente de nouvelles, bonnes ou mauvaises, et seulement alors, si c'était le cas, il serait temps d'être triste. De cette tristesse qui était la compagne fidèle des épouses de la pampa. Oui, car il n'y avait pas une seule femme ici qui n'ait un jour ou l'autre connu cette attente de temps de guerre, qui n'ait fait une neuvaine, allumé un cierge pour un fils ou un père. Sa mère avait connu l'angoisse de l'attente, et avant elle sa grand-mère et son arrière-grand-mère... Toutes les femmes dans l'estancia vivaient les mêmes affres, et elle, Ana Joaquina da Silva Santos, était la maîtresse de maison. Elle se leva, ouvrit l'armoire de bois sombre et en sortit une robe. Elle se dirigea vers la commode, souleva le broc et versa de l'eau dans la bassine pour une toilette rapide. Milú entra comme une ombre dans la chambre en portant une serviette blanche. Elle essuya sa maîtresse avec des gestes délicats et précis, l'aida à changer ses jupons, à enfiler sa robe propre et à se recoiffer. Milú avait des doigts longs et dorés qui domptaient, légers comme des ailes, la tignasse de dona Ana. En un tournemain, elle noua la tresse en un chignon parfait.

— C'est bien, Milú. – Dona Ana remercia la servante d'un sourire. – Tu peux dire à la cuisine que j'arrive.

Milú avait une voix douce en accord avec son corps menu de négrillonne adolescente. Elle répondit d'un « oui, Madame » et sortit comme un courant d'air en prenant soin de ne pas faire claquer la porte, ce que dona Ana exécrait.

Dix personnes étaient assises autour de la table. Les deux petites de Caetana avaient déjà englouti leur soupe et leur lait, et dormaient à présent d'un sommeil profond après la fatigue du voyage, sous l'œil attentif de la négresse Xica. Le repas avait des airs de fête : les viandes rôties, le poulet en sauce, les haricots, le riz, la purée et le manioc cuit dans le beurre couvraient la table que drapait une nappe brodée à la main par dona Perpétua bien des années auparavant.

Un petit silence mélancolique se fit pendant quelques minutes lorsque, comme c'était l'usage dans cette maison, dona Ana joignit ses mains et demanda que « le Seigneur guide et protège nos maris et nos fils afin qu'ils reviennent, victorieux, à la maison ». D'une seule voix, les femmes répondirent « amen » ; Leão et Marco Antônio étaient, eux, plus occupés à mâcher.

Caetana Joana Francisca Garcia Gonçalves da Silva s'efforçait en vain de contenir le léger tremblement qui l'avait envahie de la tête aux pieds. Elle baissa les yeux sur la table, mais la silhouette de son cher Bento sur son alezan, revêtu d'un dolman, l'épée en bandoulière, les bottes noires serrées contre les flancs du cheval que tourmentaient ses éperons d'argent, dansait au fond de ses rétines. Elle revoyait leurs adieux, en ce petit matin où il avait quitté la maison avec Onofre et les autres, pour partir à l'assaut de la capitale. On aurait dit, dans la lumière fragile de l'aube, des figures magiques, silhouettes éclairées d'or par les premiers rayons du jour. Et c'est cette image qu'elle avait gardée dans sa mémoire, ce dos droit au-dessus du cheval au trot, une tache noire qui diminuait petit à petit. Elle était restée sur la véranda, enroulée dans son châle de laine, son cœur battant la chamade. Dans la maison, le bébé pleurait.

Dona Ana, en bout de table, commença à se servir d'un peu de tout car rien ne vaut un estomac plein pour calmer les tourments de l'âme, ainsi qu'une bonne sieste, oui, dans son lit, à respirer l'odeur du jasmin et de la brise fraîche de la pampa pénétrant par sa fenêtre ouverte. Elle remarqua que l'assiette de Caetana restait vide, vide comme son regard vert qui errait, perdu, entre un plat et un autre, comme si elle contemplait de vieux fantômes.

— Vous n'avez pas faim, ma chère ?

La voix douce arracha Caetana de sa torpeur et elle sourit tristement.

— Pardonnez-moi, Ana. Je ne peux m'empêcher de penser à Bento. Je me demande où il est à cette heure-ci...

Dona Ana étira ses lèvres dans un sourire qui dévoilait des dents encore très blanches. Elle étendit le bras et posa sa main sur celle de sa belle-sœur. Ses yeux étaient un lac de paix et de réconfort.

— Soyez tranquille, Caetana. À cette heure-ci, il me semble que Bento et les autres doivent être en train de se régaler d'un bon *churrasco*. Vous connaissez l'appétit qu'ont les braves... Ils sont capables de dévorer un bœuf sur pied.

Le ton enjoué de leur tante fit rire les jeunes filles. Dona Antônia assise à l'autre bout de la table, ajouta :

— S'ils doivent prendre Porto Alegre ce soir ou demain, ils le feront le ventre plein. Et s'ils mangent, pourquoi nous priverions-nous d'un bon repas ? Ma mère disait toujours : un sac vide ne peut tenir droit.

Caetana eut un petit sourire et se servit à son tour. Elle se força à manger par petites bouchées cette nourriture délicieuse et bien épicée, parce que Bento, son Bento, puissant et fort comme un taureau, occupait chaque parcelle de son âme. Mais le repas se poursuivit agréablement, les jeunes filles parlaient de choses joyeuses car pour elles ce séjour à l'estancia n'était rien d'autre que des vacances, elles reviendraient bientôt à Pelotas, pour leur thé du dimanche avec leurs amies du cours de broderie et pour les bals. Oh oui, pour les bals dont elles ne cessaient de rêver.

— Ce printemps, il paraît qu'on portera du jaune, annonça Rosário. C'est dommage parce que le jaune ne me va pas, je suis trop pâle, aussi bien de peau que de cheveux. En jaune, j'aurais l'air d'un œuf cru.

Dona Ana rit de bon cœur, posant ses yeux châtains sur cette jeune citadine aux poignets fins et aux yeux aussi bleus que le ciel qui brillait derrière les fenêtres. Elle se dit que Rosário était fragile, qu'elle n'avait pas hérité de la robustesse des Gonçalves da Silva, peut-être cette vie campagnarde allait-elle la rendre très malheureuse. Dans le Rio Grande, les jeux de la Cour étaient considérés comme des divertissements pour temps de paix et, ici à la frontière, la paix n'existait pas, presque jamais... Elle pensa à sa vieille mère et à tous ces petits matins où elle l'avait trouvée penchée sur un ouvrage de couture pour échapper à la peur qui hantait son lit vide. Elle ne l'avait jamais vue pleurer, ni en temps de paix ni en temps de guerre, elle ne l'avait jamais vue pleurer pas même quand elle avait enterré ses fils, l'un petit encore, l'autre adolescent, blessé par une balle dans une bataille dont personne ne se souvenait. Dona Perpétua da Costa Meirelles n'entendait rien à la mode, s'habillait toujours de gris ou de bleu. Elle n'avait porté du blanc que le jour de son mariage. Elle était morte sans un mot, de vieillesse, dans cette même maison où elles se trouvaient aujourd'hui, un été où elle était venue rendre visite à sa fille, il y a bien longtemps.

Dona Ana observait Rosário du coin de l'œil ; il y avait chez la jeune fille quelque chose de sa grand-mère, le front haut, la bouche délicate, mais Rosário avait les yeux humides, facilement au bord des larmes, alors que ceux de dona Perpétua étaient restés secs jusqu'à sa mort.

— La mode n'est rien de plus qu'un passe-temps, Rosário, déclara dona Ana en souriant. Le bleu, le blanc, le vert, le jaune et le gris ont toujours existé et ont toujours été de bonnes couleurs pour habiller les femmes de goût.

À la fin de sa phrase, en remarquant l'expression désolée de sa nièce, il lui sembla apercevoir l'ombre de sa mère qui les observait depuis un coin de la salle, derrière un rideau, et qui lui adressait son petit sourire de toujours.

Elles mangèrent leur dessert en silence, la fatigue du voyage se faisait sentir. Seules Maria Manuela et dona Antônia s'entretinrent encore un peu de la rudesse de l'hiver qui venait de s'achever, et de fleurs, domaine dans lequel toutes deux étaient expertes. Dona Antônia se leva pour dire au revoir à la fin du repas : il lui fallait retourner à l'Estancia du Brejo, elle avait à faire dans la maison et devait s'occuper de la vente de quelques têtes de bétail.

— Je reviendrai demain pour reprendre nos conversations, dit-elle en sortant à la recherche de son cocher qui devait se trouver avec les péons de la maison.

Puis chacune se retira dans sa chambre. Manuela et Mariana partageaient la dernière pièce du corridor qui donnait sur un grand figuier ; Perpétua et sa cousine Rosário se dirigèrent vers la chambre à côté du petit bureau qui faisait aussi office de bibliothèque – le *senhor* Paulo possédait beaucoup de livres en espagnol et en français, deux langues qu'il parlait bien.

— Je vais lire un livre en français, annonça Rosário à sa cousine déjà couchée dans sa chemise de nuit, avant de fermer les yeux. Je sais un peu parler, j'ai pris quelques cours avec Mlle Olivia l'année dernière. Le reste, je devinerai. C'est une bonne façon de passer le temps ici...

Perpétua n'eut pas le temps de lui répondre : avant même de terminer sa phrase, Rosário s'était endormie. Peut-être rêvait-elle d'un amoureux aux yeux bleus, qui sait.

Dans sa chambre, Caetana regardait le plafond, en vain, le sommeil ne venait pas malgré la fatigue qu'elle sentait peser sur ses membres. Elle entendit un léger bruissement de pas dans le corridor, sans doute les servantes qui rangeaient la salle à manger. Le silence qui régnait dans la chambre à côté de la sienne lui indiquait que ses petites filles dormaient paisiblement.

Elle se leva après quelques minutes d'angoisse. C'était une chambre simple : un grand lit de bois sombre, un chapelet accroché au mur au-dessus de la tête de lit, de hautes fenêtres protégées par des rideaux de velours bleus, une coiffeuse avec les objets pour la toilette, le broc et la bassine assortie en faïence blanche décorée de petites fleurs bleues, un miroir en cristal dans un beau cadre d'argent sculpté. Une lourde armoire à deux portes se dressait juste en face de son lit. Zefina y avait déjà installé ses robes, châles et chapeaux. Dans l'autre coin de la chambre, près de la fenêtre, une petite table supportait un paquet de feuilles blanches, un porte-plume et un encrier.

Caetana s'assit sur la chaise du petit bureau, prit le porte-plume qu'elle trempa dans le liquide noir de l'encrier en cristal et commença à écrire avec fébrilité, ce qui rendait irrégulière son écriture toujours si délicate.

Mon époux bien-aimé,

Nous voici installées dans l'estancia de votre sœur Ana, toutes les femmes réunies dans cette attente dont je prie le ciel qu'elle soit brève. Je n'ai pas eu de vos nouvelles, je sais qu'il est encore trop tôt pour cela ; je sais aussi que vous vous inquiétez pour les enfants et moi, et que vous avez fait votre possible pour que tout nous soit facile. Mais je souffre, Bento. Je souffre aussi pour vous. À chaque instant je ne pense qu'à vous, je me demande si vous allez bien, si votre entreprise sera couronnée de succès, si vous reviendrez bientôt dans votre maison et dans mes bras. Sans vous je ne sais pas vivre et la moindre journée me semble aussi pénible qu'un jour d'hiver... Mais j'attends et je prie.

Pardonnez cette épouse si faible, qui à force de vivre dans l'inquiétude ne sait plus la supporter. L'attente est un dur et lent exercice, mon amour, que seuls les forts arrivent à surmonter. Je la surmonterai pour vous. Je n'ai jamais ignoré votre courage, ni la force de vos rêves, et je me bats pour être à la hauteur de ce que vous attendez de votre épouse et de la grandeur de vos actes.

Quand un de vos messagers arrivera ici, nous apportant des nouvelles de vous et de vos troupes, il me semble que je serai trop émue pour lui répondre calmement, et c'est pour cela que je m'épanche à l'avance dans ces pauvres lignes… Sachez que vos enfants vont bien et que Leão vous réclame et se demande où vous êtes, il voudrait être avec vous, combattre à vos côtés. C'est un garçon qui est né avec la fibre guerrière, il ne quitte pas l'épée que vous lui avez fabriquée, enfilée dans la ceinture de sa culotte, je prépare donc mon âme à souffrir pour lui quand le temps sera venu. Maria Angélica m'a dit qu'elle avait rêvé de vous la nuit dernière, ses petits yeux verts brillaient de plaisir au souvenir de son père. La petite Ana Joaquina, Marco Antônio et Perpétua vous envoient toute leur tendresse. Je n'ai pas eu de nouvelles encore de nos aînés, mais sans doute sont-ils à l'abri à la Cour. Votre sœur Antônia est venue nous accueillir avec sa bienveillance coutumière. Il y a quelque chose dans sa force tranquille qui me fait penser à vous et me réconforte.

Pour toutes ces raisons, mon très cher Bento, que votre cœur soit tranquille en ce qui concerne votre famille. Sachez encore que je prie la Vierge Marie pour vous, avec ferveur, et que dans chacun de mes gestes il y a une prière chuchotée. Que la Gloire vous accompagne, mon cher époux, où que vous soyez. Ce souhait n'est pas seulement le mien mais celui de toutes vos parentes. Ici à la Barra, nous prions pour vous et tous les nôtres.

Que Dieu chevauche à vos côtés.

Avec tout mon amour.

Votre Caetana
Estancia de la Barra, le 20 septembre 1835

Elle plia soigneusement sa lettre et la cacheta à la cire. Puis elle la rangea dans le petit tiroir de la table, comme si elle plaçait dans un coffre un bijou très précieux.

N'ayant plus rien à faire, elle retourna dans son lit ; elle se coucha en espérant pouvoir dormir un peu. Son dos la faisait souffrir et elle avait envie de pleurer. Dehors le vent printanier se mit à souffler doucement. Elle se promit d'aller s'agenouiller devant l'oratoire de la maison pour prier. Seule la Vierge Marie pourrait adoucir sa peine.

Cahiers de Manuela

Estancia de la Barra, 21 septembre 1835

Notre première journée à l'estancia s'est écoulée sans que rien de particulier ne se fît sentir. Bien sûr, je n'ai pas pu ignorer l'angoisse tapie dans les yeux de chatte de Caetana, ses yeux de chatte sauvage. C'est bizarre, Caetana est ma tante puisqu'elle est l'épouse de mon oncle Bento, et pourtant, bien que je l'aie toujours connue aux côtés de mon oncle, je n'arrive pas à l'appeler « tante ». Il y a dans sa personne, dans chacun de ses gestes, de ses regards, une étrange dignité. C'est une femme comme les autres mais tellement plus. Ses soupirs exhalent un parfum subtil et j'imagine que Bento Gonçalves a dû s'en éprendre dès le premier regard lorsqu'il a fait sa connaissance par hasard, dans un salon uruguayen, chez son père ou chez un autre *estancieiro* ami de sa famille. Mon oncle Bento est lui aussi un homme exceptionnel, imposant. Quand il marche dans la maison, on a l'impression que le plancher tremble sous ses pas, non qu'il soit trop lourd ou qu'il marche trop énergiquement, mais parce qu'il y a dans ses yeux, dans ses muscles, dans tout son corps, une force et un calme auxquels on ne peut échapper. Mon oncle, même absent, exerce sur nous toutes un grand ascendant, car c'est bien à cause de son idéal que nous nous trouvons toutes ici, dans l'attente, partagées entre peur et euphorie. Caetana avec sa beauté majestueuse et son âme à la fois si fragile et si forte, a dû être séduite par l'aura qui entourait Bento Gonçalves. Une aura impériale, même si en ce moment c'est un empereur qu'il combat.

Au déjeuner, Caetana n'a presque rien mangé. Et elle n'a pas dit trois mots. Elle regardait autour d'elle d'un air inquiet, bien qu'il m'ait semblé qu'elle ne voyait rien en vérité, tout entière à ses pensées. J'ai eu envie d'aller m'asseoir à côté d'elle et de lui dire que je savais moi aussi ce qu'elle savait. Oui, car elle sait... Nous allons rester ici très longtemps. Beaucoup plus longtemps qu'aucune de nous ne peut l'imaginer. Nous allons rester ici en attendant, attendant, attendant. Je n'ai parlé à personne de l'étoile de feu que j'ai vue dans la nuit du nouvel an, mais son message est gravé au fer dans mon âme. Mes sœurs riraient sûrement de moi. Elles disent que je suis opaque. Opaque comme le brouillard qui ce matin recouvre la campagne, cette eau en condensation, un manteau de larmes, les larmes versées par les femmes de ce pays, par Caetana peut-être.

Je me suis réveillée ce matin à l'aube, le brouillard recouvrait tout, un brouillard humide et glacé, ainsi qu'un silence terrifiant digne de l'attente la plus terrible. Il a fallu longtemps, avant que ne se fasse entendre le premier chant d'oiseau et que ce chant ne fasse disparaître les dernières brumes de la nuit, avec ses mauvais présages et ses cauchemars. Caetana a sangloté cette nuit. Je le sais. Moi je n'ai pas pleuré : nous allons rester très longtemps dans cette maison, unies dans l'attente, et quelque chose me dit que mes larmes n'auront que plus tard leur raison d'être.

Cette journée est importante.

Il n'est que 7 heures du matin et je me demande si Porto Alegre s'est réveillé sous la domination de l'armée de mon oncle. Nous n'avons pas eu encore de nouvelles, et dehors tout paraît arrêté, même les oiseaux sur leurs branches ne chantent pas, paralysés par le froid qui a régné cette nuit ; même le figuier semble me fixer avec des questions terribles auxquelles je n'ai pas de réponse. Je sais qu'au petit déjeuner, l'angoisse viendra s'installer entre nous, elle aura sa place à table, peut-être son couvert. Mais personne n'aura le courage de formuler la question, la terrible question, et les secondes glisseront entre nous avec leurs lames affûtées par le temps sans qu'aucune de nous n'interrompe ne serait-ce qu'un tout petit moment, un moment imperceptible, sa broderie ou sa lecture. L'art de souffrir est inconscient... Il faut faire semblant de vivre, il le faut. Ne pas penser à mon père sur son cheval à la robe dorée que j'aime tant, ne pas penser à sa voix, son cri. A-t-il gardé son épée sur le côté ? Et mon frère Antônio qui s'amuse à interrompre mes lectures avec ses taquineries badines de très jeune homme, comment accueillera-t-il, avec quel regard, ce nouveau matin, et où se trouvera-t-il ? Aura-t-il des victoires, des exploits à raconter un jour à ses enfants, ou seulement des cicatrices ? Personne ne le sait et les oiseaux nichés dans le creux de leur nid persistent à garder le silence.

On frappe à la porte. Mariana, dans son lit, est sur le point de se réveiller. Mariana a toujours aimé qu'on la laisse dormir tard. C'est la négresse Beata qui, de sa voix curieuse, métallique, nous appelle dans le corridor pour nous prévenir que le petit déjeuner est servi dans la salle à manger et que l'on nous attend. Nous nous y retrouverons avec nos robes en dentelle et nos angoisses. Mais il le faut. Poser légèrement le pied sur le sol, sourire d'un sourire printanier, être heureuse, surtout être heureuse comme la plus sotte des créatures... Mariana rouspète un peu, se passe de l'eau froide sur le visage, choisit n'importe quelle robe, le matin elle se fiche de la mode.

J'arrête ici ces lignes. Dona Ana nous veut toutes ensemble autour de la table et je ne veux pas me faire attendre. Un oiseau a chanté dehors, un chant léger comme un soupir ou un thé dans une tasse en porcelaine.

Manuela

Les premières heures de la matinée se traînèrent. Un soleil timide commençait à dorer les champs. Il avait fait très froid la nuit précédente, mais dans la pampa, même au printemps, les matins étaient d'un froid intense et les lits ne se départaient pas de leurs monceaux de couvertures. Le soir, on allumait du feu dans les cheminées. Le crépitement des braises berçait les conversations feutrées et le maté passait de main en main, tandis que dans la pénombre luisait le bout incandescent des cigarettes qui exhalaient leur odeur âcre de tabac à rouler.

Mais pas dans cette maison. Dans la maison blanche de l'Estancia de la Barra, il y avait un si grand nombre de femmes que c'était leur voix qui dictait le mode de vie. Et les femmes ne fumaient pas, ne buvaient pas de maté le soir. Dehors, assis autour du feu, deux ou trois péons roulaient leur cigarette tandis que la viande grillée laissait tomber des gouttes de graisse sur les braises. Terêncio était resté pour la nuit, un homme de plus autour du feu, haute silhouette silencieuse, au regard droit et au dévouement de chien à Bento Gonçalves. Au petit matin, alors que le froid piquait encore et que la brume enveloppait la campagne, il avait pris le chemin de retour vers l'Estancia de Cristal où il resterait dans l'attente des ordres du patron, tout en s'occupant des terres et du bétail. En l'absence de Terêncio, c'est Manuel, le régisseur de la Barra, ses péons, le nègre Zé Pedra très aimé de dona Ana, et les autres esclaves qui s'occupaient des terres et de tout le reste.

C'était donc une maison de femmes. La nuit précédente autour de la cheminée, cette demeure avait été comme les autres. Beata était arrivée avec une théière et un gâteau de maïs. Les visages étaient baissés sur les délicats ouvrages d'aiguille, le feu jetait ses éclats sur les couleurs soyeuses, les verts, rouges, bleus qui dessinaient sur les toiles des fleurs, des arabesques et autres merveilles de savoir-faire. L'une ou l'autre des jeunes filles lisait à la lumière d'un chandelier, remuant doucement, imperceptiblement les lèvres comme leur avaient enseigné leurs préceptrices en de lointains et studieux après-midi.

Bien plus tard, quand le sommeil commença à les gagner, ou que de tristes pensées se mirent à les assaillir, quand Caetana n'arriva plus à enfiler son aiguille, quand Maria Manuela se mit à penser à son mari et à son fils, tandis que dehors le vent sifflait, dona Ana se leva de son fauteuil et alla s'asseoir au piano. Elle releva le couvercle verni d'un geste ferme, ses mains blanches et agiles coururent sur les touches, firent naître une, deux, trois valses. Les jeunes filles se réjouirent, refermèrent leurs livres et se remémorèrent les bals de la ville. Maria Manuela sourit avec attendrissement, son mari aimait la valse qu'il dansait à grandes enjambées, la faisant tournoyer tout autour du salon, heureux de la montrer aux convives et de faire voir quel fin danseur il était. Caetana pensa elle aussi à Bento Gonçalves. Bento qui aimait la musique, qui ne manquait aucun bal, valsant avec le même talent qu'il faisait la guerre.

— Jouez une polka, ma tante ! demanda Perpétua, les yeux brillants.

Dona Ana sourit, heureuse. Ses doigts revivaient sur le clavier. Les jeunes filles reconnurent la musique, elles riaient et battaient des mains. Rosário se leva d'un saut, laissant son livre glisser sur le tapis, et en faisant des gestes avec ses bras, se mit à chanter :

Eu plantei a sempre-viva,
sempre-viva não nasceu.
Tomara que sempre viva
O teu coração com o meu.

Les femmes applaudirent. Les yeux verts de Caetana brillaient, ses pieds marquaient le rythme sous sa robe bleue. Manuela lâcha l'ouvrage sur lequel elle s'endormait, se leva et répondit à sa sœur :

Tu plantaste a sempre-viva,
sempre-viva não nasceu.
É porque teu coração
Não quer viver com o meu[1].

Applaudissements. Rosário donna le bras à sa sœur, et ensemble, elles firent en dansant le tour de la salle que le feu de la cheminée éclairait vivement, comme un couple de fiancés dans un bal. Mariana et Perpétua se joignirent à elles. Dona Ana affichait une joie si éclatante qu'elle semblait avoir rajeuni. Les autres souriaient. Manuela virevoltait dans la salle et ses pensées s'envolaient : ce n'était pas sa sœur qu'elle voyait là, mais un homme qui lui donnait le bras, une douce chaleur émanait de lui tandis qu'ils valsaient follement à travers le salon dans lequel se bousculaient les convives. Ah, comme elle se sentait belle, belle comme une pierre précieuse, et heureuse, sur le point d'exploser de bonheur là, même au milieu de tous... Et la musique, la musique emplissait ses oreilles et son cœur...

Dona Ana s'arrêta subitement de jouer.

En riant les jeunes filles se laissèrent tomber bruyamment dans leur fauteuil, essoufflées et les joues rougies. Manuela était pétrifiée. Elle regarda la pièce vide de visiteurs, elle regarda les autres femmes, Viriata, debout dans un coin de la pièce avec sa vieille robe, qui tordait ses doigts noirs et déformés, bouleversée par la musique qu'elle venait d'entendre.

— Vous ne vous sentez pas bien, Manuela ?

La voix de sa mère se fit entendre. Manuela la rassura

1. *J'ai planté une immortelle/l'immortelle n'a pas fleuri/je voudrais que toujours vive/ ton cœur auprès du mien.*
Tu as planté une immortelle/l'immortelle n'a pas fleuri/c'est parce que ton cœur/ne veut pas vivre auprès du mien.

d'un grand sourire, se rassit à sa place, prit son ouvrage et le lissa négligemment de la main. Dona Ana se leva à son tour de son tabouret de piano.

— Il est tard, dit-elle. Il est l'heure d'aller nous coucher... Nous aurons une longue journée demain.

À l'évocation du jour suivant, le visage de Caetana retrouva son expression impénétrable et un nuage assombrit le vert liquide de ses yeux. Elle se retira la première sous prétexte d'aller voir comment allaient les petits.

Les autres la suivirent.

Puis la nuit froide s'effaça chassée par les premières lueurs de l'aube.

Elles étaient à nouveau assises autour de la table du petit déjeuner en cette matinée du 21 septembre 1835, lorsque Zefina déboula dans la salle à manger et, oubliant les bonnes manières et comment il fallait s'adresser aux dames, s'écria d'une voix suraiguë :

— Y'a un homme qu'arrive ! Il a un mouchoir rouge au chapeau ! Oh Seigneur, p'têtre qu'il apporte les nouvelles que ces dames attendent !

Caetana Joana Francisca Garcia Gonçalves n'eut pas la force de réprimander l'esclave. Elle se leva d'un bond, livide comme un fantôme. Son visage pâle se confondait avec sa robe de soie ivoire. Les femmes s'arrêtèrent de parler. Mariana avait dans la bouche un morceau de gâteau qu'elle oublia de mâcher. Caetana sortit en courant sur la véranda, suivie par dona Ana et toutes les autres, la tremblante Zefina en dernier : elle était en train de bercer Ana Joaquina quand elle avait aperçu par la fenêtre un homme qui arrivait au grand galop. Elle avait couché la petite dans son berceau et s'était précipitée dans la salle à manger. Ana Joaquina était restée sagement couchée, les yeux grands ouverts, balbutiant quelque chose que sa nourrice n'avait pas entendu.

Caetana descendit les marches de la véranda, ses parentes à sa suite. Elle vit l'homme descendre du cheval qu'il confia à un nègre, et s'approcher d'elle d'un pas rapide, la regardant avec le respect dû à une dame, et qui plus est à l'épouse du grand homme.

— *Buenos dias, señora* Caetana.

L'homme avait une voix forte et déférente.

— *Buenos dias,* répondit Caetana.

— Je vous apporte une lettre que le colonel Bento Gonçalves vous envoie, madame, dit-il en sortant de la poche de son gilet un papier jaune plié et cacheté du sceau rouge de Bento Gonçalves. Avec votre permission, madame.

Caetana lui arracha la lettre des mains, puis s'excusa de sa brusquerie. Le soldat lui rendit un sourire entendu. Dona Ana invita l'homme à prendre un maté et à manger un morceau dans la cuisine, ce qu'il accepta avec gratitude : il avait galopé depuis l'aube pour apporter le plus vite possible la lettre du colonel et il acceptait volontiers de se restaurer. Il avait aussi besoin de se reposer un peu avant de reprendre la route pour Porto Alegre où stationnait le reste de la troupe. Zé Pedra, un nègre trapu au visage renfrogné, mais qui avait un cœur d'or et qui avait porté sur son dos pour jouer au petit cheval les deux enfants de dona Ana, fit signe au soldat de le suivre jusqu'au fond de la grande maison.

Caetana courut vers le salon, s'assit dans un fauteuil, la lettre sur les genoux. Elle était tremblante mais attendit que ses compagnes s'installassent autour d'elle, l'une après l'autre, ses belles-sœurs, ses nièces, sa fille auprès d'elle, et que la négresse Zefina, dont l'homme combattait avec Antônio Netto pour la cause, se postât discrètement près de la fenêtre. Seulement alors, elle brisa le sceau rouge aux initiales de son mari. Il n'y avait pas un bruit dans le salon, même la brise avait cessé de secouer les branches des arbres. La voix de Caetana trembla légèrement quand elle commença à lire :

Ma chère Caetana,

J'écris ces lignes brèves depuis le cabinet de l'ancien gouverneur de notre province, Antônio Rodrigues Fernandes Braga, qui, pour preuve de son incapacité totale et de son manque de courage, a fui Porto Alegre par bateau avant même l'arrivée de nos troupes. Nous sommes entrés au petit matin dans la ville, sans trop d'affrontements et presque sans épanchement de sang. Je vous demande donc, à vous, à mes sœurs et à toutes les autres, de rester calmes et sereines, de garder votre foi en Dieu car Il est du côté des justes et qu'Il nous guide dans notre entreprise.

Les choses, ma Caetana, sont sur la bonne voie, mais il y a encore beaucoup à faire. Rio Pardo résiste toujours, mais nos troupes surmonteront cette nouvelle épreuve. La ville de Porto Alegre, au moment où je vous écris, demeure déserte et apeurée, car il est sûr que Braga et les siens ont fait courir les pires mensonges sur nos intentions quant au Rio Grande et à sa population. Mais soyez confiante, Caetana, car je vous enverrai bien vite de bonnes nouvelles.

Je me languis de vous, ma chère épouse. Je voudrais être auprès de vous, mais les devoirs dont je me sens redevable envers mon pays m'occupent. Distribuez mes baisers à mes enfants. Et demandez à Perpétua de prier pour moi, ses prières sont pleines de ferveur. Embrassez mes sœurs et dites-leur que tous ceux de notre famille vont bien et qu'ils se reposent en ce moment après la longue nuit que nous avons vécue.

Avec toute ma tendresse,

Bento Gonçalves da Silva
Porto Alegre, le 21 septembre 1835

Caetana avait les larmes aux yeux en terminant sa lecture. Dona Ana pleurait elle aussi, de soulagement et d'émotion. Elle n'avait pas dormi de la nuit en pensant à Paulo et à ses fils, mais à présent elle savait, elle était sûre que tous allaient bien, que la capitale leur appartenait et que la paix serait bientôt là.

— Dieu soit loué ! s'exclama Maria Manuela, pensant surtout à Antônio qui n'avait jamais combattu plutôt qu'à son mari connu dans toute la région pour son habileté au sabre.

Manuela, Mariana, Rosário et Perpétua se jetèrent joyeusement dans les bras les unes des autres. Perpétua, plus que les autres, était radieuse car son père avait parlé de la force de ses prières. Oui, elle prierait pour lui et pour ses troupes de toute la force de son âme. Rosário enlaça sa mère, elle était heureuse pour son oncle, pour son père et pour son frère, mais elle s'approcha de dona Ana et lui dit tout bas :

— Cette lettre veut-elle dire que nous pourrons rentrer à la maison, ma tante ?

— Cette lettre veut dire que nos hommes sont vivants, mon petit, ou qu'ils étaient vivants ce matin. Bento dit qu'il y a encore beaucoup à faire et que Rio Pardo résiste... Et elle ajouta dans un soupir qu'il fallait attendre. N'est-ce pas pour cela que nous avons été faites, ma fille, pour attendre ?

Rosário acquiesça avec résignation.

Elles retournèrent à table, et petit à petit reprirent leur repas où elles l'avaient laissé. Une chaleur nouvelle inondait le cœur de Caetana. Elle se dit qu'après le déjeuner, elle irait jouer un peu avec Leão et Marco Antônio, et leur raconter que leur père avait encore gagné une bataille et qu'il était un soldat valeureux.

Dona Antônia arriva dans la matinée et Caetana relut pour sa belle-sœur la lettre de Bento. Dona Antônia, le visage impassible, écouta les mots de son frère. C'était de bonnes nouvelles, sans doute. Ils avaient pris Porto Alegre. Elle adressa à Caetana un sourire léger auquel celle-ci répondit joyeusement. Puis elle tourna ses regards vers les champs. Un péon tentait de débourrer un poulain sauvage ; la terre rouge, labourée par les sabots nerveux de l'animal, s'élevait dans l'air en bourrasques violentes. Le péon résistait, il savait qu'il devait être plus patient que le cheval, il savait qu'il viendrait à bout de l'animal fatigué. Dona Antônia demeura un moment à apprécier le savoir-faire du jeune homme. Quelque chose brûlait dans le creux de sa poitrine, peut-être un mauvais présage. Ou peut-être, qui sait, des manifestations de l'âge. Oui, elle vieillissait, et les vieux, c'est connu, s'attendent toujours au pire.

Elle décida de chasser cette angoisse.

— Caetana, demanda-t-elle, voulez-vous me faire porter un maté s'il vous plaît ? Je suis venue à cheval depuis l'estancia et je ne sais pas, j'ai dû avaler de la poussière. Je me sens desséchée à l'intérieur.

Caetana replia soigneusement la lettre, la rangeant contre son sein. Elle se leva et rentra dans la maison pour demander à Beata de servir un maté à sa belle-sœur.

Le soir descendait doucement sur la pampa, une lumière rose, somptueuse, ouvrait ses ailes au-dessus du trentième parallèle, et cette lumière était magique. Elle rendait toutes choses plus belles, plus vastes.

De la fenêtre de la petite bibliothèque où elle était entrée pour prendre un roman français qu'elle était décidée à lire, Rosário regardait tomber le crépuscule. Ni son esprit, si attaché à la ville, aux bâtiments blancs, imposants, aux rues, aux salons et aux parvis des églises, ni son cœur, que faisaient vibrer les fêtes et les célébrations, ne pouvaient rester insensibles à la magie de cette lumière. Les arbres, les chèvrefeuilles qui grimpaient le long des murs latéraux de la maison avec leurs fleurs parfumées, tout paraissait atteindre une autre dimension sous la touche mystérieuse des ors du soleil couchant. Rosário appuya son visage entre ses mains, pencha son corps en avant, respirant l'odeur de terre qui montait du sol, une odeur de fin d'après-midi qui pénétrait les narines et calmait les angoisses les plus profondes de n'importe quel être vivant. Pendant un quart de seconde, une infime fraction de temps, elle ressentit de la colère contre elle-même et cette paix soudaine. Elle n'aimait pas la campagne. Mais quelque chose lâcha en elle et elle accepta de se rendre à ce bonheur simple. Depuis son enfance, elle n'avait pas autant apprécié une fin d'après-midi.

Dans les champs, les derniers péons rentraient au trot de leurs chevaux, les tâches de la journée achevées. Bientôt les premières étoiles, les plus brillantes, apparaîtraient dans le ciel. Les péons allumeraient un grand feu, mettraient un bon morceau de viande à griller sur la braise. L'un d'eux prendrait une guitare, et peut-être un de ces Indiens, comme ce Viriato qui s'occupait des chevaux de son père, jouerait-il de la flûte et sa musique triste emplirait la nuit de présages.

Rosário tourna le dos au crépuscule, elle avait repris ses esprits, le soleil se couchait, ce n'était rien d'autre :

un soleil disparaissant à l'horizon, un jour de plus, quelques hommes puant le cheval et la sueur qui rentraient à la maison, et elle, perdue au milieu de cette pampa infinie, sous un ciel immuable, dans l'attente d'un destin qui n'arrivait pas. Elle pensa à son père et à la promesse qu'il lui avait fait de l'amener en Europe quand elle aurait dix-huit ans. Elle en avait dix-neuf depuis à peine un mois, et son père lui avait dit qu'il faudrait attendre car des choses plus urgentes se présentaient, des choses sérieuses, la guerre peut-être, et en sa qualité d'homme du Rio Grande, de gaucho de la pampa, d'*estanciero,* d'homme d'honneur, il se devait de rester là et de se battre. Ainsi, son père avait mis fin à son rêve le plus cher. Quand tout se calmerait, ils pourraient à nouveau penser à ce voyage, à Paris, à Rome, les navires élégants, les salons de thé et les modes chics. En attendant, il l'avait envoyée à l'estancia de sa tante avec un baiser sur le front, lui demandant de bien se comporter et de prendre soin de sa mère et de ses sœurs.

Elle regardait par la fenêtre. Un manteau rougeoyant s'étalait à l'horizon.

— Que ce maudit soleil se couche une bonne fois pour toutes ! cria-t-elle avec rage.

Elle savait que personne ne pouvait l'entendre. Sa mère et ses tantes étaient sur la véranda, jouissant des dernières lueurs du jour. L'homme de Bento avait repris depuis peu le chemin de Porto Alegre, avec deux lettres de Caetana dans sa *guaiaca*[1] plus les billets que dona Ana et sa mère envoyaient à leurs propres maris. Et à présent, les femmes devaient être silencieuses, pensives et mélancoliques.

Elle pensa à ses sœurs et à sa cousine Perpétua ; il y avait quelque chose qui la différenciait des autres, c'était, elle en était sûre, une certaine *finesse*[2]. Perpétua était jolie, bien sûr, mais elle n'avait pas l'élégance de Caetana,

1. Mot d'origine indienne, sorte de large ceinture en cuir avec des poches portée par les cavaliers de la pampa pour transporter argent, armes, papiers...

2. En français dans le texte.

son port de reine. Et Manuela ? Manuela non plus ne manquait pas de grâce, mais elle était taciturne, réservée, quel homme tomberait amoureux d'une créature aussi silencieuse, aussi étrange ? Elle était encore très jeune du haut de ses quinze ans énigmatiques. Mariana aussi avait du charme – les femmes de la famille avaient toujours été belles – mais elle était dolente, elle aimait la campagne, elle était heureuse à l'estancia avec les autres. Toutes les trois pourraient attendre la fin de cette guerre, et d'une autre, et d'une autre encore, mais elle ? Elle était mûre pour les salons, elle valsait avec élégance, savait se tenir en société. Elle se rappela un officier de l'Empire, un jeune homme de vingt-quatre ans avec qui elle avait dansé plusieurs valses de suite dans un bal à Pelotas, quelque temps auparavant. Il s'appelait Eduardo. Ah, que de jolies choses lui avait-il dites... Qu'elle était digne, avec son port charmant, ses cheveux couleur d'or, de valser dans les salons de l'Empereur dont il était sûr qu'elle gagnerait toutes les faveurs. Eduardo Soares de Souza, ainsi s'appelait le jeune homme, avait de beaux yeux d'un vert tranquille. Elle se dit qu'il avait peut-être été envoyé à Porto Alegre pour combattre les rebelles, son oncle Bento, son père et son frère Antônio. Elle ressentit de la colère, non pas contre l'officier aimable et romantique qui lui avait tenu tant de galants propos, mais contre son père, contre la grosse barbe noire de Bento Gonçalves, elle ressentit de la colère contre le *charque*, le sel et toutes ces petitesses qui la faisaient souffrir aujourd'hui. Elle récita à toute allure un *Ave Maria* pour son cher Eduardo. Si Dieu le voulait, si la Vierge Marie voulait bien intercéder, bientôt ils seraient réunis et danseraient dans un salon, un salon élégant et riche où se croiserait une foule de dames et d'aimables gentilshommes. Peut-être à la Cour, qui sait, peut-être à la Cour...

La nuit commençait à étendre lentement son ombre. Elle s'assit dans le fauteuil en cuir noir et attendit que l'obscurité envahisse la pièce, réduisant les dorures à de simples ombres quotidiennes ; les livres sur les rayonnages n'étaient plus que de petites masses tristes et sans nom, serrées dans la bibliothèque en attendant que quelqu'un vienne les libérer.

Elle fit courir ses doigts fins sur la couverture de l'ouvrage qu'elle tenait. Elle apprécia la beauté de la typographie qu'elle ne pouvait que deviner dans la pénombre ambiante. Dans le corridor résonnaient les pas des négresses qui passaient, allumant les quinquets, disposant les candélabres. On frappa doucement à la porte.

— Entrez, dit-elle sans pouvoir dissimuler une certaine impatience.

On entendait, venant de dehors, un chant lointain. Elle pensa aux Indiens sans chemise qui se tenaient autour du feu et éprouva une sorte de dégoût.

— Vous voulez de la lumière, *sinhá*[1] ?

Viriata la regardait en souriant. Elle était si noire que Rosário la distinguait à peine, quasiment réduite à une rangée de dents blanches.

— Et pour quelle raison je voudrais rester dans le noir, créature ?

— Pardon, *sinhá*... – Viriata fit une petite révérence gauche et se mit en devoir d'allumer les lampes à huile. – Avec votre permission, demanda-t-elle en sortant précipitamment de la pièce car les yeux froids de cette jeune fille pâle lui inspiraient une certaine crainte.

La lumière douce réchauffait la pièce. Rosário se décida à lire un peu. Ce n'était pas encore l'heure du dîner et elle devrait sans doute attendre longtemps que vienne le sommeil. Elle ouvrit le livre, caressa le papier duveteux, du papier européen. Elle commença à lire avec difficulté, devinant plus qu'elle ne comprenait la narration, savourant le son mystérieux des mots plus que leur sens.

Le vent se lève dehors, un vent qui apporte un parfum de fleurs et de végétation. Par la fenêtre ouverte, une bourrasque entre et fait trembler la flamme des lampes. Rosário lève ses yeux bleus.

Face à elle, la bibliothèque en acajou se détache contre le mur blanc. Un froid glacial l'envahit. Ses mains

1. Déformation de *senhora*, madame, devenue la façon d'appeler les maîtresses et les jeunes filles des plantations, des estancias.

blanches sont abandonnées sur le livre, plus blanches encore, telles des colombes endormies.

Elle aperçoit, appuyée contre les étagères, la silhouette du jeune officier. Il ne bouge pas. Un bandage ensanglanté entoure son front et il est aussi pâle que les mains de Rosário, que le mur de la pièce. Il est livide mais il sourit. Par la fenêtre ouverte arrive l'odeur de la pampa, l'odeur de la nuit, une odeur de rêve. Le soldat porte un uniforme bleu, des médailles recouvrent sa poitrine. En vérité, Rosário s'en rend seulement compte maintenant, ce n'est pas un soldat mais un officier. Et il sourit. Il a des yeux verts et fiévreux, la bouche bien dessinée. Il soupire. Le parfum de fleurs devient de plus en plus fort, presque insupportable. La musique des péons arrive de très loin, de plus en plus loin.

Rosário de Paula Ferreira essaie de bouger mais ses mains reposent sur le livre et n'obéissent pas. Un cri reste prisonnier dans sa gorge. Ses yeux bleus s'écarquillent sous l'effet de la terreur.

— *¿Tienes miedo ?* Tu as peur ?

La voix de l'homme qui se tient devant elle semble venir de très loin, elle est chaude et basse, douce comme si elle sortait de ces flûtes fabriquées par les Indiens. Une flûte douce.

— *Tienes miedo,* Rosário ?

Non, voudrait-elle dire, non elle n'a pas peur. Elle est effrayée, son corps ne lui obéit plus, le parfum de fleurs la suffoque, un homme est entré dans le cabinet sans y être invité, un étranger, un jeune homme étrange, c'est vrai, un bel officier de quelque armée inconnue qui lui parle en espagnol. Non, elle n'a pas peur, voudrait-elle dire, mais sa bouche reste muette.

Le jeune officier paraît se mouvoir et pourtant la silhouette est toujours appuyée à la bibliothèque. Ses yeux verts luisent, luisent de fièvre. Il est sérieusement blessé à la tête. Elle devrait appeler dona Ana... Dona Ana connaît les herbes, elle pourra le soigner, elle ou les esclaves. Oui, les esclaves ont de bonnes recettes pour ça. Rosário tente de dire qu'elle va chercher de l'aide. Qu'elles ont les moyens de faire venir un médecin de Pelotas. Au galop, il pourrait arriver le lendemain matin, soigner le blessé, changer son bandage sale, sanglant, chasser la fièvre qui trouble ses longs yeux verts. Elle voudrait rassurer le jeune officier, mais elle ne peut pas. « *¿Tienes miedo ?* » la question sans réponse semble rebondir à travers la pièce. Réponds, réponds. Mais Rosário ne peut pas. Les larmes jaillissent de ses yeux. Elle voudrait appeler sa mère, elle voudrait appeler dona Rosa, il paraît qu'elle sait régler ces choses de l'autre monde.

Au prix d'un effort surhumain, toutes les cellules de son corps concentrées vers un seul objectif, se lever. Elle est debout à présent. Le livre a glissé à terre, ouvert. Rosário ne pense plus au livre. Elle a les yeux fixés sur l'officier qui sourit toujours. Tremblante, elle traverse la petite pièce. Elle pense : « Je vais chercher dona Ana. » Elle est livide. Appuyé à la bibliothèque, le jeune homme la regarde. Son bandage est rouge de sang. « *Tienes miedo...* », ce n'est plus une question mais une affirmation, triste, qui résonne dans les oreilles de Rosário tandis qu'elle se lance à travers le corridor dans une course éperdue.

Elle manque de faire tomber une des négresses dans sa fuite.

Dona Ana, Maria Manuela et Perpétua sont dans le salon, les autres doivent être dans leur chambre ou ailleurs. Dona Ana lève les yeux de son ouvrage et découvre sa nièce debout au milieu de la pièce ; elle tremble et son visage est blanc comme le givre. Ses yeux brillent d'une lueur étrange.

— Que se passe-t-il, mon petit ?

Dona Ana regarde sa nièce. Les autres aussi regardent Rosário.

— Tu ne te sens pas bien, ma fille ?

Maria Manuela s'approche de sa fille aînée et la prend dans ses bras. Elle tâte son front fiévreux.

Rosário s'écarte de sa mère. Elle regarde fixement dona Ana et dit :

— Ma tante, venez avec moi. Il y a un jeune homme dans le bureau, il est gravement blessé. Il a dû recevoir une balle.

Les femmes s'affolent. Beata, qui était dans la salle et fermait les rideaux, se signe. Mon Dieu, cela aurait-il débuté ? Les blessés commenceraient à arriver à la maison ?

— Comment ça, petite ? Un homme blessé par balle ? Allons-y !

Dona Ana se lève de son fauteuil, prend sa nièce par la main. Elle semble inquiète, mais elle reste calme et décidée. Les combats se rapprocheraient-ils ?

Elles partent en procession dans le corridor. Perpétua se demande si le soldat est jeune, s'il est beau. Elle a de la peine, elle a peur. Rosário essaie de contenir ses pas, elle n'a qu'une envie, partir de là en courant, s'enfuir, retourner à Pelotas. Elle a oublié de dire à sa tante que le garçon parle espagnol, mais cela n'a pas d'importance. Il doit brûler de fièvre et il est si bien fait.

Le cœur battant, dona Ana ouvre la porte du bureau. Elle parcourt la petite pièce des yeux : tout est tranquille, les livres bien rangés dans la bibliothèque, la chaise à sa place, l'encrier, le papier et la plume posés sur le secrétaire de Paulo. Les rideaux ondulent sous la brise champêtre. Il n'y a personne.

— Il n'y a personne ici, dit-elle, surprise.

— Mais il y avait quelqu'un, ma tante, je le jure.

Rosário a les yeux écarquillés. Elle touche le meuble, là où l'homme était appuyé. Il était resté là quelques minutes, ses yeux verts posés sur elle. Il saignait.

— Que vous arrive-t-il, ma fille ? – Maria Manuela est inquiète. Sa fille a un air étrange, égaré. – Il y avait vraiment un homme blessé ici ?

Rosário lui lance un regard désespéré, plein de larmes.

— Il y avait un jeune homme ici ! Je l'ai vu, je vous le jure ! Il était gravement blessé, avec un bandage autour de la tête le pauvre... Il saignait beaucoup... Il va peut-être mourir, soupire-t-elle. Il m'a parlé, tante Ana !

Dona Ana prend sa nièce par les épaules, délicatement. Elle l'oblige à la regarder au fond des yeux, de ses yeux noirs comme ceux de Bento Gonçalves, de ses yeux graves et bienveillants.

— Que vous a-t-il dit, Rosário ? Expliquez-moi ça, petite... S'il y a un homme ici, d'où qu'il vienne, il faut que nous le trouvions.

Rosário lance à sa tante un regard suppliant. L'homme lui a parlé. Il avait une voix douce et des yeux tristes. Il s'est exprimé en espagnol.

— En espagnol ? – Dona Ana ne comprend plus rien. Et que vous a-t-il dit, Rosário ?

— Il m'a demandé si j'avais peur... C'est tout. Il m'a demandé si j'avais peur de lui... – Rosário se met à pleurer. – Je n'avais pas peur de lui, ma tante... J'étais juste un peu effrayée, je le jure, et je ne pouvais pas bouger...

Dona Ana échange un regard inquiet avec sa sœur. Maria Manuela prend sa fille dans ses bras tandis que Perpétua regarde par la fenêtre : peut-être l'homme s'est-il échappé par là ? Dona Ana réunit tout le monde dans le salon où ont déboulé Caetana, Manuela et Mariana. Dans une maison habitée par des femmes, les nouvelles vont vite.

Rosário pleure désespérément, elle répète qu'elle ne ment pas, qu'il y avait un officier blessé dans le bureau, qu'il était jeune. Dona Ana est triste pour sa nièce. Elle se dit qu'elle est peut-être malade. L'angoisse, sans doute, peut provoquer ce genre de choses. Elle a souvent vu des gens délirer sous l'empire de l'angoisse... Et Rosário n'est pas solide, elle n'a pas hérité du caractère énergique des Gonçalves da Silva, elle est fragile, délicate.

Dona Ana s'approche de sa nièce et lui caresse les cheveux. Sa voix est très douce quand elle dit :

— Calmez-vous, Rosário... Je vais envoyer Manuel et des hommes jeter un coup d'œil dans les environs. Si le jeune homme s'est enfui, il ne doit pas être loin. Nous le ramènerons à la maison et nous nous occuperons de sa blessure, c'est entendu ? – Rosário hoche la tête et ses sanglots se font moins violents. – Maintenant, mon petit, vous allez vous coucher... Votre mère va vous accompagner dans votre chambre. Et j'enverrai Beata, tout à l'heure, vous porter un petit bol de bouillon... Ne vous inquiétez pas, nous nous occupons de tout cela, d'accord ?

— Il était gravement blessé..., ne cesse-t-elle de répéter.

Maria Manuela lui tend la main :

— Venez, ma chérie. Nous allons nous reposer un peu...

Elles quittent le salon. Les autres femmes entourent dona Ana, l'air interrogatif.

— Appelle Manuel et Zé Pedra, Beata. Et dis-leur de venir en vitesse.

La voix de dona Ana résonne dans la pièce. Beata sort en courant, traînant ses savates en tissu.

Elles dînèrent dans un silence inquiet. Ce que Rosário avait raconté n'avait aucun sens. S'il y avait un Espagnol blessé dans les parages, ce ne pouvait être dû qu'à une bagarre de jeu ou quelque chose de ce genre. Le Rio Grande n'était pas en guerre contre le Prata, la guerre qui venait d'éclater était intérieure... Qu'aurait bien pu faire un officier étranger dans la région ?

— Elle s'est endormie.

Maria Manuela arriva en retard au dîner. Elle était restée au chevet de sa fille, veillant sur son sommeil. Elle lui avait fait prendre une tisane de tilleul pour la calmer.

— Si on trouve cet homme il faudra avertir Bento. Il nous dira quoi faire.

Caetana doutait fort que Manuel revienne avec des nouvelles, cette histoire était très étrange.

— Ce qui m'importe c'est que cette petite ne tombe pas malade, dit dona Ana. Si cet individu réapparaît, nous le soignerons et nous l'enverrons à Porto Alegre. Mais si Manuel ne le trouve pas, laissez-moi faire ; je raconterai une histoire à Rosário pour la tranquilliser et nous ne parlerons plus de cela.

Dona Ana mangeait calmement. Au fond, elle savait bien qu'aucun Espagnol ne se promenait aux alentours. Peut-être la petite était-elle tout simplement terrorisée par la perspective d'une guerre.

Manuela gardait le silence. Elle pensa à sa sœur face à l'officier. Elle ne doutait pas de son existence. Peut-être s'agissait-il d'une rivalité amoureuse, d'un duel ? Qui sait si le pauvre garçon, en apercevant les lumières de la maison, n'était pas entré pour demander de l'aide ? Ce qu'elle ne comprenait pas c'est pourquoi il s'était enfui avant d'être secouru. Il pouvait mourir dans la campagne, les nuits étaient encore très froides.

Elles se tenaient là, sans réponse. Dehors un vent nerveux s'était levé et faisait gémir les arbres du bois. Peut-être pleuvrait-il cette nuit.

Ce n'est qu'après le dîner, quand Caetana se fut retirée pour aller voir ses enfants, que Manuel et Zé Pedra revinrent. Leurs bottes étaient boueuses, leurs vêtements trempés ; une pluie fine et glaciale avait commencé à tomber. Dona Ana sortit les rejoindre dans la cuisine.

— On n'a rien trouvé, dona Ana. Manuel s'apprêtait à s'asseoir pour dîner. Je vous assure qu'on a cherché partout, on est descendu jusqu'au fleuve. On est allé jusqu'à l'estancia de *sinhá* Antônia, et rien. Si ce jeune homme est passé par là, alors il a dû s'enfuir avec le diable.

— C'est bon, Manuel. Mais ne parlez de cette histoire à personne, pas même aux péons.

Zé Pedra mâchait furieusement ses haricots. Dona Ana savait que pas un mot ne sortirait de sa bouche, ce n'était pas pour rien qu'on l'appelait Pedra, pierre : c'était une tombe. Manuel enleva son chapeau à mentonnière et s'assit à table, non sans demander l'autorisation à sa patronne.

— Madame pense vraiment qu'il y avait un Espagnol blessé par ici ? s'enquit Manuel à voix basse.

Dona Ana sourit. Elle était enveloppée d'un grand châle en laine noire et avait l'air plus menue et fragile que lorsqu'elle arborait ses grandes jupes et ses dentelles.

— Je ne crois rien, Manuel... Ma mère disait toujours qu'on ne doit aller fouiller ni dans la tête des jeunes filles ni dans les nids de guêpes. La jeunesse est un moment bizarre, le mieux c'est de laisser passer l'orage. *Buenas noches*.

— *Buenas noches,* patronne, répondirent en chœur le nègre et le régisseur.

Dans sa chambre, Rosário dormait d'un sommeil agité où le regard vert et fiévreux de l'officier la poursuivait comme un vol de papillon. Elle se réveilla en pleine nuit, le silence oppressant de la campagne la terrifiait. Elle s'enroula dans sa couverture, et surmontant une panique archaïque, elle traversa le corridor dans l'obscurité et s'en fut frapper à la porte de sa mère.

— Je peux dormir avec vous ?

Maria Manuela sourit dans le noir. Elle se poussa de côté, et écartant ses couvertures pour faire une place à sa fille, dit d'une voix pâteuse de sommeil :

— Couchez-vous là, mon ange.

Elles s'endormirent main dans la main.

Cahiers de Manuela

Estancia de la Barra, 2 décembre 1835

Personne ne put donner une quelconque explication à propos de l'Espagnol qui était venu trouver Rosário, et le sujet ne fut plus abordé. Je me souviens que le lendemain, dona Ana s'enferma avec elle dans le bureau et qu'elles y restèrent deux bonnes heures. Rosário sortit de là les yeux rouges d'avoir pleuré, mais dona Ana rassura tout le monde :

— J'ai été jeune moi aussi. Cela passera... Quand les hommes seront de retour nous organiserons un bal. D'ici là Rosário aura oublié cette histoire.

Ainsi fut fait. On ne parla plus de l'incident.

Dona Antônia fit elle aussi peu cas de l'événement. Elle avait ses propres idées et ses propres certitudes. Elle se souciait des gens en chair et en os. Elle me regarda, lorsque j'eus fini de lui raconter la rencontre que ma sœur avait faite, et me dit : « Vous êtes une fille de bon sens, Manuela. Oubliez cela. Il y a dans notre province beaucoup de gens qui ont besoin que nous les aidions... Quant à votre sœur, ne vous inquiétez pas... Ces bêtises se guérissent avec le temps. »

Mais les jours qui suivirent, Rosário devint de plus en plus silencieuse et renfermée, et le resta jusqu'à aujourd'hui... Elle passe des après-midi entiers à lire enfermée dans le bureau de notre oncle, comme si cet endroit lui appartenait à elle seule, comme un autre pays qu'elle fréquenterait par la grâce de Dieu. Parfois elle demeure des heures devant sa coiffeuse, brossant ses cheveux, les nattant, et il lui arrive de se laver et de se parfumer dans l'espoir de ces moments-là... Sa mère ne sait plus que faire, pauvre femme, mais elle a d'autres soucis. Il paraît qu'Antônio a été blessé lors d'une escarmouche dans l'Azenha, un soldat impérial lui aurait donné un coup de sabre. Son père et Bento nous ont écrit tout de suite en disant tous les deux que c'était peu de chose, qu'Antônio était guéri et en bonne santé. Juste une égratignure à l'épaule, selon eux, qui ne lui avait valu qu'une nuit de fièvre, et qu'avec quelques compresses et de la patience tout était rentré dans l'ordre. Mais sa mère n'y croit pas, elle veut voir son fils de ses propres yeux. Elle rêve que la blessure d'Antônio est grave, qu'il a peut-être la gangrène, et elle se réveille en larmes, les yeux rougis. Dona Ana lui fait servir un thé et passe beaucoup de temps avec elle pour la dissuader de prendre une voiture et de se précipiter à Porto Alegre sur ces mauvaises routes, pour retrouver son Antônio.

Hier un messager est venu avec une longue lettre de Bento Gonçalves. Comme toujours, Caetana nous l'a lue à haute voix dans le salon. Elle nous informait que le nouveau gouverneur de la province, désigné par le Régent, était arrivé la veille au Rio Grande en provenance de Rio de Janeiro. Nous avons écouté avec appréhension Caetana murmurer son nom dans un souffle : José de Araújo Ribeiro. Rejeton d'une famille d'ici, un *Rio-Grandense*[1] contre d'autres *Rio-Grandenses.* Et je me suis demandé si cet homme, ce sudiste « impérial », sera celui par qui déferleront tous les malheurs que j'ai pressentis. Mais un nom ? Qu'est-ce qu'un nom seul, l'indice d'un destin ? Est-ce que nos noms portent en eux l'avenir qui nous est promis, est-ce que Bento, lorsqu'il était un nouveau-né, avait reçu, en même temps que son nom sur les fonts baptismaux, l'héritage de son pouvoir sur notre peuple ? Est-ce que la main d'Araújo Ribeiro est celle qui empoignera l'épée qui nous conduira à notre fin ?

1. Habitant du Rio Grande.

Bento Gonçalves viendra nous voir bientôt. Caetana a pleuré en lisant ces lignes. Nous avons toutes pleuré. Ma mère s'est demandé s'il amènerait Antônio avec lui... Nous ne savons pas. Mais oncle Bento arrive et cela nous emplit de joie. Et avec lui, les nouvelles. Et avec lui, la vérité. Ici, dans la maison, le temps passe lentement bien que le printemps ait apporté d'autres couleurs, que les champs soient en fleurs et beaux comme un salon décoré pour un bal. Seule Rosário, enfermée dans sa solitude, n'a pas semblé se réjouir de l'arrivée de Bento Gonçalves : peut-être n'a-t-elle même pas entendu ce que lisait Caetana.

Je me suis enfuie par la porte du fond pendant que les autres restaient dans la salle en commentant la lettre et tous ses détails. Dona Antônia était avec nous car on l'avait fait venir pour qu'elle prenne connaissance des nouvelles. Sa voix posée et forte se faisait entendre au-dessus des autres, elle prenait déjà des mesures pour accueillir comme il se devait son colonel de frère.

Dans la cour, autour du maté, Manuel, Zé Pedra et l'éclaireur, qui avait apporté la lettre du colonel Bento, échangeaient de rares propos tout en aspirant chacun leur tour le liquide amer et chaud de la calebasse. On ne parle pas beaucoup dans nos régions, les habitants du Rio Grande ont le cœur fermé comme un coffre-fort. C'est une façon de garder sa joie pour soi, dit toujours dona Ana quand je fais allusion à notre caractère secret, car j'ai moi-même cette façon d'être, ces paroles mesurées qui ont parfois du mal à sortir de ma bouche.

Néanmoins, malgré les longs silences qui accompagnaient l'absorption de leur maté, les hommes avaient l'air satisfait, une lueur d'orgueil brillait dans leurs yeux aux sourcils épais. Et moi, faisant mine d'aller chercher l'un des chiots de Nega, la chienne qui a mis bas la semaine dernière, j'ai pu entendre de la bouche du messager :

— Porto Alegre est à nous, je vous le dis. J'ai vu les « impériaux » fuir comme une volée de moineaux. Bientôt nous occuperons tout le Rio Grande.

Une bouffée de joie m'a envahie. J'ai choisi un petit au hasard – le bonheur me troublait la vue –, ils étaient tous dans une grande caisse tapissée de bouts de tissu, contre leur mère qui dormait épuisée, et je l'ai pris contre mon cœur. Il était adorable et j'étais heureuse.

— Vous allez être mien, petit chien, et vous vous appellerez Regente.

Regente aujourd'hui me suit partout mais dona Ana n'en veut pas dans la maison. Elle déteste que les animaux se promènent dans ses salons, car, dit-elle, ils transportent des maladies et des puces. J'ai demandé et Mariana a permis qu'il reste dans notre chambre pourvu qu'il ne pleurniche pas. Regente ne pleurniche pas, il sait se tenir. Pendant que j'écris ces lignes, il est à côté de moi me fixant de ses petits yeux noirs et vifs ; c'est une boule dodue et luisante, au poil ras, épais et noir, avec une tête minuscule et une tache blanche qui descend d'entre ses yeux jusqu'à son museau. Depuis que je l'ai adopté, il ne m'a jamais quittée, j'aime sa compagnie parce qu'il ne me demande rien, il me suit c'est tout.

Nous nous sommes baignés dans l'étang hier après-midi, Regente a nagé comme un poisson et il s'est endormi profondément après, niché sur le vieux dessus-de-lit qui lui sert de couche.

Bento Gonçalves arrive demain à l'estancia. Les femmes sont toutes en effervescence. Dona Ana a voulu faire elle-même la *pessegada*[1] que son frère aime tellement. Les négresses n'arrêtent pas, elles courent de tous côtés, nettoyant l'argenterie, astiquant la maison, lavant et repassant les nappes, aérant les rideaux de velours, frottant les planchers à la brosse. Même les chevaux ont été brossés, et les péons ont reçu de dona Ana du maté et de la viande à griller. Nous sommes en fête comme si c'était Noël... Pourvu que la nuit ne soit pas trop longue.

Manuela

1. Dessert typique du Rio Grande, sorte de marmelade de pêches.

Le jour n'était pas encore levé quand un envoyé vint avertir Beata : le colonel Bento Gonçalves, plus un groupe de cavaliers, était sur le point d'arriver à l'estancia. Avec eux il y avait Antônio, le fils de Maria Manuela, qui avait le bras en écharpe.

— Ils ne sont pas encore à la barrière, dit le gaucho en se grattant la barbe. Mais vous pouvez déjà prévenir dona Ana : ils seront là pour le maté du matin.

Beata sauta de joie, fit un grand sourire et se précipita dans la maison.

Un soleil timide et doré déchirait les nuages, et le parfum des bois, renforcé par l'humidité de la rosée, se faisait encore sentir en ce petit matin de décembre. La campagne avait des airs d'été. Au loin, le bétail paissait. Le péon regarda autour de lui – tout était parfaitement en ordre, le maître serait satisfait –, puis il fit faire une volte à son cheval et se dirigea vers l'écurie. Manuel était là-bas, occupé avec les chevaux. Il fallait qu'il le prévienne de l'arrivée du colonel.

La maison s'était réveillée plus tôt que d'habitude. Les esclaves allaient et venaient portant des baquets d'eau, des serviettes, des linges. Beata répandait la nouvelle auprès de tous ceux qu'elle croisait dans le corridor. Zé Pedra prenait son maté, appuyé à la porte.

— Le colonel Bento arrive !

Beata hurlait d'une voix suraiguë. Pas un muscle du visage du puissant nègre ne bougea. Il finit d'avaler son maté amer et parla d'une voix tranquille, de son ton habituel :

— Et alors tu fais quoi là, petite négresse du diable ? Va prévenir dona Ana, au lieu d'être là à crier sur tout le monde.

Beata sortit de la cuisine en coup de vent. Tous craignaient Zé Pedra qui, disait-on, avait été contremaître là-bas du côté de Cerro Largo et qui était l'homme de confiance de dona Ana. On racontait aussi qu'il était affranchi, qu'il avait acheté sa liberté, mais Zé Pedra ne divulguait rien de sa vie, ni pour mentir, ni pour démentir les racontars.

Beata emprunta le couloir en traînant la savate. Arrivée à la dernière porte elle s'arrêta, arrangea ses jupons et frappa doucement. La voix de dona Ana se fit entendre :

— Entre, Beata.

Elle reconnaissait le pas léger et vif de l'esclave.

Dona Ana finissait de se préparer. Milú était en train de lui épingler les cheveux au sommet de la tête et Beata remarqua avec plaisir la robe neuve, décorée de rubans de velours. Elle s'éclaircit la gorge et annonça :

— Le colonel Bento est là. Il doit être en train de descendre de cheval. Il est venu avec des soldats. Y'a M. Antônio avec lui.

— Dieu soit loué, dit dona Ana dans un sourire. Dépêche-toi, Milú. Je veux aller recevoir mon frère.

Bento Gonçalves était un homme de haute taille, à la barbe noire et fournie, à l'allure aristocratique. Il ne faisait pas ses quarante-six ans, car tout en lui, même dans les plus petits gestes, respirait l'énergie. Mais il était réservé, grave et rassurant. Il était, pour toutes ces raisons, l'homme fort de la révolution, un gaucho un vrai. Courageux et calme. Il portait ce matin-là un dolman bleu, des *bombachas*[1] sombres, le chapeau à mentonnière, et fixés à ses bottes de cuir noir, des éperons d'argent parfaitement astiqués et brillants. Un foulard de soie rouge entourait son cou.

1. *Bombachas* : vêtement de la pampa, sorte de pantalon très large et bouffant que portent les gauchos argentins, brésiliens ou uruguayens.

Il descendit de son alezan, tapota le flanc de l'animal et salua joyeusement le régisseur

— Comment ça va. Manuel ? Tout va bien par chez nous ?

— Tout est en ordre, colonel. Le printemps a été bienveillant. Un cheval sauvage a amoché un des péons, mais le gars est maintenant sur pied et on s'est occupé de l'animal.

— *Bueno*, dit Bento Gonçalves.

João Congo, l'esclave de confiance du colonel, s'approcha pour emmener l'alezan. Bento lui sourit. Il était heureux d'être à la maison et de revoir Caetana et ses jeunes enfants. Il huma l'air qui embaumait le jasmin et fut envahi par une furieuse envie d'aller se baigner dans l'étang, puis de passer l'après-midi dans un hamac en regardant les nuages filer dans le ciel. Il était depuis deux mois à Porto Alegre, dans ce palais sévère et sombre, étouffant de velours et de valets en livrée. À présent, il était là, chez lui, trois jours de calme et de nature lui feraient sacrément du bien.

Antônio de Paula Ferreira, fils aîné de Maria Manuela, posa sa main gauche sur l'épaule de son oncle. Son bras droit était immobilisé par une attelle grise de poussière.

— C'est bon d'être à la maison, n'est-ce pas, mon oncle ? C'est une belle journée...

Le jeune homme souriait. Il avait des yeux clairs et sa peau très blanche contrastait avec ses cheveux noirs en broussaille.

— Oui, c'est bon d'être à la maison, Antônio. Et en plus avec ce si joli temps... Vous ne rentrez pas pour rassurer votre mère ? Elle m'a écrit plus d'une dizaine de lettres me demandant que je vous amène avec moi.

Antônio sourit, il confia son cheval à Zé Pedra et entra dans la maison en appelant Maria Manuela d'une voix gaie. Bento Gonçalves s'amusa de la joie de son neveu. Son épaule était guérie mais la blessure avait été préoccupante : heureusement il y avait de bons médecins à Porto Alegre. Antônio et sa petite troupe avaient croisé un groupe d'impériaux prêts à en découdre. L'un d'eux avait reconnu, dans le grand et beau garçon, le neveu du colonel Bento et avait essayé de le transpercer de sa lance. Cela avait été une escarmouche rapide, mais les impériaux étaient en plus grand nombre et avaient donné du fil à retordre aux rebelles. Antônio était arrivé au palais quelques heures plus tard, l'épaule en sang. La lance du maudit soldat avait pénétré profondément, causant de gros dégâts. Bento Gonçalves ne voulait pas ramener à la maison un garçon auquel il manquerait un bras. Cela n'aurait pas été supportable.

Deux autres hommes mirent pied à terre. L'un d'eux était un Italien, grand, les traits délicats, la peau très blanche et avec des manières aristocratiques. C'était un comte qui avait fui l'Italie et qui était à présent le secrétaire très vaillant de Bento Gonçalves. Il s'appelait Tito Lívio Zambeccari.

— Mon cher Tito, nous allons aujourd'hui manger ce qu'il y a de meilleur. Rien de mieux que d'être chez soi. Soyez à l'aise ici, mon ami, annonça Bento Gonçalves qui aimait bien cet Italien aux façons courtoises et à la culture impressionnante.

L'Italien sourit.

— Qui ne se sentirait à l'aise sous d'aussi beaux cieux colonel ? Et cette odeur de pain qui arrive jusqu'à nous... On dirait un rêve.

— Vous ne rêvez pas, je vous le garantis, Tito. Attendez de voir les mets que ma sœur a fait préparer. Elle est persuadée que les guerriers doivent manger pour dix.

Le dernier à descendre de cheval fut Pedro, le plus jeune fils de dona Ana. C'était un jeune homme de vingt ans à la peau brune et aux yeux sombres. De nature discrète, il parlait peu, mais s'était révélé un soldat valeureux. Il tendit les rênes à Manuel qui sourit au fils du patron.

— Soyez le bienvenu, monsieur Pedro. On a là une jeune jument tout juste débourrée qui n'attendait que vous.

— *Macanudo,* formidable, Manuel. – Pedro donna l'accolade au régisseur qu'il connaissait depuis toujours. – Je rentre saluer ma mère.

Ce fut inutile.

Déjà, dona Ana et Caetana apparaissaient, tout sourires, à la porte de la cuisine.

Caetana était belle, vêtue d'une robe d'un bleu clair qui faisait ressortir l'éclat de ses yeux, ses cheveux noués en une tresse épaisse. Elle aperçut son mari debout au milieu de la cour et qui disait quelque chose à João Congo. Elle ne put retenir un cri de joie :

— Bento !

Elle avait mal dormi cette nuit-là et s'était réveillée toutes les heures, en nage, nerveuse, dans l'attente du lever du soleil, du bruit qu'auraient fait les hommes en arrivant. Mais la nuit se traînait, avec ses piaillements d'oiseaux nocturnes et ses silences de rosée, avec ses hululements de hiboux et ses criailleries de chauves-souris. Elle s'était levée avant l'aube.

Maintenant elle courait vers son mari. Le visage de Bento Gonçalves dégageait une douceur nouvelle qui irradiait jusque dans ses yeux noirs quand il aperçut sa femme. Il la serra avec force, la faisant presque disparaître entre ses bras puissants.

— Ma chère... Vous êtes si *hermosa*, plus encore que dans mon souvenir !

Caetana rit de plaisir. Elle caressa la barbe de ce colonel plein de rêves.

— Et vous ? Avez-vous pris soin de vous comme je vous l'ai demandé ? Avez-vous dormi et mangé convenablement ? Ou n'avez-vous pensé qu'à vous battre ?

Bento éclata de rire.

— J'ai été bien loin des combats, Caetana. Assis derrière une table comme un juge. Et aujourd'hui je viens pour rencontrer ce M. Araújo, à Pelotas. Cette guerre ne s'est pas encore faite par les armes.

— C'est bien, c'est bien, dit l'Uruguayenne aux yeux d'émeraude. Rentrons, la table est mise et couverte de bonnes choses. Ah, et vos enfants sont impatients de vous voir.

— Allons-y donc. Et le colonel s'engagea d'un pas ferme, donnant le bras à Caetana.

Dans la cuisine, il embrassa sa sœur, dona Ana. De la salle à manger parvenaient les rires et les cris des enfants qui jouaient à la guerre avec Antônio et Pedro, courant autour de la longue table.

Rosário écoutait avec attention les histoires que racontait le comte. Elle aimait l'éclat de ses yeux clairs, ses manières élégantes de salon. Tito Lívio Zambeccari avait une voix posée et douce. Rosário l'imaginait dans son château en Italie. C'était un comte, n'est-ce pas, par conséquent il devait avoir un château.

Tout le monde était à table. Maria Manuela entourait Antônio d'attentions, heureuse de voir que son fils avait bonne mine. Elle lui avait déjà fait prendre un grand bain dans un baquet, changer son pansement et servir ses plats favoris.

Présidant la table, Bento Gonçalves parlait :

— L'homme est arrivé dans la province il y a une quinzaine de jours, sans descendre du bateau. S'il ne vient pas à Porto Alegre occuper son poste, les choses vont mal se passer. Nous ne pouvons rien faire, nous attendons qu'il se décide. Si Araújo Ribeiro refuse de nous reconnaître, alors nous déclarerons la guerre.

Dona Ana échangea un long regard avec son frère chez qui elle perçut une pointe d'angoisse. Mais son expression était ferme, fière, l'expression d'un chef. Les choses n'étaient pas ce qu'elle croyait, rien n'était encore sûr. Les impériaux s'opposaient au mouvement. Et qui était cet Araújo Ribeiro, où se trouvait-il ? Elle formula ses questions à voix haute. Bento Gonçalves sourit, réfléchit un instant, choisissant les mots justes avant de répondre.

— José de Araújo Ribeiro habite actuellement sur le brick *Sept Septembre*[1], Ana. Il n'a pas osé mettre le pied sur le sol du Rio Grande. Mais nous allons nous rencontrer demain... Ce n'est pas pour rien que je vais me rendre à la fête de Rodrigues Barcelos. Je veux voir ce qu'Araújo a à me dire, face à face. Et quelles sont ses intentions. Onofre et les autres sont à leur poste, nous sommes très bien organisés. On va voir si cet Araújo fait le malin avec moi !

1. Le 7 septembre 1822 est la date de l'indépendance du Brésil.

Les femmes ouvraient de grands yeux. La ferveur déterminée de son frère fit sourire dona Ana. Ce qui devait arriver arriverait, se dit-elle.

— Je vais faire servir la *pessegada*, annonça-t-elle simplement.

Le comte Tito eut un sourire de satisfaction.

Et le repas se poursuivit dans un climat paisible de retrouvailles familiales. Manuela et Mariana remarquèrent les sourires qui affleuraient à nouveau sur le visage de leur sœur. Depuis l'épisode de l'Espagnol, Rosário n'avait pas eu l'air aussi heureuse. Elle ne quittait pas du regard le visage aristocratique du jeune comte.

Dona Antônia apparut après la sieste. La veille elle avait reçu le message l'avertissant de la venue de Bento Gonçalves, mais elle avait passé une partie de la matinée occupée à traiter ses affaires de vente de bétail, et n'avait pu quitter l'estancia du Brejo que dans l'après-midi. Elle avait pris la calèche. Elle apportait un panier d'oranges fraîchement cueillies pour ses neveux.

Elle trouva Bento Gonçalves assis sur la véranda, un maté à la main. Il avait passé un bon moment avec Caetana, puis il avait pris un bain, avait revêtu des *bombachas*, des bottes, une chemise blanche bien repassée – quel bonheur que ces attentions féminines –, il était là, fumant une cigarette que João Congo venait de lui rouler. Il avait eu plaisir à regarder passer une petite Indienne qui travaillait dans la maison, une gamine de quinze, seize ans tout au plus, et il se disait que cette chair jeune, de jeune fille vierge, toute neuve, était bien appétissante.

L'arrivée de dona Antônia mit fin à ses rêveries.

— Que je suis heureuse, Bento !

Ils s'embrassèrent tendrement. Bento Gonçalves da Silva avait un grand respect pour sa sœur aînée, une femme pleine de discernement, *estancieira* très compétente qui lui rappelait beaucoup dona Perpétua avec ses décisions bien pensées, sa voix calme, nourrie de l'expérience d'une vie accomplie. Ils parlèrent de la famille, des travaux des champs, du bétail, des difficultés qui n'allaient pas manquer de naître avec la guerre. Dona Antônia accepta un maté. La lumière de l'après-midi commençait à perdre de son éclat. Les *quero-queros* chantaient. Manuela passa au loin, chevauchant en compagnie de son frère.

— Ces deux-là sont de la même trempe, dit dona Antônia.

— Ce sont de purs Gonçalves.

Bento regarda les deux cavaliers jusqu'à ce qu'ils ne deviennent plus que deux petites taches à l'horizon. Les cheveux noirs de Manuela bougeaient dans le vent comme s'ils étaient vivants. Bento sourit. Elle fera une bonne épouse pour Joaquim.

— Manuela a la tête sur les épaules.

— Et le cœur ? Savez-vous quelque chose ? Après tout, elles sont toutes ici depuis des mois. Savez-vous si elle a de l'affection pour Joaquim ?

Dona Antônia tendit le maté à son frère. Son regard se posa sur les mains calleuses, puissantes, viriles qui saisissaient la calebasse avec une délicatesse étonnante.

— Vous voyez, Bento, pour ce qui est de savoir, je ne sais rien. Manuela n'est pas bavarde, vous connaissez ses silences. Mais elle a la tête sur les épaules, comme je le disais. Pourquoi n'aurait-elle pas de l'affection pour Joaquim qui est un garçon de belle prestance, riche et beau ? Quand Joaquim aura fini ses études de médecine, ils se marieront, soyez tranquille.

Bento Gonçalves sourit et envoya João Congo chercher de l'eau. Il regarda sa sœur au fond des yeux, et c'est comme s'il se regardait lui-même, et répondit :

— Laissez, Antônia... Parfois je me tracasse pour rien. Des choses de vieux. Joaquim et Manuela feront un beau couple, sans aucun doute. Pour leurs noces, j'organiserai une fête comme il n'y en a jamais eu dans ces contrées.

Le nègre João Congo revint avec une bouilloire d'eau chaude et remplit la calebasse du patron. Antônia observait l'homme à ses côtés. Il était inquiet, quelque chose en lui ne tenait pas en place. Elle le regarda, appuyé sur le dossier de sa chaise, les yeux fixés sur l'horizon rougeoyant du soleil couchant, mais c'était comme s'il ne voyait rien, c'était comme si Bento n'était pas là, au milieu de cette tranquillité, de cette paix champêtre. Et elle comprit alors ce qu'elle pressentait : dans les yeux de Bento, les yeux noirs et intenses de Bento, une lueur de fureur brillait comme une flamme.

Son frère se tourna brusquement vers elle.

— Antônia, je veux que vous sachiez ; si cette guerre doit éclater, j'aurais besoin de votre aide.

— Vous pouvez compter sur moi, Bento, sa voix était ferme. Je vous l'ai dit le premier jour et je vous le redis aujourd'hui.

— *Bueno.*

Le comte apparut devant la maison. Il souriait, le visage frais, l'air satisfait. Bento lui offrit un maté. Tito Lívio Zambaccari déclina l'offre en remerciant. En fait, il ne s'était jamais habitué à cette boisson amère ni à la *bombilla*[1] qui lui brûlait les lèvres. Il préférait un verre de vin, en bon Italien qu'il était. Il n'avait pas revu son pays depuis longtemps. Il contempla ces plaines qui s'étendaient à l'infini, recouvertes d'une herbe dense et verte, il pensa aux terres de son père, si différentes, escarpées mais belles, belles comme ne peuvent l'être que les réminiscences du passé. Il sentit son cœur se serrer.

— Approchez-vous, Tito. Nous sommes en train de bavarder, ma sœur et moi, en goûtant cette belle fin d'après-midi.

João Congo approcha une chaise pour le jeune homme. Tito Lívio remercia poliment. Dona Antônia ressentait de la sympathie pour cet Italien aux yeux clairs : il y avait en lui quelque chose qui évoquait les romans d'aventures et pourtant il avait un air de fragilité, une pâleur. La voix maternelle de dona Antônia s'éleva :

— Vous ne voulez pas un maté ? Alors je vais vous faire apporter un jus d'orange bien frais. Ce sont des oranges de mon verger.

— Je vous remercie, dona Antônia. – Tito sourit timidement. – Un jus d'orange me fera beaucoup de bien.

Bento fit un geste de la main :

1. Sorte de paille en argent avec laquelle on aspire le maté dans sa calebasse.

— Vous voyez, Tito, ma sœur est ainsi, elle s'occupe de tout le monde. – Puis en changeant de ton : – Demain, nous partirons tôt pour Pelotas. Nous deux plus Caetana et Congo. Après le bal nous reviendrons ici, nous prendrons au passage Antônio et Pedro, et nous regagnerons Porto Alegre. C'est maintenant que les choses vont devenir sérieuses. Je veux voir de quelle trempe est fait cet Araújo.

Rosário se glissa dans le corridor, comme une ombre. Elle ne rencontra personne, à part une petite négresse qui balayait la véranda de derrière en sifflotant. En pensant au comte, une agréable chaleur lui vint au visage. Où se trouvait-il en ce moment ? L'heure de la sieste était passée depuis un moment, serait-il en train de chevaucher à travers les terres de l'estancia ? Peut-être était-il en conversation avec le colonel Bento ? Oui, ils devaient avoir beaucoup de sujets à traiter. Plus tard, elle appellerait Antônio pour une balade en calèche et en profiterait pour lui demander discrètement de lui parler de ce Tito, ce comte aux yeux bleus qui se trouvait si loin de chez lui, un homme si raffiné, qui parlait tant de langues, perdu sur ces terres sauvages et qui faisait le secrétaire pour le colonel. Oui, il y avait beaucoup à découvrir sur le comte. Mais malgré cela, il n'était pas question de manquer son rendez-vous. Le soir tombait, la chaleur montait de la terre, l'éclat du soleil perdait de son intensité laissant un peu de repos aux pâturages et au bétail. Il devait être un peu plus de 18 heures.

Rosário entre dans la bibliothèque et ferme la porte à clé. Dona Ana n'aimait pas que l'on s'enfermât dans les chambres. « Nous n'avons pas de secrets dans cette maison », disait-elle. Mais dona Ana était occupée avec ses visiteurs et elle ne songerait sûrement pas à la chercher. Rosário tire les rideaux, la pénombre prend possession de la petite pièce.

C'est bien. Il n'aime pas la lumière. La lumière blesse ses yeux.

Rosário s'installe dans le fauteuil, croise ses mains sur ses genoux et attend. Son cœur bat la chamade.

Je dois rester calme. Il est déjà venu me voir deux fois. Il n'y a là rien de mal.

Elle ferme les yeux un instant. Quant elle les rouvre, il est là. Appuyé contre la bibliothèque comme la première fois qu'elle l'avait vu. Le bandage autour de sa tête est rouge. Ses yeux verts brûlent de fièvre et d'amour. Il lui sourit doucement. Il est épuisé, il le lui a dit tant de fois... Rosário éprouve de la peine, de l'amour, de la peur. Non, pas peur de lui qui lui est déjà si cher, mais plutôt que les forces lui manquent et qu'il ne puisse plus venir la voir. Son visage est blanc comme du papier, les lèvres décolorées.

— *¿Usted está bien ?*

Sa voix n'est qu'un souffle dans les oreilles de Rosário, un souffle tiède.

Elle rougit. Elle répond, d'un filet de voix : « Oui, je vais bien. » Elle lui dit aussi qu'elle a pensé à lui, qu'elle s'est demandé s'il viendrait. La maison est pleine de visiteurs. Et elle sait qu'il craint les étrangers. « Je le connais, je connais Bento Gonçalves, Rosário, répond-il. Nous nous sommes rencontrés dans la province Cisplatine », et en disant ces mots son visage grimace de douleur.

Rosário veut se lever pour le toucher mais l'officier fait un geste. « *Está bien, Rosário...* », dit-il seulement. Rosário remarque que le bandage est tout d'un coup poisseux de sang. Une étrange vision lui fait entrevoir la main de Bento brandissant l'épée qui a déchiré cette chair et a donné à ce visage, qu'elle commence déjà à aimer, cette pâleur et cette tristesse. Ses yeux se remplissent de larmes.

— Esteban..., sa voix tremble. Esteban, ne soyez pas malheureux... Ils sont dehors. Oublions-les, ils ne comptent pas.

— *¿Lo juras ?*

Le vert de ses yeux brille. Rosário se demande si elle pourrait un jour le serrer dans ses bras, l'embrasser, valser avec lui dans un bal.

— Je le jure, Esteban... J'ai passé l'après-midi à vous attendre. Ne laissons pas mon oncle détruire aussi ces moments.

L'officier sourit. Son visage reprend un semblant de couleur. Il se tourne vers les étagères, reste un moment immobile avant de choisir un livre. Il l'ouvre, et d'une voix basse, commence à lire un passage à Rosário. Dans son espagnol chaud et rythmé, il raconte une nuit sous un ciel étoilé. Rosário soupire et se laisse emporter. Dehors, la nuit allume ses premières étoiles dans le ciel d'été.

Cahiers de Manuela

Estancia de la Barra, 5 décembre 1835

Ils sont partis au petit matin. Mais même à cette heure matinale, la chaleur se faisait déjà sentir. João Congo, assis à côté du cocher, nous a dit au revoir en faisant des signes de sa grosse main. Caetana, au fenestron de la calèche, avait le regard tourné vers nous, elle portait une légère robe de voyage bleue, mais dans la malle elle avait rangé une somptueuse robe de bal. J'ai entendu mon oncle Bento lui dire : « Je veux que tu sois belle comme jamais. Qu'ils sachent qui nous sommes. »

Perpétua a supplié sa mère de lui permettre de les accompagner, elle danserait avec le comte, elle avait tellement envie d'aller à la fête, valser, danser la *chimarrita,* voir des gens et écouter de la musique. Bento Gonçalves s'est fâché. Il l'a traitée de sotte, lui a dit que l'heure n'était pas aux divertissements, qu'il avait la responsabilité de toute la province. Il allait à Pelotas pour traiter d'un sujet grave. Perpétua est sortie du salon en courant, je crois qu'elle pleurait. Cela s'est passé hier soir, elle n'est pas venue dîner avec nous et n'est pas allée saluer ses parents sur la véranda.

Les grillons chantent dans la nuit. Il est tard déjà.

Mariana n'est pas encore venue se coucher, elle doit être en train de bavarder avec Pedro et Antônio. C'est si bon d'avoir mon frère ici, même si c'est pour peu de temps. Antônio nous a parlé du comte Zambeccari. Il dit qu'il a fui l'Italie où il conspirait contre le roi. Il est passé par l'Espagne, l'Uruguay et maintenant il était là, secrétaire très fidèle de Bento Gonçalves. Rosário semblait beaucoup s'intéresser au comte, elle a posé des questions, elle voulait qu'il lui raconte des choses plus personnelles. Antônio s'est moqué d'elle et lui a dit que Tito n'était pas un homme de romances mais d'idées.

Il y a d'autres hommes derrière tout cela, des hommes de notre Rio Grande dont les rêves sont les mêmes ou presque que ceux de Bento Gonçalves, et d'autres encore qui rêvent d'une république. Le colonel Antônio Netto de Souza, de Bagé, Onofre Pires cousin de ma mère, le major José Gomes de Vasconcelos Jardim, le major João Manoel de Lima e Silva, le capitaine José Afonso Corte Leal, le capitaine Lucas de Oliveira et tant d'autres. Certains veulent seulement que le Régent les écoute, d'autres parlent avec ferveur d'une république et de la fin de l'esclavage. Antônio évoque cette république et ses yeux brillent, des yeux ardents de jeune homme aspirant à un avenir meilleur. Dona Ana lui demande de cesser de nous raconter des bêtises. Elle explique que Bento Gonçalves veut seulement un nouveau président pour la province, qu'il reconnaisse les droits des *estancieiros* et leurs revendications. C'est tout ce qu'il veut. Le reste n'est qu'utopie, dit-elle. Illusions.

Antônio ne répond rien, il baisse les yeux, respectueusement. Quand il relève la tête, il y a encore cette flamme dans son regard. Je la vois comme un halo, un halo doré qui forme un cercle autour de ses iris. Peut-être que les autres ne remarquent rien. Ma mère, assise dans un fauteuil, brode sa nappe avec quelque chose qui ressemble à de la colère, elle n'aime pas que l'on parle de guerre ou de politique. Rosário reprend ses questions personnelles sur le comte. Antônio répond en plaisantant qu'il n'est pas une commère cancanière, qu'il ne farfouille pas dans la vie du comte. Il continue à rire et à plaisanter, mais je le sais, je le sens, Antônio est républicain, il aime cette utopie et il lutte pour elle du plus profond de son âme. Je me demande si Bento Gonçalves se rend compte de l'immense mécanisme qu'il a mis en mouvement quand il est parti avec ses troupes sur Porto

Alegre, et je me demande aussi si le colonel réussira à dompter ce cheval fou qui commence déjà à caracoler à travers la pampa, dans les yeux de mon frère aîné, dans les yeux de Pedro et de tant d'autres éparpillés dans nos contrées...

Des rires parviennent du salon. Je suis dans ma chambre, tranquille, et j'écris ces lignes. Pour qui ? Pour que je les lise dans quelques années et que je me souvienne de ces jours passés à la Barra, sur les rives du Camaquã, ces jours silencieux que nous avons vécus dans l'attente ? Je ne sais pas pourquoi j'écris, quelque chose me pousse, une envie guide mes doigts, dirige ma plume... Je me demande comment se déroule le bal... Caetana a emporté dans sa malle une robe vert émeraude, en soie, décolletée et garnie de dentelles. Elle doit être belle, plus belle que tout ce que l'on peut imaginer. Bento Gonçalves est sûrement très élégant, sérieux, grave, sa barbe taillée avec soin, sa chemise de soie blanche, le *chiripá*[1] pris dans sa ceinture. Beaucoup de choses seront résolues au cours de cette rencontre, ou aucune. Demain soir nous saurons ce qu'il en a été. Ils seront de retour. Caetana restera avec nous, oncle Bento et le comte viendront chercher Antônio et Pedro, ils ne feront que passer, d'autres les attendent.

Oui, c'est ainsi, les hommes rejoignent leurs guerres, leurs combats, partent conquérir de nouveaux territoires, creuser les tombes et enterrer les morts. Les femmes restent, attendent. Neuf mois, une vie entière. Traînant leurs jours comme de vieux meubles, les femmes attendent... Comme un mur, c'est ainsi que la femme de la pampa attend son homme. Que nulle tempête ne la fasse s'écrouler, que nul vent ne la fasse plier, l'homme aura besoin d'une aile quand il rentrera à la maison, s'il revient à la maison... Ma grand-mère Perpétua disait cela, elle nous le disait chaque fois qu'elle nous racontait les combats

1. Une pièce de vêtement portée par les hommes de la campagne (gauchos) en Argentine, Uruguay, Paraguay et Rio Grande do Sul, un surpantalon consistant en un rectangle de tissu passé entre les cuisses et fixé à la taille.

que mon grand-père avait menés. C'est sa voix que j'entends aujourd'hui.

Dehors les grillons chantent.

Il doit être bien tard.

Manuela

1836

Ma chère Caetana,

J'ai été très malheureux ce 31 décembre qui nous a tenus séparés, moi si loin de vous et de nos enfants, la famille déchirée, célébrant l'arrivée de cette mystérieuse année 1836 avec dans l'âme Dieu sait quelles inquiétudes. J'ai pensé à vous, à mes sœurs et aux petites, toutes ensemble à l'estancia, et j'espère que, même en notre absence, vous avez fait un repas de fête et levé vos verres en souhaitant que la chance nous accompagne dans notre combat. J'ai pensé à Joaquim, Bento et Caetano, tous les trois seuls alors que nous nous sommes toujours retrouvés ensemble autour d'une bonne et riche table, frères, beaux-frères et cousins pour les fêtes de fin d'année. Mais, ma Caetana, tout, en cette année 1836, semble être différent et je ne me l'avoue pas sans une certaine appréhension.

Ici à Porto Alegre tout se précipite jour après jour et chaque moment qui passe semble éloigner de plus en plus l'espoir d'une paix. C'est pour cette raison qu'au lieu d'enfourcher mon cheval pour galoper vers vous comme je l'aurais souhaité, je me résigne à vous envoyer cette lettre, écrite en vitesse à la lumière des bougies, en cette triste matinée de janvier. Il y a peu, le comte, toujours aussi courtois et aimable dans ses manières comme dans ses sentiments, m'a apporté ce poème qu'il a copié de sa main, pour que je vous l'envoie. C'est ainsi que Tito vous fait part de son respectueux souvenir, ma Caetana.

Au début du mois de janvier, après beaucoup de confusion dans les réunions de l'Assemblée, le président par intérim de la province, le député Marciano Ribeiro, a envoyé un message à Araújo Ribeiro le convoquant à comparaître devant l'Assemblée législative afin qu'il prenne possession de la charge qui est la sienne. Imaginez que, quelques jours plus tard, nous avons su que le fameux Araújo Ribeiro avait pris son poste dans la ville de Rio Grande[1]*, une insulte que nous ne pouvons avaler. Il faut que vous sachiez, ma chère, que cet événement de début d'année n'est pas le pire. Mon homonyme, l'infâme Bento Manuel, a finalement montré les griffes : il a réuni des troupes à São Gabriel, pour combattre au nom de l'Empereur, et a fait savoir qu'il n'obéirait qu'aux ordres venant d'un président nommé par la Cour.*

Nous sommes tous dans l'expectative des événements à venir, ce qui ne saurait tarder. Nous avons déjà commencé à prendre des mesures et à faire des plans de bataille au cas où la guerre éclaterait vraiment. Nous avons cependant décidé de ne prendre aucune initiative avant le 15 février, date à laquelle, si Araújo Ribeiro ne revient sur ses positions détestables, nous entrerons alors en guerre au nom de notre province et de ses très honorables habitants. Ici, les hommes disent que la date de la guerre est déjà fixée. Onofre est impatient de se battre. Je ne peux passer outre cette réalité, et pourtant mon caractère raisonnable me pousse à attendre sans énervement ni vaines inquiétudes. Dans un mois nous saurons la direction que tout cela aura prise.

Chère Caetana, je sais bien que ces nouvelles plongeront votre âme dans le désarroi. Je vous demande de garder votre calme et de prier pour notre terre. Votre mission est d'informer les autres femmes de la maison en faisant en sorte qu'elles ne s'inquiètent ni ne s'affolent. Les autres vont bien, il y a peu nous avons mangé tous ensemble un savoureux churrasco.

1. La ville de Rio Grande (du même nom que l'État du Rio Grande dont elle fait partie), située sur l'estuaire du Rio de la Plata à quelques kilomètres de la frontière avec l'Uruguay, est la ville la plus méridionale du Brésil.

Autre chose, occupez-vous avec Antônia de vendre quelques têtes de bétail et envoyez une partie de l'argent aux garçons, à Rio de Janeiro. Si nécessaire, je veux qu'ils puissent revenir au Rio Grande.

Croyez à tout mon amour et ma tendresse.

Bento Gonçalves da Silva
Porto Alegre, 20 janvier 1836

La fin de ce mois de janvier fut interminable, se traînant le long de journées d'une chaleur écrasante pendant lesquelles le ciel bleu se montrait intraitable, vide du moindre nuage qui aurait apporté un tant soit peu de fraîcheur ou un espoir de pluie. Les premiers jours de février arrivèrent chargés de lourds nuages noirs, les prés disparaissaient dans le brouillard vespéral et une inquiétude plus intense que d'habitude accablait les femmes de l'estancia. La lettre de Bento Gonçalves avait distillé en elles une angoisse muette. Elles regrettaient les jours ensoleillés, quand le plaisir des bains dans l'étang, des promenades en barque avec dona Antônia sur le fleuve Camaquã, des jus de fruits frais et moussus qu'elles avalaient à grandes gorgées au retour de leurs chevauchées, la peau humide de sueur, rendait la vie plus amène.

Avec le mauvais temps de février, une chaleur poisseuse s'accrocha partout. Les enfants pleuraient pour un rien. Dona Ana jouait du piano des heures durant pour chasser les silences pleins de chuchotements de ces fins d'après-midi sans soleil. La négresse Xica vit tarir son lait pendant quelques jours, mais grâce aux bons soins et aux prières de dona Ana, la source rejaillit intacte et la petite voix plaintive d'Ana Joaquina s'apaisa, noyée dans le liquide blanc et crémeux qui délectait et comblait la petite fille.

Marco Antônio et Leão fuguèrent un matin d'orage, car ils avaient décidé la nuit précédente de partir à la recherche de leur père et de s'engager dans ses troupes avant que n'éclate pour de bon cette guerre dont on n'arrêtait pas de parler. Ils ne voulaient plus rester dans cette maison avec toutes ces femmes peureuses, contempler leur mère qui priait la Vierge Marie des heures et des heures en implorant des victoires et des soins, quand tout ce que demandait le général Bento, le grand et puissant guerrier, leur père, était plus de bras armés pour vaincre les impériaux.

Il était encore très tôt quand les deux garçons se glissèrent hors du lit et enfilèrent un manteau par-dessus leur vêtement de nuit. Leão, parce qu'il était l'aîné, ordonna silence et vigilance craignant qu'une des négresses qui dormait dans la chambre à côté ne soit alertée par le bruit. Sur la pointe des pieds, ils traversèrent les couloirs obscurs et la cuisine au moment où dona Rosa sortait de sa chambre, mais trop tard pour voir les fugueurs qui gagnèrent le patio en courant et réussirent à échapper à l'attention du nègre Zé Pedra, assis en silence sur un tronc d'arbre, attendant le lever du jour pour commencer son travail.

Ils disparurent dans le bois avec les restes du goûter de la veille dans une petite besace. Très vite Marco Antônio commença à se plaindre de la faim, et Leão, du haut de ses onze ans, proclama avec emphase :

— Un bon soldat ne se plaint jamais ! Allez, prenez cette orange.

Et puis voyant son petit frère manger son fruit avec appétit, il se dit qu'il n'y avait pas de mal à se servir à son tour et c'est ainsi que la tempête les surprit : mangeant leurs oranges, accroupis sous un arbre.

L'eau montait rapidement formant des mares. Les garçons avançaient avec difficulté car il pleuvait à verse, des cataractes d'eau tombaient du ciel, promesse tenue depuis ces derniers jours obscurcis par les lourds nuages noirs. Marquito, c'est le nom que lui donnait Bento, voulut retourner à la maison.

— On pourrait rejoindre les armées de père demain, argumenta-t-il, debout au milieu du bourbier, ses cheveux noirs détrempés par la pluie. Aujourd'hui on n'est pas encore le 15, Leão... On ira demain, quand la pluie s'arrêtera...

Leão trouva qu'il y avait une certaine logique dans la proposition de son frère, mais comme il ne se souvenait pas de quel côté se situait la maison et qu'il ne voulait pas que son frère s'en aperçoive, il dit seulement :

— C'est moi le colonel, Marquito. Vous vous n'êtes qu'un lieutenant. C'est moi qui commande et je dis qu'on va continuer. Père nous attend quelque part droit devant nous. En route !

Viriata s'en fut chercher les deux garçons dans leur chambre en milieu de matinée, alors que les femmes avaient déjà fini de prendre leur petit déjeuner et se trouvaient dans le salon à regarder tomber la pluie. Elle découvrit les lits vides, ce qui ne l'étonna guère, sans doute étaient-ils allés jouer ailleurs ou étaient-ils dans la cuisine en train d'embêter les négresses. Elle les chercha partout pendant une bonne quinzaine de minutes, dans la réserve des confitures, dans la chambre des petites, dans la bibliothèque, dans la cour et même du côté du corral. Quand elle entra dans le salon et se posta devant Caetana, elle était pâle comme si elle avait vu une âme de l'autre monde.

— Les garçons ont disparu, dit-elle sans détour.

Dona Ana se redressa d'un bond et posa sa main sur l'épaule de sa belle-sœur.

— Disparu, comment ça, Viriata ? fit Caetana d'une voix tremblante.

— Ils doivent être par là en train de jouer sous la pluie. Ces garçons sont pleins d'énergie... Je le sais, j'ai élevé deux lascars, intervint dona Ana. Ne vous inquiétez pas, Caetana. Je vais tout de suite envoyer Zé Pedra chercher nos deux diables dans les alentours. Ils vont nous revenir comme deux pauvres oisillons trempés

Zé Pedra et un péon partirent à la recherche des garçons. Ils riaient. Les jours de pluie, c'était comme ça : on leur faisait faire n'importe quoi, y compris les nounous pour bambins fugueurs. Ils parcoururent à cheval une bonne partie de l'estancia, longèrent le fleuve, explorèrent le bois. Aucun signe des gamins du côté de l'étang. Zé Pedra proposa d'aller voir *sinhá* Antônia, peut-être qu'ils étaient allés la voir. Mais à l'Estancia du Brejo, personne n'avait vu les fils de Bento Gonçalves, ils n'étaient pas passés par là. Inquiète, Dona Antônia fit préparer la calèche pour aller chez sa sœur.

Zé Pedra, le péon, dona Antônia et le négrillon qui conduisait la calèche, arrivèrent à la Barra une heure plus tard. Les femmes avaient fini de déjeuner, sauf Caetana qui était en pleine crise de nerfs et n'avait pas pu avaler une bouchée. Il pleuvait à torrents.

— On a regardé partout, même du côté du bois, mais les p'tits y étaient pas, dit Zé Pedra trempé, le chapeau à la main.

Dona Ana commençait à devenir nerveuse. Cela ne suffisait pas d'avoir peur pour leurs maris, leurs fils, tous se préparant pour cette fichue guerre, une guerre contre l'empire, il fallait maintenant que les enfants disparaissent, et un jour terrible comme celui-ci. Caetana pleurait dans les bras de Maria Manuela et de Perpétua. Les autres se taisaient, affligées. Manuela voulait partir à cheval, à la recherche de ses cousins.

— Il n'en est pas question, intervint dona Antônia. Nous allons envoyer Manuel et les hommes fouiller tous les recoins des alentours. Au Brejo, j'ai donné des ordres au régisseur. Il a réuni dix péons et ils sont à pied d'œuvre. Nous allons rester ici et attendre calmement.

Elle fit venir dona Rosa, lui demanda de préparer de la tisane de camomille pour tout le monde et qu'elle en prenne une tasse elle aussi. L'après-midi allait être long.

Les heures semblaient se traîner, étirées à l'infini par la pluie qui tambourinait sur les tuiles du toit et inondait la véranda, formant d'immenses flaques dans le jardin, noyant les fleurs préférées de dona Ana. Les quatre jeunes filles lisaient, la tête baissée, chacune concentrée sur son roman comme si en dehors des pages tout ne fut qu'un abîme de noirceur – que se passerait-il si les petits cousins ne réapparaissaient pas ? De temps en temps, l'une ou l'autre levait les yeux vers l'extérieur. Le temps semblait se cristalliser, l'après-midi était un puits sans fond baigné d'une lumière opaque, sous un ciel gris si bas qu'il touchait presque la cime de l'*umbú* de devant la maison. La pluie avait fait taire les oiseaux et un silence visqueux s'était répandu sur toutes choses.

Maria Manuela, dona Ana et dona Antônia brodaient ; Caetana était debout devant la fenêtre, ses yeux noyés dans l'humidité extérieure. De temps en temps, elle allait voir comment allaient les petites filles dans leur chambre : avec l'absence des garçons, il lui semblait que l'amour qu'elle ressentait pour les petites avait redoublé, elle leur découvrait une nouvelle beauté, c'était comme si elles avaient éclos dans l'espace ce jour-là pour distraire leur mère de la terreur qui la tenaillait. Bento lui manquait et elle fut envahie d'une colère froide contre la guerre qui la privait de sa présence et de sa force. Bento aurait déjà retrouvé les garçons, oui, elle en était sûre.

L'après-midi avait lentement fini par arriver à son terme et la tombée de la nuit avait apporté une trêve. La pluie s'était calmée, il ne restait plus qu'une brume épaisse qui se collait partout et effaçait le contour des choses. Les jeunes filles regagnèrent leurs chambres pour prendre leur bain et changer de robe pour le dîner. Dona Ana tenait à ce que tout suive son cours normal. « Quand la direction d'une maison part à vau-l'eau, alors plus rien sur terre n'est sous contrôle », disait-elle. Et elle le répéta en envoyant ses nièces se préparer.

Rosário reste un long moment enfermée dans le bureau, ces moments magiques qui donnent une raison d'être à ses jours, mais ce soir son rendez-vous avec le jeune officier n'a pas le même goût que les autres fois. Elle pense à ses petits cousins, à l'humidité qui règne dehors, elle pense aux serpents, aux bêtes dangereuses, aux ombres de la nuit. Le jeune Uruguayen a l'air plus flou, comme si la pluie lui a volé ses couleurs, l'éclat de ses yeux verts a une opacité de ciel nuageux. Il sourit et ce sourire, sur l'extrême pâleur de son visage, semble se dissoudre dans la pluie.

— Vous partez, Esteban ? s'inquiète la jeune fille. – Va-t-il disparaître complètement en la laissant à la merci de ces interminables journées ? – Vous ne voulez plus venir me voir ?

— Ce n'est pas cela, ma chérie, répond-il, ses lèvres remuant lentement, comme dans un rêve. Ne vous inquiétez pas. Les fils du colonel seront de retour aujourd'hui. Je les ai vus.

Et il lui envoie un baiser qui vient se poser sur sa gorge comme quelque chose de vivant. Rosário demeure immobile, bouleversée par ce geste, par la fraîcheur de ce baiser qu'elle sent entre les dentelles de son décolleté. Esteban disparaît doucement, comme s'il se fond dans les rayonnages, se diluant entre les livres comme un nuage qui aurait déversé toute sa pluie.

La jeune fille se retrouva seule. En quittant le bureau, les mains posées sur la poitrine comme pour conserver la tiédeur de la caresse, elle croisa Mariana qui arrivait coiffée et habillée.

— On a retrouvé les garçons ? s'enquit-elle.

Mariana fit une grimace désolée.

— Pas encore, répliqua-t-elle. Caetana est en train de pleurer dans sa chambre, mère est avec elle. Je vais demander à Beata de lui apporter un thé très sucré, cela la calmera peut-être, la pauvre...

— Soyez tranquille, Mariana. On va les retrouver aujourd'hui même, dit Rosário avec une certitude qui étonna sa sœur.

Puis, un peu gênée, elle courut à sa chambre pour faire sa toilette. Mariana haussa les épaules ; Rosário était bizarre ces derniers temps.

Zé Pedra, Manuel et les péons revinrent à l'estancia à 20 heures, sans nouvelles des garçons. Dona Ana se demandait s'il ne conviendrait pas d'envoyer un péon avec une lettre à Bento, pour l'avertir de la disparition de ses fils.

— Attendons 22 heures, décida dona Antônia. Si on ne les retrouve pas, alors nous enverrons Zé Pedra avec un mot. Pour le moment laissons Bento avec les maux de tête qui le tracassent déjà. – Et d'une voix basse, elle ajouta : – Mes hommes ne sont pas encore là, qui sait, peut-être vont-ils les retrouver, ces deux chenapans.

Manuela allait et venait, regardant autour sans voir. La nuit humide et sombre l'oppressait. Elle tenait le petit Regente dans ses bras.

— Laissez cette bête, Manuela, ordonna dona Ana. C'est l'heure du dîner. Et je ne veux pas d'animaux dans la maison. Et en plus celui-là pue le chien mouillé.

Manuela ne répondit pas à sa tante. Elle avait les yeux de Bento Gonçalves, des yeux de qui n'aime pas être contrarié. Elles dînèrent dans un silence morose. Caetana était dans sa chambre, aux bons soins de Zefina. La lueur fragile des candélabres rendait tout encore plus lugubre. Dona Ana avait l'air maussade, elle était grognon, c'était sa façon de cacher son angoisse. Elle houspilla les négresses, elle trouvait la viande dure et le potiron trop salé.

— Remporte-moi ce potiron à la cuisine, Beata ! Et apporte-moi quelque chose de correct à manger... Et gare à tes fesses car je ne suis pas d'humeur !

Beata se dépêcha de remporter le plat. Le dîner touchait à sa fin quand Neco et Miro Souza surgirent. Trempés et couverts de boue, ils ramenaient les deux garçons. Miro Souza, le régisseur de dona Antônia, portait le petit Marquito évanoui dans ses bras. Leão arrivait la tête basse, sa main dans celle de Neco, reniflant et pleurnichant tout bas. Ses débuts de colonel avaient été un désastre : le lieutenant était tombé dans un ravin et il était resté là étalé sous la pluie qui ne cessait de tomber. Il avait essayé de le secourir mais n'avait pas réussi : le ravin était trop profond. La nuit tombait, le pain qu'ils avaient emporté s'était désagrégé dans la pluie, Marco Antônio ne pleurait plus depuis un bon moment quand les deux péons les retrouvèrent. Leão se sentait heureux comme s'il avait gagné une bataille. Mais à présent, en retournant à la maison et en anticipant la punition qu'il ne manquerait pas de recevoir, il était malheureux. L'expédition avait été un échec.

Ce fut un tohu-bohu. Caetana embrassait ses deux fils, les serrait dans ses bras, remerciait le ciel. Elle envoya Perpétua allumer deux cierges à la Vierge Marie, comme elle l'avait promis. Dona Ana examinait les enfants. Leão allait bien, il en serait quitte pour un bon rhume, il prendrait des tisanes, garderait le lit quelques jours.

— Je ne vous flanque pas une raclée, petit, parce que vous êtes plus trempé qu'un poussin, railla dona Ana, le fusillant du regard. Que cherchiez-vous ? Vous vouliez tuer votre pauvre mère ? La guerre qui nous menace ne suffit pas à notre malheur ? Vous doutez-vous de l'horrible journée que vous nous avez fait passer ?

— Je voulais rejoindre mon père, répondit Leão, la tête basse.

Zefina l'emmena prendre un bain chaud. Dona Antônia examina Marco Antônio. Son front brûlait de fièvre, il murmurait des mots incohérents.

— Qu'a-t-il ? Il délire ? – Les larmes coulaient sur le beau visage de Caetana. – Il s'est peut-être cassé quelque chose ? Faut-il faire venir Bento ?

Dona Antônia palpa l'enfant comme elle le faisait avec les veaux, les yeux fermés, pour bien sentir les os. Sa voix était calme quand elle annonça :

— Il a beaucoup de fièvre. Il est resté trop longtemps sous la pluie... Et je crois bien qu'il a une ou deux côtes cassées. Nous ferons venir le docteur demain matin. Pour aujourd'hui, nous allons lui appliquer des compresses pour faire baisser sa température. Et lui bander la poitrine. Cette fois-ci il s'en est tiré, Caetana.

Le lendemain matin, un médecin des environs vint voir le fils de Bento Gonçalves, il diagnostiqua une pneumonie et deux côtes cassées. Marco Antônio passa le reste de l'été en convalescence. Et quand on apprit que la guerre avait éclaté, il était encore alité avec une forte toux et une fièvre élevée. Il ne souhaitait plus du tout rejoindre son père, il avait à présent peur du noir et de la pluie. Leão avait perdu son seul lieutenant.

Très cher Bento,

Il semblerait que vos garçons aient décidé de rompre la monotonie des jours à l'estancia ; ils se sont tous les deux enfuis de la maison, un matin pluvieux de ce triste mois de février, avec l'intention de rejoindre vos troupes à Porto Alegre, et nous ne les avons retrouvés qu'à la nuit. Nous les avons fait rechercher dans chaque recoin de l'estancia et des alentours, tâche que les péons ont accomplie de tout leur cœur et leur énergie, mais qui, malgré leurs efforts, n'a donné aucun résultat. Je commençais à désespérer. Je me suis enfermée dans leur chambre, j'ai pris leurs vêtements entre mes mains, contre mon cœur, en pleurant de peur et de saudade. *J'ai même songé que Bento Manuel les avait capturés pour vous humilier, mais j'ai renoncé à cette idée en me rendant compte de ce qu'elle avait d'absurde.*

Vous savez combien je souffre, chaque jour, à la pensée des batailles qui vous attendent, à la pensée que vous avez défié tout un empire... Vous imaginez ce qu'il est resté de mon âme après la polissonnerie que vos fils ont manigancée. Je dois vous dire enfin que Marco Antônio souffre d'une pneumonie et qu'il s'est cassé deux côtes. Leão n'a attrapé qu'un gros rhume, plus une bonne correction de ma part car il est bien le responsable de leur funeste aventure. Quand je l'ai grondé, il m'a juste dit : « Mala suerte[1] », *maman. Il se tenait si droit et décidé que j'ai reconnu en lui votre caractère. Il faut croire que c'en est encore un qui rêve de se battre. Il vous ressemble chaque jour davantage ; son regard droit, ardent, est le même que le vôtre, Bento.*

Aujourd'hui, mon cher époux, nous sommes le 10 février. Dans cinq jours le délai que vous attendez expire et je me demande si cette guerre est réellement inévitable. À l'estancia, nous communions toutes dans la même attente, la même angoisse. Il règne ici une atmosphère de désolation. Chaque jour j'allume un cierge à la Vierge Marie... Certains péons ont déjà annoncé que si la guerre éclatait ils partiraient rejoindre vos troupes. Dona Ana a vendu quelques têtes de bétail afin d'être prête au cas où la situation deviendrait difficile. Quant à moi, j'ai remis à Joaquim l'argent que vous m'aviez demandé. Il m'a écrit en me disant qu'à la Cour on parle beaucoup de la guerre qui est sur le point de se déchaîner dans notre province, et il dit aussi que Bento et Caetano voudraient revenir. Joaquim vous envoie ses respectueuses tendresses et le souhait que Dieu chevauche à vos côtés. Il me dit

1. En espagnol : malchance.

vous avoir envoyé une longue lettre, mais comme vous n'en faites pas mention, il pense qu'elle a dû se perdre dans ces chemins tortueux.

Cette lettre, cher époux, que j'écris un peu précipitamment, part avec Manuel qui est sur le point de prendre la route pour Porto Alegre, afin de faire quelques courses et d'acheter les denrées qui commencent à nous manquer ici. J'espère de tout mon cœur que ces lignes vous trouveront, que vous êtes en bonne santé et que vous me répondrez très vite. Comme vous le savez, dans notre bout du monde, les nouvelles qui arrivent jusqu'à nous sont rares et maigres. Que Dieu vous accompagne.

Avec toute mon affection.

Votre Caetana

Estancia de la Barra, le 10 février 1836

Le 15 février arrive enfin, sous un soleil torride qui se répand sans répit sur toute la province. Le délai que Bento Gonçalves et ses officiers ont demandé est expiré. Bento, depuis la fenêtre du palais, observe les rues écrasées de chaleur et désertes. Ses yeux brillent d'un éclat étrange, noir.

José de Araújo Ribeiro n'est pas venu à la capitale afin d'être intronisé par l'Assemblée législative et il refuse de reconnaître le nouveau gouvernement. La guerre commence dans la pampa. Dans la ville de Porto Alegre, les révolutionnaires ont nommé le député Américo Cabral nouveau président de São Pedro do Rio Grande.

Les patrouilles surveillant les entrées de Porto Alegre ont été renforcées dans la nuit du 15 février et les rebelles ont entrepris de construire des barricades pour organiser la défense de la ville occupée. Pendant la journée, on ne voit personne dans les rues écrasées par la chaleur terrible et la poussière rouge qui monte du sol. Une peur poisseuse colle aux maisons fermées, s'agrippe aux basques des habitants calfeutrés qui attendent les premiers roulements du canon. Un vent brûlant souffle en cette matinée pétrifiée. Plusieurs habitants de la capitale commencent à fuir la ville pour se réfugier chez des parents à la campagne où ils pensent être plus en sécurité.

Le 16 février, le colonel Bento Gonçalves décide de partir avec ses troupes vers le sud de la province. De là, il envoie le capitaine Texeira Nunes porter un message à Araújo Tibeiro lui intimant de quitter le Rio Grande immédiatement. Texeira Nunes part sous un ciel gris, couvert et lourd. Trois soldats de confiance l'accompagnent.

Deux jours se passent. Le deuxième jour, une petite pluie fine tombe pendant des heures.

Le troisième jour au petit matin, Bento, son maté à la main, aperçoit au loin le cheval de Texeira s'approchant au grand galop. Seul. Texeira Nunes met pied à terre et vient parler au colonel. Il a le visage fatigué et il est mal rasé. Il dit qu'il a trouvé le Dr Araújo Ribeiro en compagnie du brigadier Miranda e Brito, commandant des troupes envoyées par le Régent. Bien qu'il ne soit qu'un messager, on l'a emprisonné avec les autres. Finalement, Araújo lui a ordonné de partir avec un document à remettre en mains propres à Bento Gonçalves, chef des révolutionnaires.

— Les autres sont restés en prison, conclut Texeira Nunes, ses yeux noirs brillant de rage. Mais je retournerai les libérer.

Le colonel Bento Gonçalves tend sa calebasse à João Congo et reçoit le document des mains crispées du capitaine. Il décachette rageusement la lettre et la lit rapidement. Il fait réunir les hommes. Il y a quatre cents soldats, autant de chevaux, des armes et un canon. Quelques femmes et enfants les accompagnent et s'approchent, intimidés, pour écouter. Bento Gonçalves parcourt lentement du regard les visages bruns, décidés, frémissants, de tous ces hommes. Alors, prenant une grande aspiration, il lit à voix haute le document qu'il vient de recevoir. Un silence immédiat s'installe parmi la troupe. Araújo Ribeiro déclare officiellement la guerre aux rebelles qui occupent la ville de Porto Alegre.

— À cause de cette guerre, nous allons faire couler le sang de nos frères.

La voix de Bento Gonçalves résonne à travers le campement et s'envole tel un oiseau vers le ciel bleu. Elle est si forte qu'il semble qu'elle pénètre dans les pores de tous ceux qui sont réunis là.

— Que Dieu nous pardonne, mais nous devrons lutter contre ces tyrans comme si chacun de nous possédait quatre corps pour défendre la patrie et quatre âmes pour l'aimer.

Les hommes lâchent des hourras et tirent en l'air. Les oiseaux s'envolent affolés. Le capitaine Texeira Nunes a les larmes aux yeux.

Bento Gonçalves, Antônio de Souza Netto, João Manuel de Lima e Silva, Onofre Pires da Silveira Canto, Joaquim Pedro, Lucas de Oliveira, Corte Real e Vasconcellos Jardim se mettent à organiser les troupes, à récolter des fonds et des soldats pour la guerre. D'estancia en estancia, de ville en ville, les colonels, majors et capitaines de l'armée révolutionnaire tentent d'accroître leurs effectifs. Dans certaines villes, ils arrivent à réunir trois cents, quatre cents hommes ; dans d'autres, personne ne veut s'engager. Bento Manuel et les commandants de l'armée impériale font la même chose, ouvrent les prisons et libèrent les prisonniers en les obligeant à s'enrôler, en s'emparant des meilleurs péons des fazendas appartenant à des impériaux. La province de São Pedro do Rio Grande est divisée en quelques heures entre impériaux et révolutionnaires.

La nouvelle de la guerre survint à l'Estancia de la Barra dans la nuit du 26 février. Les femmes avaient fini de dîner, elles se trouvaient sur la véranda profitant de la relative fraîcheur de la nuit étoilée, lorsque Zé Pedra demanda, les yeux au sol comme d'habitude, l'autorisation de s'approcher.

— Pardon, dona Ana, mais c'est que m'sieur Manuel vient d'arriver de son voyage. Il est là-bas au fond en train de décharger ses commissions et il m'envoie vous dire qu'il a des nouvelles.

— Dis-lui de venir tout de suite, Zé. – La voix de dona Ana tremblait un peu. – Dépêche-toi !

Le nègre disparut sans bruit dans l'obscurité de la nuit. Sur la véranda, un silence inquiet avait succédé aux conversations. On n'entendait plus que le cliquetis des aiguilles à tricoter de Maria Manuela. Caetana tenait Ana Joaquina sur ses genoux, la petite se mit à pleurnicher. Elle appela Xica et lui tendit sa fille.

— Emmène-la dans sa chambre, dit-elle, soucieuse.

Manuela, de sa chaise, observait le visage de ses tantes et de sa mère. Elle savait ce qu'elles allaient entendre, elle l'avait toujours su, depuis cette nuit... Elle n'avait plus jamais vu l'étoile de feu dans le ciel, mais elle ne l'avait jamais oubliée. Ni son sillage, son sillage de sang.

Manuel se présenta. Il raconta que le voyage s'était bien passé, qu'il avait rapporté toutes les commandes, plus quinze kilos de sucre qu'il avait trouvés à bon prix en passant à Guaíba. Mais au retour, il avait dû échapper à des troupes qui marchaient vers Porto Alegre. Des troupes impériales. Ils lui avaient pris un cheval. Ils l'ont confisqué tout simplement, ajouta-t-il. Il avait aussi rencontré un détachement de rebelles.

— Ils étaient cinquante, soixante. Ils étaient à la recherche d'hommes pour se battre. – Il regarda Maria Manuela. – Le jeune Monsieur Antônio était avec eux. Il adresse son bon souvenir à sa mère, ses tantes, ses cousines et ses sœurs. Il m'envoie dire aussi que la guerre a débuté. Et que c'est sérieux... Il paraît que des troupes sont arrivées de Rio de Janeiro, quelque cinq cents hommes et des armes. Il ajouta pour son compte : Je crois bien que ça va barder.

Dona Ana se signa. Maria Manuela demanda si son fils allait bien. *Bueno,* sûr, répondit Manuel. Il était en uniforme, très fringant. Maria Manuela afficha un sourire plein de fierté, puis elle soupira profondément. Quelle sotte je suis, se dit-elle.

— Vous avez donné ma lettre à Bento ? demanda Caetana d'une voix douce.

— À lui-même en personne, non madame... Il n'était pas là quand je suis allé le trouver dans ce palais. J'ai laissé la lettre au comte italien. Et les autres, celles pour

M. Paulo Santos et M. Ferreira, le comte me les a prises. Il m'a promis qu'il les leur remettrait plus tard. Tout le monde était parti pour je sais pas quelle assemblée, qu'il a dit.

— Le comte est un homme d'honneur, assura dona Ana. Les lettres sont entre de bonnes mains. Vous pouvez y aller maintenant, Manuel, vous devez avoir hâte de retrouver votre femme et vos enfants... Allez-y, mon ami. Et ne vous inquiétez pas pour le cheval qu'ils vous ont volé. Nous en avons beaucoup d'autres.

Caetana attendit que le régisseur disparaisse. Des larmes commencèrent à couler sur son visage, rendant encore plus brillants ses ardents yeux verts. Elle prit son mouchoir de soie et sécha ses larmes. Dona Ana tendit le bras et lui fit une petite caresse discrète. Elle aussi avait les yeux humides.

— Nous avons toutes envie de pleurer, Caetana. N'ayez pas honte.

Caetana eut un petit sourire triste.

— C'est que j'ai quelque chose là dans la poitrine, dit-elle en touchant son sein gauche, quelque chose qui fait mal... Un pressentiment peut-être. Mais tout va bien, tout ira bien... C'est juste que je suis nerveuse en ce moment, c'est tout...

Manuela se leva de sa chaise et partit en courant dans sa chambre, retenant ses sanglots de toutes ses forces. Aveuglée par les larmes, elle distinguait mal son chemin dans le corridor. Elle se jeta sur son lit, éclatant immédiatement en pleurs convulsifs. Elle savait qu'aucune d'entre elles ne viendrait la trouver maintenant.

Dans la véranda, la voix faible de Mariana interrogea sa mère :

— Combien de temps cela va-t-il durer ?

Maria Manuela haussa les épaules :

— Dieu seul le sait, ma fille... Dieu seul...

Et dans son coin, dona Ana se rappela :

— Il faut prévenir Antônia. Mais pas aujourd'hui, nous la priverions en vain de son sommeil. Demain à la première heure, j'enverrai Zé Pedra au Brejo, fit-elle en se levant. Bonne nuit, que la Vierge Marie protège votre sommeil. Je vais dans ma chambre écrire un mot à Antônia.

Elle s'immobilisa un moment sur le seuil de la porte et regarda ses parentes.

— Demain, à la lumière du jour, les choses nous paraîtront moins graves, je vous le promets. Bonne nuit.

Cahiers de Manuela

Estancia de la Barra, 23 avril 1836

Les jours qui suivirent l'annonce du début de la guerre furent pleins de rumeurs et d'inquiétude. Nous étions toutes sur les nerfs, nous regardions l'horizon comme s'il allait nous apporter les secours, les réponses à nos peurs. Mais rien ne venait, à part les pluies qui signaient la fin de l'été, le silence qui pesait sur nos nuits et que dona Ana s'efforçait de rompre en jouant du piano pendant de longues heures.

Nous prîmes connaissance des combats qui eurent lieu au palais du Lajeado, entre les troupes de João Manuel de Lima e Silva et celles de Bento Manuel, le traître et homonyme de mon oncle. On disait aussi que les rebelles étaient en plus grand nombre et qu'ils avaient causé de grandes pertes au sein des troupes impériales. Nous célébrâmes ces bonnes nouvelles avec un *assado* et dona Ana fit préparer une marmite de marmelade de goyaves.

Mais des nouvelles tristes arrivaient à leur tour… Nous les tenions de la bouche des hommes qui passaient par l'estancia, en route vers les forces de Bento Gonçalves qu'ils cherchaient à rallier. Les nouvelles volaient comme le vent de cette fin d'été déjà bien détrempé, lourd de pluies qui maintenaient pendant des heures un ciel bas et gris. Nous apprîmes qu'un capitaine de vaisseau rebelle, Tobias da Silva, ne voulant pas se rendre aux impériaux, avait fait sauter son navire avec à bord dix-huit hommes d'équipage, quinze cavaliers, sa femme et ses deux enfants en bas âge. C'est un péon du Brejo qui nous relata cet événement, et ce faisant, ses yeux se remplissaient de larmes. Je vis dona Ana pleurer devant nous, des sanglots muets et contenus qui l'agitaient de secousses.

Ce jour-là ma mère ne descendit pas dîner, prétextant une migraine. Dona Ana envoya les négresses lui porter à manger dans sa chambre, mais son assiette revint intacte. Je sais que ma mère pensait à Antônio et à père. Elle les voulait à ses côtés. Que lui importait, au fond, le prix du *charque*, le rêve d'un gouvernement indépendant, et même cette confuse histoire de république quand tout ce à quoi elle aspirait était la présence de son fils aîné et de son mari ? Pauvre mère, elle a toujours eu les nerfs fragiles... La guerre, qui ne faisait qu'insinuer ses ombres entre nous, risquait de détruire son âme et de la rendre à moitié folle... Mais Maria Manuela n'avait pas encore perdu tout espoir. Les cierges brûlaient en permanence sur l'autel de la Vierge Marie, allumés par ma mère et par Caetana pour calmer les peurs qui les hantaient. Ma mère essayait d'être forte comme l'étaient ses sœurs, mais elle n'y arrivait pas, elle ne pouvait pas...

Le fils de Manuel partit début mars rejoindre un bataillon de rebelles qui passait plus au nord. Nous nous réunîmes sur la véranda pour le regarder s'en aller sur son cheval bai, droit et solennel, comme s'il accomplissait une action sainte. Sa mère pleurait au milieu du pré, secouant un mouchoir blanc qui avait l'air d'une colombe blessée. Manuel était muet, il regardait sans rien dire s'éloigner son fils. Si ce n'avait été la grande affection et l'estime qui l'unissaient à dona Ana et l'obligation qui était la sienne de prendre soin de nous, je suis certaine qu'il serait parti avec le jeune homme, pourfendre de son épée la carcasse de ces maudits impériaux, comme il le dit plus tard à Leão, qui lui, du haut de ses douze ans, rêvait d'aller rejoindre son père.

Quand le fils de Manuel disparut derrière les ondulations de la *coxilha*[1] dona Ana demanda à Rosa de faire

1. La *coxilha* est un paysage caractéristique de l'Argentine et du Rio Grande do Sul, vastes plaines recouvertes d'ondulations plus ou moins élevées, sans arbres, propices à l'élevage.

porter à dona Teresa un gros bocal de marmelade de pêches.

— Rien de mieux que quelques douceurs pour calmer les tourments de l'âme, dit ma tante.

Un après-midi pluvieux de mi-avril, quand les jours commencent à fraîchir et que les nuits sont presque froides, un envoyé arriva à l'estancia. Il avait un mouchoir rouge à son chapeau. Il fut fêté, on lui fit servir du maté et du gâteau de maïs. C'était un homme d'une trentaine d'années aux yeux d'Indien, avec une cicatrice profonde et rouge qui lui barrait le front. Il apportait une lettre de Bento Gonçalves qu'il remit à Caetana. Il était intimidé au milieu de toutes ces dames distinguées, mais une fois réchauffé par le maté et l'estomac plein, il nous raconta ce qui se passait dans le Rio Grande. C'est par lui que nous apprîmes que le lieutenant-colonel Corte Real avait été capturé par Bento Manuel et qu'il était prisonnier là-bas, du côté du Caverá. J'avais souvent entendu parler de ce jeune homme, José Afonso de Almeida Corte Real, dont on disait qu'il était beau, galant et très intelligent. La nouvelle de sa capture nous attrista toutes, surtout Mariana qui l'avait vu un jour dans un bal et n'avait jamais oublié sa belle figure.

Mais la lettre de mon oncle fut plus explicite. Caetana nous la lut une fois le soldat reparti vers son régiment, avec dans sa *guaiaca* un bon morceau de gâteau de maïs. Mon oncle nous expliquait que le lieutenant-colonel avait entrepris une manœuvre risquée, désobéissant à ses ordres, en attaquant les forces de Bento Manuel avec des hommes qui étaient en plus petit nombre et mal préparés. Bento Gonçalves avait poursuivi le traître pour tenter de libérer son officier, mais le scélérat s'était réfugié dans les montagnes de la Serra du Caverá où il était impossible à déloger, et refusait l'affrontement. Ils attendirent plusieurs jours, jusqu'à ce que le mécontentement de la troupe le fasse renoncer à ce siège inutile. Les forces rebelles se battent vaillamment, raconte le colonel de sa belle écriture ferme, mais de petites escarmouches et des désordres gênent les manœuvres. Ainsi, des soldats de Domingos Crescêncio avaient attaqué une estancia pour voler des vivres, il y eut conseil de guerre et les quatre voleurs furent fusillés pour l'exemple devant la troupe. « Ce fut un moment très pénible, écrivait mon oncle, mais je dois maintenir une discipline de fer sans quoi les hommes deviendraient incontrôlables. » Mais l'on put aussi compter de belles victoires. Le colonel Onofre Pires anéantit un bataillon d'impériaux au cours d'une bataille qui avait fait plus de deux cents prisonniers et trente et quelques morts.

Bento Gonçalves termina sa lettre en parlant de *saudades*. Et en promettant, si tout se déroulait bien, de venir passer quelques jours à la maison dans le courant de l'hiver, pour se reposer de tant de batailles, de chevauchées, et jouir de la compagnie de sa femme, de ses enfants et de ses parentes. Caetana lut les derniers mots d'une voix étranglée...

Trente et quelques morts... Ce chiffre me trotta dans la tête le reste de l'après-midi. Des morts de chez nous, seulement parce qu'ils se trouvent de l'autre côté, qu'ils croient en un autre idéal, qu'ils se battent pour de l'argent ou pour la gloire du côté des impériaux. Est-ce que l'un de ces morts, un seul de ces morts, a fait partie de nos connaissances, a fréquenté nos soirées, est venu chez nous prendre un maté avec mon père, a été un ami d'Antônio ou un amoureux d'une de mes sœurs ? Comment savoir... J'ai peur du jour où nous retournerons chez nous à Pelotas et que nous compterons les places vides autour de nous. Que Dieu nous protège...

Nous sommes déjà fin avril. Les jours raccourcissent peu à peu, la lumière devient plus dorée, d'une beauté paisible, presque triste. Ou ce sont seulement mes yeux.

Manuela

Perpétua était allongée sur son lit, tentant vainement de se plonger dans un livre. De temps en temps, elle levait les yeux et observait sa cousine. Depuis un moment déjà elle la trouvait bizarre... Non qu'elle fût d'une compagnie désagréable ou que son humeur fût morose, au contraire, elle avait l'air heureuse, elle souriait plus souvent que d'habitude, bavardait, disait que la guerre finirait bientôt. Avant, sa cousine pouvait se montrer acide comme un citron, elle semblait compter chaque heure passée à l'estancia comme si elle était la prisonnière d'un geôlier cruel, comme si toutes les autres n'étaient pas dans la même situation, dans cette attente qui devait être vécue comme des vacances à la campagne.

Elle posa son livre sur ses genoux et se mit à regarder ouvertement Rosário. La jeune fille coiffait ses cheveux blonds, les brossait soigneusement. On frappa à la porte. C'était Viriata. La négresse entra discrètement, regarda Rosário et demanda :

— Est-ce que *sinhá* veut que je lui tresse ses cheveux ?

La voix de Rosário était presque douce :

— Des tresses bien fines, s'il te plaît. Je trouve que les tresses trop épaisses manquent d'élégance.

La négresse s'avança jusqu'à la coiffeuse où Rosário se contemplait dans un miroir en cristal et se mit à l'ouvrage avec habileté. Quelques minutes plus tard, Rosário de Paula Ferreira était parfaitement coiffée. Viriata fit une petite révérence et se retira, non sans s'être adressée à Perpétua :

— Et vous mademoiselle, voulez-vous quelque chose ? À boire ou à manger ?

— Non, Viriata, tu peux y aller...

Une fois la négresse sortie, Perpétua ne résista pas et demanda :

— Vous allez sortir, Rosário ? Vous portez votre plus belle robe, vous êtes pomponnée, on dirait que vous allez à une fête...

Rosário regarda sa cousine et sourit avec dédain.

— Sortir où dans ce désert ? Allons, Perpétua, je suis juste en train de m'arranger un peu, pour moi... Une jeune fille ne doit pas se laisser aller, sans quoi elle est perdue...

Perpétua reprit le livre sur ses genoux. Tout en le feuilletant négligemment, elle rétorqua :

— Votre coquetterie est intacte, Rosário. Sept mois ici ne l'ont en rien entamée.

Rosário jeta un dernier coup d'œil dans le miroir. Elle se leva, lissa les jupes de la robe bleue qu'elle avait revêtue et informa sa cousine qu'elle allait dans le bureau chercher un bon roman pour la nuit. Puis elle sortit sans bruit, marchant dans le corridor d'un pas léger.

Perpétua était songeuse.

Rosário entre dans le bureau. Une esclave a déjà allumé la lampe à huile. La lumière ténue danse dans la pièce et par la fenêtre pénètrent les derniers rayons dorés du coucher du soleil. Rosário ferme les rideaux, s'installe dans le fauteuil de cuir noir avec lequel elle a commencé à créer une intimité. Quand elle pense à Esteban, c'est l'odeur de ce cuir qu'elle sent. Esteban ne sent rien. Mais quelle odeur peuvent bien avoir les spectres ? Rosário chasse cette idée qui l'agace : Esteban est un homme, rien d'autre qu'un homme, un soldat beau et courageux. Et elle l'aime. Ils se voient en secret, bien sûr, mais qu'aurait-elle pu dire à sa mère et à ses tantes ? Esteban craint Bento Gonçalves, il le craint de toutes ses forces. Non, il ne lui a pas encore dit la raison de cette peur, mais un jour il lui dira tout. Quand son père viendra la chercher, elle lui présentera Esteban et ils pourront se fréquenter selon les règles.

Elle ferme les yeux et l'appelle. Ils sont si proches l'un de l'autre que la plupart du temps elle n'a pas besoin de parler, un regard, un sourire suffisent. Esteban la comprend totalement. Les yeux fermés, elle l'invite à apparaître. Elle attend quelques secondes, les paupières serrées, le cœur battant. De dehors arrivent les chants des péons, des phrases indistinctes que le vent éparpille en désordre.

— *Estoy aqui.*

Elle ouvre ses yeux brillant de joie. Devant elle, Esteban la regarde en souriant tendrement. Ses yeux brûlent toujours de fièvre, mais la blessure au front paraît aller mieux, le bandage est à peine rougi sur un côté. Rosário a un frisson de bonheur

— Vous allez mieux !

— *Hay dias buenos y dias malos...* – Rosário ne comprend pas ce qu'il dit. – *Hoy estoy bien... Solo de verla, ya mejoro.*

— Et moi alors ? Tant de mois dans cette estancia, si vous n'étiez pas là, qu'en serait-il de moi ?

Elle entend un bruit à l'extérieur. Un bruit de feuilles sèches. Un des chiens de l'estancia doit se promener par là. Peut-être Regente, le petit chien de Manuela. Cet animal traîne toujours dans le coin, aussi furtif que sa maîtresse. Elle ne pense pas aller à la fenêtre pour jeter un coup d'œil, trop accaparée par son bel officier. Elle croit voir que Esteban a brossé son uniforme.

— Vous êtes très élégant ce soir, Esteban...

Le sourire translucide s'élargit sur le visage de l'Uruguayen.

— *Es que vos estás demasiado bella.*

Rosário rougit.

— J'ai pensé, s'empresse-t-elle de dire avant de perdre courage... Quand mon père viendra nous voir, ce qui ne saurait tarder, je voudrais que vous fassiez sa connaissance. Je crois qu'il le faudrait...

Perpétua se haussa sur la pointe des pieds. Le rideau était presque complètement fermé, mais la lumière de la lampe à huile qui brûlait dans le bureau dessinait le contour des choses. Elle put deviner que Rosário était assise dans le fauteuil en cuir. Elle entendit sa voix, une voix minaudante inhabituelle chez sa cousine. Elle l'avait entendue parler de cette façon avec le comte Zambeccari. Mais là, avec qui bavardait Rosário ? Elle essaya de voir à l'intérieur du bureau. Il n'y avait rien. Rosário était seule. Elle remarqua qu'elle faisait des pauses, comme si elle attendait des réponses, puis elle recommençait à parler. Elle entendit le nom de son oncle et prononcer le nom de Esteban. Esteban ? Qui était cet Esteban ?

Elle s'appuya contre le mur, son cœur battait fort. Un vent froid soufflait du Camaquã. Elle demeura là de longues minutes, pensive. Soit Rosário devenait folle, soit elle cachait un secret. Devait-elle raconter aux autres ce qu'elle avait vu ? Ou attendre de découvrir d'autres éléments ? Elle décida de regagner la véranda en contournant la maison. La nuit tombait très vite maintenant.

Perpétua était pâle en entrant dans le salon. Dona Ana brodait. Elle leva les yeux sur sa nièce et lui trouva une expression bizarre.

— Quelque chose ne va pas, petite ?

Perpétua sursauta. Elle n'avait pas vu sa tante.

— Moi ? Non, tante Ana... J'ai froid c'est tout. Je vais rentrer prendre un bain et m'habiller pour le dîner.

— Alors allez-y, dit dona Ana en coupant un fil de laine. Et ne restez pas dans les coins comme ça avec cette tête de l'autre monde.

Dona Antônia était assise au coin du feu, mais ses mains gelées, crispées sur ses genoux, n'arrivaient pas à se réchauffer. Une négresse s'approcha et demanda si elle pouvait servir.

— Je n'ai pas encore faim, Tita. Je te préviendrai quand j'aurai envie de manger.

La réponse de dona Antônia surprit la servante, sa maîtresse avait toujours si bon appétit.

Sur ses genoux, la lettre était comme une brûlure. Dona Antônia se dit qu'elle allait la jeter au feu, oublier ces nouvelles, mais ce n'était pas possible, non. Bento était très clair : elle devait informer les autres de ce qui se passait, elle devait faire atteler la chaise et se dépêcher d'aller à la Barra. Il fallait qu'elles sachent que les impériaux avaient repris Porto Alegre, il fallait qu'elles l'apprennent de sa bouche et pas par un péon quelconque ou, qui sait, par un soldat impérial qui serait de passage dans la région et viendrait se vanter de leur victoire. En ville, tout le monde commentait les événements en cette matinée du 15 juin. Les impériaux avaient investi sans aucune difficulté la caserne presque déserte. Puis ils avaient sonné l'alarme et relâché les prisonniers du *Presiganga,* le bateau-prison. Dans la nuit froide, les soldats révolutionnaires avaient rejoint la caserne par petits groupes et avaient été piégés. Avant même le lever du jour, plus d'une centaine avaient été faits prisonniers par les impériaux. Porto Alegre s'était endormie révolutionnaire et réveillée impériale, après seulement quelques coups de fusil. Une imbécillité, un manque d'organisation. Le maréchal João de Deus Menna Barreto avait pris le commandement des troupes impériales à Porto Alegre... À ce moment du récit, l'écriture du colonel Bento Gonçalves tremblait. Le frère de dona Antônia lui avait écrit une courte lettre, sa pensée devait bouillonner, mais il avait été formel : ils reprendraient la ville dans les prochains jours. Ils feraient leur possible, et l'impossible aussi, pour reprendre le contrôle de la capitale et de son port. Ils préparaient un siège sans merci, il enverrait des nouvelles très bientôt, favorables cette fois. « La guerre est faite de ces petites batailles, Antônia... Ayez confiance, je mettrai de l'ordre dans tout ce désordre. Que Dieu vous protège. Transmettez à ma Caetana toute ma profonde tendresse. » Ainsi finissait la lettre.

Dona Antônia fit un effort, replia le papier et le rangea dans une poche de ses jupes. Elle sonna Tita.

— Fais préparer le cabriolet. Je vais sortir.

— Sans déjeuner, maîtresse ?

— Sans déjeuner, Tita. Allez, dépêche-toi, je suis pressée.

Elle revêtit un paletot chaud tandis que le cabriolet attendait devant la maison. Elle ordonna au négrillon de prendre la route de l'estancia de dona Ana. Le soleil d'hiver luttait pour traverser les nuages qui cachaient le ciel.

Un vent léger refroidissait l'air et dona Antônia caressa la lettre dans le creux de sa poche.

En chemin, l'équipage rattrapa une calèche et deux chariots remplis de malles. Un homme leva la main et le cabriolet ralentit pour avancer au même rythme que la calèche. Pendant un moment les deux voitures avancèrent côte à côte. L'homme était grand, brun, élégant et portait la moustache. Il se présenta poliment à dona Antônia. À ses côtés, une jeune femme coiffée d'un chapeau gris, au visage délicat et un peu pâle, souriait.

— Bonjour, madame, commença l'homme d'une voix chaude. Je m'appelle Inácio José de Oliveira Guimarães, et voici mon épouse, la *senhora* Teresa. Veuillez m'excuser de ralentir votre voyage, mais je voulais vous dire que je suis tout dévoué à votre frère, notre colonel Bento Gonçalves. Je conduis mon épouse à la fazenda d'une parente où je voudrais qu'elle reste jusqu'à ce que les choses se calment un peu… On ne fait pas une république sans quelques dégâts, vous le savez certainement…

— Alors je souhaite à votre épouse un bon séjour dans nos campagnes, répondit dona Antônia en souriant. J'habite à l'Estancia du Brejo, je ne sais pas si vous connaissez. Mais si vous avez besoin de quoi que ce soit, sachez que je suis à votre disposition. Les amis de Bento sont mes amis, monsieur.

— Je vous remercie du fond du cœur, *senhora* Antônia, répondit l'homme avec un grand sourire.

La calèche prit un petit chemin latéral. Dona Antônia pensait à la jeune femme, à sa fragilité, à sa pâleur. Elle ne semblait pas jouir d'une bonne santé. Pourvu que l'hiver ne lui soit pas trop pénible. L'homme semblait sympathique. Quel était son nom déjà ? Inácio de Oliveira Guimarães. Quand elle écrirait à Bento, elle lui en toucherait un mot. En pensant à Bento, elle se rappela les nouvelles qu'elle était en train d'apporter.

— Plus vite, José. Je suis pressée.

Le négrillon fouetta le cheval et la voiture prit de la vitesse. Dona Antônia avait froid. Des nuages noirs s'accumulaient dans le ciel.

Les nouvelles affligèrent les habitants de l'Estancia de la Barra. Enfermée dans sa chambre, dona Ana pria beaucoup cet après-midi-là, pour Paulo, José et Pedro. Si les rebelles avaient perdu le contrôle de Porto Alegre, alors il y aurait beaucoup de combats, des combats sanglants et cruels ; il s'agissait d'une place de grande importance, aussi bien pour les impériaux que pour les révolutionnaires, car hormis le fait que c'était la capitale de la province, la ville de Porto Alegre était un port, une sortie lacustre des plus indispensables.

Dona Ana pensait aux rues de Porto Alegre, les chaussées en pierre, les églises blanches, les belles demeures portugaises, les voitures qui allaient et venaient... Les promenades qu'elle faisait en compagnie de son mari lui manquaient, ainsi que les magasins où elle allait acheter ses tissus et ses dentelles, les vendeurs en livrée qui les recevaient, toujours attentifs. Comment était Porto Alegre ? Y avait-il des barricades dans la rue, des gens fuyant dans la nuit, des soldats blessés sur les places ? Elle ne savait rien, perdue dans cette campagne qu'elle aimait tellement, mais qui aujourd'hui, meurtrie par un hiver gris et glacial, étreignait son âme. Elle eut envie de pleurer... Une unique larme coula sur son visage traçant un sillon humide sur la peau blanche encore ferme. Ses yeux noirs brillaient.

Dona Ana essuya sa joue d'un geste brusque. Elle écarta le rideau de velours et contempla par la fenêtre l'*umbú* immobile sous le ciel lourd tel un géant endormi. Je ne dois pas me laisser abattre. Il faut vivre, être forte. Paulo va venir me voir ce mois-ci...

Elle eut une soudaine certitude. Elle vit Paulo traverser la fazenda sur son cheval noir, portant le dolman et le chapeau rouge. L'odeur de tabac qu'exhalaient ses vêtements lui arriva aux narines, mêlée à l'arôme citronné de son eau de Cologne préférée. Un frisson la parcourut et elle sonna Milú.

L'esclave apparut une minute plus tard, ses cheveux crépus noués en une tresse épaisse. Dona Ana souriait, presque heureuse.

— Milú, fais-moi apporter du corral six litres de lait et dépose-les dans la cuisine. Je vais faire du *doce de leite*.

Milú se dépêcha de faire ce qu'on lui demandait. Dona Ana se leva, ouvrit les volets. Elle allait faire de la confiture de lait, le dessert favori de son mari. Dehors le vent commençait à gronder, léger encore, secouant les branches des arbres. Elle connaissait bien ce bruit sourd. Le *minuano* se levait. Le vent de l'angoisse... Trois jours au moins sans répit. Tandis que les rebelles seraient en train d'essayer de reprendre Porto Alegre.

— Je vais faire une confiture bien caramélisée, comme Paulo l'aime...

Dona Ana sourit de s'entendre parler seule. Cela lui rappela dona Perpétua, déjà bien vieille, arpentant les couloirs en soliloquant. Serait-elle en train de devenir comme sa mère ?

Le 27 juin de cette année-là, les rebelles commandés par Bento Gonçalves engagèrent le premier siège de Porto Alegre. Aux troupes du colonel Bento s'étaient adjointes celles du major João Manoel, formant un total de mille cinq cents hommes. De plus, les impériaux n'avaient aucune perspective de secours immédiat, parce que les communications avec la ville de Rio Grande avaient été coupées et que Bento Manuel et ses troupes se trouvaient très loin de là, du côté de la frontière.

Les rebelles disposaient de quatre navires armés pour la guerre, le brick *Bento Gonçalves,* la patache *Vingt Septembre,* le schooner *Farroupilha* et le yacht *Onofre.* Le brick et la patache s'ancrèrent devant la plage de Belas pour faire feu sur la ville, le schooner *Farroupilha* et le yacht *Onofre* se postèrent au nord de la capitale sur le littoral de Caminho Novo.

Dans la ville, Menna Ribeiro inspectait, presque sans manger ni dormir, la construction de tranchées, des murs de protection, du fossé de quatre mètres de profondeur rempli de ferrailles tranchantes et de morceaux de bois effilés qui devait longer la ligne de tranchées. Les navires des impériaux mouillaient devant la place de l'Alfândega, la place de la Douane. En ville, la nourriture commençait à manquer à cause de la vigilance extrême des assiégeurs, et les quelques vivres disponibles dans les entrepôts commencèrent à se vendre jusqu'à quatre-vingt pour cent plus cher que d'ordinaire.

Au début de l'après-midi de ce 27 juin gris et triste, après avoir longuement discuté avec João Manoel des actions à mener contre la ville de Porto Alegre, Bento Gonçalves se retira dans sa tente et écrivit un long courrier à João de Deus Menna Barreto.

Ses mains puissantes tenaient la plume avec une sorte de rage, tandis que les mots naissaient sur le papier, noirs, luisant d'encre. Bento termina sa rédaction et relut le document.

La capitale étant tombée entre les mains des factieux du fait de la plus noire des trahisons, et apprenant que Votre Excellence est à la tête des forces occupantes, et mû par la seule volonté d'éviter une effusion de sang, décidé quant à moi de reprendre la ville par tous les moyens, je mets Votre Excellence en demeure d'ordonner aux forces en question de déposer les armes aujourd'hui même et avant le coucher du soleil […]. Ce faisant, Votre Excellence évitera les immenses désastres qui menacent la capitale dont je rendrais Votre Excellence responsable, ainsi que les chefs de la réaction, responsables devant Dieu et les hommes.

Il envoya chercher le comte Zambeccari dans sa tente. Celui-ci surgit, emmitouflé dans un lourd manteau gris, l'air inquiet, les mains raidies par le froid. Le colonel Bento Gonçalves lui tendit la lettre et le comte la lut avec attention, approuvant d'un hochement de tête.

— Et maintenant, Tito, envoyez un homme la porter au maréchal.

Le comte Zambeccari glissa la lettre dans la poche de son dolman et sortit du baraquement de sa démarche de danseur. Une petite pluie fine commençait à tomber.

Bento Gonçalves contemplait ses mains calleuses et froides. Il avait le cœur serré : attaquer Porto Alegre, la ville qu'il connaissait si bien et qu'il aimait, était quelque chose qu'il refusait de toute son âme. Il pensa aux hommes enfermés dans le *Presiganga* et eut peur pour eux.

Paulo da Silva Santos entra dans le baraquement en secouant l'eau de ses vêtements.

— Alors, Bento ?

Les yeux noirs de Bento Gonçalves se posèrent sur le visage du mari de sa sœur Ana. Il remarqua que les cheveux de Paulo avaient blanchi.

— Alors, mon ami, nous n'attendrons pas plus longtemps.

Aucun des deux hommes ne prononça un mot. De l'extérieur arrivaient les bruits du campement, le hennissement des chevaux, le chant triste et plaintif d'un soldat.

En fin d'après-midi, la réponse des impériaux arriva. Un jeune soldat blond au visage enfantin apportait la réponse de son chef. Bento s'en saisit nerveusement : les impériaux acceptaient le combat. Bento Gonçalves et João Manoel réunirent les troupes et annoncèrent : on attaquera à l'aube.

Ainsi commença le siège de Porto Alegre. Les rebelles ne réussirent pas à prendre la ville, mais à l'extérieur, ils empêchaient tout déplacement et toute entrée de vivres, jour après jour, dans une attente qui n'en finissait pas. Bento Gonçalves passait des heures à regarder la ville à travers sa longue-vue, mais il n'avait en tête que le visage de Caetana, son visage doré, frais, sa voix rauque, inquiète et douce qui l'avait toujours séduit. Le temps passait lentement, tournait sur lui-même comme un moulin géant tandis que la pluie ne cessait de tomber, inlassablement.

Cahiers de Manuela

Estancia de la Barra, 26 août 1836

Une lettre de mon père arriva dans les derniers jours de juillet. C'était la première fois qu'il nous écrivait, il n'avait envoyé jusqu'alors que ses baisers, sa tendresse, des messages oraux donnés par des soldats qui passaient à l'estancia tels des oiseaux qui se seraient égarés de leur groupe.

Sa lettre, avant même d'être lue, fut reçue comme un baume sur le cœur de ma mère et de mes sœurs. Même Rosário qui était de plus en plus solitaire, retirée dans un monde dont elle nous fermait l'accès, vint s'asseoir devant la cheminée pour entendre les mots de père, et j'ai vu que de grosses larmes coulaient de ses yeux. Rosário avait toujours préféré son père.

Il avait dû avoir du mal à écrire sa petite missive, il n'avait jamais été doué ni pour l'écriture ni pour les plaintes. Mais la nostalgie de presque une année d'absence devait peser lourd sur son âme. De plus, il avait des choses à nous dire à propos du siège de Porto Alegre et devait nous faire part d'un incident très grave. Sa lettre nous racontait la grande attaque des rebelles contre la ville qui avait eu lieu le 19 août dernier. Les rebelles avaient écrasé Porto Alegre sous une canonnade sans merci qui avait semé la panique dans la population. Nous avions le cœur lourd et inquiet en entendant ces mots ; la voix de ma mère tremblait à la lecture de ce passage, puis elle se ressaisit et reprit le ton normal dont elle usait pour parler de tout et de rien. C'était le grand assaut des rebelles pour lequel ils s'étaient préparés depuis plus d'un mois. « Nous avons repris, au prix de beaucoup d'efforts et du sang des nôtres, le Fort de São João, et nous l'avons fait sauter car c'est là que se trouvait le dépôt d'armes et de munitions de l'Empire. L'explosion a fait jaillir une boule de feu rouge qui est montée à une hauteur considérable et qui a, pendant quelques secondes, illuminé le ciel comme en plein jour. » Et c'est alors que la lettre de mon père avait révélé un plus grand sujet d'inquiétude : « Malheureusement, mes bien-aimées, je dois vous informer qu'au cours de cette attaque mon très cher beau-frère, notre Paulo, a été blessé et qu'il est tombé entre les mains de l'ennemi, mais que grâce à la bravoure de son fils José, il a pu être sauvé avant qu'on ne lui fasse subir de plus grandes souffrances. Paulo a été soigné par l'un de nos médecins qui a constaté qu'une balle lui avait traversé l'estomac et que sa cuisse droite avait été déchirée par un coup de lance. Je suis désolé de vous faire part de si tristes nouvelles, mais c'est de mon devoir, et comme me l'a demandé Bento, je veux que vous parliez à dona Ana, que vous lui disiez que son époux est vivant et qu'il est sur le chemin de l'estancia où un convoi le conduit aussi vite que le permettent cette guerre et son état de santé, afin qu'il puisse être soigné par les mains habiles de son épouse. »

Ainsi se terminait la lettre de mon père.

Quand Maria Manuela s'arrêta de lire, le visage décomposé, nous nous tournâmes vers dona Ana. Elle était assise dans un coin de la salle, droite et livide, les mains croisées sur ses genoux, de grosses larmes coulaient sur ses joues et disparaissaient dans le col de dentelles qui entourait son cou. Je courus vers elle, et me jetant à ses pieds, je posai ma tête sur ses genoux tremblants.

Les longs doigts de ma tante se glissèrent entre mes tresses en une tendre caresse. Dans un coin, le petit Regente regardait la scène, inquiet. La voix de dona Ana n'était qu'un murmure, mais je l'entendis me dire :

— Sois tranquille, ma petite Manuela. Dieu est avec nous, soupira-t-elle cherchant des forces pour continuer à parler. Paulo va arriver ici vivant. Il m'est apparu il y a quelques jours, il franchissait la barrière.

Puis elle se leva, me poussa doucement, et nous regardant toutes les unes après les autres, avec dans le regard l'injonction muette de garder notre calme, elle annonça qu'elle allait à la cuisine donner des ordres pour le dîner et qu'elle reviendrait tout de suite après pour jouer quelque chose au piano. Nous gardions la tête basse, pas un mot ne s'échappait de nos lèvres. Ma mère se mit à pleurer sans bruit. Puis Caetana se leva à son tour et déclara :

— Je vais envoyer Zé Pedra informer Antônia de ce qui s'est produit.

Les jours suivants, les nouvelles venaient par vagues. Un déserteur des troupes rebelles, qui passait par nos terres, raconta au régisseur que les révolutionnaires avaient installé leur quartier général à Viamão d'où ils contrôlaient discrètement Porto Alegre. L'homme affamé et blessé dit aussi que le moral des troupes était au plus bas et que beaucoup d'hommes partaient, comme lui-même, parce que le bruit courait que Bento Manuel, avec un bataillon de trois mille soldats, marchait sur les hordes de Bento Gonçalves. L'homme demanda à manger et à boire, mais Manuel ne lui donna qu'un demi-pain sec en lui disant qu'il n'était qu'un traître, un lâche et qu'il aurait mieux fait de rester et de se battre comme un brave.

Manuel raconta tout cela à dona Ana et à dona Antônia, laissant les deux femmes silencieuses et accablées, le regard tourné vers la pluie qui tombait dehors en gouttes irrégulières et molles. Nous étions tristes, et le soir dans la maison, les notes du piano ne se faisaient presque plus entendre, d'une part parce que dona Ana avait renoncé à lutter avec autant de détermination contre sa propre anxiété et qu'elle consacrait toutes ses forces à préparer l'arrivée de son mari, et d'autre part parce que nous avions cessé d'être un public attentif. Mariana commençait à se plaindre, elle s'ennuyait, et Antônio, qui devait se trouver à Viamão avec son père et les autres, lui manquait cruellement. Les garçons de Caetana couraient dans la maison, pleins d'une énergie accumulée au cours de ces mauvais jours d'hiver, quand ils ne pouvaient plus battre la campagne ni jouer dans la cour, et leurs cris d'enfants nous transperçaient les oreilles comme des lames de couteau.

Un matin très tôt, au début du mois d'août, je fus réveillée par un vacarme qui venait du corridor. Mariana me lança un regard inquiet. Nous vivions dans la crainte qu'un soldat impérial ne nous attaque, mais les voix que nous entendions étaient familières. Je reconnus celles de dona Ana et de Milú ainsi que celle de Zé Pedra, mais aussi des gémissement sourds et douloureux.

— Oncle Paulo est arrivé !

Mariana sauta de son lit, elle se précipitait déjà vers la porte, mais je la retins : il valait mieux attendre que le pauvre homme soit bien installé dans son lit et que tante Ana soit plus tranquille. Nous ne savions pas dans quel état il se trouvait, s'il était très mal, s'il allait mieux ou s'il était presque guéri. Mais les gémissements déchirants que nous entendîmes nous disaient le contraire, et une étrange odeur, aigre, une odeur de pourriture arrivait jusqu'à nous à travers les interstices de la porte. Mariana, apeurée, me serra dans ses bras. Regente bondit sur le lit, profitant de notre distraction. Nous restâmes ainsi jusqu'à ce que le jour se lève et que je sorte pour aller à la cuisine. Les négresses savaient toujours tout ce qui se passait dans la maison.

À la cuisine, l'odeur du café se mêlait à celle de feuilles bouillant dans une marmite et à un léger parfum d'alcool. On préparait une décoction pour faire des cataplasmes et dona Rosa veillait personnellement à la confection de la mixture. D'une voix basse, elle nous informa :

— Le patron ne va pas bien. Sa jambe est enflammée et un pus verdâtre s'en écoule.

Elle parlait gravement, sans affectation, comme la bonne rebouteuse et experte en herbes qu'elle était.

— La blessure au ventre est en train de cicatriser. Mais la jambe... Je ne sais pas, ce n'est pas beau à voir.

Dona Ana s'occupait de son mari dans la chambre, elle y passa toute la matinée, tandis que les négresses s'agitaient dans un va-et-vient de bassines et d'onguents, et que la maison exhalait une odeur d'hôpital. Nous étions toutes dans le salon et nous attendions des nouvelles. Dona Antônia arriva très tôt et accourut dans la chambre de sa sœur, l'air préoccupé.

Lorsque je pus aller le voir, l'état de mon oncle m'affligea. Il était très maigre et semblait perdu dans le vêtement de nuit qu'on lui avait enfilé, son visage était livide, une teinte violacée cerclait ses yeux, sa jambe droite, enflée et laissant échapper une odeur pestilentielle, était entourée de bandages blancs qui ne parvenaient pas à cacher une blessure rougeâtre et suintante. Dona Ana, les manches retroussées et les yeux secs, appliquait des compresses sur le front de son mari, avec grand soin, comme si sa vie dépendait de ces linges mouillés. Dona Antônia, debout, se contentait de regarder avec tristesse et dans ses yeux noirs et étroits on devinait la terrible réalité de la situation.

Vers le milieu de l'après-midi, un médecin qui officiait dans les parages apparut à l'estancia. Il entra d'un pas décidé dans la chambre du blessé, saluant les dames avec courtoisie. Il resta là deux bonnes heures et sortit décomposé. Après nous avoir rejointes dans le salon, il nous regarda l'une après l'autre et, posant les yeux sur dona Antônia qui était assise dans un coin, il lui dit à voix basse :

— Vous devriez faire venir ses fils, si cela est possible, et les membres de la famille que vous souhaiteriez voir ici. Le *senhor* Paulo ne passera pas la semaine... La gangrène a gagné toute sa jambe, toutes les chairs sont pourries. Une amputation ne servirait à rien. Ce serait une souffrance inutile. Pardonnez-moi, mesdames, mais j'ai été appelé trop tard, il n'y a plus rien à faire, ajouta-t-il à voix basse.

Dona Antônia se releva avec effort de son fauteuil, elle était pâle et semblait presque fragile dans sa simple robe grise. Serrant autour d'elle son châle bleu, elle fit signe au médecin de la suivre dans son bureau, tandis que Mariana laissait échapper ses larmes.

Manuela

L'état de santé de Paulo de Silva Santos s'aggrava de jour en jour. Au début, on entendait encore ses effrayants gémissements et dona Ana parcourait la maison, défaite, criant après les négresses, exigeant plus d'eau chaude, de nouvelles infusions de feuilles médicinales ou des linges propres. Le médecin revint encore deux fois.

À sa dernière visite, il fit prier dona Antônia de le retrouver sur la véranda avant qu'il ne parte. Le jour était clair, l'air frais et le ciel très bleu parsemé çà et là de petits nuages blancs. Dona Antônia regarda le médecin, les yeux secs.

— Alors, docteur Soares ?

— Je ne lui donne qu'une nuit, dona Antônia. Je suis désolé.

Il laissa son regard se perdre dans la pampa, puis regarda à nouveau la dame longue et fine, aux cheveux pris dans un chignon sur le haut de la tête. Il était gêné et s'enquit si ses fils étaient là.

—Non. Vous savez bien, docteur, que les routes sont infestées de troupes ennemies. Nous avons envoyé Zé Pedra à la recherche des garçons, mais il n'est pas encore revenu. Que faire sinon attendre. Et prier, conclut-elle en croisant les bras.

— Ce serait bien qu'ils arrivent aujourd'hui.

Il prit congé et partit.

Dona Antônia s'en fut à la cuisine commander à dona Rosa un dîner léger, personne n'aurait faim. Puis elle alla dans le bureau et demanda à Beata d'appeler Caetana.

Sa belle-sœur arriva vêtue d'une robe marron qui n'enlevait rien à sa beauté malgré sa simplicité austère. Ses cheveux étaient tressés sur la nuque. Elle embrassa dona Antônia, elles ne s'étaient pas encore vues ce matin. La sœur de Bento alla droit au but :

— Paulo va mourir aujourd'hui, Caetana. On s'en rend compte rien qu'en le regardant.

Caetana se signa et Dona Antônia eut un sourire las, comme pour rassurer un enfant avant de poursuivre :

— Hier soir, j'ai longuement parlé avec Ana. Elle sait... Il n'y a plus rien à faire. Nous devons nous préparer.

— *Dios*... Je n'imaginais pas, non je n'imaginais pas qu'une telle tragédie put survenir si vite. Paulo est arrivé ici trop tard, sa blessure était déjà incurable, je m'en suis rendu compte. Est-ce que Bento et les garçons pourront être là ?

— Mes os me disent que non. Zé Pedra n'a pas réapparu. Et puis nous ne savons rien de ce qui se passe là-bas. C'est pour cela que je vous ai demandé de venir, Caetana, pour vous dire que j'ai fait appeler le prêtre. Il donnera cet après-midi l'extrême-onction à Paulo. Ce ne serait pas juste que cet homme meurt sans la consolation de Dieu.

— Je vais prévenir Maria Manuela et les filles, acquiesça Caetana. Et je vais prier pour que les hommes arrivent à temps. La pauvre Ana aurait bien besoin de sentir ses fils auprès d'elle.

Le prêtre vint, accomplit son devoir et repartit.

La nuit était tombée depuis peu et la belle journée s'était transformée en nuit noire, sans étoiles. Elles dînèrent d'un potage, assises autour de la grande table, silencieuses, conscientes que la mauvaise nouvelle tomberait d'un instant à l'autre. La place de dona Ana était vide. À n'importe quel moment, elle allait annoncer que son mari était mort. Cela ne pouvait durer, le curé lui-même l'avait dit. Dona Antônia tournait sa cuillère dans son assiette fumante, elle n'avait pas faim. Elle pensait à l'affreuse journée où elle avait enterré son cher Joaquim. Une douleur aiguë lui poignarda la poitrine. Elle ferma les yeux, luttant pour ne pas laisser couler ses larmes.

Les négresses débarrassaient la table quand Zé Pedra surgit. Il était seul, sale, fatigué par un voyage difficile et glacial. Faisant fi des conventions, dona Antônia le reçut dans le salon avec la famille. Elles écoutèrent ce qu'il racontait avec des mots simples. Il n'avait pas réussi à rejoindre les troupes de Bento Gonçalves et n'avait pas pu parler aux garçons. Les révolutionnaires étaient mal préparés, attaqués à Viamão par terre et par mer. Zé Pedra s'embrouilla en prononçant le nom d'un Anglais qui commandait la flotte de la Marine impériale. Il s'agissait de John Pascoe Greenfell, officier des armées de terre et de mer qui, avec sa flotte, avait dégagé l'accès par mer au Rio Grande, libérant la ville de Porto Alegre du siège imposé par Bento Gonçalves. De plus, à terre, les troupes de Bento Manuel encerclaient les rebelles.

— Impossible d'arriver jusqu'au colonel, dit Zé Pedra. Pas une âme ne peut passer à travers les armées de l'Empire, dona Antônia. Je n'ai pas pu prévenir les petits maîtres, pardonnez-moi. Mais j'ai donné votre lettre à un soldat. L'homme a dit qu'il la remettrait au colonel Bento Gonçalves.

Dona Antônia garda les yeux baissés pendant un moment. Les femmes étaient silencieuses, tristes, apeurées. Manuela pensait au nom que Zé Pedra avait eu du mal à prononcer : Greenfell. Elle se demanda comment était ce capitaine anglais commandant les navires qui combattaient son oncle et ses compagnons. Elle fut prise d'une rage sourde. Si elle avait parlé à sa famille, cette nuit de réveillon, si elle leur avait raconté les visions dramatiques qu'elle avait eues, l'aurait-on écoutée ?

Zé Pedra sollicita l'autorisation de se retirer et d'aller à la cuisine. Il mourait de faim, n'ayant presque rien mangé pendant son voyage de retour. Dona Antônia prit son ouvrage abandonné dans le panier et piqua son aiguille avec lenteur. Ses belles-sœurs la regardaient, attendant qu'elle dise quelque chose. Sa voix était douce quand elle conseilla :

— Laissons Bento faire comme il l'entend. Il sera bientôt parmi nous. Et cette nuit, nous devons affronter une plus grande douleur.

Rosário éclata en sanglots et se blottit dans les bras de sa mère. Caetana se leva et dit qu'elle allait coucher les enfants. Perpétua l'accompagna, aider sa mère à s'occuper des deux garçons turbulents la distrairait.

Paulo da Silva Santos mourut au petit matin, alors que dona Ana lui tenait la main et se remémorait la nuit de leurs noces. Elle s'était mariée dans la *fazenda* de son père, à Bom Jesus do Triunfo, au cours d'une fête inoubliable. Dona Perpétua avait été heureuse comme rarement dans sa vie à la vue de sa fille dans sa robe de dentelle blanche, au bras du jeune *fazendeiro*. Ils étaient allés vivre à Pelotas, puis ils avaient aménagé la vieille maison de l'estancia, avaient été heureux et complices pendant toutes ces années. José et Pedro étaient nés, tous les deux ressemblant à leur père, tous les deux courageux, forts, amoureux des chevaux et de la vie à la campagne... Quand dona Perpétua avait senti ses derniers jours venir, elle avait appelé sa fille à son chevet et lui avait dit : « Je ne me fais pas de souci pour vous, Ana. Je sais que Paulo sera toujours là à vos côtés, toujours. »

De grosses larmes ruisselaient sur le visage de dona Ana. La main blottie dans la sienne commençait à perdre de sa tiédeur, inerte comme un petit oiseau mort, innocent, entre ses doigts. Elle serra plus fort la paume calleuse qui tant de fois avait tenu la sienne... Où étaient ses fils à cet instant ? Les volets laissaient passer une clarté diffuse, le jour se levait. José et Pedro devaient se trouver dans le cantonnement de Vilmão, peut-être en train de se réveiller ou de prendre leur maté, pressentant peut-être que quelque chose était brutalement arrivé à leur père. La dernière. L'ultime.

Dona Ana se leva et se pencha sur le front blafard de son mari mort pour y déposer un baiser.

Je dois prévenir Antônia. Je dois envoyer Zé Pedra chercher le prêtre. Je dois dire aux négresses de préparer à manger et à boire ; même en temps de guerre, quelqu'un pourrait venir, un voisin ou un autre, et dans cette maison nous avons toujours été prêts à recevoir les visites. Je dois arrêter de pleurer.

Elle essuya ses larmes avec un mouchoir brodé, mit de l'ordre dans ses cheveux. Le corridor était silencieux et sombre. Avant d'aller à la cuisine où elle savait qu'elle trouverait Zé Pedra sirotant son maté, elle se dirigea vers le salon. Dona Antônia était étendue sur le sofa, les yeux fermés ; son ouvrage reposait sur ses genoux. Elle avait dormi là.

Dona Ana vint s'asseoir à ses côtés et caressa son visage avec tendresse. Sa sœur se réveilla, la fatigue et l'inquiétude embrumaient ses yeux.

— Il est mort il y a un quart d'heure, dit dona Ana, les yeux secs et cernés de mauve. Le soleil se levait à peine... Mon Paulo... Il est mort dans son sommeil.

Dona Antônia prit sa main.

— C'est mieux comme cela, Ana. Il n'aurait jamais plus été comme avant. Et il aurait préféré cela.

Dona Ana sentit ses yeux exploser sous l'assaut des larmes.

On l'enterra en fin d'après-midi.

La guerre avait bouleversé la vie du Rio Grande et de cette estancia, éloignée de presque tout, on ne pouvait pas faire grand-chose, il était impossible d'envoyer de message à la famille et aux voisins. Manuel fit une lieue à cheval pour prévenir ceux qu'il pouvait avertir. Deux *fazendeiros* de la région vinrent présenter leurs condoléances, plus le prêtre qui devait célébrer les cérémonies d'usage. Ils trouvèrent à leur arrivée la maison de l'Estancia de la Barra en grand deuil. Deux négresses circulaient dans le salon en servant des liqueurs de pêche et des petits gâteaux. Toutes les femmes étaient en noir. Dona Ana ne s'éloignait pas de son mari dont le cercueil était posé sur la table du salon, un cierge de chaque côté. Le prêtre pria pour les hommes du Rio Grande et pour la fin de la guerre. Caetana pleurait, tenant par la main le petit Leão qui regardait tout cela, les yeux écarquillés de terreur, et ne cessait de demander son père. Mariana et Manuela, silencieuses, les yeux baissés, entouraient leur mère. Rosário, qui était restée des heures enfermée dans le bureau, venait de faire son apparition, les yeux rouges d'avoir pleuré. Une rage sourde se lisait sur son visage défait. Pourquoi devrait-elle supporter toute cette tristesse, ces jours horribles remplis de pleurs et d'odeur de mort, pourquoi ?

Assise sur la véranda, dona Antônia regardait le soleil se coucher en songeant à son frère. L'absence de Bento se faisait cruellement sentir en ces heures si dures. Il trouvait les mots de consolation, les mots justes, nécessaires. Bien qu'elle fût catholique, elle devait s'avouer que les paroles du prêtre lui avaient été de peu de secours... Dona Antônia savait que d'ici une heure, son beau-frère serait inhumé à gauche de la maison, dans un coin écarté, près de la plate-bande de rosiers, à l'ombre du grand figuier. Elle pensait à toutes ces fois où elle avait vu Paulo galopant sur ces terres, cet homme de fer, joyeux et enthousiaste. La vie se terminait bien cruellement pour certains.

Un cabriolet apparut sur le chemin et dona Antônia se leva tandis que la voiture s'arrêtait devant la maison. Elle reconnut dans la silhouette haute, les cheveux noirs et bien coupés, l'homme qui l'avait saluée sur la route. L'air grave, il lui tendit une main ferme, brunie.

— Je suis désolé d'avoir l'honneur de vous revoir en de si tristes circonstances, dona Antônia, dit-il de sa voix agréable et bien modulée. Je suis sur le chemin du retour vers Viamão pour retrouver notre armée. Je viens de laisser Teresa avec sa tante et je ne pouvais pas ne pas passer vous présenter mes condoléances. Le *senhor* Paulo était estimé de tous ici.

Dona Antônia accepta la main qu'on lui tendait. Inácio José de Oliveira Guimarães lui offrit galamment son bras. Ils entrèrent ainsi dans le salon où l'on se préparait à emporter le corps. Dona Ana reçut les condoléances d'Inácio. Elle avait les yeux gonflés, mais son visage était serein.

Tout le monde sortit dans le jardin. Manuel, Zé Pedra, Inácio et l'un des voisins présents portaient le cercueil.

Les femmes venaient derrière. Perpétua marchait avec les autres, et à la tristesse qu'elle ressentait pour la mort de son oncle se mêlait une étrange euphorie : qui était cet homme ? Elle sentit son cœur battre plus fort sous l'empiècement en dentelle noire de sa robe. Elle se signa. Ce devait être péché que de penser à ces choses dans un pareil moment. Quelques mètres devant elle, Inácio José de Oliveira Guimarães avançait d'un pas ferme. Perpétua admira sa nuque bronzée, ses cheveux bien coiffés. C'était un bel homme.

La petite procession arriva au bord de la fosse. Le prêtre ouvrit une Bible reliée dans un cuir usé et se mit à lire un passage. Le soleil se couchait derrière la *coxilha*, l'air fraîchissait rapidement.

Puis la première pelletée de terre tomba sur le cercueil du mari de dona Ana. La terre s'écrasant sur le bois produisait un bruit sourd et sec.

Ma chère Ana,

Ce n'est qu'un mois après que la nouvelle me fut arrivée, que je trouve un moment de calme pour vous écrire et vous dire combien la perte de l'homme inestimable que fut notre cher Paulo me cause de chagrin. Je suis profondément désolé que cette guerre ait frappé votre âme d'une si lourde peine, et je dois vous dire que vos fils sont inconsolables. Il n'est pas un jour où ils ne viennent me trouver pour que nous évoquions, autour d'un maté, les temps heureux du passé.

Ma chère sœur, si je vous dis cela, ce n'est pas pour vous attrister davantage, mais pour que vous soyez assurée que Paulo est dans nos cœurs. Aujourd'hui, nous luttons aussi pour lui. S'il m'était donné de croiser, dans une des nombreuses batailles que nous menons, le misérable qui a causé sa mort, je vous jure, Ana, que mon épée ne le laisserait pas repartir en vie... Je vous jure aussi que, dès que les choses ici se seront calmées, je vous enverrai vos fils pour quelques jours, car je sais que seule la présence de Pedro et de José à vos côtés pourra vous apporter un peu de consolation.

Ana, je profite de ces lignes, écrites trop précipitamment en cette aube pluvieuse, pour vous raconter ainsi qu'aux autres ce qui nous arrive. La guerre fait rage. Alors que nous étions cantonnés à Viamão au début du mois d'août, au moment même où j'envoyai Paulo à vos bons soins – sans doute une erreur, car je sais que son état a empiré à cause de ce voyage pénible – nous avons appris que nos troupes étaient assiégées aussi bien par terre que par mer. Le capitaine Greenfell, un Anglais à qui il manque un bras et qui est au service de l'Empire, avait posté ses navires dans le Guaíba, fermant ainsi notre passage.

Et pendant ce temps, Bento Manuel arrivait par la terre avec ses troupes, presque trois mille hommes, un contingent bien plus important que le nôtre. De plus, depuis la prise de Porto Alegre le moral de nos hommes est au plus bas. Nous n'avons pas eu d'autre solution que de fuir par les rives pour tenter de gagner la Campanha[1] *au sud du Jacuí. Nous avons dû mener un combat féroce, notre seule chance étant de traverser les lignes de Bento Manuel, ce que nous réussîmes et qui nous remplit de joie. Notre cousin Onofre, à la tête de trois cents hommes, fit reculer les impériaux, nous permettant ainsi d'avancer. Nous avons donc rompu le siège et avons réussi à faire passer les chariots et les canons. Ce fut un moment de gloire, ma chère sœur ! Vos fils ont fait montre d'un grand courage, Pedro commandant avec succès une centaine d'hommes de la cavalerie.*

Je vous écris aujourd'hui dans ma tente, à mi-chemin de la Campanha, réchauffé par le maté que Congo vient de me préparer et par la pensée de ma famille. Ce mois de septembre a été froid et pluvieux, ce qui ne facilite pas les mouvements. Mais Ana, cette lettre doit vous faire part d'autres événements. J'ai appris hier à mon réveil que Netto a proclamé la République à Campo do Seival. Il a été nommé général, titre qui m'a été attribué à moi aussi. Je vous avoue, ma sœur, que tout cela m'inquiète vivement. Par la voix de Netto, nous avons lancé un cri

1. La Campanha, région du sud du Rio Grande do Sul.

sans retour, cri qui nous sépare encore plus de l'Empire[1]. *De là où je me trouve, talonné par les troupes de Bento Manuel, la pensée de la république ne m'avance pas à grand-chose. Nous sommes comme dans une île, encerclés de tous côtés par les impériaux. Nous sommes traqués et nous devons impérativement rejoindre les autres. Mais soyez confiante, Ana, et que toutes les autres aient confiance elles aussi car nous sortirons bientôt de cette mauvaise passe et je pourrai venir vous voir.*

Ce que je vous ai confié au sujet de la République rio-grandense est un secret que vous ne devez pas ébruiter. Nous aurons le temps pour cela. À propos de temps, je n'en ai plus guère car j'entends que Tito m'appelle. Onofre veut me parler. Je termine donc ici ma lettre, Ana, avec toute mon affection et ma tendresse. Je joins un petit billet pour Caetana, c'est tout ce que j'ai eu le temps de lui écrire.

Que Dieu vous protège.

Bento Gonçalves da Silva
21 septembre 1836

[...] Nous, qui formons la Ire Brigade de l'Armée Libérale, devons être les premiers à proclamer, comme nous l'avons proclamée, l'indépendance de cette province qui est à partir de ce jour séparée du reste de l'Empire et constitue un État libre et indépendant sous le nom de République rio-grandense, et dont nous nous engageons à envoyer le manifeste aux nations civilisées.

Campo de Menezes
11 septembre 1837
Signé : Antônio de Souza Netto,
Commandant de la Ire Brigade de Cavalerie

La voix qui lisait le manifeste laissa, quand elle se tut, une traînée de silence derrière elle. Silence qui ne dura

1. Le « cri » dont parle Bento Gonçalves évoque le « Cri d'Ipiranga » (L'Indépendance ou la mort !) lancé par Pedro I qui a signé l'indépendance du Brésil.

que quelques secondes. Un cri d'enthousiasme parcourut la troupe comme un souffle. Le général Netto dégaina son épée et la brandit très haut en criant :

— Vive la République rio-grandense ! Vive l'indépendance ! Vive l'armée républicaine !

Un cri unique et sauvage jaillit de toutes les bouches. Le drapeau tricolore frémissait en haut de son mât. Un vol de *bem-te-vi* passa dans le ciel en criaillant, survolant les cimes des arbres d'un bois voisin.

Tandis que le général Netto proclamait la République rio-grandense, Bento Gonçalves, assiégé par les armées de Bento Manuel, tentait d'élaborer un plan pour leur échapper. Viamão était presque complètement encerclé. Les hommes étaient épuisés et affamés, les chevaux estropiés. Il pleuvait sans répit sur la pampa. Les rivières débordaient, se déplacer devenait un calvaire et il était pratiquement impossible de traîner les quatorze canons.

Au cours d'une petite escarmouche, Bento Gonçalves fut blessé à l'épaule. Il fallait qu'il rejoigne la Campanha où il pourrait souffler un peu et faire soigner ses blessures qui, dans les conditions précaires où il se trouvait, avaient toutes les chances de s'infecter.

— Pensez à votre beau-frère, mon général, lui dit le médecin de la troupe.

Le regard de Bento Gonçalves se perdait dans l'horizon gris. Oui, il pensait beaucoup à Paulo. Beaucoup trop. Mais il fallait traverser le Gravataí avec la troupe, car c'était là la seule rivière possédant un pont qui leur permettrait de poursuivre vers la Campanha. Il fallait traverser le Gravataí pour échapper à Bento Manuel. C'était leur seule chance.

Un plan fut adopté.

Ils firent courir le bruit qu'ils allaient marcher sur Porto Alegre et c'est exactement ce qu'ils firent. Bento Gonçalves, Onofre Pires, Tito Lívio Zambecarri et Sebastião do Amaral regroupèrent les hommes et se mirent en marche en direction de la capitale. Bento Manuel Ribeiro en fut informé et partit à son tour avec son armée vers la ville. Il ne voulait pas laisser échapper les rebelles.

À mi-chemin, la plus grande partie des troupes bifurqua vers le nord, vers la rivière Gravataí. Bento Gonçalves, Onofre Pires et un détachement continuèrent vers Porto Alegre pour tromper l'ennemi. Les troupes qui marchaient en direction du Gravataí poursuivaient leur route en silence, sous la pauvre lumière d'une lune triste, à moitié cachée par les nuages. Ils savaient qu'ils risquaient de rencontrer des troupes ennemies sur les huit kilomètres de leur route. La prudence était de mise.

Très vite, les impériaux s'aperçurent du stratagème. Au grand galop, la troupe révolutionnaire chercha à gagner le pont du Gravataí, Bento Manuel et ses hommes sur leurs talons. Des soldats roulèrent au sol sous les sabots des chevaux. Un épais nuage de poussière montait dans le ciel nocturne. Mais les rebelles arrivèrent au pont. Les hommes traversèrent, les quatorze canons traversèrent. On recouvrit le pont de poudre. Un tir retentit, le pont explosa.

Sur son cheval qui se cabrait, Bento Gonçalves exultait. Les flammes rouges de l'explosion éclairaient la nuit. Il avait trompé son ennemi. Sous le tissu rêche du dolman, son épaule le faisait souffrir. Bento Gonçalves galopa vers Onofre.

— Cette fois-ci nous avons eu de la chance ! cria-t-il.

Les deux hommes poursuivirent leur chemin en trottant côte à côte. Pedro, souriant, le visage gris de poussière, rejoignit son oncle.

Maintenant il fallait parvenir à São Leopoldo. Là, ils se reposeraient un peu, Bento ferait soigner son épaule, les hommes pourraient souffler. La lune luisait toujours timidement dans le ciel.

Dans son fauteuil à bascule, dona Ana prenait le soleil sur la véranda. Le printemps s'annonçait doucement dans la pampa, fleurissant les flamboyants et répandant dans l'atmosphère une odeur sucrée de fruits mûrs.

Depuis que José, son fils aîné, était arrivé, dona Ana avait récupéré un peu de sa sérénité. En l'apercevant monter les marches de la véranda, revêtu de son dolman, l'épée au côté, le visage barbu et fatigué, dona Ana, qui était dans le salon et essayait de lire, s'était transformée en fontaine. À peine avait-elle posé les yeux sur José que les larmes avaient jailli de ses yeux, incontrôlables. Elle avait surmonté ce rideau de pleurs pour se jeter dans les bras du jeune homme et réchauffer son cœur dans le giron de cette douceur familière. Elle fut frappée par la ressemblance de José avec Paulo, la guerre avait durci ses traits, une légère barbe ombrait ses joues. Et cela la fit sangloter de plus belle.

— Calmez-vous, mère, fut tout ce que José sut dire.

Et tous les deux pleurèrent dans les bras l'un de l'autre sous le regard ému des femmes de la famille.

Dona Ana dispensa à son fils les attentions qu'elle n'avait pas pu avoir pour son mari. Elle alla dans la cuisine et se lança dans la préparation d'un plein chaudron de marmelade, elle fit des confitures de pêches et pétrit de ses mains le pain qu'elle lui servirait le soir. Ces activités redonnèrent à son visage l'éclat qu'il avait perdu. Caetana remercia la Vierge Marie du mieux-être de sa belle-sœur.

Les jours passaient. José était depuis une semaine à l'Estancia de la Barra. Il avait apporté des nouvelles de la guerre, il avait raconté comment les troupes avaient réussi à quitter Vilmão. Ce n'est qu'après qu'il avait pu partir pour la maison de sa mère. Son frère Pedro était resté avec Bento Gonçalves. Ils savaient que les révolutionnaires étaient cantonnés à São Leopoldo. Dona Ana laissa son regard flâner à travers les prairies qui s'étendaient à perte de vue. Au loin, près d'un tertre, elle aperçut un groupe de *vaqueanos*[1]. Ils revenaient de la vente d'une cargaison de *charque*. C'est bien, on avait besoin d'argent, beaucoup de choses manquaient à l'estancia.

José sortit de la maison. Transpirant, les manches relevées. Il embrassa sa mère et se jeta dans un fauteuil en osier.

---

1. Gauchos qui connaissent tous les chemins d'une région. Guides.

— J'ai fait une grande promenade à cheval avec Manuela, je me suis baigné dans l'étang. Je me suis souvenu des temps d'avant, mère, quand nous étions petits et que nous venions passer l'été ici.

Dona Ana sourit, les larmes aux yeux.

— Savez-vous quel jour nous sommes, mère ?

— Quel jour, fils ?

— Le 20 septembre. Il y a juste un an que la révolution a commencé.

Dona Ana regarda ses mains pâles posées sur ses genoux. Un an. Toute une année d'angoisse et d'attente.

— On apprend à ne pas penser au temps, mon fils. Sans quoi, on deviendrait folle.

Leão et Marco Antônio passèrent en courant, trébuchant sur les marches de la véranda. Dona Ana regarda ses neveux et sourit.

— Ces deux petits ont doublé de taille depuis que nous sommes arrivés.

José rit joyeusement. Il avait le même rire que son père, vaste, joyeux et tendre.

Inácio José de Oliveira Guimarães fit une visite à l'estancia pendant cette période. Pour partager un maté, bavarder. Il était de passage, il s'était rendu auprès de dona Teresa, son épouse affaiblie à la suite d'une congestion pulmonaire.

— Nous avons eu un hiver difficile, dit dona Ana au visiteur en lui servant une part de gâteau à l'orange. Maria Angélica, la fille de Caetana, a souffert de grosses crises d'asthme à cause de l'humidité. Grâce à Dieu, elle va bien à présent.

Inácio prit un air désolé.

— Mon épouse a les poumons fragiles, je me fais beaucoup de souci pour elle.

Dona Antônia intervint :

— Eh bien, je vous propose notre aide. Si dona Teresa est dans l'embarras, nous sommes toutes là.

Perpétua était dans sa chambre, étendue sur son lit, les yeux perdus au plafond. Certains après-midi étaient interminables. Rosário entra, essoufflée.

— Savez-vous qui est là ? Cet homme, vous savez, celui qui est venu à l'enterrement d'oncle Paulo. Celui que vous ne quittiez pas des yeux, j'ai bien vu.

Perpétua bondit du lit.

— Le *senhor* Inácio ?

— Celui-là même. Il est venu nous rendre visite et apporter des nouvelles.

— J'y vais, dit-elle en se dépêchant de mettre de l'ordre dans ses vêtements, de se recoiffer et de chausser de plus jolis souliers.

Perpétua arriva sur la véranda au moment où Inácio commençait à raconter ce qu'il savait des rebelles. Il avait suivi Netto, il était au courant de ce que faisait Bento Gonçalves. Ils parlèrent de la République. Les yeux sombres d'Inácio brillaient.

Dona Ana dissimula un sourire en voyant sa nièce. Elle avait entendu des conversations entre Perpétua et Mariana où elle avait cru entendre le nom du visiteur. Et cet éclat nouveau dans les yeux de la paisible Perpétua...

— Asseyez-vous là, petite, dit dona Ana en indiquant une chaise.

Il n'y avait pas de mal. Après tout l'homme était marié. Tant mieux si sa présence pouvait donner un peu de joie à la jeune fille, tout était si triste dans cette maison.

Inácio José Oliveira Guimarães buvait des yeux la fille aînée de Bento Gonçalves. Une petite inquiétude lui serra le cœur. Les deux femmes l'observaient. José demanda :

— Comment vont les choses pour mon oncle ? Je pars le rejoindre à la fin de la semaine.

— Les nouvelles mettent beaucoup de temps à arriver, comme vous le savez. Mais il semblerait que le maudit Bento Manuel soit en route pour aller affronter le colonel. Il va y avoir des combats.

— Le misérable n'a pas digéré notre manœuvre de Vilmão, affirma José.

— On verra bien comment les choses vont se passer. Je pars moi aussi demain matin très tôt.

Dona Ana suggéra qu'ils pourraient voyager ensemble. C'était plus sûr. Les deux hommes se mirent d'accord. Ils prendraient la route à l'aube avec un *vaqueano* de l'Estancia du Brejo. Perpétua frissonna en imaginant Inácio au milieu des combats. Dona Antônia fit demander de l'eau chaude pour le maté. Le soir tombait doucement et le ciel se teintait superbement de rose.

La lettre du colonel Bento Gonçalves da Silva arriva le quinzième jour de ce mois d'octobre, un beau matin lumineux, dans la poche intérieure du dolman d'un jeune lieutenant blessé, épuisé et affamé. Le lieutenant André était porteur d'une mission confiée par Bento Gonçalves, le chef suprême. Il avait bataillé pour vaincre les chemins impraticables, la douleur d'une blessure et échapper aux nombreux détachements impériaux qui hantaient les routes. Il avait réussi, malgré toutes ces difficultés, à accomplir sa mission.

Parvenu à pied à l'estancia, la jambe droite déchirée par une balle impériale, il demanda l'asile pour la nuit et un cheval. Il voulait rejoindre Netto pour continuer la lutte à la Campanha.

Dona Ana le reçut comme un fils, se disant que peut-être, dans une *fazenda* bien loin de là, Pedro ou José dépendraient un jour de la générosité d'inconnus. Elle voulut appeler dona Rosa afin qu'elle soigne la blessure du lieutenant mais André refusa. Sa jambe n'allait pas trop mal, il accepterait volontiers plus tard des soins, à manger, un petit verre d'eau-de-vie et un bain, mais dans l'immédiat il avait une mission à remplir. Il devait attendre que la lettre soit lue, il devait donner des nouvelles des combats, il avait parcouru des lieues uniquement pour cela.

— Je vais attendre sous l'*umbu*, dit-il. Quand vous aurez fini de lire la lettre, je vous expliquerai aussi pourquoi je suis venu jusqu'ici.

Caetana sourit.

— Vous pouvez rester avec nous. Ce que mon mari nous écrit ne doit pas être un secret.

Le lieutenant, pâle et défait, remercia et sortit la lettre de la poche de son dolman. Caetana la lut sans reprendre son souffle, trébuchant sur les mots, avalant des syllabes jusqu'à ce que son cœur se calme. Elle la relut après plus tranquillement pour ses parentes, là, sur la véranda où elles s'étaient réunies en cette fin d'après-midi brumeuse. Le lieutenant se tenait silencieusement dans un coin, bien que tourmenté par une cruelle fatigue, et il attendit courtoisement que Caetana ait fini sa lecture avant d'annoncer la nouvelle qui lui serrait la gorge. Le lieutenant André avait vingt-trois ans et il était le plus jeune fils d'un *fazendeiro* de la région, c'était un jeune homme bien élevé, de bonne famille, dont la belle allure se devinait même sous l'uniforme sale et déguenillé.

La voix rauque de Caetana tremblait un peu en prononçant les premières phrases, puis elle s'apaisa. Le lieutenant fut ému par la jolie voix de l'épouse du colonel.

Ma bien-aimée Caetana,

Tandis que j'écris cette missive, il gèle dehors. Un froid terrible traverse les parois de la tente et vient me fouetter, transperçant ma peau comme une dague impitoyable. Je suis navré d'avoir à vous conter la triste situation où nous nous trouvons, mais la vérité, ma chère épouse, est qu'après tant de combats et après avoir résisté si longtemps aux assauts de Bento Manuel, nous sommes aujourd'hui privés de vivres, de vêtements chauds et d'espoir. Je ne cesse d'encourager mes hommes de la voix et nous nous nourrissons de mots ces jours-ci. Il y a déjà un an que cette guerre a commencé, le temps passe vite sur les champs de bataille... Et, pour moins souffrir, je rêve de vous et de notre maison, d'un bon feu crépitant dans la cheminée et de nos enfants réunis autour de nous.

Malgré les coups du sort qui nous ont frappés ces derniers jours, les hommes ne perdent pas courage. Même le comte Tito, très affaibli par une maladie des poumons, ne se repose pas un seul jour, néglige sa fièvre pour être à mes côtés et organiser notre départ de São Leopoldo. Nous avons trouvé suffisamment de bois pour construire deux pontons qui nous faciliterons la traversée du Jacuí d'où nous pourrons marcher vers la Campanha. Nous sommes encerclés, Caetana, mais soyez tranquille, car je sais que nous réussirons encore une fois, comme à Viamão, à vaincre l'adversité.

Le colonel Crescêncio se trouve sur l'autre rive du Jacuí et il serait bon que nous puissions le rejoindre, ce qui renforcerait nos troupes et nous permettrait sans doute de battre Bento Manuel. Mais cette traversée me paraît aujourd'hui difficile et longue. Peut-être avancerons-nous plutôt par la terre, affrontant de face ces maudits impériaux. Nous verrons.

Onofre est contrarié, c'est un géant emprisonné dont il faut contenir la mauvaise humeur à tout moment. Demain, à l'aube, nous nous réunirons pour prendre une décision.

Pour le reste, ma chère épouse, nous sommes des soldats qui vivons la dure vie de la guerre, mais nous sommes vivants et en bonne santé. Les autres, mes neveux et mon beau-frère, vont bien. Ils envoient, comme moi-même, leurs meilleurs souvenirs à nos parentes. Je pense à nos fils qui sont à Rio de Janeiro, et il me semble qu'il serait temps qu'ils reviennent au Rio Grande. Écrivez-leur, Caetana, et faites-leur part de mon sentiment.

Pour l'heure je conclus cette lettre. Je la ferai partir demain matin pour qu'elle arrive le plus vite possible entre vos mains.

Avec tout mon amour et mes pensées.

Bento Gonçalves da Silva
São Leopoldo, 29 septembre 1836

À la fin de sa lecture, Caetana plia soigneusement la lettre et la rangea, en soupirant, dans une petite poche de sa robe. Les choses se présentaient mal, et même si Bento faisait son possible pour la rassurer, un sentiment d'inquiétude serrait son cœur. Elle n'avait presque pas fermé l'œil la nuit précédente. Seules les heures passées à prier au pied de l'autel de la Vierge Marie lui avaient apporté un peu de réconfort. Elle avait demandé à la Mère de Dieu qu'Elle accorde sa protection aux hommes, qu'Elle les aide à terminer cette guerre victorieusement et honorablement.

Dona Ana avait les yeux perdus dans le vague. Impossible de ne pas songer à Paulo qui était maintenant tout près, reposant sous le figuier, ce qui lui procurait une douce consolation. Impossible de ne pas haïr la guerre. Elle tenta de chasser ses tristes pensées. Manuela, Mariana, Perpétua et Rosário regardaient le lieutenant en attendant la suite. Dona Ana n'oublia pas de l'interroger :

— Et vous, mon petit, quelles autres nouvelles avez-vous à nous donner ?

Un dernier rayon de soleil essayait de percer le manteau de nuages gris. L'après-midi se finissait lentement, les *quero-queros* chantaient. Le lieutenant se redressa, comme s'il répondait à l'appel d'un supérieur, et une tristesse soudaine assombrit son visage. C'était un garçon aux traits délicats, à la peau claire, aux yeux bruns et à la bouche bien dessinée.

Sa voix trembla. Après tant de batailles, après avoir vu tant de morts et d'horreurs, sa voix tremblait encore. Il se remémora ce qu'il avait vu à Fanfa et il sentit son sang se figer dans ses veines. Il était devant la famille de Bento Gonçalves et il devait leur annoncer la nouvelle.

— Mesdames, commença-t-il en regardant le sol. Je regrette beaucoup d'être là et d'avoir à vous faire part de bien tristes événements.

Il releva la tête et regarda Manuela si jeune et vive. Puis il tourna ses yeux vers Caetana et continua :

— Mais j'ai été chargé par le colonel Domingos Crescêncio de venir vous informer.

— Parlez, mon petit, fit dona Ana d'une voix tremblante. Nous sommes ici pour vous écouter.

Le lieutenant prit une grande inspiration et lâcha dans un souffle :

— Le colonel Bento Gonçalves da Silva a été capturé et arrêté le 4 octobre dans l'île de Fanfa. Il essayait de traverser le Jacuí avec ses troupes pour rejoindre le colonel Crescêncio. Avec lui, le colonel Onofre et Tito Lívio Zambeccari ont eux aussi été capturés et conduits au *Presiganga*. De là, ils ont été emmenés à Rio de Janeiro, à la forteresse de Santa Cruz où se trouvait déjà le capitaine Lucas de Oliveira.

Le silence n'était entrecoupé que par le chant des oiseaux. Le lieutenant tordait ses mains. En vérité, il avait envie de pleurer. Le rêve d'une république était sérieusement compromis par l'arrestation de Bento Gonçalves.

Les sept femmes devant lui ne pensaient ni à la république ni à aucun idéal, elles ne pensaient qu'à l'homme qui avait été pris, emmené si loin, enchaîné, humilié et dont le destin se révélait à présent bien incertain. Dona Ana se leva de son siège et prit dans ses bras Caetana qui s'était mise à pleurer. Le lieutenant se sentit encore plus malheureux. Manuela passa son bras autour de l'épaule de Perpétua qui était livide et s'appuya sur sa cousine.

— Mesdames... – Le lieutenant ne savait que dire. – Ce fut un combat inégal. Bento Manuel a encerclé l'île, ils ont résisté sous un feu nourri pendant des heures et avec un immense courage. Une nuit entière. On ne pourra jamais l'oublier... Mais l'intervention des navires de l'Anglais Greenfell a été décisive. Ils étaient cachés sur le Jacuí, ils attendaient. Il n'y avait aucune issue possible, le colonel Bento Gonçalves a dû se rendre. Et par son geste, il a sauvé la vie de beaucoup d'hommes.

— Ah, mon petit..., soupira dona Ana. Et sa vie à lui qui la sauvera ?

Mariana et Rosário soutenaient leur mère. La nuit commençait à étendre son ombre sur la véranda et sur les champs, les grillons chantaient. Deux négresses vinrent allumer les lampes.

— Mesdames, pardonnez-moi...

Le jeune homme était embarrassé.

— Ne vous inquiétez pas, mon petit. – Dona Ana s'était ressaisie. – Vous avez fait un long voyage. Vous êtes fatigué et vous avez besoin de soins. Nous vous sommes reconnaissantes d'être venu jusqu'ici pour nous informer de ce qui s'est passé. – Elle sonna. Beata apparut. – Beata, emmène ce jeune homme à la cuisine. Dis à Rosa qu'elle s'occupe bien de lui. Et prépare une chambre au fond, ce jeune homme va rester ici une ou deux nuits.

Le lieutenant André remercia. Il était vraiment épuisé. En suivant Beata à travers le corridor sombre, il pouvait encore entendre les pleurs de l'épouse de Bento Gonçalves. Il aurait dû lui dire que le colonel reviendrait, il n'était pas homme à rester prisonnier, tout le monde dans le Rio Grande le savait. Mais il n'avait pas osé. Les yeux de l'Uruguayenne étaient d'un vert de jungle. Il n'avait pas osé : sa voix était restée bloquée au fond de sa gorge.

Cahiers de Manuela

Estancia de la Barra, 7 novembre 1836

Cette même nuit, après avoir reçu un mot de ma mère, dona Antônia arriva à l'estancia. Même sous son masque de force et de sérénité, on pouvait deviner la profonde tristesse ancrée au fond de ses yeux noirs. D'abord la mort d'oncle Paulo et maintenant l'arrestation de Bento Gonçalves… Tout cela devenait de plus en plus difficile pour nous, dona Antônia souffre en silence comme ma grand-mère chez qui je n'ai jamais entendu la moindre plainte de toute ma vie. Ici, dans le Rio Grande, la souffrance est notre destin et la pire des souffrances naît de la guerre. Dona Antônia sait cela, plus les jours passent plus elle apprend à rester de marbre. Elle s'endurcit. On ne montre pas sa tristesse, ce serait indécent.

Dona Antônia ne versa pas un pleur au cours de cette nuit qui n'en finissait pas, mais elle parla à Caetana, lui disant qu'elle devait se ressaisir, pour ses enfants, pour Bento. Oui, pour Bento car il allait revenir, elle en était absolument certaine.

— Bento a le poil dur, Caetana, lui affirmait dona Antônia de sa voix basse, chaude. Un jour, quand il était petit, il s'est gravement luxé la cheville à la suite d'une chute de cheval. Ce qui avait beaucoup inquiété notre mère car la chute avait été sévère. Une fois sa cheville bandée, Bento avait disparu… Nous l'avons cherché et retrouvé sur le même cheval, joyeux, comme si rien n'était arrivé. Il a toujours été têtu… – Et dona Antônia souriait comme pour tenter de se convaincre elle-même. – Il va se sauver, Caetana. Personne ne retient Bento Gonçalves da Silva malgré lui.

Et toutes nous crûmes ce que disait dona Antônia, comme s'il s'agissait d'une prophétie.

Quand elle eut récupéré un peu de sérénité, quelques jours plus tard, Caetana écrivit une longue lettre à ses fils. Je pensais à Joaquim, là-bas à Rio de Janeiro, et je me demandais comment il allait supporter une telle nouvelle. Pourrait-il aller rendre visite à son père ? Joaquim aux beaux yeux noirs et au rire joyeux, compagnon de jeux de mon enfance et aujourd'hui mon promis. J'ai de l'affection pour lui. De l'affection. Dona Ana dit que ressentir de l'affection c'est une façon d'aimer... Mais je n'ai pas oublié la vision de l'homme sur le pont du bateau, de l'homme blond qui me souriait. On dit que mon cousin et moi nous marierons quand la guerre sera finie... Si cette guerre se finit un jour. Ce n'est pas le visage de Joaquim qui m'apparut cette nuit de nouvel an. Ce fut un visage inconnu, un visage différent de ceux du Rio Grande, de nos visages bruns couronnés de cheveux noirs, aux airs espagnols. Cet homme était de l'or pur, un soleil couchant brillait dans ses yeux, dorait ses cheveux couleur de blé. Parfois je regarde l'horizon bien au-delà des collines et je me dis : un jour l'homme de mes rêves viendra, je verrai enfin cette silhouette qui me rend visite en pensée... Ou serait-ce que mon destin est d'épouser mon cousin Joaquim, de mettre au monde ses enfants, de donner des ordres aux négresses dont les mères ont obéi aux femmes les plus âgées de cette maison, de donner des petits-enfants au colonel Bento Gonçalves, des petits-enfants qui nous ressembleront, avec ce même sang qui court dans nos veines et ces mêmes visions dans l'âme, de champs et de levers de soleil ? Je n'ai pas de réponses pour apaiser mon cœur. Les jours passent immuables. L'été s'installe dans la pampa et nous attendons qu'on nous apporte la bonne nouvelle que nous espérons toutes, la nouvelle de l'évasion de Bento Gonçalves.

João Congo, le nègre de mon oncle, arriva à l'estancia au milieu du mois d'octobre. Caetana lui donna de l'argent et des instructions pour qu'il prenne un bateau pour la Cour et aille rejoindre Joaquim, Bento Filho et Caetano. Là-bas, il pourrait veiller sur Bento Gonçalves, lui apporter à manger tous les jours. La nourriture dans les prisons devait être des plus mauvaises. João Congo partit le lendemain avec un paquet de lettres et un sourire sur son bon visage noir.

Tout le monde s'en va et nous sommes les seules à rester ici. Novembre est là avec un ciel bleu sans nuages et un soleil chaud qui fait éclore les fleurs dans les prés. Impossible, en contemplant cette beauté paisible, d'imaginer qu'au-delà de ces terres se déroule une guerre si cruelle. Les nouvelles nous viennent avec le vent et la vérité c'est que la guerre est bel et bien là.

Les petits de Caetana grandissent. Ana Joaquina commence à parler, court après Regente à travers les corridors et devient une jolie petite fille. Leão, depuis qu'il sait que son père a été emprisonné, ne joue plus qu'à la guerre et ne lâche plus son épée de bois. Il dit qu'il va libérer Bento Gonçalves. Caetana et dona Ana le regardent avec appréhension. Encore un homme en devenir pour la guerre, encore un qu'il faudra attendre, encore un pour lequel prier, pleurer.

Et ainsi s'écoule le temps. J'ai eu seize ans un dimanche ensoleillé. Dona Ana m'a fait faire des gâteaux et des friandises, ma mère m'a offert l'un de ses colliers d'or de jeune fille. J'ai beaucoup pensé à mon père et à Antônio, aux fêtes d'anniversaire des années passées quand mon père me prenait sur ses genoux et me disait que j'étais sa petite fille et qu'il ne fallait pas que je grandisse. Mon père est loin aujourd'hui, je ne l'ai pas vu depuis un an. Serais-je surprise en le revoyant – qui sait ce que la guerre lui aura causé de ravages – ou ce sera lui qui s'étonnera de me voir devenue jeune fille, de deviner sur mon visage cette gravité forgée par ces jours et ces jours d'angoisse et d'attente dans lesquels le silence est le meilleur des conforts, le plus sûr des abris ?

Mariana a changé elle aussi. La présence du lieutenant André l'a transformée, elle avait l'air heureuse, souriante même, dans un état de félicité qui contrastait avec la tristesse ambiante. Dès qu'elle l'a aperçu sur la véranda, sale et épuisé par le voyage, une lumière s'est allumée dans les yeux de ma sœur Mariana. Pendant des jours, elle l'a suivi du regard, de loin, sans oser lui parler. Jusqu'à cet après-midi où je les ai surpris bavardant dans le verger. Mariana rayonnait d'un éclat qui détonnait.

Depuis que nous avons appris la capture de Bento Gonçalves, la maison est devenue silencieuse, dona Ana a renoncé pour le moment à jouer du piano. Au grand désespoir de ma sœur, le lieutenant a repris la route après une semaine à l'estancia, pour rejoindre les troupes de Netto. Mariana, brisée de chagrin, a couru se réfugier au bord de l'étang où elle est restée un après-midi entier à sangloter. Elle est revenue à la maison les yeux rouges et gonflés, avec un air de petit chien perdu. On ne peut pas retenir un soldat loin de la guerre, pas ici dans le Rio Grande… Le lieutenant, à peine remis de ses blessures, avait enfourché un cheval et était parti se mettre sous les ordres d'un nouveau colonel. Depuis la capture de Bento Gonçalves, c'est Antônio Netto qui a pris la tête de la révolution. On dit qu'il a gagné plusieurs batailles dans la Campanha. Que Dieu le protège. Depuis lors, ma sœur prie pour ses troupes. Le petit autel consacré à Notre Dame, dans le corridor, n'avait jamais reçu autant de cierges. L'odeur de cire d'abeille se répand partout, et avec celle de la confiture de pêches qui cuit dans les chaudrons, ces odeurs confirment que cette demeure est une vraie maison de femmes.

Manuela

Dona Antônia reçut le télégramme qu'elle garda dans ses mains comme un objet précieux. Le messager qui l'avait porté suivit l'un des nègres à la cuisine où on lui donna à manger et à boire.

Dona Antônia, sur son fauteuil à bascule, prenait le frais sur la véranda. En cette fin de matinée du 22 septembre, un soleil éclatant et doré répandait sa lumière sur les champs et une brise fraîche soufflait doucement. Du fleuve arrivait par vagues le chant des négresses qui lavaient le linge. Dona Antônia déchira l'enveloppe et lut. Bento Gonçalves da Silva avait été élu président de la République rio-grandense à Piratini.

Elle leva les yeux sur les pâturages. Ses iris avaient une couleur de bois sombre, un châtain foncé presque noir et luisant d'où rien, aucune émotion, ne pouvait transparaître. Les cheveux pris dans un chignon laissaient voir les premiers fils blancs. Elle ne les avait pas au début de la guerre. Mais aujourd'hui, lorsqu'elle se regardait dans son miroir, elle pouvait énumérer, l'un après l'autre, les soucis qui les avaient fait naître. Elle baissa les yeux vers le télégramme et relut le court message. Bento Gonçalves était le président d'une république qu'il n'avait pas proclamée. Et il était en prison. Il était loin, à Rio de Janeiro. Quel curieux destin que celui qui faisait d'un homme le berger d'un troupeau, son chef, plus grand que tous les autres, et pourtant dépendant de ces autres, dépendant de chacune de ces brebis qu'il devait soigner, honorer et protéger ? Elle pensait à son frère enfermé dans une cellule, lui qui aimait tant la pampa, le souffle du vent sur son visage, le parfum de la végétation et la fraîcheur des prés. Un président enchaîné. Bento Gonçalves n'était pas républicain, elle le savait très bien, ils en avaient tous les deux souvent parlé, comment se sentait-il aujourd'hui, porteur de cette charge, telle une lame fichée dans ses chairs ? Avec quelles armes se battrait-il et contre qui ?

— Les événements s'emballent comme un cheval fou.

Sa voix mourut lentement. Dona Antônia se rendit compte qu'elle parlait toute seule. Cela la contraria. Elle ne parlait jamais toute seule, c'était peut-être le premier pas vers la vieillesse. Elle jeta un dernier regard sur le jardin verdoyant et fleuri, aspira une longue bouffée d'air frais et rentra dans la maison. Après déjeuner, oui, elle irait chez Ana, pour lui apporter ainsi qu'aux autres les dernières nouvelles. Pas tout de suite. Elle devait réfléchir à tout cela, remettre ses idées en place.

Les événements se succédaient à une vitesse frénétique. Dona Antônia avait entendu dire que Netto et Bento Manuel s'étaient rencontrés et qu'ils avaient essayé de trouver un accord, mais que cela n'avait rien donné. Et le président Araújo Ribeiro faiblissait face à l'Empire. Tout devenait de plus en plus compliqué. Le fossé entre révoltés et partisans de la Régence se creusait à vue d'œil. Dona Antônia pensa à Noël que l'on fêterait dans trois jours. Elle espérait, comme les autres, que Antônio, Pedro, José et Anselmo le mari de Maria Manuela, seraient là pour les fêtes. Elle pensa à Ana, il y aurait une place vide à la table du dîner de réveillon, un vide qui ne serait plus jamais comblé. Elle ressentit une immense peine pour sa sœur. Elle savait parfaitement qu'une telle douleur mettrait des années à s'apaiser. Et lorsqu'elle s'apaiserait, il resterait les cicatrices, turgescentes, douloureuses.

Le 24 décembre 1836, le jeune Bento Filho et Caetano arrivèrent à l'Estancia de la Barra, après avoir embarqué à Rio de Janeiro sur un navire qui les avait conduits jusqu'à Rio Grande. De là, sous le soleil cuisant du mois de décembre, ils avaient fait la route à cheval pour revoir leur mère, et leurs frères et sœurs. Bento avait terminé son année de droit et Caetano allait oublier pour le moment ses projets d'inscription à l'université. Il était temps de penser à d'autres choses plus importantes. Le Rio Grande flambait sous la révolte, il fallait que tous ses fils vinssent à son secours. Il le fallait, pour ce nom qu'ils portaient et qu'ils honoraient. Ils étaient des Gonçalves da Silva, les fils du général Bento et la guerre les appelait. Joaquim, l'aîné, resterait encore à la Cour pour aller voir son père dans sa prison et lui apporter le plus d'aide possible. João Congo était resté avec lui.

Bento était un grand gaillard costaud, à la voix puissante et au visage doux. Il avait les mêmes yeux verts que Caetana, les cheveux bruns frisés et un caractère joyeux. Caetano, à quinze ans, était plus réservé, il ressemblait à son père bien que d'une constitution plus délicate. En apercevant sa mère debout sur la véranda de la maison, la nostalgie accumulée dans son cœur déborda et il ne put retenir ses larmes. Il courut se jeter dans les bras de Caetana comme un petit garçon apeuré et resta blotti là jusqu'à ce que Bento lui dise :

— Lâchez donc ma mère, le môme. Moi aussi j'ai droit à un baiser.

Caetano s'en fut embrasser Perpétua. Bento prit sa mère par la taille, lui planta un baiser sonore sur la joue et déclara :

— Vrai, mère, je jure que je n'ai pas vu à la Cour de dame plus belle que vous. Je vous le jure.

Dona Ana et dona Antônia souriaient. Les cousines surgirent en bande joyeuse. C'était bon d'avoir du monde à la maison, de vivre un peu dans la joie, de laisser de côté la guerre et la peur permanente. Leão et Marco Antônio voulaient jouer à la bagarre avec leurs grands frères. Caetano sortit pour courir dans la cour avec eux.

Bento fouilla dans une des malles et en tira deux lettres. Il remit la première à sa mère en disant qu'elle venait de Joaquim. L'autre enveloppe, un peu salie mais cachetée, était bourrée de papiers.

— Mère, voici une lettre de père. Il l'a écrite de sa cellule, dans la forteresse de Santa Cruz. Il l'a remise à Congo en demandant que nous vous la donnions dès que nous serions arrivés à la maison. – Il étendit le bras et posa la lettre dans la paume tremblante de Caetana. – Nous sommes là, maman. Maintenant, vous pouvez rentrer lire tranquillement votre lettre.

Caetana sourit et partit en courant vers sa chambre. Le frou-frou de ses jupes demeura un moment dans l'air comme le souffle d'un soupir. Dona Ana annonça :

— Entrons, Bentinho. Votre voyage a été très long, je le sais. Et aujourd'hui nous aurons un repas de fête.

— Un repas de Noël ? Avec de la marmelade de potiron, de l'ambroisie et du pain de miel ?

Dona Ana rit et prit son neveu par le bras.

— Avec tout ça, mon petit. Avec tout ça.

Caetana Joana Francisca Garcia Gonçalves da Silva se jeta sur son lit. Elle tremblait de tout son corps et c'était comme si elle allait retrouver Bento en cachette, comme s'ils ne s'étaient jamais trouvés seuls et qu'elle fût encore une gamine innocente. Elle tremblait comme elle avait tremblé en cette fin de soirée précédant sa nuit de noces à Cerro Largo, vingt-deux ans auparavant.

Zefina allait et venait dans la chambre en rangeant des robes éparpillées. Caetana lui demanda de sortir. Cette lettre, elle voulait la lire seule. Elle déposa un léger baiser sur l'enveloppe que Quincas lui avait envoyée. Elle lirait la lettre de son fils après.

Elle fit sauter le cachet de cire. L'écriture de Bento Gonçalves se dessina sous ses yeux humides.

Ma chère Caetana,

J'ai tant de choses à vous conter, que je ne sais, ma chère épouse, par quoi commencer. Depuis Fanfa, quand je veux connaître un moment de paix, c'est à vous que je pense, à vos yeux, à vos mains, à la force de vos prières. Je sais que vous priez pour moi, c'est peut-être pour cette raison que je résiste, que j'espère entre ces murs de pierres, dans ce lieu si éloigné de mon Rio Grande, séparé de mes devoirs et de mes rêves.

Je suis vivant, Caetana, et c'est là la bonne nouvelle que j'ai à vous donner. Je suis vivant et je supporte cet enfermement parce que je sais que je serai bientôt de retour entre vos bras et sur mon sol natal. Depuis la bataille de Fanfa, depuis que j'ai dû me rendre à Bento Manuel, ce traître, ma fierté a été mise à rude épreuve, lacérée, arrachée de ses amarres jusqu'aux limites de ce que mon âme peut supporter. Et vous savez, Caetana, cuanto soy un hombre orgulloso. *J'ai dû pourtant entrer dans Porto Alegre en prisonnier, menotté et je suis resté enfermé dans le Presiganga plusieurs jours avec Zambeccari et Onofre jusqu'à ce qu'on vienne me chercher pour m'amener ici, à la Cour, si loin de vous, de ma terre et si près du Régent.*

C'est à bord du Presiganga *que l'on m'a appris que j'avais été élu président de cette République rio-grandense et que je suis maintenant général. Mais quelles décisions peut prendre un homme enfermé, Caetana ? Quel général suis-je donc qui a permis une telle défaite à Fanfa et qui est aujourd'hui dans cette geôle, confiné dans une cellule solitaire, exposé à des supplices dont je ne veux pas vous parler car je ne peux pas vous imaginer plus malheureuse que vous devez l'être.*

Dès que je suis arrivé à Rio de Janeiro avec les autres, j'ai été emmené à la forteresse de Santa Cruz où nous avons été bien traités et où j'ai eu le plaisir de voir que notre cher comte se rétablissait petit à petit car il souffrait depuis quelque temps d'une sérieuse affection des poumons. Mais après quelques jours, voyant en moi un danger bien plus important que ce que je représente réellement, éloigné de tous et de tout, on m'a jeté dans une cellule de Casa Forte et c'est de cet endroit immonde que je vous écris aujourd'hui, ma Caetana.

Ici, on ne distingue presque pas le jour de la nuit. Il n'y a qu'une unique ouverture étroite en haut d'un mur, presque à la jonction du plafond, et même en grimpant sur le grabat qui me sert de couche, je n'arrive pas à voir ce qui se passe dehors, dans le monde. Cependant, au lever du jour, j'écoute le bruit de la mer. Cette mer qui me sépare de vous, Caetana, et qui me murmure des secrets que j'essaie de comprendre pendant mes nuits de solitude.

J'ai eu la visite de nos fils et de Congo qui m'a apporté des vêtements, du tabac et à manger. Congo m'a aussi apporté votre lettre... Ce fut un doux moment que celui passé à lire vos mots. J'ai presque oublié que j'étais ici.

Je sais que Bento et Caetano seront avec vous à l'estancia quand vous lirez la présente. Prenez bien soin d'eux, ma chère épouse. Je vous promets que Joaquim viendra bientôt vous retrouver au Rio Grande. Pour le moment, il m'aide ici en prenant quelques contacts. Il va bien, c'est un homme maintenant et il vous ressemble.

Transmettez toute mon affection à mes sœurs et à mes nièces. Et s'il vous plaît, embrassez mes enfants pour moi.

Ne soyez pas triste, Caetana. Nous serons bientôt réunis, si Dieu le veut et si la chance m'aide.

Vôtre pour toujours,

Bento Gonçalves da Silva
Forteresse de Santa Cruz, Rio de Janeiro,
le 2 décembre 1836

Caetana sécha les larmes qui trempaient son visage. Un sanglot brûlant était fiché dans sa gorge telle une arête. Elle sonna Zefina qui apparut quelques minutes plus tard. Caetana lui demanda d'aller chercher dona Ana.

Sa belle-sœur s'empressa de venir la rejoindre. Elle se trouvait dans la salle à manger, veillant au déjeuner de ses deux neveux et bavardant avec eux. Elle savait ce que l'épouse de Bento voulait lui dire. Elle frappa un coup léger à la porte et entendit la voix rauque :

— Entrez.

Dona Ana ne prononça pas un mot mais remarqua le visage défait de Caetana. Elle prit place au bord du lit et attendit.

— Lisez, Ana, s'il vous plaît.

Dona Ana prit la lettre. Du corridor venait le bruit des cavalcades des enfants. Dona Ana lut les premiers mots. Il lui sembla entendre la voix de Bento.

Malgré tout, la fête de Noël fut une réussite. Seul Antônio put les rejoindre, les autres se trouvaient du côté de

Piratini, en plein combat, trop pris pour songer à voyager pour les fêtes. Antônio arriva à la nuit tombante, barbu, une lueur nouvelle dans les yeux. Il parlait beaucoup de la république, c'était devenu un homme. Il s'était battu comme un homme, il avait vu des choses cruelles dont le souvenir envahissait ses rêves. Il s'était mis à haïr les impériaux de toute la force de son jeune cœur. Mais à la maison, auprès de sa mère, de ses sœurs, de ses tantes, il retrouva sa douceur joyeuse de toujours, il les divertit, il chanta, dansa la *chimarrita* avec sa cousine Perpétua.

Puis, à table, il proposa un toast :

— Au président de notre République, le général Bento Gonçalves da Silva. – Il leva très haut sa coupe et le cristal scintilla à la lueur des candélabres. – Qu'il soit bien vite parmi nous, plus fort qu'avant.

Les coupes tintèrent.

Dona Antônia serra fort son neveu entre ses bras.

— Que Notre Seigneur vous entende, Antônio, dit-elle le visage grave.

— Il m'entend, ma tante. Je vous assure qu'Il m'entend. Bento Gonçalves sortira bientôt de prison. Nous y travaillons fermement. Avec ou sans l'aide de Dieu, oncle Bento sera libéré.

Le reste de la soirée se passa joyeusement. Caetana fit son possible pour paraître gaie, mais malgré la présence de ses deux fils, elle n'arrivait pas à sortir de son esprit les mots de Bento. À chaque instant, elle avait la vision de son mari enfermé au secret, malade et déguenillé. Elle alluma plusieurs cierges à la Vierge, mais l'angoisse ne la quitta pas un instant au cours de cette nuit de fête, ni au cours des jours qui suivirent.

1837

Dona Ana avait tenu à ce que l'on fêtât le Nouvel An, que l'on fît un bon repas et que l'on abattît un veau pour le personnel de la *fazenda*. La tristesse était comme la poussière, assurait-elle, quand elle s'introduisait à l'intérieur des maisons elle n'en sortait plus. Il fallait veiller à aérer les cœurs envers et contre tout. Elle-même avait sangloté de *saudade* pour son Paulo pendant que l'on préparait la fête ; puis elle avait séché ses larmes et avait rejoint ses sœurs et ses neveux. Après tout, la vie poursuivait son cours comme une rivière. Il fallait tenir la barre.

Le *senhor* Inácio de Oliveira Guimarães était venu présenter ses vœux à la famille. Il arriva un peu après 9 heures, très élégant comme d'habitude. D'où elle se trouvait dans le salon, Rosário vit s'empourprer le visage de sa cousine Perpétua quand le visiteur apparut sur le seuil de la porte. Il était accompagné de son épouse, une jeune femme très effacée et sans grâce qui s'appelait Teresa, dont la présence ne réussit pas à calmer la nervosité de Perpétua.

Tout le monde était installé dans le salon, bavardant et buvant du punch. Dona Ana jouait des *modinhas* sur son piano. Les négresses préparaient la table pour le dîner. Rosário profite du remue-ménage provoqué par l'arrivée des visiteurs pour s'éclipser dans le corridor sombre. Il règne dans le bureau l'odeur des rêves et des souvenirs enfermés. Elle ouvre la fenêtre, le parfum des jasmins pénètre la pièce comme l'haleine de la nuit. La faible lumière du bougeoir qu'elle a apporté efface les contours des livres sur les étagères de la bibliothèque. Rosário s'installe dans le fauteuil faisant bouffer les jupes de sa robe neuve et attend. L'odeur de jasmin se fait de plus en plus intense.

— Esteban...

Il semble surgir d'entre les rayonnages. Ce qui n'effraie pas Rosário ; au contraire, elle ressent une douce chaleur envahir sa poitrine lorsqu'elle voit la lueur de ces yeux étroits et tristes. Esteban porte un uniforme de gala.

— *Tuve miedo que no vinieras a verme.*

Sa voix est du pur cristal. Il sourit en laissant voir ses dents très blanches et ce sourire illumine son beau visage, si souvent pâle.

Rosário remarque le bandage propre autour de la tête d'Esteban. Elle a envie de se lever, de le toucher. Elle désire cela depuis des mois, elle en rêve. Elle se réveille en pleine nuit, son nom sur les lèvres. Elle sait que ce n'est pas possible, pas encore. Et Esteban a très peur des hommes de la maison. Le général. Il ne peut supporter d'entendre le nom de Bento Gonçalves. Rosário a vu un jour, quand elle a prononcé par mégarde le nom de son oncle, le bandage se teindre d'un seul coup d'un sang rouge et tiède, et Esteban s'est évanoui comme de la fumée entre les livres de la bibliothèque.

Rosário contient son envie de le serrer dans ses bras.

— Mon oncle est incarcéré, Esteban. Et mon père est à la guerre. Mais Antônio est là. Si vous le désirez je peux appeler mon frère. Ainsi, vous ferez connaissance.

Esteban étend son bras comme pour la toucher, mais sa main retombe lentement.

— *No llames tu hermano, Rosário... No es la hora.*

Rosário sent ses yeux se remplir de larmes. Elle arrange les plis de sa robe pour tenter de dissimuler sa nervosité. Ce n'est jamais l'heure. Elle veut tant que les autres soient au courant. Ce silence pèse comme du plomb sur son cœur. Elle respire profondément, relève la tête. Le jeune officier uruguayen sourit. Comme il est beau...

— Vous êtes très élégant ce soir, ose-t-elle dire en se sentant rougir.

Si dona Ana ou sa mère l'entendaient...

Du salon arrivent les notes du piano, le son des voix et des rires. L'odeur de jasmin irrite sa gorge. Minuit va bientôt sonner. Les yeux d'Esteban sont limpides comme un ciel d'été.

Antônio repartit très tôt le lendemain matin. Bento Filho voulut accompagner son cousin, il remplit un sac avec quelques frusques, décidé à partir à la guerre avec le général Netto.

Caetana en fut avertie alors qu'elle s'occupait d'Ana Joaquina. Elle lâcha la petite sur les genoux de Xica et sortit de la pièce en courant. Elle trouva son fils en train de sangler son cheval sous le soleil déjà chaud de ce petit matin de janvier. De la porte de la cuisine dona Ana observait la scène, le visage impassible mais les yeux brillants.

— Où pensez-vous aller ? cria Caetana.

Elle ne hurlait jamais, parlait toujours de façon calme, pondérée. Zé Pedra, qui rangeait du bois dans le coin, leva les yeux et comprit ce qui se passait en un éclair. Il s'éloigna doucement. Bento lâcha le cheval, se tourna vers sa mère :

— J'allais vous en parler, mère... – Sa voix tremblait légèrement. – Je pars avec Antônio, c'est décidé.

Caetana saisit le bras de son fils. Ses doigts mollirent au contact de la chair de sa chair. Elle reprit la parole de son ton habituel.

— Bento... Votre père vous a demandé de l'attendre ici... Quand Joaquim reviendra, vous partirez ensemble. Vous n'êtes là que depuis quelques jours. J'ai besoin de vous.

— Mais, mère... Je veux y aller. Pour le Rio Grande, pour mon père.

Les yeux de Caetana brûlaient de larmes contenues. Elle s'approcha de son fils. Il était si grand, un gaillard. Elle se rappela la première fois qu'elle l'avait mis au sein, petite chose rose et tendre, sans défense.

— *Por Dios, hijo...*

Bento vacilla. Caetana tremblait de tout son corps. Le jeune homme leva les yeux et aperçut sa tante debout à la porte de la cuisine, raide comme une statue. Antônio avait déjà beaucoup combattu, il avait une cicatrice sur le bras et une lueur de rage au fond des yeux. Il pensa à son père. Bento Gonçalves lui avait demandé de l'attendre. « Reste avec ta mère quelque temps, fils. Quand je sortirai d'ici, tu combattras à mes côtés. » Caetana ne le quittait pas des yeux, elle semblait sur le point de s'évanouir.

— C'est bon, ma mère.

Un goût de bile envahit sa bouche. Il n'était qu'un lâche. Il avait peur. Caetana enlaça son fils.

— *Gracias,* Bento, *gracias*... – Elle caressa les joues de son fils déjà durcies par la barbe. – Venez, nous allons prendre notre petit déjeuner ensemble. Ne soyez pas triste, *hijo,* vous vous battrez bientôt aux côtés de votre père.

Dona Ana entra dans la cuisine. Elle passa devant les négresses sans rien dire. Elle pleurait sans bruit, soulagée.

Fin janvier, on apprit à l'estancia que le général Bento Gonçalves avait été transféré à la forteresse du Lage, à Rio de Janeiro. C'était une prison plus dure d'où il lui serait pratiquement impossible de s'évader. Mais les républicains faisaient des plans, imaginaient des stratagèmes pour libérer le général sudiste. Ce n'était qu'une question de temps.

— Et de patience, dit dona Antônia à sa belle-sœur en remarquant les yeux rougis de Caetana qui avait pleuré toute la nuit. Bento s'en sortira, je suis confiante. S'il vous plaît, vous aussi gardez votre confiance.

Les jours s'écoulaient en heures lentes et chaudes sous un ciel bleu cobalt parsemé de nuages blancs. C'était un bel été. Au loin, pourtant, de sauvages batailles se succédaient. Araújo Ribeiro avait abandonné sa charge de gouverneur de la province et avait quitté le Rio Grande.

À sa place on avait nommé le brigadier Antero de Britto, un homme de cinquante ans féroce et tyrannique qui avait promis d'en finir avec la révolution quel qu'en fût le prix. Antero de Britto avait un ennemi de longue date : Bento Manuel Ribeiro, et l'une de ses premières décisions fut de lui interdire de négocier la paix avec les rebelles. Humilié, Bento Manuel proclama aussitôt la dissolution de ses troupes et se retira dans son estancia.

Dona Ana passait de longues heures sur la véranda, son ouvrage abandonné entre les plis de ses jupes, le regard perdu sur l'immensité de la pampa.

Elle pensait à Pedro et à José. Elle n'avait pas vu son fils aîné depuis longtemps et elle rêvait de lui chaque nuit, des rêves angoissés dans lesquels José se confondait avec son mari mort, elle gémissait de douleur dans le lit où Paulo s'était éteint. Dona Ana sortait de ces rêves trempée de sueur. Milú accourait à son chevet, l'éventail à la main en se plaignant de l'exceptionnelle chaleur de l'été.

— La chaleur c'est ce feu qui consume mon âme, Milú, disait-elle. Je vais aller marcher un peu.

La jeune fille ne comprenait rien, elle regardait sa maîtresse mettre sa robe de chambre, enfiler ses petites mules et disparaître en direction de l'autel de la Vierge Marie. C'est là que dona Ana allait s'agenouiller en attendant de retrouver le sommeil. Souvent, elle y rencontrait Caetana priant aux premières heures de l'aube et sa voix se joignait à celle, plus rauque, de sa belle-sœur.

Le soir tombait. Une lumière rose inondait la campagne irradiant de couleurs magiques les fleurs et les feuillages. Une odeur de terre fraîche montait du sol. Deux chiens aboyaient au loin, du côté de l'étang. Bento, Caetano, Leão et Marco Antônio étaient là-bas, se baignant et jouant. Dona Ana pensa au matin où elle avait surpris Bento sellant son cheval, prêt à partir à la guerre. Ce jour-là, elle avait distingué au-dessus de la tête de son neveu une sorte de lueur qui l'avait effrayée. Elle n'en avait parlé à personne mais elle craignait que ce ne fût un avertissement. Bento n'était pas parti, grâce à Dieu. Il devait être en ce moment plongé dans les eaux tièdes de l'étang, riant avec les autres, jouissant de la vie. Elle pensa à nouveau à ses fils qui depuis si longtemps ne vivaient plus que le sabre à la main. Est-ce qu'ils sauraient encore plonger et jouer dans l'étang, chasser de leur tête les obsessions de la guerre ?

— Les événements se suivent sur un chemin sans retour...

Maria Manuela arrivait.

— Vous avez dit quelque chose, Ana ?

Dona Ana rougit légèrement.

— Je parle seule, ma sœur. Il y a des choses que l'on n'a pas le courage de dire, que l'on garde pour soi.

Maria Manuela s'assit dans un des fauteuils en osier. Elle avait l'air triste.

— C'est la guerre qui fait cela, Ana. Moi aussi je parle seule, de choses... de choses.

Dona Ana caressa l'épaule de sa jeune sœur. Confrontée à la tristesse de quelqu'un, elle retrouvait des forces. Elle lui sourit.

— Laissez, Maria... Tout cela va passer. Tout passe dans la vie. On avance. Le Rio Grande va bientôt retrouver la paix et nos hommes vont revenir.

— Que Dieu vous entende. Parce que je voudrais ramener Rosário en ville. Elle est tellement bizarre, on ne dirait pas la jeune fille d'avant... Je crois qu'elle a besoin de son père.

— Cela aussi va passer. Quand elle se mariera cela passera, je vous assure. Rosário aujourd'hui a besoin d'un mari.

Les deux femmes se turent. Un *quero-quero*, caché dans les frondaisons de l'*umbu,* se mit à chanter. La lumière du couchant prenait des teintes d'or pur.

Dona Ana se leva lentement de son siège.

— Je vais à la cuisine demander à Rosa dans combien de temps nous pourrons dîner. Quand ils rentreront de l'étang les garçons seront sûrement morts de faim.

Une masse humaine recouverte de poussière semble danser en une étrange cadence. Une action en engendre une autre, rythmée, attendue, parfaite. La lame d'un sabre se lève, brille un instant dans le soleil, se baisse, s'enfonce dans la gorge d'un impérial. Le sang pourpre jaillit comme un jet d'eau, le cheval terrifié caracole. Le sabre rougi s'abaisse à nouveau, manque son but, le cheval du républicain fait un écart. Un soldat ennemi avance pistolet au poing, regard haineux. La balle siffle, comme tirée par ces yeux noirs, pénètre en plein dans le front du républicain qui écarquille les yeux un instant comme s'il comprenait qu'il était tombé dans un piège. L'homme s'effondre. Comme dans un tour de magie, son sabre se retrouve maintenant à la ceinture du soldat ennemi. Deux chevaux arrivent au galop, un tir de canon ouvre une brèche dans l'infanterie ; plus loin, la horde humaine recule comme la marée. Des corps jaillissent d'un côté et de l'autre, s'envolent sans grâce comme des oiseaux ivres. Pendant un moment tout disparaît dans une poussière noirâtre et dans l'odeur âcre de la poudre.

Il y avait un ciel bleu au-dessus de tout cela, il y avait un ciel bleu et une brise douce. Il y avait un ciel bleu. Tout est sombre maintenant, et sale et mortifère jusqu'à ce que la poussière retombe et laisse voir à nouveau le ballet rythmé des corps vivants piétinant les corps morts. Sous un ciel inaltérable, sous l'œil de Dieu.

La cavalerie avance comme un seul corps, galvanisée par les cris de Netto, enjambe les corps éparpillés au sol, piétine des membres. Pas une pause, le tintement du métal meurtrit les tympans. Antônio plante sa lance dans le poitrail d'un soldat, l'arrache avec peine, elle a dû toucher un os, il avance essayant de comprendre cette scène d'horreur, essayant de protéger son visage de la poussière, de pourfendre le plus grand nombre d'impériaux. Les canons rugissent, un obus tombe sur un groupe de cavaliers républicains. La troupe se disperse un peu, avance en hurlant. Le combat reprend. Netto crie des ordres à ses soldats et sa voix s'élève au-dessus de tout, comme la voix d'un prêtre. Antônio transperce le ventre d'un soldat ennemi. Il est jeune, blond, son visage grimace de douleur, presque d'étonnement. Le pistolet qu'il tenait dans sa main pâle glisse et disparaît dans la terre rouge de sang. Une masse visqueuse s'échappe de sa blessure, ses intestins jaillissent de leur prison de chair. Le garçon perd ses forces, s'écroule à terre, disparaît dans la poussière. Antônio continue. (Le soldat ressemble à un gamin de l'estancia, il lui ressemble vraiment.) Antônio a les yeux pleins de larmes, c'est la poussière, c'est la poudre.

Parce qu'il ne sent plus rien quand il tue un ennemi. (Il le faut, il le faut.) Son cheval avance. Les impériaux reculent, s'enfoncent dans un étang.

Nous allons la gagner cette bataille. Quelqu'un la racontera à Bento Gonçalves, là-bas à Rio de Janeiro, pour le réconforter un peu dans son malheur. Il sera heureux de cette victoire. Une victoire fantastique. Les impériaux fuient comme des fourmis.

Antônio se souvient très bien du premier homme qu'il a tué. Il n'a pas dormi cette nuit-là, il revoyait dans un cauchemar les yeux du soldat mourant. Aujourd'hui, il ne sait pas combien d'hommes sont passés par le fil de son épée. Il ne veut pas le savoir. Il veut gagner cette bataille, cette guerre. Il veut voir la république rayonner, il veut revoir son Rio Grande. Antônio pense à son père qui se bat de son côté, là-bas à Serra. Les hurlements s'intensifient. Il aperçoit un homme sans jambes, coupé en deux par un tir de canon. Il détourne les yeux. (Ces choses-là, il vaut mieux ne pas les voir, on les regarde et on ne peut plus jamais les oublier. C'est une plaie. Elles reviennent dans nos cauchemars quand on s'y attend le moins.)

La vérité c'est qu'il ressent la *saudade* de la maison de l'estancia, des longs après-midi de chevauchées dans la campagne. Il n'a jamais aimé assister à l'abattage des bêtes, jamais, même quand il était gamin, par curiosité. Mais la guerre, c'est la guerre et un homme ne meurt pas comme un bœuf, il se bat furieusement avant de tomber.

Le ballet se poursuit. Il commence à pleuvoir, une petite pluie fine qui ne calme pas la chaleur. Netto se bat au milieu d'un magma d'hommes et de chevaux. José est devant, près de l'étang, poussant les impériaux dans l'eau. La terre rouge de sang se transforme en bourbier quand la pluie s'intensifie, en une masse fétide. On piétine les cadavres qui finissent par se fondre dans la boue. Antônio nettoie son visage de la main. La pluie a chassé le sang de son front ne laissant qu'une fine coupure au-dessus du sourcil gauche, une égratignure, rien de grave. « Il n'en restera aucune trace à ton mariage », aurait dit dona Ana si elle avait été là pour voir sa blessure. Mais dona Ana est bien loin, avec les autres, dans son labeur quotidien, s'occupant de tous et de tout, priant pour eux. Il faut que quelqu'un prie, la *mala suerte* rôde sûrement autour d'eux... Antônio pense à l'homme coupé en deux, massacré par un tir de canon. Cette image horrible ne guérira jamais, il le sait, elle s'ajoutera aux autres dans la marmite sanglante des souvenirs de guerre. Mais c'est pour le bien du Rio Grande, pour la liberté. Antônio pousse son cheval vers l'étang pour aller au secours de son cousin. Le matin enveloppe le monde de sa lumière éclatante, la chaleur va être infernale. José lui sourit. Son visage est recouvert de terre et il a une légère blessure au bras gauche.

Le mois de février touchait à sa fin quand dona Antônia reçut la lettre. Elle était sans nouvelles de Bento depuis longtemps, enfermé dans la forteresse du Lage, à Rio de Janeiro, et l'homme qui était venu à cheval, un soldat, eut à cœur de lui raconter combien l'acheminement de cette missive avait été compliqué. La lettre était arrivée par bateau, dissimulée dans les bagages d'un éminent républicain qui l'avait lui-même reçue des mains d'un Italien.

— Le comte ? demanda dona Antônia.

Le soldat fit signe que non. Le comte était enfermé lui aussi, avec Onofre Pires et Corte Real, dans une autre forteresse. L'Italien qui avait rencontré le général s'appelait Giuseppe. Il était au Brésil depuis peu.

Dona Antônia était inquiète en prenant la lettre, mais n'oublia pas les règles de courtoisie, elle demanda aux négresses de préparer un maté et une collation pour le visiteur. Le soldat remercia mais déclina l'offre. Il était chargé d'une mission, il n'avait pas de temps à perdre car il lui restait encore une longue route à parcourir avant de rejoindre à São Gabriel et le soleil d'été qui faisait bouillir la cervelle des voyageurs n'était pas à prendre à la légère. Il accepta cependant un morceau de *charque* qu'il mangerait le soir.

Dès que l'homme fut parti, emportant dans sa besace le *charque*, le riz et le tabac dont dona Ana lui avait fait cadeau, elle courut jusqu'à sa chambre pour lire la lettre de son frère. Elle s'y enferma comme si cent mille yeux impériaux pouvaient l'espionner. Installée sur son lit, elle se disposa à lire. La lettre très brève était écrite sur un mauvais papier. Bento Gonçalves racontait avec retenue la dureté de la vie, la geôle dont il ne sortait que pour de très rares promenades au bord de la mer. Il ne disait rien de l'humidité, de la mauvaise nourriture, des visites interdites pour la plupart, de la solitude qui avait failli le rendre fou jusqu'à l'arrivée de Pedro Boticário avec lequel il partageait à présent sa cellule et ses attentes. En revanche, il parlait d'un certain Giuseppe Garibaldi dont il avait fait la connaissance, ainsi que d'un autre Italien dénommé Rossetti. Les deux hommes étaient venus lui rendre visite dans sa prison, au début du mois. Une visite de quelques minutes. Le général étant pratiquement interdit de visites, c'était toujours très bref, à peine le temps d'échanger quelques mots. Mais les Italiens avaient été très habiles, ils n'avaient pas perdu la moindre minute pour exposer leurs desseins. Ils voulaient se joindre aux républicains dans leur lutte pour la liberté.

Il y a longtemps, Antônia, je vous ai demandé si je pouvais compter sur vous dans mon entreprise et vous avez été à mes côtés. J'ai des projets pour cet Italien qui s'appelle Garibaldi, qui a longtemps combattu en Italie et dans le reste de l'Europe. C'est Tito Zambeccari qui l'a fait arriver jusqu'à moi... Chère sœur, mes rêves ne sont toujours que des rêves car je suis enfermé dans cette forteresse, si loin de mon Rio Grande, mais j'entrevois un nouvel espoir pour notre cause. Et je vous demande aujourd'hui : puis-je encore compter sur votre aide et sur l'estancia ?

Dona Antônia lut rapidement le reste de la lettre. Bento ne parlait plus de ce Garibaldi, à part quelques mots pour expliquer que dans peu de temps il deviendrait le corsaire des républicains. Mais quel serait son rôle dans tout cela, se demandait dona Antônia. Il était certain que l'Estancia du Brejo se trouvait au bord du fleuve Camaquã, Bento souhaitait-il que son corsaire vienne se cacher là ?

Dona Antônia se leva de son lit et alla regarder par la fenêtre. La matinée était splendide, le ciel limpide. Elle replia la lettre et la glissa dans la poche de sa robe. Elle enverrait sa réponse à Joaquim qui se débrouillerait pour la faire parvenir à son père. Ce qu'il fallait à Bento c'était son accord. Dona Antônia pensait à son frère et la nostalgie lui serra le cœur. Elle aurait voulu lui prodiguer ses soins, lui faire oublier les ravages de cette odieuse prison. Les larmes ruisselaient sur son visage. Elle ne pleurait jamais et cela lui faisait du bien ; si ses sœurs la voyaient, alors oui, toutes les larmes retenues couleraient… Une femme ne peut en voir une autre pleurer sans pleurer à son tour. Mais elle était dans sa maison, seule, cela ne prêtait pas à conséquence. Son frère pouvait compter sur elle, sur l'estancia, sur ce qu'il lui fallait.

Dona Antônia s'assit à son secrétaire, prit une feuille de papier dans un tiroir, sa plume et commença à répondre à la lettre de Bento Gonçalves.

Cahiers de Manuela

Pelotas, 30 juin 1867

Alors que les derniers jours du mois de mars laissaient l'automne s'installer doucement sur notre contrée, les événements se succédèrent. Inutile de dire que chaque nouvelle, chaque soupir codé mettaient des jours et des jours à arriver à l'estancia et avaient dû parcourir des chemins si tortueux que très souvent nous nous méfions de ces secrets, et que nous ne savions pas s'ils étaient l'occasion de nous attrister ou de nous réjouir ; si à Rio de Janeiro les choses se passaient comme on nous le disait, ou si c'était le contraire, et qu'il n'y avait que nous, les huit femmes dans la pampa, pour croire que les engrenages s'étaient remis en marche.

Dona Antônia passa plusieurs jours avec nous en ce début d'automne 1837, ainsi chaque nouvelle qui arriverait, et elles arrivaient par la voix d'officiers, par des lettres cachées dans les *guaiacas* d'improbables muletiers, entre les mains de n'importe quel individu au service des républicains, nous trouverait toutes réunies pour célébrer une victoire ou pleurer une défaite.

Nous savions qu'un vicomte, à Rio de Janeiro, préparait avec d'autres hommes une opération pour libérer le président de la République rio-grandense emprisonné dans la forteresse de Lage, avec Onofre Pires, Zambeccari. Irineu Evangelista de Souza, vicomte de Mauá, était à la tête d'un réseau important, comme nous l'expliqua dona Antônia, un réseau qui s'étendait bien au-delà des frontières du Rio Grande, à travers de nombreuses provinces du Brésil jusqu'au Nordeste, pour installer la république. Par conséquent, pour ces hommes, aider la cause riograndense était fondamental.

Enfermées dans cette maison où la vie était régie par les heures des repas et des prières, il nous était impossible de comprendre les inextricables chemins de cet idéal. Pour nous, tout se résumait à la simplicité des plats de viande et de riz, à la sieste, aux bains dans l'étang. Imaginer qu'à la Cour des choses aussi mystérieuses se tramaient, comme dans les romans que nous lisions pendant les longs après-midi de torpeur ? Je ne parvenais toujours pas à y croire... Mais la vérité était que Joaquim se trouvait à Rio de Janeiro, essayant lui aussi de faire libérer son père. La vérité était que la légende entourant mon oncle avait dépassé les frontières de notre région, et j'imaginais des hommes vêtus de noir, réunis dans un endroit secret, autour d'une table sur laquelle brûlait une bougie à la flamme tremblotante, tels des pirates fomentant, dans la nuit, un plan pour arracher le général de sa forteresse et le faire partir au Rio Grande où était sa place.

Je me souviens très bien que ces jours-là Caetana oscillait entre joie et terreur, et qu'elle nous paraissait parfois belle avec ses magnifiques yeux d'émeraude, parfois blême, les cheveux défaits, priant, les mains si serrées contre sa poitrine qu'on aurait cru qu'elle s'accrochait à une paroi invisible pour ne pas tomber dans un précipice. Bento et Caetano erraient d'un coin à l'autre de la maison, comme si de leurs conciliabules dépendît le succès de tout cela. Mais la vérité c'est que je voyais dans les yeux de Bento un terrible désarroi. Il aurait voulu être auprès de son père, comme Joaquim. Ces jours de paix forcée à l'estancia étaient en train de le ronger. Un après-midi, nous bavardâmes longuement sous l'*umbú*. Bento écouta mes exhortations au calme, les choses suivaient leur cours, pas aussi vite que nous le souhaitions si l'on tenait compte de ce que j'étais moi-même depuis déjà deux ans, ici à la Barra. Le temps s'écoulait ainsi, comme du sable entre mes doigts, sans que je sois en mesure de l'appréhender dans sa totalité.

— Ces journées sont en train de me ronger l'âme, Manuela. Je suis un homme maintenant, ce n'est pas normal que je sois ici pendant que mes oncles, mes cousins, tous les hommes du Rio Grande, se battent dans tout le pays, pendant que mon propre père est enfermé à la Cour.

— Même si vous partiez aujourd'hui, Bento, il n'est pas sûr que vous soyez d'une aide quelconque. Le voyage jusqu'à Rio de Janeiro est long, votre père ne sera peut-être plus là quand vous y arriverez. Que Dieu veuille... En fait je ne sais pas trop quoi vous dire, les hommes ne sont pas faits pour attendre. Ces humeurs sont féminines, c'est pour cela que nous donnons la vie. Nous, oui, nous sommes faites pour attendre, attendre toujours.

Mais Bento attendit. Aux côtés de sa mère, anxieux, comptant les jours avec angoisse, il attendit.

Dona Ana et dona Antônia passaient de longues heures à bavarder sur la véranda, elles essayaient d'oublier leur tristesse en discutant de l'organisation d'un bal. Oui, quand Bento Gonçalves serait de retour il y aurait un grand bal à la maison. C'était bon de penser à cela, et toutes nous nous ralliâmes à cette idée, tissant avec elles deux cette fine toile, imaginant les couleurs des robes, des tissus, des dentelles. Une robe neuve, une robe de bal, le seul fait d'y songer nous remplissait, mon Dieu, d'une douce félicité... Et la musique, les danses. Faire revivre les candélabres en argent massif, les nappes en lin, les tapis... Faire revivre la joie, ne serait-ce que pour une seule nuit.

Mariana paraissait heureuse ces jours-là ; c'était comme si son oncle était sur le point de revenir à la maison. Elle essayait des coiffures, se demandait si André, le jeune lieutenant pour lequel elle soupirait, viendrait à la fête. Rosário et Perpétua aussi étaient heureuses. Deux longues années sans bal, se plaignaient-elles. Cela aurait suffi à faire de n'importe quelle jeune fille une vieille fille. Une vieille fille de guerre. Cela se produisait souvent en temps de conflit ; les filles vieillissaient à la maison, et quand les guerres finissaient, il ne restait pas un homme valide à épouser.

— Moi, je me débrouillerai pour trouver un prétendant pendant ce bal, affirmait Perpétua. Je me fiance et voilà. Et je me marie tout de suite après... Cette guerre n'en finit pas.

C'était une bonne façon de passer le temps. Nous éloignions nos pensées de notre sujet d'angoisse principal : Bento Gonçalves s'échapperait-il de sa prison ? Même ma mère apprécia cette idée du bal. Elle n'avait pas revu son mari depuis longtemps. Danser une polka avec lui était presque un rêve.

Aujourd'hui, après tant d'années, je sais que mes tantes avaient inventé cette histoire de bal pour détourner nos pensées de ce qui se passait à la Cour. Elles étaient sages, elles avaient cette sagesse que la vie n'enseigne pas, mais qui circule dans le sang de certains êtres, reçue en héritage il me semble. Elles fignolaient des stratagèmes comme leur frère général. Les deux femmes régissaient la vie de la famille, de l'aile féminine de la famille, déployant des manœuvres dignes d'une bataille. Elles luttaient contre l'horreur de cette guerre de toutes leurs forces. Jour après jour, dona Ana et dona Antônia nous arrachaient des griffes de la peur, de la tristesse, et nous protégeaient à l'intérieur de cette cloche de verre aux murs chaulés où tout était régi par les horaires et les règles afin de ne laisser aucune place au désespoir.

— Quand une femme cesse d'avoir de l'espoir, alors tout est perdu.

C'était ce que disait dona Antônia.

Et c'est ce que j'ai appris au cours de ces dix années que nous avons vécues ensemble, dans l'attente.

Pedro vint nous voir au début du mois d'avril. Il nous apprit que la tentative d'évasion de Bento Gonçalves avait échoué.

À peine descendu de son cheval noir et avant même de gravir les marches la véranda, Pedro nous raconta ce qui s'était passé. Zé Pedra et Manuel qui étaient dans les parages s'approchèrent pour écouter. Nous étions nombreux, mais le silence qui régnait résonnait à nos oreilles, seulement entrecoupé par les paroles incisives de Pedro. Ma mère et Caetana pleuraient en silence et personne ne fit un geste pour les réconforter. Nous étions tous perdus dans un océan de brume ; dona Ana, livide, eut à peine le temps d'exprimer sa joie de voir son fils ; elle était là, sur son fauteuil à bascule, comme clouée par une épée invisible. Les traits de Dona Antônia avaient l'air d'avoir été taillés dans la pierre, et elle ressemblait à ce moment plus que jamais à son général de frère : son visage n'exprimait pas le moindre sentiment, ni la douleur, ni la peur, seuls ses yeux noirs flamboyaient, perdus dans l'horizon brumeux de l'après-midi comme deux corbeaux épiant leur proie.

Pedro nous raconta comment tout était arrivé. Une nuit, un groupe d'hommes avait exécuté un plan conçu depuis longtemps. Joaquim était avec eux. Ils avaient traversé la baie de Guanabara en bateau vers la forteresse où se trouvait Bento Gonçalves, le premier qui devait être libéré. Une fois le général récupéré, ils iraient jusqu'à la forteresse de Santa Cruz chercher Onofre Pires et les autres. Tout était réglé. Au prix de mille subterfuges, les hommes avaient réussi à faire une copie de la clé des cellules, copie qu'il avaient fait parvenir à Bento Gonçalves et à Onofre. La nuit et l'heure avaient été fixées. Bento Gonçalves et José Boticário son compagnon de cellule, devaient ouvrir la porte et fuir vers la plage où les autres les récupéreraient. Mais le bateau était resté trop longtemps ancré devant la prison, et pris dans la ligne de mire de la Marine, il avait dû s'éloigner. Ce n'est que longtemps après qu'ils apprirent ce qui s'était passé : la fausse clé n'avait pas pu ouvrir la porte de la cellule. Bento Gonçalves et Pedro Boticário, au comble du désespoir, avaient réussi à limer un barreau de la fenêtre qui avait cédé en laissant suffisamment de place pour laisser passer Bento Gonçalves. Une fois dehors, il avait tenté de tirer Pedro Boticário mais celui-ci était trop gros et était resté coincé. Bento Gonçalves s'était refusé à partir en abandonnant son compagnon à son sort, le bateau avait filé vers la forteresse de Santa Cruz.

Il parlait vite, d'une voix basse, une voix qui coulait comme un ruisseau. Nous buvions ses paroles, sans impatience mais avec angoisse. Tout s'était très mal déroulé.

— À Santa Cruz, la clé a fonctionné. Les hommes ont traversé la baie et ont pu recueillir le colonel Onofre Corte Real. Il semblerait que le comte Zambeccari, qui ne sait pas nager, soit resté là-bas. – Pedro prit une grande inspiration. – Joaquim a beaucoup aidé, il était dans le bateau. À l'heure qu'il est, il est en route pour nous rejoindre. Il a pris un bateau à Rio de Janeiro qui va l'amener à Santa Catarina. Le reste, il va le faire à cheval avec João Congo. Il voyage en prenant son temps pour ne pas attirer l'attention sur lui.

Dona Ana parla d'une voix minérale :

— Et les autres, mon petit ? Et Onofre ?

— Ils arrivent, mère. Mais ne me demandez pas par où, je ne saurais vous répondre. Il faut faire très attention, parce que les impériaux sont partout.

Dona Ana se leva avec peine.

— Zé, emmène le cheval de Pedro, donne à manger à cette pauvre bête. – Elle tendit la main à son fils. Une main qui tremblait un peu, mais Pedro ne dit rien. – Venez, mon fils. Venez manger, vous avez une tête de déterré. Que Dieu me pardonne, on ne dirait pas un de mes fils. Et puis vous irez prendre un bon bain, un grand bain.

Pedro allait entrer dans la maison. Il passa à côté de moi, me caressa la tête. Je voulus sourire mais n'y parvenais pas. J'avais le cœur serré.

Dona Antônia retint mon cousin un moment encore.

— Dites-moi, Pedro, savez-vous ce qu'il est advenu de Bento ?

Un voile de tristesse recouvrit le visage de Pedro et il dit en baissant les yeux :

— Il semblerait qu'on l'ait envoyé plus loin, ma tante. Je ne sais pas où exactement, mais j'ai entendu dire que ce serait du côté de Salvador de Bahia.

Puis il rentra. On aurait dit qu'il portait le poids de tout cet échec, comme si le seul fait de nous l'avoir raconté lui avait donné un pouvoir sur les événements.

Dans son fauteuil, très pâle, Caetana se mit à pleurer doucement. Perpétua la rejoignit et la serra dans ses bras, pleurant elle aussi, les larmes coulant sur son visage délicat.

— Salvador est si loin, *ai Dios*... Salvador est à l'autre bout de cette terre..., gémit Caetana, et elle était si belle dans sa tristesse de femme malheureuse qu'elle ressemblait à ces personnages des livres d'amour que nous aimions lire.

Dona Antônia la regarda. Elle garda le silence quelques instants comme si elle réfléchissait à quelque chose, puis elle dit :

— Reprenez votre calme, votre chagrin ne va pas aider Bento, Caetana. Salvador est loin, bien sûr, mais si vous priez avec foi je suis certaine que votre souhait sera exaucé. Aucune distance ne résiste à la prière... – Et elle nous regarda toutes. – Vous aussi, vous entendez ? Ici, dans cette maison, nous avons la foi, même si c'est la dernière chose qui nous reste. Personne ne va se laisser aller à des pleurnicheries, nous allons prier. Je le dis et le redis : personne ne peut tenir Bento enfermé longtemps, personne. Pas même ce petit empereur de rien du tout. Et il y a plus : il n'est pas encore à Salvador, qui sait s'il ne s'enfuira pas avant d'y être envoyé.

Le reste de l'après-midi s'écoula lentement. Mais le ciel gris était lourd au-dessus de nos têtes, compact comme un plafond trop bas, menaçant. Éternel.

Manuela

Vers la mi-avril, quand les jours commençaient doucement à raccourcir, Joaquim se retrouva à l'estancia, escorté par João Congo. Ils avaient parcouru une longue route, cherchant les chemins déserts, chevauchant à travers champs, fuyant les troupes ennemies qui occupaient les villages et les villes, ici et là, dans le silence de l'automne, à travers la pampa.

Sa mère l'attendait sur la véranda, non qu'elle eût été au courant de son arrivée, personne n'était venu l'en avertir, mais simplement parce qu'elle avait rêvé de son fils la nuit précédente, et que cet avertissement onirique avait été suffisant pour la convaincre que son fils était sur le chemin du retour.

Caetana était debout en haut des marches, vêtue d'une simple robe blanche qui lui enlevait quelques-unes de ses trente-huit années et faisait briller sa peau dorée. À peine Joaquim eut-il mis pied à terre que Caetana survola la petite distance qui la séparait de son fils et se jeta dans ses bras. João Congo souriait discrètement en prenant les rênes du cheval du jeune maître.

— *Hijo, hijo de Dios*... Caetana passa ses doigts sur le visage barbu de Joaquim. Vous n'êtes plus le même, vous êtes un homme.

Joaquim portait des vêtements simples et poussiéreux. Ses bottes étaient recouvertes d'une terre sèche, rouge. Les mêmes yeux brûlants que ceux de Bento Gonçalves se retrouvaient sur ce beau visage de jeune homme.

— Il y a des choses qui nous font devenir des hommes, mère.

Il s'abandonna avec bonheur dans ses bras doux et parfumés.

Puis tous les autres survinrent à leur tour en souriant, dona Ana, Maria Manuela, Caetano, Bento, les jeunes filles. Bento courut vers son frère et lui demanda des nouvelles de leur père, des détails sur l'évasion ratée de la nuit où ils avaient abordé la forteresse. Joaquim fit un large geste des bras et une ombre de tristesse envahit son visage.

— Que vous dire, mon frère, si rien n'a marché ? Ce fut une nuit interminable. Mais Onofre et Corte Real ont réussi à fuir à la nage et ont pu arriver jusqu'au bateau. Nous avons au moins réussi cela... Le Rio Grande a besoin de tous ses hommes. – Il regarda sa mère dans les yeux et y vit une lueur de crainte. – C'est pour cela que je suis venu. Dès que j'aurai récupéré, j'irai rejoindre Onofre et les autres.

Bento lui adressa un grand sourire :

— Je vais avec vous, Quincas[1].

— Vous irez tous, c'est bien, dit dona Ana en prenant son neveu dans ses bras. Vous irez tous... Mais ce n'est pas pour aujourd'hui, vous venez d'arriver, Quincas, et nous n'avons pas même eu le temps de vous embrasser. Pour le moment entrons. Laissez Manuel et Congo s'occuper de votre cheval et de vos affaires. Vous avez besoin d'un bon bain... Et puis, nous voulons toutes savoir ce qui se passe là-bas dans vos contrées lointaines. – Elle fit un geste vers la véranda où se tenaient les jeunes filles. – Vos cousines sont là, avides de nouvelles et de cancans.

Joaquim Gonçalves da Silva leva les yeux vers la véranda. Il aperçut Manuela, grande et fine, debout au milieu des autres. Le visage gracieux, la peau délicate et les yeux ardents de sa cousine embrasèrent sa poitrine. Joaquim la regarda un long moment, puis prit la main de Caetana et lui dit ainsi qu'à sa tante :

— Alors entrons, vous avez raison comme toujours. Je dois sentir le chien mouillé. Et Congo et moi n'avons rien mangé de décent depuis deux jours.

---

1. Quincas est le diminutif de Joaquim.

Avant de pénétrer dans la salle, en passant devant les jeunes filles, son regard s'arrêta sur Manuela. Elle sourit doucement. Elle aussi, comme sa tante, avait rêvé cette nuit : elle avait rêvé d'un matelot qui venait de loin, qui venait pour elle.

Rosário entra précipitamment dans le petit bureau qui sentait le bois et les secrets. La nuit s'était déjà installée sur la pampa *gaucha*, avec ses hululements de hiboux, ses ombres, sa lune haute et claire qui étendait des bras translucides sur le jardin et les prés. Elle avait laissé passer l'heure de son rendez-vous. Pour la première fois, elle avait fait attendre Esteban.

Elle posa le chandelier qu'elle avait apporté sur le secrétaire en acajou, mit de l'ordre dans ses jupes, disposa gracieusement son châle sur ses épaules. Dehors, il faisait froid en cette nuit de mai, un froid sec et vif qui laissait présager d'un hiver rigoureux. Elle était restée avec la famille pour dire au revoir à Joaquim et Bento qui venaient de partir pour rejoindre les troupes de Mariano de Mattos à la frontière. Oui, ses cousins étaient partis à la guerre au grand désespoir de Caetana qui devait en ce moment pleurer dans sa chambre, deux autres hommes de son sang allaient se trouver sous la menace des sabres ennemis et Bento Gonçalves était toujours prisonnier. Qu'allait-il se passer les prochains jours ? Rosário sentit son cœur se serrer en pensant à sa tante dont les magnifiques yeux de menthe s'étaient ternis ces derniers jours. Elle n'avait pas remarqué de chagrin particulier chez Manuela au départ de Joaquim, pas plus de chagrin que chez les autres femmes de la maison. Sans doute Manuela n'était-elle pas amoureuse du cousin qui lui était destiné.

Rosário prit place dans le petit fauteuil de cuir qu'elle occupait à chaque fois, et attendit. Il viendrait. Il était toujours venu, il ne la laisserait pas seule et malheureuse en cette triste soirée d'adieux. Elle pensait à ses cousins partant à la guerre sous le ciel froid et étoilé, indifférent à ce qui se passait ici-bas. Ils allaient heureux, les deux fils du président de la province. La récente victoire de

Rio Pardo avait fait naître de nouveaux espoirs. Les *farroupilhas* avaient infligé une dure défaite aux loyalistes. Elle se rappela la voix du *senhor* Inácio qui était venu, il y a quelques jours, les mettre au courant des événements. Très élégant et ne quittant pas Perpétua des yeux, il avait dit : « Ceux d'en face ont perdu huit pièces d'artillerie, mille armes d'infanterie et tous les vivres dont ils disposaient, ces valets du pouvoir, ces impériaux. » Ce furent les mots employés par Inácio, et dans la maison, on fêta la victoire avec un verre de liqueur. La bataille avait fait trois cents morts et six cents prisonniers impériaux. Cette victoire avait ragaillardi les républicains et le général Netto avait pris la route de la capitale avec ses troupes pour un nouveau siège.

Rosário frotta ses mains froides. Cette victoire signifiait plus de temps dans l'estancia, plus d'attente. Parfois elle souhaitait simplement qu'ils perdent la guerre, que tout redevienne comme avant et qu'elle puisse retourner à Pelotas. Mais les *gauchos* étaient têtus, et à cause de cela, elle voyait les plus belles années de sa vie se gâcher dans ce purgatoire sans fin.

— Esteban..., appela-t-elle, inquiète. – Il fallait qu'elle le voie. Esteban était la seule chose heureuse de sa vie. – Esteban, où êtes-vous ? Je me suis attardée... Mes cousins viennent de partir. Je n'ai pas pu venir plus tôt.

Le visage pâle et bien découplé surgit de l'ombre. Les cheveux châtains et rebelles s'échappaient de dessous le pansement ensanglanté qui entourait le front haut et pur.

— Je pensais que vous ne viendriez pas, Rosário.

Sa voix était douce. Rosário sourit avec amour, ses yeux bleus brillaient de joie. Elle pensa au jour où elle pourrait raconter cette passion à son père. Bien sûr, il n'y aurait pas de problème, il y avait longtemps que la Banda Oriental[1] et le Rio Grande étaient en paix.

— Mes cousins sont partis à la guerre. Les deux fils de Bento Gonçalves.

En entendant ce nom, Esteban pâlit encore plus. Rosário s'excusa. Elle savait qu'Esteban, pour une raison

1. Banda Oriental ou province Cisplatina : l'actuel Uruguay.

très secrète, craignait son oncle. Mais il y avait tant de secrets chez Esteban, tant de secrets...

— Ils sont partis vers la frontière. Les révolutionnaires ont gagné une grande bataille à Rio Pardo, ils sont forts maintenant. Ils ont fait sept cents prisonniers, Esteban.

— Comme dans la Cisplatina..., dit-il. Parlons d'autres choses, Rosário. J'ai tant pensé à vous...

Rosário se sentit rougir et répondit qu'elle aussi pensait beaucoup à tout cela, qu'elle ne supportait plus ces secrets, ces mystères, ces rencontres fortuites dans le bureau.

— Laissez-moi amener ma mère un jour, Esteban. Je voudrais qu'elle fasse votre connaissance.

Le jeune homme sourit tristement.

— Ce n'est pas encore possible, Rosário...

— Quand, Esteban ?

Un coup de vent soudain rabattit violemment un pan de la fenêtre à demi ouverte. La pièce devint froide et hostile quand les trois bougies du candélabre s'éteignirent.

— Diable ! murmura Rosário.

Elle n'avait aucun moyen de rallumer les chandelles. Elle demeura dans l'obscurité, sentant sur son visage le souffle froid de la brise. Et puis elle eut peur, elle ne savait pas de quoi. Ce n'était pas la peur du noir, c'était une peur bien plus profonde, le sentiment d'un danger imminent. Elle appela Esteban, mais seul le silence lui répondit. Il était parti sans un adieu. Demain je lui parlerai, se dit-elle. Elle saisit le candélabre et sortit de la pièce. Sous les dentelles de son corsage, son cœur battait follement.

Cahiers de Manuela

Pelotas, 11 mars 1903

Je ne le savais pas encore, mais alors que nous vivions dans les affres de la défaite qui avait conduit mon oncle au fond de la geôle où il se morfondait, le destin mettait en marche les rouages d'un événement qui allait illuminer ma vie. La République rio-grandense se préparait à m'offrir le seul homme de ma vie, cet homme n'était pas Joaquim qui arriva à l'estancia fin avril, pour qui je ne ressentais que de l'affection et une certaine langueur quand nous nous regardions et que je distinguais sur ses lèvres un petit sourire plein de désir.

Celui à qui j'allais appartenir jusqu'à la fin de mes jours arrivait de très loin, par la mer. Il venait d'une terre magique et malheureuse, il venait l'âme remplie des idéaux qui feraient de lui le compagnon de mon oncle et de ses amis, qui l'engageraient corps et âme et fort de son expérience dans la défense de notre cause. Oui, alors que l'hiver approchait avec son cortège de nuits froides et brumeuses, de ses arbres aux feuilles jaunies, du vent, du vent toujours qui fustigeait nos nuits sans sommeil, lui, là-bas, hissait son drapeau, hissait ses voiles et prenait la mer. Il n'arriverait pas tout de suite, avec ses yeux couleur d'or vieilli et son sourire d'enfant, la vie ne réserve pas toujours une route tranquille aux hommes qui naissent marqués par le destin et l'ambition de changer le monde. Il lui restait encore de nombreux combats à mener, il devrait vaincre la mort, mais le premier pas était fait, le premier souffle de vent l'avait poussé vers ces parages et vers mes bras de femme amoureuse.

J'aimais Giuseppe Garibaldi depuis longtemps déjà lorsqu'il arriva un après-midi à l'estancia, avec sa façon maladroite de parler portugais et ses manières courtoises et joyeuses ; je l'aimais depuis que j'avais pressenti son existence, au commencement de tout, cette première nuit de 1835 sur la véranda de ma maison, dans une vision du futur que quelque génie bienveillant m'avait donné de contempler. Mais comment parler de cet homme ? Comment raconter l'être auprès duquel j'ai vécu les meilleurs moments de mon existence et que je n'ai jamais cessé jusqu'à aujourd'hui d'attendre, chaque instant, chaque nuit, dans la fraîcheur de chaque aube, dont je sens encore le parfum délicat entre mes draps, dans les plis des vieilles robes de cette époque, et même dans les nattes de mes cheveux gris ?

J'ai vécu pour Giuseppe Garibaldi comme peu de femmes ont vécu pour un homme, un homme qui n'a jamais été totalement mien, mais dont j'ai compris l'essence – c'était une comète, une étoile filante –, dont j'ai compris qu'il ne pourrait pas rester longtemps auprès de moi. C'était un être sans feu ni lieu, et si je ne l'ai pas suivi, c'est que la vie ne l'a pas voulu. Aujourd'hui, au bout de toutes ces années, quand, en me regardant dans mon miroir, je ne reconnais plus la Manuela que j'étais en ces temps-là, aujourd'hui encore je l'aime avec la même force, la même ardeur. Il n'est pas revenu vers moi, même lorsque après la mort de sa compagne il s'est retrouvé seul avec ses deux fils, parce qu'il était un oiseau migrateur, un oiseau en éternelle partance vers les étés de ses rêves, mais je sais qu'il m'a gardée dans un coin de son âme, je le sais.

Pour revenir aux temps de l'estancia, quand la guerre fauchait tant de jeunes vies, voici ce qui arriva en ce mois de mai 1837 : Giuseppe Maria Garibaldi obtint sa lettre de marque pour son bateau, le *Mazzini* baptisé depuis le *Farroupilha*, signé de la main du général João Manuel de Lima e Silva, qui lui donnait l'autorisation de naviguer vers le sud, comme corsaire de la République rio-grandense. C'est ainsi que l'Italien quitta le port de Rio de Janeiro avec un équipage de douze hommes. Dans ses cales, le *Farroupilha* transportait des armes et des munitions cachées sous un chargement de viandes fumées et de farine de manioc.

C'était le début de la longue route qui allait mener Garibaldi jusqu'à l'estancia de ma tante dona Antônia. Si je pouvais revenir en arrière, remonter toutes ces années, souffrir tout ce que j'ai souffert pour le revoir ne serait-ce qu'un seul instant comme je l'ai vu, debout devant la maison en cet après-midi doux et calme d'octobre, ses cheveux fauves et rebelles brillant au soleil de la pampa, si je pouvais remonter le temps et remettre mes pas dans ses pas, je n'hésiterais pas... J'entends encore l'éclat de sa voix dans mes oreilles, quand en me voyant avec les autres sur la véranda – c'était la première fois depuis je ne sais combien de temps qu'un étranger arrivait chez nous et de plus envoyé par Bento Gonçalves – il m'a regardée, moi seule, de son regard ardent et m'a dit :

— *Come stai, signorina ? Mi chiamo Giuseppe Garibaldi. E la buona fortuna* m'a amené jusqu'ici.

Mais cela se passait en 1838, et ce printemps-là, le général Bento Gonçalves avait été libéré, Perpétua était fiancée à Inácio José, j'avais dix-huit ans, et non les quatre-vingt-trois que je porte aujourd'hui avec ces rides qui ressemblent aux plis d'une robe de bal. Cela se passait en 1838, quand nous avions encore des rêves.

Manuela

Le brick *Constança* mit cinq jours pour longer la côte de Rio de Janeiro jusqu'à la ville de Salvador. La forte chaleur qui régnait en ce mois d'août ne gêna pas Bento Gonçalves. Il avait quitté la forteresse de Lage pour être conduit au fort du Mar qui l'éloignerait encore plus de sa terre et de ses armées.

Après la longue traversée dans le brick, Bento Gonçalves, les mains liées, fut conduit par deux soldats au *saveiro*[1] qui devait l'emmener au fort du Mar. L'humidité qui régnait dans sa cellule de la forteresse de Lage s'était depuis longtemps infiltrée dans ses chairs, le soleil chaud et vif, qui régnait sur Bahia et qui réchauffait sa peau en cette fin de matinée, lui faisait du bien.

Il avait eu des nouvelles du Sud, les premières après le long silence de sa mise au secret. Des nouvelles déconcertantes. Bento Manuel s'était rallié aux *farrapos,* il avait fait arrêter et renvoyer en Uruguay le gouverneur Antero de Britto. L'Italien Giuseppe Garibaldi, avec les fameux Rossetti et Luigi Carniglia, avait reçu sa lettre de marque, il était au service de la cause et cinglait vers le sud du pays. En chemin, ils avaient attaqué la *Luiza,* au large de Rio de Janeiro, et devaient se trouver – le général ne savait pas très bien – à la hauteur de Madonaldo en Uruguay. La guerre suivait son cours et lui, il était là, les mains liées, contemplant le ciel bleu qui enveloppait la ville de Salvador. Netto et les autres continuaient le combat. Et son ami, le comte Zambeccari, malade, était

1. Bateau de pêche bahianais.

toujours enfermé à Santa Cruz. Le comte était d'une constitution fragile, pas comme lui qui, après tous ces mois au secret, les cheveux longs, les traits grisâtres, était toujours debout, dur comme la roche, un général en guenilles qui faisait peur aux jeunes officiers venus le chercher pour la traversée. Il était Bento Gonçalves da Silva et il allait se battre. Il pensait à cela en respirant l'air tiède, tandis que le *saveiro* filait sur la mer aux eaux calmes, en direction du fort de São Marcelo, ce monstre de pierres d'où il était impossible de s'échapper, et il eut une étincelle d'espoir. Enfermé, il ne croyait plus en rien. Mais là, pourtant si loin de son Rio Grande, il se remettait à croire à sa chance. Il ne savait pas comment, mais il savait qu'il allait trouver les moyens de s'échapper.

La cour pavée de pierres blanches reflétait l'éclat du soleil tel un grand miroir aveuglant. Bento Gonçalves pénétra dans l'enceinte du fort et les lourdes portes se refermèrent derrière lui. Le commandant du fort l'attendait debout au centre de la cour. Le président du Rio Grande était devant lui, un homme puissant, un général. Il était pauvrement vêtu, sa barbe et ses cheveux étaient trop longs. Les deux hommes échangèrent un long regard. Le commandant vit au fond des yeux du général une lueur d'animal sauvage, de lion en cage. Sans savoir pourquoi, il eut un mauvais pressentiment. Baissant les yeux, il ordonna que l'on conduise le prisonnier dans sa cellule.

C'était la première lettre de Bento Gonçalves que Caetana recevait depuis cinq mois. Elle l'arracha des mains du jeune officier qui était venu l'apporter, comme on arracherait son enfant des mains d'un assassin. Elle tremblait et ses yeux étaient remplis de larmes. Dona Ana sourit, peinée pour sa belle-sœur, elle-même impatiente d'avoir des nouvelles de son frère, envoya Manuel accompagner le soldat à la cuisine pour qu'on lui donne à boire et à manger.

Caetana courut à sa chambre, ferma le verrou. Elle avait besoin de solitude pour lire les mots de Bento, sans précipitation et sans personne. L'hiver avait été long, froid, le *minuano* avait soufflé fort et longtemps, les nuits avaient été interminables et peuplées de peurs, un hiver qu'elle avait passé misérablement, non qu'elle l'eût voulu, mais parce que le temps s'était traîné avec une lenteur qu'elle n'avait jamais connue.

Elle s'installa sur une chaise près de la fenêtre, où un rayon de soleil venait caresser le tapis et un coin de la chambre. Elle ouvrit l'enveloppe salie et serra la lettre sur son sein. L'écriture ferme de son mari lui apparut, puissante, large, une écriture d'homme.

Bento Gonçalves racontait ses journées à Salvador, dans la forteresse du Mar. L'horreur, l'humidité et la folie, qui l'avaient courtisé dans sa cellule solitaire de Lage après l'échec de sa fuite, n'étaient plus qu'un souvenir. Il ne raconterait jamais à sa femme les nuits où il avait souhaité mourir, dépérissant simplement loin de tout et de tous ceux qui lui étaient chers. À présent, malgré la prison et la surveillance permanente, il y avait le soleil et la mer. Il faisait de l'exercice dans la cour et récupérait petit à petit sa forme d'antan. Il avait l'autorisation de nager chaque jour. Il pouvait écrire et recevoir du courrier, reprendre contact avec le Rio Grande, avec elle, sa bien-aimée Caetana. Les visites étaient autorisées, y compris celles de ses compagnons franc-maçons. Les choses s'amélioraient. Mais il ne pouvait pas trop parler, il craignait que cette lettre, qui allait faire un si long voyage, ne tombe entre des mains ennemies.

Caetana lut chacun de ses mots un sourire aux lèvres. Elle était confiante. La lecture finie, elle plia soigneusement la lettre. Elle ouvrit le tiroir du secrétaire, mais renonça et cacha la mince feuille de papier dans son corset en souriant. Il faisait une belle journée de printemps en ce début de septembre et le soleil brillait dans un ciel sans nuages. Caetana sortit de sa chambre et emprunta le corridor d'un pas rapide. Elle croisa ses filles qui jouaient dans le salon. Elle les embrassa, caressa leurs cheveux.

Dona Ana se trouvait toujours sur la véranda, dans son fauteuil à bascule, et brodait. En entendant arriver sa belle-sœur, elle leva des yeux emplis d'inquiétude.

Caetana souriait. Ses cheveux noirs échappés de son chignon encadraient son visage doré.

— J'ai senti quelque chose dans la poitrine, Ana. Il va s'enfuir, j'en suis sûre.

Sortant la lettre de Bento cachée contre son sein, elle la tendit à sa belle-sœur afin que celle-ci la lise à son tour.

Joaquim enleva ses bottes recouvertes de sang et de boue. Un froid glacial et nocturne traversa l'entrée de la petite tente et vint rôder autour de lui comme un chat. Ses pieds étaient durs, sales, ses chaussettes étaient déchirées. Il se dit qu'il fallait qu'il demande à sa mère de lui en envoyer des neuves. Il lui écrirait une longue lettre pour lui dire qu'il allait bien et que Bentinho s'était montré un excellent soldat, un soldat qui aurait fait l'orgueil de son père.

Il se jeta sur son grabat, moulu, les yeux encore emplis de toute cette tuerie qu'il venait de vivre sur le champ de bataille. Un magma de cadavres et de terre, le combat de la troupe sous les ordres de João Antônio tentant de vaincre les hordes loyalistes, tout cela se mêlait dans sa tête avec les silhouettes des lanciers, leurs cris de guerre, leurs corps puissants, les sifflements émis par les jets des lances et le cri de Pedro, son cousin, quand il avait été blessé en forçant les lignes ennemies.

Bento avait sauvé Pedro en le hissant sur son cheval et en l'emportant loin de la furie de l'assaut, au moment précis où il était tombé. À présent son cousin était à l'abri, il avait une coupure longue, profonde, à la cuisse droite, mais des médicaments, du repos et de l'eau-de-vie le remettraient vite d'aplomb. Joaquim l'avait examiné : la blessure était propre, il n'y avait aucun danger qu'elle s'infecte. Pedro était un garçon fort, sain, bien vite il chevaucherait comme avant. « Pour la prochaine bataille, si Dieu le veut, il sera en parfait état », avait déclaré le médecin de la troupe. Et Pedro avait souri, faiblement, fébrile et épuisé.

Joaquim devait aussi écrire à tante Ana, lui raconter ce qui s'était passé et la tranquilliser quant à la santé de son plus jeune fils. José était du côté de Rio Grande, il n'était pas au courant de ce qui était arrivé à son frère. Il l'avertirait plus tard ; avec le temps, les nouvelles n'en seraient que meilleures. Ce n'était pas la peine d'affoler tante Ana tout de suite. Pedro était un dur à cuire, il serait sur pied avant la prochaine bataille.

Joaquim se leva, son corps le faisait souffrir. Il enfila son poncho. Une bonne odeur de *churrasco* venait de dehors. Il irait boire un maté, manger un morceau, s'asseoir sous un arbre, loin des autres, du tumulte et de l'excitation de l'assaut récent, loin des blessés et des deux fosses que l'on venait de creuser pour ensevelir les morts. Seul, jouissant d'une paix relative, il penserait à Manuela. Sa jolie cousine, sa future épouse lui manquait. Quand la guerre serait finie, quand son père serait de retour au Rio Grande, ils se marieraient. Manuela embellissait de jour en jour, de plus en plus raffinée, avec ses yeux verts et mystérieux comme une forêt impénétrable. Il se battait pour la république et pour elle aussi, pour Manuela. Quand ils auraient vaincu l'Empire, il s'installerait avec elle dans une grande estancia et ils seraient heureux comme ils le méritaient.

La voix de son frère l'arracha à ses rêveries. Le visage souriant apparut dans l'entrée de la tente.

— La viande est à point, Quincas. Venez manger un peu. Pedro va bien, soyez tranquille.

— Je viens, Bento.

Ils sortirent tous les deux dans la nuit. Joaquim serra plus fort son poncho autour de lui. Il avait toujours froid après les batailles. Le ciel était lourd et bas, sans étoiles. Il pleuvrait sûrement cette nuit.

Dona Antônia s'était réveillée à plusieurs reprises cette nuit-là en entendant dehors le souffle sauvage du *minuano*. Malgré les nombreuses couvertures, elle n'arrivait pas à se réchauffer. Elle connaissait bien cela, cette angoisse masquée qui la martyrisait les nuits d'hiver. Pas très convaincue, elle se signa, encore engourdie de sommeil.

Elle resta dans son lit, l'aube se traînait, le temps semblait congelé par ce vent infernal. Quand elle était mariée, pendant des nuits comme celles-ci, elle se serrait contre son Joaquim, et ce n'est qu'ainsi, nichée dans la chaleur du corps de son homme, qu'elle réussissait à s'endormir. Mais c'était avant. Et depuis la mort de son mari les nuits d'hiver se suivaient dans leur inconfort.

Dona Antônia s'assit dans son lit, cherchant le quinquet avant de l'allumer. La chambre se teinta d'ombres rougeoyantes. Les volets de la fenêtre tremblaient sous l'effet du vent comme tremblaient les mains de dona Antônia en arrangeant ses cheveux dans son bonnet de nuit. Elle se leva, s'enveloppa dans son châle et alla à la fenêtre contempler la nuit.

Le jour tardait à se lever. Le *minuano* balayait la pampa avec furie, secouant les arbres, arrachant la terre du sol. Tout autour semblait mort, érodé par le vent glacé, coupant. Et pourtant dans le ciel serein, limpide, les étoiles scintillaient paisiblement. Un ciel splendide qui emplit de crainte le cœur de dona Antônia.

— *Mala suerte...*

Elle avait parlé seule. Ah, combien elle détestait soliloquer comme une vieille femme sénile. Mais ses paroles restèrent dans son esprit comme un avertissement venu du ciel. Et on aurait dit que le vent, dehors, en soufflant à travers les branches du vieux figuier, répétait : *mala suerte, mala suerte, mala suerte...*

Dona Antônia ferma la fenêtre, serra son châle autour de son corps frigorifié. Elle s'assit dans son fauteuil à bascule et prit son ouvrage. Elle ne se rendormirait plus. Tout son être était en proie à un mauvais pressentiment. Le crochet métallique s'enfonçait entre les fils. Dona Antônia se mit à chantonner une vieille mélodie. Dehors, le vent répétait toujours ces maudites paroles, cette sombre cantilène. Dona Antônia chanta plus fort, comme lorsqu'elle berçait les fillettes de Caetana à l'heure de la sieste, quand elles ne voulaient pas dormir.

— Je vais attendre. Je sens l'arrivée de mauvaises nouvelles.

Elle avait encore parlé seule. Son crochet dansait dans sa main, comme mû par une vie propre.

La petite négresse s'étonna de voir sa maîtresse à cette heure matinale dans la cuisine surveillant la préparation du maté et du café, vérifiant la consistance de la pâte à pain qu'elle pétrissait de ses petites mains.

— Madame s'est réveillée tôt ce matin, dit la petite avec un sourire. Le soleil n'est même pas levé.

Dona Antônia regarda la jeune fille de ses yeux bruns et doux :

— Il n'y aura pas de soleil aujourd'hui, Tita... Derrière ce brouillard il y a un ciel gris, un ciel de pluie.

Elle inspecta le travail de la cuisine et demanda que l'on préparât un gros gâteau de maïs, pour les petits de Caetana.

— Si quelqu'un me demande, je vais prendre mon maté dans ma chambre, conclut-elle avant de quitter la pièce d'un pas léger.

Une demi-heure ne s'était pas écoulée quand un des péons passa la tête par la porte de la cuisine, non pour demander un maté, mais pour prévenir qu'un soldat venait d'arriver avec un message pour dona Antônia, un message de la plus haute importance. La petite négresse s'en fut chercher Madame dans sa chambre.

Dona Antônia suivit Tita. *Mala suerte.* Le vent soufflait toujours. Il faisait froid sur la véranda. Le soldat était un garçon de dix-sept, dix-huit ans, timide et gauche, qui avait galopé un jour et demi pour apporter le message qu'il remit entre les mains pâles de la sœur du général Bento Gonçalves.

— C'est de la part de qui ?

— De la part de Joaquim Gonçalves da Silva.

Elle se retira dans sa chambre, la lettre brûlante entre ses doigts, non sans avoir ordonné que l'on fasse manger le soldat qui arrivait de si loin et avait dû supporter le *minuano* en pleine face.

Chère Tante,

J'ai l'immense douleur de vous faire savoir que notre très cher oncle Anselmo a été tué hier soir dans une embuscade, alors qu'il se dirigeait avec deux soldats vers Cima da Serra, victime d'un assassinat barbare et lâche commis par une poignée d'impériaux, crime que nous avons tous à cœur de venger, sans quoi nous ne trouverons pas le repos.

Je vous écris afin que vous fassiez part de cette funeste nouvelle à tante Maria Manuela et à mes cousines. Je suis très malheureux de penser au chagrin que va ressentir Manuela, mais j'ai confiance en vous et en votre sagesse pour rendre moins pénible cette terrible mission que je vous confie. Antônio est avec nous, il va bien et il est décidé à venger son père.

Quand nous aurons d'autres nouvelles, bonnes j'espère, je vous écrirai à nouveau. Croyez à ma grande affection et transmettez toute ma tendresse à ma mère et à toute la famille.

Votre neveu.
Joaquim

Le visage de dona Antônia était un masque livide. Elle replia la petite lettre et la rangea dans le tiroir de son secrétaire. Dehors le brouillard était épais, il n'était pas encore 7 heures du matin. Elle pensa à Anselmo, à Maria Manuela, si fragile, pauvre petite. Elle pensa aussi aux petites, et à son frère, là-bas à Salvador, ignorant tout du geste barbare perpétré à l'encontre de son beau-frère pour lequel il avait une si grande estime. Et elle pensa au Rio Grande. Tout cela était une telle tragédie... *Mala suerte.* Fasse Dieu que le *minuano* cesse de souffler, il balayait tout depuis trois jours sans arrêt. *Mala suerte,* pauvre Anselmo. Tué dans le dos, quelle mort indécente pour un homme si vaillant.

Elle sonna. La petite négresse qui tout à l'heure pétrissait le pain dans la cuisine surgit gaiement. Elle remarqua la pâleur de sa maîtresse, et voulut savoir ce que dona Antônia désirait.

— Fais préparer ma voiture. Je vais chez ma sœur... Le gâteau est prêt ?

— Presque, répondit la gamine.

— Alors dépêche-toi et enveloppe-le bien. Je suis très pressée, Tita.

Puis quand la porte se referma, dona Antônia prit la lettre dans le tiroir et la serra dans une poche de ses jupes. Il valait mieux l'emporter. Comme une assurance que tout cela n'était pas un cauchemar qui avait traversé la nuit pour venir la tourmenter.

La route faisait une courbe sur la droite, contournant une discrète élévation du terrain. Au sommet, il y avait un bouquet d'arbres grêles mais assez épais pour les dissimuler. De plus, la nuit était noire, sans étoiles. Ils savaient que, dans une heure ou deux, une bande d'impériaux passerait par là pour rejoindre leur campement à São Gabriel. C'était la même patrouille qui avait tendu une embuscade à Anselmo da Silva Ferreira. Ils dévaleraient la colline par surprise et tomberaient sur les misérables en plein milieu de la route. Ils leur tomberaient dessus pour les tuer.

Joaquim descendit de cheval. Il caressa le dos de l'alezan qui hennit doucement au contact de la main. Il marchait lentement, l'air frais pénétrait dans ses poumons comme un calmant. Il regarda la silhouette d'Antônio, à côté, qui cherchait du tabac dans sa *guaica*. Même dans l'obscurité, il pouvait deviner le regard brillant de son cousin, ce regard inquiet, d'un vert végétal, ces yeux qui rappelaient tant ceux de Manuela. Il s'approcha et chuchota :

— Sois tranquille, Antônio. Ton père va être vengé aujourd'hui. Dans le sang et l'honneur.

Son cousin lui serra le bras.

— Que Dieu t'entende, Quincas. Je ne partirai d'ici que lorsqu'il ne restera plus une seule de ces canailles. Plus un seul pour raconter ce qui se sera passé. La brume descend, indiqua-t-il en levant les yeux vers le ciel.

— La nuit est de notre côté, remarqua Joaquim, et il pensa à son père, sans bien savoir pourquoi, là-bas dans sa prison quelque part dans un coin de Salvador.

Ils étaient cinq : Joaquim, Bento, Antônio, José et Pedro. José avait voyagé pendant deux nuits pour les retrouver, il était arrivé épuisé, barbu, hors de lui. Il fallait venger la famille et tous avaient provisoirement quitté leur cantonnement pour cela. On ne tue pas un soldat dans le dos. Le colonel Onofre Pires avait donné son consentement à José et maintenant son cousin était là, accroupi dans son poncho, mâchonnant un morceau de pain dur, le regard perdu dans l'obscurité du chemin. Peut-être pensait-il à son père, mais rien ne transparaissait dans ses yeux noirs.

Ils attendirent pendant une bonne heure, en embuscade. Du ciel descendait une humidité si épaisse qu'on aurait presque dit de la pluie, et la brume caressait leur visage comme un voile. Un hibou hululait à intervalles réguliers. Joaquim était inquiet. D'après ses informations les impériaux étaient sept, deux de plus qu'eux. Mais ils avaient l'avantage de la surprise et de la rage qui courait dans leurs veines.

Un bout de lune pâle sortit de sa cachette dans les nuages. Ses rayons suffisaient à éclairer une partie de la petite route, tout était silencieux comme dans un tombeau. C'est alors qu'ils entendirent le hennissement d'un cheval, quelques mètres devant. Les cinq garçons se levèrent.

— Ils arrivent, chuchota José en saisissant son fusil chargé et en se postant entre deux arbres.

Joaquim prit les devants.

— Antônio, moi, vous et Pedro nous allons descendre et les surprendre par-derrière au cas où l'un d'eux voudrait s'enfuir. José et Bento, vous tirez d'ici pour nous couvrir, puis vous descendez à votre tour pour que nous finissions le travail au corps à corps.

» Et faites attention, plus question d'annoncer des morts à l'estancia.

Ils se déplacèrent silencieusement.

La petite troupe apparut dans la courbe de la route. Ils arrivaient tranquillement en bavardant. Leurs voix se perdaient dans la brume opaque. Joaquim reconnut un accent de Rio de Janeiro, un rire, quelqu'un qui avait envie d'un *churrasco*. Il n'y aurait aucun *churrasco*, plus jamais, pour aucun de ces scélérats. Le premier était un officier, il longea le virage. Deux soldats le suivaient. Les quatre autres venaient plus loin.

Joaquim baissa son épée, imita le chant d'un oiseau, comme aux temps des jeux à l'estancia, José reconnut le signal de son cousin. Le premier tir éclata dans la nuit. Les impériaux s'arrêtèrent, effrayés. Un des cavaliers s'écroula à terre. Un tir sûr de José, en plein milieu du front de l'homme. La confusion se déchaîna, des hennissements, des ordres contradictoires du seul officier. Joaquim, Antônio et Pedro dévalèrent la colline au galop. Un deuxième tir avait fait tomber un autre cavalier. Ils étaient à présent cinq contre cinq. José et Bento seraient vite sur la route.

— Un chacun ! cria Antônio, dégainant son épée.

José surgit d'entre les arbustes, le chapeau accroché dans le dos, la lance levée. C'était un bon lancier. Il s'attaqua à un soldat en une courte lutte. Il le transperça sans mal. Plus tard, il dirait que le soldat était à moitié soûl, qu'il sentait l'eau-de-vie. Il éperonna son cheval pour prêter main-forte à Joaquim, quand un impérial se redressa le bras ruisselant de sang, et relevant son pistolet, tira et le toucha à l'épaule. José sentit l'impact de la balle, une morsure de feu. Sa lance tomba. Il prit son arme et, dans un sursaut de rage qui ne lui ressemblait pas, il regarda l'homme en face et tira en plein visage le transformant en une bouillie de sang et d'os.

— Tu es blessé, José, fit Bento en saisissant les rênes du cheval de son cousin. Allons, viens par là. C'est fini, ils vont s'occuper du reste.

Le sang coulait sur le poncho et trempait les mains blanches de José da Silva Santos.

Joaquim et Pedro acculèrent un soldat. Il y avait dans les yeux de l'homme une terreur animale. Pedro dégaina son sabre, descendit de son cheval, le saisit par les cheveux et lui trancha la gorge. Joaquim vit les yeux terrifiés se figer pour toujours, il les vit dans la brume et il ressentit quelque chose de brûlant dans son ventre. Il se souvint d'un après-midi de son enfance, quand il avait vu son premier combat de coqs.

Antônio égorgea l'officier qui n'avait plus personne à qui donner des ordres. C'était un homme barbu, un peu gras, avec une tête de porc. Antônio imagina ce misérable plantant son épée dans la chair de son père. Il serra son épée dans sa main et la planta dans le cou du lieutenant qui était déjà blessé, une balle lui ayant touché le crâne. Antônio saignait lui aussi, la paupière gauche ouverte. Il vit l'homme tituber au milieu de flots rouges, le sang qui coulait de sa tête se mélangeant à celui qui ruisselait sur le sol et il dit :

— C'était pour vous, mon père.

Puis il rengaina et constata que le brouillard avait complètement disparu, quelques étoiles brillaient dans le ciel glacé et lointain.

Ils rentrèrent avec le soleil.

C'était un soleil faible de matin d'hiver. José était blessé, il avait de la fièvre. Joaquim s'inquiétait pour la blessure causée par la balle qu'il avait extraite la nuit précédente. Il y avait un risque d'infection.

Ils rencontrèrent une patrouille *farroupilha* et furent soulagés de reconnaître la voix d'Inácio. Du milieu du groupe surgit un homme grand et brun aux longues moustaches, le chapeau à mentonnière bien enfoncé sur la tête. Il était en uniforme et semblait plus fatigué, moins élégant que lorsqu'il était en civil, mais le même sourire éclatait sur son visage franc.

— *Buenas !* Comment se fait-il que je vous retrouve ici tous ensemble ?

Il salua ceux qu'il connaissait. Il n'avait pas encore eu l'occasion de rencontrer José ni Joaquim. Les autres, il les avait vus à l'estancia de la Barra.

Antônio présenta Joaquim au *charqueador*[1] à la voix élégante et douce.

— Voici le *senhor* Inácio de Oliveira Guimarães, propriétaire de l'Estancia du Salso.

Inácio sourit et tendit sa longue main.

— Et aujourd'hui chef de la police de Boqueirão, à vos ordres. Mais dites-moi, que faites-vous sur cette route ? Le général Netto ou le colonel Onofre sont dans les parages ?

Joaquim raconta ce qui s'était passé. La mort du beau-frère de Bento Gonçalves, victime d'une embuscade. La

1. Producteur de *charque*.

route dans le brouillard, le combat contre la patrouille des impériaux.

— Nous avons un blessé. Mon cousin José, fils de dona Ana.

Inácio eut l'air désolé. Il vit le garçon dans son brancard improvisé, serra sa main faible et trempée de sueur. Où pensaient-ils emmener le jeune homme ?

— Je suis médecin, comme vous le savez, dit Joaquim, mais je n'ai ici aucun médicament, ni eau-de-vie, ni quoi que ce soit. Cette blessure va s'infecter. La balle a pratiquement atteint l'os.

On apporta un flacon d'eau-de-vie que Joaquim versa sur l'épaule de José. Inácio s'éloigna de quelques pas, échangea deux ou trois mots avec un autre officier et revint en disant d'un ton ferme :

— C'est réglé, laissez-moi José. Nous le conduirons à l'estancia. Je dois bien cela à dona Ana qui a régulièrement fait porter des herbes médicinales à mon épouse qui souffre de consomption.

Il posa une main ferme sur l'épaule de Joaquim.

— Cette nuit même, je vous promets que José dormira dans un vrai lit. Dona Ana a besoin de ses deux fils, plus encore depuis la perte de son mari.

— Nous avons tous besoin de José, *senhor* Inácio. Le service que vous nous rendez est immense. Je dois me présenter devant Netto au plus tard demain alors qu'il nous faudrait deux jours de voyage.

— Et c'est tout décidé, je ramène José chez lui, insista Inácio en cherchant sur le visage de Joaquim quelque chose de sa sœur.

Tout fut préparé en peu de temps. Inácio de Oliveira Guimarães monta sur son cheval rouan, prit la tête du convoi des deux cavaliers qui portaient le brancard improvisé de José. Il voulait aider le fils de dona Ana, et il voulait plus que tout, comme un rêve, revoir Perpétua.

— À bientôt, Joaquim. Il salua les autres. À bientôt.

Joaquim regarda le petit groupe partir dans la direction opposée. Il avait apprécié Inácio. Et José serait bientôt à la maison.

Inácio José de Oliveira Guimarães arriva à l'Estancia de la Barra au moment où l'horloge du salon sonnait le douzième coup de minuit. C'était une nuit pluvieuse de septembre. Dona Antônia avait décidé depuis quelques jours de dormir à l'estancia de dona Ana : la lettre de Joaquim, dans laquelle il l'informait de sa décision de venger Anselmo avec son frère et ses cousins, avait fait croître son inquiétude. De plus, Maria Manuela, bouleversée par la mort de son mari, avait besoin d'être entourée de soins et d'affection, et dona Antônia s'occupait avec dévouement et courage de sa jeune sœur et de ses nièces.

Les femmes étaient dans le salon brodant à la lueur des lampes à huile, réchauffées par le feu qui brûlait dans la cheminée, quand elles entendirent appeler de la véranda. C'était une voix d'homme, connue. Quelqu'un que le garde avait laissé passer à l'entrée de l'estancia. Perpétua sentit son cœur battre en reconnaissant la voix d'Inácio qui criait :

— Dona Ana ! Dona Ana !

La jeune fille se leva d'un bond. Ses cousines lâchèrent leur ouvrage. Dona Antônia regarda sa nièce et dit :

— Restez là, Perpétua. Manuel va aller voir ce qui se passe. Ce n'est pas une heure pour des visites. Ce doit être grave.

Leão et Marco Antônio jouaient sur le tapis. Caetana appela Milú qui était assise dans un coin et ordonna :

— Emmène les garçons dans leur chambre, c'est l'heure de dormir.

Les deux garçons sortirent en râlant. Pour une fois qu'il se passait quelque chose, on les envoyait se coucher ! Leur mère les gronda. Manuel apparut à la porte et dit sans préambule :

— C'est le *senhor* Inácio qui est dehors. Il amène José qui a été blessé par balle.

— Dieu du ciel ! s'écria dona Ana en se levant de son fauteuil à bascule, toute pâle et tremblante. Allons voir vite !

Dans son coin, Maria Manuela, en grand deuil, essuya une larme furtive en regardant sa sœur se précipiter à la porte. Elle pensait à son mari disparu et n'avait pas la force de lever ne serait-ce qu'un bras.

— Du calme, Ana. – Dona Antônia s'enroula dans son châle et se dirigea vers la porte tenant affectueusement sa sœur par le bras. – Ne vous inquiétez pas, José est solide.

» Manuel, prenez un cheval et allez chercher le docteur. Dites-lui que c'est urgent, ordonna-t-elle au contremaître.

Il disparut dans les couloirs qui menaient à la cuisine. Une demi-heure plus tard, José était couché dans son lit avec dona Ana à ses côtés qui lui appliquait des compresses et essayait de lui faire avaler une cuillérée de soupe. Sa blessure avait été nettoyée et pansée et l'on attendait le médecin. Dans le bureau, Inácio racontait à dona Antônia ce qui était arrivé.

— Ils les ont tous tués ?

— Oui, madame. Antônio a décapité le lieutenant meurtrier de son père. Il l'a fait pour l'honneur.

Dona Antônia se signa.

— Mon Dieu, il n'y a pas longtemps ce n'était que des enfants..., dit-elle, pensive et souriant doucement. J'ai peur qu'il n'y ait des représailles.

» Mais, monsieur, vous allez dormir ici, reprit-elle d'un ton plus assuré. La nuit est exécrable.

L'invitation d'Antônia réchauffa son cœur malgré sa cape trempée qui gouttait sur le tapis du bureau.

— Je vous remercie, dona Antônia. Le voyage a été pénible et je suis vraiment fatigué. Je repartirai demain matin tôt pour aller retrouver mon épouse.

Dona Antônia se souvint de la jeune femme pâle et fragile qu'elle avait vue un jour sur la route.

— Cet hiver est très dur, *senhor* Inácio. Comment va votre épouse ? Je sais qu'Ana lui a récemment fait porter des tisanes pour ses poumons.

Une ombre passa dans les yeux bruns du jeune homme.

— Elle ne va pas bien. Mais si Dieu le veut, les choses iront mieux quand le printemps arrivera. Dona Ana a été très aimable avec Teresa.

Dona Antônia ouvrit la porte du bureau. Elle appela une des négresses et ordonna que l'on servît un bon repas à la cuisine.

— Ventre plein aide à dormir, dit-elle en souriant, ses yeux noirs et malicieux posés sur le jeune homme. Nous bavarderons plus tard dans le salon avec les petites. Maintenant vous allez vous nourrir.

Ils gagnèrent le corridor où la fragile lumière des lampes à huile dessinait des ombres.

Inácio revint à l'estancia quelques jours plus tard pour savoir comment allait José. Il avait passé quelque temps avec son épouse et à présent il partait prendre ses fonctions de commissaire au Boqueirão. En descendant de son cheval, il aperçut Perpétua qui lisait sur la véranda. Il resta un moment à contempler le visage délicat, la peau diaphane, la bouche charnue, les yeux très noirs fixés sur les pages de son livre. Se sentant observée la jeune fille leva les yeux et rougit légèrement en l'apercevant. Inácio se sentit envahi d'une joie nouvelle en constatant qu'il était la cause de cet émoi. Il monta les marches de la véranda.

— Comment allez-vous, mademoiselle ?

Perpétua posa son livre à côté d'elle et lui sourit. Elle portait une robe rouge vif et une natte dans le dos. Un parfum de lys l'entourait comme un halo.

— Je vais très bien, *senhor* Inácio. Et vous-même ?

Inácio s'avança d'un élan et baisa la petite main blanche. Puis il répondit :

— La vie va comme Dieu le décide, mademoiselle Perpétua... Il est dommage que Dieu ne s'occupe pas bien de Teresa.

Perpétua voulut en savoir plus et Inácio répondit que Teresa était constamment fiévreuse, elle toussait beaucoup et passait ses journées alitée. Mais avec l'arrivée des beaux jours, sans doute se porterait-elle mieux. Après tout, elle était très jeune.

— Tout est possible lorsqu'on est jeune. – Puis il se souvint de la raison de sa venue. – Comment va José ?

— Il va de mieux en mieux. Depuis hier la fièvre est tombée. Dona Ana et dona Antônia se relaient à son chevet, je pense qu'il sera bientôt sur pied et qu'il pourra repartir.

— Repartir à la guerre, compléta Inácio, mélancolique.

Perpétua parut surprise.

— Vous n'appréciez pas la guerre ? Tous les hommes aiment se battre.

La naïveté de la jeune fille fit sourire Inácio. Il aimait combattre pour la liberté, pour la république, pour les droits du Rio Grande. C'est pour cela qu'il se battait, pour ses idéaux. Mais il aimait surtout la vie à l'estancia, les soirées paisibles, la maison.

— Malheureusement Teresa n'est plus là pour m'attendre comme avant. Elle ne se lève plus de son lit. Quand nous revenons du combat nous avons besoin des bras de nos femmes.

» Pardon mademoiselle. Vous êtes si jeune, vous ne savez pas ces choses-là...

Perpétua le regarda droit dans les yeux, étonnée elle-même de son audace, si l'une de ses tantes la voyait !

— Pensez-vous que je me marierai un jour, *senhor* Inácio ? Avec cette guerre qui n'en finit pas, il m'arrive souvent de penser que non. Alors je ne saurai jamais ces choses-là.

Une douce chaleur gonfla la poitrine d'Inácio. Teresa était comme une pierre froide dans son cœur, pauvre petite, entre ses compresses, ses potions et ses fièvres ; le visage anguleux et juvénile de Perpétua le réconfortait. Il s'entendit répondre :

— La guerre est loin... Et vous n'êtes pas femme à rester vieille fille, ce serait gâcher tant de beauté et de grâce. Heureux l'homme qui vous épousera, mademoiselle Perpétua. Et je vous promets que cela ne tardera guère. Les hommes dans notre province ne sont pas aveugles, et aucune guerre ne pourra les rendre insensibles à ce point.

Dona Ana surgit soudainement sur la véranda. Elle semblait plus heureuse, malgré de discrets cernes, et bien que ses cheveux noirs retenus dans un chignon simple soient moins brillants que d'habitude. La conversation romantique s'interrompit. Dona Ana sourit joyeusement.

— *Senhor* Inácio, Milú m'a dit que vous étiez là... Je veux vous remercier pour ce que vous avez fait. Grâce à

Dieu et grâce à vous, José sera bientôt guéri, ce n'est plus qu'une question de repos maintenant.

Inácio prit entre les siennes la main froide de dona Ana.

— Je l'ai fait de bon cœur, dona Ana. Votre fils est un homme très valeureux.

— Il a hérité du courage de son père, répondit dona Ana, et elle regarda au loin, vers l'endroit où se trouvait la tombe de son mari.

Perpétua essayait de calmer les battements de son cœur. Elle savait que, si sa tante la regardait, elle remarquerait sa nervosité. « Gâcher tant de beauté et de grâce... » Alors il la trouvait belle ! « Heureux l'homme qui vous épousera », la voix d'Inácio résonnait et un sourire joyeux éclaira son visage.

— D'où vient ce sourire, petite ? demanda dona Antônia qui arrivait sur la véranda.

Perpétua sursauta.

— Ce n'est rien, ma tante. Je pensais à José qui va mieux et cela m'a rendue heureuse.

Dona Ana sourit elle aussi.

— Nous sommes toutes heureuses, mon petit.

— Nous tous, répéta Inácio, regardant Perpétua du coin de l'œil.

Et dona Antônia acquiesça en souriant, un éclat malicieux dans les yeux.

Cahiers de Manuela

Pelotas, 14 août 1883

La fin de l'hiver 1837 fut une triste période pour notre famille. En peu de temps, ma mère perdit de sa vivacité, elle n'avait plus rien de la grande dame élégante aux yeux ardents, elle était devenue une femme pâle et fragile dont les robes de deuil noires habillaient de douleur chacun de ses gestes. Je n'ai plus jamais vu dans ses yeux la joie d'avant, comme je n'ai plus jamais revu mon père après cet après-midi du 18 septembre 1835 quand nous nous dîmes au revoir sur la véranda de notre maison, ici à Pelotas.

Ces années de séparation ont, d'une certaine façon, atténué dans mon cœur la douleur de sa perte, mon père n'était jamais revenu depuis son départ, trop pris par les exigences de la révolution. Anselmo da Silva Ferreira était déjà pour moi, les jours qui précédèrent sa mort, un fantôme du passé, un souvenir du temps où nous vivions en ville entre soirées et fêtes, dans une effervescence joyeuse que la guerre avait fini par emporter pour toujours. Rosário et Mariana ressentirent elles aussi sa mort avec la même distance. Ce fut un adieu sans veillée, sans obsèques, sans rien, juste cette nouvelle, ce vide qui s'emparait des moments où nous pensions à lui, que nous réalisions que ses pas ne se poseraient plus jamais sur le sol et que ses yeux qui avaient tant aimé les couleurs de la pampa devaient aujourd'hui contempler les paysages d'un au-delà mystérieux. Il revint à Antônio et à nos cousins l'honneur et le malheur de recueillir son corps déjà froid, de l'inhumer dans quelque recoin de *coxilha* dont la végétation avait échappé aux rigueurs de l'hiver, et de le venger comme le méritait l'homme de bien et de bonne famille qu'il était. C'est peut-être pour cela qu'en revoyant Antônio, je remarquai dans ses yeux quelque chose de glacé, comme un mélange de douleur et de rage que je ne lui avais jamais vu. La vengeance n'avait pas suffi à apaiser sa souffrance. Mon frère resta marqué pour toujours par la mort violente et cruelle de notre père. Je crois que jusqu'à la fin, Antônio garda dans son cœur l'image de son cadavre baignant dans son sang au bord d'un chemin, et cela le changea pour toujours. Mais la guerre ne laisse jamais les gens tels qu'elle les a trouvés, jamais, et Antônio n'échappa pas à cette malédiction.

À la mi-septembre, José était guéri. Il resta quelque temps avec nous, passant ses journées en grandes conversations avec sa mère et avec les fils de Caetana qui lui posaient beaucoup de questions sur la guerre. Quand il se sentit mieux, il recommença à monter à cheval, s'occupa de convoyer du bétail pour la vente, organisa deux ou trois choses dans la maison, puis repartit. Nous lui dîmes toutes au revoir sur la véranda, le cœur serré, et dona Ana pleura un peu, assise dans son fauteuil à bascule, crochetant furieusement un châle qu'elle ne finirait jamais, telle une Pénélope de la pampa.

Pendant la convalescence de José, le *senhor* Inácio vint souvent nous voir à l'estancia. Personne ne doutait de la vraie raison de ses visites : il était amoureux de Perpétua qui le lui rendait, bien que rien de plus que de longs regards, des rougeurs subites sur le visage de notre cousine et les livres qu'ils s'échangeaient, plus dans l'idée de connaître les goûts l'un de l'autre que pour lire réellement, ne se produisît. Dona Ana et Caetana surveillaient ces rencontres, le *senhor* Inácio était un homme marié, bien qu'à chacune de ses visites il n'ait eu que de tristes nouvelles à nous apporter : la santé de dona Teresa ne cessait de se dégrader.

Combien de fois n'ai-je surpris Perpétua en train de sangloter dans les coins de la maison... Elle était en proie à un amour dont la concrétisation entraînerait la souffrance de quelqu'un d'autre, et cela lui donnait d'immenses remords, tant et si bien qu'elle ne cessait d'envoyer à Teresa, qui habitait chez des parents, non loin de chez nous, des onguents et des sirops. Rosário lui dit un jour :

— Vous pleurez pour rien, Perpétua. Qu'avez-vous fait d'autre que de recevoir les visites du *senhor* Inácio et bavarder avec lui ? Ne soyez pas si naïve, ma cousine : en amour comme à la guerre, tout est permis. Ce n'est quand même pas vous qui avez empoisonné les poumons de cette pauvre Teresa.

C'est ce que pensait ma sœur en ces jours-là, bien que je ne l'eusse jamais vue se pâmer pour aucun homme, connu ou non. Une fois pourtant, je trouvai entre ses broderies une feuille de papier avec le prénom Esteban mille fois griffonné. Je n'appris rien de plus et n'osai pas lui demander ce que représentait pour elle ce prénom espagnol. Rosário s'enfermait dans la bibliothèque des après-midi entiers, consultant des livres, comme si elle fomentait à sa façon une autre révolution. Perpétua et Mariana, elles aussi, étaient intriguées par le comportement de ma sœur et j'en fis un jour la remarque à ma mère. Mais la pauvre Maria Manuela, plongée dans sa propre souffrance, ne prêta qu'une oreille distraite aux nouvelles lubies de Rosário.

Fin septembre, avec l'arrivée du printemps, nous apprîmes la grande nouvelle : Bento Gonçalves était parvenu à s'enfuir du fort du Mar. C'est Joaquim lui-même qui nous en informa, il était venu à l'estancia pour faire la surprise à sa mère. Bento Gonçalves s'était évadé de la façon la plus banale et la plus inhabituelle qui soit : à la nage. D'après ce que nous raconta Joaquim, oncle Bento nageait chaque jour sous la surveillance d'un soldat de la prison. Un jour que le fort était plus désert que d'habitude, le général s'en fut nager pour une promenade sans retour. Il y avait une barque ancrée à proximité du fort, Bento Gonçalves nagea jusqu'à elle et demanda aux pêcheurs qui s'y trouvaient de le conduire au consul Pereira Duarte, un allié des révolutionnaires, franc-maçon comme le général. La maison du consul se trouvait dans l'île d'Itaparica et les pêcheurs l'y conduisirent moyennant la promesse d'une forte récompense.

Je ne sais pas comment Bento Gonçalves réussit à tromper la vigilance des soldats, ni comment aucune des barques du fort ne réussit à le rattraper, je sais seulement que son étoile brilla suffisamment pour que la traversée jusqu'à Itaparica fût couronnée de succès. À Itaparica, le président du Rio Grande fut accueilli avec tous les honneurs. Il resta caché chez le consul pendant des jours et des jours, jusqu'à ce que les autorités renoncent à le chercher. Une nuit de tempête, il embarqua sur un cargo et quitta les terres nordestines, mettant le cap vers le Santa-Catarina. Il était libre enfin. Et il retournait au Rio Grande.

Il y eut une fête à la maison. Dona Ana fit rôtir un mouton, on confectionna toutes sortes de pâtisseries et de friandises, et nous dansâmes et chantâmes jusque tard dans la nuit. Le *senhor* Inácio fut invité et il dansa même la *chimarrita* avec Perpétua qui resplendissait d'un double bonheur. Caetana revivait. Savoir que son mari cinglait vers le Sud la faisait rayonner. Elle comptait les jours qui la séparaient des retrouvailles, se fit faire une nouvelle robe jaune d'or, on aurait dit une fiancée à la veille de ses noces. Dona Antônia et dona Ana étaient elles aussi heureuses et pleines d'espoir : avec le retour de leur frère au Rio Grande, la guerre allait prendre fin, elles en étaient sûres. L'oratoire de la Vierge se couvrit de cierges, non pas pour des suppliques mais pour des remerciements.

Mon oncle Bento débarqua à Nossa Senhora do Desterro dans la province de Santa-Catarina. De là, à cheval, il rejoignit Torres, dans le Rio Grande, où il arriva dans la nuit du 3 novembre. Sept jours plus tard il était à Viamão où il fut reçu avec enthousiasme et joie par les troupes républicaines. Caetana et ses fils et fille aînés partirent l'attendre à Piratini, le 4 novembre. Il y eut un grand bal en ville, comme nous le raconta Caetana bien plus tard, encore dans l'euphorie d'avoir revu son mari et de l'avoir trouvé en bonne santé et remis de ses longs mois de réclusion. C'est ce jour-là que Bento Gonçalves da Silva prit enfin possession de sa charge de président de la République rio-grandense. Quelques jours plus tard, il passerait la main au vice-président Mario et partirait reprendre le commandement des troupes de l'armée républicaine.

Je ne peux pas dire que toutes ces fêtes et ces bals me firent envie alors que j'étais à l'estancia avec mes tantes, mes sœurs et ma mère. En plus du deuil, il y avait peu de raisons pour que nous gagnions à Piratini, la guerre faisait rage dans tout le territoire, les routes étaient peu sûres, et pour notre sécurité, il valait mieux rester à l'estancia. Je passai ces jours-là à broder un trousseau que je n'utiliserais jamais et qui aujourd'hui encore est rangé, jauni par le temps et les larmes, dans les coffres en pin dont j'ai hérité de ma mère. Je brodais comme si je marquais les minutes sur le tissu : je donnais des couleurs à chaque heure de la journée et je choisissais les nuances de vert ou de bleu avec lesquelles teindre ma solitude. Depuis toujours, les travaux d'aiguille ont servi à tromper l'ennui et la peur des femmes, et dans notre maison, il en était ainsi.

Je ne le savais pas encore, et je ne le sus que bien plus tard, mais dans mon cœur naissait déjà l'angoisse des prémices de mon amour pour Giuseppe Garibaldi. Pendant que Bento Gonçalves conquérait la liberté et l'honneur de notre peuple, le marin italien aux yeux de miel vivait un long exil dans les terres uruguayennes. Quelques mois auparavant, exactement le 28 mai de cette année 1838, Garibaldi et son équipage entraient triomphalement dans le port de Maldonado, la limite septentrionale du Rio de la Plata. Ils arrivaient de Rio de Janeiro avec la lettre de marque de la République rio-grandense, après avoir arraisonné la *Luíza* qui transportait vingt-six tonnes de café dans ses cales.

À Maldonado, comme il me le raconta lui-même avec sa voix douce et ses mots construits du mélange de plusieurs langues, Garibaldi essaya de vendre le café volé. Mais on était déjà à leur poursuite, aussi avaient-ils dû vendre leur butin dans la précipitation et fuir Maldonado par une froide matinée d'hiver, à peine protégés par un brouillard épais qui descendait sur l'océan dans les eaux duquel ils faillirent sombrer, leur boussole les ayant poussés vers de dangereux récifs. Seuls la chance et le savoir-faire de Garibaldi les avaient sauvés du naufrage. Ce n'est qu'après s'être remis de leur frayeur qu'ils avaient découvert que les fusils entreposés dans un compartiment à côté du poste de commandement avaient affolé l'aiguille magnétique. Et ainsi, dans la nuit, le danger passé, Giuseppe Garibaldi et ses compagnons avaient poursuivi leur route vers le Rio Grande.

Ils allaient vivre encore de nombreuses tribulations avant d'arriver à la pampa *gaucha*. Et tandis qu'il naviguait, je brodais des draps et des nappes. Le jour où il fut blessé par des soldats uruguayens qui étaient à sa poursuite, au large de Montevideo, je me piquai le doigt avec l'aiguille, et le sang qui jaillit de ma chair rougit le lin blanc de mon ouvrage comme le sang de sa blessure avait dû rougir le front de Garibaldi. Au cours de cette bataille, une balle tirée d'un bateau ennemi vint le frapper entre l'oreille et la carotide, le laissant inconscient. L'équipage commandé par Luigi Carniglia, inséparable compagnon de Giuseppe, réussit à mettre l'adversaire en déroute et poursuivit sa route vers Santa Fé. Garibaldi, gravement blessé, agonisait. Il n'y avait ni médecin ni médicaments à bord et il ne dut qu'à sa « *buona fortuna* » d'être sauvé de la mort. Au bout de quelques jours, une goélette, qui faisait du transport de passagers, croisa leur route et les secourut. Dans une cabine exiguë et sombre, Giuseppe Garibaldi délirait. On l'emmena à Gualeguay où il fut reçu et soigné dans les meilleures conditions.

Mon Garibaldi était un homme fort. Il se rétablit en peu de temps. Là, il apprit à monter à cheval, pratique qui lui serait d'une extrême utilité dans nos contrées du Rio Grande. Mais il n'était pas autorisé à quitter la ville et la routine ennuyeuse de la convalescence commençait à l'exaspérer.

Tout cela arriva au cours des derniers mois de l'année 1837, bien que beaucoup d'éléments ne me seraient connus que des années plus tard. Dans l'immensité de la pampa, le temps est une donnée relative et impalpable : une nuit de *minuano* pouvait durer une éternité. C'est ce que pensait ma tante, dona Antônia, à qui j'allais ressembler de plus en plus au fil des ans. Ces derniers mois, donc, s'écoulèrent dans une lenteur infinie. Nous voyions la nature abandonner les couleurs ternes de l'hiver et revêtir somptueusement ses habits de fête jusqu'à ce que ses fleurs se mettent à flétrir sous la chaleur meurtrière du soleil d'été. Et c'est au cours d'un des derniers jours de ce mois de décembre chaud et sec, que nous apprîmes la mort de la *senhora* Teresa, l'épouse d'Inácio de Oliveira Guimarães.

Manuela

1838

Le vent secouait violemment la tente, mais à l'intérieur, protégée par la toile, l'atmosphère confinée, humide, incommodait Bento Gonçalves, lui rappelant la cellule étouffante de Rio de Janeiro où il macérait dans sa propre sueur pendant des jours et des jours sans pouvoir prendre un bain. Mais il était chez lui. S'il sortait, il savait qu'il verrait les arbres fouettés par la tempête, secoués par le vent froid et implacable qui venait de loin, qui venait d'Argentine. Il aimait la tempête, il aimait voir la pampa lissée par le peigne de la tourmente, les éclairs au loin striant le ciel de leur éclat d'argent.

Les nuages noirs absorbaient les dernières lueurs de l'après-midi. Le colonel Onofre Pires, puissant, trop grand pour le plafond bas de la tente, était assis sur un banc, l'air grave.

— Alors, ils ont nommé Elzeário de Miranda président de la province ?

Onofre posa un regard lourd sur Bento.

— Il arrive avec tous les pouvoirs.

— Alors, nous aussi, Onofre, nous allons lui tomber dessus avec tous nos pouvoirs. J'ai des mois d'inactivité accumulés sur le dos.

Onofre sourit vaguement. Bento Gonçalves se leva de son banc, s'excusa et sortit de la tente. Dehors, les soldats rentraient les chevaux et mettaient le matériel à l'abri des fureurs de l'orage et tout cela donnait au campement une agitation presque domestique. Cela rappela à Bento les jours où les négresses ramassaient le linge sec sur les étendoirs. Il sentit l'odeur du pain frais juste sorti du four et une envie folle de rentrer chez lui, ne serait-ce que pour une nuit, pour revoir ses filles et les deux petits et pour dormir dans le lit de Caetana. Il fallait qu'il écrive à Caetana pour lui parler de son fils. Bento avait été promu lieutenant, c'était un bon guerrier. Il lui ressemblait, il avait même hérité de son prénom. Il était valeureux au combat et en ce moment il participait au siège de la capitale avec Netto. Pour le temps que durerait le siège, sans doute pas longtemps.

Il fit quelques pas, sentant sur son visage le vent humide qui s'infiltrait dans sa barbe comme une caresse. La pluie épaississait, mais elle était généreuse, rafraîchissante. Du sol montait la bonne odeur de terre mouillée. Un éclair stria le ciel, tout près. Bento regarda autour de lui, remplissant ses yeux de cette pampa dont il avait tant rêvé, jusqu'à en oublier les contours, jusqu'à ce qu'elle devienne irréelle, un lieu mythique auquel il aspirait pendant les nuits poisseuses de la prison.

Au loin, sous un arbre, Joaquim contemplait l'orage. Bento Gonçalves courut vers lui.

— Vous avez fait de longues études, Joaquim, et vous ne vous souvenez pas que le dessous d'un arbre n'est pas le meilleur endroit pour apprécier le spectacle d'un orage ? entama-t-il en souriant, tandis que l'eau ruisselait sur son visage. Venez, Quincas, allons ailleurs, pas forcément sous un toit, moi aussi j'aime bien la pluie.

Ils partirent tous les deux à travers le campement. Le sol se couvrait de flaques. La haute silhouette de Joaquim avançait du même pas, au côté de son père.

— Père, allez-vous rejoindre les troupes de Netto ?

— Non, il a beaucoup à faire par ici. En fait, j'ai des projets pour les prochains jours. Je pars chez Ana.

Joaquim sourit.

— Vous allez voir mère ?

— Plus que cela, mon fils. Je dois parler très sérieusement à Antônia, une affaire d'une extrême importance. Des projets... Et puis, pour une nuit ou deux, un général mérite le confort de sa famille.

Joaquim détourna les yeux, il pensa à Manuela et sentit son cœur se serrer. Bento Gonçalves remarqua le regard perdu de son fils aîné. Il lui donna une petite tape dans le dos.

— Ne vous inquiétez pas, je dirai à Manuela que vous pensez à elle. Quand la guerre sera finie, vous vous marierez et nous donnerons une grande fête.

Joaquim se sentit étouffer par une bouffée de timidité, il changea de sujet.

— Quels sont les secrets qui vous ramènent à l'estancia, père ?.... si vous pensez que j'ai le droit d'être au courant de vos plans.

— Nous avons des projets concernant un Italien, un ami de Zambeccari, Garibaldi. Il devrait être là, d'ailleurs je ne sais pas où il se trouve... Mais il arrive. C'est un homme de parole. Un homme de la mer. Et nous avons besoin d'un port pour gagner cette guerre. Et il nous faut la mer intérieure[1].

Joaquim ne répondit pas. Un éclair déchira le ciel, des chevaux hennirent. À présent la nuit noire recouvrait tout d'un manteau épais et froid.

Lorsque le premier mois du deuil arriva à son terme, Inácio rendit une visite à l'Estancia de la Barra. Il avait maigri, les traits de son visage étaient tirés, mais il était toujours le même grand bel homme fort et jeune malgré ses trente-huit ans. Son épouse décédée, il était juste et correct qu'il commençât à faire sa cour à Perpétua dont il demanderait la main dès que cela serait convenable. C'était la guerre et le temps n'avait plus la même valeur, tout était instable. Et un veuf, même de fraîche date et encore jeune, avait le droit de se remarier.

Il apportait des fromages de son estancia. Il les donna à Milú qui le reçut sur la véranda et rentra dans la maison « chercher Madame dona Ana ». Inácio s'assit dans un fauteuil, savourant la brise fraîche qui soufflait du Camaquã en cette fin d'après-midi d'été. Dona Ana ne

1. Bento Gonçalves parle de l'immense lagune, la Lagoa dos Patos, formée par la confluence de nombreux fleuves (dont le Camaquã), qui s'étend parallèlement à l'océan Atlantique sur 265 km, dans l'État du Rio Grande do Sul.

tarda pas, vêtue de gris, les cheveux tressés, son visage doux empreint de gravité, comme toujours.

— Merci pour les fromages, *senhor* Inácio.

Inácio lui baisa la main. Il n'y avait pas de quoi. Il aimait les gens de cette famille et cela lui faisait plaisir de leur offrir des cadeaux.

— Quand Celestina, la cuisinière de la maison, fera de la confiture de goyave, je vous en apporterai, dona Ana. Il n'existe pas de confitures plus délicieuses que celles que fait Celestina.

Dona Ana remercia en souriant. Elle demanda comment se passait sa vie depuis la mort de son épouse. Inácio baissa les yeux.

— Les choses vont comme Dieu veut qu'elles aillent. Vous savez, je n'ai pas d'enfants, il est difficile de vivre seul. Et maintenant que je suis commissaire au Boqueirão, eh bien… La guerre distrait de la solitude. Mais une maison vide est quelque chose d'insupportable.

Les mains croisées sur ses genoux, dona Ana acquiesça. Une petite négresse apporta un pichet de limonade fraîche. Ils burent et continuèrent à bavarder de tout et de rien. Dona Ana attendait patiemment qu'Inácio aborde le sujet qui l'avait mené à l'estancia. Elle savait que c'était un homme très occupé, il avait sa charge de commissaire, ses estancias, il n'avait donc pas tellement de temps à consacrer à de telles visites. Et elle savait aussi – comme tout le monde dans la maison – que le *senhor* Inácio nourrissait de tendres sentiments pour la fille de Bento, Perpétua. Elle décida de lui faciliter les choses :

— Mon frère est de retour au Rio Grande, vous devez le savoir. Et il nous a écrit qu'il pensait venir nous voir prochainement. Pas longtemps, deux ou trois jours, pas plus, le temps est précieux pour un général, et cette guerre…, soupira-t-elle. Mais quoi qu'il en soit, nous pensons lui organiser un *churrasco*, peut-être même un bal. Et vous serez notre invité.

— Cela m'honore, dona Ana. J'admire l'hospitalité de votre maison…

Il toussota. Il était très jeune lorsque Teresa et lui s'étaient mariés, ils étaient cousins, un mariage arrangé par la famille qui n'avait été que malheur... Il se tut un instant, puis continua :

— Dona Ana, je dois vous parler. Vous savez que je suis veuf, donc libre de contracter un nouveau mariage. Vous devez savoir aussi, car je n'en ai jamais fait mystère, que j'ai beaucoup d'affection pour Mlle Perpétua... Ce serait pour moi un immense honneur de l'épouser, dès que cela sera possible, quand le temps du deuil de ma pauvre Teresa sera écoulé.

Dona Ana lui sourit. Elle lui versa de la limonade et dit, en mesurant ses mots :

— Soyez certain, *senhor* Inácio, que je vous tiens en grande estime. Et soyez certain aussi des sentiments que ma nièce ressent à votre égard. Mais bien que cette maison soit ma maison, et que le temps que dure cette guerre, j'aie la charge de ma famille, je crois que vous devriez parler à ma belle-sœur Caetana. En l'absence de Bento, c'est elle qui pourra vous donner le consentement que vous sollicitez. – Elle changea de ton. – Mais dites-moi, quel temps conviendrait-il de respecter pour les fiançailles jusqu'au mariage ? Un an, pour le deuil ?

Inácio posa sur dona Ana un regard inquiet. Il sourit et répondit doucement :

— Les guerres apportent des maléfices et des bénéfices, dona Ana. Un an, pour moi, me paraît long. Dieu seul sait ce que le sort peut me réserver, je crois que six mois conviendraient pour honorer la mémoire de Teresa.

— Je le crois aussi. Six mois me semblent également suffisants pour préparer le trousseau et régler ce qu'il y aura à régler. Nous serons alors au début du printemps, une belle période pour des noces. – Elle se leva de son siège. – Je vais chercher Caetana. Elle est en train d'apprendre à broder à sa plus jeune fille. J'en ai pour une minute.

Inácio resta seul, les yeux perdus sur le grand *umbu* de la cour. Les paumes de ses mains étaient humides, il se sentait comme un enfant qui voit une *tirana*[1] pour la

1. Danse probablement d'origine espagnole, arrivée par l'Argentine.

première fois de sa vie. Il vida son verre de limonade et attendit. Au loin, de l'intérieur de la maison, arrivaient des rires de jeunes filles. Il tenta d'y distinguer celui de Perpétua, chaleureux, doux, prometteur.

Caetana donna son consentement à Inácio, et il fut décidé que les fiançailles seraient célébrées dès que Bento reviendrait à l'estancia. Elles seraient l'objet d'une cour discrète, comme il convenait à un veuf. La jeune fille était tout à fait d'accord, elle souhaitait devenir la femme du *senhor* Inácio. Elle était en train de se préparer et n'allait pas tarder à les rejoindre.

Elle apparut, ravissante, dans une robe d'un bleu très clair qui mettait en valeur ses cheveux sombres. Malgré la guerre, elle avait trouvé l'amour, un amour qui était arrivé ici, à la porte de l'estancia, avec ses yeux doux d'un noir profond et sa voix chaude et forte. Elle eut un moment mauvaise conscience en se souvenant de la pauvre créature diaphane qu'elle avait aperçue un jour, mais ce sentiment disparut très vite, et la conversation se poursuivit jusqu'au soir pour se prolonger en un dîner de famille, célébrant dans l'intimité ces accordailles. Inácio José de Oliveira Guimarães et Perpétua Justa Gonçalves da Silva allaient se marier. Autour de la longue table de la salle à manger, Inácio et les sept femmes levèrent leur verre à cette réjouissante décision.

— Soyez très heureux, souhaita dona Ana de sa place en bout de table.

On entendait le chant des grillons, une chaleur lourde entrait par les fenêtres ouvertes et caressait son corps. Rosário se tournait d'un côté et de l'autre dans son lit sans parvenir à dormir. Elle était angoissée. Et cette touffeur qui traversait le fin tissu de sa chemise de nuit... Dans le lit à côté, Perpétua dormait paisiblement. Rosário pensa à la chance qu'avait sa cousine, elle allait se marier. Malgré la guerre, malgré toutes les vicissitudes, Perpétua avait gagné sa part de bonheur. Inácio était un veuf distingué, grand, élégant. Ce n'était pas qu'un campagnard. Il savait se comporter en société. En homme du monde. Rosário se leva sans faire de bruit, chaussa ses mules, alluma sa bougie et gagna le corridor obscur. La maison dormait.

Sur la véranda, une petite brise fraîche agita ses cheveux. Elle s'installa dans un fauteuil à bascule et se mit à penser à la terrible réalité de son amour.

Le ciel était rempli d'étoiles. Rosário sentit une larme couler sur sa joue. Elle l'essuya de sa main. Elle n'allait pas se mettre à pleurnicher comme une gamine idiote, ça non.

Je ne vais pas pleurer. Esteban m'aime. Je l'aime. C'est arrivé. De telles choses n'arrivent pas tous les jours. Je ne suis pas folle.

— Je ne suis pas folle...

Sa voix résonna doucement dans le silence de la nuit d'été.

— Vous parlez toute seule ?

Mariana apparut sur la véranda. La chaleur l'empêchait elle aussi de dormir.

— Asseyez-vous près de moi, invita Rosário. La nuit est trop belle pour rester seule.

Mariana sourit, ses cheveux noirs défaits encadraient son visage comme le cadre d'un tableau.

— Vous êtes triste, petite sœur ? Il ne faut pas... Les fiançailles et les noces nous rendent tristes nous les femmes, surtout les célibataires. Mais peut-être aurons-nous la chance de Perpétua. Non que je veuille un mari comme le *senhor* Inácio, il est trop vieux pour moi. Mais une histoire d'amour me conviendrait.

— Ce n'est pas de la tristesse, Mariana. Je ne sais pas trop ce que je ressens, j'ai le cœur serré, comme une angoisse. Une crainte.

Mariana regarda longuement sa sœur aînée, blonde, fine, si jolie sous le clair de lune.

— Peur de quoi ? Ici, nous sommes à l'abri. Aucun impérial aussi audacieux soit-il, n'oserait pénétrer sur ces terres, Rosário.

— Ce n'est pas la guerre qui m'effraie. La guerre m'ennuie, c'est tout.

— C'est quoi, alors ?

— Je suis amoureuse, répondit Rosário.

Mariana écarquilla les yeux avec stupeur.

— Vous êtes amoureuse ? Mais de qui ? Quelqu'un d'ici ? Des alentours ? Je ne me suis jamais doutée de rien.

Mariana s'appuya contre le dossier de son fauteuil. Qui l'eût cru !

Rosário avait la bouche sèche. Elle réfléchit aux mots qu'elle allait prononcer, elle pesa la portée de ses révélations. Sa voix résonna, cauteleuse.

— C'est une longue histoire, Mariana. Je vais vous la raconter à vous seule. Vous me jurez de garder le secret ?

Mariana posa ses index en croix sur les lèvres.

— Je le jure.

Et Rosário commença à raconter l'histoire de ses rendez-vous avec Estaban dans le silence mystérieux de la bibliothèque, les heures passées en longues confidences, la passion grandissant jusqu'à devenir douleur, la peur d'être découverte, du regard des négresses, de la surveillance de dona Ana. Et la véranda se remplit peu à peu de secrets, de paroles chuchotées, de soupirs, de promesses... Un Uruguayen. *De ojos verdes*. À la beauté éthérée. Et Mariana se trouva peu à peu plongée dans un monde inaccessible dont elle n'aurait jamais soupçonné l'existence, un monde d'ailes et de souffles, dans lequel un jeune officier surgissait comme une ombre d'entre les livres de la bibliothèque, toujours très pâle, toujours saignant dans une mort éternelle, et venait faire des serments d'amour à la nièce du général dont l'épée lui avait jadis ôté la vie.

Lorsque Rosário termina son récit, sa sœur tremblait comme une feuille.

— Vous voulez dire que vous voyez un fantôme ?

Rosário sourit.

— Ce n'est pas seulement que je le vois, mais c'est que je l'aime.

Mariana ne pouvait en croire ses oreilles. Elle n'avait jamais entendu parler de quoi que ce soit qui ressemblât à ce qu'elle venait d'écouter. Elle n'avait pas non plus lu pareille chose dans un livre, pas plus qu'elle n'avait entendu parler d'une légende qui racontât un tel amour.

— Mais si ce que vous dites est vrai, Rosário, s'il est possible qu'un homme revienne de l'au-delà mû par une passion, il n'est plus de ce monde depuis longtemps... Il est mort. Ce n'est pas possible, Rosário... Vous êtes confuse, peut-être êtes-vous souffrante. Vous n'en pouvez plus de la vie à l'estancia.

— Je ne me suis jamais sentie aussi bien de toute ma vie, Mariana. – Elle toucha la main glacée de sa sœur. – Soyez tranquille, s'il vous plaît. Si je vous dis qu'Esteban et moi nous retrouvons ici même, dans cette maison, c'est la vérité. Quelque chose est arrivé, je ne sais pas bien quoi, mais il est certain que nos deux mondes se sont rencontrés. – Et elle conclut : – Nous nous aimons.

— Si mère entendait cela... Vous êtes amoureuse d'un fantôme, Rosário. Mère ne le supportera pas.

Rosário serra la main de sa sœur entre les siennes et demanda :

— N'en parlez pas, pas encore. Je ne vous ai raconté cela que parce je me sentais sur le point de tomber malade de tant d'angoisses. Je vous promets, je vous le présenterai. Alors vous verrez que je ne mens pas, que nous nous aimons vraiment. C'est un miracle qui s'est produit ici, sur les rives du Camaquã.

Un coup de vent troubla la tranquillité de la véranda. Mariana fixait sa sœur presque sans la voir. Elle essaya de distinguer dans ses yeux bleus l'ombre de la folie, mais tout ce qu'elle y vit fut l'éclat de l'excitation. L'éclat du regard d'une femme amoureuse.

Au cours de l'automne 1838, les rebelles conquirent la ville de Rio Pardo, après la plus grande bataille menée entre les forces loyalistes et républicaines. Le retour de Bento Gonçalves avait insufflé un nouveau courage aux troupes *farroupilhas*. Plus de trois mille hommes se rassemblèrent sous le commandement des généraux républicains. En face d'eux, mille sept cents soldats impériaux perdirent dans ce combat huit pièces d'artillerie, mille armes d'infanterie, sans compter les trois cents morts et blessés, et plus de sept cents prisonniers capturés par les *farroupilhas* dans les rangs des troupes impériales.

Ce fut l'une des plus grandes défaites essuyées par les impériaux pendant la Révolution *farroupilha*. Les répercussions de cette victoire furent si importantes que le maréchal de l'armée impériale, Sebastião Barreto, jusqu'alors commandant militaire de la province, fut convoqué devant un conseil de guerre.

C'est encore dans cet état de grâce que Bento Gonçalves arriva à l'Estancia de la Barra, mi-mai, pour revoir Caetana et ses enfants. C'était un automne radieux, les journées étaient ensoleillées et les nuits commençaient seulement à fraîchir, à rendre l'intérieur des maisons accueillant et douillet, et à donner des envies de feu dans les cheminées.

Il fut reçu avec un grand *churrasco* au cours duquel on célébra les fiançailles de Perpétua et d'Inácio de Oliveira. La maison était en fête, fleurie, pleine de gaieté. Les femmes avaient revêtu des robes neuves que l'on avait fait venir de Pelotas et des rubans égayaient leurs coiffures. Perpétua portait une robe en soie verte, elle était belle et grave.

Quand Bento Gonçalves prit sa fille dans ses bras, serrant contre lui ce jeune corps tendre et délicat, il ne put que dire :

— Le temps s'arrête pendant la guerre, mais en ce qui vous concerne, ma fille, il a accompli un miracle. Vous êtes une fiancée ravissante.

Perpétua rougit de plaisir, et Bento Gonçalves s'éloigna avec Inácio. Les deux hommes se connaissaient déjà, s'étant rencontrés avant la guerre pour des affaires. Ils avaient des choses à se dire.

Dona Antônia inspectait la préparation des mets lorsque Bento apparut à la porte de la cuisine et, passant son visage bien rasé à l'intérieur de la pièce, il s'adressa à sa sœur :

— Venez, Antônia, sortons. Laissez ces affaires de mangeailles de côté, j'ai à vous parler.

Dona Antônia rejoignit son frère en essuyant ses mains sur son tablier blanc. La lumière éclatante de l'extérieur l'aveugla un instant.

— C'est urgent ? demanda-t-elle avec un sourire.

Bento lui prit le bras. Ils cheminèrent vers l'ombre d'un pêcher. Les oiseaux chantaient.

— Quand le temps est court, Antônia, tout est urgent. Vous savez que je repars demain. J'ai besoin de vous entretenir d'une chose importante avant mon départ pour São Gabriel.

Un mélange de musique et d'odeur de viande grillée donnait à la journée des airs de fête. Le ciel était bleu, un ciel sur mesure pour un pareil jour.

— Asseyons-nous, suggéra Antônia.

Ils s'installèrent sur un banc en bois.

— Je veux vous parler de ce chantier naval abandonné que vous avez au bord du Camaquã, dit Bento. Il y a longtemps qu'il ne sert plus qu'aux chauve-souris, n'est-ce pas ? – Dona Antônia acquiesça d'un signe de tête. – J'ai des projets le concernant. Très importants. Mais j'ai besoin de votre accord.

Dona Antônia fixa les pupilles noires de son frère. Il avait les yeux de leur mère. Des yeux de nuit sans lune. Insondables.

— Faites-en l'usage que vous voulez, Bento. Vous savez que vous pouvez toujours compter sur moi.

— Je compte sur vous. Quand mes projets seront bien établis, je vous écrirai en vous expliquant tout. Je vais avoir besoin de votre concours et de votre courage aussi. Je vais faire construire sur ces terres quelque chose d'ambitieux qui doit rester secret, Antônia.

Cahiers de Manuela

Pelotas, 9 septembre 1883

L'histoire de Giuseppe Garibaldi est imprimée dans ma peau comme les empreintes digitales au bout de mes doigts. Ces derniers temps, pendant les nuits d'hiver, quand j'erre dans la maison sombre et déserte, écoutant l'écho de mes bottines sur ce plancher en bois si souvent ciré, c'est à lui que je pense, c'est lui qui occupe mon esprit comme si je n'étais rien d'autre qu'un refuge pour le souvenir de l'homme qu'il était, de ce qu'il a accompli, et c'est en songeant à lui que je me réchauffe. C'est bien ce que je suis : un coffre, l'urne abritant ses rêves envolés, le rêve d'une république et le rêve d'un amour qui s'est perdu dans le temps et sur les routes de la vie, mais qui brûle encore en moi, sous ma peau ridée, avec la même pulsation frémissante de ces années-là.

Je me souviens très bien de ce qui s'est passé au cours des premiers mois de l'année 1838, sans doute l'année la plus importante de ma vie, lorsque je posai mes yeux sur Garibaldi, et que, comme une rivière sort de son lit, je débordai de mes limites et inondai des recoins dont je n'imaginais pas l'existence...

Vers la mi-janvier, après des mois de convalescence à Gualeguay, exaspéré par une vie oisive qui ne lui convenait pas, Giuseppe Garibaldi s'enfuit. Mais il fut dénoncé et on l'arrêta lorsqu'il essaya de sortir de la ville. En l'absence du général Pascual Echague, son protecteur, on le conduisit à un certain colonel Leonardo Millan qui le soumit à la torture pendant des heures, jusqu'à ce qu'il perde connaissance. Mais, quelques semaines plus tard, le colonel en question reçut un sérieux avertissement du gouverneur de la province, et Garibaldi fut conduit à Entre-Rios pour répondre, dans les règles et devant la justice, de ses actes.

Mais une nouvelle fois, Garibaldi réussit à s'échapper de sa prison – il n'avait pas bourlingué tant d'années sur les mers pour accepter le joug du gouvernement uruguayen – avec succès cette fois-ci. Il retrouva son ami Rossetti, qui revenait du Rio Grande où il avait déjà rencontré à plusieurs reprises les hommes de confiance de mon oncle. Garibaldi suivit Luigi Rossetti, pour aller porter son aide à la naissance de cette belle et folle République dont il avait tant entendu parler. Oui, c'était bien une idée qui méritait que l'on se batte jusqu'à la dernière goutte de sang : la liberté d'un pays et d'un peuple, la création d'une nation égalitaire où il n'y aurait ni empereur ni esclave. C'est poussé par cet élan qu'il allait arriver chez nous. Il vint à cheval puisqu'il avait appris à monter, et c'est sur le dos d'un *zaino* à la robe noire qu'il traversa la pampa vers le Rio Grande.

À la fin de cet automne lumineux et doux, Giuseppe Garibaldi et son ami Rossetti arrivèrent à Piratini. La ville était en effervescence : elle était devenue la capitale de la République et c'est là que se préparaient les manœuvres des armées. Il y régnait de la vie et de l'émotion, et cette énergie séduisit tout de suite l'aventurier de mon cœur : Garibaldi se prit d'amour pour les idées des rebelles, pour leur courage, leur audace et pour leur République.

Ils furent reçus à Piratini par Domingos José de Almeida, alors ministre des Finances.

— Bento Gonçalves a de grands projets pour vous, leur confia le petit homme au parler vigoureux et aux yeux vifs.

Deux jours plus tard, ils étaient sur les rives du São Gonçalo, un bras de rivière qui relie la Lagoa dos Patos, la Lagune des Canards, à Mirim, au sein d'un cantonnement en pleine ébullition. De la tente où on les avait logés, ils virent apparaître la haute silhouette de Bento Gonçalves, grand, fort, endurci par les combats et la liberté retrouvée, revêtu d'un uniforme impeccable. Giuseppe Garibaldi plongea son regard au fond de celui du général et poussa un soupir de soulagement. Il était en pays de connaissance. Il pouvait retrouver un idéal.

Mon oncle avait de grands projets pour cet Italien aux yeux couleur de miel et au sourire facile. Et ce furent ces projets qui le jetèrent dans mes bras.

Pendant le *churrasco* à l'estancia, Bento Gonçalves put s'entretenir avec dona Antônia et lui demander comme un grand service la possibilité d'utiliser le petit chantier naval qui se trouvait à l'Estancia du Brejo, au bord du Camaquã. Dona Antônia accéda à la demande de son frère, elle aurait fait n'importe quoi pour lui. Bento Gonçalves partit une fois encore de la maison, et ce n'est qu'un mois plus tard qu'un soldat apporta dans sa *guaiaca* une lettre du Président. Il voulait voir Madame dona Antônia. Elle se trouvait avec nous, en cette fin d'après-midi baignée d'un soleil doré et translucide dont l'éclat donnait au monde des contours or – ces silencieux et interminables automnes aux teintes d'ocre resteront éternellement dans ma mémoire – et elle reçut la lettre de son frère dans ses mains pâles et fortes. Elle nous la lut à haute voix. Bento Gonçalves allait lui envoyer un groupe de soldats dans les jours à venir. En réalité, il s'agissait de marins très expérimentés, commandés par Giuseppe Garibaldi « un homme honorable et digne, un vrai soldat qui doit être traité avec toute notre considération », écrivait Bento Gonçalves dans sa lettre. Ils arrivaient avec la mission de construire des bateaux pour l'armée républicaine, « et pour tout ce dont ils auraient besoin, nourriture, abris, aide, je compte sur vous ainsi que sur les péons de l'estancia, pour qu'ils les initient aux choses de la terre, car ce sont des hommes de la mer ».

Dona Antônia fit une pause. Nous étions toutes silencieuses, suspendues à sa lecture. Mariana rompit le silence et demanda :

— Combien seront-ils, ces hommes ?

Dona Antônia baissa les yeux sur la lettre, cherchant dans les lignes écrites de la main ferme de son frère, le chiffre exact de notre questionnement.

— Il me semble qu'ils seront quinze, mon petit. Des étrangers pour la plupart.

Dona Ana posa son ouvrage, les lunettes cerclées d'or brillaient sur le bout de son nez fin.

— Diable, nous aurons de quoi parler... – Elle regarda Mariana en souriant. – Ne vous inquiétez pas, petite. Ces hommes sont des soldats, ils viennent ici à cause de la guerre. Et vous toutes, tâchez de ne pas l'oublier. Ils seront dans leur coin et nous dans le nôtre.

Mais mon cœur pressentait déjà cet amour. Oui, je voyais comme dans un rêve l'homme blond appuyé au mât d'un bateau, son port élancé, altier, son regard de soleil couchant. Venait-il pour moi ?

Dona Antônia interrompit mes rêveries.

— Mais avant cet Italien, un certain João Griggs, un Américain va venir à l'estancia d'après ce que m'explique Bento ici, dit-elle en montrant la lettre. Il doit concevoir des bateaux pour l'arrivée de l'Italien.

Caetana se rapprocha de sa belle-sœur pour voir la lettre de son mari. Elle demeura un long moment sans rien dire comme si un souci lui venait à l'esprit.

— Ce monsieur Griggs doit arriver cette semaine, Antônia. Il faut remettre la *charqueada*[1] abandonnée en état, y faire apporter des lits. Préparer tout ça.

Dona Antônia rangea la lettre dans sa poche. La lumière de l'après-midi resplendissait des derniers rayons du soleil et la première étoile naissait dans le ciel.

— Il va y avoir de quoi faire, Caetana. Il faudra abattre un bœuf assez vite. L'appétit de quinze hommes n'est pas à prendre à la légère.

Et c'est ainsi que le cours paisible et immuable des jours prit fin, pour le plus grand plaisir de mes sœurs et pour le mien. Il y avait longtemps qu'il n'y avait pas eu d'hommes à la maison. Il y avait longtemps que des voix

1. *Charqueada*, local où l'on abattait les bœufs et où l'on procédait à la salaison de la viande, le *charque*.

masculines ne se faisaient plus entendre sur notre véranda. Et bientôt des voix d'autres contrées aux accents mystérieux allaient y résonner… Parmi les propriétaires de ces voix, l'un ou l'autre allait-il toucher notre cœur ou apporter un peu de gaieté dans nos journées fastidieuses ? Nous étions des jeunes filles prisonnières d'une attente, et tout à coup, notre tranquillité et notre mélancolie pouvaient être secouées comme des draps sur un étendoir par jour de grand vent. (Cette nuit-là, je m'en souviens bien, je n'ai pas dormi.)

Marco Antônio qui jouait dans le coin et qui avait entendu ce qui s'était dit, courut vers le fond de la maison en criant :

— Zé Pedra ! Zé Pedra ! Des soldats vont venir habiter ici ! Hourra ! Moi aussi je vais devenir soldat !

Dona Ana sourit avec bienveillance. Puis elle hocha doucement la tête.

— Je crois bien que nous nous préparons des journées pleines d'agitation.

Et c'est ainsi que tout commença.

Manuela

Le muletier remit le lourd paquet à dona Rosa. Caetana le paya en monnaie d'or en s'adressant à lui dans son espagnol natal auquel l'homme répondit joyeusement. Il était de Cerro Largo et venait livrer le tissu de la robe de mariage de Perpétua. Dentelle blanche, satin délicat aux reflets de perle, et pour les finitions du large ruban de soie.

Dona Rosa, petite et replète, portait fièrement le paquet. Celle qui allait faire la robe de Perpétua était une très bonne couturière. La fiancée avait souhaité que l'on fasse venir une couturière de Pelotas, mais avec les événements, cela s'était révélé trop compliqué de sorte que l'on avait décidé que dona Rosa confectionnerait le modèle sur place, avec tout son savoir-faire, pour la grande fête de début septembre.

Le muletier mit l'argent dans sa *guaiaca*, fit poliment ses adieux et prit le chemin qui menait à la barrière de l'estancia. Les deux femmes entrèrent dans la maison.

La voix de Caetana se fit entendre :

— Perpétua, c'est le tissu de la robe qui est arrivé ?

Une minute après les quatre jeunes filles se pressaient dans le salon. Le visage doré de Perpétua était rose de plaisir.

— Mère ! Laissez-moi voir !

Caetana embrassa sa fille. Maria Manuela survint du corridor le sourire aux lèvres. L'un des rares sourires de ces derniers temps. C'était une bonne chose que ce mariage, il y aurait de la joie dans la maison. Et tant de préparatifs... Elle avait déjà commandé le tissu pour les robes de ses filles.

— Rosa, allez chercher les patrons, dit Caetana. Allons dans la salle de couture.

Les filles gloussaient de bonheur.

— Perpétua va se marier ! Perpétua va se marier ! criait Marco Antônio en courant à travers la maison. Et les soldats de papa viendront pour la fête !

Maria Manuela s'installa dans le canapé pour broder. Elle avait trois filles à marier et plus de mari. Grâce à Dieu, Manuela était promise à Joaquim. Dès que cette maudite guerre serait terminée, on les fiancerait et ils se marieraient sans attendre. Un problème en moins à régler. Et puis, quand Antônio reviendrait, il l'aiderait à choisir de bons partis pour ses deux autres sœurs. Mais pour le moment, Antônio était du côté de Porto Alegre, dans le siège interminable que les rebelles infligeaient à la ville. Et Maria Manuela priait chaque jour pour lui, implorait ses saintes, faisait des promesses compliquées, jeûnait. Elle avait perdu son mari, mais son fils chéri, devrait-elle brûler tous les cierges du Rio Grande, celui-là reviendrait à la maison sain et sauf. Elle s'empara de son aiguille et reprit son ouvrage là où elle l'avait laissé la veille. C'était une nappe pour le trousseau de Manuela.

John Griggs, un Américain de vingt-sept ans, très grand, un peu voûté, vivait au Brésil depuis quelque temps déjà, et avait dans les yeux une douceur qui enchanta dona Ana et fit tomber les barrières. Il était expert en navigation à vapeur et un excellent marin. On le reçut avec un maté sur la véranda, à la mi-journée d'un samedi brumeux et froid. Tenant dans ses mains aux longs doigts fins la calebasse de maté, Griggs écoutait avec plaisir dona Ana lui parler de l'estancia, de la vie à la campagne. Griggs trouvait son hôtesse sereine et forte, elle lui rappelait le président Bento Gonçalves, mais ce ne fut que lorsque dona Antônia surgit, dans l'agitation des derniers préparatifs pour recevoir l'Américain, qu'il remarqua la vraie ressemblance. Dona Antônia avait le même regard ferme et grave, le même maintien à la fois seigneurial et réservé que celui du grand général gaucho. Il comprit alors pourquoi on les avait envoyés dans cette estancia. S'il le fallait, dona Antônia serait capable de travailler de ses mains à la construction des bateaux comme n'importe quel homme.

Dona Antônia tendit sa main à Griggs.

— Soyez le bienvenu, *senhor* João. Comme me l'a demandé mon frère, je vous ai trouvé quatre menuisiers sérieux. Ainsi qu'un forgeron.

Un grand et puissant mulâtre apparut au côté de Zé Pedra, l'homme à tout faire de dona Ana. Le forgeron s'appelait Abraham et c'était le frère de Zé Pedra.

— Vous allez nous être très utile, *senhor* Abraham, dit Griggs, et le mulâtre sourit en découvrant une rangée de dents très blanches. Nous allons avoir beaucoup de travail pour vous.

Dona Antônia s'assit à côté de l'Américain. Tout était prêt à l'estancia : il y avait un bâtiment pour loger les hommes tout près du chantier naval. La cuisinière de la maison leur ferait à manger jusqu'à l'arrivée des autres. Et si quoi que ce soit lui manquait, il lui suffirait d'envoyer un messager à la maison.

— Mon contremaître a la consigne de se mettre à votre entière disposition.

— Zé Pedra aussi, intervint dona Ana.

John Griggs hocha la tête avec satisfaction. De l'intérieur de la maison, un peu étouffées par les volets, arrivaient des voix féminines. Griggs sentit une pointe de curiosité mais il se rappela qu'il était en mission. Et le regard de dona Antônia… ah, c'était bien le même que celui de Bento Gonçalves. Griggs se voûta un peu plus et accepta un autre maté qu'il but à petites gorgées pour vaincre le froid.

Chère Manuela,

Il y a longtemps que je voulais vous écrire, car la saudade *que je ressens en pensant à vous est plus forte chaque jour qui passe. Mais ce n'est que maintenant, assis sur ce rocher et regardant les vagues se briser bruyamment sur le sable, que j'ai le courage de vous dire que notre séparation me pèse. Oui, il y a longtemps que j'ai cessé d'avoir pour vous l'affection d'un cousin. Au-*

jourd'hui je pense avec émotion et tendresse à notre futur mariage et j'espère que ce moment, où nous sommes loin l'un de l'autre, vous à l'estancia avec la famille et moi ici dans ce cantonnement de soldats engagés dans le combat pour la liberté, sera le plus court possible.

Je me trouve aujourd'hui du côté de Torres où nous avons mené quelques grandes batailles, desquelles, grâce à Dieu et à la Vierge Marie, je me suis sorti plutôt bien et en bonne santé. À part cela, seuls quelques assauts sans importance, des escarmouches passagères qui servent plus à faire oublier la solitude de ces longues journées qu'à servir notre République. Mais l'hiver ici se fait humide et me rend mélancolique. De sorte que, quand nous partirons – nous quittons Torres cette semaine – mon âme retrouvera un peu plus d'ardeur même si ce n'est pas dans le vert de vos yeux.

C'est pour cela que je vous écris, Manuela. Pour que vous répondiez à cette missive et que vous me disiez si vous me portez la même affection que celle que je vous porte, et si vous éprouvez à l'égard de votre cousin la même saudade *que celle qu'il éprouve pour vous. Cela suffirait à mon bonheur et je suis sûr que je combattrais alors avec plus ardeur. Après, quand cette guerre sera finie, nous aurons la vie devant nous, nous aurons notre estancia et les jours seront pour nous pleins de tendresse et de sérénité. Pour le moment, ma vie appartient à la République, mais je vous supplie de m'attendre et de réserver à ce cousin, qui vous aime tant, la meilleure part de votre affection et de vos pensées.*

Manuela, la mer est aujourd'hui verte comme vos yeux, d'un vert aussi sombre et plein de mystère que les nuages qui obscurcissent le ciel ne font qu'accentuer. Et moi, ici, fouetté par un vent froid et humide qui fait voler le sable tout autour, je vous envoie toutes mes affectueuses pensées.

S'il vous plaît, transmettez à ma mère et à mes tantes tout mon meilleur souvenir.

Votre pour toujours.

Joaquim
Praia de Torres, le 12 juillet 1838

Le jour du mariage de Perpétua se leva limpide et frais. C'était le début du mois de septembre. Une brise légère agitait le feuillage des arbres et répandait dans l'atmosphère les premiers parfums de ce printemps 1838.

Le père Viriato, confesseur de la famille, était venu de Pelotas pour consacrer l'union de la fille aînée de Bento Gonçalves da Silva. Les nègres finissaient de suspendre les dernières guirlandes dans les jardins, Milú et Zefina accrochaient des bouquets de fleurs des champs sur la clôture de bois blanc qui entourait l'autel installé sous le grand *umbú*. On avait dressé devant la maison de longues tables recouvertes de nappes blanches, entourées de chaises en paille qui accueilleraient tous les invités. L'odeur de l'*assado* arrivait de derrière la maison, ainsi que les voix bruyantes des péons qui aidaient l'*assador* à découper et à griller les côtelettes, les *picanhas* et les filets entiers de bœuf. Dans la cuisine, une demi-douzaine de négresses finissait de préparer les salades et remplissait de marmelades de fruits les compotiers en cristal, pendant que dona Rosa décorait de ces mêmes mains habiles, qui avaient confectionné la robe de mariage, le superbe gâteau recouvert de meringue et parsemé de fleurs en sucre glace.

Les premiers convives se présentaient, des familles de Pelotas réfugiées dans leurs estancias à l'abri de la guerre, les *charqueadores* du voisinage accompagnés de leurs femmes et de leurs enfants, et les hommes de la République : Antônio Netto, sanglé dans un uniforme impeccable, ses longues moustaches coquettement cirées, montait sur son alezan ; Onofre Pires da Silveira Canto, grand, puissant, avançait au milieu des familles pour saluer son cousin Bento ; le capitaine Lucas de Oliveira, qui avait réussi à s'absenter des réunions de Piratini, très élégant, arrachant des soupirs énamourés aux jeunes filles à marier, sautait de son cheval, souriant, heureux de se retrouver dans une fête avec de la musique, de la bonne chère et de belles femmes. D'autres personnages importants de la République n'avaient pas pu venir car la guerre suivait son cours, et avec la victoire de Rio Pardo et le projet de prise de la mer intérieure, si le gouvernement rebelle se sentait renforcé il devait veiller à ne pas baisser la garde.

Non loin de là, John Griggs remplissait des feuilles et des feuilles de papier de croquis de proues, de voiles et de plans, pendant que les menuisiers assemblaient des planches de bois et que l'on forgeait le fer pour faire vivre le rêve et matérialiser la flotte de la République rio-grandense. C'était à cela que pensait Bento Gonçalves en cheminant lentement entre les invités, les franges de son pantalon se balançant à chaque pas, le *chiripá* bien pris à la taille, les bottes noires parfaitement cirées. Il se détachait de la foule, avec son air grave et son port aristocratique.

Il s'approcha d'Onofre et de Netto.

— Amis, soyez les bienvenus.

— Quelle belle journée, dit Onofre. Une journée que l'on dirait choisie spécialement pour des noces. – Ils se serrèrent la main. – Et la jeune mariée ?

— Elle est dans la maison avec sa mère, répondit Bento. Elle doit être nerveuse comme toutes les fiancées. Et le marié est dans les parages avec les amis. Vous le connaissez, Onofre, c'est Inácio de Oliveira Guimarães, propriétaire de l'Estancia du Salso, *charqueador*.

Onofre Pires chercha dans sa mémoire, puis acquiesça. Oui, il le connaissait. C'était un de leurs hommes. Bento serra la main de Netto. Les yeux bleus du colonel brillaient sous la visière du chapeau à mentonnière.

— La fête va être belle, mon ami. J'entends déjà les premiers accords de l'accordéon.

Au loin résonnait une *chimarrita*.

— Ils répètent, dit Bento. Après la bénédiction et le *churrasco*, nous aurons de la bonne musique. – Il parcourut des yeux la foule des invités qui circulaient, les femmes sous leurs ombrelles, leurs fraîches robes de fête, les hommes en habit ou en uniforme, des mouchoirs d'un rouge éclatant noués à leur cou. – Dommage que le comte ne soit pas là. Ah, notre ami Zambeccari est toujours prisonnier, et de plus bien malade. Comme j'aimerais qu'il soit avec nous en ce jour de fête.

— Les nouvelles sont tristes, confirma Netto. Le bruit court que le comte va être déporté en l'Italie.

Un lourd silence se fit entre les trois hommes. Zambeccari manquerait à la République.

Inácio de Oliveira Guimarães regarda sa jeune épouse avec amour et sourit ; le prêtre avait les mains levées au-dessus de leurs têtes pour une dernière bénédiction. Perpétua était belle, dans la grâce de ses vingt-trois ans, ses longs cheveux noirs enroulés en un chignon orné de fleurs, le voile tombant sur ses épaules jusqu'au sol comme un halo tamisant la légère lumière du matin, son sein doré et palpitant affleurant sous les dentelles de son décolleté.

Perpétua contempla son mari de son beau regard ardent. Les vivats explosèrent derrière eux, elle sentit la pluie de grains de riz lui picoter les épaules, s'éparpiller sur le sol devant le petit autel et elle entendit les premiers accords de la musique. Elle était mariée. Dans la soirée, elle partirait de l'Estancia de la Barra, irait vivre au Boqueirão, dormir dans le même lit que cet homme brun aux yeux mystérieux et au doux sourire, respirer son odeur saline, partager sa vie avec lui. Elle rougit légèrement. Elle vit les sombres yeux de son père posés sur elle, perdus dans des pensées secrètes. Elle vit les larmes qui coulaient sur le beau visage de sa mère, elle vit ses tantes, leurs robes de fête, leurs sourires joyeux, le regard ravi du prêtre qui pensait au nombre d'enfants que le jeune couple confierait bientôt au Seigneur. Un frisson la parcourut et elle fut envahie du désir d'être femme dans les bras puissants de cet homme.

— Vive les mariés ! cria Joaquim.

— Hourra ! Vive les mariés ! reprit l'assemblée.

L'orchestre jouait maintenant avec entrain. Perpétua sentit qu'on la tirait, des baisers effleuraient ses joues, on l'éloignait d'Inácio, tous voulaient la féliciter. Ce petit tourbillon humain l'entraîna, entourée de ses cousines, inquiète seulement que l'on dérangeât l'ordonnance de sa coiffure dans ce tohu-bohu.

Les tables exhibaient les restes du festin, les négresses, agitées comme des mouches, ramassaient les assiettes sales, les jattes de salades, de manioc, de riz, elles recueillaient les jattes de compotes, de fruits caramélisés, de *pessegadas*. Des enfants rouges d'excitation couraient dans le jardin, piétinant les plates-bandes dans un joyeux tumulte.

Au fond, sur la petite estrade aménagée pour le bal, les premiers couples dansaient le *caranguejo* : les messieurs devant les dames qui frappaient des mains. L'accordéoniste donna le signal, les couples se formèrent et partirent en dansant. Le bal battait son plein, une bonne odeur de fleurs, de viandes grillées, de jour de fête flottait dans l'air. Dona Antônia, dans son fauteuil au bout d'une table, avait les yeux posés sur un couple de danseurs. Elle était pensive.

— Qu'avez-vous, ma sœur ? demanda Maria Manuela, dans sa robe en soie noire en s'approchant.

— Rien... Je regarde la jeunesse. C'est ce que font les vieux, n'est-ce pas ? Ils regardent vivre les jeunes.

Maria Manuela se tourna dans la même direction que son aînée et sourit, l'air heureux.

— Quel beau couple que Quincas et Manuela.

— C'est vrai, répondit dona Antônia. Ce n'est pas la beauté qui leur fait défaut, c'est sûr.

Sa voix avait une inflexion étrange que Maria Manuela décida d'ignorer. Elle avait trop de choses en tête, trop de choses auxquelles penser. Elle contemplait sa fille en rêvant à ce mariage.

— Ils se marieront dès que cela sera possible, dit-elle avec le plaisir d'entendre résonner ces mots comme un bon présage.

Joaquim tenait la taille de Manuela et essayait de capter le beau regard de sa cousine. Manuela était belle dans sa robe bleue, ses cheveux noirs tressés et enrubannés, les dentelles de son décolleté se découpant sur la tendre peau laiteuse. Manuela tournait, tournait, rose de bonheur. Mais elle évitait de regarder Joaquim dont les yeux, elle le savait, débordaient d'une trop grande tendresse. Comme son cousin était beau ! Grand, élégant, de la prestance, de beaux traits, de beaux yeux vifs et intelligents, une grande bouche. Elle voyait bien les regards des jeunes filles derrière leur éventail quand Quincas passait... En plus, il était le fils du Président. Que désirer de plus ? Et cependant, ces mains chaudes, qui la tenaient par la taille la faisant tournoyer, ne provoquaient chez elle que de l'affection, une affection de cousins.

— Vous êtes heureuse, Manuela ?

Son visage resplendissait. Il s'était laissé pousser une courte barbe brune bien taillée qui mettait en valeur son beau visage.

— Oui, répliqua sa cousine en souriant. Il y a si longtemps que nous n'avions pas organisé de fête à la maison !

Joaquim voulut lui dire qu'il parlait d'un autre bonheur, qu'il parlait de la musique, de ce contact qui le laissait tremblant, de cette proximité dont il avait tant rêvé. Mais il se tut. Sans doute sa cousine avait-elle ses timidités, ses pudeurs.

La musique s'arrêta, les danseurs applaudirent. Des gens montaient sur l'estrade. Joaquim vit ses parents qui, dans un coin, se préparaient pour la prochaine danse. Il était ému par l'amour qui les unissait. Les beaux cheveux noirs de Caetana brillaient au soleil. Les premiers accords d'une *meia-cancha* éclatèrent. Bentinho se plaça au centre de l'estrade, un mouchoir à la main pour donner le signal de la danse, et il appela sa cousine Mariana auprès de lui. D'autres couples se formaient, et d'autres encore. Puis Joaquim et Manuela rejoignirent la ronde. La robe de Manuela tournait et tournait, répandant son bleu comme une bénédiction.

Rosário se dégagea comme elle le put des bavardages de Tinoco Silva Tavares, fils d'un *estancieiro* de la région, qui depuis quelque temps s'était entiché de la blonde nièce du général Bento Gonçalves. Elle prétexta de rentrer pour se reposer un peu, peut-être prendre un thé, elle avait la tête qui tournait.

— C'est toute cette boisson, toute cette nourriture, suggéra Tinoco en souriant dans sa moustache.

— Je crois que c'est surtout l'émotion de voir notre cousine se marier, corrigea Rosário en se forçant à sourire.

Puis, prenant sa jupe à deux mains, elle rentra en courant dans la maison.

Elle parcourut les couloirs vides et silencieux qui contrastaient avec le joyeux vacarme de la fête. Elle savait que Xica et Zefina étaient avec les petites, dans leur chambre, pour surveiller la sieste. Elle passa sans faire de bruit devant la porte. Elles trouveraient sans doute bizarre que la demoiselle aille s'enfermer dans le bureau au plus fort du bal.

Rosário pénétra dans la petite pièce fraîche, ferma la porte derrière elle. Elle prit place dans le vieux fauteuil de sa tante et attendit, comme elle attendait toujours, que son cher Esteban surgisse des brumes dans lesquelles il se cachait et qu'il se matérialise entre les rayonnages de la bibliothèque, qu'il apparaisse en chair et en lumière comme chaque fois qu'il arrivait, beau et fier comme un prince.

Elle patienta longtemps. Puis, à un moment donné, tout en marquant de son petit pied le rythme d'une *chimarrita*, elle se surprit à penser au beau capitaine Lucas de Oliveira. Elle l'avait aperçu au milieu des invités, grand, brun. Il lui avait lancé un long regard. Puis elle l'avait perdu de vue. Sans doute était-il en train de danser avec une jeune fille, il avait certainement une cavalière. Un sentiment de désespoir l'envahit, déchirant son cœur comme un coup de poignard : elle était jeune et elle perdait son temps avec un fantôme. Elle l'aimait... Ah, il était si séduisant, si élégant, si vrai, plus vrai qu'aucun des hommes qu'elle avait rencontrés auparavant. Vivait-elle une illusion ? Était-elle devenue folle ? Elle avait vu la peur dans les yeux de Mariana le soir où elle lui avait parlé d'Esteban. Mariana craignait qu'elle n'eût perdu l'esprit. Qui sait, peut-être était-ce le cas. Il y avait déjà trois ans qu'elle vivait à l'estancia, victime de la guerre, elle n'était pas faite pour de telles attentes. Peut-être avait-elle contracté un mal qui petit à petit emportait sa raison...

— Esteban ! s'écria-t-elle.

Il fallait que son bien-aimé apparaisse tout de suite, qu'il vienne la voir pour qu'elle sache si elle était normale, amoureuse comme n'importe quelle jeune fille. Amoureuse d'un homme qui venait de très loin pour l'adorer, un homme qui venait de l'au-delà, de la Mort, la vraie. Un frisson la parcourut à la pensée de la mort. Et soudainement, ce bureau si familier avec ses rideaux bleus, son gros fauteuil de cuir, sa table, ses livres et ses candélabres, soudainement ce bureau lui sembla un tombeau.

Elle se leva, blême.

— Esteban, vous ne venez pas ? chuchota-t-elle dans un gémissement.

Non, il ne viendrait pas. Il savait que Bento Gonçalves était là. Et sa blessure se remettrait à saigner à l'évocation du nom du grand général.

Rosário sortit en courant. Il lui était égal maintenant d'être surprise par l'une des négresses, que celle-ci remarque son regard effrayé, sa pâleur, sa terreur. Elle traversa le corridor et entra dans le salon. De l'extérieur arrivait la musique joyeuse. Son cœur battait la chamade dans sa poitrine.

Elle retourna à la fête. Elle pensait retrouver le capitaine Lucas, lui proposer une friandise, une boisson. Peut-être pourraient-ils danser ensemble une *cancha-reta*. Elle se fraya un chemin entre les invités. Quelques personnes commençaient à se retirer, montant dans leur calèche, souhaitant beaucoup de bonheur aux jeunes mariés. Rosário le chercha partout. En vain. Et puis, sur l'estrade, elle le vit, il dansait avec une jeune fille brune. Rosário vit qu'il souriait, un sourire éclatant, et qu'il parlait à sa cavalière. Ses yeux se remplirent de larmes.

Perpétua et son mari s'en allèrent à l'Estancia du Salso à la tombée de la nuit. Les coffres contenant le trousseau et les vêtements de la jeune mariée étaient partis plus tôt dans l'après-midi. Elle dit au revoir à sa mère et à son père, très émue, mais les yeux secs.

Tremblante, Caetana s'appuya sur Joaquim. Sa fille aînée était maintenant maîtresse de son destin. Elle lui donnerait bientôt des petits-enfants qui grandiraient aux côtés de ses propres filles.

— Elle va être heureuse, mère.

— Sûrement, Quincas. *Lo quiera Dios*.

Bento Gonçalves embrassa sa fille, souhaita un bon voyage au marié, échangea quelques mots, puis s'en fut retrouver dona Antônia.

Dona Antônia observait la scène depuis la véranda. Il restait quelques invités. Du bal arrivaient maintenant les notes d'une milonga un peu triste et les premières étoiles apparaissaient dans le ciel. Une vague odeur de *churrasco* flottait encore dans l'air frais.

— Demain, je partirai très tôt, Antônia.

— Cette guerre ne finira donc jamais, Bento...

Bento Gonçalves sourit tristement.

— Il faut qu'elle finisse. Nous avons de la patience, nous avons du courage, nous mettrons l'Empire à bas. Il s'appuya sur la balustrade.

Dona Antônia contempla longuement son frère. Elle seule osait lui parler de choses que personne n'aurait osé aborder devant lui. C'était son petit frère, elle s'était occupée de lui, elle lui avait donné à manger, elle avait joué avec lui dans l'étang. Ils avaient partagé les rires et les larmes.

— Vous vouliez détruire un empire, Bento ?

Bento Gonçalves vit dans les yeux d'Antônia le même éclat que celui qu'il voyait chaque matin en se rasant sur son propre visage. Il caressa la main maigre sur laquelle brillait une bague en émeraude.

— Je ne le voulais pas, Antônia, vous le savez bien... Mais les choses arrivent, les choses changent et je suis à la tête de ces hommes.

» C'est ce dont je souhaitais vous entretenir, reprit-il après un silence. L'Italien et les autres vont venir. Dans quinze jours ils seront ici.

— Tout est réglé. L'Américain Griggs a travaillé nuit et jour, Bento. Et je vous l'ai déjà dit, ce qui est à moi est à vous. Terre et hommes. Tout est à la disposition de la République.

— Je n'ai besoin que de votre confiance, ma sœur. Et du chantier naval. Nous allons essayer de conquérir la mer intérieure. L'Empire a une flotte importante, mais ce sont des navires lourds, incapables de passer la barre et de sortir de la lagune. Nous allons agir autrement. Vous verrez, Griggs et Garibaldi vont nous construire des bateaux qui pourront franchir n'importe quelle barre. Et nous allons retourner la situation.

Dona Antônia pensait aux navires ennemis, aux soldats, aux combats. Son regard avait perdu son éclat. Bento Gonçalves lui sourit.

— Ne vous inquiétez pas, Antônia. Tout cela est un secret d'État. Nous serons les seuls à être au courant de la présence de l'Italien pour construire nos bateaux. Nous et Dieu.

Dona Antônia se signa. Et la milonga s'arrêta comme dans un soupir.

Dona Ana resta tard dans le salon. Elle vit Manuela partir se coucher, l'air fatigué, étrangère aux plaisanteries, aux chansons de ses cousins et aux regards énamourés de Joaquim. Elle vit Joaquim se retirer à son tour, le départ de la jeune fille ôtant tout plaisir à cette veillée. Elle vit Caetana et Bento poser la guitare qu'ils grattaient sans beaucoup de succès et regagner leur chambre. Elle vit dona Antônia prendre sa calèche et repartir chez elle en pleine nuit malgré les instances de Bento. Elle devait organiser l'arrivée de Garibaldi. Et il n'y avait aucun danger. Il avait quand même envoyé Zé Pedra pour accompagner sa sœur. Zé Pedra et son fusil ; Zé Pedra, un géant aux dents blanches, dans l'obscurité de la nuit, son poignard glissé à la taille. Dona Ana vit Bento Gonçalves prendre Caetana par la main et leurs deux silhouettes s'évanouir dans le couloir sombre. Elle savait qu'ils auraient une belle nuit, une longue nuit, une nuit de célébration et d'adieu.

— Que Dieu soit avec vous, murmura-t-elle.

Dieu serait avec eux, cette nuit-là au moins.

Et dona Ana vit l'expression de Maria Manuela quand les époux prirent le chemin de leur chambre. Elle vit dans ses yeux les larmes retenues, la *saudade* poignante pour l'époux qui ne reviendrait plus. Il ne reviendrait pas de cette guerre, ni d'aucune autre.

— Pourquoi n'allez-vous pas vous coucher ? Il est presque minuit et la journée a été bien longue. Vous êtes fatiguée, Maria.

— J'étais fatiguée avant... Il me semble que je serai fatiguée pour le restant de mes jours.

Sa voix était mélancolique. Dona Ana lui jeta un coup d'œil froid qui dissimulait le chagrin, le désespoir qu'elle partageaient. Des veuves de guerre. Dona Ana ne faiblit pas. Elle posa son ouvrage et, regardant sa jeune sœur dans les yeux, elle dit :

— Vous ne devez pas vous laisser aller à penser à ces sottises. Vous avez encore trois filles à accompagner dans leur vie, ainsi qu'Antônio. Je sais que c'est dur, mais il existe d'autres sources de joie... Un jour prochain, l'une de vos filles vous donnera un petit-fils, pensez-y.

Maria Manuela soupira.

— Vous avez raison... Je ne suis pas la seule à souffrir...

Elle se leva légèrement, presque comme dans un souffle. Elle avait beaucoup maigri ces derniers temps.

— Je vais me coucher, reprit-elle. Bonne nuit. Que Dieu vous protège, Ana.

Dona Ana demeura encore un long moment dans le salon désert. Quelques bûches finissaient de brûler dans la cheminée. Milú vint demander à sa maîtresse si elle souhaitait qu'elle l'aide à se mettre au lit. Dona Ana l'envoya se coucher. Elle n'avait besoin de rien. Tout en finissant son aiguillée, elle songeait à ses fils. Ils n'étaient pas venus. Ils se battaient du côté de Vacaria. Elle ne les avait pas vus depuis longtemps. Elle se demandait si Pedro avait changé... Quand il avait quitté la maison, il lui semblait encore un enfant, un enfant grand et bon ; mais la dernière fois qu'il était venu à l'estancia, son petit Pedro avait quelque chose de dur au fond des yeux, une dureté acérée de lame, et des gestes nerveux, inquiets, sur le qui-vive, si différents de ses manières nonchalantes, de cette façon tranquille de se déplacer, toujours souriant, toujours content de se mêler aux péons. Et José ? Il s'était bien remis de sa blessure, Dieu soit loué. Mais comment se portait son âme ? Était-il le même qu'avant, si semblable à son père, ou avait-il acquis ces manières brusques, cette fureur contenue qu'elle avait remarquée dans l'expression d'Onofre Pires, ou ce courage cruel dont on disait qu'il était la caractéristique du colonel Netto ? Ou encore, commençait-il à éprouver au fond de son cœur cette angoisse qu'elle avait perçue chez son frère ? Oui, Bento Gonçalves n'était plus le même, il se posait plus de questions qu'auparavant, il regardait le passé et peut-être regrettait-il son engagement dans la conquête d'une République qu'il n'avait pas souhaitée. Ou peut-être pas.

Les paupières de dona Ana se fermaient. Elle rangea sa broderie dans son panier. Les dernières braises se mouraient dans la cheminée de pierre. La maison était plongée dans un silence profond et rassurant. Dona Ana gagna sa chambre en pensant à sa nièce. À présent, Perpétua partageait son lit pour la première fois avec un homme. Elle commençait une nouvelle vie, pleine de bonheurs et de devoirs.

La lampe éclairait la chambre de ses reflets vacillants. Son lit était préparé et il y régnait une bonne odeur de lavande. Dona Ana contempla le matelas froid, la courtepointe soigneusement tirée, les oreillers d'un blanc immaculé. Elle pensa à Paulo. Son Paulo avec qui elle avait partagé jadis une première nuit pleine d'inconnu. Son Paulo, toujours si calme, si patient, qui avait des réponses à toutes ses questions, qui aimait entasser les oreillers pour dormir la tête surélevée et qui parlait dans son sommeil. Dona Ana sentit des larmes tièdes jaillir de ses yeux. Il y avait encore un peu de Paulo dans son âme, une partie de lui bien différente de la dépouille qui dormait pour l'éternité sous le grand figuier. Elle s'étendit sur son lit et, la tête dans les oreillers, fondit en larmes.

Dans la chambre à côté de la sienne, Maria Manuela pleurait elle aussi, un mouchoir dans la bouche, faisant son possible pour étouffer les sanglots qui venaient du plus profond de sa poitrine. Elle ne voulait pas qu'on l'entendît. Elle ne voulait pas que l'on sache, que l'on soupçonne combien lui pesait cette solitude nouvelle. La solitude de qui n'a plus personne à attendre.

Quelques jours plus tard, tous les hommes de la maison étaient retournés à la guerre. Bento Gonçalves avait été le premier à partir. Joaquim l'accompagnait. Puis Bentinho prit à son tour la route de Bagé pour rejoindre les troupes du général Antônio Netto. Seuls les plus jeunes fils de Bento Gonçalves restaient à l'estancia. Mais Caetano, avec ses seize ans, brûlait de chevaucher un étalon et de galoper dans la pampa vers les champs de bataille dont il avait tant entendu parler. C'était un grand jeune homme bien bâti, un excellent cavalier, il savait se servir d'un pistolet, enfin, il souhaitait faire la révolution. Il en avait assez de vivre dans ce monde de femmes avec leurs travaux d'aiguille, de suivre les péons dans les champs, de soigner les chevaux, de la *charqueada,* bref de la vie à l'estancia, suivi en permanence par son jeune frère Leão qui ne le lâchait pas d'une semelle.

— Calmez-vous, mon petit, somma dona Antônia en l'entendant grommeler qu'il voulait partir à la guerre. Vous êtes encore trop jeune pour ces choses-là, Caetano. La guerre est une chose terrible, ce n'est pas un jeu d'enfants.

— Je ne suis plus un enfant. J'ai déjà de la barbe, ma tante.

— Quand je constaterai que vous avez du poil sur la poitrine, alors c'est moi-même qui vous enverrai combattre. Pour le moment, vous restez ici, vous vous occupez de votre mère qui se fait assez de souci pour trois. Faites cela, Caetano, et ce sera déjà beaucoup.

Caetano fit la grimace. Le jour se levait à peine ; ils venaient de dire au revoir à Bentinho. Caetano vit les péons partir vers les champs. Il regarda le ciel bleu, sans un nuage, grandiose et décida de rejoindre les hommes.

— Je pars avec les péons, déclara-t-il. Il ne se passe rien dans cette estancia. Je préfère aller travailler avec les hommes.

Dona Antônia regarda son neveu sortir en courant. Un des péons amenait un cheval. Caetano l'enfourcha dans un mouvement parfait, suscitant l'admiration du péon. Caetano était un bon cavalier. Dona Antônia sourit.

— Les choses vont chauffer ici.

Elle pensait à voix haute. Sa mère avait parlé toute seule dans la maison pendant des années, avant de mourir en silence, courageuse, comme elle l'avait toujours été. *Eta !* s'énerva-t-elle contre elle-même.

Manuela apparut, venant de la cuisine, ses cheveux noirs encore humides du bain.

— À qui parlez-vous, ma tante ?

Dona Antônia regarda la jeune fille. Elle était chaque jour plus belle, plus gracieuse. Et ses yeux verts si mystérieux !

— Je me parlais à moi-même, ma fille. C'est une manie que j'ai héritée de ma mère.

— Et vous parliez de quoi ?

— De la vie. Qui change. Et qui risque de changer bientôt ici.

Manuela parut interloquée. Ses yeux d'émeraude brillèrent un instant.

— Qui va changer comment, ma tante ?

— Attendez et vous verrez. Mais ne me demandez pas en quoi... C'est une intuition, une sorte d'avertissement, mon petit.

Quinze jours plus tard, Giuseppe Maria Garibaldi débarqua à l'estancia avec deux chariots et six compagnons. D'autres hommes arriveraient après, des hommes de plusieurs nationalités, des marins, maîtres d'un savoir-faire qui intéressait vivement les républicains, et qui viendraient compléter le petit équipage des deux navires bientôt en construction sur les bords du Camaquã. Mais cette petite troupe si disparate, composée de l'Italien Garibaldi – maintenant capitaine-lieutenant de la République rio-grandense –, de son bras droit Luigi Carniglia qui portait un bandeau sur un œil, de l'Espagnol Ignácio Bilbao, des Génois Lorenzo et Eduardo Mutru, du mulâtre Rafael, de Jean le grand Français, et du nègre Procópio, était déjà un grand motif d'effarement pour le peuple de la pampa qui n'avait jamais vu une telle diversité d'hommes.

C'était par un bel après-midi de printemps. Il était plus de 15 heures quand le cheval de Giuseppe Garibaldi franchit la barrière de l'Estancia de la Barra, suivi de ses hommes, et qu'il emprunta le chemin qui conduisait à la grande maison blanche, basse, aux volets bleus, qui se dressait au milieu de la prairie, au sommet d'une petite élévation que l'on apercevait de loin. Zé Pedra ouvrait le chemin et Regente courait autour des cavaliers en aboyant comme pour souhaiter la bienvenue aux visiteurs. Le soleil brillait dans le ciel bleu sans nuages, un soleil doré qui réchauffait les corps fatigués, réconfortait les muscles endoloris, les *quero-queros* chantaient dans le bois et il flottait dans l'air une bonne odeur de fleurs et de terre bien soignée.

Garibaldi apportait dans la poche de sa chemise une lettre de présentation écrite de la main de Bento Gonçalves. Sur le chemin, il avait rencontré Zé Pedra qui l'avait informé que dona Antônia se trouvait dans l'estancia voisine, propriété de l'une de ses sœurs, dona Ana, à une heure de là. Ils poursuivirent leur route jusqu'à l'Estancia de la Barra car ils devaient se présenter à dona Antônia, et seulement après avoir eu son autorisation, ils continueraient vers le chantier naval où Griggs terminait à cette heure-ci ses croquis et ses plans.

Zé Pedra contourna le corps principal de la maison tandis que Garibaldi attendait au pied de la véranda. Les autres se tenaient à une trentaine de mètres, silencieux, jouissant du calme de ces champs et de la beauté de ce doux après-midi.

Dona Antônia apparut peu après accompagnée de dona Ana et de Caetana. Garibaldi reconnut dans les traits de la femme la plus âgée la force subtile qu'il avait appréciée sur le visage de Bento Gonçalves. Dona Antônia présenta sa sœur et sa belle-sœur. Garibaldi s'inclina respectueusement devant les deux femmes.

— *Piacere,* dit-il simplement, et sa voix était chaude, affable.

Il ne manqua pas d'apprécier la beauté brune de Caetana, ni de répondre au sourire doux, inattendu que dona Ana lui adressa.

— Soyez le bienvenu, répondit dona Antônia en repliant soigneusement la lettre qu'elle venait de lire avant de la rendre à l'Italien. Il y a dans mon estancia de quoi loger tous vos hommes. Le Brejo est à moins de deux heures de route d'ici, en longeant le fleuve ou par la petite route qui part de derrière la maison. C'est là-bas que vous travaillerez.

Elle parlait en regardant Garibaldi dans le fond des yeux châtain clair aux reflets de miel qui brillaient dans le visage du bel et galant Italien. Giuseppe Garibaldi souriait de toutes ses dents blanches parfaitement alignées. Ses cheveux bouclés avaient la couleur du blé mûr. Les choses allaient être compliquées, pour sûr. Il était impossible de regarder ce bel Italien élégant et fier, sans penser aux trois jeunes filles de la maison. Il y avait trop longtemps que l'on ne voyait pas d'hommes dans les alentours, à part ceux de la famille. Et son regard était d'une telle séduction... Dona Antônia n'avait pas souvent vu la mer, mais elle savait : il y avait quelque chose de marin au fond de ces yeux-là.

Peu après, Manuela, Rosário et Mariana apparurent sur la véranda. Les jeunes filles semblèrent surprises en apercevant l'Italien aux manières si courtoises.

— Voici Mariana, Rosário et Manuela, les filles de notre sœur Maria Manuela qui se repose en ce moment dans sa chambre, dit dona Ana.

L'Italien baisa les trois mains à la peau blanche et fine, gardant plus longtemps entre les siennes la dernière main aux longs doigts. Dona Ana remarqua la légère rougeur de Manuela.

— Il y a aussi les garçons, continua-t-elle, les deux fils de Bento et Caetana qui sont à cette heure-ci dans la *charqueada*. Ainsi que leurs deux petites filles et quelques négresses.

Garibaldi souriait. Il ressentait dans la poitrine une chaleur, une sensation de plénitude, quelque chose de bouleversant, comme s'il apercevait la terre après de longs mois en mer.

— Vous dînerez avec nous ce soir, *senhor* Garibaldi, poursuivit dona Ana. Je vais faire préparer des plats d'ici pour que vous puissiez apprécier la cuisine de notre pays. Je ne sais pas si vous avez déjà goûté une bonne *pessegada*.

Garibaldi remercia. La cuisine du *Continente* était appétissante et il était sûr d'apprécier ce dessert rio-grandense, la *pessegada*. Mais dans l'immédiat, il devait continuer son chemin, installer les hommes et voir quelques détails avec Griggs.

— Mesdames, à ce soir, dit-il en se courbant avec élégance.

Aucune d'elles n'avait jamais vu d'homme aussi courtois. Un long soupir parcourut la véranda. Zé Pedra monta à cheval afin de conduire l'Italien et ses hommes au chantier naval. Les cinq femmes demeurèrent sur la véranda observant le départ de la petite troupe.

— C'est un homme très différent de ceux que nous connaissons, murmura Caetana.

— Est-ce une bonne chose, questionna dona Antônia.

Le dîner fut joyeux et agréable. Les candélabres en argent diffusaient une lumière frémissante qui faisait naître de grandes ombres sur les murs et dessinait le visage des six femmes, de Caetano et de Giuseppe Garibaldi qui avait été installé à la place d'honneur réservée aux invités de marque. Les jeunes filles arboraient leurs plus jolies toilettes et on servit du vin que l'Italien refusa car il ne buvait que de l'eau. (Dona Antônia se réjouit en son for intérieur de cette sobriété inattendue.)

On parla de tout. Caetana parla du mariage de sa fille quelques jours auparavant, elle raconta les danses, les chansons. Garibaldi se montra curieux de ce qu'était un bal dans ces contrées, mais avoua qu'il n'était pas habitué aux valses, car il n'était pas très doué pour la danse.

— Mais si l'une de ces demoiselles veut bien m'apprendre…

Sa voix était chaleureuse et circulait dans la pièce comme une brise.

— Notre famille aime les bals. Le général Bento Gonçalves est connu comme l'un des meilleurs danseurs du *continente, senhor* Garibaldi, confia dona Ana en souriant. Nos jeunes filles dansent toutes les trois très bien. Les bons fruits ne tombent pas loin de l'arbre, disait ma mère.

Et le regard de l'Italien, comme un oiseau s'enfuyant de sa cage, se posa encore une fois sur le profil de Manuela de Paula Ferreira. Après le dessert, Garibaldi enchanta toutes ces dames par des récits d'aventures maritimes, d'aventures de guerre et par des histoires d'Italie et de France. C'était un homme plein d'idéaux. Il se battait pour la liberté. Il avait fui l'Europe où sa tête était mise à prix. Il parlait le regard perdu, pensant peut-être à son pays, à tout ce qu'il avait laissé derrière lui.

— Vous ne ressentez pas de *saudade* ? demanda dona Ana. Vous ne souffrez pas de cette distance si infranchissable ?

Garibaldi sourit. Ses yeux brillaient.

— Nous vivons et nous mourons pour nos rêves, *signora* dona Ana. J'ai choisi la liberté. Et la liberté m'a emmené loin de mon Italie... J'ai choisi un idéal. Et je peux vivre et mourir pour lui, *signora*.

Caetano écoutait de toutes ses oreilles et rêva pendant un instant qu'il était un aventurier plein de courage comme cet Italien.

Giuseppe parlait de son amour pour la mer, de ses voyages interminables, des nuits de clair de lune sur l'océan par calme plat.

— Je n'ai jamais vu la mer, confia Manuela en posant son ouvrage sur ses genoux.

Garibaldi sourit. Il y avait quelque chose, dans le regard qu'il lui adressa, qui fit tout comprendre à Manuela : elle voyait enfin l'homme dont elle avait si souvent rêvé, et c'était bien celui-là, cet Italien aux yeux couleur de miel qui lui disait avec son accent étrange et charmant :

— La mer est comme un berceau pour l'âme du marin, *signorina*.

Les femmes se mirent alors à penser à la mer, aux mystères de ses vagues, à ses plages lointaines qu'elles ne connaîtraient sans doute jamais. Et Manuela se souvint de cette nuit lointaine où il lui était apparu pour la première fois, dans les brumes de son intuition, les cheveux au vent, sur le pont d'un navire où elle sut que déjà il naviguait vers elle, que toute cette guerre, tout ce malheur, n'existait que pour qu'ils se rencontrent et vivent ensemble ce qui leur était destiné. Et à ce moment, tenant sa broderie entre ses mains tremblantes, Manuela découvrit qu'elle était la plus heureuse des créatures.

Puis dona Ana fit servir les liqueurs, il était plus de minuit lorsque Garibaldi enfourcha son cheval et prit le chemin de la *charqueada* abandonnée.

Cahiers de Manuela

Pelotas, 4 septembre 1880

Je ne dormis pas cette nuit-là, mais je la savourai comme on déguste les quartiers d'une orange sucrée, absorbant son suc avec délice et lenteur. Parce que je ne voulais pas que la nuit s'achevât, ni que le soleil rompît la barre de l'aube quand la paix du monde me rapprochait encore plus de l'incontestable vérité : j'avais rencontré le grand amour.

Je le compris dès le premier instant, cet amour ne m'avait pas inondée comme un orage, mais il était apparu comme une source, un océan tel celui que décrivait Giuseppe, profond et éternel. Je l'aime encore aujourd'hui avec autant d'ardeur, même après tout ce temps, même après tout ce qui s'est passé, même si cet océan s'est évaporé et qu'il ne me reste de lui que le sel et quelques débris de rêves, de très anciens fossiles sur lesquels je veille avec tendresse pour qu'ils ne deviennent pas poussière.

Giuseppe Garibaldi. Giuseppe... Je répétai ce nom encore et encore, tout bas, tandis que Mariana dormait dans le lit à côté du mien, et ce nom était si beau, chacune des lettres qui le composaient était si parfaite, que je pleurai en le répétant inlassablement... Il était arrivé pour moi de pays lointains, si beau, si galant dans ses manières, ses sourires, sa façon de traiter les femmes... Il avait alors vingt-six ans et il était si homme, si digne et courageux. Que n'avait-il vu de ses yeux ! Que de terres, que de mystères, de trésors et de dangers n'avaient-ils pas contemplés ! Et pourtant ils avaient gardé pour moi leur éclat de soleil couchant... Car c'est sous son regard que j'étais devenue femme. J'étais comme le coquillage qui découvre qu'il contient une perle.

Le jour suivant, je passai des heures tranquilles à broder. La maison était plongée dans une joyeuse agitation née de l'arrivée des hommes. Dona Ana avait décidé d'aller à la cuisine préparer elle-même de la pâte de goyave pour Garibaldi. Il lui plaisait beaucoup. Mariana et Rosário trouvaient que l'Italien avait tout d'un prince. Peut-être parmi les autres, les Espagnols et les Français, là-bas à l'Estancia du Brejo, y aurait-il quelque bel homme... C'est ce à quoi elles rêvaient et la guerre leur paraissait plus douce alors. Les tantes bavardaient en tricotant ; seule ma mère était triste, dans un silence entrecoupé de temps en temps par un ou deux mots, pas plus. Et moi, moi j'étais heureuse... Maîtresse d'une certitude : Giuseppe m'aimait comme je l'aimais. La construction des navires, ah, la construction des navires allait durer longtemps. À cette pensée, j'oubliais la guerre et les plans de Bento Gonçalves : conquérir les mers intérieures et gagner un port républicain. Mais que représentait la République, à cette époque, pour une jeune fille de dix-huit ans le cœur débordant d'un amour des plus purs ? Que les contretemps se succèdent ! Que l'on forge le fer pendant mille ans et que le bois soit éternellement vert. Ainsi Giuseppe resterait longtemps parmi nous et m'avouerait son amour... Et un jour, alors, quand le moment arriverait, nous partirions ensemble pour un ailleurs quelconque, vers notre bonheur. Ah, il n'y avait plus dans mon âme le moindre souvenir de Joaquim...

Les jours passaient en ce printemps 1838. Nous savions, par les nouvelles que nous en donnait dona Antônia, que le chantier naval sur les rives du Camaquã vivait dans la plus fébrile agitation. Garibaldi et John Griggs passaient beaucoup de temps penchés sur des dessins sur lesquels des squelettes de navires se détachaient à l'encre noire : jour et nuit, les hommes transportaient le bois ramassé dans les forêts des alentours, la forge ne cessait de fonctionner dans une chaleur d'enfer, dirigée par le frère de Zé Pedra qui ne ménageait pas sa peine pour donner vie aux essieux et poulies, vis et charnières, et à tout un tas de pièces mystérieuses qui serviraient à donner vie aux navires républicains, objets de tous les rêves. Des navires qui, espérait-on, changeraient le cap de cette guerre.

Charpentiers et matelots travaillaient sans répit. Dona Antônia envoyait presque chaque jour des pains et des douceurs afin d'améliorer le quotidien des hommes qui avaient un cuisinier sur place. Dona Antônia faisait préparer spécialement pour Giuseppe les gâteaux de maïs qu'il avait appréciés. C'est ainsi que je sus que mon bien-aimé avait conquis le cœur rude et réservé de ma tante.

Malgré toute cette activité, certaines fins d'après-midi rougeoyantes, quand une petite brise parfumée et printanière soufflait sur la pampa, Garibaldi, sa journée de travail finie, venait nous voir et nous raconter l'avancement de la construction. Ah, comme j'attendais ces visites surprises, le cœur suspendu à un fil, anxieuse, attentive au moindre bruit inhabituel, au moindre mot qui me charmerait du son aimé de sa voix... Ce furent ces veillées qui, s'allongeant jusqu'à l'heure du dîner, nous rapprochèrent. Nous passions de longs moments à bavarder de tout, de la vie, la pampa, la guerre, la mer et du monde entier. Dona Ana, attentive, venait de temps en temps passer un moment avec nous, rire avec nous, se réjouir des histoires avec lesquelles il savait si bien nous enchanter. Caetana aussi se joignait parfois à nous sur la véranda pour l'écouter raconter ses aventures. Ma mère se renfrognait. Un soir, elle me fit appeler dans sa chambre.

— Vous êtes engagée, ma fille, me dit-elle. Joaquim est pour ainsi dire votre fiancé. Vous allez vous marier d'ici peu, avant sa mort votre père s'était mis d'accord avec votre oncle, ne l'oubliez pas. En plus cet Italien, malgré tous ses beaux sourires, n'est pas fait pour vous. C'est un homme sans foyer, sans pays. Un oiseau de passage. Qui sait d'où il vient et où il va. C'est un aventurier.

— Soyez tranquille, ma mère. Nous ne sommes qu'amis, rien de plus. Il faut bien passer le temps comme on peut, ici.

Je lui mentis. Oui, ce mensonge glissa de mes lèvres sans que je m'en rende compte. Mais que pouvais-je dire face à ce visage larmoyant ? Lui avouer que je l'aimais et que cet amour était incontrôlable ? Que d'un seul coup, la pampa, le ciel au-dessus de ma tête, le Rio Grande tout entier, tout était devenu trop petit pour contenir une telle passion ? Joaquim était loin, à la guerre. Et moi j'étais là, prisonnière du magnétisme de Giuseppe... Je mentis. Peut-être à la prochaine confession, devrais-je payer pour ce péché, mais n'importe quel prix était un prix juste pour cet amour.

— Attention, Manuela. Les gens parlent.

Ma mère me fixait de ses yeux tristes.

— Les gens sont à la guerre, mère.

Ainsi se conclut notre petite entrevue.

Le jour suivant, comme s'il avait entendu les appels de mon cœur, Giuseppe vint nous rendre visite. Il était encore tôt et nous partîmes à cheval dans les prés. Mariana venait avec nous. Nous allâmes jusqu'à l'étang. L'après-midi était frais, un après-midi de fin octobre, et quelques nuages légers dessinaient au-dessus de nos têtes une immense mosaïque. Mariana s'éloigna pour cueillir des fleurs. Giuseppe s'approcha alors de moi.

— Manuela....

Sa voix. Sa voix était comme une brise soufflant dans les joncs.

— Manuela, il faut que je vous dise quelque chose... Quelque chose qui se cache dans le fond de mon coeur...

Nous étions au bord de l'étang, l'eau clapotait avec un murmure d'oiseau. Les chevaux buvaient paisiblement.

— Dites-moi, s'il vous plaît.

Il fixa sur moi le plus ardent des regards.

— Je suis amoureux, Manuela. Amoureux de vous. Depuis la première fois, depuis mon arrivée, mes pensées vous appartiennent... Il y a une forêt dans vos yeux, Manuela. *E io sono perduto in questa selva*.

Il prit ma main entre les siennes, si fortes, brunies par le soleil. Ce fut comme si mon corps se déchirait en milliers de morceaux, comme s'il explosait, comme s'il éclatait tel un nuage libérant l'averse... Je laissai ma main dans les siennes pendant un long moment, comme un oiseau réfugié dans son nid. Ce n'est que lorsque je vis Mariana revenir avec son panier rempli de fleurs que je retirai ma main de cet enclos de douceur et que je lui dis :

— Moi aussi je pense à vous, *senhor* Garibaldi. Je ne connais pas la mer, mais je crois bien qu'il y a un peu d'elle dans vos yeux.

Nous retournâmes en silence à la maison où l'on nous attendait pour le dîner. Mariana jacassait et disait des bêtises, Garibaldi lui rendait quelques-uns de ses sourires mais ses yeux étaient posés sur moi comme des pierres précieuses sur un collier. Ce fut l'un des jours les plus parfaits de ma vie.

Manuela

Perpétua découvrit qu'elle attendait un enfant en se réveillant un matin car elle avait un goût étrange dans la bouche, et dans la tête les bribes d'un rêve où elle voyait une toute petite fille vêtue d'une robe rose, courant dans les allées de la *fazenda* du Boqueirão.

Inácio était à la *charqueada*. En rentrant à la maison, vers le milieu de la journée, il trouva sa femme tricotant dans le salon. Comme toujours en la voyant son visage s'illumina. Le mariage lui avait fait du bien. Elle était rayonnante, avait acquis de l'autorité, quelque chose de la beauté de sa mère mêlé à la sérénité des Gonçalves da Silva. Perpétua leva les yeux et sourit à son mari. Elle posa son ouvrage.

— J'ai quelque chose à vous dire, Inácio.

Il s'assit et prit sa main.

— Quelque chose de bien ou de mal ?

Perpétua caressa le visage bien rasé de son mari. Au milieu de tous ces hommes barbus, le visage lisse d'Inácio lui paraissait très désirable. Elle aimait son contact doux et ses baisers chauds. Elle sourit.

— Une bonne chose. (Elle fit quelques secondes de pause comme pour savourer son effet.) Je vais avoir un enfant.

Inácio de Oliveira Guimarães s'illumina.

— Vous êtes sûre, Perpétua ? Vraiment sûre ? Ne me donnez pas de fausse joie !

— Oh mais je suis sûre ! Aussi sûre que de cette terre sous nos pieds. Je m'en doutais mais la négresse Quirina m'a imposé les mains, c'est infaillible, et elle a tout confirmé. Notre enfant naîtra au milieu de l'hiver.

Au cours du déjeuner, Inácio but un verre de vin et célébra la bonne nouvelle. Il avait toujours souhaité avoir des enfants, mais la santé fragile de la pauvre Teresa n'avait pas permis de réaliser ce rêve. Il regarda Perpétua et trouva qu'elle était plus belle que jamais, il y avait un nouvel éclat dans ses yeux noirs, dans sa peau dorée et dans la façon qu'elle avait de baisser ses longs cils.

L'arrivée d'un messager le tira de sa sieste. Il était très urgent qu'il se rende à Piratini où le ministre Domingos José de Almeida l'attendait pour une réunion secrète. Il en informa son épouse.

— *Bueno*. Préparez vos affaires, Perpétua. Je dois m'absenter pour deux mois. Il y a tant à faire encore dans ce Rio Grande... Et vous n'allez pas rester ici au Boqueirão, seule et enceinte. Demain nous partirons très tôt et nous irons à la Barra. Je vous y laisserai avec votre mère.

Ils arrivèrent à l'Estancia de la Barra le lendemain à la tombée de la nuit. Il pleuvait doucement et l'eau ruisselait sur le sol en formant de petites flaques. Caetana Joana Francisca Garcia Gonçalves da Silva était dans sa chambre faisant réciter ses prières à la petite Ana Joaquina, quand Milú vient lui annoncer l'arrivée de sa fille aînée. Caetana courut à la véranda, un sourire aux lèvres. À peine avait-elle posé les yeux sur la jeune femme qui arrivait au bras de son mari (déjà vêtu de son uniforme de l'armée républicaine), qu'elle déclara :

— Vous êtes différente, *niña*.

Devant les joues roses de Perpétua, elle comprit.

— Vous attendez un enfant, Perpétua Justa ! C'est pour cela que vous êtes arrivée comme ça sans prévenir, sans même envoyer un billet !

Le sourire timide de sa fille lui confirma ce qu'elle avait deviné. Et la bonne nouvelle s'éparpilla dans la maison, causant un joyeux remue-ménage. Perpétua attendait son premier petit ! Bientôt, on entendrait à nouveau des pleurs de bébé traverser les corridors, bientôt l'étendoir se couvrirait de langes.

Après le dîner, après le départ de son mari et quand la famille se retira pour se coucher, Perpétua accompagnée de Manuela s'installa sur la véranda et là, sous la lueur des étoiles, elle écouta l'histoire de l'Italien Giuseppe Garibaldi.

Le chantier naval républicain se trouvait sur les rives du fleuve Camaquã. Un fleuve qui finissait sa course après avoir traversé de multiples barres, dans la Lagoa dos Patos. Les barres étaient à sec, pratiquement impraticables pour des navires de grand tirant qui risquaient de s'échouer sur les fonds sableux. Mais pas pour les embarcations que Griggs et Garibaldi étaient en train de construire. Les barques *Seival* et *Farroupilha* pourraient passer facilement les barres, naviguer dans les eaux de la lagune et retourner au chantier sans que rien vienne se mettre en travers de cette entreprise. C'étaient des bateaux petits et légers qui se dissimuleraient sans problème entre les joncs qui poussaient sur les bords de la lagune, et disparaîtraient aux yeux du monde pour aller se réfugier à l'Estancia du Brejo.

C'était le plan. Lancer des incursions dans la lagune, attaquer les navires impériaux, attaquer les estancias des *Caramurus*[1] qui se trouvaient sur ses berges, dominer enfin la mer intérieure, sinon par la force mais par l'intelligence et l'ingéniosité. La République rio-grandense avait besoin de ce souffle. C'est à cela que Garibaldi entraînait ses hommes.

Les derniers jours de 1838, le *Seival* d'une jauge de douze tonneaux et le *Farroupilha* de dix-sept, furent prêts. Garibaldi commandait le *Farroupilha* et John Griggs le *Seival*. À quelques lieues de là, les eaux de l'immense lagune attendaient. Pour célébrer l'événement, dona Antônia fit abattre deux bœufs et préparer un *churrasco* pour les marins. Cela augurait d'une grande victoire, tous en étaient sûrs. Garibaldi écrivit une longue lettre au général

1. Du nom d'une tribu indienne, surnom donné aux partisans du retour au Brésil de D. Pedro I, artisan de l'indépendance, rappelé à la cour du Portugal en 1831, laissant un régent à la tête du pays.

Bento Gonçalves, et après le *churrasco*, pendant que les hommes buvaient du vin et du rhum, il enfourcha son cheval pour aller retrouver Manuela. Il portait sur son beau visage un sourire de satisfaction pour la mission accomplie. Ses bateaux étaient prêts.

1839

Au début de l'année 1839, les barques *farroupilhas* s'engagèrent pour la première fois dans les eaux de la Lagoa dos Patos. Elles surgissaient comme par enchantement, ouvrant leur route à travers les joncs, sillonnant cette mer d'eaux douces. Giuseppe, à la proue du *Farroupilha*, commandait à ses marins. Ils étaient entraînés à tout. Si un banc de sable se profilait, il criait en remplissant ses poumons d'air :

— À l'eau les canards !

Les matelots sautaient à l'eau, soulevaient la barque à hauteur d'épaules et la portaient de l'autre côté du banc de sable. Griggs et ses hommes faisaient de même sur le *Seival*.

Au cours de ces premières incursions, ils naviguèrent pendant neuf jours à la recherche de l'ennemi, mais les eaux étaient désertes. Au moment où la répétition de ces promenades tranquilles commençait à lasser les équipages, ils se trouvèrent nez à nez, par un bel après-midi d'été, avec deux *sumacas*. Elles filaient en direction de Porto Alegre et battaient pavillon impérial. Sous le soleil qui teignait d'or les eaux de la Lagoa dos Patos, le *Farroupilha* et le *Seiva* s'approchèrent. Garibaldi donna l'ordre à Ignácio Balboa de tirer le canon.

— Feu !

Il suffit d'un seul tir pour que le commandant de la *sumaca* se rende. Les matelots essayèrent de fuir dans un canot de sauvetage, mais ils furent capturés par les hommes de Griggs un peu plus loin sur les bords du Camaquã. L'autre bateau, la patache *Novo Acordo*, réussit à s'échapper, rapportant à Rio Grande que des corsaires *farroupilhas* croisaient dans la Lagoa dos Patos.

Le butin fut soigneusement récupéré. Cordages, voiles et équipements furent ramenés au chantier naval pour servir à la fabrication d'autres embarcations. Le restant du chargement, qui consistait en cinq cents barriques de farine destinées à Porto Alegre, fut envoyé au siège du nouveau gouvernement, à Piratini.

Dona Antônia écouta avec enthousiasme le récit de l'attaque contre les deux *sumacas* impériales. Oui, les plans de son frère étaient justes : ces marins allaient aider la République à consolider sa position. Et elle, de son estancia, assistait à tout cela. Garibaldi racontait l'histoire en trébuchant sur les mots, mélangeant le portugais, l'italien et l'espagnol. Mais dona Antônia n'avait pas besoin de faire d'efforts pour comprendre cet homme aux yeux limpides : il y avait une telle sincérité au fond de ce regard, quelque chose de vivant et de fort qui la ravissait, et qui rendait son discours intelligible et plaisant. Tandis que Giuseppe Garibaldi buvait à petites gorgées le maté qu'un négrillon lui avait apporté, dona Antônia ne put s'empêcher de penser à Manuela. Il était évident que sa nièce était amoureuse du marin italien. *Bueno*, il était facile de s'éprendre d'un homme comme celui-ci, dona Antônia le savait. Elle imagina un cœur de dix-huit ans, plein de vie, palpitant d'ardeur pour le beau corsaire.

— J'ai envoyé l'*uomo*, le capitaine de la *sumaca*, un certain Antônio Bastos, à Piratini. Qu'en pensez-vous ? J'ai envoyé l'*uomo* avec les barriques de farine ! conclut-il dans un éclat de rire.

Dona Antônia rit elle aussi, amusée. Mais elle pensait à Manuela. Et elle pensait à Joaquim.

L'attaque des deux *sumacas* causa une grande fureur chez les impériaux et porta un coup à l'influence de l'amiral Greenfell auprès du gouvernement. En réponse à l'assaut, l'Empire envoya quatre navires de guerre à la Lagoa dos Patos. Les embarcations impériales naviguèrent dans ces eaux paisibles comme de grands fantômes dans l'attente des corsaires qui ne se montrèrent jamais.

Giuseppe Garibaldi s'amusait. Il glissait sur son bateau entre les joncs et attaquait les estancias des *caramurus*. Ils transportaient des chevaux et étaient maintenant presque aussi bons cavaliers que marins. À chaque retour de ses incursions sur la lagune, Garibaldi allait retrouver sa Manuela et lui racontait les péripéties de la journée. Il y avait toujours sept chevaux à son bord.

— Je crois à la *buona fortuna*. Et sept est le nombre de la chance.

Manuela ne se lassait pas d'écouter Garibaldi, et parfois, lorsque dona Ana allait à la cuisine pour traiter de quelque problème avec les négresses, ou quand l'une ou l'autre de ses tantes s'absentait, elle laissait glisser sa petite main entre les doigts de Giuseppe. Ils partageaient pendant un court moment la même chaleur, le même frisson. Et Giuseppe disait :

— Je vais parler à votre oncle, Manuela. Je vous aime. Je vais demander au général Bento Gonçalves qu'il consente à notre mariage.

Manuela baissait les yeux, non pas de confusion mais parce que cet amour était si fort, si intense, qu'elle avait peur de se mettre à pleurer. Et quand dona Ana revenait de ses occupations, Garibaldi continuait à raconter des histoires de son Italie natale.

Ainsi s'écoulaient les jours en ce début d'année. La douceur de la proximité de Garibaldi faisait oublier à Manuela la cruauté de la guerre sanglante qui se poursuivait au loin. Il n'y avait plus pour elle que l'amour qu'elle vivait. Sa seule crainte était qu'un bateau de guerre impérial puisse attaquer le *Farroupilha* et blesser son bien-aimé. Elle allumait donc chaque jour un cierge sur l'oratoire de la Vierge et priait.

— Cette petite est bien pieuse, disait dona Ana en souriant, quand elle apercevait sa nièce se signer sous la statue de la Vierge.

— Ce n'est pas tout à fait de la piété, commentait Caetana qui avait très bien perçu l'amour dans les yeux verts de sa nièce. Il est temps que mon fils revienne à la maison.

— Ne vous inquiétez pas, Caetana. Cette passion n'a pas d'avenir. Garibaldi partira un jour, il n'est pas fait pour rester en place. Quand la guerre finira, et si Dieu le veut, elle finira bientôt, Giuseppe Garibaldi partira... Seul. Il n'est pas homme à s'attacher, écoutez ce que je vous dis.

Mais la guerre s'étendait sur le temps comme un linceul. Garibaldi continuait ses incursions sur la Lagoa dos Patos, fuyant chaque fois à travers les joncheraies que les grands bateaux ennemis ne pouvaient pas traverser. Les « patos », les canards de Garibaldi, étaient agiles et réussissaient toujours à s'échapper, transportant, quand il le fallait, les barques à dos d'hommes. Bento Gonçalves recevait de longues lettres dans lesquelles l'Italien faisait le récit des péripéties et il se montrait très satisfait du déroulement des combats. La mer intérieure n'était plus à présent le domaine exclusif des impériaux.

L'Empire s'inquiétait et prenait des dispositions. Greenfell avait été destitué et un nouveau commandant avait pris sa succession pour diriger les opérations navales. Frederico Mariah ne le crut pas, quand on lui raconta que les corsaires *farroupilhas* hantaient les eaux de la lagune.

Mariana l'avait vu de loin plusieurs fois, et à chaque fois elle avait senti le même fourmillement dans son corps, le même élan qui la poussait à aller de l'avant, même en sachant que sa mère et ses tantes désapprouveraient sa curiosité. Le chantier n'était pas un endroit pour les jeunes filles, répétait inlassablement dona Antônia.

Elle poussa son cheval sur le sentier. La journée était belle, il faisait encore frais, mais le soleil de l'après-midi viendrait sans doute amollir les énergies. L'été était impitoyable. Le trot doux de sa monture l'apaisait : elle dirait à sa mère qu'elle était partie se promener, rendre une visite à dona Antônia que l'on n'avait pas vue à la Barra depuis quelques jours, lui demander une recette. Après tout elle avait bien le droit de se promener. Et puis elle n'irait pas au chantier, elle se contenterait de passer à côté. Peut-être, avec un peu de chance, l'apercevrait-elle.

Elle savait qu'il s'appelait Ignácio Bilbao. Pas Inácio comme ceux du Rio Grande, mais Ignácio, avec cette touche délicate, cette façon étrange de prononcer. Ignácio Bilbao. L'Espagnol. C'est Manuela qui lui en avait parlé. Sa sœur s'entretenait beaucoup avec Garibaldi... Ils étaient souvent ensemble, échangeant des petits secrets d'amoureux que Mariana protégeait. Pour la remercier, Manuela s'était renseignée sur l'homme à la peau très blanche et aux cheveux noirs comme du charbon, grand, très grand, qui parfois accompagnait Garibaldi quand celui-ci venait chercher quelque colis à l'estancia de dona Ana. Elle savait que l'Espagnol avait vingt-huit ans et qu'il naviguait sur les mers du monde entier depuis six ans. Elle imaginait ses mains fortes se battant avec les voilures... Sentait-il la mer, comme Manuela le disait de Giuseppe ?

Elle suivit le petit chemin caillouteux qui menait à la maison de dona Antônia pendant quelques mètres, puis tourna à droite en direction du chantier naval. Alors qu'elle entendait déjà le bruit du marteau sur le métal, les voix des hommes en plein travail, elle descendit de son cheval, l'attacha à un tronc d'arbre. La matinée était déjà bien avancée. Si elle s'attardait encore un peu là, elle pourrait, comme elle l'avait calculé, rester déjeuner avec dona Antônia.

Elle descendit le chemin étroit couvert de feuilles mortes qui conduisait au Camaquã. L'odeur douceâtre de l'eau emplissait ses narines. Elle aperçut, quelques mètres devant elle, les deux bateaux ancrés le long du débarcadère et une dizaine d'hommes occupés à la réparation de la coque du plus grand d'entre eux. Et elle reconnut, dans l'eau jusqu'aux genoux, les jambes de son pantalon relevées, Ignácio Bilbao. Comme chaque fois, elle sentit son cœur s'emballer et elle s'immobilisa. Les hommes travaillaient avec enthousiasme sous les ordres de Garibaldi. Des rumeurs de voix et de langues étrangères lui parvenaient. Mariana savoura ce brouhaha comme si c'était une musique. Assise sur une souche d'arbre, elle observait l'activité des marins, intimidée, effrayée comme un enfant ayant fait une bêtise. Mais elle n'arrivait pas à s'en aller.

Après tout, elle était venue jusque-là. Et elle n'avait jamais vu, de toute sa vie, un bateau aussi grand que le *Farroupilha*.

Elle ne tarda pas à être repérée. Un murmure parcourut les hommes, mais ils continuèrent tous à travailler. Seul Garibaldi sauta du pont et s'approcha tout sourires de Mariana. Derrière lui, Ignácio Bilbao suivait l'air anxieux.

— Vous ici, *signorina* Mariana ? dit Garibaldi d'un ton joyeux. (Il était trempé jusqu'à la taille, ce qui ne l'empêcha pas de saluer la jeune fille avec galanterie.) Soyez la bienvenue. Que pensez-vous de notre petite flotte ?

— Impressionnante, répondit Mariana, consciente du regard brûlant de l'Espagnol.

— N'allez surtout pas en parler aux impériaux, plaisanta Garibaldi.

— Ne vous faites pas de souci, *senhor* Garibaldi. Je suis venue déjeuner avec ma tante Antônia et j'ai eu envie de faire un détour pour voir les bateaux.

— Et le spectacle vous convient-il ? demanda Ignácio Bilbao.

Mariana rougit légèrement.

— Sachez, monsieur, que j'ai beaucoup aimé ce que j'ai vu.

Un petit silence se fit que Garibaldi apprécia en connaisseur.

— *Signorina* Mariana, je vais m'occuper de mes bateaux. Restez le temps que vous voulez. Et veuillez faire mes amitiés à votre sœur, s'il vous plaît.

Garibaldi s'éloigna vers le bord du fleuve, écartant les joncs, et se remit à donner des ordres aux hommes. Il parlait à présent la langue du pays comme s'il y vivait depuis longtemps.

Le soleil traversait les frondaisons, dessinant des mosaïques sur le sol détrempé. Ignácio Bilbao fit mine de suivre son chef. Mais il se retourna, regarda le joli visage de la jeune fille à la peau brune et lisse et murmura :

— Je serais heureux que vous reveniez plus souvent voir les bateaux de la République, et il s'éloigna lentement, laissant Mariana les joues en feu.

Mon cher frère,

Je vous écris car il faut que je vous informe de plusieurs choses, concernant la guerre et concernant la famille. Vous savez que depuis que le chantier naval est devenu indispensable à la République, il flotte sur les jours de l'estancia un climat d'effervescence et de renouveau. Cela ne m'incommode aucunement, car il est bon que des choses nouvelles se produisent pour égayer mon grand âge, et que d'autre part je me sens très honorée de vous apporter mon aide à vous et à tous les Riograndenses.

Dona Antônia relut les lignes qu'elle venait de tracer sur la page blanche et trempa sa plume dans l'encrier. Elle avait beaucoup de choses à dire à Bento. Elle devait le mettre au courant de ce qui était en train de se passer ici, des changements subtils, bien loin de la guerre, des canonnades et des combats. Non qu'elle n'appréciât pas l'Italien, bien au contraire, elle avait pour lui une réelle affection, mais parce qu'il était de son devoir de tante, de son devoir de sœur, d'avertir Bento Gonçalves que Manuela était amoureuse – et plus encore – et qu'elle prétendait se fiancer avec Giuseppe.

Ses soldats ont fait beaucoup de prisonniers dans la lagune, comme vous devez le savoir et vous en réjouir, et je tiens à vous dire que tous ces hommes sont valeureux et fidèles à la République, et qu'il n'y a pas de jour que je ne m'enorgueillisse de leurs actions. En plus, leur présence ne cause aucun désagrément ni à l'estancia ni à moi-même, ils sont aimables et polis, et plus que tous, l'Italien Giuseppe Garibaldi.

Oui, Garibaldi est un homme d'honneur et de bonne compagnie, il vient très souvent en visite à l'estancia d'Ana, et tout le monde ici l'apprécie beaucoup. Mais, il faut que vous le sachiez, il est un peu trop apprécié par l'une de nos jeunes filles, et je me sens dans l'obligation de vous en alerter. En effet, mon frère, Manuela éprouve un très fort sentiment pour le marin italien, qui le lui rend pleinement, la traite avec élégance et courtoisie, et désire l'épouser. C'est donc la raison pour laquelle je vous écris, parce que je sais que vous avez des projets pour Manuela et Joaquim. Et parce que je pense que notre Italien a dans le sang le goût profond de l'aventure et que je ne suis pas certaine qu'il ferait un bon mari pour Manuela. Ne seraient-ce ces deux empêchements, je serais très heureuse de l'avoir dans notre famille. Mais vous m'avez demandé d'être attentive à tout et à tous, je me sens donc dans l'obligation de vous informer de ce fait nouveau.

J'attends votre réponse. Venez nous voir et voir vos bateaux en action, Bento. Votre présence sera fêtée et bienvenue.

Avec toute mon affection.

Votre Antônia
Estancia du Brejo, 20 février 1839

Elle ferma la lettre et envoya chercher Nettinho.

Nettinho était un jeune nègre aux yeux bleus. Le bruit courait qu'il était le fils du général Antônio de Souza Netto, d'où son surnom. Dona Antônia ne croyait pas à cette histoire. Bagé était bien loin d'ici pour que Netto vienne semer une progéniture sur ses terres, quand bien même il serait cet incorrigible coureur qui appréciait les petites négresses. En tout cas le gamin était malin à souhait. Dona Antônia sourit en le voyant entrer dans le petit bureau de la maison. Comme chaque fois qu'elle le voyait elle demeura interdite devant ces étranges yeux bleus.

— Madame m'a appelé ?

La voix du négrillon avait changé. Il devenait un homme.

Dona Antônia lui tendit la lettre fermée.

— Je veux que tu portes cette lettre au général Bento. Il est du côté de Piratini. Tu pars aujourd'hui même et tu ne t'arrêtes nulle part en chemin. Si tu croises une patrouille impériale quelconque, brûle la lettre, tu as compris ? Ou mange-la. Je sais que tu as assez d'appétit pour ça, mon garçon !

Le petit nègre sourit et rangea la lettre dans la poche de sa *bombacha* usée tandis que Dona Antônia continuait :

— Attends la réponse et apporte-la-moi. Quand tu arriveras à Piratini, dis bien que tu apportes une lettre de moi. Le général te recevra. Et n'oublie pas : que personne ne mette la main sur ce courrier.

Bento Gonçalves lut la lettre rapidement et devint pensif. En fait, il serait bon qu'il aille à l'estancia, vendre quelques têtes de bétail, régler un ou deux problèmes. La guerre durait, tout était stoppé et il devait faire vivre sa famille. On perdait beaucoup d'argent au cours d'une guerre. Il ne manquait plus que cette nouvelle. Il aurait dû y penser : il suffisait de regarder l'Italien, ce feu dans ses yeux. Manuela était une jeune fille pleine de vie, enfermée dans l'estancia dans l'attente de la fin de cette guerre démente. N'importe quelle jeune fille tomberait amoureuse de cet Italien et de ses histoires fantastiques. L'homme avait de la faconde.

Nettinho se tenait devant le grand général et il se dit que c'était là l'un des moments les plus importants de sa vie. Il avait déjà vu Bento Gonçalves, mais là, dans ce cabinet, le général paraissait plus grand, plus fort et plus puissant que n'importe quel homme debout sur le sol de la pampa, et le jeune garçon avait la gorge serrée. Il se demanda aussi si Antônio de Souza Netto, le mystérieux général dont on disait qu'il était son père, se trouvait dans la ville. Cependant, il n'osa pas poser la question.

— Je ne vais écrire aucune réponse, rugit Bento Gonçalves. Comme cela je te délivre du souci de faire attention à un courrier pendant ton retour. Ça a été difficile d'arriver jusqu'ici ?

Nettinho fit signe que non.

— Non, monsieur. J'ai voyagé pendant la nuit en empruntant les petits sentiers. Et je suis bien noir, on ne me voit pas dans l'obscurité.

Bento Gonçalves éclata de rire.

— *Buenas*, petit. Cette fois tu pourras voyager de jour. Dis à dona Antônia que je serai là-bas la semaine prochaine.

— C'est tout ?

— C'est tout. Je sais que tu es suffisamment malin pour ne parler de cela à âme qui vive. Les destinations d'un général sont secret d'État.

Nettinho sortit du palais, la poitrine gonflée de fierté. Il partageait avec le président de la République un secret d'État. Il devenait quelqu'un d'important.

Bento Gonçalves arriva à la mi-mars à l'Estancia de la Barra. Les fenêtres de la maison des sept femmes étaient grandes ouvertes pour le recevoir, la véranda regorgeait de fleurs. Il embrassa Caetana et ses sœurs, puis s'en fut voir Perpétua dont la grossesse commençait à se deviner sous les plis de sa robe sombre. Il mangea de bon cœur et se coucha pour une sieste dans son lit aux draps frais, jouissant de la douceur de l'après-midi.

Ce même jour, il négocia la vente de quelques têtes de bétail et discuta avec le contremaître de questions relatives à la marche de l'estancia.

Après le dîner, il rejoignit dona Antônia.

— Demain j'irai au chantier. Je veux voir de près comment vont les choses là-bas.

— Vous verrez qu'elles vont bien.

— Je parlerai avec Garibaldi, continua Bento après un court silence. À propos de Manuela.

— Vous parlerez avec la petite ?

— Non, c'est aux femmes de s'occuper de cela, et vous êtes assez nombreuses ici. Je réglerai le problème avec l'Italien, je m'entends bien avec lui. Et vous, vous parlerez à Manuela. Qu'en pense Maria Manuela ?

— Maria n'est plus dans son état normal depuis que son mari est mort. On ne peut pas compter sur elle, du moins pour le moment. – Elle regarda longuement son frère. – Bento, je dois vous dire... Ces deux-là s'aiment vraiment. Mais j'ai peur de l'Italien, cet homme n'est pas né pour la pampa.

— C'est un bon soldat, mais il est comme un oiseau sur la branche. Malgré sa vaillance, il ne convient pas à Manuela. Ne vous inquiétez pas, Antônia. Vous avez bien fait de m'avertir. Il vaut mieux pour elle qu'elle l'oublie.

Ils étaient assis sur la véranda. La nuit était fraîche et odorante. La chaleur de la journée avait disparu. Il n'y avait plus que le ciel immense, étoilé, qui laissait augurer d'un bel automne.

— Nous avons un bal demain. Ana et Caetana sont en train de tout organiser depuis des semaines.

— *Buenas*, ma sœur ! J'ai grande envie de danser. Il y a des choses que j'ai besoin d'oublier. J'ai appris hier que mon ami le comte Zambeccari avait été déporté vers l'Italie. Déporté... Et avec de gros problèmes de santé dus à la prison.

Dona Antônia en fut désolée.

— Quelle pitié...

— Le comte est un grand homme, Antônia. Il va beaucoup nous manquer.

João Congo, l'esclave personnel de Bento Gonçalves, arriva, portant une bouilloire fumante et la calebasse de maté. Dona Antônia servit son frère qui resta là, perdu dans ses pensées, buvant son maté à petites gorgées.

Bento Gonçalves ne put parler à Garibaldi le lendemain. Il était parti avec les hommes pour une nouvelle sortie sur la lagune. Griggs était sur le chantier : le *Seival* avait besoin de réparations et son équipage y travaillait. Bento Gonçalves resta un long moment à bavarder avec l'Américain, examinant les plans et observant le grand animal de bois et de toile, mouillé le long du quai.

À la maison, enfermée dans sa chambre, Manuela était partagée entre l'angoisse et l'espoir : est-ce que son oncle autoriserait ses fiançailles avec Giuseppe ? Giuseppe était important pour la République, et Bento Gonçalves l'appréciait sûrement. Mais Manuela n'avait pas de réponse. Perpétua, remarquant le désarroi de sa cousine, lui dit :

— Ne vous tracassez pas. Choisissez une belle robe pour la fête de demain et attendez. L'Italien vous aime et il n'est pas homme à renoncer.

Manuela se jeta dans les bras de la jeune femme, en la remerciant :

— Vous êtes si bonne avec moi, Perpétua... Vous ne m'en voulez pas de n'être pas amoureuse de votre frère ?

Perpétua sourit, caressant les cheveux tressés de Manuela. La grossesse avait encore adouci son joli visage.

— Sotte. Je sais bien que ces histoires de cœur ne se commandent pas. Joaquim trouvera une bonne jeune fille qui l'aimera, ne vous en faites pas. Tout s'arrangera.

Le dîner fut servi à 16 heures : *churrasco*, manioc cuit dans le beurre, salades, desserts. La maison était grande ouverte et fleurie. Dona Ana, en robe noire de grand deuil, recevait les invités, des voisins et quelques familles venues de Camaquã. Les gens de la *fazenda* étaient présents aussi, heureux, vêtus de leurs meilleurs habits. Bento Gonçalves et Caetana accueillaient chacun avec courtoisie et l'on ne parlait pas de la guerre.

Garibaldi, John Griggs, l'Italien Luigi Carniglia et une demi-douzaine de matelots arrivèrent vers les 17 heures, tous très bien mis. Dona Ana reçut l'Italien chaleureusement, pendant que plus loin Manuela rougissait de bonheur, tout comme Mariana : Ignácio Bilbao était venu, et sa chemise d'un rouge éclatant resplendissait au milieu des convives. Il s'approcha lentement d'elle.

— Mademoiselle... aujourd'hui nous ne parlerons pas de bateaux, n'est-ce pas ? Aujourd'hui, nous dansons.

Mariana vit que sa mère la surveillait de loin, mais elle ne s'en préoccupa nullement.

Rosário arriva tard au bal, les yeux rougis d'avoir pleuré. Esteban n'était pas venu, comme toujours lorsque Bento Gonçalves était là. Sa beauté blonde et délicate attira l'attention des hommes présents, spécialement de François, un grand Français aux cheveux blonds qui naviguait depuis l'âge de douze ans et qui s'était engagé pour la cause *farroupilha* au côté de Garibaldi. Mais Rosário n'était pas attirée par ces hommes venus d'ailleurs et encore moins par le Français avec la cicatrice qui lui barrait le sourcil droit. Elle s'assit sur une chaise et observa ses sœurs et leur gaieté, non sans éprouver une pointe de jalousie.

Les danses commencèrent après le dîner. Bento Gonçalves et Caetana ouvrirent le bal avec une polka. Le Président était un grand danseur, connu dans tous les salons, et Caetana l'accompagnait avec grâce.

Peu à peu les couples se formaient, tournoyaient, s'échangeant en fonction de la musique et des figures. Mariana accepta l'invitation d'Ignácio. Les belles manières de l'Espagnol qui se lançait avec aisance dans ces danses qu'il ne connaissait pas la surprirent agréablement.

Giuseppe Garibaldi ne savait pas danser la *meia-cancha*. Tandis qu'un cavalier un mouchoir rouge à la main faisait signe à sa cavalière, l'Italien s'approcha en souriant de Manuela.

— Je vais vous décevoir ce soir... Je ne suis pas habitué aux bals. Le seul balancement que je connaisse est celui de la mer, admit-il en regardant Manuela de Paula Ferreira au fond de ses yeux verts.

— Je préfère rester à votre côté que de danser avec n'importe quel autre homme, Giuseppe.

Il sourit et tous les deux se dirigèrent vers la véranda. La nuit tombait doucement et les dernières ombres dorées mouraient sur la pampa. Ils s'installèrent dans une balancelle, tout proches, chacun savourant la chaleur du corps de l'autre, chacun rêvant à des moments de solitude et de bonheur.

Le chant d'un *quero-quero* résonna dans le crépuscule, suivi par celui d'autres oiseaux. Le parfum des fleurs embaumait cette fin d'été.

— Cet endroit est si beau. Les oiseaux, la campagne, la lumière...

Giuseppe regarda longuement la jeune fille près de lui. Elle avait un profil bien dessiné, un petit nez court, délicat, une bouche rouge comme un fruit mûr.

— Ou alors c'est votre présence, Manuela..., souffla-t-il.

La jeune fille le regarda avec intensité.

— C'est vous, Giuseppe, qui rendez tout exceptionnel.

Giuseppe prit entre les siennes la petite main blanche. Il se sentait terriblement ému. Le son d'une *chimarrita* venait maintenant du grand salon.

— *Ti amo,* Manuela. J'avais besoin de le dire... *Ti amo*.

Manuela regardait les premières étoiles qui apparaissaient dans le ciel encore bleu. « Je n'oublierai jamais ce moment-là », se dit-elle. En tournant son regard vers Giuseppe Maria Garibaldi, Manuela sentit qu'elle avait trouvé enfin sa voie et sa vérité.

— Moi aussi, je vous aime. De tout mon cœur, de toute mon âme.

Giuseppe n'aurait jamais imaginé connaître l'amour dans des contrées si lointaines. Il serra plus fort la petite main délicate.

— Je suis pauvre, Manuela... Je ne possède rien à part mes rêves, mon courage et ma volonté... Mais si vous voulez de moi malgré tout, par Dieu, je parlerai à votre oncle ce soir même, et nous nous fiancerons.

Manuela pensa à son oncle, à Joaquim et son âme était aussi légère qu'un nuage dans un ciel d'été.

— Oui, Giuseppe, je le veux profondément. Être votre femme est ce que je désire le plus au monde.

Bento Gonçalves regardait les derniers invités monter dans leurs calèches. Il sirotait distraitement un maté. La nuit était bien avancée, la lune montante fichée dans le ciel constellé d'étoiles. D'où il se trouvait, à moitié caché par les plantes grimpantes en fleurs qui enveloppaient les piliers de la véranda, il entendait Garibaldi prendre congé de dona Ana, sa façon courtoise et chaleureuse.

Bento finit son maté et s'approcha du jeune homme.

— Je vous ai cherché pendant le bal, mais vous étiez occupé et je n'ai pas voulu vous déranger.

Garibaldi partit d'un grand rire. Il se dirigeait vers son cheval. Il voulait lui aussi parler au général, quelque chose de très sérieux, de personnel.

— *Buenas*. Attendez un peu, je vais demander à Congo de me seller un cheval. Je vous accompagne jusqu'au chantier, nous bavarderons en chemin.

Ils chevauchaient sur la petite route déserte et silencieuse. De temps en temps, les rayons de la lune s'infiltraient entre les feuillages. Les autres étaient partis plus tôt car il y avait beaucoup de travail le lendemain. Garibaldi était resté, dans l'espoir de demander la main de Manuela à Bento Gonçalves. Ils allaient en silence, au trot paisible de leurs chevaux.

Bento fut le premier à rompre le silence :

— Je suis allé ce matin au chantier, je voulais vous voir.

— Je travaillais, mon général. Nous avons attaqué l'estancia d'un *caramuru,* à une quinzaine de lieues d'ici. Pas grand-chose... Des sacs de farine, du bois, quelques chevaux. Tout est entreposé dans la *charqueada.* Nous avons réussi encore une fois à échapper aux bateaux impériaux.

Bento alluma un cigare. Il tenait ses rênes d'une main.

— Vous avez fait du bon travail, capitaine-lieutenant Garibaldi. Mais vous devez savoir que je vais très bientôt vous confier une nouvelle mission. Il n'y a presque plus rien à faire par ici et nous avons besoin de vos bateaux pour une tâche beaucoup plus importante.

Garibaldi éprouva un mélange d'angoisse et d'émotion. L'idée d'une nouvelle aventure l'excitait, mais cela l'éloignerait de Manuela. Il se dit que c'était le moment de parler à Bento Gonçalves. De lui confier ses sentiments.

— Mon général, je dois vous demander quelque chose. Comme je vous l'ai dit, quelque chose de personnel.

Le chemin serpentait le long de la rivière. Une brume légère flottait au-dessus de l'eau. Bento Gonçalves jeta un coup d'œil à l'Italien.

— J'ai une requête moi aussi, capitaine-lieutenant Garibaldi. Un sujet délicat et j'espère que vous me comprendrez.

La *charqueada* abandonnée, qui servait de logis à Garibaldi et à ses hommes, émergea des ténèbres comme un vaisseau fantôme sous la lueur des étoiles. Garibaldi sauta de cheval, caressa le flanc de l'animal et se tint immobile sous le regard impénétrable de Bento Gonçalves da Silva, président de la République rio-grandense, grand propriétaire terrien, l'homme sur qui reposaient tous les espoirs des républicains.

— Je vais parler en premier, mon ami. Vous allez comprendre... Il s'agit de ma nièce Manuela, entama-t-il d'une voix grave. Je sais que vous êtes amoureux de cette petite, mais je fais appel à votre sens de l'honneur, et je vous demande de ne plus lui faire la cour. Manuela est promise à mon fils Joaquim. Et Joaquim est à la guerre. C'est un engagement de longue date. De plus, je ne veux pas manquer à la promesse que j'ai faite à mon défunt beau-frère qui désirait profondément ce mariage.

Garibaldi se raidit.

— Mais j'aime votre nièce, mon général.

La voix de Bento Gonçalves résonnait dans l'obscurité, dure et décidée.

— Les amours vont et viennent, mon ami. Un homme qui a parcouru le monde comme vous devrait savoir cela mieux que quiconque. Il n'y a que l'honneur qui vaille. Et je sais que vous êtes un homme d'honneur. De plus, comme je vous l'ai dit, votre temps et votre esprit seront bientôt occupés par une mission de la plus haute importance, dont dépendra probablement notre victoire finale.

Garibaldi ne disait rien. Le cheval de Bento Gonçalves s'agitait et le général le reprit en main.

— *Buenas.* Il est temps pour moi de rentrer, la route sera longue et je suis fatigué. *Buenas noches,* ami Garibaldi.

— *Buona notte,* général Bento Gonçalves.

Avril est un joli mois dans la pampa, quand vient l'automne avec sa lumière d'ambre qui allonge les silhouettes des animaux dans les prés, et qui répand ses couleurs sur les champs comme un voile transparent. L'automne et son petit vent frais, ses nuits froides, appelant au confort douillet du coin du feu. L'automne dans le Sud a quelque chose de magique, un calme qui fait du bien à l'âme. Qui faisait du bien à l'âme de Giuseppe Garibaldi et faisait naître en lui une vague de nostalgie pour son pays natal.

La matinée de ce 17 avril était lumineuse. Sous le toit de l'ancienne *charqueada* où dormaient les soixante hommes de Garibaldi, on se réveilla tôt, aux premières lueurs de l'aube. Le cuisinier préparait le solide repas du matin, pendant que les hommes se levaient, s'habillaient, puis buvaient ce maté amer et chaud, la boisson de cette région qui chassait bien loin les brumes du sommeil.

Garibaldi était assis sur un banc près du hangar et chaussait ses bottes quand il vit accourir Zé Pedra, le nègre de confiance de dona Ana :

— *Senhor* Garibaldi ! Je viens vous avertir que le colonel Moringue, ce démon des impériaux, a été vu à deux lieues d'ici !

Garibaldi se leva d'un bond, les lacets défaits de ses bottes traînant par terre. Le colonel Francisco Pedro de Abreu, surnommé Moringue à cause de sa tête démesurée et de ses oreilles décollées, était aussi laid que talentueux dans l'art de la guerre. Il était terriblement craint et l'audace avec laquelle il se lançait dans des attaques surprise inquiétait beaucoup ses adversaires. Garibaldi regarda le nègre avec effarement.

— Qui t'a dit cela, Zé Pedra ?

— Un *vaqueano* est venu nous avertir à la Barra. Il a raconté que Moringue a débarqué pas loin d'ici avec soixante-dix-sept cavaliers et quatre-vingts fantassins. Dona Ana m'a envoyé vous prévenir. Je ramène avec moi dona Antônia, on ne sait jamais.

— *Bene*, répondit Garibaldi. Je vais faire le nécessaire. – Il se tourna vers l'intérieur du bâtiment. – Carniglia, Bilbao, Mutru ! Venez là. La *buona fortuna* va nous sourire aujourd'hui ! Il va y avoir de la bagarre, mes amis !

Zé Pedra regardait l'Italien, l'air ahuri.

Ils étaient cent cinquante contre soixante, mais Giuseppe Garibaldi était sûr de ses hommes, qui avaient en plus l'avantage d'être très bien camouflés. Le chantier naval était difficile d'accès.

Garibaldi réunit les hommes devant la *charqueada* et leur décrivit la situation. Il décida d'envoyer des éclaireurs dans toutes les directions à la recherche des positions des troupes de Moringue. Dix hommes partirent à cheval. Les cinquante autres se rassemblèrent sous le hangar.

— Prenez tous les fusils et chargez-les, ordonna Garibaldi. Le Moringue va nous prendre par surprise.

Les éclaireurs revinrent en fin de matinée.

— On n'a trouvé âme qui vive, déclara Carniglia.

Les autres confirmèrent : ils avaient fouillé les moindres recoins, et rien. Le calme régnait dans les alentours. Il était impossible que Moringue et ses troupes soient là.

Garibaldi était pensif. S'agissait-il d'une fausse alerte ? Moringue était rusé, il le savait. Mais comment aurait-il pu dissimuler cent cinquante hommes ? Mieux valait faire confiance à son intuition. Il savait depuis toujours que les animaux flairaient le danger, quand un élément étranger se trouvait à proximité, ils devenaient inquiets et nerveux. Il fit un tour dans les parages. Le calme qui régnait prouvait que les impériaux ne pouvaient pas se trouver là. Garibaldi recouvra son calme. Le mieux était qu'ils déjeunent et qu'ils retournent au travail, les barques nécessitaient des réparations urgentes et il n'y avait plus assez de bois dans la remise. En plus, ils étaient en train de construire deux nouveaux bateaux et le travail avait du retard. Les fusils chargés étaient rangés dans la *charqueada*, dans l'attente de la première occasion. Le cuisinier cria que la soupe était prête, et les hommes, l'estomac creusé par cette longue matinée, se dirigèrent vers la cuisine.

Garibaldi mangeait avec plaisir, appréciant la belle journée et se disant qu'il irait chez dona Ana dans la soirée pour parler avec Manuela. Ils avaient décidé tous les deux qu'ils se fianceraient officiellement ou en secret dès que l'opportunité se présenterait. Les journées s'écoulaient pour eux lentes, ardentes, se consumant dans un amour fait de silences et d'attentes.

Garibaldi finit son repas. Manuela devait s'inquiéter sachant que les troupes de Moringue rôdaient autour du chantier. Il fallait qu'il aille la voir pour la rassurer.

Les soixante hommes étaient assis un peu partout, sur des tables improvisées. À la fin du repas, Garibaldi ordonna que tous retournent au travail.

— Tout est calme, l'ennemi est sûrement loin d'ici. Je pense que c'était une fausse alerte.

Les hommes s'égaillèrent. Trente d'entre eux se dirigèrent vers les bateaux en réparation sur la rivière, d'autres se répartirent entre la forge et la recherche de bois sec. John Griggs était parti à Piratini au début de la semaine. Ne restaient dans le bâtiment que Garibaldi et le cuisinier qui débarrassait la vaisselle sale en sifflant une milonga.

Garibaldi boit son maté quand il entend une fusillade derrière lui, comme le grondement furieux du tonnerre. Il bondit sur ses pieds, à temps pour voir son poncho perforé par une lance.

— *Dio,* qu'est-ce que c'est que ça ?

Il court se réfugier dans la *charqueada* en appelant le cuisinier.

— Luis, le Moringue est là ! Rentre et prends les fusils.

Le lieutenant Francisco Pedro de Abreu est bien là avec ses cent cinquante soldats. Impossible de savoir comment il a pu se cacher pendant une matinée entière, et ce qu'il a pu faire pour que pas un cheval ne bronche. Mais il est là, à deux cents, trois cents mètres, criant des ordres, avec sa grosse tête laide et difforme, bavant de rage, la bouche grande ouverte.

Garibaldi, de la fenêtre de la fabrique, voit arriver au galop la cavalerie et l'infanterie, surgissant du néant. Il ne pense plus à rien. Impossible de penser. Il faut agir, faire quelque chose, vite. Si Moringue s'approche, lui, Garibaldi, est mort. Ils sont deux contre cent cinquante – les autres sont soit dans le bois soit sur l'eau – combien de temps mettront-ils à se rendre compte de la situation ?

Les soixante fusils chargés sont appuyés contre un mur. Garibaldi se saisit du premier et le vide sur l'ennemi. Un second, puis un troisième fusil crachent leur charge contre la horde impériale. Garibaldi agit comme un automate. Ne pas penser, ne pas penser. Appuyer sur la détente de ses doigts forts. Il jette à terre le fusil déchargé et en reçoit un autre des mains du cuisinier. Il voit tomber trois soldats. La masse humaine est si dense qu'aucun tir ne se perd, perforant une chair, arrachant un bras, blessant un cheval. Et Giuseppe Garibaldi tire et tire avec fureur. Il pense à Manuela et redouble de rage contre les soldats ennemis : encore trois qui tombent sans vie. Il ne veut pas de Moringue dans les parages de l'estancia de la Barra, près de Manuela. Il ne veut pas de ce scélérat en vie. Il dit au cuisinier de recharger les armes, pas une seconde à perdre. L'artillerie impériale avance. La fusillade qui provient du bâtiment est nourrie. Les yeux de Garibaldi lui sortent des orbites, un regard de fou. Il n'arrête pas de tirer, surtout, ne pas perdre le rythme.

Le vacarme dans la forêt est terrible, les oiseaux se sont enfuis, affolés. Les hommes qui étaient partis à la recherche de bois comprennent ce qui se passe et reviennent vers le chantier. Les marins qui travaillaient sur les bateaux tentent de les rejoindre. Le bruit des tirs roule comme un lointain tonnerre. Trois des hommes qui se trouvaient sous un hangar proche, travaillant à la construction des deux bateaux supplémentaires, sont blessés en s'efforçant de revenir vers le chantier naval (le petit hangar n'a pas été touché, protégeant ses deux trésors). Une partie des troupes de Moringue est en pleine forêt. Les hommes de Garibaldi sont encerclés. Ils ne peuvent pas avancer. Il faut fuir en empruntant les sentiers, se cacher.

Quelques-uns réussissent à arriver à la *charqueada*. Garibaldi les reçoit les yeux injectés de sang, le visage noirci de poudre et de poussière. Ils sont onze et ils s'emparent des armes, se postent aux fenêtres, devant les fentes des murs, devant le moindre trou, le moindre entrebâillement. Eduardo Mutru, Carniglia, Bilbao, le mulâtre Rafael Nascimento et le nègre Procópio se placent aux côtés de Garibaldi et font feu. Le cuisinier recharge les fusils désespérément. Il transpire comme un damné et récite toutes les prières dont il parvient à se souvenir. Dehors, on dirait la fin du monde, entre les cris, les explosions et les tirs.

Si Moringue découvre qu'en face il n'y a que treize hommes repliés dans la vieille bâtisse, tout est perdu. Mais les marins de Garibaldi luttent avec tant de courage et tirent avec tant de maestria que l'astucieux Moringue est persuadé qu'il se bat contre une troupe importante et n'ose pas avancer plus loin.

La fumée noire des tirs se répand à travers les bois et monte dans le ciel, obscurcissant peu à peu l'azur de cet après-midi d'automne. Les chevaux se sont enfuis dans la forêt et les chiens sont partis en direction de la route. À l'Estancia de la Barra, derrière les volets fermés, les femmes prient et font brûler des cierges. Elles ont peur pour elles et pour les hommes du chantier naval. Moringue effraie tout le monde dans le Rio Grande. Mais dona Ana les empêche de pleurer, de se lamenter. Il faut rester calme, la vie doit continuer derrière les fenêtres closes, pendant que Manuel et Zé Pedra veillent, les armes à la main, prêts à toute éventualité. Mariana pleure tout bas, dans un coin du salon, un chapelet entre ses doigts tremblants, elle pense à son Ignácio. Dona Ana la réprimande. Il faut donner l'exemple aux petites, être forte. Manuela a les yeux secs, mais elle est livide. Pas le moindre murmure de prière ne s'échappe de ses lèvres. Ses mains glacées sont abandonnées sur ses genoux. Dona Antônia se fait du souci pour sa nièce, mais elle ne lâche pas pour autant sa broderie. Il faut occuper son esprit. Tout cela va passer, bientôt on ouvrira à nouveau la maison, les cierges s'éteindront, on sourira, on oubliera toute cette terreur. C'est ce qu'elle demande dans sa prière muette. Elle brode et elle prie. En silence. Dans la cuisine, les négresses pleurent, agenouillées sur le sol en tomettes.

La bataille du chantier naval dura exactement cinq heures. Garibaldi et ses douze compagnons résistèrent bravement aux cent cinquante soldats de Moringue. Le toit de la *charqueada* présentait d'énormes trous par où les soldats impériaux essayaient de s'infiltrer, se faisant tuer sur-le-champ par Carniglia. Un des murs latéraux n'était plus qu'un tas de braises que le cuisinier tentait d'éteindre avec des casseroles d'eau, mais la construction tenait bon face à l'assaut impérial. Et au milieu de tout cela, il y avait Garibaldi. Criant des ordres, tirant, insultant les impériaux, ses yeux dorés lançant des flammes.

Vers 15 heures, Procópio, qui était un fin tireur, vise soigneusement et touche le colonel Moringue au bras et à la poitrine. Immédiatement, la troupe impériale sonne le signal de la retraite et s'enfuit en débandade dans la forêt.

Conduits par Garibaldi, Eduardo Mutru, Carniglia et Procópio les poursuivent pendant quelques mètres en tirant. La folie de la journée se calme enfin, le soleil tempère ses ardeurs tandis qu'ils retournent à la *charqueada* et constatent que le hangar à bateaux est presque complètement détruit. Mais le long du quai, les deux bateaux sont intacts, prêts à la navigation. Et plus loin, les deux autres embarcations encore en construction ont échappé à la furie impériale.

Garibaldi essuie la sueur de son visage noirci. Sa chemise est déchirée, il est blessé à la main droite. Il avance entre les ruines fumantes, les ustensiles éparpillés, les cadavres des impériaux, et compte les blessés et les morts. Ses yeux ont retrouvé leur calme habituel. Il a survécu. Il n'oubliera jamais cette bataille, la plus sauvage qu'il ait jamais connue. Il dénombre dix cadavres ennemis. Rafael Nascimento et Eduardu Mutru ramènent le corps du Génois Lorenzo. Il a reçu une balle en plein front, ses yeux bleus sont encore ouverts, fixés dans une terreur éternelle. Lorenzo avait vingt-six ans et une fiancée à Gênes.

Garibaldi ferme les yeux de son compagnon mort.

— *Diavolo*. Que Moringue aille brûler en enfer.

Ils posent le corps du jeune homme sur un matelas.

Ignácio Bilbao a été touché par une balle à la jambe et cinq autres hommes ont été blessés. Un péon de la région a eu la cuisse gauche traversée par une lance et a reçu une balle dans le dos. Quand il se met à cracher le sang, Carniglia dit :

— Son poumon est touché. Il n'y a pas grand-chose à faire.

Garibaldi examine le moribond.

— Il faut aller chercher de l'aide auprès de dona Ana.

— Pas le temps.

L'homme crache de plus en plus de sang. La nuit descend doucement, tandis que les oiseaux reviennent peu à peu. Une poussière noire flotte dans l'atmosphère et un lourd silence recouvre tout.

— Procópio, ordonne Garibaldi, prenez un cheval et allez à la Barra. Dites-leur que nous avons chassé ce porc de Moringue. Et demandez de l'aide et des médicaments. Il faut soigner cet homme.

Le nègre disparaît derrière le bâtiment. Le péon blessé est de plus en plus pâle, gris.

Garibaldi réunit ses compagnons. Les hommes qui étaient restés bloqués dans la forêt commencent à arriver.

— Nous avons eu aujourd'hui une vraie bataille et nous avons vaincu. Et c'est la preuve qu'un homme libre vaut douze valets.

Les hommes poussent des hourras en levant les bras au ciel. Ignácio Bilbao se dresse sur sa jambe valide et tape des mains en hurlant.

— Tout ce que nous avons fait, nous l'avons fait pour la République, continue l'Italien. Pour la République riograndense. Vous avez été des braves. Que Dieu soit avec vous !

Après, on ramasse les armes, les harnais et autres engins abandonnés par l'ennemi pendant sa retraite précipitée. Il faut trier tout ce fatras. En extirpant un fusil à moitié enfoui dans la boue, Garibaldi remarque que la forêt tout autour a beaucoup souffert. « C'était un cauchemar », se dit-il. Sans bruit, dans un coin de la *charqueada*, le péon blessé cesse de cracher du sang et meurt les yeux ouverts en pensant à ce lointain après-midi dans la pampa, quand il pêchait avec ses frères au bord du Camaquã.

Procópio arriva à l'estancia de dona Ana en pleine nuit. La maison était fermée, plongée dans un profond silence.

Il descendit de cheval et frappa à la porte. De l'intérieur venaient des bruits de voix étouffées. Il attendit un peu, puis Zé Pedra apparut dans l'entrebâillement de la porte, un pistolet à la main.

— C'est vous, Procópio ! Quelle panique ! Les dames craignaient que ce ne soit quelque maudit impérial.

Les femmes étaient dans le salon quand Zé Pedra ouvrit la porte et que Procópio entra, son chapeau criblé de balles à la main. Au fond de la maison, un chien ne cessait d'aboyer. Dona Antônia s'avança.

— Dites-nous vite ce qui s'est passé, pour l'amour de Dieu ! Nous avons vécu la journée dans une terrible inquiétude.

Manuela semblait sur le point de défaillir. Caetana tenait la main de Perpétua et demandait à la jeune femme de garder son calme, pour le bébé. Procópio s'éclaircit la gorge et commença :

— Le capitaine-lieutenant Garibaldi va bien et vous fait dire que Moringue et ses hommes ont battu en retraite vers le milieu de l'après-midi. Le combat a été d'une grande violence. Ils nous ont attaqués par surprise : treize hommes contre cent cinquante.

Dona Ana se signa. Milú passa sa tête à la porte pour écouter les nouvelles.

— Il y a eu beaucoup de dégâts ? voulut savoir dona Ana.

— L'un des nôtres est mort et nous avons six blessés. Un péon d'ici est au plus mal. Je suis venu vous demander des pansements et de l'aide. Là-bas, nous n'avons que de l'eau pour laver les blessures.

Il y avait eu un mort. Manuela avait les genoux tremblants : son Giuseppe était sain et sauf, grâce à Dieu et à la Vierge Marie ! Peu à peu, un léger sourire vint illuminer son visage. D'une petite voix, Mariana murmura :

— Qui est mort, Procópio ?

— Lorenzo, un Italien.

Elle respira, sans oser demander comment allait Ignácio Bilbao. Dona Ana et dona Antônia appelèrent les négresses et ordonnèrent qu'elles rassemblent des bandages, de l'alcool, des compresses et autres remèdes, ainsi que quelques bouteilles d'eau-de-vie. Dans un coin du salon, Maria Manuela assistait à tout cela comme dans un cauchemar. Rosário alla chercher du thé. Elle se demandait si Esteban avait été tué dans une bataille comme celle-ci.

— Procópio, je vais envoyer Milú avec vous, dit dona Ana. Elle s'y connaît en médecines. Zé Pedra ira la chercher demain.

Caetano, que les aboiements du chien avaient fini par réveiller, entra dans le salon et voulut qu'on lui raconte la bataille. Ses yeux brillaient d'excitation. Et d'une voix monocorde, Procópio raconta un peu de l'enfer qui s'était abattu sur l'atelier. Tout le monde écoutait en silence.

Cahiers de Manuela

Estancia de la Barra, 30 juin 1839

Après l'attaque de l'atelier par Moringue, nous devînmes toutes bien plus pusillanimes en découvrant que nous étions vulnérables aux attaques impériales. Cela peut sembler incroyable, mais je n'avais jamais, auparavant, pensé à la guerre comme à quelque chose de palpable, de réel. Au fond, je vivais sous une cloche de verre, à l'écart du monde et c'était tout. Ni lorsque mon oncle mourut à l'estancia, dévoré par la gangrène, ni lorsque l'on m'apprit la mort de mon père assassiné dans une embuscade, la guerre ne m'était apparue comme une réalité de chair et de sang, un ogre cruel et affamé.

Les heures de ce 17 avril furent un martyre. Ah, compter chaque minute comme les écus d'une rançon, et retenir mes larmes pour ne pas m'effondrer avant d'avoir de ses nouvelles. Penser à chaque instant qu'il pouvait être mort, que jamais plus ses yeux n'illumineraient le monde, que mon Giuseppe gisait peut-être sous un buisson, une lance plantée dans la poitrine. Et le silence que nous nous imposâmes… Oui, dona Ana et dona Antônia, toujours elles, attentives à tout et à toutes, infatigables et décidées – au point que même Caetana n'osait les contrarier, se pliant à leurs ordres et leurs suggestions –, dona Ana et dona Antônia nous interdirent de pleurer, ni d'amour ni de peur. Et avec tant d'autorité, que lorsque Mariana laissa échapper un sanglot, elle fut envoyée à la cuisine préparer un gâteau pour le thé que nous prîmes dans le salon aux fenêtres closes, en silence, comme dans une messe où l'on célébrerait l'angoisse.

À toutes il nous fut confié une tâche, pour éviter que nous nous laissions entraîner sur la pente de la terreur qui nous consumait. Moi-même, j'avais une broderie entre les mains, de quelles couleurs, je ne m'en souviens pas, chaque point absorbant une larme jusqu'à ce que ma gorge et mon âme se chargent du sel des pleurs accumulés. C'est ainsi que se passa cette terrible journée. Le soleil tarda à se coucher, c'était comme s'il se moquait de nous, de moi qui ne voulais qu'une seule chose, savoir ce que devenait mon Giuseppe. Quand la nuit tomba, ce fut encore plus terrifiant. L'obscurité fait émerger les peurs les plus paralysantes. C'est un coffre rempli de vieilles choses poussiéreuses. On ne peut ni l'ouvrir, ni l'oublier. Le coffre est au milieu de la pièce et à chaque instant on trébuche dessus.

Nous nous forçâmes à manger, ce soir-là.

Ce n'est que bien plus tard que l'on frappa à la porte. Mon cœur alors s'emballa comme un cheval galopant dans la *coxilha*, et j'éprouvais la plus grande terreur de ma vie parce que je savais que, dès que cette porte s'ouvrirait, tout serait irrémédiablement perdu ou irrémédiablement sauf. C'était Procópio ; il nous raconta la bataille, nous apprit que Garibaldi était vivant et qu'il nous envoyait ses amitiés. Ces mots me firent renaître. Et je détestai tant cette journée de toutes les fibres de mon cœur, qu'elle resterait dans mon souvenir jusqu'à la fin de mes jours, noire et visqueuse comme un vampire. Mais je pus enfin, même avec la crainte des impériaux qui rôdaient peut-être dans les parages, dormir en paix. Garibaldi était vivant, le monde nous abritait encore tous les deux et cela suffisait à me rendre heureuse.

Le lendemain matin, Zé Pedra trouva un soldat impérial mort à l'entrée de la *fazenda*. Il ramena le corps à la maison. C'était un garçon du voisinage que j'avais vu en son temps chevaucher près de nos terres. Il ne devait pas avoir plus de dix-neuf ans. Il avait été tué de deux balles. Je fus saisie de pitié et de dégoût en contemplant son visage grisâtre et barbu. Pourquoi avait-il perdu la vie ?

Mais vivant, n'aurait-il pas, sans aucun état d'âme, tué mon Giuseppe s'il l'avait trouvé devant lui ?

Pourquoi se battait-on ? Pourquoi mourait-on ? Je ne l'ai jamais compris. Et aucun régime sur cette terre ne justifiera jamais à mes yeux ce massacre. Peut-être pour un idéal. Pour la liberté. C'est pour elle qu'ils se battent. Comme Giuseppe Garibaldi. Il a un idéal et il le poursuit, même très loin de notre Rio Grande, sur d'autres terres encore plus éloignées de son pays. Giuseppe s'est toujours battu pour son rêve.

Et moi j'ai toujours rêvé de lui.

Mais je ne me bats pas, je n'ai pas d'armes.

Quelques jours après l'attaque de Moringue, Giuseppe vint à la maison. Il était plus maigre, mais il eut pour moi ce même sourire incomparable, un sourire plein d'amour. Il nous était interdit de nous marier, ainsi que me l'avait annoncé ma mère, comme dona Ana m'en avait fait part avec de la pitié au fond de ses yeux noirs. Bento Gonçalves avait interdit notre union. Peut-être à cause de Joaquim, peut-être parce qu'il se disait que Garibaldi n'était qu'un étranger, un aventurier des mers, un rêveur. Oui, Giuseppe est un rêveur. Il ne fait pas partie de dynasties « continentales » comme mon oncle et toute notre famille, ce n'est pas un propriétaire terrien avec des esclaves, de l'or et du pouvoir politique, mais c'est un homme capable de faire bouger les montagnes pour donner vie à ses rêves. C'est pour cette raison que je l'ai aimé. Depuis le premier instant. Et même avant.

Giuseppe me raconta ce qui s'était passé le jour de la bataille, et à quel point les hommes de l'atelier avaient été courageux, affrontant un ennemi si nombreux, avec seulement leur vaillance et leur force. Nous étions toutes ensemble dans le salon et nous l'écoutions. Le bonheur de le revoir, vivant et si près de moi, me faisait trembler. Nous ne pûmes nous retrouver seuls car mes tantes et ma mère mettaient beaucoup de zèle à nous en empêcher. Mais à un moment, alors que nous nous dirigions vers la salle à manger pour le déjeuner, Garibaldi me glissa un petit mot entre les doigts.

Carina, Manuela de mon cœur,

Je vous aime, et de toute mon âme. Ne croyez pas que votre oncle a réussi à éteindre cet amour qui brûle dans mon cœur. Notre jour arrivera. Quand tout cela sera fini. Je vais parler à nouveau au général, lui demander une nouvelle fois l'autorisation de nous marier. Pour le moment, je dois partir à Porto Alegre que les républicains assiègent. On doit me confier une nouvelle mission, mais je reviendrai bien vite vous retrouver.

Votre Giuseppe

Il partit au début du mois de mai.

Ce furent pour moi des jours de désespoir. L'interdiction de nous fiancer me rendit malade et dans un état de faiblesse qui affola ma mère. Dona Antônia me fit préparer des tisanes et des compresses, mais je refusais de guérir. Ce n'était pas juste que l'on m'obligeât à épouser un cousin que je n'aimais pas, alors que Giuseppe et moi brûlions de nous unir. Dona Antônia m'avoua franchement que cet amour sans issue lui causait beaucoup de peine, mais qu'elle pensait que c'était la seule voie possible et qu'un jour, je remercierai mon oncle et ma tante d'en avoir décidé ainsi. Pour ma tante, il y avait le vrai et le faux, rien d'autre. Je lui répondis qu'elle-même n'avait connu le bonheur avec un homme si peu de temps qu'elle avait oublié ce que c'était, raison pour laquelle je ne lui en voulais pas, mais je ne serais jamais plus heureuse. Et que je ne me marierais avec personne d'autre que Giuseppe. Dona Antônia me regarda, les yeux pleins de larmes, et ne dit plus rien. Elle garda le silence, tout en appliquant des compresses sur mon front fiévreux. Plus tard, en sortant de ma chambre, elle murmura : « Un jour tout cela passera, mon petit. Vous verrez. »

Je sais que cela ne passera jamais.

J'ai été faite pour un seul homme et je lui appartiendrai pour toujours. Même si nous ne nous marions jamais, même si la guerre ou le destin l'entraîne loin de moi, je l'attendrai le temps qu'il faudra, pour l'éternité.

Mon cousin José arriva à la fin du mois de mai, en route pour Santa Vitória. Il dormit deux nuits à l'estancia et repartit. Il me laissa le cœur brisé. D'après lui, Garibaldi allait revenir à l'Estancia du Brejo mais pour une courte période. José nous expliqua les raisons pour lesquelles Giuseppe avait dû partir, bien que le chantier naval continuât à fonctionner sous la direction de John Griggs. Les républicains voulaient conquérir la ville de Laguna dans l'État de Santa-Catarina. Et il leur fallait pour cela l'aide de Giuseppe Garibaldi et de ses hommes.

La République rio-grandense avait besoin d'un port. Les impériaux dominaient la barre de Rio Grande, empêchant l'accès à l'Atlantique. Et ils avaient la maîtrise de la mer intérieure. Les manœuvres de Garibaldi sur la lagune avaient donné de bons résultats, mais la politique de guérilla lacustre ne présentait plus d'intérêt pour la révolution. Il fallait maintenant employer les grands moyens pour gagner du terrain. La ville de Lages, dans l'État de Santa-Catarina, avait proclamé la république et voulait s'unir aux Riograndenses. Bento Gonçalves pensait à cette nouvelle situation. Il fallait un port, et ce port c'était Laguna, puisque depuis la ville de Rio Grande qu'ils occupaient, les impériaux contrôlaient l'accès à la mer. C'était la mission de Garibaldi : ses bateaux devaient d'une façon ou d'une autre arriver à Laguna et garantir la prise de la ville.

José nous raconta tout cela, l'air euphorique. Lui aussi, le moment venu, rejoindrait les troupes qui prendraient Laguna. Il se dirigeait vers la frontière pour retrouver les armées déjà sur place. Et toute l'opération serait commandée par le colonel Davi Canabarro. Giuseppe et les hommes du chantier allaient partir pour Laguna et notre vie redeviendrait comme avant, tranquille et triste, une vie d'attente. Il ne me resterait plus qu'à prier pour Giuseppe et pour son retour. Prier et prier, c'est tout ce que je fais aujourd'hui, et Giuseppe n'est pas encore parti avec ses bateaux.

Nous apprîmes que le commandant de la Marine impériale était à nouveau l'Anglais Greenfell. Au début du mois de juin, les navires impériaux étaient retournés sur la lagune, décidés à en finir avec les corsaires républicains. Je me demandais : comment Garibaldi allait-il partir avec ses bateaux ? Par où passeraient-ils pour éviter les navires ennemis, sans combats ni destructions ?

Je n'ai pas de réponse, ni moi, ni personne. La guerre se déroule à présent si près de nous que nous devenons spectatrices des événements. Mariana vit intensément ses amours avec Ignácio Bilbao, et disparaît chaque jour en fin d'après-midi, avec une excuse quelconque ou grâce à ma complicité ou à celle de Rosário, et va retrouver l'Espagnol près du bois. Là, ils se jurent une passion éternelle. Je pense à tous les plans que nous avions imaginés Giuseppe et moi, et j'ai peur que les amours de Mariana aient le même destin que les miennes. Nous parlons beaucoup de nous enfuir, mais la vérité est que nous n'avons nulle part où aller. La pampa est bouleversée par la guerre, et les hommes veulent se battre comme ils veulent leur pain quotidien. Et nous deux, nous n'avons plus qu'à attendre.

Zé Pedra est venu nous dire que Garibaldi était revenu, ce qu'a confirmé dona Antônia. Davi Canabarro est avec lui. Nous avons su que des réunions interminables se déroulaient dans la *charqueada* où John Griggs, Giuseppe Garibaldi, Luigi Carniglia et Davi Canabarro passent des heures à concevoir des plans et à tracer des croquis pour préparer l'expédition de Santa-Catarina.

Giuseppe vint nous rendre visite au début de la semaine. Assis au coin du feu, un maté à la main, il nous informa que Canabarro était déjà parti. Afin de sonder le terrain. Il ne dit rien d'autre et nous n'avons pas osé en demander plus. Je restais là, comme en transe, contemplant le profil de cet homme qui m'est tout et que je sentais déjà s'éloigner de moi. Il me regardait comme avant... Les yeux pleins de désir et d'adoration. Mais il y avait dans son sourire une tristesse qui ressemblait à un adieu. Je le sais, il va partir. C'est un soldat de la République et il luttera pour elle jusqu'à sa dernière goutte de sang. L'amour passe après la guerre. C'était ce que me disaient ses yeux d'or en m'enveloppant de regards langoureux.

Giuseppe dîna avec nous ce soir-là. Dehors, le triste *minuano* soufflait avec furie. Giuseppe portait un vif intérêt à ce vent dangereux qui pouvait faire couler ses navires, et dona Ana lui raconta de vieilles histoires sur le *minuano* et ses trois jours d'angoisse.

À la fin du dîner, quand dona Ana demanda aux négresses d'apporter les pâtisseries au salon, Giuseppe s'approcha de moi et murmura :

— Vous me manquez beaucoup, Manuela.

Il réussit à me glisser un petit billet écrit sur un papier bleu que je cachai, les joues en feu, dans une des poches de ma jupe.

Il était presque minuit quand Giuseppe Garibaldi enfila sa lourde capote de laine et se prépara à affronter la nuit venteuse jusqu'à l'atelier. Il prit congé de moi avec le regard le plus doux qu'un homme ait jamais lancé à une femme, puis il disparut dans l'obscurité, comme s'il n'avait jamais existé, comme s'il n'était qu'un de ces rêves qui hantaient mon sommeil en ces nuits de guerre, comme s'il était un ange ou un démon, un être venu du ciel ou de l'enfer, descendu sur terre afin de voler mon cœur. Il disparut comme un souffle. Une vague. Comme une légende.

Carina, Manuela mia,

Je pars dans le Santa-Catarina qui a besoin de nous. Je pars pour l'amour de la liberté des peuples, Manuela. Seulement pour cela. Mais je jure que je vous reviendrai, que je penserai à vous chaque nuit, que votre visage sera dans chacun de mes rêves. Je ne vous demande pas de m'attendre, mais je jure que je reviendrai un jour, quand cette guerre sera finie, et qu'alors, nous resterons ensemble pour toujours.

Sachez, Manuela, que mon amour pour vous est profond et immense comme l'océan, et que je suis, pour toujours, votre.

Giuseppe Garibaldi

J'ai gardé ce mot caché entre mes seins pendant des jours, et c'était comme si un peu de Giuseppe vivait avec moi. Ensuite, parce que j'avais peur qu'un papier si précieux ne s'égarât, je le glissai entre les pages de mon journal. Le meilleur endroit où abriter notre passion. Où je l'attends et où je rêve de lui. Et où, à travers ces lignes, je me souviens.

Manuela

Perpétua regarde le temps maussade par la fenêtre et un frisson la parcourt. Le ciel est lourd, on dirait qu'il va s'effondrer sur la *coxilha*. Elle serre autour d'elle son châle de laine. Dans ses petites pantoufles, ses pieds sont à présent gonflés, son ventre ressort sous la large robe bleue.

Son mari lui manque. Pendant toute sa grossesse, Inácio n'est venu la voir que cinq fois. Et il est resté peu de temps auprès d'elle. Bien que toujours amoureux, et heureux de sentir grandir son enfant dans le ventre de sa femme tel un fruit mûrissant sur la branche d'un arbre. Mais c'est la guerre, difficile pour tout le monde. Ainsi, aujourd'hui Perpétua ne sait pas où se trouve son mari. De lui, elle n'a que cet enfant qui s'agite en elle comme un poisson dans un bocal exigu.

Sa mère brode à côté et apprend à Maria Angélica, qui a maintenant neuf ans, à piquer ses premiers points dans la toile. Maria Angélica s'enfonce régulièrement l'aiguille dans le doigt. Si Perpétua accouche d'une fille, elle répétera ce rituel.

— Vous êtes fatiguée, *hija* ?

Caetana a vieilli ces derniers temps. Le vert émeraude de ses iris a perdu de son éclat.

— Je vais bien, mère. Mais j'ai mal au dos.

Elle passe le reste de l'après-midi sans savoir où se mettre, sans réussir à se reposer. Elle ne mange pas la tranche de gâteau que Zefina lui apporte. Un poids chaque fois plus pénible pèse sur son ventre. Et dehors, le monde est de plus en plus sombre et triste.

Avant le dîner, elle décide de faire quelques pas dans la maison. Elle avance sans but, tel un fantôme, d'une pièce à l'autre, croisant les négresses, ses cousines si tristes, elle entre et sort du salon où le feu crépite dans la grande cheminée de pierre, traînant ses mules comme le faisait sa grand-mère paternelle dont elle a hérité du nom et de quelque chose dans le regard.

Il est plus de 21 heures, quand la douleur l'envahit sans préavis, comme un poignard pénétrant ses chairs. Perpétua crie. Elle a l'impression qu'une rivière cède et descend le long de ses jambes, inondant ses jupes et formant une flaque sur les tomettes du sol.

Dona Ana accourt de la cuisine.

— Qu'y a-t-il, mon petit ?

Elle comprend. Elle ne s'affole pas. Elle a mis deux garçons au monde, plus un troisième mort en bas âge. Elle prend les mains de Perpétua entre les siennes.

— Ne vous inquiétez pas... La douleur ne dure pas. Pensez à votre enfant qui va naître. Je vais chercher votre mère.

Les négresses arrivent avec Caetana qui aide sa fille à regagner sa chambre. On envoie chercher Rosa dans sa petite maison au fond de la cour. Dona Rosa s'y connaît en herbes médicinales et elle sait comment mettre les enfants au monde.

En un instant, la chambre est préparée pour l'accouchement : bassines d'eau bouillante, draps et linges propres, et, bien nettoyés, les longs ciseaux dont dona Rosa se sert depuis toujours pour aider à l'arrivée des innocents dans la vie. Perpétua crie. De l'autre côté de la porte, Mariana, Manuela et Rosário s'inquiètent et parlent tout bas. Dona Ana entrouvre la porte et leur dit :

— Allez dans le salon, les filles. Vous n'aidez en rien en restant là à bavarder. – Les jeunes filles ont les yeux écarquillés sous l'effet de l'inquiétude. Perpétua crie de plus belle. – Toutes les femmes en passent par là, c'est comme ça. Allez, tout va bien se dérouler.

Et elle ferme doucement la porte.

Aux premières heures de la froide matinée du 1er juillet 1839, naquit Teresa da Silva de Oliveira Guimarães. Après l'accouchement, après avoir examiné le petit corps parfait du bébé et avoir compté les minuscules doigts de main et de pied, Perpétua Justa regarda sa mère et murmura :

— J'aurais tellement voulu qu'Inácio soit là...

Et, épuisée, elle plongea dans un profond sommeil.

Caetana, sa petite-fille dans les bras et les yeux embués, sourit tendrement. La vie suivait son cours. Dona Ana baissa les manches de la robe qu'elle avait relevées pour aider dona Rosa et s'approcha pour regarder le petit visage du bébé.

— Elle a quelque chose de notre lignée, dit-elle avec orgueil. Elle est née en hurlant pour se faire entendre de tout le monde !

Caetana enveloppa le nouveau-né dans son châle et le serra contre sa poitrine. Dehors, une petite pluie fine s'était mise à tomber.

Ils se réveillèrent très tôt ce matin-là. Le chantier naval était en effervescence. Le jour du départ était enfin arrivé. Garibaldi contempla le ciel d'hiver. Il était pâle et dégagé. Ce début juillet était très froid. C'était une bonne chose qu'il ne pleuve pas maintenant, mais le plus important était qu'il ne pleuve pas après. Il avait une lourde tâche à accomplir et il était essentiel qu'il la mène à bien. Et il allait la mener à bien. C'était son idée et il savait que tout se passerait au mieux. D'autres avaient effectué des traversées comme celle qu'il avait imaginée ; de très anciens Vénitiens, et Marc Antoine le Romain, avaient usé du même stratagème. C'était son tour à présent, à lui, Giuseppe Garibaldi, d'exercer sa magie.

Il donna des ordres pour que les hommes ramassent tout afin de laisser le chantier en ordre. Il ne voulait pas que dona Antônia garde un mauvais souvenir de lui. Il comptait bien revenir quand il aurait rempli sa mission, pour chercher Manuela.

— Chargez le *Farroupilha* ! La mer nous attend, les gars !

Il flottait de grands espoirs dans l'air. Ignácio Bilbao et Carniglia portaient des vivres et des cordages dans le bateau. Ils chantaient. C'était un jour qui sentait le renouveau.

Le plan avait été méticuleusement forgé par Garibaldi et Davi Canabarro. Il fallait mener les bateaux à la mer. Ils partiraient du chantier, descendraient le Camaquã jusqu'à la lagune, navigueraient le long de sa rive ouest jusqu'à la rivière Capivari dont l'embouchure était recouverte d'une végétation dense. C'était une petite rivière étroite et très peu profonde, mais Garibaldi comptait sur ses « canards ». La seconde partie du plan était la plus audacieuse et la plus difficile (mais les Romains avaient prouvé jadis que c'était possible). Ils transporteraient les bateaux par la terre jusqu'à la Lagoa Tomás José, à Tramandaí. De là, ils gagneraient l'Océan et remonteraient jusqu'à la Lagoa dos Patos.

Giuseppe Garibaldi savait que Greenfell l'attendrait à la Lagoa dos Patos. Mais il avait trompé l'Anglais plus d'une fois et il allait recommencer. En vérité, ce jeu du chat et de la souris lui plaisait, et il était une souris futée. La traversée par les terres était des plus compliquées et exigeait une grande maîtrise. C'est pour cela que Davi Canabarro était à Tramandaí, pour nettoyer la région, pour y apporter des chevaux, du bois et organiser les troupes.

Ils gagnèrent les eaux de la lagune sous le ciel bleu et froid de l'hiver gaucho. Très vite, les navires de Greenfell les prirent en chasse. Mais ceux de Garibaldi étaient plus rapides et légers. Il commandait le *Farroupilha,* et John Griggs le *Seival.* Les petits bateaux neufs étaient à l'arrière et devaient suivre une autre route.

Le vent froid sifflait dans les oreilles. Garibaldi exultait. L'eau s'écartait en éventail bleuté devant les proues, ouvrant la route à l'immense animal qui glissait sur sa surface. Puis Garibaldi aperçut la barre du Capivari, avec sa végétation épaisse et mystérieuse. Le *Farroupilha* s'enfonça dans la mangrove comme un oiseau cherchant son nid. Griggs effectua la même manœuvre avec le *Seival.*

Très vite, les deux bateaux disparurent entre les feuillages, comme s'ils n'étaient jamais passés par là, comme s'ils n'avaient jamais existé. Garibaldi jubilait. Il savait que Greenfell irait les attendre de l'autre côté. Il attendrait longtemps. Les bateaux *farroupilhas* ne quitteraient pas le Capivari par les eaux.

Quand il trouva le bon endroit, Giuseppe fit camoufler les mâts avec des branchages et des feuilles, ce que les hommes accomplirent avec zèle. La nuit tombait.

Deux cents bœufs furent réquisitionnés en grand secret par les soldats de Canabarro. Du bois fut coupé dans la forêt, et entassé en bûchers qu'on allumerait après pour faire griller la viande. Garibaldi fit construire deux grands chariots à quatre roues de plus de trois mètres de haut. Canabarro et Garibaldi suivaient attentivement la progression des travaux.

Le jour arriva où l'on put s'atteler à la difficile tâche qui consistait à hisser les bateaux sur les chariots. C'était un après-midi gris et froid. Garibaldi fit entrer les chariots dans un bras peu profond de la rivière, de telle sorte que, en les soulevant à moitié et en les poussant, les marins fassent glisser les bateaux jusqu'à ce qu'ils se trouvent bien calés sur leur socle à roues. Malgré le froid intense qui paralysait les mouvements, les marins réussirent la manœuvre : après des heures d'effort, le *Farroupilha* et le *Seival* reposaient sur les chariots, prêts à entreprendre leur voyage à travers la pampa.

Le lendemain, tirés par un nombre impressionnant de bœufs, les chariots sortirent de l'eau avec leur formidable cargaison. Les hommes poussèrent des cris de joie. Davi Canabarro regardait tout cela froidement. Garibaldi pensa au sourire qu'aurait eu Manuela si elle avait pu assister à cet étrange spectacle.

En ce matin glacial du début du mois de juillet 1839, commença la traversée par la terre des bateaux républicains.

Il plut beaucoup ces jours-là. Les chariots s'embourbaient constamment, mais il y avait toujours une paire de bœufs frais, et ajoutée à cela, l'énergie sauvage de l'infatigable Garibaldi. La traversée s'étendait sur quatre-vingt-six kilomètres dans la pampa recouverte d'herbe inondée çà et là, mais la petite troupe avançait vaillamment et était applaudie par les habitants des lieux qu'elle traversait. On n'avait jamais vu pareil spectacle dans la région.

À l'Estancia de la Barra, Manuela passait ses journées à la fenêtre, regardant tomber la pluie. Elle avait le regard triste, peu d'appétit et une grande envie de pleurer. Dona Ana lui concoctait de petites tisanes, jouait du piano, bref, essayait par tous les moyens de lui arracher un sourire. Mais elle finit elle-même par s'abandonner à la mélancolie : elle s'était attachée à Giuseppe Garibaldi, ce charmant Italien, merveilleux conteur, et il lui manquait en ces jours gris de fin d'hiver. Maria Manuela allumait des cierges pour remercier la Vierge Marie d'avoir libéré sa fille des charmes de ce corsaire aux yeux dorés.

Quand arriva à l'estancia la nouvelle des exploits de Giuseppe Garibaldi, dona Ana laissa échapper un sourire. Dona Antônia, qui ce jour-là rendait visite à ses sœurs, demeura grave, se demanda comment sa nièce allait réagir, essayant de ne pas se laisser dominer par l'émotion qui gonflait son cœur chaque fois qu'elle pensait à l'Italien.

— Giuseppe Garibaldi est un héros, commenta Mariana, impressionnée par la prouesse du corsaire qui avait transporté ses bateaux à travers la campagne.

Maria Manuela regarda sa fille, une expression de fureur enflammant son regard fatigué.

— Un héros ne sert à rien quand les guerres s'arrêtent, Mariana, n'oubliez pas cela.

Elle se tourna vers Manuela qui balançait pensivement son panier à ouvrage.

— Et surtout vous, Manuela de Paula Ferreira, rappelez-vous ce que je vous ai dit et ne faites pas de bêtises. Je ne supporterais pas une souffrance supplémentaire.

Manuela soutint fermement le regard dur de sa mère. Pendant un court instant, elle ressentit de la commisération pour cette femme qui, il y a peu, était encore si belle et si douce, et qui à présent n'était plus qu'une personne triste, fade et sans éclat. La perte de son mari lui avait volé une partie de sa vie. Manuela baissa les yeux.

— Giuseppe est bien trop loin pour que vous vous fassiez du souci pour lui, mère, répondit-elle d'une voix lugubre.

Rosário entre dans la chambre où flotte une odeur douce, laiteuse, qu'elle n'arrive pas à définir. Une lumière ténue traverse les rideaux à moitié tirés, une lumière faible de fin d'après-midi d'hiver. Dans un coin de la pièce, couchée sur le grand lit, Perpétua dort. Sa fille est contre elle, une petite chose rose, un petit paquet de couvertures et de rubans dont la tête minuscule couverte d'un duvet doré se devine à peine. Teresa bouge pendant son sommeil, émet de petits grognements comme un bébé animal, comme les chiots qu'une des chiennes de la maison a mis bas il y a quelques jours, et que Rosário va parfois regarder dans la grange. Teresa est un joli bébé et Rosário se sent fondre de tendresse. Mais il y a aussi de l'amertume en elle. Perpétua s'est mariée, elle est heureuse, elle aime son mari. Elle a un enfant maintenant. Et elle, Rosário n'a rien. Il y a longtemps qu'Esteban a cessé de venir la voir… Esteban, son élégance, ses airs évanescents et sa beauté si délicate, qui parfois l'exaspère quand elle se réveille en nage et sent qu'il est là, qu'il l'épie dans l'obscurité comme un chat, comme un fantôme. Mais Esteban est un fantôme, elle doit s'habituer à cette réalité.

Rosário se déplace doucement pour ne pas réveiller sa cousine et le bébé. Le coffre en bois est là sous la fenêtre. Elle sait qu'il renferme ce qu'elle cherche. Elle l'ouvre avec précaution et prend le paquet enveloppé d'un drap en lin. Un parfum de lavande s'en échappe.

Rosário est faite comme sa cousine, la même taille fine, bien dessinée, la même poitrine haute et ferme, mais sa peau est plus claire et se confond avec la soie nacrée de la robe, comme une autre soie, plus délicate encore, plus fine. La jupe tombe parfaitement sur ses hanches. Rosário caresse doucement les dentelles : la perfection du travail, des broderies de perles, l'éblouit. C'est une robe de grande valeur. Elle sait que le tissu vient de loin, il a été commandé par Caetana, Caetana si fine et élégante, toujours au courant de la mode.

Rosário se coiffe toute seule, remontant ses cheveux sur sa tête. Elle ne s'y prend pas très bien, d'habitude il y a toujours une négresse pour l'aider, mais là elle ne veut personne. Ce moment est à elle. Elle fixe sur ses cheveux le diadème de fleurs de soie et de perles. Elle se lève et va se regarder dans le miroir. Elle s'éloigne un peu pour mieux se voir. Et se découvre, incrédule. Elle est si belle... Ah, comme elle est belle ! La plus belle des femmes, la plus douce et la plus parfaite des créatures. Belle comme un être d'un autre monde. Peut-être, s'il la voyait ainsi vêtue, Esteban l'emporterait-il avec lui. Rosário se dit qu'il serait normal qu'elle n'appartienne plus à ce monde si dur, si froid et si cruel. Elle se contemple avec tant d'émotion que ses yeux débordent de larmes. Des larmes de bonheur. Maintenant elle sait, maintenant elle est sûre. Esteban ne peut pas l'abandonner, pas elle qui ressemble à un ange du paradis.

Toute à ses pensées, d'un pas élégant, comme si elle entrait dans une salle de bal, Rosário sort de sa chambre et déambule dans le couloir. Il est vide mais c'est comme si des milliers d'yeux la regardaient, comme si deux mille paires de mains applaudissaient à son passage. Un sourire ému entrouvre ses lèvres. Un sourire ravissant, digne d'une reine. « *De una reina* », pense-t-elle.

Ma chère cousine Manuela,

Vous devez vous demander pourquoi tant de temps s'est passé sans que je vous écrive, malgré la saudade *qui déchire mon cœur. Je n'ai pas arrêté de sillonner dans tous les sens cette pampa, et les combats, les obligations, les blessés à soigner ont été si nombreux que j'ai dû attendre d'avoir un moment de tranquillité pour vous écrire. Je me trouve en ce moment à Piratini avec mon père, avec lequel je dois rester quelques jours. J'ai rencontré hier votre frère Antônio qui vous envoie ses pensées et son affection, ainsi qu'à votre mère et à ses sœurs.*

Mais c'est de mon amour que je veux vous parler, Manuela. De mon amour pour vous, qui ne cesse de grandir et me fait désirer ardemment la fin de cette guerre, pour que je puisse enfin revenir à l'estancia et rester à vos côtés pour toujours. Mais je me demande parfois si mon affection a sa place dans votre cœur, car au cours de ces derniers mois je n'ai reçu de vous qu'un seul petit billet. Un billet que j'ai gardé dans ma guaiaca *comme un trésor qui égaye mes tristes jours et me protège, Manuela. Mais je sais que vous êtes loin, que les communications sont difficiles et que les lettres se perdent dans ces chemins pleins de mauvaises surprises. J'espère de tout mon cœur que vous ne m'oubliez pas, que ce silence n'est dû qu'à la* saudade. *Et que vous avez pour moi la même immense tendresse que celle que j'ai pour vous.*

Je profite de cette lettre pour vous donner à toutes des nouvelles de la guerre. Comme vous le savez, nous essayons en ce moment d'ouvrir un front dans le Santa-Catarina. Vous connaissez évidemment l'Italien Garibaldi qui est resté quelque temps près de l'estancia pour construire les vaisseaux de la République riograndense. Cet Italien dont tout le monde salue le courage et l'habileté sur les flots a causé une immense stupéfaction dans la pampa en transportant ses bateaux par la terre, les faisant tracter par des chariots attelés à des bœufs. Je sais que vous êtes au courant de cet exploit et que vous vous en êtes réjouies. Je sais aussi que dona Ana et dona Antônia ont pour cet homme une grande affection, aussi je veux vous raconter le malheur qui s'est abattu sur lui et ses compagnons alors qu'ils arrivaient à la mer, par l'embouchure de la rivière Tramandaí.

Les deux bateaux républicains ont été pris dans une tempête. Il semble qu'un vent du sud d'une extrême violence se soit abattu sur la mer, la rendant impraticable. J'ignore ce qui s'est passé exactement, parce que les nouvelles nous arrivent par bribes, mais je sais avec certitude que seize hommes sont morts dans ce drame, entre autres les Italiens Mutru et Carniglia et un Espagnol du nom de Bilbao dont la vaillance était connue de tous. Par bonheur, le commandant Garibaldi n'a pas été englouti par les flots, mais il n'a réussi à sauver que peu de ses compagnons, à cause du mauvais temps et du déchaînement de la mer. Le plus petit des deux bateaux, commandé par l'Américain John Griggs, que vous devez connaître aussi, a dû son salut à ses dimensions réduites et à sa légèreté, qui lui ont permis de s'éloigner et de s'ancrer dans les environs du Camacho, où on l'a retrouvé plus tard intact et avec son équipage au complet.

L'autre nouvelle, Manuela, est que Bento Manuel a quitté les troupes farroupilhas *et qu'il dit vouloir se retirer sur ses terres, las de la guerre et ne supportant pas de se sentir si mal considéré par notre gouvernement. Vous devez savoir que cet autre Bento est un traître qui nous a trop souvent trompés, ce qui n'a pas empêché mon père de ressentir sa perte, car il estime que c'est un bon combattant et un bon meneur d'hommes.*

Transmettez tout cela, s'il vous plaît, à ma mère et à mes tantes. Embrassez Perpétua et dites-lui combien je suis heureux de la naissance de Teresa. Dès que cela sera possible, je viendrai passer quelques jours à l'estancia pour calmer cette saudade *qui m'afflige.*

Et vous, Manuela, n'oubliez pas combien je vous aime et combien vous me manquez.

Avec toute ma tendresse.

Joaquim
Piratini, le 20 juillet 1839

Dona Antônia descendit de son cabriolet devant la maison. Il faisait un froid sec, le ciel était très bleu. Il soufflait un léger vent glacial. Dona Ana, debout sur la véranda, attendit que sa sœur en franchisse les quelques marches.

— Rentrons vite, Antônia. Il y un maté tout chaud et un superbe feu dans la cheminée. Ce froid me ronge les os.

Le salon était vide, on n'entendait que le crépitement du bois qui brûlait. Le tricot de dona Ana attendait sur une banquette près de la cheminée. Dona Antônia demanda où étaient les autres.

— Dans leurs chambres. Perpétua et Caetana sont avec le bébé, les autres je ne sais pas, soupira dona Ana en s'asseyant. Depuis la lettre de Joaquim, tout est d'une tristesse poignante ici. Manuela ne dit pas un mot, on dirait sa mère. Ne parlons pas de Mariana. Quand elle a appris la mort de son marin, elle a pleuré pendant deux jours sans arrêt. Ni les tisanes, ni les prières de Rosa ne réussirent à calmer ses crises de nerfs. Depuis, elle ne sort pratiquement pas de sa chambre. Dire que je n'avais même pas remarqué qu'elle était éprise de ce garçon...

Dona Antônia hocha la tête.

— Cela passera. C'était une amourette, Ana. Quel avenir Mariana aurait-elle eu avec cet Espagnol ?

Dona Ana sourit tristement.

— Vous savez comment sont les jeunes filles... Maintenant que ce garçon est mort, son amour a dû décupler. C'est toujours comme ça.

— La poule du voisin est toujours plus grasse.

— On ne veut que ce que l'on ne peut posséder.

Un frisson parcourut dona Antônia. Elle avait appris le naufrage par Zé Pedra. Elle avait ressenti beaucoup de peine pour tous ces hommes qui avaient péri. Elle se souvenait bien de certains d'entre eux. C'était de vaillants soldats, tous. Elle s'installa dans un fauteuil et demeura un long moment à contempler le feu.

— Et ce maté ? finit-elle par demander, pour chasser le chagrin qui serrait son cœur.

Dona Ana sonna. Une petite négresse apparut avec la bouilloire et la calebasse contenant l'herbe. Dona Ana attendit que dona Antônia ait fini de boire sa première calebasse et dit :

— Vous êtes au courant pour Rosário ?

Non, elle n'était pas au courant.

Dona Ana lui expliqua que l'on avait trouvé leur nièce errant dans le bois, vêtue de la robe de mariée de Perpétua. Il faisait nuit noire. Rosário était bleue de froid et répétait comme une litanie un nom d'homme.

Dona Antônia devint grave.

— Cette petite a quelque chose qui ne va pas. Il faudrait trouver un médecin qui s'y connaisse en dérangements de l'esprit.

— Nous avons fait venir un médecin de Camaquã. Vous auriez vu le désespoir de Maria Manuela en voyant sa fille dans cet état. Nous avons cru qu'elle allait en mourir d'un instant à l'autre. Et quand le médecin est arrivé et qu'il a examiné Rosário, Maria n'arrêtait pas de répéter : ma fille n'est pas folle, ma fille n'est pas folle. Mais le médecin pense que tout cela est incompréhensible, que Rosário a dû subir un choc.

— Notre famille n'est pas sensible aux chocs.

— Je ne me rappelle pas non plus qu'il y ait eu de fous chez nous, à moins que l'on ne me l'ait caché.

Dona Antônia rajouta de l'eau bouillante dans la calebasse et la passa à dona Ana.

— Il faut faire attention à Rosário. Cette guerre dure depuis trop longtemps... Qui sait ce qui peut arriver à cette petite déjà fragile, enfermée ici, loin de tout. – Elle sortit une lettre de sa poche, l'ouvrit, en regarda le contenu. – C'est une lettre de Bento, Ana. Il dit qu'ils ont pris la ville de Laguna où ils ont été reçus royalement. Bento est très content du tour que prennent les événements à Laguna. C'est un port, et c'est ce dont ils ont le plus besoin.

— Qui sait, cette guerre va peut-être finir maintenant. Je ne sais plus comment faire avec ces petites.

— Nous ne faisons pas, nous attendons, Ana. Il faut maintenir l'ordre dans cette maison. Sinon tout va s'effondrer. Nous ne devons pas les laisser aller à vau-l'eau, s'abandonner à la tristesse. Ce serait la pire des choses.

Dona Ana jeta un coup d'œil sombre à sa sœur aînée et ne répondit rien. De hautes flammes s'élevaient dans la cheminée. Dehors, le vent se levait et sur la véranda, Regente, le petit chien que Manuela avait adopté, se mit à glapir. Dona Ana pensait aux histoires de *minuano* qu'elle avait racontées à Garibaldi. Elle aurait aimé que l'Italien soit là.

Cahiers de Manuela

Pelotas, 20 décembre 1880

La lettre de Joaquim tomba sur mon cœur avec le poids d'une montagne. Mon Dieu, les malheurs qu'avait subis mon pauvre Giuseppe ! Et tous ces morts, ces hommes avec qui j'avais bavardé à l'estancia, Luigi Carniglia, si gentil, que Giuseppe aimait au point de l'appeler « frère » ; et Mutru, l'autre Italien, ami de Giuseppe depuis leur enfance à Nice... Et Ignácio Bilbao que Mariana pleura longtemps. Oui, Mariana aimait l'Espagnol et en parlait toujours les yeux brûlants d'amour. Le savoir mort, enseveli dans les profondeurs marines sans une bénédiction, sans croix ni fleurs, l'avait plongée dans le désespoir. Tous ses rêves s'étaient noyés avec Ignácio. Elle n'avait gardé de lui, comme elle me le confia à l'époque, que le goût d'un unique baiser.

Au cours de cet hiver froid et sombre, je ne fis rien d'autre que penser aux angoisses de mon Giuseppe qui devait se sentir bien seul sur cette terre, après la disparition de ses meilleurs amis et de ses plus fidèles compagnons qui tous avaient péri dans le naufrage. Et le *Farroupilha*, le bateau qu'il avait construit avec tant d'enthousiasme et dont il était si fier, avait été lui aussi avalé par la mer déchaînée. Il ne restait presque rien des rêves de Garibaldi. Tant d'efforts, l'exploit de la traversée de la pampa par les bateaux sur les chariots, tout cela n'avait servi à rien... Dieu n'avait-il pas pitié de ces hommes qui avaient tant fait pour leur idéal ? N'avait-Il aucune clémence, ou serait-ce qu'Il les punissait pour une guerre qui ensanglantait tout notre Rio Grande ? Je n'avais pas de réponse... Et je ne pouvais en parler ni avec ma mère, ni avec mes tantes. Aucun commentaire à propos des tristes événements qui nous avaient touchées n'avait le droit de sortir de nos bouches. C'était la loi de la maison, et il n'y avait que dans le silence de nos chambres que nous pouvions nous laisser aller au chagrin, à douter de Dieu ou à craindre l'avenir.

Je me demandais souvent si Giuseppe pensait à moi là-bas dans le Santa-Catarina, si pendant les sombres nuits qui suivirent le naufrage il avait rêvé de mes bras, de ma tendresse et de mon soutien. Je rêvais de lui toutes les nuits, de ses yeux d'ambre, de son beau visage, de ses cheveux d'or... Son souvenir venait réchauffer mes nuits glacées, chassant la peur tapie sous mes draps, faisant taire le vent qui gémissait dehors comme un mort sans sépulture. Je ne vivais que dans sa pensée, noircissant des pages et des pages de mon journal intime, remplissant des cahiers entiers de ma *saudade* et des serments d'un amour qui ne verrait jamais le jour. Je ne savais pas encore... Je ne sortais de ma chambre qu'au moment des repas ou quand dona Ana me confiait quelque tâche domestique. Je restais à la fenêtre, contemplant la campagne nue et jaunie par le froid de l'hiver, regardant la pluie tomber du ciel lourd et gris, annonces de mauvais présages qui me terrifiaient. J'allais parfois jouer avec la petite de Perpétua, mais j'avais peur, face au bonheur paisible de ma cousine, de lui communiquer ma tristesse. Je ne restais pas longtemps en sa compagnie, et aucune de ses douces paroles d'encouragement n'arrivait à apaiser l'angoisse qui me rongeait.

Au début de septembre, nous eûmes des nouvelles de Laguna et des républicains. Ils étaient entrés dans la ville, accueillis par une foule joyeuse. Les cloches des églises retentirent. Davi Canabarro, Texeira Nunes et Giuseppe Garibaldi furent reçus en héros. Ils avaient fait plus de soixante-dix prisonniers, tué dix-sept soldats ennemis et pris quatre schooners de la Marine impériale, quinze canons et plus de quatre cents carabines. Leurs efforts avaient été récompensés : Laguna était maintenant républicaine et un nouveau gouvernement avait été mis en place sous le commandement de Canabarro, nommé général.

Nous célébrâmes la bonne nouvelle par un dîner presque joyeux, nos joies étaient plutôt discrètes à cette époque. Dona Antônia, Caetana et dona Ana étaient ravies : Laguna était d'une importance capitale pour les projets des républicains, avec son port sur la mer et sa situation stratégique. Elles parlèrent beaucoup ce soir-là et je vis le vieux piano de ma tante ressusciter ces valses que l'on n'avait plus entendues depuis le bal en hommage à Bento Gonçalves. Mais ma mère ne prit point part à la conversation, enfermée dans son éternelle mélancolie. Elle ne s'intéressait pas à la guerre, excepté le fait que cette guerre retenait Antônio dans ses filets. Elle souffrait de l'état de Rosário qui était devenue sombre et silencieuse, et qui, depuis la nuit où on l'avait retrouvée habillée en mariée, ne venait presque plus à table avec nous. Cette nuit-là, elle dîna en notre compagnie et je pus voir son visage abattu, des cernes violacés sous ses beaux yeux jadis si vifs. Mais elle ne parla pas de la Cour ni des bals qu'elle aimait tant. Elle avait maigri et était absente, mangeant sa soupe les yeux fixés sur son assiette, souriant parfois dans le vide, ou regardant devant elle comme si elle voyait passer l'ombre de quelqu'un que nous ne pouvions percevoir.

Mariana allait mieux, mais elle ne voyait pas de raison de fêter une victoire qui ne lui avait apporté que du malheur. Elle mangea peu et ne parla pas. J'étais, quant à moi, heureuse pour Giuseppe, reçu comme un héros, un sauveur (de quoi avait-il sauvé les habitants de Laguna, je ne saurais le dire), un homme qui méritait l'amour des foules, que sonnent les cloches des églises et retentissent les applaudissements des dames à leur balcon. J'aurais aimé être à ses côtés et partager avec lui des moments si glorieux.

Je ne savais pas que mon Giuseppe était sur le point de la connaître, l'autre, celle qui l'accompagna, le suivit et vécut avec lui tous les rêves que j'avais tissés pour nous. Celle qui s'appelait Anita... Oui, dans la foule qui l'applaudissait à Laguna en ce jour de victoire, elle était là, le regardant de loin, rêvant peut-être de lui parler, de devenir sienne comme cela arriva plus tard.

Mais j'avais dix-neuf ans, un âge où je pouvais encore croire que mon amour si fragile était aussi indestructible qu'un château fort, que Giuseppe se garderait pour moi, pour moi qui lui était interdite, pour moi qui était promise au fils du président de la République pour laquelle il se battait... Ah, que j'étais naïve, je le sais maintenant. Non pas de croire que Giuseppe m'aimait – car il m'a aimée de toutes les forces de son âme – mais naïve de croire que cet amour serait un jour possible. Nos fiançailles secrètes, faites de serments et de baisers, étaient trop éloignées de la réalité de Laguna. Giuseppe n'était déjà plus le même alors. Ni pire ni meilleur (il avait cette vertu que Dieu accorde à peu d'êtres, l'honneur), mais c'était juste un homme loin de son pays, qui avait vu mourir ses amis et qui avait devant lui encore beaucoup de combats à mener. Un homme qui vivait au jour le jour, parce qu'il fallait affronter la vie, et qu'il avait, pour défendre sa cause, une âme vaste, un cœur valeureux et tout pour faire pour naître l'amour. Et l'amour était là. L'amour rôdait autour de lui dans cette ville nouvellement conquise et il ne le savait pas.

Manuela

La maison avait retrouvé un certain apaisement, on ne voyait plus Mariana pleurer dans les coins, ni Manuela prier devant l'oratoire des après-midi entiers. Elle n'avait plus, depuis déjà quelque temps, de nouvelles du corsaire italien. Rosário elle-même semblait aller mieux, et, quoique toujours enfermée dans un silence inaltérable, consentait maintenant à venir prendre ses repas avec nous. Elle s'était même remise à la broderie.

Le printemps avait été clément, y compris pour les armées républicaines. Des victoires et des conquêtes, la prise de Laguna, le transfert de la capitale vers la ville de Caçapava, tout contribuait à conforter l'enthousiasme des partisans de Bento Gonçalves et de ses généraux. Caetana avait récemment retrouvé son mari à Caçapava où elle avait participé à un bal fastueux, et elle était revenue à l'estancia, impressionnée par les progrès de cette ville. Dona Ana n'avait pas été à Caçapava depuis très longtemps et les descriptions qu'en fit sa belle-sœur l'émerveillèrent : Caçapava avait à présent un hôpital, une imprimerie, des casernes, un gouvernement avec des ministres, toutes choses qui prouvaient que la République avait d'immenses possibilités si les vents continuaient à souffler en sa faveur.

Aussi, dona Ana ne s'attendait pas, en cette matinée fraîche et ensoleillée, qu'une lettre autant désirée – il y avait longtemps qu'elle n'avait pas eu de nouvelles de José – lui apporte tant de sujets d'angoisse. Elle buvait son maté du matin, quand Zé Pedra vint l'informer qu'un soldat était arrivé et souhaitait parler à la patronne.

Dona Ana reçut le jeune républicain sur la véranda, et ses yeux brillèrent de joie lorsqu'elle reconnut l'écriture inscrite sur l'enveloppe que lui remettait le messager. Elle demanda que l'on serve à manger et à boire au soldat et qu'on lui donne un poncho neuf (le sien était en lambeaux).

Dona Ana courut à sa chambre et ouvrit l'enveloppe déjà bien abîmée. Son cœur battait fort : il y avait si longtemps que José ne venait pas la voir, et maintenant qu'il se trouvait à Laguna, elle ne pouvait s'empêcher de trembler pour lui. Jusqu'à quand la chance sourirait-elle aux républicains du Santa-Catarina ? Les impériaux ne laisseraient pas impunie la victoire des rebelles. Là-bas, les républicains étaient loin du gros de leurs troupes, ils soutenaient seuls cette révolte, à l'aide du fil de leurs épées et de la force de leur courage. Et son fils était à Laguna, combattant dans les rangs de Canabarro... Son fils qui ressemblait tant à Paulo, son fils à qui elle avait appris à lire, qu'elle avait vu grandir et devenir un homme à la barbe fournie et à la voix grave, son fils qu'elle aimait tellement, tellement.

Ma chère mère,

Je vous écris de ma chambre à Laguna, car l'Italien Rossetti fera partir demain le courrier au Rio Grande, et je veux que cette lettre parte et arrive jusqu'à vos mains. Je sais que vous pensez à moi et que vous vous demandez ce que je deviens dans cette nouvelle république. Je tiens à vous tranquilliser sur ma santé, qui est excellente, et sur mon état d'esprit, car j'ai ici tout ce qu'il faut et beaucoup à faire dans les troupes de notre valeureux Teixeira Nunes.

Je ne peux vous en dire autant à propos de notre République nouvellement instaurée. Tout semble se déliter rapidement, et seul Davi Canabarro – occupé à exercer son commandement et son pouvoir – ne se rend pas compte que rien ne fonctionne. Tout peut arriver. Davi Canabarro ne cherche qu'à se débarrasser de ceux qu'il considère comme des subversifs, ne faisant rien pour se faire estimer de la population qui commence à le mépriser. Le Général a même réussi à se mettre à dos un prêtre appelé Vilella, très influent dans la ville. Il a fait arrêter plus de soixante personnes, cela dans une ville aussi petite que Laguna. C'est une violation totale de nos idées, mère, et je pense combien il serait bon que Bento Gonçalves puisse venir jusqu'ici, avec sa façon directe, calme et policée de prendre des décisions. Mais Bento ne vient pas, et le pauvre Rossetti n'arrive plus à contrecarrer les ordres despotiques de Canabarro.

Pour que vous vous rendiez compte du désordre qui règne ici, sachez que même l'Italien Giuseppe Garibaldi, un homme d'honneur à qui nous devons tant, a commis une faute irréparable en s'éprenant d'une jeune femme mariée de la ville, nommée Anita, que son mari avait abandonnée pour s'engager dans les troupes impériales. Notre valeureux Garibaldi, qui a percé le blocus ennemi d'une façon aussi ingénieuse que courageuse, a emmené la jeune femme sur son bateau, puis a cinglé vers les côtes de São Paulo dans l'intention de faire des prises de guerre. La ville est très offensée par cette attitude, cet amour impudique consommé aux yeux de tous, et encore plus par celle de Canabarro. La population n'est plus la même aujourd'hui que celle qui a envahi les rues pour nous accueillir, c'en est une autre, farouche et sournoise.

Dona Ana interrompit sa lecture, le temps d'assimiler ces nouvelles. Les choses semblaient si bien parties, si bien organisées. Il lui arrivait parfois de se dire qu'ils construisaient des châteaux de sable. Un souffle de vent et tout s'écroulerait sans rémission. Mais son frère n'était pas *hombre* à construire des châteaux éphémères, non, et elle le savait bien. Bento devait être au courant de ce qui se passait à Laguna. Bento ferait quelque chose pour contenir la furie de ce Canabarro. Elle avait déjà entendu parler de cet homme, un individu grossier, fruste, mais un bon et courageux soldat. Son frère avait sûrement un plan pour remettre de l'ordre dans cette pagaille, pour dompter Canabarro.

Elle baissa les yeux sur le papier, mais ne put poursuivre sa lecture. Le souvenir de Giuseppe Garibaldi lui vint à l'esprit. Elle pensait à l'Italien, à son sang chaud, et elle pensait aussi à sa nièce. À la maison, les lettres étaient toujours lues à voix haute, à l'heure du dîner, c'était un rituel observé depuis le début de cette longue attente. Elle lirait donc la lettre de José, mais pas avant d'avoir demandé à Manuela de venir dans sa chambre afin de lui apprendre ce qui s'était passé et de l'aider à comprendre que, même avant que Garibaldi n'ait séduit une femme mariée, l'amour qu'ils avaient vécu à l'estancia était voué à l'échec. Elle ne voulait pas que Manuela souffre plus que nécessaire, il n'était pas bon qu'une femme se mette à haïr l'homme qu'elle avait aimé. La haine et l'amour étaient des sentiments trop semblables. Et la haine d'une femme pouvait durer bien plus longtemps qu'une guerre. Il lui fallait parler seule à seule avec Manuela. Parler avec précaution et délicatesse.

Dona Ana soupira. Trop de choses. La journée était si belle, le monde semblait si serein. Mais non. José, son fils, se trouvait en ce moment plongé dans un pailler prêt à flamber. Et Bento Gonçalves était à Caçapava.

Elle reprit sa lecture.

Il y a d'autres choses dont je dois vous parler, mère. Je serai bref, car je n'ai plus beaucoup de temps.

Hier l'expédition de Garibaldi est revenue, les bateaux étaient très abîmés et les hommes épuisés. Bien qu'ils aient réussi à échapper à un ennemi bien supérieur en nombre, l'expédition ayant croisé le navire impérial Andorinha, *ils n'ont pas obtenu les résultats escomptés. Ils avaient arraisonné deux navires de l'Empire, mais ils ont dû les laisser filer pour affronter l'*Andorinha. *Ils sont donc revenus à Laguna les mains vides. Il semble que cette Ana Maria – que Garibaldi appelle Anita – se soit bien battue, aussi vaillamment qu'un homme. On parle déjà dans la rue de son courage exceptionnel. Si vous la voyiez : c'est une jeune femme frêle, au visage délicat et aux manières courtoises, simple et même jolie. Impossible d'imaginer une telle créature au milieu de ces batailles sanglantes.*

Des troupes impériales nombreuses sont en chemin vers nous. Et la population d'Imaruí, plus au nord de Laguna, s'est mise du côté de l'ennemi. Hier, après le retour de l'Italien, Davi Canabarro a réuni tout le monde et a ordonné des mesures cruelles contre les habitants d'Imaruí, pour l'exemple. Garibaldi et ses hommes ont été désignés pour aller attaquer le bourg. J'ai vu, dans les yeux de l'Italien, à quel point il était contre cet ordre barbare, mais il n'a pas le droit de s'opposer à un supérieur, et demain ses bateaux repartiront vers leur terrible mission.

À part cela, mère, nous vivons et nous nous battons. Ne vous faites pas de souci pour votre fils, je suis assez fort pour aller de l'avant et me battre dans tous les combats où mon épée sera nécessaire. Je termine maintenant ma lettre. Je vous envoie toute mon affection et ma tendresse, ainsi qu'à mes tantes et à mes cousines.

Votre fils qui vous aime,

José

Vila de Laguna, le 6 novembre 1839

Manuela frappa doucement à la porte.

— Entrez, répondit dona Ana, assise dans son fauteuil à bascule près de la fenêtre.

Manuela portait une robe toute simple, rose, et ses cheveux noirs étaient coiffés en une longue tresse. Dona Ana apprécia la beauté simple de la jeune fille.

— Je suis venue vous dire que tante Antônia est là et qu'elle va rester dormir ici ce soir.

— *Buenas*, dit dona Ana avec un sourire. Nous irons voir Antônia plus tard, je dois vous parler. Asseyez-vous ici, à côté de moi.

Manuela s'installa dans un siège canné et attendit.

— J'ai reçu une lettre aujourd'hui, Manuela, entama Ana d'une voix sereine. Une lettre de José qui me parle de Garibaldi.

Les yeux verts de Manuela s'éclairèrent et dona Ana déplia soigneusement les deux feuilles de papier.

— Les nouvelles ne sont pas bonnes, Manuela, mais je ne peux me résoudre à les qualifier de mauvaises. Vous allez comprendre ce que je veux dire après l'avoir lue... C'est la vie, mon petit, conclut-elle en tendant la lettre à sa nièce.

Le visage de Manuela pâlit un peu, puis de plus en plus au fur et à mesure qu'elle lisait le récit qui s'étalait sur ces deux feuilles de mauvais papier.

Quand elle en finit la lecture, ses yeux étaient remplis de larmes, sa lèvre supérieure tremblait, mais Manuela faisait un effort surhumain pour retenir ses pleurs et rester digne devant sa tante.

— C'est un mensonge, fit-elle d'une voix tremblante. C'est un mensonge, tante Ana, j'en suis certaine.

— Pourquoi ton cousin mentirait-il, Manuela ?

— C'est un malentendu, ma tante. Ces histoires qui courent de bouche en bouche sont déformées, vous le savez. Giuseppe m'aime. Nous nous sommes juré un amour éternel. Nous allons nous marier, ma tante... Quand cette guerre sera finie, nous allons nous marier. Nous avons décidé cela en secret. Personne n'est au courant à part nous deux et vous maintenant. Mais n'en parlez pas, ma tante, s'il vous plaît. Il a peut-être seulement aidé cette jeune femme. Peut-être voulait-elle quitter Laguna, fuir. Giuseppe a dû avoir pitié d'elle et l'a aidée, ma tante. Mais il m'aime.

Dona Ana prit entre les siennes la main glacée de sa nièce.

— Ne vous affolez pas... Vous devez garder votre calme, Manuela. C'est pour cela que je vous ai fait venir, pour vous parler de tout ça. Je ne veux pas que Maria Manuela vous fasse souffrir encore plus... C'est un secret entre nous, d'accord ? Je vais lire cette lettre ce soir à table, mais je sauterai cette partie. Nous seules serons au courant de cette histoire. C'est mieux pour tout le monde. Ne vous occupez pas de Giuseppe, tout au moins pour le moment. Trop de drames arrivent dans notre vie, mon petit.

— Giuseppe n'aime pas cette Anita, je le sais. J'ai vu dans ses yeux à quel point il m'aimait. C'est un homme d'honneur. Jamais il ne me ferait cela, non, jamais...

Une grosse larme coulait sur la joue de Manuela. Elle avait l'air perdu comme une petite fille qui voit se briser son jouet préféré.

— Giuseppe est un homme d'honneur, c'est vrai, Manuela. Mais c'est un corsaire, un aventurier. Il vous a aimée, mais son amour est instable comme son destin. Cela n'en fait pas un mauvais homme, mon petit. Il est différent, il faut que vous le compreniez. Ne lui veuillez pas de mal, je vous en prie. Qui sait ce qui s'est passé entre lui et cette jeune fille… – Elle caressa les boucles brunes de sa nièce. – Il ne serait jamais revenu, Manuela. Ce n'est pas un homme à marcher deux fois sur la même terre. Et vous l'auriez attendu toute votre vie… C'est pour cette raison que je vous ai fait lire la lettre de José. Votre cousin a raconté tout ce qu'il savait et il n'a pas menti. Mais c'est mieux comme ça. Maintenant vous pouvez essayer d'oublier Giuseppe et vivre votre vie. Ne le détestez pas, mais ne l'aimez plus. Vous avez la vie devant vous et beaucoup de belles choses à vivre. Vous avez Joaquim, Manuela.

Manuela posa sur dona Ana un regard vide.

— J'aimerai Giuseppe toute ma vie. (Elle embrassa sa tante et se redressa, très droite.) Merci de m'avoir montré cette lettre, ma tante. Je vous remercie du fond du cœur.

— Oubliez tout cela, mon enfant. C'est le conseil que je vous donne.

— Ce n'est pas possible, ma tante.

Elle demanda la permission de se retirer et sortit de la chambre.

Le soir tombait, teintant de rouge le ciel sans nuage. Les trois sœurs et l'épouse de Bento Gonçalves se trouvaient dans le grand salon de l'estancia. Perpétua et Mariana s'étaient installées dans un coin, l'une son bébé sur les genoux et l'autre lisant distraitement un roman. Caetana montrait à la petite Ana Joaquina comment faire une boutonnière sur un bout de tissu blanc. Les fenêtres grandes ouvertes sur la campagne laissaient pénétrer un parfum de fleurs et de végétation. On entendait au loin les accents d'une chanson en espagnol, une milonga triste et pleine de nostalgie.

Le dîner n'allait pas tarder. Dona Antônia examinait des papiers concernant une vente de bétail, l'air grave. La guerre les appauvrissait, les choses n'étaient plus comme avant. Aujourd'hui on travaillait pour entretenir les terres et il ne restait presque rien après. Il arrivait même que l'argent vienne à manquer. Mais on se débrouillait.

Dona Ana terminait une broderie. Elle avait dans sa poche la lettre de José, qu'elle lirait avant le dîner à ses parentes. Elle était triste et cette chanson qui venait du dehors n'arrangeait rien. Manuela était partie dans sa chambre et n'en était plus sortie. Elle avait fait dire qu'elle avait la migraine. Dona Ana ne se sentit pas le courage d'aller chercher sa nièce, elle savait bien que ce n'était pas sa tête qui la faisait souffrir, mais son cœur. Maria Manuela avait fait porter une tasse de thé à sa fille, mais le plateau était retourné intact à la cuisine. Elle brodait maintenant à côté de dona Ana et paraissait calme. Elle se montrait de plus en plus détachée de la vie, uniquement préoccupée par Rosário. Elle n'avait aucune idée des souffrances de sa plus jeune fille.

— Les choses vont mal, laissa échapper dona Antônia, rassemblant les papiers de l'estancia.

Mariana, Perpétua et Caetana la regardèrent en silence. Il n'y avait rien à ajouter. La petite Teresa se mit à pleurnicher sur les genoux de sa mère. Dona Antônia, comme d'habitude, regretta d'avoir trop parlé.

— Où est Manuela ? demanda-t-elle.

— Dans sa chambre, elle a mal à la tête, répondit Mariana. Elle ne veut pas dîner ce soir.

— Elle doit avoir attrapé un rhume, grommela Maria Manuela. J'irai lui porter un jus de citron bien chaud. La nuit était très fraîche hier, elle a dû prendre froid.

Dona Ana regarda sa jeune sœur. Marie Manuela était en train, peu à peu, de se retirer complètement du monde. La vie était trop dure pour elle. Depuis qu'elle était toute petite, la vie était trop dure pour elle.

Manuela lâche ses cheveux qui tombent sur ses épaules en cascades noires jusqu'à la taille. Des mèches soyeuses, brillantes et souples qui s'enroulent en boucles lourdes et régulières. Elle a toujours eu des cheveux magnifiques. Sa mère racontait qu'elle avait à la naissance une vraie tignasse et qu'elle avait très tôt pu la coiffer.

Elle regarde l'image que le miroir lui renvoie. Le visage fin, clair, bien dessiné. Ses yeux très verts, rouges d'avoir tant pleuré, gonflés, étaient ce que son père préférait chez elle. « Cette petite a des émeraudes à la place des iris », disait-il. « Vous avez une jungle dans les yeux », lui avait murmuré un jour Giuseppe. Des larmes brûlantes ruissellent sur ses joues. Elle se regarde dans le miroir et ne se reconnaît pas. Une inconnue. Une inconnue qui pleure. Une inconnue aux yeux d'émeraude. Penser à Giuseppe sans pleurer est impossible.

Les dernières lueurs du jour se glissent par les rideaux entrouverts. Toute la chambre semble noyée dans une lumière rose irréelle. Manuela s'observe dans le grand miroir en cristal. Cette lumière lui donne l'air d'une morte. Un air de fantôme. Elle passe sa main dans ses cheveux, la laisse glisser jusqu'à sa poitrine et la garde là, appuyée sur son cœur brisé comme pour l'empêcher d'exploser de douleur sous la guipure de son corsage. Sur la coiffeuse, est posé le journal intime qu'elle écrit depuis son arrivée à l'estancia. C'est son meilleur cahier, le plus gai, celui dans lequel elle parle de Giuseppe. Elle prend le journal, le feuillette avec une sorte de rage et le lance à travers la pièce. Puis elle sourit. Elle se sent aussi idiote que n'importe quelle autre fille. Aussi idiote que Rosário qui aime un homme qui n'existe pas. Elle a toujours pensé qu'elle était plus maligne, plus réaliste que les autres, celles qui vivent dans leurs rêves... Et pourtant, elle s'est fourvoyée elle aussi en tombant amoureuse d'un Giuseppe différent, un prince, un héros, un homme bon, délicat et romantique, qui lui faisait des compliments et des promesses qui ne verraient jamais le jour.

Elle ouvre le deuxième des trois tiroirs de la coiffeuse, farfouille entre les peignes, les épingles à cheveux, les pinces, et en sort de grands ciseaux. Ce sont de vieux ciseaux qui appartenaient à sa grand-mère paternelle. Elle en caresse les lames coupantes et sombres, les passe lentement sur sa joue et éprouve le froid du métal.

Elle ne veut plus vivre si la vie veut dire être loin de lui. Pour quoi faire ? Supporter la lente succession des jours toujours pareils, faire semblant de s'intéresser à la guerre, aux victoires, au sang versé, à la République... Voir passer les étés, transpirer pendant de longs aprèsmidi jusqu'à l'hiver, jusqu'à ce que le *minuano* meurtrisse ses tympans, ronge son âme, jusqu'à ce que la vieillesse la rattrape assise dans son fauteuil à bascule, contemplant la pampa, momifiée.

Les ciseaux pèsent lourd dans sa main.

Les ciseaux attendent une décision.

Mais si elle mourrait avant l'heure ? Et si Giuseppe revenait, repenti, disant que tout cela n'avait été qu'une aventure ? Et si Giuseppe rentrait avec sa voix chaude, son odeur de mer et ses mots si beaux, si tendres ? *Carina, carina mia.* Giuseppe peut arriver à n'importe quel moment. La guerre est si imprévisible. Il ne faudrait pas qu'elle le déçoive. S'il ne retrouvait d'elle qu'une tombe ? Lui si courageux. Lui qui a sillonné le monde, couru les mers, combattu tant d'ennemis.

Les ciseaux sont noirs comme les mots que José a tracés sur sa lettre. Anita. Anita. José a dit qu'Anita a du courage. Elle ne veut pas de cette Manuela-sans-courage. La femme qui suivra Giuseppe Garibaldi sur les chemins de sa vie devra avoir du courage.

— Non. Je ne suis pas une lâche.

Sa voix résonne dans la chambre vide. Derrière les fenêtres, la nuit s'est installée sur la pampa. Seul un rai de lumière entre par la fenêtre. Quelqu'un a dû allumer une lampe à côté. Ou c'est la lueur des étoiles. Assis dans un coin de la chambre, Regente fixe sa maîtresse avec curiosité et jappe. Il perçoit la tristesse de Manuela comme une présence menaçante.

Elle ne distingue plus son reflet dans le miroir. C'est mieux. Elle tient bien fort les ciseaux dans sa main droite. De la gauche, d'un seul coup, elle saisit ses cheveux et les enroule en torsade. Les ciseaux coupent les mèches sans difficulté. Comme on trancherait en deux le corps d'un animal. Les mèches tombent, libres, mortes, dissociées de son corps. Elle jette les ciseaux sur le lit. Son cœur bat fort, mais elle n'a pas peur.

— Je suis aussi courageuse qu'Anita. Ce n'est pas le manque de courage qui va décider de notre vie.

Elle lève ses mains jusqu'à son cou. Un frisson court sur la peau nue. Manuela éprouve une sensation de liberté étrange, masculine, presque animale.

Quelqu'un frappe à la porte.

Manuela hésite. Il faut être forte.

— Entrez.

La porte s'ouvre et la lumière d'un chandelier s'infiltre dans la chambre obscure. Dona Antônia entre, ses yeux s'habituent petit à petit à l'obscurité.

— Vous allez mieux ?

Sa voix est méfiante. Elle lève bien haut le chandelier à cinq branches et aperçoit sa nièce assise devant la coiffeuse, calme, placide, ses cheveux éparpillés à ses pieds en une masse diffuse. Elle voit son cou gracile, blanc et ses yeux secs, durs.

Dona Antônia verrouille la porte derrière elle.

— Pour l'amour de Dieu, mon petit, qu'avez-vous fait ?

Dona Antônia est une femme forte, cuirassée par la vie. Elle sait qu'il faut être forte. Les faibles restent au milieu du chemin. Mais en s'agenouillant au sol, en rassemblant les cheveux de Manuela, quelque chose rompt au plus profond d'elle-même, une porte s'ouvre. Elle pleure.

— Qu'avez-vous fait ?

Elle tient les cheveux entre ses mains avec délicatesse, comme si elle portait le corps fragile d'un enfant mort.

— Giuseppe a rencontré une autre femme, ma tante.

La voix de Manuela tremble, glisse dans l'atmosphère, glisse jusqu'à sa tante.

— Giuseppe l'a emmenée sur son bateau, ils vont vivre ensemble son rêve de liberté. C'est une femme courageuse, elle a tout quitté pour lui.

— Qui vous a raconté cela ?

José. Ou plutôt dona Ana qui lui a montré la lettre, elle avait tout lu. C'était vrai. La jeune femme s'appelait Anita et se battait comme un homme. Elle non. Elle était restée là, à attendre, comme toutes les autres. Et Giuseppe ne voulait pas d'une femme comme les autres, il voulait une femme exceptionnelle.

Manuela sanglote à présent. On dirait un petit garçon avec ses cheveux courts. Dona Antônia rassemble les longues mèches, les tresse soigneusement. Ses mains agiles travaillent avec dextérité.

— Ce n'est pas votre faute, Manuela. Garibaldi est un aventurier, un homme sans foyer. Quand il est parti pour Laguna, il savait qu'il ne reviendrait pas, mon petit.

— Non... Il serait revenu, il me l'avait promis. – Elle ouvre un tiroir de la coiffeuse, en sort une boîte remplie de lettres. – Il me l'a promis dans ces lettres, ma tante, tant de fois. Il m'aimait... Et il m'aime peut-être encore.

— Peut-être, Manuela. – Dona Antônia repense à la conversation qu'elle a eue avec Bento. – Mais peut-être pas. Garibaldi est comme un oiseau, il a besoin d'être libre. Il se bat pour ce qu'il désire.

— Cette Anita est mariée.

Dona Antônia pose la tresse sur la coiffeuse. Elle a un sourire triste. Les bougies diffusent une lumière faible et tremblotante.

— Bento lui a dit de partir. Qu'il vous oublie. À cause de Joaquim qui vous aime. Et parce que vous n'êtes pas faits l'un pour l'autre. J'étais au courant et j'étais d'accord avec lui.

— Alors, c'est pour cela...

— Non, Manuela, ce n'est pas seulement pour cela. Giuseppe n'a rien dit. Il ne s'est pas battu pour vous garder. Et vous savez que c'est un lutteur.

Les larmes ruissellent sur le visage de la jeune fille. Dona Antônia contient la tristesse qui enfle dans son cœur.

— Il peut revenir un jour et se battre pour moi.

— Il faut attendre pour voir, mon petit. Attendre le temps nécessaire. Pourquoi avez-vous fait ça ? demande-t-elle en tenant la natte morte entre ses mains.

— Parce que je n'ai pas eu le courage de me tuer.

— Vous avez trop de vie en vous pour commettre une telle folie, Manuela. Vous êtes forte. J'ai confiance en vous. Nous nous ressemblons. Qu'allons-nous dire aux autres ? interroge-t-elle en soupirant.

Manuela hausse les épaules.

— La vérité, ma tante.

— Elles ne comprendraient pas, Manuela. Ce serait très compliqué. Nous n'avons pas besoin d'un problème supplémentaire.

— Cela m'est égal. J'ai perdu la seule chose que je désirais. Peu m'importe ce que pense ma mère ou même les autres.

— Votre mère est en plein désarroi à cause de Rosário. Nous allons garder tout cela pour nous. Et nous allons attendre.

— Attendre quoi ?

Dona Antônia regarde sa nièce dans les yeux.

— Il faut avoir du courage pour attendre dans la dignité, Manuela. Et vous n'en manquez pas, je le sais.

Dona Antônia prend une poignée d'épingles à cheveux. Elle fixe les cheveux de Manuela sur sa nuque à l'aide des épingles, puis y accroche la natte avec des pinces de façon à dissimuler le massacre. Jeune, elle avait des dispositions pour la coiffure. Manuela a un petit sourire triste.

— C'est presque aussi bien qu'avant, ma tante.

Dona Antônia lui caresse la joue.

— Ce que je voudrais c'est que ce petit cœur soit aussi bien qu'avant, que vous ne le négligiez pas. Quant à vos cheveux, je vais vous montrer comment les arranger. Avec le temps, vous vous débrouillerez très bien. – Elle pousse un long soupir. – Ce sera notre secret, Manuela. Et maintenant, allons dîner avant que les autres ne se posent des questions.

Mère,

Après la dernière lettre que je vous ai envoyée, beaucoup de choses se sont produites dans le Santa-Catarina. Comme je comprends que mon oncle, le général Bento, est trop pris par ses propres combats, et craignant que vous ne sachiez pas ce qui se passe à Laguna, je vous écris aujourd'hui ces lignes. Ne vous faites pas de souci pour votre fils en lisant cette lettre, je suis têtu comme vous le dites vous-même, et je sais me protéger quand il le faut.

Buenas, le 15 novembre, l'amiral Mariah, commandant de la Marine impériale, a posté vingt-deux navires à l'entrée de la barre, ce qui a causé une grande frayeur au sein de la population de Laguna, même si tout le monde savait que la barre était infranchissable pour des bateaux de fort tonneau et que les hommes qui occupaient le fort qui protège l'entrée de la baie étaient très bien armés. Les gens de Laguna ont pris la fuite lorsqu'ils ont compris que le combat était imminent. Les rues ont été plongées dans un chaos de panique et de bagarres. Très peu de Lagunenses sont restés avec nous et nous n'avons pas réussi, malgré tous les efforts de Garibaldi et Texeira, à organiser une défense terrestre efficace. En dépit des difficultés, nous avons quand même installé une ligne de défense composée de cent cinquante bons tireurs. Six canons protégeaient l'entrée, et nos six bateaux ont été postés en demi-cercle par Garibaldi, prêts à faire feu sur le premier navire qui pénétrerait dans la barre de Laguna.

Il était midi passé quand nous avons appris que les navires de Mariah étaient en train de forcer l'entrée de la barre. C'était terrifiant. Grâce à la marée haute, la flotte impériale a réussi à trouver un passage et l'attaque a commencé. Notre artillerie a répondu en envoyant des obus sur les bateaux ennemis pour les couler. L'échange de tirs fut terrible, car nous étions très près les uns des autres, et que de tous côtés ce n'étaient que bateaux en flammes, corps mutilés et hurlements. Les forces impériales ont pris le dessus, malgré les efforts de Garibaldi qui commandait ses marins avec un courage comme je n'en ai jamais vu sous ces cieux.

La fin du monde ne donnerait pas à voir des scènes aussi cruelles, mère. Cet Américain que vous avez connu, John Griggs, a été coupé en deux par un obus. Partout régnaient la mort et le sang, et les larmes ont coulé de mes yeux pourtant habitués au spectacle des misères de la guerre, pris de pitié devant toutes ces vies sacrifiées. Anita, la jeune femme qui vit avec Garibaldi, s'est battue comme un homme, aidant à transporter les gens et les blessés dans une barque. Nous l'apercevions du haut du fort, toute petite au milieu des feux croisés, courant partout indemne et vaillante.

Dans la bataille, la plupart des bateaux de notre République ont été détruits, et ceux qui en ont réchappé ont brûlé car Garibaldi les a incendiés avant de partir pour qu'ils ne tombent pas entre les mains de l'ennemi. Soixante-neuf de nos hommes ont péri. L'après-midi même de cette journée épouvantable, la flotte de Mariah s'ancrait dans le port de Laguna, tandis que nos troupes abandonnaient la ville et prenaient le chemin de Torres, d'où je vous écris aujourd'hui. Davi Canabarro est parti avec nous, quant à moi, j'accompagne le détachement du colonel Texeira Nunes avec lequel je partirai bientôt pour Lages. Giuseppe Garibaldi accompagné d'Anita, de Rossetti et ce qui reste de ses hommes nous accompagnent.

Mère, je n'ai pas besoin de vous dire combien le fait de voir nos efforts ainsi détruits, cette tuerie terrible et la perte de tant de courageux soldats, m'accable. Mais je dois aussi vous avouer que beaucoup d'actes de barbarie ont été commis par les nôtres, à commencer par ce général Canabarro, à mon avis un être mauvais comme la teigne, qui a fait poignarder le père Villela, ordonné qu'on lui arrache les yeux sous prétexte que c'était un traître et qu'on jette son cadavre au milieu de la rue, sur le chemin des impériaux, en guise de cadeau d'adieu pour la défaite qu'ils nous ont infligée. Il a commis beaucoup d'autres atrocités, mais je n'ose pas vous les raconter ici. Tout cela me fait souffrir, plus encore que la faim ou la cruauté de cette errance sans fin. J'ai la chance de n'avoir pas été blessé au cours de ces batailles et c'est pour cela que je me sens en paix. Car nous avons un long chemin à faire avec trop d'hommes estropiés, et si j'avais été moi-même dans cette triste situation, vous recevriez sans doute des nouvelles plus dramatiques. Mais vos prières me protègent, mère.

J'imagine combien Bento Gonçalves désapprouverait toutes ces choses, mère. Je vous demande de garder cette lettre pour vous et de ne la montrer à personne, car mes confidences ne le sont que pour vos oreilles.

Soyez sûre que je serai bientôt auprès de vous. Avant cela je dois accompagner le colonel Joaquim Nunes Texeira à Serra, car rien n'est encore terminé dans le Santa-Catarina. Et puis, je ne veux pas me retrouver dans les troupes de Canabarro à Torres où il a choisi de rester.

Votre fils José
Camacho, le 26 novembre 1839

Il y avait sur la table la nappe en dentelle blanche que l'on sortait habituellement pour les dîners de fête. Les chandeliers d'argent étaient posés à leur place, sur les consoles, les guéridons, au centre de la grande table de la salle à manger, et diffusaient leur lumière douce et dorée à travers la pièce. Il faisait une chaleur agréable en cette nuit étoilée du 24 décembre. Les fenêtres étaient ouvertes pour laisser entrer la brise qui venait de la campagne, il y avait des bouquets de fleurs partout. Dona Ana avait tenu à ce qu'il en soit ainsi, car même si c'était un Noël triste, de solitude, c'était quand même Noël et la maison devait être belle et décorée avec faste.

Les petites jouaient dans un coin de la pièce. Maria Angélica, grande pour ses neuf ans, chantait pour qu'Ana Joaquina danse (on disait qu'Ana Joaquina avait hérité du talent de danseurs de ses parents), et dans son moïse, la petite Teresa observait tout, l'air grave. Perpétua s'occupait de sa fille et pensait à son mari. Inácio avait promis de revenir pour Noël, mais dans la dernière lettre qu'elle avait reçue il disait être à Cima da Serra. Elle savait que l'on se battait là-bas, que José, l'Italien Garibaldi et même son mari se trouvaient dans les troupes du colonel Texeira. Elle eut le cœur serré et se signa. Que Dieu veille sur Inácio, qu'Il lui offre au moins un Noël de paix, un peu de tranquillité et un bon repas. Perpétua avait tant à lui offrir ; son cœur débordait d'un amour presque douloureux, un amour qu'elle gardait en elle depuis des mois, un amour de jeune fille passionnément amoureuse qui comptait chaque minute de cette trop longue attente. Que pouvait-elle y faire ? Elle regarda les autres. Dona Ana dirigeait les négresses pour le dressage des plats sur la table de fête. Elles avaient travaillé depuis des jours pour préparer les desserts les plus délicieux, les viandes à griller, les punchs, les pêches au sirop. Dona Ana tenait beaucoup à ce dîner. Perpétua poussa un long soupir. Sa tante avait raison. Il valait mieux cela que s'abandonner au chagrin comme Maria Manuela ou Rosário qui était chaque jour plus silencieuse et absente. Se montrer forte, vivre chaque jour dignement. N'étaient-elles pas toutes en bonne santé ? Teresa n'était-elle pas une fillette vigoureuse et ravissante ? Et ses frères, ses cousins, n'avaient-ils pas le courage, même en pleine guerre, de garder la foi ? Alors, c'était leur tâche à toutes de garder la tête haute, de tenir bon et d'affronter la vie quoi qu'il arrive.

Dona Antônia entra dans la salle, portant un plateau chargé de coupelles de *bem-casados*. Manuela la suivait. Elles s'étaient beaucoup rapprochées l'une de l'autre ces derniers temps. Manuela aida sa tante à disposer les confiseries sur la table. Elle portait une robe blanche très simple et ses cheveux étaient coiffés en chignon bas sur la nuque. Elle était diaphane et amaigrie, mais n'en était que plus jolie et délicate.

— La table est prête, constata dona Antônia avec satisfaction en regardant avec plaisir les compotes ambrées que faisait briller la lumière douce des candélabres. On dirait un dîner préparé par ma mère.

Dona Ana entra à son tour.

— Votre mémoire vous emmène bien loin, dit-elle en souriant à sa sœur. Ne nous laissons pas aller à la tristesse. Aujourd'hui, il faut que la joie éclaire cette maison. C'est un jour de fête.

Et elle se dirigea vers le piano.

Regente couché à ses pieds, Leão lisait un vieux journal. Il ne jouait plus à la guerre, il devenait un jeune homme, sa voix muait et les premiers poils noirs assombrissaient ses joues enfantines. Il avait quinze ans et voulait partir à la guerre comme les autres, avec Caetano qui ne pensait qu'à ça et avait décidé de s'engager dès le début de l'année.

— Mais quelle heure est-il, ma tante ? C'est déjà Noël ?

— Il est presque 23 heures, Leão. Bientôt Noël. J'ai des cadeaux pour chacun de vous. Pas grand-chose, mais ce sont des cadeaux quand même.

— Il y a bien longtemps que je n'ai pas eu de petit plaisir. Il faut célébrer ça, dit Manuela dans un élan de joie.

Caetana surgit des cuisines. Elle annonça que les viandes étaient à point. Le dîner allait être servi.

— J'avais l'espoir que Bento viendrait, avoua-t-elle. Mais l'heure est passée, il me semble.

— Il va venir, assura dona Antônia. Si ce n'est pas ce soir, ce sera demain. Être président est une charge pleine de devoirs, mais pour lui, être père est une responsabilité aussi importante. Je suis sûre qu'il viendra pour la Nouvelle Année, pour la passer avec vous et les enfants.

Caetana sourit mélancoliquement. Revoir son mari lui semblait irréel, surtout depuis toute cette confusion à Serra, et avec la perte de Laguna.

Un bruit se fit entendre à l'extérieur. Les chiens aboyaient. Caetano qui était sur la véranda entra en courant et cria que deux cavaliers venaient de passer la barrière et se dirigeaient vers la maison. L'un d'eux était son père. Il l'avait reconnu même à cette distance, même dans l'obscurité.

Peu de temps après, la haute silhouette de Bento Gonçalves da Silva s'encadra dans l'embrasure de la porte. Il se fit un silence émerveillé. En voyant son père, Leão jeta son journal en l'air. Marco Antônio entrait à ce moment dans la pièce et, stupéfait de voir son père en uniforme, il s'immobilisa. C'était un garçon doux que la guerre rebutait.

— Hourra ! Mon père est venu ! cria Leão en se précipitant dans les bras de l'homme barbu en uniforme bleu et rouge qui pénétrait dans la salle.

Bento Gonçalves éclata de rire.

— L'espoir est la dernière chose qui disparaît. Ce n'est pas ce qu'on dit ? Et puis, le Christ est né à minuit et il me semble que nous n'y sommes pas encore.

Il entra et ce fut comme si l'air disparaissait, totalement aspiré par ses poumons. Il était amaigri, couvert de poussière, mais il dégageait une force qui envahissait tout l'espace, écrasait tout ce qui se trouvait dans la pièce et faisait renaître le sourire sur le visage des femmes.

— Venez là, Caetana, venez m'embrasser, je suis trop vieux maintenant pour rester seul si longtemps.

Caetana se jeta dans les bras de son mari et respira l'odeur de cet homme mêlée à celle de la poussière et de la nuit.

— J'ai tant prié, Bento. J'ai supplié Dieu de vous laisser venir. Je l'ai supplié.

Les enfants regardaient la scène d'un air attendri.

— Et je suis là. J'étais malheureux comme un pauvre chien abandonné. Et puis je voulais connaître ma petite-fille.

Perpétua prit sa fille dans ses bras et l'amena à Bento Gonçalves.

— Voici Teresa, mon père. – Le bébé esquissa un sourire comme si elle reconnaissait quelque chose dans cet homme barbu aux yeux profonds. – Quel dommage qu'Inácio ne soit pas ici pour partager ce moment avec nous...

Bento caressa la petite tête de l'enfant.

— Inácio n'a pas pu venir, Perpétua. Il sert notre cause en bon soldat. Mais j'ai quelqu'un d'autre avec moi. Joaquim.

Une rougeur monta aux joues de Manuela, assise à l'écart sur un banc. Ses mains amincies se posèrent sur sa nuque, vérifiant la bonne ordonnance de sa coiffure comme dona Antônia le lui avait montré. Elle chercha sa tante des yeux et vit que celle-ci la regardait tranquillement. Elles partageaient un secret. Manuela ne voulait pas blesser son cousin, ni choquer la famille. Mais elle aurait préféré une autre escorte pour Bento Gonçalvez. Elle était encore fragilisée par ce qui s'était passé.

Joaquim pénétra dans la pièce, s'excusant pour ses bottes sales, serra tendrement sa mère dans ses bras, embrassa ses sœurs, ses tantes. Il dégageait une grâce qui adoucissait l'atmosphère comme une brise de printemps, prit la petite Teresa dans ses bras, vola un *bem-casado* dans le plateau en argent. La guerre l'avait émacié, avait tanné sa peau, et une petite cicatrice striait finement le haut de son front.

Il se débarrassa de son dolman, lançant un long regard sur sa cousine. Et ce regard si tendre, si serein, si empreint de la joie des retrouvailles, était une preuve inéluctable de l'amour qu'il lui portait. Manuela lui répondit par un sourire timide. Une colère sourde lui serra le cœur : pourquoi ne pouvait-elle pas aimer ce cousin si beau, si jeune, si charmant, au lieu de souffrir comme elle souffrait ? D'où lui venait ce cœur rebelle qui battait dans sa poitrine ?

Tout le monde entourait Bento, s'enquérant de José, Antônio, Bentinho et Pedro. Joaquim s'approcha de sa cousine.

— Vous êtes très belle, Manuela. Plus belle encore que dans mon souvenir.

Avec un pauvre sourire forcé, elle retint ses larmes. C'était gentil de la part de son cousin de lui faire des compliments. Elle n'avait même pas mis de robe neuve, ne sachant pas qu'ils seraient là pour le dîner de Noël. Joaquim buvait ses paroles avec la soif due aux trop nombreux mois de séparation.

— Les robes n'embellissent pas, répondit-il, si celle qui les porte n'est pas belle comme vous l'êtes.

Manuela remercia et proposa une boisson à son cousin, un verre de punch, de vin, ou même un maté s'il en avait envie. Elle essayait de paraître heureuse, heureuse de le revoir. Joaquim bavarda un moment avec elle, mais malgré son calme apparent, il remarqua une certaine tristesse au fond de ses yeux verts, un néant d'espérances perdues, de rêves en miettes. Une solitude de puits sans fond.

Le jour se levait.

Manuela avait peu et mal dormi, mais avait quand même réussi à s'abandonner à un sommeil sans rêves, brumeux et agité. Quand le premier petit caillou atteignit le carreau de la fenêtre, elle ouvrit les yeux en sursautant. D'autres petits cailloux suivirent. Et un murmure. Son nom.

Elle se leva de son lit, s'enroula dans son châle léger. Et sur le point d'ouvrir la fenêtre, elle se souvint de ses cheveux. La natte attendait sur la coiffeuse. Elle s'approcha des volets fermés.

— Qui est-ce ? demanda-t-elle doucement.

— C'est moi, Joaquim. Il faut que je vous parle.

Son cœur bondit dans sa poitrine. Que dire ? Une lueur rose et fraîche commençait à s'étendre sur la campagne.

— Un instant, Joaquim, je dois m'arranger.

Elle brossa ses cheveux, se passa de l'eau sur le visage. Au fond de son lit, Mariana dormait profondément. Manuela sortit sur la pointe des pieds, ses mules à la main.

Dehors, l'air frais du petit matin dissipa en elle les dernières brumes du sommeil. Joaquim était en uniforme, rasé de frais et il attendait assis sur une marche de la véranda. Ses yeux étaient pleins de promesses. Elle le trouva beau, d'une beauté presque parfaite, trop lisse. Giuseppe fit irruption dans ses pensées, tel un ouragan dévastateur.

Joaquim sourit en la voyant arriver.

— Il faut que je vous parle. Pardonnez-moi si je vous ai réveillée mais nous allons partir tout à l'heure.

— Où allez-vous ?

— À Caçapava. Caetano vient avec nous.

Manuela s'assit à côté de son cousin sur une marche de la véranda. Elle avait l'impression d'être une petite fille qui fait une bêtise, comme lorsque enfant, elle allait voler de la confiture dans la cuisine et courait se cacher dans le bois. Aujourd'hui elle avait les mains vides. Et un goût amer dans la bouche.

— Encore un qui part.

— Manuela..., commença Joaquim en lui prenant les mains. Manuela, je voulais vous dire quelque chose avant de partir. Je voudrais vous faire une demande... Je ne pourrai pas partir en paix sans cela. Vous savez combien je tiens à vous.

Manuela contempla ses pieds. La peau blanche de ses chevilles. La dentelle qui bordait le bas de sa chemise de nuit en coton. Et le sol, la terre humide, la plate-bande de fleurs un peu plus loin.

— Vous n'auriez pas dû me dire de venir vous rejoindre, Joaquim.

— Pourquoi ?

— Je ne mérite pas votre considération. Voilà.

Il serra plus fort les petites mains. Manuela se rendit compte qu'il tremblait.

— Il ne s'agit pas de considération, Manuela. Je vous aime. Et l'amour n'a rien à voir avec la considération. L'amour pardonne. Et comprend. – Il soupira profondément. – Je sais tout, Manuela.

Elle le regarda dans les yeux.

— Qui vous a dit ?

— Mon père, dona Ana, ma mère. Ces choses finissent par se savoir, ce n'est pas la peine de poser de questions.

— J'aime Giuseppe.

Une expression de souffrance passa sur le visage de Joaquim.

— Ne dites pas cela, Manuela. Il vous a séduite, c'est un sentiment passager. Je comprends... La guerre fait naître ce genre d'attachement. Moi aussi j'ai été attiré par d'autres jeunes filles au cours de mes pérégrinations dans cette pampa. Et même à la Cour. Mais aimer ? Non. C'est vous que j'aime.

Elle le regarda. Le désespoir assombrissait le vert de ses yeux.

— Je sais ce que c'est qu'aimer, Joaquim. Je le sais là dans ma poitrine, c'est un poignard, un poignard planté dans mon cœur pour toujours.

Il sourit tristement.

— L'amour ne peut pas être une blessure, Manuela. Écoutez-moi, je vais retourner à la guerre qui risque de durer. Vous allez rester ici pendant ce temps, votre souffrance va finir par guérir. Je reviendrai, je vous le jure. Et nous nous marierons. Je sais que vous m'aimerez. Je le sais depuis que je suis tout petit. J'en ai tant rêvé... Nous vivrons dans notre estancia et nous élèverons nos enfants. La guerre va finir un jour et nous serons heureux. Vous ne vous souviendrez plus de cet Italien.

Manuela se leva.

— Ne dites pas ça, répliqua-t-elle d'une voix sèche. Ne dites plus jamais ça. Vous ne pouvez pas apprécier la force de mes sentiments.

» Moi je les ressens, là, continua-t-elle en se touchant la poitrine. C'est là qu'ils me font souffrir. Je ne vous demande ni amour, ni jugement.

Joaquim parut confus.

— Pardonnez-moi, Manuela. Je ne voulais pas vous blesser.

Il se leva à son tour, posa ses mains sur les épaules de sa cousine et vit les beaux yeux remplis de larmes. Il lutta contre l'envie irrépressible de la prendre dans ses bras et l'embrasser là, tout de suite, lui en uniforme, elle en chemise de nuit.

— Pardonnez-moi... Je sais que vous souffrez, je vous propose juste de laisser passer le temps. Après, quand le moment sera propice, nous en reparlerons.

Elle recula d'un pas.

— Je regrette, Joaquim. Nous n'en reparlerons plus, en tout cas plus de cet amour que vous me proposez et dont je ne veux pas. Je ne me marierai ni avec vous, ni avec personne. J'attendrai Giuseppe.

Joaquim eut l'air subitement accablé.

— Il ne reviendra jamais, Manuela.

— Nous verrons.

Elle tourna le dos et s'apprêta à rentrer dans la maison. Elle semblait toute petite et frêle devant la masse imposante de la grande maison blanche.

— Manuela !

Manuela s'arrêta en haut de la véranda.

— Oui ?

Il était debout en bas des marches, il tenait son dolman contre lui.

— Je vous aime. Je vous attendrai le temps qu'il faudra... Ne dites rien. Je vous attendrai.

Manuela entra et disparut, engloutie par la maison. Joaquim regarda la pampa que doraient les premiers rayons du soleil levant. Il avait envie de pleurer. Mais est-ce qu'un homme, un vrai, pleure ?

Il attendrait. Pour elle. Pour eux. Il s'en alla en direction des écuries, le dolman pesait lourd sur son bras. Le visage de l'Italien qu'il n'avait vu qu'une seule fois lui apparut, souriant. C'était bizarre, il n'avait aucune colère à son égard. Il n'y était pour rien. Il était en colère contre la vie, contre cet engrenage invisible que d'aucuns appelaient destin.

1840

Dona Antônia servit le maté et tendit la calebasse à Inácio. Il venait d'arriver. Tandis qu'une des négresses préparait l'eau, il lui avait dit qu'il était sur le départ. Il était passé la voir, pour ne pas disparaître comme ça, sans lui avoir rendu visite. Son séjour à la Barra avait été très court, il avait à peine eu le temps de profiter de sa femme et de sa fille.

Comme tous ceux qui revenaient du combat, Inácio avait maigri, son visage s'était creusé, les yeux bruns enfoncés dans les orbites. Mais son sourire était le même, lumineux. Il était arrivé deux jours plus tôt et devait déjà repartir. Son cheval attaché à l'ombre d'un figuier broutait paisiblement, chargé de ses bagages, une casserole pour ses repas, son poncho, une bonne couverture et un livre.

— Je vais à Caçapava, dona Antônia. Mais je ne voulais pas partir comme ça, sans vous faire l'honneur d'une visite. Au cours de ces deux jours, j'ai à peine pu souffler et faire la connaissance de ma petite fille… Elle va grandir loin de son père, pauvre petite.

L'après-midi d'été touchait à sa fin comme un cierge sur l'autel. Au loin, on entendait le bruit de la rivière. L'Estancia du Brejo était silencieuse et calme. Quelques péons revenaient du travail.

Dona Antônia aspira profondément l'air qui embaumait les immortelles.

— Depuis que le chantier a été démoli, la paix règne à l'estancia. Mais une paix bien triste.

— Profitez-en, dona Antônia. Les choses vont mal dans nos contrées, je vous le dis. Je ne suis tranquille que parce que je sais que Perpétua et la petite sont en sécurité avec vous toutes.

Dona Antônia baissa les yeux.

— Cette guerre n'en finit pas, Inácio.

— Elle est de plus en plus cruelle. Du côté de São Francisco de Cima da Serra et de Vacaria d'où j'arrive, il s'est passé des choses terribles, dona Antônia. Nos soldats sont courageux, mais nous avons perdu beaucoup d'hommes. – Il laissa son regard errer sur la pampa. – Vu la tournure que prennent les événements, je crois bien que nous risquons de perdre beaucoup de temps et beaucoup de vies pour pas grand-chose.

— Combien d'hommes avez-vous perdus dans cette bataille ?

Inácio baissa les yeux.

— À Curitibanos, du côté du fleuve Marombas, nous sommes tombés dans un guet-apens et nous y avons perdu quatre cents âmes. Le colonel Texeira Nunes a fait montre d'un courage exemplaire, c'est un homme exceptionnel. Mais malgré ça, notre cavalerie a été encerclée par les troupes de Melo Manso. Cela a été un massacre.

Dona Antônia pâlit. Elle croisa ses mains longues et fines sur son cœur comme pour conjurer l'angoisse. Quatre cents hommes. Quatre cents pères, fils et enfants du Continente.

— Quelle horreur ! murmura-t-elle avant de se reprendre. Vous en avez parlé à Ana ? Il me semble que José est dans les troupes de ce colonel Texeira. Et Giuseppe Garibaldi aussi.

— José était là, en effet. Il a été blessé, mais sans gravité. Ne vous inquiétez pas, dona Antônia. Je l'ai dit à dona Ana, je lui ai dit qu'il allait bien quand je suis parti et qu'il avait même recommencé à monter. La guerre endurcit les corps, ce n'est pas un coup d'épée qui va abattre un soldat. L'Italien a été très courageux, lui aussi. C'est un homme... La jeune femme qui l'accompagne, Anita, celle-là n'a pas eu de chance : elle a été faite prisonnière.

— Prisonnière ? Elle est morte ?

Inácio haussa les épaules.

— Je ne sais pas grand-chose à propos de cette personne. Quand je suis parti, on ne l'avait pas retrouvée. Elle est peut-être devenue fille à soldats. Elle était incroyablement courageuse, vous ne pouvez pas vous imaginer. Je crois que les impériaux, en apprenant qui elle était, ont quand même dû la ménager.

Ils demeurèrent un moment en silence. Les premiers grillons commençaient à enchanter la nuit qui tombait. Dona Antônia proposa un autre maté qu'Inácio refusa.

— Je dois m'en aller. Une longue route m'attend, dona Antônia. Et je préfère voyager de nuit.

Il se leva. C'était un homme de haute taille. Dona Antônia avait l'air toute petite à son côté. Si petite qu'elle se demanda si l'âge ne commençait pas à la faire rétrécir.

— Que Dieu vous protège, mon ami. Et partez en paix. Nous veillerons sur votre femme et votre fille.

Inácio sourit

— C'est pour cela que je pars tranquille, dona Antônia.

Il partit vers son cheval noir. Les premières étoiles brillaient dans le ciel pur. Inquiet, le cheval hennit.

Dona Antônia resta debout sur la véranda, le regardant enfourcher sa monture et partir au petit trot jusqu'à s'évanouir dans la nuit de la pampa comme un fantôme. Elle resta là, buvant un dernier maté en pensant au destin de cette femme, Anita. Que Dieu protège cette pauvre petite.

La nuit est aussi étouffante qu'une étreinte trop puissante. Les fenêtres ouvertes laissent pénétrer un silence humide de rosée. La chambre est obscure, seul un lumignon éclaire faiblement le lit dans lequel Rosário dort. Depuis quelque temps, Rosário a peur du noir. Plus encore maintenant qu'elle dort seule, car, à côté, le lit de Perpétua est vide depuis qu'elle s'est mariée. Elle occupe à présent une chambre au bout d'un couloir avec son bébé.

Rosário fait souvent des cauchemars.

Et s'agite sous son drap. Ses cheveux lisses d'un blond d'or pâle s'étalent sur son oreiller.

Un homme chevauche vers elle, traverse la pampa sur un cheval blanc. Rosário sourit. Elle sait qui est ce cavalier. Elle lisse d'une main sa robe ornée de dentelles et de l'autre tient le bouquet de fleurs qu'elle a cueilli pour les lui offrir. La joie illumine son visage. Le cheval blanc avance, gravit et descend la colline. Le soleil est doux. Elle sait qu'au loin la guerre suit son cours meurtrier, mais pas ici, dans ces prairies couvertes de fleurs, pas ici, où le seul mouvement qu'elle distingue au loin est la danse de ce cheval racé et de son cavalier.

Il arrive. Rosário ne se lasse pas d'admirer son port altier, la beauté de ses cheveux bruns que le vent fait bouger, la prestance de son uniforme. Ce n'est pas un uniforme républicain.

Esteban s'arrête. L'euphorie de la cavalcade, le bonheur de la voir font briller ses yeux. Il saute de son cheval et se dresse devant elle avec son beau visage, sa bouche charnue et souriante, le front lisse que ne défigurent aucune cicatrice, aucun bandage.

— Vous êtes guéri, Esteban.

Elle se jette dans ses bras, contre la chaleur de sa poitrine, grisée par son odeur d'homme. Au-dessus d'eux, le soleil est doux. Son bouquet de fleurs tombe, ce n'est pas grave, elle en cueillera d'autres. Esteban est guéri. Rosário sourit. Elle n'a jamais été aussi heureuse qu'en ce moment. Elle prend le visage d'Esteban entre ses mains, caresse ses cheveux rebelles. Il lui rend son sourire, il est beau comme un prince. Puis des larmes de sang coulent de ses yeux, son visage acquiert petit à petit l'opalescence translucide de la lune.

— *No estoy curado, Rosário. Estoy muerto. Muerto, muerto... Aqui me ves, muerto.* – Sa voix résonne à travers la pampa, glace la douceur du jour. – *Muerto y frio y descarnado. Estoy muerto y no tengo cova, no tengo nadie... Quédate cerca de mí*[1].

Ses yeux alors tombent de leurs orbites, son beau visage se creuse, une odeur de charogne s'élève, bientôt il ne

1. De l'espagnol : « Je ne suis pas guéri, Rosário. Je suis mort. Mort, mort... Tu me vois, mais je suis mort. Mort et froid et désincarné. Je suis mort et je n'ai pas de sépulture, je n'ai personne. Reste auprès de moi. »

reste de lui qu'un tas d'os rongés que Rosário tient entre ses mains.

Rosário hurle.

Elle hurle, hurle.

Elle ouvre les yeux, s'assied dans son lit, en nage. Tout est calme autour d'elle. La petite lampe à huile éclaire la chambre vide. Sa voix meurt peu à peu dans sa gorge, disparaît au fond de ses entrailles, se noie dans une terreur muette.

Maria Manuela et dona Ana accourent en chemise de nuit, pieds nus et affolées. Maria Manuela s'assied à côté de sa fille, prend ses mains froides et humides.

— Que s'est-il passé, Rosário ? Vous avez fait un cauchemar, chérie. Calmez-vous, maintenant c'est fini.

La voix de la jeune fille est tremblante, un souffle.

— Ce n'est pas un cauchemar, mère. Il est mort. Mort. Esteban est mort. Comme cette guerre, comme nous toutes.

Dona Ana essuie ses yeux humides.

— Je vais demander à Milú de nous faire une bonne tisane de camomille, propose-t-elle. Pour nous trois. Bien forte.

Personne ne parla de l'incident au petit déjeuner, mais dona Ana et Maria Manuela passèrent une bonne partie de la matinée à parler, enfermées dans le bureau. Elles avaient conscience de l'ampleur du problème, Rosário était malade, une maladie grave, sournoise.

— La guerre peut durer encore longtemps, Maria. Il vaudrait mieux faire quelque chose très vite pour cette petite. Si nous attendons encore, il sera trop tard.

Dona Ana était assise dans le fauteuil qui avait été celui de son mari, l'air grave et décidé. Ce qui se passait n'était pas facile à régler mais il fallait prendre une décision. L'état de Rosário s'aggravait à vue d'œil.

Maria Manuela sécha ses larmes avec son petit mouchoir blanc. Elle avait vieilli ces derniers temps, son visage autrefois si frais se flétrissait, la peau autour de ses yeux et de ses lèvres n'était plus aussi lisse. Elle posa ses mains tremblantes sur ses genoux.

— Cinq années ici, dit-elle en hochant tristement la tête. C'est trop pour cette petite, c'est trop de souffrance. Et en plus la mort de son père...

— Nous souffrons toutes. Mariana et Manuela aussi ont perdu Anselmo... Mais il faut tenir bon. Maria, la guerre est cruelle pour nous, pour nos hommes. Vous et moi, nous sommes veuves à présent. Tant de choses sont arrivées... Mais ce n'est pas pour autant que nous errons dans les couloirs, rencontrant des fantômes, parlant à des morts, et que nous dépérissons à force de cauchemars. Il faut faire quelque chose. Et rapidement.

Maria Manuela acquiesça tristement. Elle se leva et se dirigea vers la fenêtre. Un ciel gris et lourd s'étendait sur la pampa.

— Il va pleuvoir, dit-elle en regardant autour d'elle. Alors c'est ici qu'elle le rencontrait, n'est-ce pas ? Le fantôme... – Dona Ana hocha la tête. – C'est bien. Je vais écrire à Antônio pour lui demander son avis. Depuis la mort de son père, c'est lui l'homme de la famille. Nous attendrons sa réponse et nous écrirons après à Caçapava.

— Comme vous voulez.

Manuela était assise sur la véranda et lisait. Sa conversation avec Joaquim l'avait soulagée. Elle ne se marierait pas avec son cousin uniquement pour plaire à la famille, elle ne gâcherait pas sa vie au nom d'une promesse, pour un rêve qui n'était pas le sien. Elle attendrait le retour de Giuseppe parce qu'il n'y avait rien d'autre à faire pour elle. Elle faisait partie des femmes qui vivent un destin unique et n'en dévient pas.

Elle feuilletait le livre distraitement. Elle n'avait pas encore parlé à dona Antônia de sa décision. Elle imagina sa tante la mine impénétrable, le regard approbateur ou peiné.

— Manuela !

Elle leva les yeux. Marco Antônio arrivait en courant. C'était un gamin grand, maigrichon et brun comme sa mère.

— Qu'est-ce qu'il y a, Marquito ?

Il s'arrêta, hors de souffle.

— Venez, venez avec moi, Manuela. J'ai découvert quelque chose d'horrible ! Une chose horrible du côté de la *charqueada*.

Manuela jeta son livre par terre et sortit avec son petit cousin. Ils contournèrent la maison et suivirent le chemin qui conduisait au bâtiment dans lequel on salait le *charque* produit par l'estancia. Ils allaient d'un pas rapide. Ils croisèrent des péons, la négresse Zefina qui allait à la rivière une bassine de linge à laver sur la tête en chantonnant une vieille romance.

Ils arrivèrent. L'odeur forte des salaisons envahit leurs narines.

— C'est où ?

— Derrière le hangar, répondit Marco Antônio en prenant la main de sa cousine.

Ils firent le tour du bâtiment en marchant sur l'herbe tendre. Regente gisait sur un tas de planches. Égorgé. Les petits yeux noirs écarquillés étaient fixés sur le ciel lourd de cette fin d'été. C'était un tout petit chien, au poil ras et doux.

— Jésus Marie ! gémit Manuela avant d'éclater en sanglots.

Elle avait élevé le petit animal depuis sa naissance, elle lui avait donné sa pâtée, son amour, et il dormait dans sa chambre sur une vieille couverture. Elle s'agenouilla en larmes. Qui avait pu commettre un acte d'une telle cruauté ? Regente n'avait jamais fait de mal à personne...

Marco Antônio s'assit à côté de sa cousine. Une mouche se posa sur le museau de Regente.

— Il y a trop de méchanceté dans ce monde, Manuela... C'est peut-être un péon ou quelqu'un de l'extérieur. C'est sûr que c'est arrivé dans la nuit. Mais ne pleurez pas, vous n'y pouvez plus rien. Ne pleurez pas.

— Pauvre petit chien. Je me suis demandé pourquoi il ne venait pas gratter à ma porte ce matin, comme il le fait tout le temps.

— Je vais appeler Zé Pedra pour qu'il vienne le chercher... Nous lui ferons un enterrement, d'accord ?

Manuela acquiesça.

— D'accord. Mais ne dites rien aux petites, cela leur ferait trop de peine... Maria Angélica adorait la pauvre bête.

— Nous leur dirons qu'il s'est enfui. Regente a toujours été un petit vagabond. Nous dirons qu'il est parti dans la pampa.

Marco Antônio courut vers la maison. Manuela attendit, en pleurs. Il y avait trop de méchanceté sur cette terre. Même dans cette estancia... Qui pouvait avoir fait une chose pareille contre ce petit chien, qui ?

Caetano regardait tout avec intérêt. La ville était en effervescence, comme un être vivant, agité et vorace. Des hommes arpentaient la rue en uniforme, entraient dans les immeubles cossus, prenaient du maté. Des voitures à cheval circulaient. Des nègres pieds nus, mais portant le dolman de la République, étaient rassemblés au coin des rues, parlaient de la guerre, allaient vers leur destin. Une gargote vendait de l'eau-de-vie et de quoi manger. Elle grouillait de soldats. Joaquim ouvrait le chemin à travers la foule. Caetano le suivait. Il avait trouvé son frère morose depuis leur départ de l'estancia. Il parlait peu, uniquement de sujets relatifs à la guerre et seulement avec son père. Bento Gonçalves semblait respecter le silence de son fils aîné. Ils avaient fait ce long voyage en échangeant peu de mots. Joaquim les yeux perdus dans le vague, regardant la campagne ou les étoiles. Caetano, au contraire, aurait voulu bavarder, se faire expliquer les batailles. Il avait hâte de revoir Bentinho, de participer à la guerre, de tuer son premier *caramuru*, d'offrir sa contribution à la République, de faire la fierté de son père.

— Avancez, Caetano. Père nous attend au Palais du Gouvernement. Vous aurez le temps de regarder tout ça plus tard. Il faut y aller, maintenant.

À un coin de rue, un groupe de femmes mal vêtues interpellaient les soldats qui passaient, leur adressant des quolibets et exhibant des sourires édentés.

— Qui sont ces femmes ?

— Ce sont des filles à soldats qui accompagnent les troupes.

Caetano suivait son frère. Ils pénétrèrent dans le Palais, croisèrent des gardes armés, des valets en livrée. On sentait qu'il y avait de l'abondance. Caetano pensa aux nègres nu-pieds qu'il avait vus dans la rue.

Bento Gonçalves était en conférence avec deux ministres. Il leva la tête en voyant ses deux fils. Il prit un pli scellé sur son bureau et le tendit à Joaquim.

— Trouvez-moi un messager rapide. C'est une lettre urgente. Texeira, Garibaldi et les troupes sont à Lages. Vous savez sûrement qu'ils ont été écrasés par Melo Manso ; ils ont perdu plus de quatre cents soldats, et les survivants sont arrivés à Lages dans un triste état, sous la pluie, sans chevaux et morts de faim. La *mala suerte* s'est abattue sur nos troupes.

Bento Gonçalves marqua une pause. Il ressentait une douleur profonde dans le dos et avait du mal à respirer. Reprenant son souffle, il attendit que la douleur se calme et poursuivit.

— Ils sont coincés là-bas et attendent des renforts. Je leur dis dans cette lettre que ce n'est pas la peine d'attendre, il n'y aura aucun renfort. Ils doivent quitter Lages le plus rapidement possible et se rendre du côté de la rivière Taquari. Le colonel Joaquim Pedro est là-bas avec deux mille hommes. Qu'ils rejoignent le colonel et qu'ils attendent.

Joaquim rangea la lettre dans la poche de son dolman.

— Et après ?

— Après, vous irez tous les deux à Porto Alegre retrouver le général Netto. Il faut suspendre le siège de la ville. Nous avons besoin de lui. Vous lui direz que je pars demain pour Viamão et que je vais y rassembler tous mes hommes. Je veux Netto à Viamão dans les plus brefs délais. Nous devons préparer un plan d'attaque, un plan fondamental pour le devenir de la guerre.

Caetano buvait les paroles de son père. Il imagina tous les bataillons réunis et une chaleur lui monta au visage, une émotion nouvelle, intense et agréable. Il rêva de Taquari.

Les deux garçons quittèrent le bureau. L'un des ministres attendait encore assis à l'écart. Bento Gonçalves se remit à étudier les papiers qui jonchaient la table. La douleur dans la poitrine le reprit. Cela avait commencé quelques mois auparavant, lentement, sournoisement. Le mal avait disparu avec l'été. Les pluies d'automne l'avaient réveillé. Il n'était plus si jeune et cette guerre l'avait vieilli. Elle avait fragilisé son corps et son âme. Il avait cinquante ans. Et un nouvel hiver en perspective.

— Vous allez bien, monsieur le Président ? demanda le ministre, l'air soucieux.

Bento Gonçalves s'inclina contre le dossier de son fauteuil.

— Comme n'importe quel être humain qui vient d'apprendre la mort de quatre cents soldats dans une bataille. Mais il faut aller de l'avant. Si cette dernière manœuvre réussit, elle sera décisive pour l'avenir de la République. Et la République a besoin plus que jamais d'une victoire. Elle commence à agoniser.

La rumeur de l'extérieur arrivait, étouffée par les rideaux tirés devant les fenêtres.

Maria Manuela s'enferma dans sa chambre et alluma la lampe sur la table de nuit. Le soleil disparaissait entre les nuages, au loin, derrière la *coxilha*. Maria Manuela n'aimait pas plus le soleil que la pluie. Il y avait longtemps que son cœur était gris et brumeux comme un après-midi d'hiver.

Elle regarda attentivement l'enveloppe avant de l'ouvrir. C'était une lettre de son fils. Elle savait de quoi il s'agissait et avait peur de la lire. Elle craignait autant l'accord que le désaccord d'Antônio. Elle avait peur de cette lettre parce qu'après l'avoir lue elle serait obligée de se décider. Et tout ce à quoi elle aspirait, c'était de n'avoir plus à penser à quoi que ce soit.

Elle poussa un long soupir et déchira l'enveloppe. L'écriture d'Antônio était irrégulière, hâtive. Elle lut les premiers mots et c'était comme si la voix de son fils lui chuchotait à l'oreille. Ses yeux se remplirent de larmes.

Ma très chère mère,

J'ai reçu votre lettre ce matin même et je m'empresse de vous répondre, car la gravité de ce dont vous me faites part m'a beaucoup affecté. Je suis basé à Viamão avec ce qui reste de la troupe de Bento Gonçalves, mais d'autres généraux et d'autres commandants de la République convergent vers la ville parce qu'ils doivent se réunir demain très tôt pour élaborer une nouvelle stratégie. Une grande bataille se profile. Je pars avec mon oncle, mère, mais je ne peux vous dire où, car il s'agit d'une destination très secrète, et la seule chose que je puisse vous révéler est que nous préparons une offensive capitale.

Il faut que je vous instruise des récents événements. Ainsi, un colonel impérial, du nom de Loureiro, est entré dans Caçapava quelques heures seulement après que le vice-président Mariano de Mattos, sachant l'attaque imminente, eut quitté précipitamment la ville en emportant les archives de la République, pour rejoindre à son tour Viamão. Depuis lors, Viamão est redevenue notre capitale.

Et malgré toutes ces manœuvres politiques et guerrières, la vie continue. Je suis affligé par votre lettre, mère, qui m'annonce que Rosário est malade, atteinte d'un mal mystérieux qui lui détruit l'esprit et les nerfs. Il y a trop longtemps que je ne vous ai pas rendu visite, la dernière image que je garde de ma sœur est charmante, je la revois belle et en bonne santé, si bien que ce que vous décrivez me laisse profondément attristé et inquiet. Vous me dites que Rosário voit le fantôme d'un officier uruguayen, qu'elle jure aimer cette apparition et qu'elle va jusqu'à affirmer qu'ils ont l'intention de se marier. Vous dites également qu'elle fait des cauchemars chaque nuit, qu'elle ne parle presque plus, qu'elle maigrit et pleure tout le temps. Qu'il est triste de voir les dégâts que cette guerre laisse dans la chair et dans l'âme des nôtres. Je suis persuadé, mère, du plus profond de mon cœur, que c'est la guerre qui empoisonne les pensées de Rosário et que le repos dans un lieu approprié, ainsi que la prière et la tranquillité pour-

raient lui rendre sa santé. Il faudra attendre la fin des combats pour que ma sœur puisse à nouveau vivre heureuse.

Pour toutes ces raisons, mère, et investi du pouvoir de décision qui incombait jadis à mon père, je vous réponds que votre idée est bonne. J'en ai parlé à Bento Gonçalves et mon oncle est convenu que c'était une décision juste. Il faut que Rosário aille vivre dans un lieu éloigné des rumeurs de la révolution, un lieu où son esprit pourra vivre dans la paix de Notre Seigneur afin de retrouver sa raison. Là, elle ne verra plus de fantôme et son sommeil ne sera plus perturbé par des cauchemars et des terreurs. Si vous connaissez un couvent pouvant l'accueillir dignement et la soigner comme elle le mérite, je vous demande de l'y envoyer sans tarder.

Recevez, mère, mes tendres souvenirs, embrassez mes sœurs, surtout Rosário.

Votre Antônio
Viamão, le 23 mars 1840

Il avait beaucoup plu au cours de ces premiers jours d'avril, après un mois de mars ensoleillé et chaud. À l'Estancia de la Barra, les femmes priaient pour la réussite des opérations républicaines. Elles savaient, par des visiteurs occasionnels et par les lettres qu'elle recevaient, que Bento Gonçalves et les autres chefs préparaient une grande offensive qui réunirait tout le contingent. Comme d'habitude, elles vivaient dans l'inquiétude de n'être pas complètement au courant, et avec la peur, la peur toujours, de l'arrivée d'un messager en pleine nuit. La peur de la défaite, de la mort, et dans cette interminable attente de cinq ans.

Caetana vivait un chapelet à la main, elle faisait brûler des cierges, priait avec ses belles-sœurs. Si les manœuvres imaginées par Bento Gonçalves se révélaient fructueuses au point d'apporter la victoire, on pouvait espérer que la guerre vivait ses derniers soubresauts. Voilà pourquoi elle priait. Pour le retour de la paix. Le retour de ses fils, de son mari. Les derniers jours avaient été assombris par les préparatifs du voyage de Rosário et de son maigre bagage, les pleurs de Maria Manuela qui n'acceptait pas le sort de sa fille aînée. La fin de la guerre serait une bénédiction pour elles toutes, pour la province dont la terre était devenue impuissante à absorber tout le sang versé, à accueillir tant de morts en son sein.

Caetana alluma un cierge et se signa. Du fond du couloir lui parvenaient les vagissements de sa petite-fille qui déclenchèrent chez Caetana une bouffée de tendresse. Elle était à genoux quand dona Antônia entra.

— Excusez-moi, je ne savais pas que vous étiez en train de prier, au milieu de la matinée.

Caetana lui sourit.

— La grâce que j'implore a besoin de toutes mes prières, Antônia. Cet oratoire est ma place préférée, comme la bataille est celle de Bento.

Dona Antônia posa la main sur son épaule. Sa main était chaude.

— La place de Bento devrait être là, près de nous. Mère Lúcia est arrivée, signala-t-elle, la raison de sa visite lui revenant à l'esprit.

Caetana se releva. Les deux femmes se dirigèrent vers le salon.

La morne clarté du jour pluvieux entrait par les fenêtres ouvertes, ainsi que l'air frais qui avait quelque chose de prématurément hivernal. Maria Manuela et dona Ana étaient assises en face de mère Lúcia et parlaient à voix basse. Maria Manuela était défaite. Elle craignait que sa fille, loin d'elle, n'aille plus mal. La religieuse sourit aimablement.

— Votre fille sera bien avec nous. Dans la maison de Dieu, Maria Manuela, les âmes ne trouvent rien d'autre que la paix.

Dona Ana acquiesça. Beata entra en portant le plateau du thé. Mère Lúcia prit la tasse qui lui était destinée et avala une minuscule gorgée.

— Dès que la guerre sera finie, ma mère, quand nous pourrons revenir à Pelotas, j'enverrai chercher Rosário.

— Elle pourra rester avec nous le temps qu'il faudra, répondit la religieuse. Les visites sont hebdomadaires, mais je vous conseille les premiers temps, de la laisser avec nous, de ne pas venir la voir. Elle a besoin de tranquillité et de solitude. Dieu veillera sur elle.

Maria Manuela hocha la tête.

Caetana et dona Antônia prirent place dans le sofa.

— Comment vont les choses à Camaquã depuis l'arrivée des impériaux ? demanda dona Antônia. Le couvent se trouve à l'extérieur de la ville, n'est-ce pas ?

— Dieu n'est ni impérial ni républicain, dona Antônia, il veille sur tous ses enfants. Nous savons peu de chose sur les événements de Camaquã, mais dans notre maison la paix règne. Soyez rassurée, il n'y a pas de meilleur endroit pour votre nièce.

— C'est une jeune fille très fragile.

— Nous saurons prendre soin de Rosário, promit mère Lúcia.

Maria Manuela se leva.

— Ma fille est dans sa chambre avec ses sœurs et Perpétua. Je vais la chercher. Vous devez être pressée.

— C'est un long voyage, mon enfant. Et ces routes ne sont pas sûres.

Maria Manuela s'engouffra dans la maison. Elle revint quelques minutes plus tard, les yeux rougis. Elle tenait Rosário par la main.

Rosário portait une robe sombre et un châle lui ceignait les épaules. Ses cheveux très blonds lâchés dans son dos lui donnaient un air de fragilité et de douceur. Elle fixa mère Lúcia de ses grands yeux bleus.

— Ma mère...

La religieuse se leva et embrassa légèrement la jeune fille. Rosário sentit son odeur de savon et d'encens.

— N'ayez pas peur de venir avec moi, ma fille. Dieu vous attend et Il saura vous réconforter.

Rosàrio se tourna vers sa mère et sourit timidement.

— Je n'ai pas peur. Mais est-ce qu'Esteban saura où me retrouver ? Le couvent est si loin d'ici...

Mère Lúcia baissa la tête. Maria Manuela essuya une larme. Dona Ana s'approcha de sa nièce et la prit tendrement par les épaules.

— Partez le cœur en paix, mon petit. Ne vous inquiétez pas. Esteban vous trouvera, j'en suis sûre.

Rosário parut soulagée.

Manuela entra dans la pièce en traînant la malle de sa sœur.

— Laissez cette malle sur la véranda, Manuela. Zé Pedra va tout porter dans la voiture, dit dona Antônia.

Mère Lúcia prit congé des trois sœurs de Bento Gonçalves. En dernier, elle serra légèrement la main de Caetana.

— Ayez confiance, ma fille. La guerre ne va pas durer.

Caetana sourit.

Elles se dirigèrent vers la véranda. Il tombait une petite pluie fine. La campagne humide était triste. Rosário lança un dernier regard à la maison. Elle ressentit de la tristesse, puis une sorte de soulagement et enfin un sentiment de satisfaction.

— Il y a cinq ans que je suis ici, murmura-t-elle. J'ai l'impression d'être arrivée hier seulement.

Maria Manuela serra longuement sa fille dans ses bras, se retenant pour ne pas sangloter. Perpétua, Manuela et Mariana s'approchèrent pour l'embrasser.

Tout se passa vite. Mère Lúcia prit la main pâle de Rosário et la conduisit vers le cabriolet dans lequel un petit Indien *charrua* attendait, assis à la place du cocher.

— Allons-y, nous avons une longue route devant nous.

Rosário grimpa dans la voiture, mère Lúcia prit place à ses côtés. Le *charrua* claqua la langue et les chevaux partirent au petit trot. Rosário jeta un dernier coup d'œil à la fenêtre discrète qui se découpait sur un mur de la maison. En observant la fenêtre du bureau, elle crut y deviner la silhouette d'Esteban, cachée derrière les rideaux. Elle se détendit. « Il sait où je vais. »

Sur les marches de la véranda, Maria Manuela pleurait appuyée sur l'épaule de dona Ana. La pluie continuait à tomber doucement du ciel.

Cahiers de Manuela

Pelotas, 4 juin 1900

Rosário quitta l'estancia un matin d'automne, mais c'était comme si elle était partie depuis longtemps, depuis qu'elle s'était égarée dans ce tunnel de silences, depuis qu'elle s'était découvert cet amour d'un autre monde. C'était ma sœur et pourtant je la connaissais si mal, si peu... Nous avions grandi ensemble, nous avions partagé nos poupées, et tant de fois fait les mêmes rêves romantiques. Mais nous avions été modelées dans des argiles différentes et cette différence nous éloigna l'une de l'autre. Pendant cette longue guerre, sous le toit de la même maison, nos vies avaient divergé jusqu'au carrefour final quand elle s'en fut vers ce monde de silence qui devait rétablir le fragile équilibre de son esprit dérangé, et que je restai à l'estancia, vivant des jours d'incertitude, fidèle à mon amour et perdue dans ma souffrance jusqu'à la fin.

Plus jamais je ne la revis.

Je me souviens d'elle encore aujourd'hui dans sa robe de voyage, ses cheveux lâchés dans le dos, nous regardant de ses yeux bleus obscurcis par l'inquiétude du départ. Je me souviens encore du léger mouvement de ses jupons quand elle était montée dans le cabriolet qui allait l'emmener loin de la maison, et du calme avec lequel elle acceptait son destin, un calme résultant certainement de l'égarement d'un esprit errant dans un labyrinthe de terreurs.

Rosário mourut dans ce couvent, la dernière année de la révolution. Je ne lui rendis jamais visite et je n'assistai pas à son enterrement. Ma mère alla la voir quelquefois, et revint après chacune de ses visites les yeux brouillés de larmes, silencieuse et triste. Elle devait avoir compris que sa fille avait emprunté un chemin sans retour en la trouvant chaque fois plus absente et éthérée. Pour les femmes de la pampa, rien n'est plus incompréhensible que ce qui ne peut se toucher ou se mesurer, l'immatériel les effraie et les désoriente. La maladie de ma sœur fut la dernière punition que ma mère put supporter. Ce mal mystérieux qui empoisonnait sa fille aînée et l'entraînait vers la folie, jour après jour, immuablement.

Dona Antônia prétendit que c'était la solitude qui avait rendu folle Rosário, que beaucoup de femmes, même les Continentines d'habitude si fortes, ne résistent pas à l'attente, que les années les rongent jusqu'à ce que la mort les délivre pour l'éternité de la douleur. Elle assura aussi qu'il avait été indispensable que l'on éloignât Rosário car la folie, comme la variole, était contagieuse. Dona Antônia n'avait sans doute pas imaginé que sa nièce pût mourir de désespoir, peut-être avait-elle cru que la distance et les neuvaines du couvent l'auraient ramenée à la raison, je ne sais pas... Nous ne parlâmes plus beaucoup de Rosário et je ne revis pas souvent ma tante après la guerre. Elle s'enferma à l'Estancia du Brejo et n'en bougea plus. D'elle il me reste ce regard déterminé que je pris comme modèle pour résister moi aussi à mes frustrations, ce calme maîtrisé quand nous étions toutes au bord du désespoir, maîtrise à laquelle je me suis si souvent raccrochée quand je me sentais sur le point de me noyer dans ma propre désillusion, tel un naufragé dans une mer déchaînée n'ayant qu'une planche où se cramponner.

Je n'ai pas beaucoup de souvenirs de Rosário, ma sœur aînée. Je me souviens qu'elle était belle, d'une beauté laiteuse et dorée, fragile, et qu'elle désirait plus que tout vivre à la Cour. La pauvre Rosário mourut en même temps que la République qu'elle avait si souvent maudite.

Ah ! Mais ces souvenirs me reviennent avant tellement d'autres... Quand Rosário nous quitta ce jour d'avril 1840 pour aller rejoindre le couvent, la guerre n'en était qu'à mi-parcours.

Mes cheveux repoussaient lentement comme grandissaient dans mon cœur la *saudade* de Giuseppe et l'espoir de recevoir une lettre de lui, un signe, un geste, qui auraient apporté un peu de joie à mes tristes journées. Anita, la femme qu'il avait choisie pour partager ses jours et ses combats et qui avait été capturée par les impériaux, avait réussi à s'évader et à le retrouver. Quand Manuel, le contremaître revenu de Viamão, nous raconta cet exploit, mon cœur fut submergé de sentiments contradictoires. J'avais souhaité sa mort, j'avais souhaité en entendre le récit dans ses plus horribles détails, offrir à Giuseppe mon amour et mon réconfort. Il serait alors revenu vers moi, repentant, prouvant ainsi que nous étions à jamais unis par l'amour et un destin commun. Mais la mort n'avait pas encore donné rendez-vous à Anita, elle était de retour dans les bras de Giuseppe et enceinte de lui.

Cette nouvelle me transperça le cœur comme une dague et je courus m'enfermer dans ma chambre. Je ne voulais plus rien entendre de cette horrible guerre... Je pris mes cahiers et en arrachai plusieurs pages. Je n'avais plus de cheveux à couper, juste ces inutiles poignets délicats de chair et sang que je n'osai profaner... La semence de Giuseppe se perpétuait dans un autre ventre. Et moi, que me restait-il de lui ? Une poignée d'écrits, une demi-douzaine de cahiers remplis de rêves et de divagations dans lesquels son nom se répétait le long des lignes et des pages... Je me souviens qu'on était en automne, que l'après-midi était ensoleillé et que je me rendis à la cuisine où les négresses travaillaient sous la direction de dona Rosa. Devant le fourneau, j'arrachai des pages de mes cahiers et les jetai dans le feu où je les regardai brûler dans les flammes.

— Brûle, misérable, m'écriai-je.

De quoi parle une fille égarée par la passion, quand elle s'exprime avec cette violence ? De Giuseppe ou de l'amour qui me minait et m'enchaînait à lui ? Du passé, avec ses espoirs, ses erreurs et ses désillusions ?

Mariana accourut en entendant les cris de dona Rosa. Mariana, qui venait de voir Rosário partir au couvent, me prit dans ses bras et m'exhorta d'une voix douce à lui remettre mes cahiers, à ne pas les jeter au feu.

— Un jour, vous voudrez les relire, Manuela. Ils représentent des années de votre vie, ici à l'estancia.

— Jamais !

— Alors, confiez-les-moi s'il vous plaît.

Et elle les emporta. Puis elle revint à la cuisine. J'étais debout devant le fourneau sans savoir quoi faire. Je regardai ma sœur :

— Giuseppe va avoir un enfant.

Elle eut un sourire triste et me prit par la main.

— Venez, Manuela. Un jour, quand vous le souhaiterez et que votre chagrin se sera dissipé, je vous rendrai ces cahiers. Laissez Giuseppe et son enfant.

La souffrance dessécha mon âme, mais finit peu à peu par s'apaiser. Quelque temps après, je me remis à écrire parce que je ne savais plus faire autrement que de consigner mes pensées sur le papier et que les après-midi silencieux de l'estancia étaient propices à la compagnie des mots. À la fin de la guerre, Mariana me remit une boîte en bois. Dedans dormaient mes vieux cahiers. Des années et des années se sont écoulées depuis ces événements et tant des miens sont morts, presque tous... Il ne reste que moi, comme un fantôme, pour retracer cette histoire d'héroïsme, de mort et d'amour. Sur une terre de silence où l'acier des lames luisait dans la nuit à la lueur des feux. Où les femmes tissaient leur toile comme l'on tisse sa vie.

Mais tout cela a pris tant de temps, trop de temps... À cette époque, mes cheveux repoussaient encore. À cette époque, nous avions encore des rêves.

Manuela

Ils avaient quitté Viamão le 22 avril et marché deux jours et deux nuits, sans boire et sans manger. Sous la pluie fine, Bento Gonçalves était à la tête de plus de deux mille hommes. Canabarro, Lucas de Oliveira et Corte Real suivaient. Il y avait quatre bataillons d'infanterie, d'artillerie, de cavalerie et une compagnie de marins sous le commandement de Giuseppe Garibaldi. Ils ne trouvaient sur leur passage que terres abandonnées, estancias pillées et désillusion. Les hommes avançaient la tête basse, la peur au ventre, conscients que cette bataille serait décisive. Ce devait être le plus grand affrontement de toute l'histoire du Continente.

Ils traversèrent le fleuve Caí une nuit sans étoiles et ne rencontrèrent aucune troupe impériale à part un petit détachement rapidement écrasé. Sur la colline de la Fortaleza, ils établirent leur campement et Bento Gonçalves envoya un message à Netto pour lui dire qu'ils avaient traversé le Caí. Le moment était venu de se rejoindre.

La rencontre eut lieu le dernier jour d'avril quand Netto traversa le Caí avec ses deux mille cinq cents soldats. De tous côtés arrivaient des renforts : des cavaliers lance en arrêt, mouchoir rouge autour du cou, et des fantassins nu-pieds, le poncho en lambeaux, mais tous mus par la même volonté de se battre aux côtés de leurs chefs. Les sabres brillaient à la lueur des feux. Des rires et des embrassades célébraient les retrouvailles. C'était la fête, on fit rôtir des bœufs entiers pour assouvir la faim de toute une armée pendant que les chefs *farroupilhas* se réunissaient sous la tente de Bento Gonçalves. Il y avait

Lucas de Oliveira, Corte Real, João Antônio Netto, Texeira, Canabarro, Crescêncio, ils étaient tous là.

La plaine se réveilla sous un soleil timide qui tentait de dissiper le froid du petit matin d'automne. Six mille hommes se trouvaient là et l'on pouvait se perdre en embrassant du regard cette immense armée. Une masse d'énergie flottait au-dessus de toutes les têtes tel un grand oiseau aux ailes déployées.

Bento Gonçalves se leva avec l'aurore. Il avait mal dormi, ses poumons le faisaient souffrir mais il s'était réveillé en bonne disposition. C'était un grand jour pour la République. Alors qu'il chaussait ses bottes, João Congo entra dans la tente avec le maté.

— Congo, va dire à Joaquim qu'il convoque tous les officiers.

Ils n'avaient pas tardé. Garibaldi fut le dernier à arriver. Il s'excusa, Anita avait passé une nuit difficile.

— La guerre, ce n'est pas la place d'une femme sur le point d'accoucher, assena froidement Bento.

Garibaldi soutint son regard. Ils ne s'étaient toisés de cette façon qu'une seule fois, au chantier. Garibaldi pensa à Manuela. Le général gaucho n'avait à présent aucun pouvoir sur sa vie.

— Anita préfère être avec moi, général, plutôt que n'importe où dans le Rio Grande.

Bento Gonçalves lui adressa un sourire compréhensif. Les yeux de l'Italien lançaient des flammes.

— Nous savons qu'Anita est une femme courageuse, capitaine.

» Venons-en maintenant à ce qui nous réunit, dit-il en parcourant l'assemblée. Les impériaux sont près du Taquarí, à quelques lieues de notre camp. Nous avons réussi à nous regrouper à leur barbe, mais ils savent maintenant où nous sommes. – Il fit une pause. – Cela n'a pas d'importance. Parce que nous allons les vaincre une fois pour toutes.

Caetano fit quelques pas avant de s'asseoir sous un arbre. La nuit gagnait le camp lentement. La lumière dorée de l'automne se mourait, déversant ses dernières lueurs sur la toile décolorée des tentes. Les hommes se déplaçaient, affairés, chacun à son rythme, les visages tannés par le soleil et les intempéries, les mains noueuses et une barbe de plusieurs jours après la longue chevauchée. Indiens, Métis, Espagnols, Continentins et Nègres, unis en une même pulsation de chair vivante, pleine d'une rage accumulée, aux aguets comme un animal qui attend le moment de bondir.

On allumait les premiers bûchers. Caetano sentait dans son corps le froid qui descendait, il s'enroula dans son poncho de laine. Il était grisé par le spectacle qui s'offrait à lui depuis qu'il avait quitté l'estancia. Il aurait voulu prendre part à ce grand déploiement, se fondre dans cette énergie qu'il sentait vibrer sous l'herbe, qui grimpait le long des membres des chevaux et répandait dans l'atmosphère une sorte de lumière mystérieuse.

— C'est la guerre... Elle a aussi son charme...

La voix de Joaquim surgit de l'obscurité. Son frère se tenait à un mètre de lui, un étrange sourire sur les lèvres.

— Il y a une grandeur dans tout ça, Quincas, quelque chose que je n'ai jamais connu auparavant. Je sens des fourmillements dans mon corps, une sorte d'excitation.

— Demain après la bataille, vous verrez qu'il ne restera rien de cette grandeur. L'assaut va être terrible. La guerre est impitoyable...

Il regarda le camp autour de lui. Une odeur de viande grillée chatouilla ses narines et il se rendit compte qu'il mourait de faim.

— Père veut vous voir. Il est dans sa tente avec Bentinho.

— *Buenas.*

Caetano se dirigea vers la tente de Bento Gonçalves. Joaquim baissa la tête. Demain, l'éclat de ses yeux serait effacé par la brume des premiers nuages. Personne ne sortait indemne de l'horreur de la bataille. Il n'avait que dix-huit ans, mais dans la pampa, c'était l'âge d'homme.

Joaquim entendit la batucada qui venait d'une casemate ; les Lanciers Noirs qui se préparaient pour l'assaut. Netto serait sûrement avec eux. Il se demandait comment un homme pouvait présenter autant de facettes que le général Antônio de Souza Netto. En fait, certains hommes naissaient avec quelque chose de particulier, une force capable d'entraîner les foules. C'était le cas de Netto et de son père.

À 8 h 12 le 3 mai 1840, la bataille commença. Les impériaux avaient décidé d'avancer à couvert, protégés par le Taquarí. Ils avaient déjà fait traverser la moitié de leur cavalerie quand Bento Gonçalves attaqua à la tête de ses troupes. Netto était sur le flanc droit et Canabarro sur le flanc gauche.

Le clairon sonne, la masse humaine avance du même pas. L'assaut est donné. Les chevaux des impériaux sont dans l'eau, ils se bousculent, se cabrent. Reculent. Les troupes républicaines avancent et se scindent, exposant leur flanc. Caetano, sur son cheval noir, fait ce que son père lui a ordonné : rester derrière Bentinho, le suivre quoi qu'il arrive. Ce dernier attaque, fonce lance en arrêt, la plante entre les côtes d'un soldat impérial. Sur la rive, Caetano l'imite. Il a du mal à tenir son cheval, le sol boueux est instable et rend les mouvements difficiles. Un soldat ennemi galope dans sa direction. Il crie. Caetano aussi, il crie pour la République, il avance comme il peut. Les lances se heurtent, les lames s'entrechoquent. Les regards se croisent, débordant d'une détermination proche de la haine. La bile monte à la bouche de Caetano. La lance impériale se lève. L'acier est dur, froid et cruel en pénétrant sa chair. Un voile opaque recouvre sa rétine. Le visage de sa mère brodant sur la véranda de l'estancia de dona Ana est la dernière chose dont il se souvient en tombant.

Les troupes impériales commencent à battre en retraite. Le terrain n'est pas favorable à l'avancée des républicains mais il n'y a pas d'autre issue. Les hommes veulent le combat, il n'est plus possible de faire machine arrière. À la tête de ses soldats, Giuseppe Garibaldi veut attaquer. Bento Gonçalves ordonne le retrait. Les républicains ramassent leurs blessés, les impériaux aussi. Les deux immenses armées sont face à face et s'ignorent.

Caetano n'est pas mort, on l'a ramené au campement. En ouvrant les yeux, il distingue Joaquim penché au-dessus de lui, son bon regard, ses mains habiles. La blessure est profonde et déjà la fièvre dessèche ses lèvres.

— Vous allez guérir, *guasca*[1], ce n'est rien qu'un bon coup de lance dans les côtes. Profond, mais le poumon est sauf, grâce à Dieu.

» Chut, ne bougez pas. Quand vous irez mieux vous pourrez remercier Bentinho, c'est lui qui vous a sorti de la rivière.

Joaquim sort pour rejoindre les hommes réunis en conseil.

Le commandant des troupes impériales, Manoel Jorge, veut éviter l'affrontement et cherche à traverser le Taquari avec tous ses hommes. Greenfel et sa flotte couvrent la retraite de leurs troupes.

— Il faut les empêcher de bouger d'ici. Nous allons envoyer un détachement en observation et garder un œil sur eux. On attaquera demain.

Une nouvelle nuit tombe sur la pampa et un brouillard glacial enveloppe le camp. Les vivres commencent à manquer. On entend les notes mélancoliques d'une guitare. Dans sa petite tente, Caetano brûle de fièvre.

Le lendemain matin, un éclaireur arrive : l'armée impériale a disparu dans la nuit. Sept mille hommes se sont évaporés comme dans un rêve. Un cauchemar. Bento Gonçalves balance sa calebasse de maté à travers sa tente.

— Les maudits ! Mais ils ne nous échapperont pas !

La deuxième brigade d'infanterie lance l'attaque, mais la supériorité en nombre des impériaux les force à reculer. La Marine impériale donne du canon. L'artillerie républicaine et les hommes de Garibaldi attaquent à leur tour. Le combat est dantesque : des corps gisent dans la boue, dans l'eau. Dans la forêt, les cris, les tirs et les explosions retentissent. Les arbres tombent sous l'avancée

1. Surnom donné aux habitants du Rio Grande do Sul, aux gauchos.

des troupes. Les eaux du Taquari charrient les corps des soldats tués et le sang teint la rivière de rouge.

Le feu se poursuit, mais les impériaux réussissent à forcer le passage vers le Taquari et continuent leur marche vers la rivière. Malgré une lutte acharnée, les républicains ne peuvent empêcher les impériaux de traverser les eaux. Enfin, le soir tombe.

Au petit matin, on compte plus de cinq cents morts. Bento Gonçalves est tendu, il respire avec difficulté, il ne sait pas si c'est dû à la colère ou à un nouveau coup du sort que son corps lui réserve. Il n'a pas dormi de la nuit, il sait qu'il a tout parié sur une défaite. Il sait que ses mains tremblaient tout à l'heure au point qu'il n'arrivait pas à tenir sa calebasse de maté. Il n'y a pas eu de victoire. Les morts et les blessés s'accumulent aussi du côté des impériaux. Ce n'est pas une consolation. Plus loin, Netto se roule une cigarette. Il a la bouche serrée, amère. Ils auraient dû vaincre. Oui. C'était écrit quelque part. Mais où ?

Deux jours plus tard, les troupes levèrent le camp. Il fallait repartir, repartir bredouille. Reprendre le siège de Porto Alegre. Retourner à Viamão.

Giuseppe Garibaldi aide Anita à monter dans le chariot. Il est fatigué, amaigri, affamé. Il a donné sa ration à la jeune femme qui doit s'alimenter. Le jour de l'accouchement approche. Garibaldi repense à la bataille. Il a pour Bento Gonçalves des sentiments ambivalents… C'est un grand général, un homme intègre et juste. Mais il n'a pas de chance.

— Il faut de la chance pour gagner une guerre.

— Vous dites ?

La voix d'Anita est douce et lasse.

— *Niente*. Excusez-moi, je pensais à haute voix. – Il fait une pause. – Attendez, je vais voir quelque chose.

Garibaldi s'éloigne du chariot. Il a une lettre dans la poche de son pantalon, une lettre qui brûle sa peau comme une braise. Il n'a pas oublié ses yeux, ses yeux de forêt. Mais il a rencontré Anita ; la vie nous mène par le bout du nez.

Joaquim est en train d'aider Caetano à monter sur son cheval. La fièvre est tombée, mais il est pâle et encore faible, le voyage jusqu'à Viamão risque d'être très difficile.

— *Scusi*, puis-je vous parler ? demande Garibaldi en s'approchant des deux hommes.

Joaquim regarde l'Italien. Il est mal vêtu, épuisé, maigre. Lui-même ne se sent pas très gaillard dans son poncho déchiré et couvert de sang.

— Un problème avec votre femme ?

— Non, Anita va bien. J'ai un service à vous demander, dit-il en tirant la missive de sa poche.

Le nom de Manuela est inscrit en grosses lettres sur l'enveloppe bistre.

— Je sais que vous l'aimez et c'est pour cela que je vous demande cette faveur. C'est une lettre d'adieu pour Manuela...

— Je comprends.

— Je l'ai aimée... Mais la vie m'a fait rencontrer une autre femme, qui peut me suivre dans cette vie errante. Mon amour pour elle fut sincère. Aujourd'hui, je souhaite qu'elle soit heureuse avec vous. Elle mérite un homme de bien.

— Et je serais cet homme ?

Garibaldi regarde longuement le jeune officier. Une force émane de l'Italien. Il sourit doucement.

— Vous seul le savez. Je vous demande seulement de lui faire porter cette lettre, avec celles que vous envoyez à votre famille.

Joaquim plie la lettre et la glisse dans la poche de son dolman. En se retournant vers Garibaldi, il voit ses yeux humides. Le vent qui fouette son visage n'est pas le seul coupable. Il part rejoindre Anita qui l'attend. Un poids de plus alourdit son pas en cette matinée brumeuse et triste du retour.

Les chevaux avancent sur la route, lentement. Il en reste peu. La plupart des hommes vont à pied, enveloppés dans leurs ponchos, cherchant à se protéger de la morsure du vent. L'hiver est arrivé sans préavis, glacial. Mais le ciel est un manteau d'étoiles. La Croix du Sud brille comme un joyau sur le velours noir.

La lettre est dans la poche de son dolman avec celle qu'il doit envoyer à sa mère quand ils arriveront à Viamão. Dans la lettre à sa mère, il parle de Caetano, dit qu'il a été blessé mais qu'il va mieux maintenant, que la fièvre est tombée. Quand ils parviendront à la ville, il aura droit à un vrai lit, à des draps propres. Joaquim assure que Caetano sera très vite sur pied, prêt à repartir pour un autre combat. Et un autre et encore un autre. Cette guerre semble ne jamais en finir. Et pour quels résultats ? À nouveau la République est acculée, sans port et sans issue.

Joaquim caresse sa poche. Il oublie la République et ses échecs, seule Manuela compte, et cette lettre que l'Italien lui a confiée. Maudit. Tant de sincérité l'a agacé, il a été plusieurs fois tenté de se défaire du billet. Manuela attendrait en vain un mot, une explication, une consolation. Elle n'aurait que le silence et c'était peut-être mieux. Sans nouvelles, elle finirait par l'oublier. Il détesta cette susceptibilité qui lui dictait de ne pas envoyer cette lettre à sa cousine. C'était un adieu, il le savait. Mais quels mots Garibaldi avait-il écrits, quels espoirs avait-il semés sur ces pages, quelles promesses ? L'amour pouvait être un ouragan dans le cœur d'une femme et une poignée de mots jetés sur une feuille de papier ne seraient peut-être pas assez forts pour dissuader l'intraitable Manuela de renoncer à l'Italien, de l'attendre pour toujours comme une Pénélope son Ulysse.

Giuseppe Garibaldi lui avait confié sa lettre parce qu'il le connaissait. Tous les médecins de la troupe étaient connus, ils avaient sauvé peu de vies, à cause de la pénurie, du manque de médicaments, de la pluie et du froid, mais ils étaient respectés. Garibaldi lui avait fait confiance, il fallait l'honorer. Mais une part de lui avait honte, honte d'être si honnête, naïf même. N'importe qui à sa place aurait jeté le courrier dans le premier trou, y aurait mis le feu sans y réfléchir à deux fois, mais pas lui.

Il avançait au milieu de la troupe, au trot de son cheval sur la route éclairée par la lune. Les hommes progressaient en silence, tenaillés par la faim. Joaquim pensa à la femme dans son chariot à l'arrière, à l'enfant dans son ventre sur le point de naître. Il enverrait la lettre. Garibaldi allait être père. Et un jour, quand la révolution finirait, lui et Manuela se marieraient et tout redeviendrait comme avant, comme au temps de ses rêves de gamin.

Dona Antônia s'enveloppa dans son châle de laine. Le froid montait de ses pieds glacés malgré les bas et les bottines, grimpait le long des jambes, s'infiltrait dans tout son corps et venait se concentrer dans sa poitrine. Elle avait du mal à respirer et ses côtes la faisaient souffrir chaque fois qu'elle essayait de remplir ses poumons. Elle jeta un coup d'œil dehors. Le vent balayait la prairie, secouait les branches du manguier et énervait les chiens qui couraient partout dans la cour. Les négresses travaillaient dans la cuisine, une odeur réconfortante de soupe arrivait jusqu'à elle. Dona Antônia s'engagea dans le couloir vide, préoccupée par cette douleur dans la poitrine, cette angoisse qui lui semblait être une gêne ou un avertissement plutôt qu'une maladie. Le vent sifflait.

Le siège à bascule grinça sous son poids quand elle s'y installa. Elle posa sur ses jambes une couverture en laine. Certains jours elle se sentait vieille. Elle allait sur ses cinquante-quatre ans. Sa mère était morte à soixante-dix ans, seule, comme elle mourrait un jour, peut-être un après-midi de printemps où le ciel bleu scintillerait au-dessus de la pampa. Que Dieu la garde de mourir un jour de grand vent, quand le monde semblait psalmodier une triste cantilène, que les feuilles volaient à travers la campagne tels des fantômes sans but. La vérité est qu'elle s'était réveillée oppressée. Et puis ce vent... Elle avait rêvé de son frère. Un rêve mauvais, plein de sang, d'ombres et de terreurs. La fièvre léchait ses membres comme un chien de l'au-delà, un frisson parcourut son dos et fit se dresser les poils de sa nuque, glaçant son cœur. Elle ne voulait pas rester seule à l'estancia avec les négresses, les péons, ce maudit vent et ces cauchemars qui martyrisaient ses nuits.

Elle sonna et une petite mulâtresse entra dans le salon.

— Va chercher Nettinho, dit dona Antônia qui s'étonna de la faiblesse de sa voix. Je vais chez dona Ana. Je suis malade.

— Madame veut une tisane ? Un maté ?

— Non, petite. Je veux juste qu'on attelle vite le cabriolet et que tu m'apportes ma peau de mouton. Je suis frigorifiée.

Zé Pedra ouvrit la barrière en reconnaissant le cabriolet. Nettinho, enroulé dans son poncho, leva le bras pour le saluer. Le ciel répandait sa grisaille sur la campagne et se fondait sur le Camaquã comme s'il cherchait à se noyer dans les eaux du fleuve. La calèche grimpait le petit chemin. Un chien la suivit un moment en aboyant.

La porte s'ouvrit et le visage de dona Rosa surgit dans l'embrasure. La grande maison blanche était plantée solidement au milieu des prés, rassurante comme un refuge inattaquable. Les cheveux lâchés dans le dos, dona Ana apparut sur la véranda, emmitouflée dans un épais châle de laine. Nettinho aida sa patronne à descendre de la voiture.

— Vous ici, ma sœur ? Je ne pensais pas que vous viendriez aujourd'hui avec ce froid. Il est arrivé quelque chose ? demanda-t-elle en remarquant le visage défait et pâle de dona Antônia.

Dona Antônia sourit d'un air las.

— Je suis malade, j'ai de la fièvre. Ce doit être une mauvaise grippe, quelque chose aux poumons. – Elle poussa un soupir. – Ce vent infernal. Il me rentre dans les oreilles comme une cataracte… Je n'ai pas envie de rester seule à l'estancia.

— Vous avez bien fait, dit dona Ana en prenant le bras de sa sœur aînée. Nous venons de finir de déjeuner, je vais vous faire réchauffer quelque chose.

À l'intérieur, un bon feu brûlait dans la cheminée. Dona Antônia s'installa dans un fauteuil, remua ses pieds gelés, arrangea la peau de mouton sur ses genoux.

— Vous avez l'air abattu, Antônia.

— J'ai passé une nuit de chien. J'ai rêvé de Bento, un cauchemar. Je n'arrive pas à m'en défaire.

Dona Ana s'assit à côté de sa sœur.

— La guerre est mal partie, Antônia. Joaquim m'a écrit, Pedro aussi. Rio Pardo a été un échec cuisant.

— Cela dure depuis trop longtemps. J'ai perdu la moitié de mon bétail. Si ça continue, je ne sais pas ce que nous allons devenir.

Elle eut une quinte de toux et la douleur lui transperça la poitrine comme une lame.

— Mais aujourd'hui, je ne veux même pas en parler parce que je me sens plus du côté de la mort que de la vie...

— Allons, Antônia !

Dona Rosa entra portant un plateau.

— Je vous ai apporté un bouillon bien chaud, dona Antônia. Ça va vous requinquer.

Dona Antônia remercia. Le feu crépitait dans l'âtre, une bonne odeur de bois brûlé flottait dans la pièce. Elle pensa au visage qu'elle avait aperçu dans son rêve. Décharné, livide, barbu. Le visage de son frère, de son frère épuisé, triste, vaincu, le visage de son frère le président. Il avait perdu ses yeux dans la bataille. Elle essaya de retrouver son calme. Bento reviendrait un jour à la maison et tout reprendrait comme avant, au moment précis où la vie s'était arrêtée.

Manuela glissa la lettre dans son décolleté. Elle remonta son châle sur ses épaules sans rien dire. Caetana, qui lui avait remis le pli arrivé avec le courrier destiné à la maison, ne lui posa pas de question. Il y avait aussi une lettre d'Inácio pour Perpétua. Caetana sortit de la pièce de son pas sûr, droite et élégante. Et laissa Manuela en compagnie de ses fantasmes.

Manuela se rendit dans sa chambre qui était vide, sachant gré à Mariana d'être partie au Brejo avec Zé Pedra chercher des affaires pour dona Antônia. Elle avait besoin d'être seule. La lettre était comme une braise dans le creux de sa main. Elle la posa sur le lit et l'observa pendant un moment, le cœur battant, au bord de l'évanouissement. Ce petit bout de papier pouvait changer sa vie.

— Mon Dieu, mon Dieu...

Il lui avait écrit. Il y avait si longtemps... Plus d'un an. Une longue année pendant laquelle elle avait espéré un mot, une nouvelle, n'importe laquelle. Une longue année au cours de laquelle elle avait compté les heures, les jours, les mois, et qui s'était traînée avec le poids d'un siècle. Et aujourd'hui cette lettre, avec ses mystères et ses espoirs, ses secrets et ses vérités, venue de Dieu sait quel champ de bataille, de quel bourg, de quelle lointaine contrée de ce Continente infini. Elle leva la tête et sans le vouloir se vit dans le miroir de la coiffeuse. Sa pâleur l'effraya, ainsi que la lueur désespérée qui brillait dans ses yeux.

Ses cheveux avaient poussé assez vite, ils lui arrivaient maintenant aux épaules, mais elle continuait à se coiffer avec la tresse postiche. Personne ne s'était jamais douté de rien. Seules dona Antônia et Mariana avec qui elle partageait sa chambre savaient ce qu'elle avait fait par amour. Que ne ferait-elle pour Giuseppe...

Avec hâte, elle extirpa maladroitement de l'enveloppe la feuille blanche protégée des aléas du voyage, des mains des messagers, de la terre, du sang et de la sueur. L'ample écriture de Giuseppe apparut. Ses yeux se remplirent de larmes.

Quand elle commença à lire, c'était comme si la voix douce et mélodieuse de son amour chantait à ses oreilles. Comme le bruit des vagues qu'elle n'avait jamais vues, mais qu'elle imaginait avoir la même musique que celle du rire de Giuseppe.

Chère Manuela,

Il y a longtemps que je souhaitais vous écrire mais la guerre que nous vivons est cruelle et difficile, et ne m'a pas laissé le temps nécessaire pour vous confier les mots qu'il me faut vous dire, Manuela. C'est toujours avec beaucoup de nostalgie que je pense aux moments passés à l'estancia et à vous qui avez embelli mes jours comme aucune autre femme n'a su le faire. À vos côtés, j'ai été heureux, partageant avec vous un amour pur qui a apporté la paix à mon âme. Mais la vie, les exigences supérieures et le destin m'ont éloigné de vous. La vie, Manuela, ne nous offre pas toujours ce que nous désirons, mais elle nous donne d'autres choses, différentes, avec lesquelles nous apprenons à vivre. C'est ce qui m'est arrivé. Et je suis heureux aujourd'hui, même si je pense aux jours passés avec saudade.

Mais je suis parti. Loin de l'estancia qui vous abrite et vous protège, j'ai connu d'autres choses et d'autres gens. J'ai connu Anita qui est aujourd'hui ma compagne et épouse aimante. Anita qui partage avec moi les batailles, les peines, et qui a tout quitté pour être avec moi. Je ne vous dis pas cela sans un serrement de cœur, Manuela, parce que je suis pour toujours votre adorateur fidèle, mais la vie m'a donné une compagne plus apte à me suivre, une femme qui n'a jamais connu la richesse, la paix de la prospérité, et qui peut venir avec moi à travers le monde sans le regret de laisser quoi que ce soit derrière elle. Je sais que vous m'aviez dit que vous me suivriez où que j'aille et je sais que vous étiez sincère. La vie n'est pas ce que vous croyez, et je ne souhaite pas vous voir malheureuse à mes côtés, dans des pays étrangers, souffrant de privations et d'une vie incertaine, loin de votre mère et de vos compagnes. Ma tête est mise à prix en Europe, je ne possède rien à part mon courage et le rêve de voir s'établir ici une république forte, le rêve d'aider un peuple à conquérir sa liberté.

J'ai donc pris la décision qui m'incombait. Chacun a sa moitié et j'ai trouvé la mienne. Dites-vous, s'il vous plaît, que c'est mieux pour nous deux. Vous rencontrerez un homme qui vous aimera et qui appartiendra à votre monde, un homme qui vous comprendra et vous rendra heureuse, qui vous donnera le confort et l'amour que vous méritez. Je ne suis pas cet homme, je n'ai rien à vous offrir. Et je ne pourrai vous donner le bonheur auquel vous avez droit.

Maintenant, je vous quitte en vous abandonnant une partie de mon cœur, Manuela. J'espère que le hasard nous donnera l'occasion de nous rencontrer à nouveau. Sachez que je ne vous oublierai pas, que vous resterez à jamais dans mon souvenir la jeune fille belle et délicate qui m'a donné tant de bonheur. D'une certaine façon, je serai pour toujours vôtre.

Tendrement.

Giuseppe Garibaldi
Viamão, le 25 avril 1840

Manuela laissa tomber la lettre qui se posa doucement sur le parquet. Un cri rauque jaillit de sa gorge comme si on l'avait poignardée et elle s'écroula sur son lit en sanglotant.

Dehors, le vent malmenait la nature avec le désespoir d'une âme en peine. Le soir tombait. L'obscurité gagnait peu à peu la chambre. Manuela était étendue les yeux fermés, ses larmes coulant silencieusement sur ses joues. Elle se souvint de la première fois qu'elle l'avait vu, debout devant la maison, couvert de la poussière du voyage, ses cheveux blonds au soleil, et l'éclat qui était apparu dans ses yeux quand il l'avait regardée. Elle se souvint de la dernière fois, quand il était parti avec ses bateaux sur le Camaquã. Elle ne l'avait jamais trouvé aussi beau que ce jour-là, avec son rire conquérant, le rire de celui qui était sûr de gagner de grandes batailles. Il lui avait promis de revenir...

Les larmes jaillissaient du tréfonds de son âme, c'étaient des lambeaux de son âme qui se défaisaient sur le couvre-lit fleuri. Elle sanglotait. Elle pria pour que la nuit tombe vite et que le soleil ne se lève plus jamais, plus jamais. Que le Continente de São Pedro du Rio Grande devienne d'immenses ténèbres, un néant qui engloutirait pour toujours tout et tout le monde, comme si jamais rien n'avait existé sur la pampa.

Rosário se leva en même temps que les autres. Dans la chapelle éclairée par les chandeliers, régnait un silence religieux. C'était une chapelle austère aux bancs en bois grossier, des murs presque nus avec juste quelques modestes peintures représentant la Passion. Sur l'autel, un Christ aux yeux tristes, cloué pour l'éternité sur sa croix, pleurait des larmes de sang. Les sœurs commencèrent à sortir lentement l'une derrière l'autre, les paupières baissées, humbles et paisibles, le cœur encore vibrant de leurs prières. Rosário attendit que les novices se retirent à leur tour et les suivit. Les vêpres résonnaient encore comme une cantilène mélancolique.

Elle suivit le couloir jusqu'à sa chambre. C'était une pièce très simple, comportant un lit en bois, une petite armoire et un crucifix accroché sur un des murs. Elle s'assit sur son lit et défit ses cheveux retenus en une tresse bien serrée. Il était interdit de se déplacer dans le couvent les cheveux défaits. Dieu n'acceptait pas la moindre trace de coquetterie, lui avait dit la mère supérieure.

— Esteban..., murmura-t-elle. Esteban, je suis de retour.

Il l'avait suivie le long des chemins de la pampa jusqu'au couvent. Il semblait plus heureux ici, moins pâle et fragile, entre les murs épais, gardiens du silence qui exhalait l'encens, la pureté et la protection.

Rosário prit une petite bible qui se trouvait sous son oreiller, l'ouvrit et en lut quelques pages. Elle attendait. Parfois Esteban mettait du temps à arriver. Parfois il se passait des heures avant que sa silhouette élégante, son sourire de bandit, son beau visage ne surgissent dans la pénombre de la petite chambre. Mais la mère supérieure lui avait appris à être patiente. Il fallait être patiente. Cultiver le silence, la paix de l'esprit, la sérénité. Il fallait être calme et tranquille, à l'image de la pampa.

Rosário repensait aux longues heures d'angoisse qu'elle avait vécues à l'estancia, les minutes qui s'écoulaient et disparaissaient entre les fentes du plancher. Les cauchemars, l'effroi. Au couvent, elle vivait dans une telle quiétude qu'elle aurait presque pu se croire heureuse. Et Esteban était venu avec elle. Dans ces longs couloirs inhospitaliers, ils se parlaient d'amour sans hâte ni inquiétude. Pour la première fois depuis des années, elle se sentait enfin loin de la guerre et de tout ce qu'elle représentait. Elle n'avait pas parlé d'Esteban à la mère supérieure, elle n'avait pas dit comment il l'avait retrouvée, une nuit d'orage, là dans sa chambre minuscule, après avoir sillonné les *coxilhas* et les plaines désertiques à sa recherche. La mère supérieure n'aurait sûrement pas autorisé ces amours. Il est vrai que Dieu ne tolérait que les mystères qui lui appartenaient. Et Esteban avait demandé qu'elle garde secrète leur relation.

Un bruit se fit entendre. Une sorte d'aboiement. La chambre était maintenant plongée dans l'obscurité cristalline des premières heures de la nuit. Rosário alluma la lampe. On n'allait pas tarder à l'appeler pour le dîner, pour les prières du soir. Il y avait toujours les prières. C'était une vie agréable, sans attente, sans aspiration, rien que la succession de jours toujours pareils, rythmés par les prières, loin du monde de dehors et de la guerre. L'aboiement résonna à nouveau. Rosário se leva et, la lampe à la main, s'approcha de la fenêtre étroite qui donnait sur le potager du couvent. Une silhouette se tenait dans la nuit venteuse et lugubre. Elle semblait flotter dans le vent.

— Esteban !

Rosário s'enveloppa dans son châle noir, attacha ses cheveux. Il ne lui restait que peu de temps à passer avec Esteban avant le dîner car la mère supérieure ne tolérait pas les retards. Dieu aimait la ponctualité, disait-elle.

Dona Ana releva ses manches et noua le tablier autour de sa taille. Le bois crépitait dans le fourneau et il faisait chaud dans la cuisine. Elle se mit à tourner vigoureusement dans le chaudron avec une cuiller en bois.

— Tu as coupé les goyaves en trop gros morceaux, Milú. La cuisson va prendre trop de temps.

Milú s'excusa et partit chercher les bocaux en verre.

Dona Ana aimait être aux fourneaux. Quand elle se sentait mal, c'était un remède irremplaçable. Tourner et tourner dans le chaudron avec la cuiller en bois. Laisser ses pensées traverser son esprit sans s'y arrêter. Seuls comptaient la couleur de la confiture, le point de cuisson, la saveur. Le plaisir de voir la confiture gagner en couleur et en consistance. La main exécutant le mouvement parfait, ni trop rapide ni trop lent. Comme sa mère le lui avait enseigné quand elle était encore une petite fille.

Elle savait qu'Antônia adorait la *goiabada*, qu'elle aimait étaler la confiture sur du pain chaud et manger lentement, prenant le temps de savourer. Antônia n'aimait pas grand-chose à part la *goiabada*. Elle était mesurée, mangeait de tout en petites quantités, n'avait jamais laissé entendre qu'elle aimait un mets plus qu'un autre. Dona Ana voulait faire plaisir à sa sœur. Antônia avait la fièvre depuis plusieurs jours, ses poumons étaient pris. On avait fait appeler le médecin, mais il était loin, à la guerre. Dona Rosa avait alors pris le relais avec ses tisanes et ses onguents. Dona Rosa avait des dons pour ces choses, les herbes et les plantes, mais l'état de dona Antônia ne s'améliorait pas. Elle était maigre et pâle. Dona Ana était allée voir sa sœur dans sa chambre. Elle dormait et dans son sommeil prononçait tout bas le nom de Bento Gonçalves.

La main enroulée dans un chiffon pour se protéger des brûlures, dona Ana remuait avec énergie, raclant le fond du chaudron. Le frère et la sœur avaient toujours été très proches, dans une sorte de symbiose, d'union mystérieuse, comme si un fil invisible les liait l'un à l'autre. Bento racontait à Antônia ses peurs – y avait-il des peurs que Bento osât confesser ? – ses projets, les manœuvres de la guerre. Elle les avait toujours vus ensemble, partout dans la maison depuis qu'ils étaient petits, s'aidant mutuellement, se faisant des confidences. Aujourd'hui Antônia était malade et appelait son frère dans ses rêves. Elle s'inquiétait pour lui. Et si quelque chose lui était arrivé ? Quelque chose dont personne n'était au courant ? Un piège ?

Dona Ana essuya avec un torchon la sueur qui perlait à son front. La confiture commençait à prendre une belle couleur d'un rouge de bois précieux, de bonne terre, une couleur chaude et uniforme.

— Milú, mets les bocaux dans l'évier. J'aime bien les remplir quand la confiture est encore chaude. Je vais en mettre une partie de côté pour faire de la pâte de goyaves.

La jeune fille installa méticuleusement les bocaux les uns à côté des autres.

Dona Ana se dit qu'elle enverrait bien de la confiture à Viamão pour les garçons et pour Bento. Elle devait envoyer Manuel là-bas pour demander son avis à Bento à propos d'une vente de bétail et acheter des vivres qu'on avait maintenant du mal à se procurer. La guerre compliquait tout. Elle pensa lui écrire un mot pour lui dire qu'Antônia était alitée avec un problème aux poumons. Puis elle changea d'avis. Ce n'était pas la peine d'inquiéter Bento avec la maladie de sa sœur, il devait avoir suffisamment de problèmes et de sujets à régler. Et puis Antônia n'apprécierait pas. C'était une femme très discrète en général et en particulier pour ce qui concernait sa santé. Dona Ana enverrait la confiture et c'est tout. Un gros bocal bien rempli.

Bento Gonçalves lut le message que Garibaldi lui avait fait parvenir de Mostardas où il travaillait à la construction de deux nouvelles embarcations. Les bateaux ne seraient pas prêts à temps pour l'attaque de São José do Norte, mais la République ne pouvait plus attendre. Ils devraient porter l'assaut sans navires, il n'y avait pas d'autre solution.

Il était fatigué.

Fatigué de la guerre, de ce combat sans fin, de tous ces rêves en miettes. Taquari avait été la défaite de trop. Cette bataille devait leur apporter une victoire décisive et ils l'avaient perdue. Il savait qu'ils auraient dû la remporter, ils auraient pu anéantir l'armée impériale même mieux armée et plus importante, parce qu'ils avaient la foi et le courage. Tous ces hommes s'étaient battus jusqu'au bout, ils s'étaient battus, encouragés par ses exhortations et celles de Netto, sous l'étendard de la République dressé haut dans le ciel de ce Rio Grande qu'ils aimaient avec dévotion. Et tout cela n'avait servi à rien. Les hommes mouraient avec leur courage, leur foi, et les survivants continuaient, enjambant les cadavres jusqu'à la prochaine et ultime bataille de la révolution. Et il fallait recommencer, encore d'autres stratégies, d'autres manœuvres, encore d'autres morts. Les cris de douleur et les tourments de la fièvre, de la chair brûlée, déchirée, pourrissante. Et puis encore le silence de la retraite dans le froid ou sous la pluie, et la faim, la faim de nourriture, de chaleur et de paix qui les dévorait.

Les autres arriveront bientôt. Netto, Lucas, Canabarro, Texeira et Onofre. Les voix s'élèveront, les discordes éclateront, des plans et des idées aussi opposés que le jour et la nuit, et Bento devra calmer les susceptibilités, faire taire les controverses, apaiser les humiliations de ces géants outragés, comme il l'était lui-même. Et penser à ceux qui étaient restés. João Manoel. Corte Real, mort il y a à peine deux semaines. La pire des morts. La mort loin des champs de bataille, des canons et de la lutte. Mort en mission, enfermé dans une cabane en bois, entouré d'impériaux et tué d'une balle dans la tête. Afonso Corte Real avait trente ans. Bento avait pensé le marier à Rosário. Tous les deux étaient jeunes, beaux et ardents. Mais c'était avant la guerre. Aujourd'hui, Rosário avait sombré dans la folie et Corte Real était mort. Et lui, Bento Gonçalves, était là dans cette pièce, brûlant de fièvre, martyrisé par cette douleur dans le dos qui l'accompagnait déjà depuis quelque temps, comme un présage, regardant ses mains tremblantes et vieillies, déformées par le maniement de l'épée. Pendant que tout s'écroule autour de lui, que Caetana vieillit à l'estancia, pendant que ses filles grandissent et que ses fils saignent à la guerre et que le monde se délite lentement comme une aquarelle sous la pluie.

Cahiers de Manuela

Pelotas, 14 avril 1900

Mille cavaliers avancent huit jours durant sous la pluie incessante. Le froid pénètre sous leur peau comme des aiguilles de glace, le vent colle les haillons trempés sur leurs corps. La plupart d'entre eux marchent pieds nus dans la boue glacée qui avale leurs orteils comme la bouche avide de la mort. Le froid qui gagne la plante de leurs pieds ne les freine pas. Il y a une force en ces hommes. Un courage ardent dans leur poitrine. Quel *animus* les fait avancer ? Pour quel idéal tant d'entre eux sont-ils morts ? Quel rêve maintient la flamme qui luit dans leurs yeux las, dans leur chair affamée, décharnée et mutilée ?

Il y a quelque chose en ces hommes. Quelque chose de surhumain, de divin, d'animal. Quelque chose qui va au-delà des frontières de la chair. Qui vient du sol, une énergie vibrante qui les nourrit à chaque lieue parcourue, qui insuffle en eux la force de continuer malgré toutes les tempêtes, en dépit du plus rigoureux des hivers, et qui leur fait oublier les défaites subies.

Les *farroupilhas*.

Il y a bien des années que cet idéal a disparu… Des grands héros qui menèrent cette guerre il ne reste aujourd'hui que des tombes, des ossements, et pour beaucoup il ne demeure que le néant, rien que le néant. Ceux qui périrent dans les batailles, ceux qui moururent sous la morsure des épées, des dagues et du froid. Les généraux engloutis par la nuit, par les tirs dans l'obscurité.

Certains eurent droit à un bout de terre pour reposer, à des prières et des hommages posthumes qu'ils eussent sûrement refusés de leur vivant. Mais tous disparurent. Mon Giuseppe se lassa de m'attendre et partit. Je suis la seule survivante, gardienne des souvenirs de toute cette horreur, de tous ces morts et cette pluie qui cingle mon visage comme si j'avais été là-bas.

À São José do Norte.

Mille cavaliers marchent huit jours durant sous la pluie. Le mois de juillet déverse sa fureur hivernale sur la pampa. L'eau qui tombe du ciel les fouette comme une cravache, détrempe les chapeaux, fait plier les épaules, les âmes et les espoirs ; elle transperce ces corps qui avancent en silence. On ne doit pas gaspiller ses forces. Il y a encore une longue route. La boue, le vent, le froid. La faim qui ronge les entrailles comme un vieux rat malade. On ne doit pas se plaindre de la faim. Tous connaissent les difficultés qui les attendent. Ils se doivent d'être invulnérables. Il y a la gloire au bout de cet enfer humide et cruel. Il y a la mer. À São José do Norte. C'est ce qu'il leur faut, la mer et un port. Ils avancent silencieux comme de pauvres fantômes, ils ne veulent pas penser à ceux qui sont tombés en chemin de froid et de faim ou qui ont renoncé pour toujours à la lutte et à la pampa. Ils sont morts hâves, gelés et trempés. Ils n'ont pas eu de tombe. Le sol argileux qui recrache les corps et les rend à la lumière opaque de ce monde aquatique n'a pas voulu d'eux. Ils sont juste tombés. Ils sont dans la mémoire de leurs compagnons, mais personne ne leur a dit adieu. On ne doit pas gaspiller ses forces.

Les deux canons s'embourbent constamment. Les hommes les tirent, dans une organisation muette et précise, ce sont les seules bouches à feu qu'ils possèdent pour attaquer la ville. Ils avancent en tête. Pas longtemps. Encore une fois les canons sont prisonniers de la fange. Encore une fois la masse humaine autour des engins se bat sans trêve contre ce monde aqueux et minéral. La pluie cache l'horizon comme un manteau surnaturel. Les chevaux tirent, les hommes crient et les forces, ce bien si précieux, se consument, mais les canons ne bougent plus, enfoncés dans le bourbier. L'homme grand et fort, à la parole rare et mesurée, mon oncle Bento Gonçalves donne le seul ordre possible : enterrer les canons. Ils attaqueront São José do Norte sans les deux bouches à feu. Les hommes obéissent. Ils avancent dans la fange. Le Continente de São Pedro do Rio Grande n'est plus maintenant qu'un immense marécage que traverse l'armée. Elle marchait vers son idéal, cette armée de mille hommes qui aujourd'hui ne sont plus et ne reviendront jamais. Des hommes taillés dans un autre bois. Bois d'une espèce disparue. Mille hommes comme il n'en existe plus, mus par la gloire et par le courage.

Les premières dunes surgissent. L'atmosphère se gorge d'effluves salins. Plus loin, il y a la mer. Giuseppe Garibaldi sourit (j'imagine son visage que la joie illumine comme un soleil), il approche de son élément, il va bientôt voir les vagues, la furie des vagues d'une mer démontée par les vents de l'hiver, il va enfin voir la mer : son berceau et son sésame pour l'horizon.

La plage déserte semble figée par le froid. L'océan est une masse grise et furieuse qui rugit et se défait sur le sable sombre, puis enfle et s'étale, et enfle à nouveau en un rythme qui émerveille et effraie à la fois la plupart des hommes. Ils appartiennent à la terre. La pampa est leur océan. Cette masse énigmatique qui sidère ces hommes des vastes horizons de *coxilhas* et de plaines. Giuseppe rit. Et son rire se perd dans la nuit qui tombe peu à peu.

São José do Norte brille doucement au loin. C'est une garnison bien défendue. Aux aguets. Comme une proie ou peut-être comme un chasseur à l'affût. Bento Gonçalves donne l'ordre de se remettre en marche. L'armée avance sur la plage. Au loin, on entend la rumeur du bourg dans la nuit d'hiver. Près de cinq cents maisons où l'on dîne au coin du feu. Et mille ventres sous la pluie, affamés. Quarante kilomètres parcourus chaque jour.

À l'opposé, entre la lagune et la mer, il y a Rio Grande, occupée par les impériaux avec leurs bateaux bien armés, leurs canons, leurs hommes bien nourris et reposés. L'armée *farroupilha* n'a plus de bouches à feu, les hommes sont trempés, épuisés, morts de faim. Il faut compter sur la surprise de l'attaque, sur la mer déchaînée qui empêchera l'envoi de renforts depuis Rio Grande. L'armée *farroupilha* doit compter sur le feu qui brûle en chacun des neuf cent quatre-vingt-dix-sept hommes (trois sont morts de froid en chemin) qui, sur la plage, observent les murailles qui entourent São José do Norte.

São José do Norte est défendue par des fortifications le long desquelles s'élèvent de petits fortins qu'on appelle des batteries. Bento Gonçalves da Silva et Antônio Netto rassemblent les hommes sur la plage. Les fortifications qui protègent le bourg font trois mètres de haut, il faudra les escalader. Les soldats tiennent leur dague entre les dents et se hissent sur la muraille dans un silence profond, dans la nuit, dans le froid de la nuit et le sable. Ils s'entraident, une échelle humaine : deux, trois, vingt *farroupilhas* sautent à l'intérieur. Ils sont comme des chats, comme des spectres. Une sentinelle est égorgée. Et meurt en silence sans comprendre ce qui lui arrive. Entre les batteries numéros deux et trois, d'autres sentinelles sont éliminées dans le noir. Les dagues font leur sinistre travail. Le sang, sur les dalles de pierres, se perd dans l'aube salée.

Les portes s'ouvrent.

J'imagine Giuseppe, grand et fort, dépenaillé peut-être après la longue marche, son poignard entre les dents, poussant les lourdes portes par où entrera la cavalerie républicaine. Un fauve cuirassé par cette force venue de la mer qui pénètre dans ses poumons et le nourrit. Ce sera une grande victoire, pense-t-il. Un cadeau pour Anita et pour son fils qui va naître. Quinze sentinelles sont égorgées en silence. Et enfin, la sortie vers la mer.

Bento Gonçalves se lance à la tête de sa cavalerie. Ils foncent vers l'église. Garibaldi et ses hommes prennent la deuxième batterie. Les *farroupilhas* font feu sur le deuxième régiment d'Infanterie qui garde les fortifications. La pluie redouble, les vagues mugissent, les chevaux avancent en glissant sur les pavés des ruelles de la ville.

La cavalerie prend possession des rues, se lance en avant, hurlant des mots que le vent étouffe. Crescêncio,

Texeira, Netto et Bento Gonçalves sont des titans, le vent ne les fait pas plier, la pluie ne les atteint pas, centaures mythiques de la pampa. Dans les maisons, les lumières s'éteignent. Les soldats affamés, frigorifiés, défoncent les portes. Ils veulent seulement manger. Un morceau de pain, un peu de vin, un bout de viande. Ils ne sont pas agressifs, mais ils ont l'air de spectres déguenillés et effrayants. La terreur se répand sur São José do Norte. Au-delà des murailles, les navires impériaux attendent.

Dans la troisième batterie qu'occupent les républicains, quelqu'un attise le feu dans un foyer. Dehors, la pluie tombe à verse. Bento Gonçalves entre. L'eau ruisselle de ses vêtements, de ses cheveux, de ses moustaches, mais il est toujours ce géant calme et décidé, et toujours cette même énergie dans le regard.

— Le commandant Soares de Paiva et ses impériaux se sont retranchés dans une maison du bourg. Ils résistent. Il faut qu'ils se rendent.

Un des hommes, l'estomac vide, les pieds gelés dans ses bottes trouées, sort dans la nuit. Il va parler au commandant des troupes impériales. São José do Norte capitule. Grâce à la tempête ou malgré elle. Grâce au courage de ces mille hommes. Soares de Paiva est gravement blessé, mais il refuse de se rendre. Le courage habite des deux côtés de la guerre. L'homme retourne d'où il est venu. Les rues désertes sont balayées par le vent. Des cadavres gisent à chaque coin de rue. La mer déchaînée assaille la haute muraille que les républicains occupent.

Le monde est subitement submergé par un rugissement terrifiant. Des langues de feu montent vers le ciel. Le troisième fortin explose comme une gigantesque bombe. C'est là que les munitions des impériaux étaient entreposées. Tout flambe maintenant. Des cris. Des soldats *farroupilhas* sont déchiquetés par l'explosion, d'autres traînent sous la pluie leurs corps mutilés et brûlés. La nuit s'éclaire de flammes et d'horreur. Grâce à cet événement imprévisible, les soldats de l'Empire ont réussi malgré eux à décimer les troupes républicaines.

L'incendie laisse les chefs républicains pétrifiés. Sur leurs visages se lisent la sidération et l'incrédulité. Les impériaux reprennent ainsi le dessus. De la batterie numéro quatre, l'artillerie sonne l'assaut. Des corps tombent dans les rues, sur les pavés de pierre, tombent dans les flaques d'eau sans bruit. Il faut oublier le fortin et riposter. Oublier les morts, les blessés, l'odeur de chair brûlée.

La pluie semble se calmer. Les républicains craignent, si elle venait à s'arrêter, que les bateaux de l'Empire basés à Rio Grande n'aient toute latitude pour arriver jusqu'au port et reprendre la ville. Ce serait une bataille sanglante et inutile qui serait suivie d'une défaite. Bento Gonçalves envoie Garibaldi réorganiser la défense sur les fortifications. Il faut se préparer au débarquement ennemi.

Deux heures du matin. Les renforts impériaux commencent à arriver par la mer. Rio Grande a décidé d'affronter la pluie et le vent. Les *farroupilhas* tirent du haut des murailles, mais les loyalistes avancent sous le feu nourri. Le combat se poursuit dans le fortin, dans les rues, au pied des murailles. Au corps à corps. Dagues et lances. Des impériaux se réfugient dans les casernes. Il fait toujours nuit.

Le jour se lève, lentement, presque craintif, et une lumière terne et triste perce les nuages noirs qui obscurcissent le ciel. La pluie ne cesse de tomber. Les troupes arrivées de Rio Grande débarquent en masse, elles ont pu emprunter le canal qui va du port à la ville. Les républicains se battent sur les murailles essayant d'en empêcher l'accès. La lumière du jour dévoile les visages hagards, sales et hâves. Le combat dure sept heures. Il n'y a plus grand-chose à faire. Plus de deux cents hommes ont péri, les survivants sont épuisés par le voyage éprouvant et les combats, alors que les impériaux font débarquer des centaines d'hommes sur la plage. Impossible de les contenir encore longtemps.

Quelqu'un dit que la seule issue serait de mettre le feu au bourg. Tuer les soldats retranchés dans les casernes. Détruire la ville. Bento Gonçalves boit le silence de l'aube humide comme un élixir de vie. Sa poitrine est en feu, ses traits sont tirés, la toux cruelle persiste. Il réunit les hommes. Son code d'honneur est inflexible. Il ne tuera de civils et d'innocents ni au nom de la révolution, ni au nom de la République. Il ne détruira pas les maisons, il ne détruira pas la ville. Même après avoir parcouru des lieues et des lieues sous la pluie glaciale, même après avoir vu ses hommes mourir de faim, s'envoler, déchiquetés, dans l'explosion du fortin, tomber du haut des murailles dans les eaux grises de la mer. Il n'a pas fait la révolution pour en arriver là.

Sous les ordres du grand général, les républicains organisent la retraite. Il y a des actes que certains hommes ne commettront jamais. Mon oncle avait fait la guerre pour la liberté et les droits des estancieros. Il avait accepté de se battre contre un empereur qu'en vérité il n'avait jamais détesté. Il avait fait des choses qu'il n'aurait jamais imaginé faire. Mais tuer un civil, jamais. Même au prix de sa ville, de cette bataille, de la République.

Il flotte dans l'air un souffle de désapprobation, mais les hommes préparent malgré tout le départ. Certains ne se résignent pas à abandonner. À affronter la route du retour. Encore plus affamés, encore plus fatigués. Transportant les blessés et les prisonniers. Et la rage au cœur.

La République rio-grandense n'a plus de port. Une lumière blafarde nimbe la ville et l'armée bat en retraite en emportant ses blessés. Les impériaux les poursuivront quelque temps, mais ils avanceront sur les dunes, sur le sable mouillé, répondront aux tirs et rebrousseront chemin. La pluie n'a cessé de les accabler, d'inonder les visages creusés et de rendre la retraite encore plus pénible. Bento Gonçalves est à cheval. Il est blessé, un filet de sang coule, sur son front haut, dilué par la pluie. Son visage est un masque de pierre qui ne laisse pas deviner la fièvre qui ravage ses entrailles.

C'est peut-être la dernière grande bataille républicaine, la dernière grande défaite. On parlera encore longtemps de cette nuit fatidique, cataclysmique, quand la victoire se mua en défaite en quelques minutes parce qu'un homme a fait un choix et qu'il l'a payé de sa vie.

Plus de deux cents blessés agonisèrent pendant des jours et des jours sous la pluie et dans le froid de ce mois de juillet épouvantable : la plupart moururent.

Ceux qui revinrent à Viamão et à São Simão portaient dans leur cœur le poids d'une amère désillusion, irrémédiable, définitive, et dans leur chair les stigmates des blessures et des privations.

Manuela

Dona Antônia avalait la soupe que Maria Manuela lui faisait prendre à la cuillère. Elle n'avait pas faim mais sa sœur avait insisté, connaissant son état de faiblesse. Elle avait fermé les yeux et s'était souvenue du temps où elle avait de l'appétit, bien des années auparavant, quand elle était une jeune fille et que la vie était un chemin illuminé par un soleil radieux.

— Vous voulez quelque chose d'autre ?

— Non, Maria Manuela, je vous remercie, répondit-elle d'une voix encore faible.

Maria Manuela sourit.

— Alors je vais vous laisser dormir un peu, dit-elle en sortant de la chambre.

Dona Antônia s'appuya sur ses oreillers. Elle pouvait voir le soleil par la fenêtre, un soleil faible qui séchait péniblement la terre détrempée par l'hiver pluvieux. Elle avait même pensé qu'elle était en train de vivre là son dernier hiver. La pneumonie qui l'avait terrassée avait aussi affaibli son esprit si vif, et elle n'avait gardé de ces derniers mois que des images floues et vagues d'heures entières où la fièvre la faisait divaguer et voir les visages de ses sœurs et de ses morts. Ainsi, il arriva qu'apparaisse Bento Gonçalves près de son lit, si hâve et décharné, le regard si triste et fuyant qu'elle s'était dit que ce qu'elle voyait là était un fantôme. Ce jour-là, elle s'était réveillée en criant, et même l'insistance d'Ana lui promettant que Bento allait bien, qu'il avait en effet perdu une bataille mais qu'il était sain et sauf et avait écrit à Caetana, même cela n'avait pas suffi à la rassurer.

De nombreux événements s'étaient produits depuis le début de l'hiver jusqu'au printemps qui fleurissait les chemins de l'estancia et ornait la maison de bouquets de jasmin. Ana, assise auprès d'elle, brodant ou tricotant, lui donnait des nouvelles de la guerre, lui racontait tout ce qui lui arrivait aux oreilles. Ainsi, dona Antônia avait appris que l'Empire avait amnistié Bento Manuel, l'homonyme de son frère, le traître du Rio Grande, qui se prélassait à présent dans son estancia du côté d'Alegrete, heureux, buvant confortablement son maté et comptant les richesses qu'il avait accumulées en pillant, alors que pendant ce temps Bento Gonçalves se battait pour maintenir vivant l'espoir de la République rio-grandense, au prix sans doute de ses dernières forces. C'est sa sœur aussi qui l'avait informée de la naissance du fils de Garibaldi, en septembre, un garçon baptisé Menotti, qu'Anita avait mis au monde à São José das Mostardas. Ana avait dit que l'enfant portait à la naissance une cicatrice sur le front, conséquence probable d'une chute qu'aurait faite sa mère pendant une des batailles auxquelles elle avait participé. Dona Antônia pensa à Manuela et se dit que cette nouvelle avait dû raviver son chagrin. Sa nièce souffrait en silence, fidèle au code des femmes de la pampa ; ici, on acceptait les hasards de la vie jour après jour, avec dignité et courage. Jamais plus Manuela n'avait eu de geste fou comme le jour où elle s'était coupé les cheveux au ras de la nuque, ce qui lui avait donné l'air d'un petit garçon monté en graine. Plus jamais dona Antônia ne l'avait entendue prononcer le nom de l'Italien, bien qu'elle sache avec certitude que la fièvre ne pouvait décroître et combien sa nièce aimait encore Garibaldi.

— Manuela est au courant ?

Dona Ana acquiesça.

— Je le lui ai dit. Elle n'a pas versé une larme.

Dona Antônia soupira. Elle espérait que Manuela ait pleuré dans sa chambre pendant des heures. La tristesse administrée à bon escient est un baume. Elle craignait que Manuela ne s'endurcisse trop tôt, comme elle-même. Force et dureté sont des vertus très différentes.

— Manuela a été très malheureuse. Il faut qu'elle retrouve la joie sinon elle risquerait de se déshabituer du bonheur.

Dona Ana posa sa broderie.

— Nous avons toutes souffert, Antônia. Manuela va oublier tout ça. Elle est jeune et belle, elle va se marier, avoir des enfants et un bon mari.

— Elle peut aussi ne jamais se marier. Elle est suffisamment têtue pour aimer l'Italien toute sa vie.

Puis elle se tut et ferma les yeux. Le souffle frais et silencieux de la nuit entrait par la fenêtre. Dona Ana se disait que quelque part, non loin d'ici, *farrapos* et *caramurus* s'entretuaient. Elle sentit dans l'air une odeur de sang, de cire d'abeille et de *saudades* très anciennes. Est-ce que l'on pourrait un jour jouir à nouveau du parfum de ces prairies quand disparaîtrait le souvenir de la souffrance et de l'horreur, et qu'il n'y aurait plus que le vent, les petits chemins et les vastes horizons, ce parfum qu'elle aimait retenir dans ses poumons le plus longuement possible ?

Perpétua releva la fillette qui jouait par terre, nettoya les menottes dodues, déposa un baiser sur les joues rondes et mates. Teresa sourit à sa mère, laissant apparaître deux fossettes de chaque côté de son joli visage.

— Maintenant vous allez prendre un bain, mon trésor. Votre robe est dégoûtante.

Elle tendit la petite à Xica qui l'emporta dans ses bras vers la salle de bains en chantonnant à voix basse une petite mélodie.

Perpétua s'assit sur son lit. Sa fille ressemblait de plus en plus à Inácio, mais avec les yeux et la peau brune qu'elle-même tenait de sa famille maternelle. Elle posa sa main sur son ventre plat. En fermant les yeux et en se concentrant très fort, peut-être percevrait-elle ce souffle de vie qui s'était à nouveau installé dans ses entrailles. La semence. Il était très léger encore ce souffle, mais cette langueur dans son corps et ses gestes, le sommeil qui la saisissait à des heures inhabituelles, le sang qui n'était pas descendu de son refuge, tout cela lui disait que, oui, elle portait à nouveau un enfant d'Inácio.

Son mari était venu à l'estancia deux mois auparavant, à la fin de l'hiver, peu après que son père fut retourné à Viamão et que le général Netto eut repris le siège de Porto Alegre. Inácio était arrivé affaibli, épuisé par les combats, par l'éprouvant voyage qu'il avait supporté avec les autres depuis São José do Norte. Il revenait accablé par la défaite, mais malgré cela, après quelques jours de repos, il avait pu la reprendre dans ses bras et redevenir l'amant tendre et attentif qu'elle adorait. Ni sa mère ni ses tantes n'étaient venues les déranger pendant les longues soirées qu'ils passaient enfermés dans leur chambre, alors que les dernières pluies de l'hiver inondaient le monde autour d'eux. Puis Inácio était reparti pour São Gabriel. Perpétua avait encore, pendant des jours, gardé son odeur et le goût de ses baisers, comme un souvenir vague jusqu'à ce que tout disparaisse peu à peu, et que la vie reprenne son cours d'avant, rythmée par les broderies, la lecture, par Teresa et par l'attente.

Mais maintenant il y avait la promesse de cet enfant. Quand Inácio reviendrait, il aurait la surprise. Ou peut-être n'attendrait-elle pas et lui écrirait-elle une lettre pour le lui annoncer. Elle ne savait pas encore.

Elle sortit de sa chambre. Une bonne odeur de gâteau de maïs venait de la cuisine. Elle eut faim, une faim urgente et inhabituelle. Le petit être dans son ventre avait déjà des exigences. Elle trouva sa mère dans la salle de lecture. La lumière du soleil entrait par les fenêtres grandes ouvertes. Caetana feuilletait distraitement un livre. Perpétua se rendit compte, en voyant son visage tendu, que sa mère pensait à la guerre, que quelque chose la préoccupait.

— Perpétua, ma fille, asseyez-vous là à côté de moi. Parlons un peu.

Caetana Joana Francisca Garcia da Silva avait vieilli ces dernières années. Ses cheveux très noirs n'avaient plus l'opulence de jadis, bien que coiffés avec l'élégance habituelle. De fines rides se dessinaient autour de ses lèvres si bien ourlées. Une lassitude nouvelle marquait son visage, une lassitude faite de silences et de prières murmurées, et son rire en cascade ne résonnait plus dans la maison. Elle riait à présent doucement, presque honteuse de se sentir parfois joyeuse.

Perpétua s'assit, prit la main de Caetana. Des mains un peu froides, aux longs doigts et aux ongles nacrés.

— Ne soyez pas triste, mère. J'ai une bonne nouvelle... Vous vous souvenez de la dernière fois qu'Inácio est venu ?

— Il y a deux mois. Fin août. Il m'avait apporté une lettre de votre père.

Perpétua sourit.

— Eh bien quand il est reparti, Inácio m'a laissé un bébé dans le ventre. Je n'ai plus mes règles depuis deux mois, mais ce n'est qu'aujourd'hui, quand je me suis réveillée un peu nauséeuse et que j'ai eu une grande envie d'oranges, que j'en ai eu la certitude.

Caetana prit sa fille dans ses bras. Elle avait les yeux embués.

— La vie suit son cours, Perpétua. Vous la portez dans votre ventre. *Por Dios, estoy muy contenta.*

— Moi aussi, mère. Moi aussi. C'est une bonne chose pour nous toutes ici. Et pour Teresa qui va avoir un petit frère.

Elles restèrent un moment main dans la main. Elles voyaient déjà courir à travers la maison ce nouvel enfant, porteur de joie et d'espoir. Beaucoup de gens mouraient au cours de cette guerre. Mais la vie continuait.

— L'avenir est là, ma fille, déclara Caetana en posant la main sur le ventre de son aînée. Notre avenir à tous.

Perpétua sentit sa gorge se serrer.

— Inácio va être heureux.

— Et vous avez à présent une bonne raison d'espérer, Perpétua. Pendant la grossesse d'une femme, les journées ont une douceur différente et peu importe qu'elles soient interminables. Si pour nous les années ont été longues et pénibles, pour vous la vie a été bonne. Vous avez un mari, vous avez Teresa et maintenant cet enfant qui s'annonce.

Perpétua posa sa tête sur l'épaule de sa mère. Elle se sentait bien. C'était vrai. Malgré la guerre, elle était une femme heureuse.

— Je vais allumer un cierge pour remercier la Vierge Marie, dit-elle.

Caetana caressa les beaux cheveux noirs et épais. Elle récita en silence une prière. Cet enfant était un cadeau de Dieu. Le signe que les choses allaient s'arranger. Le signe que Bento et les garçons allaient bientôt revenir.

Giuseppe Garibaldi pénètre dans la maisonnette de bois en laissant une trace mouillée sous ses pas. La maison comporte une salle minuscule avec une table, deux chaises et une lampe à huile. Il traverse la pièce et entre dans la petite chambre silencieuse. Anita est assise sur le lit, Menotti dans les bras. Dehors, il pleut sur la campagne, une pluie fine qui rend mélancolique cette fin d'après-midi d'été et fait monter du sol une délicieuse odeur de terre mouillée.

Giuseppe s'assied sur le bord du lit. Ses vêtements sont déchirés et sales, ses bottes sont recouvertes de boue. Il dépose un paquet aux pieds de sa femme.

Anita remarque les larmes dans ses yeux de miel qui d'habitude brillent d'un éclat joyeux. Elle serre son fils dans ses bras.

— Que s'est-il passé, Giuseppe ?

Deux larmes coulent sur le visage de l'Italien, s'insinuent dans la barbe fauve et mal taillée.

— Voici les vêtements pour le petit.

— Mais que s'est-il passé pendant votre voyage ? Pourquoi ces larmes ?

Giuseppe se détourne vers la fenêtre. Il regarde tomber la pluie.

— J'ai rencontré des troupes impériales en chemin. Mais rien ne s'est passé… J'ai bifurqué, j'ai pris un autre chemin, Anita. J'ai réussi à acheter tout ce qu'il nous fallait.

La femme caresse ses cheveux épais, enroulant autour de ses doigts les boucles blondes grises de poussière. Elle sent son cœur se serrer devant la tristesse de son homme.

— Pourquoi pleurez-vous donc ?

Il la dévisage, une douleur muette dans les yeux.

— Ils ont tué Luigi Rossetti.

Anita sursaute. Elle a toujours apprécié cet Italien sérieux et réservé. Giuseppe disait que Rossetti avait quitté le séminaire, qu'il avait failli être curé.

— Ce n'est pas possible...

— C'est vrai. Mon ami Rossetti est mort... À Viamão. La ville a été attaquée par Moringue. Rossetti assurait la défense à la tête de ses troupes. Le général Bento Gonçalves et les autres étaient déjà partis. Luigi a été blessé, *per Dio,* il n'a pas voulu se rendre. Moringue l'a tué à bout portant.

Il garda le silence un moment. Anita pose Menotti dans son berceau et retourne auprès de son mari.

— Luigi était l'homme le plus brave que j'aie jamais connu, Anita. L'Italie devrait être fière de lui.

— Quand est-ce que cela s'est passé ?

— Il y a cinq jours.

Menotti pleure dans son berceau. C'est un petit garçon à la peau claire, aux yeux bleus, un peu menu. Anita s'approche du berceau pour le calmer.

— Et maintenant, Giuseppe ?

— La République n'est plus ce qu'elle était pour moi. Carniglia est mort noyé. Rossetti a été tué d'une balle dans la tête. Je suis le seul survivant. Il est temps de partir vers une nouvelle vie, loin de cette pampa. Je ne peux plus rien faire ici, tout à présent est une question de politique... J'ai fait tout ce que je pouvais, Anita.

La jeune femme tient entre les siennes les grandes mains calleuses, tremblantes comme deux colombes effrayées. Elle les porte à ses lèvres et embrasse ces paumes qu'elle connaît par cœur. Elle respire l'odeur de l'homme qu'elle aime tant. Jamais elle n'avait vu une telle souffrance dans les yeux de Giuseppe, une si profonde amertume sur les lèvres serrées, d'ordinaire si souriantes et dispensatrices de paroles joyeuses.

Ils restent là, au bord du lit, jusqu'à la nuit, jusqu'à ce que le monde dehors ne soit plus qu'une masse sombre et silencieuse. La pluie fine tombe toujours doucement.

L'air s'imprègne d'une humidité lugubre qui colle à la peau. Giuseppe a perdu son meilleur ami. Il n'y a pas de mots assez forts pour exprimer sa douleur. Pas de larmes. Giuseppe Garibaldi n'a jamais su pleurer.

Fin novembre 1840, le député Álvarez Machado est nommé par l'Empire nouveau président de la Province de São Pedro de Rio Grande. Et le général João Paulo dos Santos Barreto est nommé, lui, commandant des armées impériales.

Chargé de négocier la paix dans la province, Álvarez Machado écrit au général Bento Gonçalves, il « veut rappeler au sein de la patrie, et dans un esprit de conciliation, tous les Brésiliens dissidents ». L'Empire leur offre la paix sous certaines conditions : amnistie pour tous les acteurs de la rébellion ; les fonctionnaires garderont leurs postes ; les esclaves ne seront pas affranchis, mais seront rachetés par l'armée impériale

Bento Gonçalves réunit les chefs politiques de la République. Les propositions de l'Empereur sont considérées comme infamantes par la plupart des caudillos gauchos. Le renoncement à la promesse de la libération des esclaves est vécue comme une provocation par le général Antônio Netto et les autres abolitionnistes tels Texeira Nunes et Lucas de Oliveira. Les esprits s'échauffent, des voix s'élèvent. On n'arrive à aucun accord concernant les propositions de l'Empire.

Quand les hommes se retirent de son cabinet, à la tombée de la nuit et après d'âpres discussions politiques, Bento Gonçalves prend sa plume et écrit une longue missive à Álvarez Machado.

Votre Excellence se souviendra, je l'espère, que je lui avais dit combien je souhaitais la paix, et que je la souhaitais solide et durable : mais pour qu'elle fût solide et durable, il me fallait l'accord unanime de mes camarades et que, dans le cas où je ne l'obtiendrais pas, il me serait impossible de participer à une négociation quelle qu'elle soit ; car ma défection, avec celle d'autres de mes amis, sans un consensus général, diminuerait certes le nombre des dissidents, mais ne viendrait pas à bout du combat si certains de nos grands chefs décidaient de le poursuivre ; et la conséquence naturelle de cette division serait de faire de moi l'objet de la haine et du mépris des deux partis et cela sans aucun ou peu d'avantage pour notre patrie, parce que la guerre continuerait comme avant.

Tout ce que je viens d'exprimer vient du fond de ma conscience ; il ne s'agit pour moi en aucun cas de gagner du temps, car je suis fermement décidé à signer la paix sur les bases que j'ai indiquées oralement à Votre Excellence au cours de nos entretiens précédents ; je ne demande rien qui porterait atteinte à l'honneur du trône impérial ou lui ferait tort. Nous demandons seulement le paiement de notre dette publique et la liberté pour les esclaves qui ont servi sous notre bannière, la promesse que nos officiers ne soient pas rétrogradés comme soldats de première ligne, ni contraints de servir dans la Garde nationale, mais qu'ils soient maintenus dans leurs grades actuels ; ce sont là les principales concessions que j'exige : elles sont justes et raisonnables.

Bento Gonçalves signe sa lettre, il la cachette et envoie chercher une estafette. Il faut la remettre de toute urgence au représentant de l'Empereur.

La réponse d'Álvarez Machado ne se fait pas attendre. Bento Gonçalves en prend connaissance dès le lendemain sans rien laisser paraître sur son visage. Un silence de plomb règne dans la salle, tandis que le général *farroupilha* remâche les mots de son adversaire. Assis très droit dans son fauteuil, son regard noir imperturbable, sous la chaleur suffocante du début de l'après-midi, Bento Gonçalves pose la lettre sur son bureau.

L'Empereur du Brésil, qui n'accepte jamais de conditions de la part d'aucune nation, aussi riche et puissante soit-elle, les acceptera encore moins venant d'une partie de ses sujets sortis du droit chemin.

Ces derniers mots résonnent pendant des heures dans l'esprit de Bento Gonçalves. Il n'y aurait pas de paix. Il y aurait encore des morts, encore du sang, bien que le peuple soit fatigué de tant de combats. Bento Gonçalves sent le poids de la lassitude, un monde pèse sur ses épaules épuisées, un monde sanglant et hostile. La fièvre rampe dans ses entrailles comme un serpent, sournois et venimeux. Sa maison lui manque, les bras doux de Caetana, les longues et silencieuses soirées à l'estancia.

1841

Mariana écoute le silence de la maison. Il est 14 heures en ce mois de janvier caniculaire. Dehors, un soleil impitoyable grille la pampa, assomme les animaux qui recherchent l'ombre. À l'intérieur, la température est agréable et il règne un imperceptible murmure de sieste.

Chacun se repose dans sa chambre. Manuela dort, allongée sur son lit, juste vêtue de sa chemise blanche. Mariana se lève sans bruit – elle s'est habituée à l'art de se déplacer comme une ombre –, enfile sa robe prestement, chausse ses bottines et sort de la chambre sans faire de bruit.

Il n'y a personne dans le couloir. Mariana sait que dona Rosa ne se repose pas après déjeuner, qu'elle reste dans la cuisine pour ranger, broder ou préparer le gâteau du thé. Dona Rosa toujours en mouvement, ses gestes habiles et sa discrétion. Mariana passe loin de la cuisine et des yeux de la gouvernante. Elle traverse le salon. Les ouvrages de broderie dorment dans leurs paniers, les fleurs penchent dans leur vase, tout semble en suspens dans l'attente que la journée s'écoule, que la chaleur diminue afin que la vie puisse reprendre son cours normal.

Dehors, l'air brûlant l'enveloppe et couvre sa peau de sueur. Elle contourne la maison, marchant à l'ombre quand il y en a et se dirige vers la *charqueada*. Elle sait que les péons se reposent eux aussi, sous les arbres, dans la cour, dans l'écurie, dans le corral. Personne ne travaille dans la pampa écrasée de soleil à cette heure-ci. Une seule personne est debout dans la *charqueada*. C'est João.

Mariana a fait la connaissance de João il y un peu plus d'un mois. João ne fait pas la guerre, il n'est ni *caramuru* ni *farroupilha*, c'est un péon de l'estancia et un bon guitariste. C'est Manuel qui l'a amené. Dona Ana avait besoin de bras pour le travail, beaucoup de péons sont partis à Campanha, ils se battent avec les républicains et meurent sur les champs de bataille. João a vingt-trois ans et il est trop jeune pour mourir. Il sait dompter les chevaux sauvages, il sait raconter des histoires, le personnel de l'estancia l'apprécie. Le soir, il chante auprès du feu. C'est un bel homme, grand, aux yeux bruns et aux cheveux noirs. Il a quelque chose d'indien dans ses yeux étirés et un sourire de chat. C'est ce sourire que Mariana a remarqué la première fois qu'elle l'a vu. La deuxième chose qu'elle a remarquée, c'est la douceur de ses mains rudes. João l'avait prise dans ses bras quand ils s'étaient croisés un après-midi où Mariana emmenait Ana Joaquina se baigner dans l'étang. Ana Joaquina était restée sagement au bord de l'eau pendant que João et Mariana s'enlaçaient, se caressaient, échangeaient des baisers et faisaient tomber cette frontière mystérieuse et escarpée. La petite fille ne fit aucun commentaire devant les cheveux décoiffés de sa cousine, devant ses joues enflammées et les boutons défaits de sa robe un peu salie de terre.

Après ce jour-là, ils se retrouvèrent très souvent. Au bord de l'étang, à la *charqueada*, dans le bois. Les jours retrouvèrent leur grâce aux yeux de Mariana et elle découvrit que la solitude de l'estancia était un terrain parfait pour voir s'épanouir son amour. Ils préparaient leurs rencontres avec la minutie de la passion, se cachaient des autres, mentaient, jouissaient de ces instants volés avec une ardeur presque religieuse. Mariana retrouva sa joie de vivre, mais ne parla de cet amour à personne, ni à sa sœur ni à sa cousine. La porte de la grange grince doucement quand elle entre. João sort de l'ombre et la prend par la taille. Le soleil pénètre par les fentes dans le bois et dessine des arabesques sur le sol. Elle rit tandis que les mains de son amoureux montent le long de sa poitrine, de son cou, caressent ses lèvres, dénouent ses cheveux noirs. Des baisers salés et urgents.

— *Ay*, Mariana, je ne fais plus rien... Je pense à vous toute la journée. Mariana, ma Mariana.

Sa voix est un murmure de ruisseau qui coule.

Il fait chaud. Il rit de son sourire de chat, la peau brunie par le soleil, l'éclat du désir dans les yeux, beau de la fougue de la jeunesse, d'animal en rut. Mariana lèche son cou humide, se repaît de la saveur de l'homme dont elle rêve chaque nuit, qu'elle attend, pour lequel elle soupire. Rien d'autre n'existe. Ni la guerre, ni la maison, ni ses tantes, ni sa mère, ni les négresses. Rien d'autre n'existe et elle fera ce que demande son corps frémissant. Elle obéira à cette exigence qui naît dans ses entrailles, qu'elle n'a jamais rencontrée dans ses livres de prières ni dans la bouche d'aucune femme autour d'elle mais qui vibre, implore, exige. La vie court dans ses veines comme une rivière impétueuse qui se rue vers la mer.

Ils s'allongent au sol sur une vieille couverture. Les mains de João sont expertes et défont avec délicatesse les petits boutons de sa robe. La peau blanche et parfumée de la jeune fille apparaît, douce comme un pétale, et João se perd sur ce chemin diaphane, presque mystique. Il est taillé à la serpe comme elle est coulée dans le miel. Ils se cherchent, se découvrent et plongent ensemble dans un océan de sensations.

Au creux de son lit frais, sous le drap qui sent la lavande, Maria Manuela ronfle doucement. Avant de se coucher elle a prié pour ses filles, pour Antônio, pour la fin de la guerre qui dure depuis trop longtemps. Elle dort à présent. Rêve-t-elle ou vogue-t-elle dans des limbes laiteux, tièdes et rassurants ?

Dans la grange de la *charqueada*, sous le corps de João, Mariana pousse son premier gémissement de femme. Puis elle ferme les yeux. Elle flotte sur une mer paisible.

Les lettres arrivaient de façon inopinée, en fonction du temps et de l'occasion qui se présentait. Elles étaient portées par des soldats, des estafettes ou des amis qui se trouvaient parfois dans les mêmes endroits que les hommes de la famille, et parcouraient des lieues et des lieues bien cachées dans le fond des *guaiacas*. Les lettres pour l'Estancia de la Barra contenaient des messages personnels et des récits de la vie quotidienne, mais aussi des secrets militaires, il fallait les transporter dans la plus grande discrétion pour qu'elles ne risquent pas de tomber entre les mains d'un *caramuru*.

C'est un négrillon de l'estancia de dona Antônia qui apporta la lettre de Joaquim. Il avait rencontré un officier de la République sur une route. Tout le monde savait dans la région que Nettinho était un *cria*[1] de la maison de la sœur du président. Il lui remit donc la lettre, et le gamin était arrivé tout gonflé d'importance à l'Estancia de la Barra pour parler à Mlle Manuela.

Dona Antônia, qui n'était pas rentrée chez elle depuis des mois, fit appeler le gamin, lui demanda comment allaient les choses au Brejo, comment se portaient les gens de la cuisine, les péons. Elle prit la lettre qu'elle remit elle-même à Manuela lorsque sa nièce vint lui porter son repas.

— Joaquim est patient, ma fille, dit dona Antônia en lui tendant l'enveloppe froissée. Vous devriez prendre cela en considération. C'est une vertu bien rare chez un homme.

Manuela sourit et ne répondit rien. Elle s'occupa de faire manger sa tante avec gentillesse, lui fit des compliments sur sa bonne mine. Elle resta auprès d'elle un moment, lisant les journaux arrivés de la ville, commentant la chaleur écrasante de l'été et donnant des nouvelles des animaux de l'estancia.

Ce n'est que le soir, avant le coucher, qu'elle ouvrit l'enveloppe.

Chère Manuela,

Je vous écris de São Gabriel où je viens d'arriver après une marche longue et pénible dans la Campanha, traversant des épreuves que je n'ose vous décrire. Il y a un mois, nous avons levé le siège de Porto Alegre qui devenait inutile, puisque la ville était approvisionnée depuis la lagune malgré tous nos efforts pour empêcher les ba-

1. Cria : enfant de domestiques ou d'esclaves élevé dans la famille.

teaux d'approcher. Ce siège a duré quatre années et je pense qu'il est terminé.

Beaucoup de choses ont changé ces derniers temps pour la République et il a été décidé que nous devions quitter Viamão et nous diriger vers Cruz Alta, puisque c'est dans la Campanha que nous sommes les plus forts et que nous comptons le plus d'effectifs. La capitale a été transférée à São Gabriel où je suis arrivé hier en compagnie de mon père et de quelques bataillons. Pour atteindre la Campanha, nous avons dû traverser la Serra et croiser la colonne impériale de Labatut. Nous avons heureusement pu éviter un combat qui nous aurait été très défavorable, car notre artillerie et notre cavalerie sont en mauvaise condition. Il a plu une bonne partie de la route au cours de notre marche de neuf jours. Lucas de Oliveira est parti devant avec ses troupes, suivi de Canabarro avec le gros de nos hommes, puis le général Netto et nous. En chemin, à cause des difficultés et de la crainte de subir une attaque de Labatut, de nombreux soldats ont déserté. Nous sommes finalement arrivés à Cruz Alta où nous avons pu trouver de quoi nourrir les hommes et leur faire confectionner de nouveaux uniformes, vu que ceux qu'ils portaient étaient dans un état si lamentable que certains n'avaient même plus de chemise et allaient torse nu.

De Cruz Alta, le gros de la troupe a pris la route pour Santa Maria, tandis que mon père et ses régiments se sont dirigés vers São Gabriel, d'où je vous écris aujourd'hui. Vous devez déjà savoir que les conditions de vie sont en ce moment très instables et compliquées, la République est confrontée à des problèmes financiers énormes, les troupes sont démoralisées, la guerre dure depuis trop longtemps et la population a de plus en plus de mal à supporter toute cette souffrance. En tant que médecin, je passe mes journées à soigner des blessés qui ne survivent pratiquement jamais, car nous ne disposons que de très peu de matériel médical. Nous manquons de tout, y compris de nourriture. Je vois bien que mon père perd de ses forces jour après jour et cela me désespère. Il n'est plus le général Bento Gonçalves, cet homme éner-

gique et serein, mais un soldat brisé, meurtri par le temps et les privations, affaibli par un mal qui ronge ses poumons, par les multiples défaites et les pressions qui s'exercent sur lui de tous côtés. Je me demande ce qu'il va pouvoir encore supporter au nom de la cause et du peuple rio-grandense, car je sais que ce n'est qu'en leur nom qu'il poursuit le combat. Demain, mon père va reprendre la présidence de la République qui était assurée ces derniers temps par le vice-président José Mariano de Matos. Je prie pour que ses forces ne l'abandonnent pas dans l'exercice de cette fonction, car la politique peut se révéler parfois plus exténuante et cruelle que la guerre.

Pour ma part, chère Manuela, je continue à faire ce qu'on attend de moi, secondant mon père et me battant à ses côtés, soutenu uniquement par votre souvenir. Je sais que le temps qui passe et m'accable chaque jour davantage est celui-là même qui vous guérira de vos amours malheureuses. C'est là ma seule consolation. Je souhaite que tous ces mois que nous avons passé éloignés, depuis cette triste matinée où vous avez juré un amour éternel à Garibaldi, aient atténué la force de ce sentiment. Je prie pour cela, dans l'espoir que votre cœur meurtri ait trouvé l'apaisement et qu'il y reste encore une petite place pour l'adorateur fidèle que je suis toujours.

Soyez en paix et pensez avec bienveillance à notre avenir.

Votre Joaquim
São Gabriel, le 13 mars 1841

Manuela se coucha en pensant à la lettre de son cousin. À quoi avaient servi toutes ces années ? Le Continente était à bout de forces, tant de ses fils étaient morts, d'autres mouraient des suites de leurs blessures et la guerre continuait comme la tempête au-dessus de leurs têtes.

Et il y avait Giuseppe Garibaldi. Elle n'avait plus jamais eu de ses nouvelles. Se trouvait-il encore dans le Rio Grande ? Et puis Joaquim ; sa bonté, ses attentions. Son indéniable beauté qui n'avait pas d'emprise sur son cœur sauvage. Sa lettre ne l'avait pas émue, n'avait pas fait trembler ses mains ni fait monter les larmes à ses yeux. Ce n'était pas l'ouragan que Garibaldi avait déchaîné en elle. Elle poursuivrait sa route, elle en était sûre, aussi seule qu'aujourd'hui, parce que, après avoir goûté à la saveur puissante de la tempête, elle ne pourrait plus jamais se satisfaire du souffle doux de la brise.

Dona Antônia retourna chez elle à la fin du mois de mars. Elle retrouva l'estancia un peu plus pauvre qu'elle ne l'avait laissée. Les troupes de la République avaient réquisitionné de nombreuses têtes de bétail et une partie des chevaux. Pourtant, elle prit du plaisir à se promener dans l'orangeraie en fleurs. Il y aurait beaucoup de fruits cet hiver et elle avait toujours estimé qu'une belle récolte était un bon présage pour sa vie personnelle. Elle aimait faire brûler les peaux d'oranges dans la cheminée ou sur le fourneau, elle en aimait l'odeur propre et citronnée se propageant dans la maison, l'odeur de son enfance.

Au cours de sa convalescence, elle se promena souvent dans l'orangeraie. C'est là qu'elle réfléchissait, au milieu de ses arbres. Elle ne croyait plus beaucoup à une fin heureuse pour la guerre. Cinq années de souffrances qui ne leur avaient presque rien rapporté, mais elle savait que la recherche d'un idéal pouvait parfois coûter très cher. Et elle n'avait jamais hésité, quant à elle, à en payer le prix. Aujourd'hui, arpentant ses terres, seule, fatiguée et affaiblie par la maladie, elle découvrait une autre réalité. Ils avaient souffert en vain. Les comptes de l'estancia étaient au plus bas, tout le Rio Grande s'était appauvri, et il n'y avait plus beaucoup de jeunes hommes dans les foyers, ils étaient presque tous partis à la guerre. Et peu d'entre eux revenaient.

— Le combat c'est pour les jeunes, murmura-t-elle. Mais la mort ?

Elle parlait toute seule, de plus en plus souvent. Comme sa mère. Mais ses paroles avaient du sens. Peu de choses étaient capables d'égayer la vieillesse que la guerre tourmentait. Et elle n'était plus si jeune... Bento non plus. Elle se faisait du souci pour lui, elle rêvait de lui. Des rêves bizarres, durs, tristes et sombres. Elle savait que les années lui avaient pesé plus qu'à d'autres. Les morts avaient échappé à ces malheurs, ils étaient dans l'au-delà ; seuls les vivants, ceux qui se battaient aujourd'hui dans les *coxilhas*, à cheval sous la pluie incessante, portant le drapeau et l'agonie de la République, ceux-là oui, étaient les créanciers de ce rêve frustré.

Elle avait rangé la lettre de Bento, lue avec les autres, la veille au soir, avant de repartir pour le Brejo. Son frère y égrenait des paroles amères. Il souhaitait la paix, plus que tout, car il savait qu'ils ne vaincraient jamais. Ils étaient affaiblis, démunis et fatigués. Bento était fatigué. Mais la paix n'arrivait pas. Les accords échouaient en raison de conflits consécutifs relatifs à des clauses, des idées et à des détails sur lesquels on ne pouvait pas céder pour des raisons d'honneur, de parole donnée ou tout simplement par orgueil. Tous les nègres de l'armée républicaine espéraient leur liberté. Ils méritaient cette liberté, ils s'étaient battus et étaient morts pour elle. Mais elle ne se profilait pas.

Dona Antônia se dirigea vers la maison. L'horizon commençait à se teinter de rouge au-dessus des *coxilhas*. Le visage de son frère, tel qu'il lui était apparu dans son rêve, l'obsédait. Il était maigre, hâve, la barbe blanchie et les traits tirés. Bento était l'otage de cette entreprise. Elle décida d'aller directement à son bureau en rentrant à la maison pour lui écrire. Qu'il arrête avec cette guerre. Qu'il parte en Uruguay où il possédait des terres, qu'il retourne vers Caetana, qu'il abandonne sa charge à de plus jeunes assoiffés de victoires et de conflits. Mais dona Antônia n'écrirait pas cette lettre. Bento y verrait une offense. Ils avaient appris tous les deux, avec leur mère et leur père depuis leur petite enfance, que l'honneur consistait à aller jusqu'au bout.

Elle entra dans la cuisine. Une des négresses pétrissait le pain sur la table en bois usé, marqué par les lames des couteaux.

— J'ai besoin d'un bon maté bien chaud.

La fille lui adressa un grand sourire. Les mains blanches de farine contrastaient avec sa peau sombre.

Elle les essuya sur son tablier et alla mettre de l'eau à chauffer.

Le crépuscule était d'une beauté presque douloureuse. Dona Antônia se demanda de quelle fenêtre, de quelle colline, de quel champ, de quelle solitude ou de quelle tente Bento Gonçalves contemplait au même moment ce terrible et splendide coucher de soleil couleur de sang.

Maria Manuela prit congé de dona Ana. Elle portait une sobre robe de voyage et ses cheveux étaient coiffés en chignon haut. Grâce à une autorisation de la mère supérieure, elle allait rendre visite à Rosário, après de longs mois de séparation. Mariana l'accompagnait, un peu contrariée de quitter l'estancia pendant trois jours, mais elle avait pu voir João au petit matin et ses lèvres portaient encore le goût de ses baisers.

Dona Ana leur conseilla de prendre les grandes routes, d'être prudentes et de revenir bien vite. Manuel les accompagnerait jusqu'aux alentours de Caçapava où se trouvait le couvent. Il connaissait tous les chemins et tous les codes de la pampa convulsée par la guerre. La journée était belle. Il avait plu toute la nuit, la route serait moins poussiéreuse. Manuel incita les chevaux de la voix et la voiture se mit en branle. Sans bien savoir pourquoi, Maria Manuela fit une petite prière.

Le voyage se passa bien. Ils croisèrent en chemin une patrouille impériale qui ne les inquiéta pas et ils purent continuer tranquillement. Les premiers signes de l'arrivée de l'automne se faisaient sentir, parsemant les prairies de fleurs et rafraîchissant l'atmosphère. Mariana regardait le paysage autour d'elle avec plaisir. Il y avait des années qu'elle n'avait pas quitté l'estancia autrement que pour aller rendre visite à dona Antônia. Finalement elle commençait à apprécier ce voyage. Maria Manuela était silencieuse, pensant à Rosário.

— Comment allons-nous la trouver ?

— Qui ? demanda Maria Manuela.

— Ma sœur. Je me demande si elle souffre de sa solitude.

— J'espère qu'elle se sent mieux. La solitude nous affecte toutes. Je me sens seule. Ana se sent seule. Caetana se sent seule.

» Vous ne vous sentez pas seule, Mariana ?

Mariana faillit dire non. Combien de fois n'avait-elle pas ressenti douloureusement la solitude au cours de ces années ? Mais plus maintenant. Elle avait João.

— Si, mère, mentit-elle, ce qui valait mieux. Mais j'ai appris à ne pas me laisser aller.

— Vous êtes jeune, ma fille. Quand on est jeune, on a la force de se battre contre l'adversité. C'est pour cela que je suis confiante : Rosário va sûrement bien. J'espère qu'elle ne vit plus dans ce délire.

Le couvent, un bâtiment sombre, était caché derrière de hauts murs et entouré d'un beau jardin. Il y avait au fond un grand potager et au loin un petit bois où les oiseaux se réfugiaient. La mère supérieure, peu loquace, les accueillit à la porte d'une poignée de main solennelle. À peine étaient-elles entrées dans le couvent que Mariana grelotta. Il régnait entre ces murs une tristesse empreinte de silence et d'encens. Elle pensa à sa sœur si joyeuse qui adorait les bals et les soirées mondaines. Elle eut de la peine. Rosário se fanerait dans cet endroit comme une rose sous la gelée. Sa mère et la religieuse marchaient devant, dans ces couloirs obscurs où l'on sentait la présence de Dieu. Quelques novices les croisèrent, tête baissée, pieds glissant sans bruit sur le sol. Le moindre bruit paraissait être une sorte de péché.

— Voici la chambre de Rosário, dit la religieuse. Elle est dans la chapelle, mais elle va arriver. Entrez et attendez un petit moment.

Une brise douce pénétrait par la fenêtre ouverte. C'était une pièce austère, sans aucun décor. Mariana regarda le Christ cloué au mur, il avait un regard douloureux. La mère supérieure se retira pour aller chercher Rosário.

— Quel endroit triste, fit remarquer Mariana.

Sa mère la regarda bizarrement.

— C'est parce que la nuit tombe. L'endroit est agréable, paisible. La guerre est très loin de ces murs.

— La guerre mais aussi la vie, mère. Le temps ne passe pas par ici.

Maria Manuela s'assit sur l'unique chaise de la chambre et enleva son chapeau.

— Le temps n'apporte que des malheurs, vous comprendrez ça un jour, ma fille. Il vaut mieux vivre loin de lui.

Elles attendirent en silence. Mariana se disait que sa mère avait bien changé ces dernières années, surtout depuis la mort de son mari.

Rosário arriva peu après. Avec sa robe foncée, ses cheveux noués, elle paraissait beaucoup plus vieille qu'elle ne l'était. En apercevant sa mère et sa sœur, elle eut un sourire de joie qui éclaira brièvement son visage. Maria Manuela prit sa fille dans ses bras et se mit à pleurer.

— Vous allez bien ? demanda-t-elle en étudiant le joli visage si bien dessiné. Oui, cela se voit. Dieu s'est bien occupé de vous.

— Je vais bien, répondit Rosário. Je prie beaucoup.

— La prière est un baume, dit gravement la religieuse.

Mariana embrassa sa sœur. Elle remarqua qu'elle avait les mains froides, mais ne dit rien. Elles restèrent là un moment, jusqu'à ce que la religieuse invitât Maria Manuela à aller voir la chambre qu'on leur avait préparée.

Mariana s'assit sur le lit et fit signe à sa sœur de venir à côté d'elle.

— Vous allez vraiment bien ? Je veux savoir la vérité.

— Il faut bien, Mariana. Ici je suis tranquille.

— Mais vous ne vous sentez pas seule ?

Rosário sourit.

— Non. J'ai Esteban. Il est venu avec moi, murmura-t-elle à l'oreille de sa sœur. Nous nous voyons toutes les nuits... Nous allons bientôt nous marier.

Mariana eut envie de pleurer. Elle serra dans ses bras Rosário qui souriait de bonheur.

— Peut-être devriez-vous revenir à la maison, Rosário. Vous nous manquez beaucoup. Nous irions nous promener, monter à cheval, chanter... Tante Ana jouerait du piano, nous pourrions organiser un bal, qui sait ? – Elle caressa les cheveux blonds. – Si vous le demandiez à mère, en évitant de parler d'Esteban, elle serait d'accord pour vous ramener.

— Mais je ne veux pas revenir à l'estancia, Mariana. Esteban n'aime pas l'estancia. Il a peur d'oncle Bento... Depuis l'Uruguay, il a peur de lui. Nous sommes mieux ici.

Mariana prit les mains de sa sœur entre les siennes. La pitié lui serrait le cœur et elle eut une envie folle de revenir en courant à la maison et d'aller se jeter dans les bras rassurants de João.

Le mois de mai avait apporté la pluie. Du matin au soir, le ciel était obscurci par des nuages sombres et tristes. Et il pleuvait toutes les nuits.

Bento Gonçalves et ses fils étaient installés dans une petite maison avec un patio où s'étalait un majestueux figuier. Les fenêtres des chambres donnaient à l'ouest, la salle était vaste et à peine meublée. João Congo et une jeune négresse veillaient sur tout. Les journées étaient occupées à des réunions, des discussions, des plans pour soulager les armées et en finir avec l'impasse que représentait la Campanha pour les troupes. Il leur fallait une grande victoire, ne serait-ce que pour négocier avec l'Empire un accord de paix plus juste.

Le soir, Bento prenait son maté devant la cheminée. Il toussait beaucoup, ce qui préoccupait Joaquim, malgré les dénégations de son père qui affirmait aller bien. Il ne disait rien de ses accès de fièvre, ni des nuits d'insomnie traversées de cauchemars oppressants. Joaquim surveillait son père. Plus que la toux, c'était le regard morne et triste que n'éclairait plus l'énergie de jadis qui l'inquiétait.

Bento Gonçalves tisonna les braises dans la cheminée. João Congo s'encadra dans la porte.

— Monsieur a une visite.

— Qui est-ce ?

— Le *senhor* Garibaldi.

Bento Gonçalves prit le temps de finir son maté. L'Italien venait l'entretenir et Bento savait très bien de quoi. Il contempla le feu qui crépitait dans la cheminée, et se souvint de l'époque où Garibaldi avait voulu se fiancer avec Manuela.

Il avait eu raison de dire non. Et pourtant, même encore aujourd'hui, comment pouvait-il accuser l'Italien d'une attitude inconséquente ? Lui-même plongé dans la guerre de toutes les fibres de son être, combien ne donnerait-il pas pour un tout petit moment de paix ?

— Fais-le entrer, Congo. Et fais chauffer de l'eau.

Giuseppe Garibaldi pouvait être puissant et svelte à la fois. Il y avait une force particulière dans ses gestes, sur son visage, dans ses yeux d'ambre. Bento Gonçalves serra sa main calleuse et l'invita à s'asseoir auprès du feu. Le froid régnait dehors. Il observa l'Italien, constata sur lui aussi des signes de fatigue. Son amaigrissement. Ce n'était sans doute plus le lion de jadis, des débuts. Bento se rappela la traversée des bateaux dans la pampa. Cet homme était unique. Pourtant quelque chose en lui le gênait, cet air d'oiseau de passage peut-être.

— Je suis venu vous parler de quelque chose, monsieur le Président, entama Garibaldi d'une voix basse et mesurée. D'une décision irrévocable.

— Parlez, *senhor* Garibaldi.

— Je veux quitter le Rio Grande.

Un silence se fit. Bento Gonçalves remplit sa calebasse d'eau chaude, la tendit à Garibaldi qui la refusa.

— Je veux partir en Uruguay, recommencer une nouvelle vie avec Anita et mon fils.

Il espéra un commentaire de l'homme brun et sérieux qui lui faisait face, du plus grand général du Continente. Rien. Bento Gonçalves attendait le reste de sa confession, de sa requête, de son renoncement, de sa désertion. Bento Gonçalves attendait.

— Je suis ici depuis trois ans, poursuivit-il enfin. J'ai fait tout ce que je pouvais pour la République. C'est fini maintenant. La République rio-grandense n'a plus besoin de moi, monsieur le Président.

Bento Gonçalves se pencha pour tisonner le feu dans la cheminée. La nuit descendait doucement et les premières gouttes de pluie chantonnaient sur les tuiles. Il s'appuya sur le dossier de son siège. Le reflet des flammes colorait le visage de l'Italien.

— Vous avez absolument le droit de partir. De suivre votre destin. Vous avez beaucoup fait pour le Rio Grande.

— Depuis que Rossetti est mort...

La voix de l'Italien se brisa.

— Rossetti était un grand homme, un homme plein de sagesse. Et courageux.

La pièce était à peine éclairée par les lueurs vacillantes de la flambée. Garibaldi avait l'air plus abattu qu'à son arrivée.

— Je dois donner une vie décente à mon fils, monsieur le Président.

— Nous avons tous besoin de donner une vie décente à nos enfants, *senhor* Garibaldi. – Il se leva et lui tendit la main. – Vous pouvez partir en paix. Nous vous serons éternellement reconnaissants. Vous avez fait beaucoup pour notre République.

L'Italien hocha tristement la tête. C'était pour lui terriblement dur d'abandonner son idéal. Il prit congé, signalant qu'il partirait pour Montevideo la semaine suivante. Bento Gonçalves l'accompagna à la porte.

— La République rio-grandense vous doit beaucoup, *senhor* Garibaldi. Venez me voir dans deux jours, s'il vous plaît. J'ai quelque chose pour vous. Certainement beaucoup moins que ce que vous méritez mais c'est tout ce que nous avons à vous offrir.

Giuseppe sortit sous la pluie fine. Son cheval l'attendait, attaché au figuier. Bento Gonçalves entra dans la maison, s'installa devant le feu. Il avait mal partout. Il n'était plus l'homme qui s'était enfui à la nage du fort de São Marcelo. Tant de choses avaient changé, pas seulement dans son corps meurtri par la dureté des combats, mais plus profondément, dans son âme. La nuit d'hiver couvrait à présent la pampa d'un silence déchirant. Bento Gonçalves regardait les flammes vacillantes du feu dans la cheminée.

Les six cents têtes de bétail formaient un corps unique mouvant et impétueux sous le doux soleil d'hiver. Deux *vaqueanos* l'accompagneraient jusqu'à la frontière au-delà de laquelle l'attendait une nouvelle vie. La matinée était belle, encore imbibée de la pluie qui était tombée toute la nuit.

Garibaldi, à cheval, fit le tour du troupeau. Il venait de prendre congé de Bento Gonçalves qui lui avait souhaité bonne route et bonne chance. En le quittant, Giuseppe avait demandé leur protection à ses propres dieux, priant pour une bonne traversée et une arrivée pacifique en Uruguay. Il vendrait quelques bêtes en cours de route et négocierait le reste du bétail à Montevideo. Anita aurait alors une maison, Menotti un berceau, et lui, la paix à laquelle il aspirait.

Les soldats étaient émus. Ils avaient lutté ensemble, ils avaient partagé les souffrances et les privations. Garibaldi était respecté et aimé. Pas ce respect muet, presque cruel, qui se lisait dans les yeux du Président ; une autre sorte de sentiment, né de la fraternité, l'unissait à ces hommes.

Un *vaqueano* s'approcha.

— Tout est prêt, Garibaldi.

— *Bene*. Allons-y.

Le troupeau s'ébranla. Garibaldi trotta jusqu'au chariot où voyageraient Anita et son fils. Anita, l'enfant sur les genoux, lui sourit de son sourire doux et confiant qui le rassura.

— On y va, Anita ?

— On y va, répondit-elle.

Il partit au galop. Un groupe d'officiers regardait la scène. L'un d'eux lui adressa un salut. C'était Texeira Nunes. Il n'oublierait jamais le capitaine Texeira Nunes et ses lanciers noirs. Il fit demi-tour vers eux. Texeira caressait ses longues moustaches, un sourire sur son visage brun. Joaquim était à côté de lui.

— *Buena suerte,* Garibaldi.

— *Adio,* capitaine Texeira.

Les deux hommes échangèrent un long regard. Garibaldi pensa à Curitibanos et à toute cette horreur. Il fit faire une demi-volte à son cheval. Mais avant de repartir il se tourna vers Joaquim. Le fils aîné de Bento Gonçalves l'observait sereinement. C'était un beau garçon, élégant, le visage franc. Peut-être était-il un peu trop pâle, trop maigre. Giuseppe s'approcha de lui. Il se souvint alors de la belle femme uruguayenne qui vivait chez dona Ana. Joaquim avait quelque chose de la beauté de sa mère.

— Veillez sur Manuela..., demanda-t-il.

Malgré sa surprise, Joaquim acquiesça.

Giuseppe Garibaldi sourit tristement avant d'éperonner son cheval pour partir au galop. Il laissait derrière lui cette pampa mystérieuse, avec son terrible vent d'hiver et ses étés torrides, ses hommes courageux et leurs rêves de liberté. Il laissait derrière lui quelques années de sa vie, ses meilleurs amis et un amour trop précieux pour pouvoir survivre à la réalité de la vie. Il respira profondément. L'air froid pénétra ses poumons comme un baume. Il ne regarda pas derrière lui. Les *vaqueanos* avançaient en criant, poussant les bœufs. Giuseppe Garibaldi sourit joyeusement. Une nouvelle fois, il mettait son bateau à la mer.

— *Adio,* Rio Grande, *adio.*

Il n'oublierait jamais le Continente.

Un timide rayon de soleil lui balaya les paupières. Dans son rêve, elle ouvrait une fenêtre. La lumière envahit son rêve, de plus en plus forte, la fenêtre devint une porte, un feu. Elle ouvrit les yeux, effrayée, et sentit la chaleur du garçon qui l'enveloppait, son bras sur son ventre. Une peau de mouton les recouvrait tous les deux.

Le matin se levait. Une lueur descendait du ciel très clair. Le soleil pénétrait dans le hangar à travers les fentes des planches de bois. Quelle heure pouvait-il être ? La journée commençait tôt à l'estancia et elle s'affola à l'idée qu'on la surprenne là, dans les bras de João, en chemise de nuit, décoiffée et pécheresse. Sa mère l'enverrait au couvent, cet endroit lugubre, silencieux et mort.

— Aïe, mon Dieu ! s'exclama-t-elle en se levant d'un bond. João, il fait jour ! Je dois retourner dans ma chambre.

Il sourit en la regardant, si jolie, ses cheveux noirs dans le dos, les joues rouges de confusion. Ils s'étaient retrouvés dans la nuit. Elle était arrivée recouverte d'un lourd poncho sur sa chemise de nuit blanche et fine, son châle par-dessus. Il avait pris son visage entre ses mains, ses joues étaient fraîches et humides. Il avait été saisi d'un désir irrépressible de la serrer très fort dans ses bras pour la réchauffer. Serrés l'un contre l'autre, ils avaient passé le reste de la nuit sous la peau de mouton plus heureux que s'ils s'étaient trouvés au paradis.

— Vous allez mourir de froid avec cette petite chemise de nuit, dit-il attendri. Vous devriez vous couvrir.

Elle obéit.

João se couvrit aussi, il enfila son poncho sur son torse nu, cachant sa belle musculature. Il la regarda en souriant. Son sourire sensuel de chat.

— J'y vais, João. Nous nous verrons plus tard. Ma mère doit être en train de se réveiller et Manuela aussi.

— Vous devriez lui parler de nous. C'est votre sœur... Un jour ou l'autre, elle va s'en rendre compte. Vous ne dormez presque plus dans votre chambre.

Mariana l'embrassa. Sa bouche avait un goût de fruit sauvage. Elle n'avait pas envie de retourner dans la maison. Prendre son petit déjeuner avec ses tantes, prier, broder, feuilleter un livre pendant des heures, alors qu'elle n'avait que lui en tête, les moments qu'ils partageaient, les délicieux péchés qu'ils commettaient.

— Pas encore, João, dit-elle en s'enveloppant dans son châle. Ma mère est bizarre en ce moment. Si elle apprend pour nous, si elle se doute de quoi que ce soit, elle me fera enfermer dans un couvent jusqu'à la fin de cette maudite guerre. Vous n'êtes pas exactement le mari qu'elle imagine pour moi... J'ai encore besoin de temps avant de lui parler, quand elle sera plus tranquille, plus sereine. Je ne veux pas finir au couvent, Rosário y dépérit peu à peu. Et vous savez que je n'aime ni les prières ni les litanies.

— Je sais, vous m'aimez moi. Et mes caresses.

Il l'aimait. Depuis le premier moment, quand il était arrivé à l'estancia, amené par Manuel, il avait su que là, sur ces terres, quelque chose l'attendait. Il l'avait su comme dans un rêve. La première nuit, il avait pris sa guitare dans son sac et avait composé une chanson d'amour. Il était resté des heures sous les étoiles, contemplant la pampa silencieuse et pensant à l'amour. Il n'avait jamais été amoureux avant. Il avait fréquenté quelques prostituées, une jeune femme très belle, une veuve espagnole, des histoires passagères. Mais l'amour, le vrai, il n'en avait jamais aperçu l'ombre. Le lendemain matin, il avait croisé Mariana à l'étang. De sa vie, il n'oublierait le feu qui avait traversé sa poitrine, ses chairs, son âme. Depuis ce jour-là, il rêvait d'être avec elle à chaque instant.

Mariana sortit et il l'accompagna du regard à travers la petite fenêtre. Elle allait rejoindre sa chambre de jeune fille riche, les négresses qui étaient à son service et sa mère qui se lamentait pour un rien. Lui, João Gutierrez. n'avait que son travail. Toute la journée à la tâche, à la peine, les travaux de l'estancia, les chevaux. Il savait où était sa place. Mais il était tombé amoureux d'une jeune fille riche, et cet amour, il était décidé à le vivre, ici ou ailleurs. Il savait que dona Ana, qui était bonne et bienveillante avec les péons, le jetterait à la porte de l'estancia si elle avait vent de leurs rencontres. Peut-être même enverrait-on un homme de main lui mettre une balle dans la tête pour étouffer le scandale. Et puis tout le monde retournerait à la messe, aux broderies. Il en était sûr. Mariana était la nièce du général Bento Gonçalves da Silva, l'homme le plus puissant du Continente. Et lui, il n'était rien. Né d'une Indienne *charrua* et d'un Uruguayen de passage, grandi dans la pampa sans toit ni famille. Il comprenait bien les chevaux, il connaissait la région comme la paume de sa main, mais il n'était pas *estancieiro*, ni monsieur, ni rien qui vaille.

Il s'habilla rapidement. Un chien aboyait au loin. Dehors le froid le réveilla d'un coup. Il se dirigea vers le bâtiment des péons pour prendre son maté avec les autres, puis il irait voir les chevaux. Il pensait à Mariana, sa peau de porcelaine, la lumière de ses yeux noirs et ses longs cils. Il était fou d'elle. Si on voulait les séparer, il ferait n'importe quoi. Une bêtise. Mariana était sa femme. Dieu en avait décidé ainsi. Et il croyait en Dieu.

Pedro fêta ses vingt-six ans. Sa mère racontait qu'il était né une nuit froide de juin et qu'il avait pleuré jusqu'à en devenir violet. Puis, en trouvant le sein chaud et nourricier, il s'était calmé. Bien qu'il ait toujours été un enfant calme, ces pleurs du premier jour de sa vie avaient sonné comme un avertissement. Pedro était posé en apparence, mais que l'on ne se laisse pas abuser par cette bonhomie : en lui sommeillait une fureur ardente et subtile.

Il chevauche en tête de la colonne pour retrouver Netto et ses hommes qui sont cantonnés au sud du Jacuí. La matinée est limpide et glaciale. Le *minuano* a soufflé trois jours durant, la pampa est à présent apaisée. La faim lui tord le ventre et il pense aux savoureux repas servis à la maison par dona Ana. L'estancia lui manque cruellement, Pelotas, les déjeuners interminables arrosés de bons vins. Il n'a jamais été glouton, mais aujourd'hui, sur cette route, tandis qu'il avance, il songe à tous les mets qu'il n'a pas mangés, tous les *churrascos*, les *pessegadas*, les *carreteiros*[1] qu'il a vus passer. La faim est un insecte cruel et harcelant. La faim est une mouche.

Netto l'attend avec neuf cents hommes. Lui amène deux cents soldats. Ensemble, sous le commandement de Netto, ils vont attaquer le général impérial João Paulo. La Campanha est un territoire *farroupilha* et ils s'y sentent en confiance. Peut-être Canabarro se joindra-t-il à eux. Pedro a été désigné pour cette manœuvre. Texeira et ses lanciers vont arriver eux aussi. Pedro avance avec ses hommes. La *coxilha* s'étend de tout son vert, silencieuse et paisible. Elle est comme un sein de femme, douce sous le soleil de l'hiver, belle et accueillante. Une consolation. Pedro respire profondément. Il va retrouver Netto. Il a vingt-six ans. Sa mère, dona Ana Joaquina da Silva Santos, lui a souvent raconté qu'il avait hurlé à sa naissance.

1. *Arroz-de-carreteiro* : plat composé d'un riz auquel on ajoute une sauce faite avec des morceaux de *charque* ou de viande séchée.

Dona Ana prend le cierge entre les paumes de ses mains comme si elle tenait une épée censée lui sauver la vie. Elle ferme les yeux et prie, en communion avec la Vierge. Trois fois par jour, elle s'agenouille devant l'oratoire un cierge à la main et elle adresse à la Vierge Marie les mêmes suppliques avec la même ferveur. La Vierge la connaît depuis longtemps. Elle l'a vue pleurer la mort de Paulo, elle l'a soutenue lorsque le cercueil a été descendu dans la tombe. Elle l'a aidée à s'endormir la première nuit de son veuvage. La Vierge comprenait les enjeux de la révolution, les souffrances des femmes, l'angoisse tissée au fil des broderies et le déchirement de l'attente.

Dona Ana pose le cierge sur l'oratoire. La flamme s'élève, puis tremble, puis vacille. Il doit y avoir un courant d'air, pense-t-elle. Elle cherche des yeux une fenêtre ouverte, mais tout est bien fermé. Il fait froid dehors et les négresses ont la consigne de tout faire pour que la maison garde sa chaleur. Les enfants s'enrhument facilement pendant les hivers humides de la pampa gaucha. La flamme du cierge continue de monter et descendre, affolée. La Vierge Marie l'a-t-elle entendue ? Chercherait-elle à lui dire quelque chose ? La bougie n'est pas stable. On dirait qu'elle va s'éteindre, tomber de l'autel, contrarier la Vierge. Dona Ana la retient. Peut-être faut-il faire couler plus de cire chaude pour qu'elle soit mieux fixée, plus près de la statuette.

— Je vais arranger tout ça, Sainte Mère.

Dona Ana tient la bougie de sa main gauche et se signe de la droite. Une porte claque quelque part dans la maison. Un cri de femme retentit. Dona Ana sursaute, la bougie tombe de ses mains, sur le tapis. Sous ses yeux horrifiés, le tapis prend feu, les flammes montent. Dona Ana crie. Elle crie désespérément, le visage dans ses mains. Elle tremble. Elle ne veut pas voir ce qu'elle a aperçu dans les flammes.

Zefina et Caetana accourent. Dona Ana est à genoux sur le sol, le tapis brûle devant elle exhalant une odeur forte de fumée et de laine brûlée.

— Jésus Marie !

Zefina prend un balai, et tape, tape jusqu'à éteindre le feu. Une odeur âcre flotte dans l'atmosphère. Dona Ana pleure tout bas. La Vierge semble la regarder avec pitié. De ses yeux statiques sourd une pâle lueur de vieille peinture. Caetana s'agenouille à côté de sa belle-sœur.

— Qu'y a-t-il, Ana ?

Dona Ana a l'air terrifiée.

— J'ai eu peur. J'ai entendu un cri et...

Caetana caresse son dos raidi.

— Le cri ? Ce n'est rien. Milú a fait tomber une marmite de *charque* sur le sol de la cuisine. Vous savez combien Milú est craintive.

Dona Ana regarde Caetana. Elle est pâle.

— Quand la bougie est tombée, je l'ai vu. Je l'ai vu comme s'il était devant moi, Caetana.

— Mais quoi ?

— Pedro. Les larmes coulaient sur son visage. Je l'ai vu avec une lance plantée dans le corps.

Caetana prend les mains de sa belle-sœur entre les siennes. Elle ne sait pas quoi dire. Zefina ramasse le tapis brûlé, il y a de la peur dans ses yeux. Dona Ana pleure tout bas comme une petite fille en faute que l'on aurait surprise.

Quand la nouvelle arriva à l'Estancia de la Barra, dona Antônia s'y trouvait. Elle était venue rendre visite à sa sœur qui était très affectée et nerveuse depuis l'incident du tapis brûlé qu'elle prenait pour un signe prémonitoire. Dona Antônia ne croyait pas à ce genre de choses ; pour elle la vie était une succession d'événements prévisibles et réels, il suffisait de garder son calme et la plupart des choses reprenaient leur place. Mais elle craignait les nuits de grand vent et elle croyait aux pressentiments des mères.

Dona Antônia était à côté du lit de dona Ana, lui faisant la lecture juste pour passer le temps et la distraire de la panique qui continuait à la hanter, quand elles entendirent le galop d'un cheval qui approchait de la maison. Puis, la voix de Zé Pedra saluant le cavalier dont elles ne perçurent pas les paroles. Dona Antônia entendit Zé Pedra répondre poliment :

— Attendez, monsieur, je vais prévenir une des patronnes.

Dona Antônia se leva rapidement. Les yeux inquiets d'Ana étaient fixés sur elle.

— Ne bougez pas, je reviens tout de suite.

Dans la salle que chauffait un feu dans l'âtre, l'homme prit la parole pour annoncer l'insupportable nouvelle. Dona Antônia écouta chaque mot comme autant de coups de poignard dans son cœur. Plus loin, près de la porte, Caetana sanglotait. Pedro avait été tué du côté du Jacuí dans un heurt avec un bataillon impérial. Son corps avait été transporté auprès du général Netto qui l'avait fait inhumer dignement. L'homme termina son récit, il était triste et abattu. Il n'aimait pas être le messager de la mort.

— Ce sont ses affaires, dit-il tendant un paquet à Dona Ana.

Les yeux secs, dona Antônia serra le colis sur son cœur.

— Comment est-il mort ?

L'homme baissa la tête. C'était son devoir d'informer la famille. Le général Netto le lui avait ordonné.

— Transpercé par une lance.

Manuela entre dans la chambre. Elle vient d'apprendre la mort de son cousin. Elle ne pleure pas, il y a juste dans son cœur un vide immense, le sentiment de vivre dans un monde à part, d'être immergée dans un aquarium où les sons arrivent étouffés et déformés, où le manque de netteté provoque un semblant de consolation qui tempère la douleur. Elle a vu dona Ana pleurer, échevelée, dans les bras de sa mère. Elle n'a pas eu le courage de regarder sa tante dans les yeux.

Mariana dort. Dernièrement elle dort beaucoup. Manuela connaît la raison de cette somnolence. Elle a vu dans ses propres yeux cet éclat de bonheur mal dissimulé, elle a déjà surpris Mariana souriant à de secrets souvenirs, des souvenirs qu'elle conserve dans son cœur comme des trésors très précieux dénichés dans un vieux coffre, et que l'on regarde avec émerveillement. Manuela sait qu'il s'agit d'amour. Et elle a aussi vu le regard affamé de João suivant de ses yeux d'Indien les pas de Mariana. Manuela ne dira rien. Elle n'a jamais raconté à sa sœur le nombre de fois où, réveillée dans la nuit par ses rêves de Giuseppe, le cœur battant, elle a cherché le réconfort de la présence de Mariana et n'a rencontré qu'un lit vide.

— Mariana, dit-elle doucement.

La lumière du chandelier agrandit les ombres. Mariana ouvre les yeux. Elle s'étonne de l'expression de sa sœur et s'assied dans son lit.

— Quelque chose est arrivé ? demande-t-elle, la voix tendue.

Elle a peur depuis quelque temps. Peur que l'on ne découvre son amour, peur d'avoir été surprise une nuit sur le chemin qui la mène à João.

— Oui. Il est arrivé quelque chose d'horrible, annonce Manuela en s'asseyant à côté de sa sœur. Pedro a été tué. Du côté du Jacuí.

— Mon Dieu, mon Dieu...

Les larmes jaillissent des yeux de Mariana. Pedro était son camarade de jeux quand ils étaient petits. Ils aimaient courir à l'orangeraie de tante Antônia, s'y gaver d'oranges. Puis plus tard, de se plaindre de maux de ventre et de prendre des tisanes d'armoise, faire des grimaces et se tordre de rire.

— Mon Dieu, mon Dieu... Quand est-ce que c'est arrivé ?

— Hier, il me semble. Le général Netto a envoyé un messager. Tante Ana est dans un état terrible, elle fait peine à voir.

Mariana saute de son lit et déambule dans la chambre. La nuit est noire dehors, sans une étoile. Elle frissonne de douleur et d'angoisse. C'est comme si subitement elle avait contracté un mal incurable... Cette guerre va trop loin, et pour quoi ? Son cousin si jeune, si beau est mort pour quoi ? Elle a peur qu'un jour João doive partir. Ils partent tous un jour ou l'autre. Manuela est assise sur le lit, le regard vide. Elle n'a plus de larmes. Mariana en a encore, un torrent dans sa poitrine. Elle ne veut pas les laisser couler. Elle va prendre un bain, demander à une négresse de remplir la baignoire, de lui frotter le dos, d'arracher de sa peau ce sang répandu, cette odeur de mort. Elle ira manger quelque chose, se couchera et attendra l'heure de retrouver João. Elle veut se sentir vivre.

Cette nuit-là, dona Ana se leva de son lit et sortit de sa chambre. Ses yeux étaient gonflés d'avoir trop pleuré. Le plus impressionnant était le tremblement qui agitait ses mains. Elle avait vieilli de plusieurs années en quelques heures. Dona Antônia avait dormi dans sa chambre pour être là en cas de besoin, mais elle ne l'avait pas entendue sortir. Dona Ana savait se déplacer comme un spectre.

La maison était sombre. Elle marcha jusqu'à l'oratoire. Deux cierges brûlaient devant la Vierge. Une rage sourde grandissait dans son sein. Elle voulait la nourrir cette rage, elle voulait qu'elle la consume en entier, qu'elle la fasse mourir, qu'elle la libère de cette douleur sans remède, de ce cauchemar dans lequel on lui volait son petit, son Pedro.

Dona Ana toucha la statue, sentit le froid de la porcelaine au bout de ses doigts.

— Vous avez été mère. Vous n'auriez pas dû me faire ça. Ce n'est pas juste...

Les larmes ruisselaient sur son visage. Elle parlait bas.

— Vous aussi vous avez perdu votre fils.

Sans réfléchir elle se saisit de la statue et la jeta par terre, la brisant en plusieurs morceaux. Un bout de porcelaine lui entailla le pied d'où coula un filet de sang. Dona Antônia apparut dans le couloir, son châle sur les épaules. Son visage ne manifestait rien.

— Elle n'aurait pas dû me faire ça, gémit dona Ana, regardant sa sœur. Pedro avait juste vingt-six ans. Je venais de lui tricoter un poncho, je n'ai même pas eu le temps de le lui envoyer. Il devait avoir si froid, pauvre petit...

Cahiers de Manuela

Pelotas, 14 mai 1848

La mort de Pedro alourdit l'hiver 1841. Dona Ana passa plusieurs jours sans sortir de son lit, écrasée de douleur, et ne se leva qu'au retour de José, au début du mois de juillet. Il arriva barbu et sale, boitant légèrement de la jambe droite et habité de silences contemplatifs. En trouvant sa mère alitée, il tomba à ses genoux et pleura comme un enfant. Face à la fragilité de son fils aîné, quelque chose resurgit en dona Ana, la réminiscence d'une force très ancienne qui raviva la flamme de sa fibre maternelle. Elle s'assit, prit la tête de José sur son sein et, cherchant au fond d'elle-même des ressorts qu'elle pensait définitivement brisés, elle lui murmura longuement des mots secrets à l'oreille, parfois souriant, parfois pleurant avec lui, mais l'exhortant à vivre. Puis elle se leva de son lit, pour la première fois depuis plusieurs jours, demanda que l'on prépare un bain pour le voyageur, et partit à la cuisine mitonner elle-même un bon repas pour son fils qui revenait de la guerre.

Mais dona Ana ne fut plus jamais la même. Les moments où elle retrouvait son énergie étaient suivis de jours d'intense mélancolie quand les rides de son visage se creusaient et qu'elle se voûtait sous le poids du malheur, les épaules courbées, les mains tremblantes, la peau jaunie comme les pages d'un vieux cahier. La vérité, c'est que nous vieillissions toutes, dans nos corps et dans nos âmes, chacune de nous cultivant ses douleurs, ses tristesses et ses manques. Le Rio Grande vieillissait. On ne rencontrait plus de jeunes hommes à cheval sur les chemins, il n'y avait plus de bals, de *churrascos*, de fêtes, de kermesses. Les enfants étaient baptisés discrètement, et quand quelqu'un se mariait, c'était sous les terribles auspices que la mort ne vienne faucher cet amour ; la vérité c'est qu'on ne vivait plus comme avant.

Mais, malgré toute cette tristesse, la roue de la vie continuait à tourner. Il arrivait que nous nous sentions presque heureuses, heureuses de petites joies, touchées par de minuscules et éphémères émotions... Et dans quelques rares occasions, le bonheur éclatait de toutes ses forces. Nous essayions de le savourer comme un mets délicat, l'étirant jusqu'aux limites du possible, le dilatant jusqu'à ce qu'il s'évapore comme un parfum. Ce fut le cas fin juillet quand naquit la deuxième fille de Perpétua. Inácio était alors à l'estancia. Et cette naissance nous avait redonné des forces, avait exorcisé la maison de la désolation qui y régnait depuis la mort de Pedro.

Perpétua Inácia de Oliveira Guimarães vint au monde, un timide matin d'hiver, un beau bébé de quatre kilos qui pleura avec tant de vigueur que nous nous dîmes qu'elle avait bien hérité de l'énergie des Guimarães da Silva. Elle reçut le nom de sa mère et de son arrière-grand-mère, comme le souhaitait depuis toujours ma cousine. Inácio prit son petit bout de fille dans ses bras dès que la sage-femme le lui permit. Il se dégageait de son visage de jeune père une lumière si intense qu'elle laissait espérer que la vie avait encore ses chances, que toute cette horreur pouvait enfin s'arrêter. Que nous avions le pouvoir de revenir en arrière, d'effacer les tourments et de n'entretenir que les joies, comme celle que provoqua l'arrivée de la petite Perpétua.

Cet hiver-là me réservait encore des surprises. Un après-midi que je tricotais au coin du feu, Inácio vint s'asseoir à côté de moi. Sa femme et sa fillette dormaient dans la chambre, tissant ensemble la fine dentelle de ces premiers jours d'existence commune, les autres étaient dans la cuisine où elles se réunissaient souvent dans la bonne chaleur dégagée par le fourneau, comme pour se tenir prêtes à l'arrivée de leurs hommes pour le dîner. J'aimais bien Inácio, un homme tranquille, aimable et cultivé. Nous parlions des livres que nous avions lus, nous parlions de la guerre et du cap qu'elle prenait. Cet après-midi, il apportait un roman. Il s'assit dans le siège à côté du mien, feuilleta les pages du livre à la couverture marron et finit par me dire :

— Il faut que je vous parle de quelque chose, Manuela. Je pense qu'il est juste que vous soyez au courant.

Je levai les yeux de mon ouvrage.

— Quelque chose est arrivé ?

— Giuseppe Garibaldi est parti.

Ah, cette douleur savait encore me déchirer avec autant de cruauté que la première fois. Une lame tranchante me transperçait jusqu'au fond du cœur. Je me sentis rougir. Non que j'eusse honte de cet amour (qui pourrait avoir honte d'un amour véritable ?), mais parce que la violence de cet abandon sans adieux me déconcertait. Mais au fond, je n'attendais pas autre chose de Giuseppe : il était parti comme il était venu, sans explications et sans motifs. Cet homme allait et venait comme la marée et c'est ainsi qu'il fallait le comprendre.

Inácio fixait les flammes dans la cheminée, ne cherchant pas, avec sa discrétion coutumière, à intervenir dans mon chagrin et mon désarroi.

— Giuseppe est parti ? Mais où ?

— Cela date du mois de mai, Manuela. Il est parti en Uruguay, avec sa femme et son fils. Il a abandonné la révolution. Je ne le condamne pas, il a déjà beaucoup fait pour le Rio Grande. Et les choses ne sont plus comme avant. Nous ne luttons plus maintenant au nom d'un idéal, mais seulement pour obtenir une paix honorable. Et lui se battait pour un idéal.

Giuseppe était parti. Il suivait la route que son destin lui avait tracée. Et mes rêves disparaissaient avec lui. Giuseppe Garibaldi n'arpenterait plus la terre du Rio Grande. Il avait rallié le monde. Il s'était envolé. Il avait cessé pour toujours d'être à moi. D'autres combats, d'autres rêves l'attendaient ailleurs dans le monde, bien qu'à cette époque, personne ne le sache.

Et le silence des après-midi de cet hiver d'adieux ne m'abandonna plus jamais.

Manuela

Le froid lui fouette le visage lorsqu'elle ouvre la fenêtre sur l'obscurité de la nuit d'août. La pluie s'abat lourdement sur le potager. Le couvent est silencieux, plongé dans le sommeil qui précède les matines. Rosário le cherche de son regard perçant. D'où elle est, il lui est difficile de distinguer la petite clôture qui délimite le potager. Elle fait un effort. Plus loin, la croix de bois du cimetière luit parcimonieusement. Une lueur irisée. Esteban doit être là, elle en est sûre. Le besoin irrépressible de le voir la pénètre avec toujours la même intensité. Esteban aime bien les pierres tombales simples des religieuses, leurs inscriptions en latin, leurs images de saints et leur austère pauvreté. Rosário ne s'inquiète ni du froid ni de la pluie. Tout ce qui lui importe est de voir Esteban. Comme la fois où elle s'était réveillée en pleine nuit à l'estancia en sachant qu'il l'attendait près du corral. Elle avait couru le rejoindre et Regente, le petit chien de Manuela, l'avait suivie et s'était mis à aboyer de façon lancinante en voyant son amant. Esteban avait été si peiné de l'hostilité de la bête devant sa pauvre existence fragile de créature déjà trépassée, sans chair, sans corps, qu'il s'était mis à pleurer. Rosário se souvenait de la colère qui l'avait saisie. Elle aimait bien le petit chien. Elle avait souvent joué avec lui. Mais pour Esteban, pour le venger, elle avait pris le petit poignard qui se trouvait dans la poche de sa pèlerine, et l'avait égorgé. Jamais elle n'avait commis un tel acte, et étonnamment, elle avait agi avec précision, d'un geste net, la main ferme. Le chien était mort en silence.

Ensuite, devant le pauvre petit Regente qui gisait au sol, elle avait eu des remords. Peut-être cela avait-il été inutile. Mais Esteban avait souri. Il l'avait remerciée, admiratif de son art de l'égorgement. Et Rosário s'était sentie rassurée.

Rosário laisse de côté les souvenirs, enfile son gros manteau de laine, chausse ses bottines. Il faut se dépêcher. Elle ouvre la porte de sa chambre, le corridor est désert. Elle marche doucement à l'instar du fantôme qui l'attend dehors. Elle emprunte les couloirs étroits, passe devant la chapelle, traverse la vaste cuisine silencieuse qui sent la soupe. Dehors, la pluie est froide et a un goût d'avant. Elle patauge dans la terre détrempée, contourne les plates-bandes du potager et arrive devant le petit cimetière. La croix en bois ne brille plus, c'est juste une croix en bois presque noir, rustique, plantée dans le sol et dressée vers le ciel. Mais Esteban est là. Souriant. Esteban et son uniforme impeccable, le pansement autour de sa tête protégeant l'éternelle blessure qui ne saigne presque plus maintenant.

— Esteban...

Il fait un pas vers elle. Rosário distingue son beau visage dans l'obscurité, ses yeux brûlant d'une fièvre, peut-être une fièvre d'amour.

— Embrassez-moi, Rosário.

Elle s'appuie contre lui. Contre cette sensation froide, magique et gélatineuse. La pluie ne cesse de tomber.

— Esteban, quand allons-nous être ensemble pour de bon ? Quand nous marierons-nous ? Je ne supporte plus d'attendre. En arrivant ici, dans ce couvent, je pensais trouver un peu de paix. Mais non... Je ne me sens en paix qu'à vos côtés.

Un sourire énigmatique se dessine sur ses lèvres. Il s'éloigne un peu. Son front s'est remis à saigner.

— *Hay tiempo. La hora llegará,* Rosário...

Et il s'évanouit doucement entre les gouttes de pluie jusqu'à disparaître complètement. Rosário reste seule dans la nuit, le froid pénètre les fibres de son manteau jusqu'au plus profond de son être.

Le printemps se déclara mi-septembre, avec les premières fleurs. Les nuits étaient encore froides, mais dans la journée, le soleil rendait les promenades à travers l'estancia plus agréables.

Manuela et Mariana partaient à cheval pour de longues randonnées sous le ciel bleu et clair de la pampa, dans ces prairies immenses, couvertes d'une herbe rase et verdoyante, qui se réveillaient de l'hiver régénérées et radieuses. La guerre continuait. Un bataillon impérial était passé tout près, mais avait respecté les terres du général républicain et avait poursuivi sa route vers Caçapava sans perturber la vie de l'estancia, ni confisquer les bêtes ou enrôler les hommes de force. À l'Estancia de la Barra, les *vaqueanos* étaient armés et prêts à se battre si quelque impérial ou quelque déserteur débarquait dans l'intention de semer le désordre. Les femmes se sentaient donc à l'abri. Mariana et Manuela ne dépassaient jamais les limites des terres. Tout le monde parlait de cas de femmes violées par des soldats, ou même par des groupes de soldats, qui devenaient folles ou qui partaient s'enfermer dans un couvent, leurs vies gâchées à jamais.

Antônio arriva à la maison une fin d'après-midi rougeoyante et fraîche. Il montait un cheval noir, portait un poncho usé et ses cheveux lui arrivaient aux épaules. Une petite cicatrice barrait son sourcil gauche. Il était maigre et taciturne et mourait d'envie de dormir quelques jours dans un vrai lit moelleux recouvert de draps propres, de faire de vrais bons repas, assis à table. Il était dans la Campanha depuis des mois avec les troupes de Canabarro. Et depuis des mois, il dormait dans une tente minuscule où l'humidité montait du sol et rongeait ses os, se nourrissait exclusivement du *charque* distribué dans le cantonnement et vivait sous la pluie.

Il trouva les femmes dans la salle, installées au coin du feu. Un silence fatigué régnait dans la maison. Caetana et Perpétua brodaient. Dona Ana lisait un livre. Maria Manuela regardait les flammes, les mains croisées sur les genoux en pensant peut-être à son fils. Dona Antônia était retournée à l'Estancia du Brejo.

— *Buenas,* dit-il en entrant dans la salle.

Les femmes sursautèrent au son de cette voix masculine. Antônio avait rencontré Manuel qui lui avait ouvert la barrière. Les chiens, qui avaient reconnu son odeur, n'avaient pas aboyé. Maria Manuela sourit comme ça ne lui était pas arrivé depuis longtemps.

— Mon fils ! Elle se jeta dans les bras d'Antônio. Vous êtes là, que Dieu soit béni !

Il embrassa les joues fatiguées de sa mère. Son visage n'avait plus la fraîcheur qu'il conservait dans son souvenir. Elle était usée, quelques fils blancs apparaissaient dans ses beaux cheveux. Maria Manuela de son côté observa les changements advenus chez son fils. La cicatrice. La dureté au fond de ses yeux verts, les cheveux sales et trop longs, le visage creusé. Mais aucun des deux ne fit la moindre remarque. Antônio savait combien la souffrance pouvait faire vieillir une femme. Maria Manuela était tout simplement heureuse de revoir son fils vivant, de pouvoir s'appuyer contre sa poitrine et sentir sa chaleur.

— Je voyage depuis cinq jours, dit-il. Il y a des impériaux partout. Ils veulent nous encercler dans la Campanha, mais ils n'y arriveront pas. Je suis venu avec deux chevaux, l'un d'eux est mort pas loin d'ici.

Dona Ana voulut savoir comment les choses évoluaient. Antônio s'assit près du feu, enleva son poncho râpé et prit un temps de réflexion.

— La République s'est trouvée confrontée à de gros problèmes, ma tante. Pas d'argent dans les caisses, des désaccords politiques. (Les femmes écoutaient attentivement.) Nous ne sommes forts que dans la Campanha, nous y avons de bons chevaux, reposés, nous connaissons bien le terrain, et là, nous sommes invulnérables. Mais ça ne suffit pas à faire une République. Tout est de plus en plus compliqué... Et le peuple n'en peut plus.

— Personne ne peut plus supporter qu'il y ait tant de morts, Antônio, dit Dona Ana qui pensait à Pedro. À quoi sert tout cela ?

— Ce n'est pas facile, ma tante. Les factions se forment. D'un côté, des grands *fazendeiros* qui défendent leurs intérêts, de l'autre, des hommes qui portent haut les idéaux républicains. Nous sommes dans une impasse. Pendant ce temps la guerre continue. Et l'Empereur nous attaque de plus en plus durement.

— Comment cela va-t-il finir ?

Maria Manuela prit la main de son fils, une main calleuse, aux ongles sales. Elle remarqua aussi les bottes trouées. Il avait besoin d'un long bain bien chaud. Elle lui frotterait le dos et lui couperait les cheveux.

Antônio sourit.

— Cela finira tôt ou tard par s'arrêter, mère. Mais pas comme nous l'avions rêvé. Nous verrons. Maintenant tout ce que je souhaite c'est un bain, des vêtements propres et de quoi manger.

Maria Manuela suivit son fils vers le fond de la maison. Dona Ana resta dans la salle. Plus jamais Pedro ne reviendrait, ni de la guerre ni de nulle part. Plus jamais elle ne lui ferait à manger, l'enchanterait avec l'un des desserts qu'il aimait, avec un maté. Pedro aimait boire un verre de lait avant de se coucher. Il disait que le lait appelait le sommeil. Plus jamais un verre de lait avant de se coucher. Plus jamais Pedro. Elle poussa un profond soupir.

Caetana posa sa broderie et alla s'asseoir à côté de sa belle-sœur. Elle lui dit d'une voix très douce :

— Vous ne devriez pas vous torturer en songeant au passé, Ana.

Son beau corps, chaud et vigoureux. Son torse brun éclairé par la faible lumière de la lampe à huile, se redresse, va et vient, se rapproche, leur sueur se mélange, les peaux se collent ; puis il s'écarte lentement en une danse sensuelle et vibrante. Le corps de João entre ses cuisses. En elle.

Elle gémit. Le frottement de la couverture sur son dos ajoute à son excitation. Les mots de João dans le creux de son oreille, sa voix rauque. João emprisonnant sa bouche dans la sienne, aspirant l'odeur de sa peau, murmurant des je t'aime.

— Plus que tout, Mariana, plus que tout au monde...

Atome après atome, cellule après cellule, tout son corps se tend, se redresse, explose en mille fragments de lumière. Maintenant elle n'est plus que coton moelleux.

João sur elle. Ses yeux noirs dans les siens. Elle s'y découvre comme dans un miroir. Il repose sur sa poitrine, entre ses seins, là où il aime être, où il baigne dans son parfum, dit-il.

On devine les premières nuances de l'aube. Il fait encore nuit, c'est l'heure indéfinie, magique et enveloppée de silence.

— Mon frère est arrivé aujourd'hui, dit-elle tout bas.

João se laisse glisser sur le côté.

— Je l'ai vu.

Elle caresse les cheveux noirs et lisses, le visage anguleux. Effleure du bout des doigts le visage imberbe. Il est si beau...

— J'ai pensé lui parler, João. Lui dire pour nous deux.

João rit. Pas d'un rire de joie, mais d'un rire incrédule. Un rire bref, triste peut-être. Les jeunes filles riches ne connaissent rien à la vie. Lui, oui. Antônio est entièrement pris par la guerre. Une guerre où les esclaves seront libérés. Il lutte pour une république égalitaire. Mais Antônio ne voudra jamais voir sa sœur mariée à un métis d'Indien, un *guasca*. Il y a dans la vraie vie des barrières infranchissables.

— Vous perdrez votre temps, Mariana.

— Mais Antônio pourra tout résoudre, parler à ma mère, décider de notre mariage.

— Et que lui direz-vous ? Que nous couchons ensemble depuis des mois ? Que vous m'aimez ? Vous croyez que cela suffira ? Vous m'avez dit que vous n'en parleriez à personne pour le moment. Que vous aviez peur... (Il pose un baiser sur le front haut et bien dessiné.) Écoutez vos peurs, Mariana. Votre frère n'appréciera pas du tout notre histoire.

Elle a envie de pleurer, fatiguée de le rejoindre en cachette la nuit. De vivre un amour secret. Dernièrement, elle s'est mise à avoir peur de mourir dans son sommeil, loin de João. Elle a peur de tout.

— Qu'allons-nous faire, João ? Jusqu'à quand vivrons-nous comme ça ?

— Je vais réfléchir, Mariana. Je vous promets. Tout finira bien, *por Dios*. Mais il faut être patients.

Ils s'étendent à nouveau sur la couverture. Dehors les premières lueurs du soleil levant éclairent le monde. Un coq chante au loin. Le cœur serré par l'inquiétude augure chez Mariana d'un mauvais présage.

— J'ai peur, João.

Il la serre contre lui.

— Il ne faut pas avoir peur, mon amour... Tout finira par s'arranger.

Caetana Joana Francisca Garcia Gonçalves da Silva se regardait dans son miroir ; il lui renvoyait l'image d'une femme fatiguée. Elle avait quarante-deux ans et elle était toujours belle. Mais la solitude commençait à laisser des traces sur ce visage qui avait émerveillé tant d'hommes. Dans sa jeunesse, elle avait été la plus belle fille de Cerro Largo. Les prétendants se pressaient pour la courtiser, se disputer un de ses regards pendant la messe et rêvaient d'une danse, même très courte. Oui, de nombreux hommes étaient tombés amoureux d'elle. Et un jour, à l'âge de quinze ans, elle avait fait la connaissance de Bento Gonçalves da Silva. Bento était un jeune homme brun, énergique et idéaliste. Il commerçait du bétail avec son père. Caetana l'avait rencontré dans un bal où ils avaient dansé et elle n'avait plus jamais été la même. Ils se marièrent peu de temps après, au cours d'une grande fête. Elle se souvenait encore de la texture du satin de sa robe de mariée.

De fines rides commençaient à égratigner la peau autour de ses yeux verts. Sa bouche était encore pleine, même si elle n'avait plus la fraîcheur de jadis. Il faut dire qu'elle ne souriait plus beaucoup. Bento lui manquait terriblement, sa présence calme et forte, sa chaleur d'homme dans ses draps frais, son corps. Son mari l'avait beaucoup fait souffrir, aucun mariage n'échappait à cela. Mais elle avait toujours fait semblant de ne rien voir, de ne pas remarquer les siestes de Bento dans les chambres du fond, les sourires des jeunes servantes qui s'occupaient du linge et rougissaient en le voyant entrer dans la cuisine. Elle avait surmonté tout cela parce qu'elle l'aimait. Plus que tout. Et qu'elle se savait aimée. Bento Gonçalves était un homme comme les autres, sujet aux mêmes tempêtes de la chair, esclave de ses pulsions, enclin à des écarts. Après ses escapades avec les négresses, il retournait à sa chambre et savait se montrer plus tendre et plus amoureux que jamais.

Caetana prit la lettre posée sur la coiffeuse, une lettre lue et relue plusieurs fois ce matin depuis que Zé Pedra la lui avait remise, en disant qu'une estafette l'avait apportée avant le lever du soleil. L'enveloppe portait le sceau de la République, et l'écriture de Bento emplissait les feuillets, peut-être un peu tremblante aujourd'hui quand elle était jadis si ferme et précise, mais c'était toujours sa grande écriture masculine. Elle la déplia pour la relire à nouveau.

Ma chère Caetana,

Je vous écris sachant que vous lirez ces lignes avec amour et cette pensée me rend un peu heureux. J'ai quitté Alegrete voilà quelques jours pour Bagé où des décisions désagréables et des problèmes en suspens attendaient des solutions, mala suerte, *que je suis seul à pouvoir régler. La République est confrontée à d'énormes difficultés financières, au point que nous avons été obligés de lever un nouvel impôt. Tout cela me décourage profondément car le peuple supporte de plus en plus mal tant de privations, et l'opposition n'attend que ça pour nous calomnier encore plus. Je suis forcé d'avouer que ces calomnies retomberont sur ma personne, sur votre époux si las de bagarres et de disputes, votre époux qui est l'actuel président de la République. Je vous demande de prier pour moi car j'ai de moins en moins de forces pour m'attaquer à une tâche si pénible, alors que tout ce à quoi j'aspirais était de me libérer de cette charge qui ne m'apporte que des ennuis et aucune satisfaction. Si ce n'était mon amour profond pour ma patrie et pour la liberté, je vous confesse que je serais déjà parti, Caetana. Mais je dois tenir cette promesse qui me retient ici, malgré une très grande fatigue et une santé bien vacillante. Je ne voudrais pas, cependant, que vous vous fassiez trop de soucis pour moi. En effet, Joaquim est à mes côtés et il me soutient entièrement, comme fils et comme médecin, tant et si bien que je suis correctement soigné. On m'applique tous les cataplasmes nécessaires afin de calmer la douleur qui maltraite mes poumons et qui provoque une toux incessante et de la fièvre. Bento et Caetano sont eux aussi auprès de moi, et, soyez rassurée, ils sont en bonne santé.*

Ma chère épouse, à part ces plaintes auxquelles je me laisse aller afin de soulager mon cœur et ma poitrine, je voulais vous dire que nous allons bientôt édifier une ville. La première ville républicaine qui serait bâtie près de la frontière avec l'Uruguay, dans un endroit connu sous le nom de Capão do Tigre. Nous voulons une ville harmonieuse et bien tracée, avec des rues et des places qui feraient honneur à notre cause. Nous lui avons déjà choisi un nom : elle s'appellera Uruguayana.

En terminant sa lecture, Caetana avait les larmes aux yeux. Bento finissait en demandant des nouvelles de ses petites-filles. Il s'enquérait aussi des affaires et de Terêncio, le contremaître de l'Estancia do Cristal. La guerre avait consumé une grande part du patrimoine, mais il en restait encore une bonne partie qui était sous la responsabilité de Terêncio, en charge de la vente du bétail et du *charque* produit à l'estancia. Bento Gonçalves da Silva avait travaillé sans répit pour acquérir tous ces biens. Combien de fois Caetana n'avait-elle pas vu son mari partir pour de pénibles convoyages de bétail qui pouvaient durer des mois entiers. Combien de guerres, combien de combats... Et maintenant qu'il était fatigué et malade, il ne s'autorisait pas à passer la main à de plus jeunes pour jouir enfin des fruits de la prospérité qu'il avait bâtie pour sa famille.

Elle sécha ses larmes. Elle pleurait souvent ces derniers temps. Bento occupait son esprit. Elle sentait que les forces de son mari s'amenuisaient de jour en jour. Cette guerre sans fin le minait. Heureusement, Quincas s'occupait de son père, le soignait et lui apportait son affection.

Caetana rangea la lettre dans une boîte en bois sculpté que Bento lui avait offerte. Elle se leva, se recoiffa. Elle allait voir Perpétua et les petites, donner des ordres pour le dîner de ses filles, et partir à la recherche de Marco Antônio qui traînait comme d'habitude avec les péons. Elle ne pouvait pas se laisser aller à la tristesse. Un jour, quand la guerre serait finie, Bento reviendrait et il lui incombait à elle, Caetana, de maintenir les choses en bon ordre. D'une certaine façon, elle était une sorte de général sans galons et sans troupes qui devait livrer quotidiennement des dizaines de modestes combats.

— Novembre est une si jolie saison par ici.

Ils marchaient main dans la main. Le soleil printanier resplendissait sur les grandes étendues de la pampa. Les oiseaux chantaient. Ils s'assirent à l'ombre d'un arbre. Mariana enfouit son visage dans le cou robuste qui sentait la citronnelle, parcourut des doigts la large poitrine cachée sous une chemise faite d'une étoffe grossière, le visage brun à la peau si lisse et caressa la bouche charnue.

João sourit.

— Vous êtes bien silencieuse aujourd'hui, Mariana.

— Il y a quelque chose...

Il la regarda ; elle était belle dans sa robe blanche, sa longue tresse ornée de rubans. Ses yeux en amande brillaient d'un éclat à la fois intense et doux. Il prit les petites mains blanches aux doigts délicats. Elle portait un anneau d'or à son annulaire droit.

— Vous êtes triste ?

Elle baissa les yeux. Sur l'herbe une fourmi avançait imperturbablement. Elle observa pendant un petit moment le minuscule insecte. Une foule de choses se pressaient dans sa tête.

— J'ai peur, João.

— Peur ? Mais de quoi ?

Elle se retint de respirer. Subitement, il n'y eut plus rien autour d'eux, ni arbres, ni buissons fleuris, ni ce soleil jaune et vif qui s'infiltrait partout. Il y avait juste ce sentiment. Et cette certitude. Elle y avait souvent pensé, elle avait imaginé le jour où elle comprendrait ce qui lui arrivait, la saveur des choses, le bonheur de sourire, de respirer, de vivre tout simplement. Et là elle avait peur, une peur insidieuse qui s'insinuait sous sa peau. Elle avait enfreint la plus importante de toutes les règles et elle serait punie pour cela, elle en était sûre.

João attendait une réponse. Il avait la bouche sèche.

— De quoi avez-vous peur, Mariana ? insista-t-il.

— Peur de ce qui m'arrive.

Et les paroles coulèrent pleines de sève, mûres, aussi indispensables que la respiration et la faim.

— Je suis enceinte, João.

Il ne dit rien. La surprise alluma un éclat dans ses yeux noirs et il parut encore plus beau. C'est d'une voix calme qu'il demanda :

— Vous êtes sûre ?

— Oui. Je peux le sentir ce petit être qui pousse en moi. Je le sens comme une respiration, João.

— Et votre mère, Mariana ? Que va-t-elle dire ? Vous lui en avez parlé ?

Elle baissa les yeux. C'était le plus difficile à dire.

— Pas encore. Je ne sais même pas comment faire... Elle ne va jamais l'accepter, João.

Il toucha son ventre comme pour délimiter son terrain. Sa main était chaude et impérieuse.

— C'est aussi mon enfant. Que peut faire votre mère contre ça ? Nous allons nous marier, Mariana. Si vous le voulez...

Elle l'embrassa. Elle le voulait, bien sûr qu'elle le voulait. C'est ce qu'elle voulait le plus au monde. Se marier avec lui, n'importe où, dans n'importe quelle église. Et ils élèveraient leur enfant ensemble.

Un sourire de satisfaction se dessina sur ses lèvres. Il n'avait jamais imaginé de rêve plus doux. Une femme, un fils, un ranch, quelques têtes de bétail, la guitare le soir sous la lumière des étoiles. Si c'était un garçon, il aimerait l'appeler Matias. Sa mère lui avait dit que c'était le nom de son père. Un nom magique et mystérieux. Il caressa le ventre de Mariana et, regardant le ciel bleu, se dit que ce mois de novembre était vraiment très beau.

— Alors tout va bien, Mariana. Nous allons nous marier.

— Laissez-moi d'abord en parler avec ma mère. Quand le moment sera venu.

— Votre ventre va se voir, Mariana.

Elle le regarda tendrement.

— Je lui parlerai avant Noël, je vous le promets.

Ils se relevèrent en silence. Il fallait que Mariana retourne à la maison, l'heure du déjeuner approchait et dona Ana ne supportait pas le moindre retard à table. Ils marchaient le long du sentier qui menait à la grande maison blanche. Mariana sentit un appétit nouveau lui tordre les tripes et sourit. Alors c'était comme cela que tout commençait... João imaginait un petit garçon brun courant dans les champs, il aurait un beau sourire et ses yeux noirs. Matias. Matias Ferreira Gutierrez. Quand il serait plus grand, il lui donnerait une guitare et un bon cheval. Quand il serait plus grand, il lui parlerait de sa grand-mère indienne, du *boiguaçu,* l'anaconda, de la Croix du Sud, des grandes guerres de la frontière. Quand il serait plus grand et que le temps serait beau comme aujourd'hui, ils iraient se baigner dans l'étang.

Il était 8 heures du matin quand Maria Manuela da Silva Ferreira traversa la cuisine où les négresses épluchaient le manioc pour le repas de midi et pétrissaient le pain. Elle prit un panier, elle voulait aller cueillir des pêches pour faire un dessert, celui qu'elle faisait jadis pour son mari. Elle s'était réveillée ce matin plutôt de bonne humeur. La semaine prochaine elle irait au couvent voir Rosário ; elle espérait trouver sa fille plus calme qu'à sa dernière visite. Elle priait chaque jour, non seulement pour Rosário, mais pour ses autres enfants. Pour Antônio, elle demandait la santé et la protection dans les combats. Elle savait qu'Antônio était un homme sensé et qu'il était né sous une bonne étoile. Quand la guerre serait finie, il reviendrait sain et sauf à la maison. Elle priait aussi pour ses deux autres filles. La vie à l'estancia au cours de toutes ces années, avec la cohabitation quotidienne et l'intimité qui en résultait, n'avait pas été facile à vivre. La solitude imprégnait tout, glaçait les cœurs. Et il y avait la peur. Peur des nouvelles, peur de la mort, peur que les *caramurus* attaquent. Maria Manuela priait pour ses filles. Rosário n'avait pas résisté à la panique, mais les autres allaient bien. Au début, elle avait craint pour Manuela et son amour pour ce navigateur italien. Quel malheur ! Mais tout était rentré dans l'ordre à présent. Garibaldi avait quitté le pays avec femme et enfant et il ne remettrait plus jamais les pieds dans le Rio Grande. Manuela semblait l'avoir oublié. Quand la paix serait revenue, elle épouserait Joaquim. Mariana était tranquille, c'était peut-être la plus raisonnable de ses trois filles. Elle avait eu une amourette au cours de laquelle elle avait échangé quelques lettres avec le marin espagnol qui était mort dans l'attaque de Laguna. Mais depuis, elle avait retrouvé son calme.

Maria Manuela traversa le patio pavé de pierres. Beata lavait le linge des enfants dans le réservoir. Elle chantonnait de sa jolie voix. Maria Manuela sourit. Le soleil brillait dans le ciel d'été, il soufflait une petite brise agréable. Le pêcher offrait ses premiers fruits mûrs. Maria Manuela cueillit une grosse pêche rose et tendre. Parfumée. Elle choisit les plus belles jusqu'à remplir son panier. Puis elle s'en retourna vers la cuisine.

La fenêtre de la chambre de ses filles était ouverte. C'était la dernière de la longue rangée de fenêtres bleues qui donnaient sur le patio. Elle passerait leur dire bonjour. Aucune des deux n'était venue prendre son petit déjeuner. Elles se réveillaient en ce moment plus tard que d'habitude. Sans doute bavardaient-elles tard dans la nuit. Qu'elles dorment encore un peu, il y avait si peu à faire ici.

Maria Manuela jeta un œil à travers le volet. Au début elle ne distingua rien. Seulement les dessous blancs de Manuela éparpillés sur son lit. La coiffeuse couverte de brosses, de peignes, d'épingles à cheveux était aussi en désordre ; sa fille avait dû faire sa toilette et était partie prendre son petit déjeuner. Maria Manuela ne vit pas non plus Mariana. Elle allait repartir poser les pêches à la cuisine, demander à l'une des négresses de les éplucher et de les couper en morceaux, quand elle perçut un bruit. Elle tourna la tête vers l'intérieur de la chambre. Au pied du lit de Mariana il y avait une cuvette. Elle entendit un râle, suivi d'un gémissement rauque. C'était la voix de Mariana.

Elle laissa tomber le panier. Se pencha le plus loin possible par la fenêtre, et vit sa fille au pied du lit, pâlotte et décoiffée, encore en chemise de nuit. Elle la vit se pencher sur la cuvette et vomir un jet de bile, s'essuyer la bouche avec le bas de sa chemise de nuit blanche et elle comprit. Son cœur bondit dans sa poitrine. Pendant ses quatre grossesses, c'était précisément dans cet état qu'elle se réveillait au début, nauséeuse et rendant tripes et boyaux. Elle était pâle comme la mort.

Elle partit en courant, contourna la maison, traversa la cuisine sans regarder les négresses, enfila le couloir et s'arrêta derrière la porte de la chambre de Manuela. Elle était verrouillée. Maria Manuela frappa. Une fois, deux fois, trois fois, à coups redoublés. Chaque seconde qui passait la confortait dans sa certitude. « Mais comment ? pensait-elle. Et avec qui ? » Elle n'avait jamais rien remarqué, aucun indice, aucune trace. Juste Mariana, son sourire paisible, ses lectures, ses broderies, ses promenades à cheval. Elle frappa encore. De l'intérieur arriva la voix faible de sa fille. Maria Manuela s'écria :

— Ouvrez-moi, Mariana. C'est moi.

Elle entendit le bruit métallique de la cuvette qu'on traînait, puis Mariana entrouvrit la porte. Elle avait l'air malade.

— Je n'ai pas bien dormi cette nuit, dit-elle.

Maria Manuela l'observa, cherchant sur son visage les signes de ce qu'elle pensait avoir deviné, dans les yeux sombres, la silhouette fine sous la chemise de nuit. Elle lui toucha le front, il était frais. Elle s'approcha du lit. Elle avait la gorge serrée.

— Vous avez vomi ?

— J'ai dû manger quelque chose qui n'est pas passé hier au dîner, je crois...

Maria Manuela regarda sa fille dans les yeux. Et elle y reconnut, tapie comme un animal pourchassé, l'ombre de la peur.

— Ne me mentez pas, répliqua-t-elle d'une voix rauque qui fit blêmir sa fille. Levez-vous et remontez votre chemise, je veux voir quelque chose.

Mariana obéit. Ses pieds blancs sur le tapis ressemblaient à deux angelots malheureux.

Maria Manuela releva la chemise de sa fille à la hauteur de ses seins.

— Votre taille a épaissi, Manuela.

Elle passa ses doigts sur le ventre y cherchant une palpitation, la présence d'une vie encore invisible et minuscule. Elle se redressa. Son visage semblait taillé dans la pierre.

— Laissez-moi voir vos seins.

— Mère !

— Allez, Mariana ! Je n'ai pas envie de rire.

Mariana remonta sa chemise jusqu'au cou. Maria Manuela l'examina soigneusement, soupesant, parcourant des yeux le corps de sa fille à la recherche des indices qu'elle cherchait. Puis elle autorisa sa fille à baisser sa chemise.

— Depuis quand n'avez-vous pas vos règles ?

Mariana tremblait, de nouveau en proie à ses nausées. Elle se jeta sur son lit.

— Tout va bien, mère. Je vous l'ai dit, je me suis réveillée un peu patraque.

Maria Manuela arpentait la chambre de long en large.

— J'aurais dû y penser, j'aurais dû... Vous, si calme, si posée, vous ! Est-il possible que l'on fasse souffrir une mère, mon Dieu, avec tout ce que j'ai déjà souffert pour votre père, pour vos sœurs ? Vous n'avez pensé à rien, pas même à moi ? Vous n'avez pas pensé aux conséquences de votre impudence quand vous avez couché avec n'importe qui n'importe où ? Et maintenant ? Et maintenant ?

Elle s'arrêta au milieu de la pièce. Ses yeux lançaient des flammes.

— Dites-moi avec qui vous avez couché ? Qui est le père de cet enfant ?

Mariana s'assit sur son lit et prononça d'une voix ferme et claire :

— L'homme que j'aime.

Maria Manuela se sentit traversée par un ouragan. Elle ne se rendit même pas compte de l'élan qui la poussa en avant, la main levée, le visage révulsé, et de la claque qui explosa sur le visage de sa fille, réverbéra, frémit et se dressa entre elles comme quelque chose de vivant, comme un animal.

Mariana poussa un cri.

— Traînée ! Malheureuse dévergondée !

Maria Manuela hurlait.

Mariana se réfugia dans un coin. Son visage était en feu, sa poitrine brûlait, son ventre chaud de la vie qu'il portait, palpitait. Elle n'avait jamais vu sa mère dans cet état de démence. Son chignon s'était défait, son visage était hagard, elle agitait ses mains comme deux oiseaux fous.

— Donnez-moi tout de suite le nom de ce misérable, Mariana !

Elle respira profondément.

— Ce n'est pas un misérable. C'est l'homme que j'aime, c'est le père de mon enfant.

Elle planta ses yeux dans ceux de sa mère.

— C'est João Gutierrez.

Dona Ana, Perpétua et Manuela arrivèrent à la porte au moment où Maria Manuela se précipitait à nouveau sur sa fille.

— Maria, je vous en conjure !

Caetana retint sa belle-sœur qui s'abandonna pantelante dans ses bras, les yeux hors de la tête, des larmes de haine ruisselant sur son visage blême.

Mariana éclata en sanglots.

Bento Gonçalves da Silva regarda ses trois fils assis en face de lui, de l'autre côté de la table où il y avait encore des plats vides. La jeune négresse qui s'occupait de la maison arriva de la cuisine pour ramasser la vaisselle sale. L'assiette de Bento repartit presque intacte.

— Père, vous n'avez presque rien mangé.

Bento Gonçalves prit dans sa *guaiaca* une cigarette déjà roulée, l'alluma, considéra son fils d'un regard las et affable, puis après avoir aspiré une première bouffée, répondit :

— Mon fils, si vous deviez subir les pressions que je dois affronter chaque instant, j'aimerais savoir si votre appétit serait le même qu'aujourd'hui.

La négresse apporta le maté. Joaquim remplit la calebasse d'eau chaude et la tendit à son père. Le temps était beau ce jour-là à Alegrete, une belle journée d'été avec un ciel sans nuage et une brise légère qui faisait doucement frémir les feuilles des arbres du jardin. Malgré la chaleur, Bento Gonçalves portait un poncho. Dernièrement, il avait tout le temps froid, un froid insurmontable qui lui glaçait les os et l'empêchait de dormir.

— Quelque chose est arrivé, père ?

Joaquim était soucieux. Bento maigrissait, il avait de grosses quintes de toux. La nuit dernière, Joaquim lui avait appliqué des compresses chaudes d'une décoction de sanguinaire. Cela avait soulagé son père qui s'était réveillé le lendemain en de meilleures dispositions.

Bento Gonçalves prit son temps pour répondre.

— Domingos de Almeida a donné sa démission. Il nous faut trouver un nouveau ministre du Commerce.

— Maintenant, tout de suite ? Alors que nous sommes en pleine guerre ? s'exclama le jeune Bento en frappant du poing sur la table.

— Maintenant, Bento. Et de plus il a proposé Vicente da Fontoura pour lui succéder.

— Vicente, le commissaire de Rio Pardo ? Mais vous ne l'aimez pas, père. Personne ne l'aime. C'est un homme dangereux.

— Je sais. Vicente est un serpent. Je suis fatigué de tout ça, lâcha-t-il en soupirant. J'ai pensé à quelque chose : je vais passer quelques jours à l'estancia pour Noël et y reposer mon vieux corps.

Il se tut et fixa vaguement le plafond. Peut-être pensait-il à d'anciens Noël, sans ce froid qui le terrassait, quand ses enfants étaient petits, tous réunis, Caetana jeune, pleine de vie et à ses yeux de forêt.

— Je vais retrouver Caetana, faire la connaissance de la petite de Perpétua, ma nouvelle petite-fille. Il ne va rien se passer en ce moment.

» Vous venez avec moi, mon fils. Et vous deux, vous restez ici, pour surveiller un peu ce qui se passe. Au moindre problème vous envoyez immédiatement quelqu'un pour me prévenir.

Bento et Joaquim acquiescèrent.

Bento Gonçalves avait le regard fixé sur la calebasse vide qu'il tenait en main. Vicente da Fontoura serait un problème supplémentaire. Mais à l'instant présent, il n'avait pas l'énergie suffisante pour y réfléchir. Il voulait juste quelques jours de tranquillité et les bras doux de Caetana, il voulait un après-midi de sieste, une soirée de musique auprès des femmes et de leurs broderies, dans le calme paisible d'une maison de famille. Il y avait trop longtemps qu'il n'était pas lui, lui, rien qu'un homme avec des désirs et des rêves modestes, comme n'importe quel homme.

Le cheval grimpait le long du chemin qui lui était familier. Le soleil se couchait avec panache, acteur virtuose d'un spectacle flamboyant, disparaissait par moments entre les *coxilhas* lointaines, répandait sa lumière d'ambre sur la maison blanche et basse, et au loin, sur la campagne silencieuse, sur les arbres et les fleurs qui entouraient la véranda. Un chien vint l'accueillir en aboyant joyeusement. Il galopa jusqu'à la maison, suivi par l'animal. Assise sur la véranda comme si elle l'attendait, Caetana, vêtue d'une robe blanche, ses cheveux noués sur la nuque, sa peau dorée et avec sur ses genoux un bébé emmailloté dans une couverture. En la voyant, Bento sentit son cœur se gonfler d'amour comme cela ne lui était pas arrivé depuis longtemps. Il aimait toujours autant sa femme, malgré les années, malgré les autres, malgré cette fièvre qui le consumait comme du bois sec.

— Caetana !

Surprise, elle leva les yeux. Elle n'avait pas fait attention au cavalier qui approchait, pensant que c'était Manuel ou un péon. En reconnaissant son mari, elle se sentit défaillir.

— Bento !

Il mit pied à terre. Malgré sa maigreur et la fatigue qu'accusaient ses traits, il y avait de la joie dans ses yeux noirs.

— C'est ma petite-fille ?

Caetana descendit vers lui avec le bébé.

— C'est votre petite-fille, Bento. Elle s'appelle Perpétua, comme notre fille.

— Comme ma mère, ajouta-t-il.

Ils restèrent l'un en face de l'autre, partageant le même sourire et cette lente, douce, précieuse minute de paix. Le chien se coucha sur une des marches de la véranda et ferma paresseusement les yeux. Le soleil se cacha entre les *coxilhas* là-bas, au loin, clôturant enfin cette journée du 20 décembre 1841.

Bento Gonçalves entoura de ses bras les épaules de sa femme et ils entrèrent ensemble dans la maison silencieuse et fraîche.

1842

Bento Gonçalves da Silva retourna à Alegrete dès les premiers jours de janvier. Un rendez-vous important l'attendait en ville. Vicente da Fontoura allait prendre son poste de ministre. Bento partit sans savoir que Mariana était enceinte, décision prise d'un commun accord par dona Ana et Maria Manuela pour éviter ce type de soucis à leur frère, déjà suffisamment préoccupé.

À peine l'oncle président avait-il traversé la barrière et regagné la pampa, que le martyre de Mariana da Silva Ferreira commença. Enfermée dans sa chambre sans voir personne, elle passa les premiers jours de l'année à sangloter. Zefina lui apportait à manger et les nouvelles de l'extérieur ne lui arrivaient que par Manuela. Impossible de voir João. Désespérée, elle frappait à la porte en suppliant qu'on la délivre, mais les négresses avaient reçu de Maria Manuela l'ordre de ne pas y prêter attention. Les cris qui retentirent à travers la maison pendant deux jours et qui terrifièrent les enfants ne réussirent pas à fléchir le cœur glacé de Maria Manuela.

Mariana passa des jours à pleurer, mangeant à peine, les nuits hantées par des cauchemars. Elle imaginait sa vie sans João et elle craignait pour l'avenir de son enfant. Est-ce qu'on l'enverrait finir ses jours dans un couvent ou pire ? Que deviendrait son petit ? Les fenêtres de sa chambre avaient été clouées de l'extérieur. Elle ne voyait que Manuela, car elles dormaient encore dans la même chambre où sa sœur tentait en vain de la calmer. Il était impossible que la colère de sa mère dure encore longtemps, car même les tantes étaient mécontentes de la tournure qu'avaient prise les choses, disait Manuela. Il fallait attendre, ne pas contrarier davantage sa mère qui finirait sûrement par regretter sa cruauté.

Mais Maria Manuela semblait irréductible. Elle avait découvert en elle une rigidité implacable, son cœur meurtri par tant de souffrances était devenu indifférent à celles de sa fille. Mariana lui avait apporté l'infortune et la honte. Non seulement elle était veuve mais elle devait en plus affronter cette horreur, prendre les décisions qui seraient revenues jadis à Anselmo, décider de l'avenir du bâtard que portait Mariana. Plongée dans ses pensées funestes, Maria Manuela passait ses journées assise dans un fauteuil, brodant frénétiquement, ne parlant presque pas à ses sœurs, se couchant tôt et se réveillant avec le soleil, remâchant inlassablement ses malheurs et ne sachant pas au fond quoi faire de sa fille enfermée dans sa chambre. Écrire à Antônio ne servirait à rien ; son fils était à la guerre, il ne pourrait pas revenir de sitôt à la maison. Et, de toute façon, il ne pourrait changer les choses, ni effacer la faute, ni redonner à Mariana sa pureté et son avenir détruit.

C'est ce que pensait Maria Manuela ce jour-là, assise sa broderie sur les genoux, le visage sévère, dur et dépouillé de la beauté de jadis. Dona Ana, à son côté, faisait et défaisait un tricot, sans goût pour le moindre ouvrage. L'atmosphère de la maison était devenue invivable. Depuis plus d'une semaine sa nièce était cloîtrée dans sa chambre et elle commençait à craindre pour sa santé mentale. Elle avait encore à l'esprit le souvenir de Rosário décomposée, pleurant d'amour pour un fantôme.

— Il faut faire quelque chose, dit dona Ana, brisant un silence qui durait depuis trop longtemps. João Gutierrez est encore par ici. J'ai demandé à Zé Pedra de lui donner un travail le plus loin possible, de réparer les clôtures du côté nord. Mais il est toujours à l'estancia.

Maria Manuela haussa les épaules.

— En ce qui me concerne, tout ce que j'espère c'est qu'on lui mette une balle dans la tête, déclara-t-elle en se signant. Que Dieu me pardonne, mais c'est un misérable, il mérite la mort.

Dona Ana soupira.

— Il y a assez de sang versé comme ça, Maria. Tuer ce garçon ne résoudra rien. Demain Manuel va lui dire de partir, c'est décidé. S'il lui reste une once de bon sens, il ne mettra plus jamais les pieds à l'estancia.

Caetana brodait dans un coin du salon. Elle avait pitié de sa nièce, elle pensait avec tristesse à cet amour qui finissait si pathétiquement. Bien sûr, ce n'était pas l'idéal, mais dans une époque aussi frappée par le malheur et le deuil, la moindre relation amoureuse méritait respect et sympathie. Tant de gens de la famille avaient disparu qu'il serait juste que l'on accueille à bras ouverts l'enfant que Mariana avait conçu. Pour Caetana, tout cela était un grand péché qui risquait de créer encore des malheurs... Elle décida de parler à dona Antônia qui était certes une femme sévère, aussi droite et scrupuleuse que Bento, mais qui pourrait peut-être, grâce à son autorité, amener Maria à atténuer cette punition si cruelle. La petite ne pouvait pas passer ses neuf mois de grossesse enfermée dans sa chambre. Il lui fallait du soleil, de l'air, de la joie ; dans quelque temps, elle mettrait un enfant au monde.

— Et Mariana ? s'enhardit à demander Caetana.

Maria Manuela lui jeta un regard amer. Caetana avait bien marié sa fille, c'est pour cela qu'elle pouvait se permettre tant de calme et de mansuétude.

— Mariana restera dans sa chambre, dit-elle. Nous sommes en guerre, c'est vrai, mais ce n'est pas pour autant que cette famille doit accepter le déshonneur. Une fille enceinte avant le mariage ! Si Anselmo était vivant, il l'enverrait tout droit au couvent, j'en suis certaine, s'exclama-t-elle en saisissant son ouvrage avec fureur. Quand cet enfant naîtra, je le donnerai à quelqu'un, très loin d'ici. Beaucoup de familles ont perdu des enfants dans la guerre. Il y en aura bien une qui voudra de ce rejeton.

Dona Ana sentit les larmes lui monter aux yeux. Elle dit d'une voix tremblante :

— J'ai perdu un fils au combat, Maria Manuela. Écoutez ce que je vous dis. Cet enfant sera votre petit-fils ou votre petite-fille, que vous le vouliez ou non. Il sera de notre sang, ne l'oubliez pas.

Elle quitta la pièce, sachant se taire quand il le fallait. Elle pensait aussi que le temps se chargerait d'apaiser ce cœur meurtri. Le mieux c'était de parler avec Manuel et qu'il prépare les gages de João Gutierrez. Qu'il fasse le tour des estancias voisines et invente un prétexte quelconque pour qu'aucun *estancieiro* n'engage cet homme. Il valait mieux que João ne reste pas dans les environs du Camaquã.

Lorsqu'elle passa devant la chambre des jeunes filles, en se dirigeant vers la cuisine, elle entendit les pleurs de Mariana. Une peine se nicha dans son cœur comme un vieux chat. Elle eut envie d'aller voir la petite, de la consoler, de lui donner de l'espoir. Les femmes étaient fragiles les premiers mois de leur grossesse. Qu'est-ce que j'y peux ? Ce n'est pas ma fille.

Ses petites mules glissaient sur le parquet bien ciré. Elle se rappela le visage lisse aux traits indiens de João Gutierrez. Il est vrai que, lorsqu'elle l'avait vu pour la première fois, elle avait senti que c'était quelqu'un de différent, plein de vie, avec quelque chose d'un poulain sauvage. Si elle avait été une fille de vingt ans, enfermée dans une estancia depuis si longtemps, seule, eût-elle résisté à ces yeux fendus et à ce sourire éclatant ?

Manuela glissa la lettre bien à l'abri dans son corsage. Si sa mère s'en rendait compte, elle la rosserait sûrement. Elle était devenue intraitable. Elle ne parlait à personne, ne voulait pas entendre parler de Mariana, ni de sa santé, ni du bébé. Manuela irait lui donner la lettre, quoi qu'il arrive. Elle savait ce que c'était qu'aimer. Et Mariana était amoureuse, ah oui, elle était amoureuse !

Le soleil grillait les champs. Le ciel était d'un bleu limpide et profond. Manuela sortit par-derrière. Personne dans la cuisine ne lui demanderait où elle allait, tout le monde était consterné par la punition infligée à Mariana. Dona Rosa priait pour la jeune fille, elle priait sainte Rita. Agenouillée dos à la porte elle ne vit pas Manuela passer.

Manuela traversa la cour, contourna la maison et prit la direction du logement des péons, derrière la *charqueada*. La chaleur faisait perler la sueur sur sa peau. Le soleil était une boule incandescente au zénith, les cigales chantaient. Elle pensait à sa sœur et sentit sa gorge se serrer. Si elle avait attendu un enfant de Giuseppe, elle aurait fait n'importe quoi. Mais Giuseppe était loin, il était à Montevideo et il avait un fils. Elle avait laissé filer sa chance dans la poussière de ces années passées. Mais pas Mariana. C'est pour ça qu'elle allait porter sa lettre à João, la lettre où Mariana lui racontait la punition, la prison et lui parlait d'amour. Quand la guerre serait finie, ils se retrouveraient. Ils partiraient loin, ils auraient un ranch, élèveraient leur enfant et seraient heureux. Sa mère pouvait leur compliquer la vie mais pas tuer leur amour. Personne au monde ne pouvait tuer un amour destiné à vivre. Et cet amour avait déjà trouvé un refuge dans le ventre de Mariana.

Manuela frappa à la porte. Dans la petite maison, les bruits cessèrent. Puis le beau visage brun de João apparut.

— *Buenas*, dit-il sèchement. Vous avez failli ne pas me trouver. Je suis sur le départ.

Était-ce la révolte qui faisait briller ces yeux noirs ? La douleur ? Manuela sourit tristement.

— Je dois entrer, João. Si on me surprend...

Il s'effaça. Manuela se glissa dans la petite chambre fraîche, presque sans meuble. Sur un lit de camp, un sac de voyage et une guitare attendaient leur nouvelle destination. Manuela lui tendit la lettre de sa sœur.

— Mariana l'a écrite hier soir. Elle sait que vous partez.

Les yeux de João brillaient.

— Comment va ma Mariana ?

— Elle est triste, mais elle se porte bien. Soyez tranquille, elle aura le bébé.

— Mon fils.

— Votre fils, répéta-t-elle. Je vous préviendrai quand il naîtra. – Elle regarda autour d'elle, un peu gênée par cette intimité. – Cette guerre va bien finir par se terminer et vous serez à nouveau ensemble.

— Oui. Vous prendrez soin d'elle pour moi ?

Manuela acquiesça.

— Où pensez-vous aller ?

— Je pars m'engager. Si la guerre doit se terminer, que ce soit le plus vite possible. Alors quand ça arrivera, je reviendrai chercher Mariana.

Un silence pesa entre eux.

— Quand vous voudrez envoyer de vos nouvelles, faites en sorte qu'elles m'arrivent à moi, dit-elle en prenant congé.

» Adieu et bonne chance, João.

— Merci.

Un demi-sourire laissa apparaître les belles dents blanches.

Manuela sortit et affronta la canicule. La porte se referma silencieusement derrière elle. João Gutierrez partait à la guerre. Mariana aurait son enfant en cachette. Au moins, pour eux, il y avait un semblant d'avenir.

Cahiers de Manuela

Estancia da Barra, 15 mars 1842

L'été se traîne paresseusement. Les jours se suivent dans un rythme lent et las, accablant. Il fait une chaleur sèche et âpre qui ravage le bétail et calcine la terre. Dans la maison, l'été est devenu une saison de silence et de tristesse. J'aspire à l'arrivée de l'automne. Je veux voir les feuilles sèches tapisser le sol. Je veux voir le vent humide, les nuages lourds et la pluie qui va laver tout ça. Je veux que tout ce qui est gris quitte mon âme, s'installe dans le ciel et abreuve les champs.

Personne ne peut résister au désespoir qui s'infiltre dans le moindre recoin de la maison. La malheureuse Mariana est toujours enfermée dans sa chambre, bien que nous soyons déjà en mars. Mère n'a pas lâché une once de sa rancœur. Qui aurait cru que son cœur était une tombe aussi profonde… Mais, en dépit de cette hargne, de ce manque d'amour, ou de courage d'aimer que manifeste ma mère, le ventre de Mariana grossit. Elle ne peut plus boutonner ses robes. L'enfant dans son ventre, protégé de la chaleur et de la morosité, vit, palpite et demande à naître. Caetana et Perpétua ont rafistolé de vieilles robes pour que Mariana ait de quoi s'habiller en ces derniers mois. Ma mère les a surprises plus d'une fois, mais elle n'a jamais rien dit ni rien demandé. Elle se contente d'interdire que sa fille sorte de la chambre et ne manifeste aucun désir de la voir. Dona Ana a fait porter un baquet pour qu'elle puisse prendre des bains et Zefina va chaque après-midi l'aider à sa toilette. C'est moi qui lui apporte des livres, de quoi broder ou ce dont elle a envie pour l'aider à occuper ses heures de solitude. Et dona Rosa se charge de ses repas qu'elle prépare avec un soin maternel, lui cuisinant les desserts, les confitures et les pains que Mariana préfère.

C'est une triste histoire, il est vrai. Peut-être plus triste que toutes celles que nous avons vécues à l'estancia ces dernières années. Nous avons eu des morts. Nous avons eu des chagrins d'amour. J'ai perdu Giuseppe dont je sais qu'il sera le seul homme de ma vie. Nous avons vécu la folie de Rosário, sa vie brisée en pleine jeunesse, Rosário qui dépérit aujourd'hui dans son couvent où elle n'est pas plus guérie ni plus près de Dieu que lorsqu'elle était parmi nous. Mais rien ne me fait plus de mal que l'amour de Mariana. Parce qu'il est réciproque et intense. Parce qu'il est à l'origine d'une nouvelle vie. Nous sommes en mal de vies, et celle qui nous arrive a trouvé peu de bras ouverts, juste des visages renfrognés, des silences mornes. Pas de fête pour l'accueillir. Le destin nous punira peut-être pour cela. Nous sommes comme des infirmes qui refusent de nouvelles jambes et préfèrent marcher appuyés sur de vieilles béquilles usées. Parce que c'est ce que nous avons appris depuis que le monde est monde, et que la plupart d'entre nous donne plus de valeur à l'honneur qu'à la vie.

João Gutierrez est parti se battre avec les républicains. Peut-être sa dague aidera-t-elle à réduire le temps des combats ; mais, ce qui est sûr c'est qu'il sera un soldat de plus à souffrir de la soif, de la chaleur ou du froid selon les caprices de notre pampa. Il devra se battre chaque jour contre la mort, la plupart du temps à son désavantage. Mariana prie pour lui. Mais je vois dans ses yeux l'ombre de l'angoisse. Le fil d'une épée ennemie sera plus meurtrier que la colère de notre mère, si le destin le décide ainsi. Peut-être João Gutierrez ne foulera-t-il plus jamais le sol de nos terres, son fils sera peut-être orphelin de père, peut-être n'aurons-nous plus jamais de ses nouvelles et sans doute qu'aucun messager ne viendra nous annoncer sa mort pour que Mariana ait droit à cette ultime consolation, ce moment fatal où les larmes sont la seule façon de dire adieu.

Pensées funestes… Alors que dehors le soleil resplendit, faisant scintiller la pampa. Mon âme est habitée par la souffrance. Je rêve chaque nuit de Giuseppe. Je prie encore et toujours pour qu'il revienne, sinon aujourd'hui mais plus tard, un jour. Que ce jour soit lointain, mais qu'il me trouve en vie et, je le jure, je le suivrai au bout du monde, au paradis ou en enfer. J'aurai cette force. Je me battrai pour mon amour.

Parfois, en contemplant Mariana et son ventre gonflé et orgueilleux, je regrette de n'avoir pas été grosse de Giuseppe. Je n'ai été qu'une fiancée, une éternelle fiancée. Notre amour n'a pas été plus loin et pourtant… Un enfant de lui aurait été un tel bonheur, aurais-je dû subir moi aussi le châtiment et la solitude d'une chambre verrouillée. C'eût été un prix infime pour garder à jamais une trace de lui. Ma chair et la sienne, unie dans un autre corps… Un rêve.

Pour la réconforter, je m'en ouvre à Mariana. Après la naissance de son enfant, plus jamais elle ne connaîtra la solitude. Pour moi, elle est mon seul avenir. Peut-être le confort d'une belle maison vide, la chaleur d'un baiser occasionnel, la flamme d'un souvenir plein de *saudade* et rien de plus. Tout cela est bien peu de chose pour remplir une vie. Tout cela est comme le soleil qui flamboie dehors en attendant l'arrivée prochaine d'un hiver de plus. Tout cela est douloureusement éphémère.

Manuela

João Gutierrez s'adosse au talus, l'effroi de son premier mort lui tord les tripes. Sa dague est rouge du sang du soldat impérial qui gît sur le sol, le cou tranché, les yeux clairs fixés sur le ciel dans une expression d'étonnement extatique et d'incrédulité. L'étonnement de celui qui a vu sa mort en face.

Une trompette sonne au loin. Le monde se sature de la rumeur de la cavalcade. À un signal, la cavalerie *farroupilha* avance en direction de l'ennemi. Le choc des deux armées soulève un nuage de poussière, de cris, de hennissements. João a besoin d'un cheval. João est un cavalier mais il a été enrôlé dans l'infanterie. Les républicains manquent de chevaux. Il franchit le talus. Là, le combat est féroce. Le corps à corps dessine une étrange chorégraphie qui se déplace à travers la prairie sur laquelle le soleil verse ses premières lueurs.

João Gutierrez court, frappe, hurle. Ses yeux sont aveuglés par la poussière. Ils ont rencontré ce bataillon impérial près de São Vicente. Le combat est terrible. Les impériaux ont l'avantage numérique et ils ont un canon. João a sa dague, sa *boleadeira*[1], et cette rage au ventre qui doit s'exprimer, qui déborde comme une rivière en crue. Il a tué aujourd'hui pour la première fois. Tout en progressant dans la prairie, en enjambant les corps, il revoit la gorge ouverte, le sang épais, rouge et vif que la

1. Arme de jet faite de longues courroies en cuir terminées par des boules en pierre ou en fer, utilisées surtout pour arrêter les bœufs dans leur course en s'enroulant autour de leurs pattes.

terre a bu. Un frisson le parcourt de haut en bas, un frisson chaud comme lorsqu'il avale un verre d'eau-de-vie. Un goût amer monte à sa bouche, il se sent puissant. Il a pris une vie, la vie du soldat impérial qui gît maintenant sur le sol poussiéreux. Et il a conçu une vie qui palpite aujourd'hui dans le ventre de Mariana. Il jubile, la salive qui remplit sa bouche a un goût de vin. Par deux fois il a agi sur le cours du destin, il est toujours le même João, mais plus fort, presque un demi-dieu. Il y a maintenant de la puissance dans ces mains brunes, dans son âme d'Indien et de chanteur.

Un impérial galope vers lui en brandissant son sabre. João fait un écart, la lame tranchante dévie. En une seconde il prend sa dague entre les dents, fait tourner la *boleadeira* au-dessus de sa tête. Tout petit, il a appris à se servir de cette arme des gauchos. Les boules en fer dansent dans l'air comme des oiseaux furieux, puis volent vers l'impérial. L'homme tombe de son cheval. João se saisit de sa dague, l'enfonce dans son cou d'un coup unique et précis. Un râle, l'impérial écarquille les yeux, ouvre sa bouche vide de mots. Le monde est maintenant un immense silence, plus rien n'existe que la lame et la mort.

João Gutierrez bondit sur le cheval. Il regarde d'en haut la bataille et les visages ennemis. Il a envie de crier le nom de Mariana. C'est pour elle qu'il est là, pour elle qu'il tue, qu'il fonce, qu'il se bat. Il va égorger cent impériaux. Pas pour la République, pour Mariana. Il va gagner des médailles, pour Mariana. Et quand tout sera fini, il nettoiera sa dague de tout ce sang, il nettoiera son âme de tout ce sang et il retournera auprès de la femme qui l'attend.

Une explosion violente l'arrache à sa rêverie. L'ennemi a commencé à tirer au canon. Un obus tombe non loin de là, dévastant les rangs républicains, chargeant l'air de poussière. La panique règne. João Gutierrez éperonne son cheval. Il galope dans la prairie. Le soleil est haut à présent dans le ciel, et dévoile sans pitié ce paysage d'horreur et de mort. Les yeux d'Indien de João Gutierrez sont plus noirs que jamais.

— Tout ça c'est pour vous, Mariana ! hurle-t-il dans le vent qui sent la poudre et le sang. Pour vous !

Dona Antônia descendit du cabriolet et gravit les marches de la véranda. Depuis sa pneumonie, elle était plus sèche que jamais et ses yeux noirs et autoritaires tranchaient sur son visage maigre. Elle sourit légèrement à Manuela qui lisait, assise sous l'auvent.

— *Buenas*, Manuela. Où est votre mère ?

Son visage était grave comme d'habitude. Dona Antônia ne dispensait pas ses sourires pour un rien. Manuela posa son livre et sourit à sa tante préférée. Sa mère était dans sa chambre, ne faisant rien, à part prier peut-être.

— Vous savez, ma tante, mère est de plus en plus renfermée. À cause de Mariana.

Dona Antônia s'assit. Elle contempla pendant un moment le jour qui déclinait doucement sur la campagne.

— Votre mère est en pleine confusion, Manuela. Elle a vécu trop de choses difficiles et elle a toujours été fragile, depuis toute petite. La plus fragile d'entre nous. Elle soupira. Mais rien ne justifie ce qu'elle fait subir à Mariana. Cette petite est enfermée depuis bientôt trois mois !

— Mère ne lui a plus jamais adressé la parole.

— Je sais bien. C'est pour cela que je suis ici. Il faut arrêter cette folie. Allez me chercher Maria Manuela, dites-lui que je suis venue la voir.

» Je vais l'attendre dans le bureau, dit-elle en se levant.

Maria Manuela reconnut dans l'expression de sa sœur aînée quelque chose de sa mère. Mais sa mère ne l'aurait pas regardée avec ces yeux froids et noirs, si durs. Non, sa mère avait toujours protégé sa benjamine. Pour dona Perpétua, Maria Manuela avait besoin d'attentions et de soins particuliers. Elle n'avait pas été dotée à sa naissance du caractère trempé de ses autres enfants. Sa bouillie était plus sucrée ; ses tâches plus amènes. Elle avait été élevée dans cet esprit et, après son mariage, Anselmo avait continué à la protéger de tout.

— Vous m'avez fait appeler ?

— Oui.

— Il s'est passé quelque chose ?

Dona Antônia la regarda sévèrement. Le même regard que Bento. Le même besoin de justice, la même autorité sur tout, sur tous.

— Oui, il s'est passé quelque chose et vous savez quoi. Il se passe que votre fille est enceinte. Il se trouve qu'elle est enfermée depuis trois mois dans sa chambre et traitée comme un animal.

Maria Manuela se laissa tomber sur un siège.

— Je ne voulais pas que cela se passe ainsi, soufflat-elle, les mains tremblantes.

— Les choses n'arrivent pas uniquement parce que nous l'avons décidé, Maria. La vie est comme ça, il est temps que vous vous en rendiez compte. Mais il faut s'occuper de cette petite… Vous ne voulez pas qu'elle finisse comme Rosário, non ?

Maria Manuela réagit.

— Mais Rosário n'a rien. Ce n'est qu'une petite perturbation passagère. Quand nous retournerons à Pelotas, quand la guerre sera finie, elle redeviendra comme avant.

— Rosário ne redeviendra pas comme avant… Et vous le savez. Le mal dont elle souffre est irrémédiable.

— Mais de quel mal voulez-vous parler ?

— Rosário est folle.

Les larmes se mirent à couler doucement le long des joues de Maria Manuela. Dona Antônia sentit les pleurs monter à sa gorge, mais elle les ravala, droite, les yeux secs. Elle était le soutien de cette famille. C'est ce que Bento attendait d'elle, où qu'elle se trouve. Elle n'avait pas eu d'enfants, mais elle avait ses sœurs, ses nièces, sa belle-sœur et les garçons. Il fallait s'occuper d'eux.

— Ne dites pas cela, s'il vous plaît, Antônia…

Dona Antônia parut subitement très triste.

— Je suis sincère. Rosário est perdue pour ce monde. Mais pas Mariana. Elle a encore un avenir. Certainement pas celui que nous lui aurions choisi, mais celui qu'elle a choisi.

» Mariana va avoir un enfant. Elle a besoin qu'on s'occupe d'elle.

— Je ne peux rien faire, je vous le jure. Je n'en ai pas la force. J'ai prié, j'ai beaucoup prié, mais je n'en ai pas la force.

— Vous n'avez pas besoin de vous occuper d'elle, répondit dona Antônia qui s'était radoucie. Je le ferai. Je vais emmener Mariana avec moi au Brejo.

Bento Gonçalves savoura lentement la nouvelle. Un souffle frais dans ce désert d'intrigues et de problèmes. En face de lui, Lucas de Oliveira souriait largement. Des révoltes avaient éclaté à São Paulo et dans le Minas Gerais. L'Empire s'affaiblissait visiblement et tout cela ne pouvait se faire qu'avec la complicité de la République rio-grandense.

— Le moment est propice, dit Lucas. Nous devons nous en servir. São Paulo et Minas Gerais peuvent devenir nos alliés. Nous formerons une fédération, Bento.

Lucas de Oliveira était un bel homme. La guerre avait imprimé quelques égratignures sur ses traits, mais ses yeux avaient gardé leur éclat orgueilleux.

— Nous allons convoquer le Congrès, fit Bento Gonçalves en s'appuyant sur le dossier de son fauteuil. Nous allons voter notre Constitution. J'ai pris une décision : je vais me consacrer dorénavant au gouvernement et confier le commandement des troupes à Netto. Le moment est venu de s'occuper de l'organisation de la République.

— Il faut prévenir Netto à la frontière.

— Je vais lui envoyer mon fils Bento.

Lucas de Oliveira souriait avec satisfaction. Les événements prenaient une bonne tournure et il était temps.

Bento Gonçalves regardait son compagnon, la joie qu'il exprimait lui semblait excessive. Ou était-ce lui qui manquait d'ardeur ? Il se sentait fatigué, malade et vieux.

— Faites attention, Lucas. Ces révoltes nous sont favorables, *buenas*. Mais nous avons de plus graves problèmes, des problèmes internes. Nous sommes divisés, Lucas. On ne peut pas diviser et additionner à la fois. Nous devons agir avec modération.

Il se tourna vers la fenêtre. Le temps était gris et froid. Des soldats traversaient la rue en chahutant, un chariot chargé de vivres passait bruyamment. Un chien aboyait. Tout cela manquait-il d'enthousiasme ou étaient-ce seulement ses yeux qui ne savaient plus voir le bonheur ? Il soupira profondément tandis que Lucas de Oliveira s'excusait avant de sortir du bureau. Bento Gonçalves prit sa plume pour rédiger un manifeste. Il inscrivit la date : 13 juin 1842. Sa main se mouvait avec lenteur. Des taches sombres tavelaient sa peau, il savait que c'étaient des marques de vieillesse. Oui, laisser le commandement des troupes à Netto était une bonne décision.

Joaquim s'approchait lentement de la fazenda. L'air glacial mordait sa peau à travers la laine du poncho et raidissait ses mains. Chaussettes et bottes n'arrivaient pas à réchauffer ses pieds. Le froid qui régnait en ce petit matin était terrible. Le brouillard conférait un air irréel au paysage silencieux. Joaquim éperonna sa monture, mais le cheval ne changea pas d'allure, lui aussi enveloppé dans ce brouillard de rêve, comme s'il flottait au-dessus de la route déserte.

Les pensées et les projets se bousculaient dans sa tête. Les doutes aussi. Un tourbillon de questions lui brouillait la vue. Il allait revoir Manuela. Après des mois et des mois, il allait la revoir. Ses yeux verts, liquides, son visage ravissant, grave et délicat, sa peau diaphane. La dernière rencontre avait été douloureuse. Il se rappelait son regard énamouré, débordant d'une passion qui ne lui était pas destinée. Sa cousine penserait-elle encore à l'Italien ou son départ aurait-il calmé sa flamme ? Malgré le peu qu'il savait des sentiments profonds de Manuela, il pouvait quand même deviner qu'elle s'obstinerait à aimer Garibaldi. Oui, s'obstinerait. Car Garibaldi était aujourd'hui marié et avait un enfant. Qui sait dans quel coin il se trouvait depuis son départ vers Montevideo avec le troupeau que la République lui avait donné. Joaquim passa sa main sous le poncho à la recherche de la poche de son dolman. Il sentit le poids et le volume de la broche. C'était un cadeau de sa grand-mère maternelle. Les petites émeraudes avaient la même couleur que les yeux de Manuela. En lui donnant le bijou, sa grand-mère lui avait dit dans son espagnol enroué : « *Es para tu mujer.* » Quand il en trouverait une, de femme. Il le conservait depuis son adolescence. Même après le refus de Mariana et malgré ses efforts, il n'avait pas réussi à l'oublier. À chaque bataille, à chaque nuit froide, étoilée, pluvieuse ou noire, il n'avait cessé de penser à elle. En soignant les blessés, en écoutant son père parler de ses doutes, de ses projets, dans chacun de ses mots, chacun de ses soupirs ou de ses regards, il y avait un peu de la *saudade* qu'il sentait de Manuela. Il avait décidé de faire une dernière tentative. Son père lui avait demandé d'aller à Camaquã. Près de l'Estancia de la Barra. Près de Manuela.

Le cheval semblait reconnaître le chemin. La brume luttait contre les premiers rayons du soleil. Joaquim perçut les murmures du Camaquã. Il se souvint des baignades avec ses frères. C'était si lointain. Tout était si lointain. Aujourd'hui, il ne vivait presque plus. Il n'y avait plus que le sang, les conflits politiques, la maladie de son père, l'attente du oui de Manuela. Alors qu'il devinait au loin la barrière de la fazenda, une douce chaleur l'envahit. Sa mère et ses tantes devaient être en train de prendre leur petit déjeuner... Bientôt, il verrait Manuela, sa jolie frimousse encore chiffonnée de sommeil, et l'éclat très vert, d'une humidité de rosée nocturne, de ces yeux qui hantaient ses nuits.

Dona Antônia entra en portant un plateau. La pièce était éclairée par les lueurs vacillantes qui venaient de la cheminée et d'une lampe à huile posée sur la table. Mariana était assise au coin du feu, une couverture sur les jambes. Les traits de son visage s'étaient adoucis. Elle avait pris des airs languides de fin de grossesse, son ventre rond saillait sous la robe sombre. Dona Antônia s'approcha sans bruit. Les yeux de la jeune femme étaient clos. Peut-être s'était-elle endormie, mais dona Antônia se dit que non, qu'elle devait juste se cacher du monde, dans un lieu à elle seule où elle pouvait rêver de João Gutierrez. Fermer les yeux, c'était comme fermer une porte à clé. Elle-même avait souvent cherché ce refuge quand elle voulait penser à son défunt mari, sans laisser transparaître l'immense tristesse qui l'habitait toujours après tant d'années.

— Mariana, murmura-t-elle. (La jeune femme ouvrit lentement les yeux.) Je vous ai apporté une soupe. Une bonne soupe de légumes. Vous n'avez rien mangé de la journée, il faut vous nourrir. Le bébé a besoin de s'alimenter, mon enfant.

Mariana sourit et se redressa, s'installant plus confortablement dans le fauteuil.

— Vous êtes si bonne avec moi, ma tante.

Cela émut Dona Antônia. Elle posa le plateau sur les genoux de sa nièce, puis s'assit à côté d'elle pendant qu'elle mangeait. Le silence de la pièce, seulement troublé par le crépitement du feu, était réconfortant. Dehors le vent d'hiver sifflait.

Mariana finit sa soupe.

— Je sais que vous êtes malheureuse, Mariana, dit dona Antônia d'une voix douce. Votre mère n'a pas été coopérative et mettre un enfant au monde n'est pas chose aisée. Je n'ai jamais eu d'enfant, mais je le sais.

— Mon enfant va souffrir, ma tante. Plus que moi. Parce que ce sera un enfant sans père. Qui va l'accepter ?

Dona Antônia enleva le plateau et le posa par terre. Elle prit la main de sa nièce, sa main chaude et gonflée.

— Il ne faut pas dire ça, Mariana. Votre enfant a un père. Peut-être pas celui que votre mère aurait souhaité, ni que j'aurais souhaité moi-même, mais il a un père. Il s'appelle João Gutierrez et c'est un soldat de la République.

— João est peut-être mort à l'heure qu'il est…

— Vous le sentez ? Est-ce que pendant tous ces mois vous avez eu à un seul instant un pressentiment ? Comme si votre cœur s'arrêtait de battre pendant un long moment, ou que votre sang gelât dans vos veines, vous avez senti cela, Manuela ?

Mariana regarda sa tante. Il y avait une douceur nouvelle dans ses yeux. Elle n'avait jamais vu dona Antônia comme ça, maternelle, chaleureuse, accueillante.

— Non, je ne l'ai pas senti.

— Alors il est vivant, Mariana, croyez-moi.

Elle ferma les yeux un instant.

— Le jour maudit où mon Joaquim est tombé de cheval, je l'ai senti. Ce fut comme si le *minuano* soufflait dans mon corps... Quand le contremaître est venu me prévenir, je le savais déjà...

Elle tourna son visage vers le feu tandis que Mariana lui serrait la main.

— J'ai peur, ma tante.

— De quoi, mon petit ?

— De mourir en couches. Que mon enfant reste seul au monde. Ma mère n'en voudrait pas.

— Vous n'allez pas mourir en couches, Mariana. Mais soyez tranquille. Si quelque chose vous arrivait, je prendrais soin de votre enfant. Et je ferais rechercher João dans tous les coins du Rio Grande. Je vous le jure. Je parlerais à Bento et il trouverait le père de votre enfant où qu'il soit, jura-t-elle en caressant les cheveux noirs et épais de sa nièce. Mais rien de tout cela ne va arriver, mon petit. Ce bébé va naître, João va revenir à la fin de la guerre. Croyez à ce que je vous dis.

— C'est un garçon, murmura Mariana.

— Vous dites ?

— L'enfant que j'attends, ma tante. C'est un garçon. J'ai rêvé de lui.

Dona Antônia sourit.

— Alors, vous avez choisi son nom ?

— Matias. Il s'appellera Matias.

— C'est un joli nom.

Mariana ferma les yeux. Dona Antônia remonta la couverture sur le corps de sa nièce. Elle était gonflée et de plus en plus lente dans ses mouvements. Le jour ne tarderait pas. Il faudrait demander à Rosa de se tenir prête. Matias allait arriver, peut-être cette semaine.

Manuela attendit toute la journée que Joaquim vienne la retrouver. Elle attendit avec anxiété. Cette dernière année, elle avait souvent imaginé un mariage avec son cousin. Et à chaque fois, un même sentiment de rejet la saisissait, elle se sentait glacée, comme à moitié morte, comme si un fantôme sans âme s'insinuait sous sa peau.

C'était ce qu'elle éprouvait quand elle s'imaginait l'épouse de Joaquim. Cela l'avait souvent fait pleurer. Sa passion pour Giuseppe s'apparentait à une maladie mortelle. Sans remède et sans palliatifs. Elle savait maintenant, elle dirait non à son cousin un ultime non, irrémédiable. Elle se doutait qu'il était venu pour la voir, elle avait bien vu dans son regard cette flamme inaltérable. Elle avait de la peine pour lui, pour cet amour sans retour, beaucoup de peine. Si elle le pouvait, elle arracherait de son cœur ce sentiment vain, mais elle ne pouvait pas. C'était une sorte de fatum. Son destin. La vie de chacun est écrite comme sur les pages d'un cahier, comme sur les pages de ce journal qu'elle tenait jour après jour. Elle ne se marierait jamais. Sauf si Giuseppe revenait. Car elle l'attendrait chaque minute, chaque jour, le temps que durerait sa vie jusqu'à ce que la vieillesse la prive de raison et de sentiments. Elle n'avait pas grand-chose à dire à Joaquim. À part qu'elle était désolée. Pour lui et pour elle aussi. Joaquim rencontrerait quelqu'un un jour, elle non. Elle poursuivrait sa route seule, dans une attente éternelle.

Le soleil d'hiver réchauffait doucement le jardin en cet après-midi lumineux. Manuela traversa la cour et se dirigea vers le verger. Elle voulait cueillir quelques oranges. Joaquim devait être à l'écurie ou avec sa mère. Il ne resterait pas longtemps à l'estancia parce que Bento l'attendait à Alegrete. Manuela marchait vite. Elle aperçut Zé Pedra au loin et leva le bras pour saluer le grand nègre robuste. Il lui sourit, découvrant ses dents blanches qui brillaient dans le visage sombre.

Le délicieux parfum des oranges lui rappelait son enfance. Elle remplit son panier, sa mère voulait faire de la confiture, pour une fois qu'elle manifestait une quelconque envie. Ces derniers temps, elle avait passé ses journées confinée dans sa chambre, priant ou dormant. Mais depuis que Mariana était partie au Brejo avec dona Antônia, Maria Manuela allait beaucoup mieux. Sa fille enceinte était une épine plantée dans son cœur. Manuela pensa à sa sœur. Grâce à Dieu, on s'occupait d'elle maintenant. Perpétua avait fait le calcul et affirmait que le terme était proche. Elle avait envie d'aller la voir, elle avait peut-être besoin de quelque chose... Personne n'avait de nouvelles de João. Mais elle demanderait à Joaquim de le faire rechercher pour l'avertir que son enfant allait naître.

— À quoi pensez-vous ?

La voix de Joaquim s'éleva d'entre les arbres. Il apparut, un sourire aux lèvres. Il portait un uniforme propre et bien repassé.

— Je pensais à Mariana et à João Gutierrez.

— Cette histoire m'a beaucoup surpris.

— La vie est pleine de surprises, Joaquim.

— Et pas toutes bonnes, n'est-ce pas ?

Manuela cueillit une orange.

— Oui, vous avez raison. Mais sachez que Manuela n'est pas vraiment malheureuse. Elle va mettre au monde un enfant. Et il se peut que João Gutierrez revienne.

— C'est vrai. J'ai entendu dire qu'il avait rejoint les troupes de Netto, assura Joaquim en commençant la cueillette. Netto est un grand guerrier, et ceux qui combattent avec lui sont bien considérés.

— Vous pourriez le prévenir que le bébé est sur le point de naître ?

Joaquim eut l'air étonné.

— Je ne sais pas, Manuela. Mais je ferai mon possible. Il est quelque part du côté de la frontière, je vais voir si on le trouve.

— C'est bon, dit Manuela en montrant le panier à moitié plein.

Joaquim prit le panier. Ils cheminèrent côte à côte vers la maison. Un doux parfum flottait dans l'air.

— Manuela..., commença Joaquim d'une voix douce. Manuela, je suis venu vous demander pour la dernière fois si vous avez pensé à moi, à ma demande en mariage. Je vous jure que je ne vous en parlerai plus jamais, Manuela.

» Je vous ai apporté ça, dit-il en glissant sa main dans la poche de son dolman pour en sortir la broche scintillante. Elle appartenait à ma grand-mère maternelle Elle me l'a donnée pour que je l'offre à celle qui serait ma femme. Vous n'êtes pas encore ma femme, Manuela, et je ne sais pas si vous le serez jamais. Mais prenez-la. Si elle n'est pas à vous, elle ne sera à personne.

Manuela prit la broche.

— Elle est magnifique, Joaquim. Mais je ne peux pas l'accepter.

Joaquim s'arrêta.

— C'est une réponse, Manuela ?

— Oui. Pardonnez-moi... J'ai beaucoup réfléchi, je vous le jure.

Le visage du jeune homme s'assombrit.

— C'est vrai. Comme vous le dites, la vie est pleine de surprises. Mais, au fond, ce n'en est pas une pour moi, Manuela. Je savais que vous ne changeriez pas d'avis. Mais s'il vous plaît, gardez-la. Cette broche est assortie à vos yeux.

Joaquim s'excusa et partit à grands pas vers la cuisine. Manuela le suivit, la broche en émeraude brûlant la paume de sa main.

Dona Ana entra dans le salon avec une lettre. Dans un fauteuil à bascule, Perpétua berçait son bébé. Caetana tricotait des chaussettes pour Bento. Joaquim avait évoqué ses troubles pulmonaires et elle voulait finir ce tricot pour qu'il lui apporte.

— Un péon a apporté un courrier pour vous, Perpétua.

Le ton de dona Ana trahissait de l'inquiétude. Toutes espéraient et craignaient à la fois ces télégrammes. La vie, la mort étaient inscrites dans les lignes. Perpétua marqua un temps de surprise. Elle confia le bébé à Xica pour qu'elle le ramène dans son berceau. Les mains un peu tremblantes, elle prit l'enveloppe que sa tante lui tendait.

Dona Ana sembla peinée.

— Soyez tranquille. Si c'était grave, la lettre aurait été apportée par un soldat.

Caetana posa son tricot et attendit que sa fille ouvre le télégramme.

Debout au milieu du salon, Perpétua lut les quelques lignes sous le regard attentif des deux femmes.

— Inácio a été élu député à l'Assemblée constituante de la République, annonça-t-elle avec un sourire.

— Elle aura lieu quand ? demanda dona Ana, cette assemblée ?

— En décembre, ma tante. À Alegrete. Ils vont voter la Constitution de la République.

Dona Ana s'assit dans son fauteuil à bascule.

— *Buenas*. Mais je me demande à quoi serviront les lois si dans la province on continue de s'entretuer dans toute la *coxilha*.

Caetana baissa les yeux et reprit son ouvrage. La seule chose qui comptait pour elle en ce moment c'était ce tricot, c'était d'être sûre que son Bento n'aurait pas froid, et qu'elle ne recevrait pas un jour un télégramme comme celui-ci, le télégramme fatal qu'elle redoutait depuis le début de la révolution.

— Ils savent ce qu'ils font, ma tante, dit Perpétua en glissant le télégramme dans sa poche. Attendons la suite.

— Et qu'avons-nous fait d'autre depuis le début de la guerre ? demanda dona Ana.

Depuis la mort de Pedro loin d'elle, comme dans un cauchemar, elle ne croyait plus à rien. Elle n'avait d'autre souhait que le retour de la paix, de José à l'estancia s'occupant du bétail et de la vente du *charque*. Tout ce à quoi elle aspirait appartenait à un passé à jamais révolu. Ses trois hommes à la maison. D'une certaine façon, Paulo, enterré sous le figuier, était encore là, mais Pedro, son Pedrinho, celui-là, elle l'avait perdu pour toujours sous un bout de terre du Continente, sans même une bougie ou un petit bouquet de fleurs.

Mariana s'était réveillée avec un poids bizarre sur les hanches. Une fatigue aiguë qui l'avait gardée au lit toute la matinée. Sous les couvertures, elle pensait à João. Son ventre protubérant et distendu lui faisait penser à la *coxilha*. Elle imaginait son bébé à l'intérieur attendant l'heure de sortir. Elle espérait qu'il ressemblerait à son père, qu'il aurait ses mêmes yeux fendus. Elle avait hâte de le tenir dans ses bras, de sentir son poids et son odeur, le goût de sa peau, la texture de ses cheveux. Cet enfant, elle n'avait jamais cessé une seule minute de le désirer, même quand elle était enfermée dans sa chambre, seule, sans aucun contact avec le monde extérieur. Elle en avait caressé l'idée comme le plus délicieux des rêves. Et il allait bientôt être là.

Il était 11 heures quand dona Antônia frappa à la porte de la chambre. Elle regarda longuement sa nièce, lui demanda si elle avait faim, si elle ressentait des douleurs. Elle répondit qu'elle était seulement fatiguée. Dona Antônia dit en souriant qu'elle reviendrait plus tard. En sortant de la chambre elle fit appeler Nettinho et lui dit d'aller tout de suite à l'Estancia de la Barra, chercher dona Rosa. C'était urgent.

— Le bébé de Mariana va naître aujourd'hui.

Le négrillon partit comme la foudre dans la matinée brumeuse.

Les douleurs ont commencé, dans un va-et-vient qui lui rappelait la description de la mer que Garibaldi leur avait faite un jour. La douleur est une marée. Elle arrive comme une vague. Chaque fois plus forte. Une douleur brûlante. Elle sent que son corps s'ouvre pour laisser le passage à l'enfant, que les os se déboîtent et qu'une force intérieure pousse vers le bas. Elle n'arrive pas à garder les jambes serrées. Elle n'arrive pas à penser. Peut-être juste un peu à João. Le visage de João flottant dans cet océan de douleur. Et l'envie de voir son enfant. L'envie féroce de l'avoir dans ses bras, de le libérer de ce nid de chair. Elle transpire beaucoup, elle ruisselle de sueur. Dona Antônia éponge son visage avec une serviette. Et dit de jolies choses, elle lui dit qu'elle va avoir un bel enfant, que ça ne va pas tarder, que ça arrive.

— Le pire est passé, Mariana.

Le pire, c'étaient ces mois d'enfermement. Dona Rosa entre avec une pile de serviettes et un broc d'eau. Derrière elle, une petite négresse porte une paire de grands ciseaux. Elle sait que les ciseaux ont été ébouillantés et qu'ils serviront à couper le cordon ombilical. Elle veut demander quelque chose, mais la vague de douleur, violente, déchirante, la submerge.

— Respirez profondément, dit dona Rosa. N'arrêtez pas de respirer.

Elle obéit. Elle remplit ses poumons et expire profondément. Elle se bat avec la douleur, danse avec elle, elles se tiennent par la main. Dona Rosa lui dit qu'elle ne peut pas éviter la douleur, que c'est elle qui va lui apporter son enfant. Sa tante répète que ça ne va pas durer. Qu'il arrive. La petite négresse recroquevillée dans un coin a les yeux écarquillés.

Le temps semble s'arrêter. Tout est statique. La lumière qui entre par la fenêtre s'est solidifiée autour d'elle, la voix de sa tante répète inlassablement la même phrase. Et la douleur. Bien plus forte à chaque fois. Elle a l'impression que le monde s'ouvre, que ses jambes sont très loin d'elle, écartées par ce tunnel d'où jaillit la vie. Dona Rosa se penche au-dessus d'elle avec un sourire. La douleur de la vie.

Mariana pousse. Elle pousse comme si sa vie en dépendait. Sa tante l'exhorte à continuer. Terrifiée, la petite négresse s'est réfugiée dans un coin de la chambre. Mariana ne sait pas ce qu'elle crie, ne sait pas qu'elle appelle João. Elle ne sait rien, elle n'est plus qu'une voie, un chemin, rien d'autre, rien d'autre. Un chemin pour l'enfant. La lumière l'inonde comme un halo doré.

— Allez, poussez encore, petite !

Alors tout se déchire, tout éclate. Entre ses cuisses, il y a ce petit être humide et rouge. La jeune négresse s'approche doucement et tend les ciseaux. Dona Rosa saisit le petit corps et d'un geste habile coupe le cordon. Matias pousse ses premiers cris rageurs, dona Rosa l'examine, l'enveloppe dans un linge, puis le pose sur le sein de sa mère.

— C'est un garçon, mon petit, dit Dona Antônia, la voix brouillée par les pleurs qu'elle ne retient pas.

— Un garçon, répète Mariana ivre d'émotion. Il va s'appeler Matias.

Dona Rosa appuie sur le ventre de la jeune femme.

— Maintenant il faut attendre l'expulsion du placenta.

Matias s'est arrêté de pleurer et repose confiant sur le sein de sa mère.

La nuit qui plane au-dessus du campement est glaciale, chichement éclairée par la lueur des étoiles et par des feux allumés çà et là. Les tentes sont essaimées sur la prairie, des tentes déchiquetées qui ressemblent à des animaux blessés recroquevillés sous le froid. Mais la plupart des hommes n'ont pas de tentes ; ils dorment sur une mauvaise couverture, enroulés dans leur poncho de laine usée, près du feu, sous les chariots. La fatigue chasse les rêves. Une chouette hulule au loin. Ceux qui n'arrivent pas à dormir fument en parlant à voix basse et en économisant la chaleur, serrés les uns contre des autres.

João Gutierrez dort près d'un feu. La guitare à ses côtés est comme une femme amoureuse. Avant de s'endormir, il a joué une milonga en pensant à Mariana et en attendant le sommeil. Le sommeil est venu. Il y a longtemps que João Gutierrez ne rêve plus. Quand il est entré dans la bataille, il rêvait de cous tranchés, de sang, de canonnades ; et puis il n'a plus rêvé. Les nuits sont trop courtes et les nuits trop harassées pour s'offrir le luxe de rêves qui exigeraient des draps propres. Le sommeil de la guerre est noir, silencieux et lourd. Le sommeil de la guerre est vide.

Mais cette nuit, João rêve. Il est dans une chambre très claire qui sent la lavande et les objets féminins. Il marche calmement, le sol est souple comme de la mousse, les murs très hauts ne laissent pas voir le plafond. Il avance un sourire aux lèvres, il est heureux. Il avance à tâtons dans cette chambre de nuages, étroite et longue comme un couloir, il marche doucement, ses pieds s'enfoncent dans la masse meuble qui recouvre le sol. Au fond de la chambre il y a un berceau, une silhouette de femme penchée au-dessus. João allonge le pas. Dans l'air flotte une antique mélodie, peut-être une musique d'un autre temps, un air très ancien que sa mère lui chantait. João s'approche du berceau. La femme lève la tête, le regarde ; c'est Mariana. Dans le berceau, enveloppé dans une vieille couverture autrefois tissée par sa mère, l'enfant.

João Gutierrez ouvre les yeux dans la nuit froide. Deux soldats parlent tout près, leurs voix traînantes se perdent dans l'air glacé. Il a fait un beau rêve. Il ne s'en souvient pas exactement, il ne lui reste qu'une impression de bonheur, une sensation jubilatoire qui ne peut pas venir de cette pampa fustigée par l'air froid de l'hiver, ni de cette couche improvisée dans de vieilles couvertures humides. João se concentre pour se souvenir de ce rêve, il cherche au fond de sa mémoire une image, un son, un souffle. Et alors il se souvient, il revoit le visage de l'enfant couché dans son petit berceau. C'est un enfant brun, au teint très mat. Son fils. Il en est certain.

La tête embrumée, il fait un effort pour compter les lunes depuis que Mariana lui a dit. Il est sûr maintenant : son fils devrait naître ces jours-ci. À l'estancia, dans une chambre de la grande maison blanche, son fils est né. Mariana l'a mis au monde cette nuit. Il n'a jamais eu de rêve aussi prémonitoire. Oui, son fils est né. Il essaie de se rappeler la date. Il est très tôt, le jour va bientôt se lever. Un jour d'hiver, un hiver qui a ouvert ses bras de brume pour recevoir son fils. On était le 28 juillet et Matias venait d'arriver au monde. João Gutierrez sent une larme sur son visage. Au milieu du campement *farrapo*, il pleure. Il pleure de bonheur, pour la première fois de sa vie.

Rosário est assise dans le patio, se réchauffant au doux soleil de printemps. Des fleurs ont éclos dans le jardin du couvent après le long hiver de la pampa. Les novices sont là aussi, brodant ou cousant des vêtements pour les orphelins. Elles profitent de ce beau samedi avant que ne sonne l'heure des vêpres. La mère supérieure aime qu'elles prennent le soleil, qu'elles apprécient les bienfaits de Dieu. De l'autre côté des hauts murs, la guerre sévit toujours, mais ici dans ce jardin, tout est paix et consolation.

Les novices parlent peu à Rosário. Ses longs silences énigmatiques les désarçonnent. Sa beauté les blesse. Une beauté de plus en plus éthérée depuis que Rosário vit au couvent, sa peau encore plus diaphane et satinée, le bleu de ses yeux plus transparent. Elle évolue comme une apparition, une image mystique qui semble s'évanouir à chaque pas, à chaque sourire. On se dit qu'au prochain lever du jour elle pourrait ne plus être là, que la nuit qui arrive emporterait ce corps évanescent. Les autres jeunes filles, à côté d'elle, sont frustes, tristes et terriennes. Rosário n'a pas besoin de prier pour être près de Dieu. Elle est à l'image des statues de saintes qui ornent la chapelle. La mère supérieure est ennuyée par toute cette aura. Tant de beauté ne peut être qu'un péché. Elle a interdit à Rosário de lâcher ses cheveux et de porter ses jolies robes claires, mais dans l'austérité imposée, elle n'en est que plus belle et délicate. Les novices se racontent entre elles que Rosário, la nièce du général président, est folle. Qu'elle est amoureuse d'un fantôme. Elles ont déjà passé des heures la nuit à l'épier dans les couloirs pour tâcher d'apercevoir la silhouette du beau fantôme uruguayen qui a ensorcelé l'âme de Rosário de Paula Ferreira. Elles ne l'ont jamais vu. L'une d'elles pense l'avoir aperçu, une nuit, à côté du petit cimetière. Un rayon de lune a dévoilé le temps d'un soupir la silhouette d'un jeune officier. Mais tout a disparu très vite, ne laissant que la nuit et le vent, et la jeune fille s'est enfuie en courant vers sa cellule pour essayer d'oublier dans le sommeil cette vision terrifiante.

Rosário arrache un à un les pétales d'une fleur minuscule qu'elle a cueillie entre les touffes d'herbe. Sa mère est venue la voir il y a quelques jours, elle a peu parlé, surtout de Manuela, des tantes et de la mort de Pedro. Elle n'a pas dit un mot de Mariana. Maria Manuela était repartie l'air triste et un poids sur le cœur que Rosário a deviné. C'est pour cela qu'elle ne le lui a pas annoncé. Oui, parce qu'elle sait maintenant. Esteban lui a dit qu'ils allaient enfin se marier. Rosário sait ce que cela veut dire. Mais elle est prête. Elle aime Esteban plus que tout, plus que sa mère, ses sœurs, sa maison de Pelotas qu'elle a quittée depuis si longtemps. Elle aime Esteban beaucoup plus que son frère Antônio. Et elle a hâte de se libérer de ses murs, des heures mortes de la prière, de l'éternel son des cloches, du goût de l'hostie sur sa langue et de l'odeur de l'encens. Elle sait qu'avec Esteban, elle va gagner un monde, non pas ce monde d'arbres, de *coxilhas* et de sang, mais un autre monde, bien plus vaste et splendide où il n'y aura que la paix et l'amour qui les unissent. Un monde à eux seuls où ils vivront ensemble pour l'éternité.

Le baron de Caxias prit ses fonctions de président de la Province et le commandement des Armées de l'Empire le 9 novembre 1842, à Porto Alegre. Il avait un plan bien établi pour venir à bout des forces de la rébellion. Alors que l'effectif *farroupilha* comptait trois mille cinq cents hommes, Caxias était à la tête d'une armée de plus de onze mille cinq cents soldats. Mais l'armée républicaine disposait d'une excellente cavalerie, qui constituait l'essentiel de ses régiments, tandis que les impériaux ne comptaient que deux mille cavaliers. De plus, dans la Campanha, les révolutionnaires occupaient l'ensemble du territoire et possédaient tous les chevaux disponibles. C'est sur ce point que le baron de Caxias avait élaboré son plan, acquérir des chevaux pour combattre les rebelles chez eux et avec leurs armes. Il réunit ses officiers et leur exposa son projet. Ils marcheraient sur la Campanha avec leurs troupes regroupées en une seule colonne, précédée par une avant-garde. De celle-ci, serait dégagé un nombre de bataillons suffisant pour opérer en accord avec la colonne principale. On n'engagerait aucune force dans les territoires que les rebelles avaient laissés. On enverrait des troupes par bateau de Porto Alegre au front de São Gonçalo où se trouvaient le colonel Silva Tavares, le troisième bataillon de fusiliers, le cinquième de cavalerie de la Garde nationale, et Caxias s'y dirigerait avec ses hommes. De São Gonçalo, ils partiraient tous ensemble vers São Lourenço en direction de la Campanha. Il espérait ainsi tromper les révolutionnaires du général Netto, qui imagineraient une jonction entre les armées à Piratini. Dans la Campanha, ils combattraient les *farrapos* sur leur terrain et en nombre très supérieur. Le baron de Caxias espérait ainsi écraser la rébellion une bonne fois pour toutes.

Après deux sessions préparatoires, tenues les 29 et 30 novembre, l'Assemblée constituante *farroupilha* fut solennellement instaurée le 1er décembre 1842. La nuit précédente, la ville d'Alegrete s'était illuminée comme pour une fête.

Bento Gonçalves da Silva fit son entrée dans la salle d'un pas ferme. Il avait passé une nuit difficile. Il respirait mal et avait eu beaucoup de fièvre. Joaquim, qui se trouvait à l'Assemblée comme suppléant d'un député, lui avait posé des cataplasmes. Mais comme toujours après ses nuits de veille, il se leva sans que rien sur son visage ne trahisse sa fatigue et regagna son bureau pour s'occuper des affaires. Il était à présent face aux vingt-deux députés élus. Il savait que la plénière s'était scindée en deux courants, l'un représenté par Domingos José de Almeida et l'autre par Antônio Vicente de Fontoura. Il respira profondément et prit la parole.

— Messieurs, s'il ne m'est pas donné de vous annoncer la reconnaissance solennelle de notre indépendance politique, j'ai au moins le plaisir et la satisfaction d'être en mesure de vous assurer que, non seulement les républiques voisines, mais encore une grande partie du peuple brésilien sympathisent avec notre cause. Il m'est très pénible d'avoir à vous apprendre que le gouvernement impérial nourrit la prétention de nous réduire par la force. Mais mon profond mécontentement est atténué par la formidable certitude que la tyrannie agressive exercée par ce gouvernement dans les autres provinces a exacerbé le sens inné de la dignité des Brésiliens, les poussant à faire retentir le cri de la résistance en plusieurs régions de l'Empire. C'est ainsi que le pouvoir central s'affaiblit et le jour approche où, tout comme la monarchie fut bannie de la Terre de Santa Cruz, nous nous trouverons réunis pour nouer des liens fédéraux avec l'ensemble de l'immense nation brésilienne, portés par la nature de ce pays et par nos intérêts. Toutefois nos compatriotes, dont nous ne mettons pas en doute la valeur et la constance, doivent nous donner plus de garanties, ils doivent nous convaincre que nos principes politiques triompheront et qu'ils seront fidèles à la nécessité de soutenir à tout prix l'indépendance du pays. Messieurs, c'est sous ces auspices encourageants que vos travaux commencent ; le pouvoir discrétionnaire dont j'ai été investi du fait de ma nomination cesse donc à compter de ce moment. Respectant les conditions dans lesquelles j'ai été élu, je le dépose aujourd'hui entre vos mains.

L'Assemblée constituante se réunit en quelques sessions, toujours dans une atmosphère de discorde et de méfiance, légiférant seulement sur la façon de promulguer les lois et la suspension des garanties individuelles. Bento Gonçalves craignait un complot visant à l'assassiner. En effet, les députés de l'opposition n'acceptaient pas la suspension des garanties et les esprits s'enflammaient plus chaque jour.

Lors de la troisième réunion, les députés de l'opposition quittèrent la salle. Les jours suivants, il n'y eut aucun quorum permettant de voter les projets de loi. Pendant ces jours-là, trois ministres donnèrent leur démission : Fontoura, padre Chagas et Pedroso. La maladie de Bento Gonçalves da Silva le faisait souffrir de plus en plus. Il ne dormait plus et s'alimentait mal. Le climat malsain qui pesait sur l'Assemblée affectait l'atmosphère de la maison d'Alegrete qui avait été louée pour le président. Bento Gonçalves subissait des pressions de tous côtés, il se sentait aculé et cela le faisait enrager. Son cousin Onofre Pires avait pris la tête de l'opposition. Joaquim constatait la nervosité de son père sans pouvoir rien y faire. Et la canicule du mois de décembre écrasait tout, les gens, les choses, les discordes et les malversations.

1843

Cahiers de Manuela

Pelotas, 12 janvier 1860

La guerre vit passer de nombreux étés. Certains délicieux et romantiques comme celui que je passai en compagnie de Giuseppe, et d'autres moins heureux, mais pareillement doux, légers, un temps à l'abri de la folie du monde, un temps à nous les femmes, qui vivions dans cette maison et ses alentours, tissant nos travaux comme on tisse sa propre vie, sans affolements stupides ni vaines espérances.

Mais les premiers jours de l'année 1843 furent terrifiants. Un soir de janvier, Manuel le contremaître déboula dans le salon, affolé. Il avait appris que le baron de Caxias, avec son armée et une immense cavalerie, marchait vers Camaquã. Personne ne connaissait ses plans, personne n'imaginait qu'il était en train de tendre un piège aux républicains en traversant la rivière et en longeant la rive droite de la Lagoa dos Patos, où il ne pourrait plus être rattrapé par les troupes *farroupilhas*. Nous savions que le général Netto était à ses trousses, mais pas ici, pas dans notre région où le général n'étant pas passé n'avait pas envoyé le moindre message indiquant sa présence.

De sa voix profonde et lente Manuel nous instruisait de la situation et la peur s'infiltra en nous comme une ombre. Dona Ana demanda si on avait une idée de l'importance de la troupe impériale qui approchait. Manuel répondit :

— Il semblerait qu'elle soit composée d'environ deux mille hommes. Des *vaqueanos* les ont vus traverser la barre de São Gonçalo.

Ma mère se mit à pleurer. Perpétua courut dans sa chambre retrouver ses petites, comme s'il y avait danger à laisser les enfants seules, comme si un soldat impérial était déjà au milieu du salon dégainant son sabre. Et Leão, mon petit cousin qui rêvait d'aller à la guerre, bondit de sa chaise, jurant qu'il nous protégerait, qu'il enrégimenterait les péons et qu'ensemble ils défendraient l'estancia.

Deux mille hommes qui s'approchaient ! Fous de colère, fous de rage, voulant en découdre avec la République, l'écraser, la massacrer elle et ses partisans. Et nous ici, sous la seule protection d'un adolescent courageux, de trente péons et d'un oratoire couvert de cierges.

— Le baron n'oserait quand même pas envahir l'estancia. Ce ne serait pas digne d'un gentleman, dit dona Ana pensive.

Caetana regarda sa belle-sœur l'air ahuri et demanda de sa voix chaude et voilée :

— Et depuis quand la guerre est une chose de gentlemen ?

Il y avait bien longtemps que ces manières élégantes s'étaient perdues entre égorgements et tueries sans fin. Caetana était d'avis que nous étions en danger. Si le baron envahissait l'estancia, il n'en laisserait plus rien ou pas grand-chose. Le désir de revanche risquait d'être impitoyable. Nous étions la famille du président. Bien sûr, ils ne nous tueraient pas, mais nous souffririons sans doute d'exactions de toutes sortes, à la merci des humeurs de deux mille hommes prêts à tout.

Dona Ana décida que nous fermerions la maison. Les péons monteraient la garde, se relayant jour et nuit. Dona Antônia, chez qui vivaient Mariana et le petit Matias, ferait de même dans son estancia. Nous vécûmes ainsi confinés pendant quelques jours... Nous parlions à voix basse, nous mangions peu. Le moindre bruit nous glaçait le sang, les négresses étaient terrifiées et priaient sans répit. Nous nous couchions tôt, priant pour que la nuit passe vite. L'obscurité arrivait toujours en même temps que la peur.

Quand le baron effectua sa traversée par une belle journée de janvier, nous entendîmes la rumeur lointaine des troupes et de la cavalerie, une rumeur animale, comme si un énorme fauve s'approchait, rôdant autour de sa proie avec calme et prudence. Au cours de ce jour interminable, nous ne fîmes rien d'autre qu'attendre. Le soir arriva et finit par devenir aube. Nous passâmes toute la nuit assis dans le salon, nous, les enfants, les négresses, attendant la sentence que le destin nous avait réservée. Mais le baron de Caxias traversa le fleuve Camaquã avec ses hommes sans s'approcher de la maison. Il avait d'autres priorités. Il se dirigeait vers les terres de dona Rita où il allait retrouver d'autres troupes pour marcher ensemble sur la Campanha. Le lendemain dona Ana fit ouvrir la maison. Le danger était écarté, nous étions sains et saufs. Mais que personne ne s'aventure seul dans la campagne, plus de bains dans l'étang, il pouvait y avoir un soldat impérial égaré et nous devions nous attendre à tout.

Des nuits de veille comme celle que je viens de décrire me marquèrent pour la vie... Ma jeunesse s'étiolait dans la peur. J'imaginais un bataillon de soldats envahissant la maison, affamés, leurs dagues tranchantes, leur besoin de se venger de cette rébellion qui les avait entraînés dans une guerre féroce. Pendant ces longues attentes, les minutes défilaient, lourdes, denses, têtues et imprécises. C'est comme cela que nous vieillissions. Quand le calme reviendrait, nous serions toutes plus usées, plus tristes et fragilisées. On apprenait. On apprenait que les femmes de la pampa avaient ce destin, celui de souffrir, d'avoir peur, mais prenant courageusement le thé au coin du feu tandis que les soldats ennemis rôdaient autour de la maison. Ne jamais élever la voix, ne jamais mettre en mots la peur ou l'angoisse : c'est comme ça que l'on devenait folle. Nous ne voulions pas finir comme Rosário.

Quand le péril s'éloigna, j'allai au Brejo faire la connaissance du fils de Mariana. Un petit garçon rose et brun, avec les yeux de son père, comme l'avait tant souhaité ma sœur.

Mariana allait bien, apaisée, entourée par dona Antônia que je n'avais jamais vue si gentille, débarrassée de son manteau de sérieux, transformée par cet amour maternel, par la douceur et la fragilité de cet enfant qu'elle avait décidé de protéger. Dona Antônia était heureuse. Elle avait quelqu'un à aimer sans restrictions, elle s'occupait de Mariana, lui assurait que João reviendrait bientôt pour connaître son fils, elle en était absolument sûre. Des années plus tard quand elle mourut, elle légua son estancia à Matias. Son petit-fils-petit-neveu, renié par sa grand-mère, fut le dernier grand amour de sa vie. Mariana, João et l'enfant s'installèrent à l'Estancia do Brejo où ils vécurent une existence paisible et heureuse.

Manuela

La troupe avançait à petite allure dans la nuit. Chevauchant en tête, son chapeau enfoncé jusqu'aux sourcils, le général Netto réfléchissait. Il imaginait des stratégies.

João Gutierrez commençait à reconnaître le terrain, la route, les prés devant lui. C'était comme s'il sentait déjà le parfum de Mariana, comme s'il pouvait déjà caresser sa peau tendre, comme si le sol qu'il foulait était un peu d'elle. Ils étaient maintenant très près de l'estancia. Ils traverseraient le fleuve au lever du jour. João se dit qu'il pouvait peut-être se séparer de la troupe. Il irait porter une lettre à Manuela et reviendrait avant la fin de la traversée. Il l'avait déjà écrite. Il ne savait pas si Mariana était toujours à la Barra, mais si elle y était, il ferait tout pour la voir. Et voir son fils. Le fils dont il savait qu'il était né.

Il galopa jusqu'au lieutenant Soares. Il lui parla de son idée. Ce serait rapide, une question personnelle. Il serait de retour sans tarder. Le lieutenant l'écouta en caressant ses moustaches, puis donna son accord. Mais qu'il ne traîne pas trop car la troupe ne l'attendrait pas. Et s'il ne revenait pas à temps, il serait considéré comme déserteur. Le lieutenant avait déjà vu João Gutierrez à l'œuvre, déchaîné, sabrant à tour de bras. Jamais il ne déserterait, trop de choses à régler. Il était mû par une rage qu'il lui fallait épuiser ; une rage qui ne se voyait pas en ce moment dans le noir profond de ses yeux de chat.

João éperonna son cheval et disparut dans une courbe du chemin. Son cœur battait fort. Il aspira profondément l'air tiède de l'été et encore une fois crut reconnaître le parfum sauvage de Mariana.

Bento Gonçalves déclara sans détour qu'il considérait que Paulino da Fontoura, vice-président de la République, était un traître. Dans le climat d'animosité qui s'était installé à Alegrete, ce n'était qu'une suspicion supplémentaire propre à empoisonner l'air déjà saturé d'intrigues diverses. Mais Bento en avait la preuve.

Le 1er février, après de nombreuses sessions houleuses, l'Assemblée constituante se dissout. La plupart des députés, mécontents de la situation, n'assistaient plus aux sessions.

Dans la nuit du 13 février, alors que Bento Gonçalves s'apprêtait à se coucher, on frappa à la porte de la maison qu'il louait. Joaquim alla ouvrir. Un homme était là, l'air très inquiet.

— On a tiré sur Paulino, dit l'homme. Deux tirs à bout portant. Il est entre la vie et la mort.

Joaquim alla prévenir son père. Dans la chambre pauvrement éclairée, Bento Gonçalves assis dans son lit demeura immobile, une expression d'intense fatigue et de découragement sur le visage.

Paulino da Fontoura mourut quelques jours plus tard. Il y eut peu de monde à ses funérailles. Onofre Pires y assista. Les nouvelles de l'enterrement arrivèrent à Bento Gonçalves qui ne sortait pas de chez lui. Il garda cet air pensif, son regard n'exprimant aucun sentiment. Il pensait à son cousin. Ils avaient été très amis depuis leur plus jeune âge. Et aujourd'hui, ils en étaient là, chacun défendant des idées opposées, presque des ennemis.

João Gutierrez savait où se trouvait la chambre des deux sœurs, il avait souvent attendu Mariana sous la fenêtre, pendant les nuits torrides du début de leurs amours.

Il contourna la maison sans faire de bruit, comme une ombre de la nuit. Une faible lumière traversait les volets. Il toqua légèrement. Un instant plus tard, le volet s'ouvrit et le visage de Manuela se profila. La jeune fille n'eut pas l'air étonné de le voir là, après tant de temps, au milieu de la nuit, vêtu d'un uniforme républicain déguenillé.

— Mariana est là ? demanda-t-il d'une voix anxieuse.

Manuela se pencha à la fenêtre. Elle parlait tout bas.

— Elle chez tante Antônia.

— Il lui est arrivé quelque chose ? demanda João, inquiet.

— Votre fils est né, João. Il s'appelle Matias et il a déjà sept mois, c'est un beau petit garçon. Mariana vit là-bas avec lui. Vous pouvez aller au Brejo, je suis sûre que ma tante vous recevra.

João Gutierrez la remercia d'un sourire avant de s'évanouir dans la nuit. Il fallait faire vite. Courir à l'estancia, voir Mariana et son fils, puis longer le Camaquã jusqu'à l'endroit où il savait que Netto allait faire traverser les troupes. Il enfourcha son cheval et partit au galop.

Il ouvrit la barrière sans mal. Il y avait bien un péon de garde, mais l'homme était profondément endormi. Il galopa jusqu'à la maison silencieuse qu'il ne connaissait pas. Il essaya d'en comprendre la configuration et tourna autour jusqu'à trouver une porte qui semblait être celle des cuisines. Elle était ouverte. Il pénétra dans une pièce qui sentait la confiture de potiron et la soupe de légumes. Dans un coin, un gros fourneau à bois répandait sa chaleur. Il mit un moment à habituer ses yeux à l'obscurité, puis chercha une porte sans bien savoir vers où se diriger.

— Vous avez tardé.

La voix de dona Antônia résonna dans le noir, une voix grave et ferme.

João Gutierrez sursauta comme s'il s'était trouvé face à un ennemi brandissant un sabre. Il s'arrêta, raide. Dona Antônia marcha jusqu'au fourneau où luisaient encore quelques braises et alluma une bougie. Elle souriait.

— Pardonnez-moi d'être entré comme un voleur, dit-il. Mais j'ai si peu de temps. Je suis venu avec les troupes du général Netto.

— Je rêvais que vous arriviez... Je me suis levée et suis venue vous attendre. J'ai toujours mes vieux pressentiments. Mariana est dans sa chambre avec le petit. Venez, elle se languit de vous.

João suivit la femme dans le couloir sombre. Ils s'arrêtèrent devant une porte. Dona Antônia se tourna vers lui.

— Mariana est là, dit-elle en tournant la poignée avec précaution.

Avant de pousser la porte, elle fixa João.

— En d'autres temps, je désapprouverais tout cela. Mais je sais ce que c'est qu'aimer et souffrir. De plus, la guerre a changé beaucoup de choses auxquelles je croyais... Ma nièce vous aime, j'espère que ce sentiment est réciproque.

— J'ai toujours aimé Mariana. Depuis le premier instant où je l'ai vue. Je ne l'ai pas abandonnée, dona Antônia, vous le savez bien. J'ai été chassé. Quand cette maudite guerre sera finie, je reviendrai les chercher, elle et mon fils.

— Alors soyez tranquille. Je prendrai soin d'eux pour vous.

Une lampe éclairait doucement la chambre. João distingua Mariana couchée dans le lit, le corps à moitié recouvert d'un drap très blanc, ses cheveux noirs répandus sur l'oreiller. Il fut enveloppé par la vague d'amour qui le submergeait à chaque fois. Il se laissa emporter par cette sensation vertigineuse et avança doucement, comme sur du velours, les yeux humides de cette *saudade* qui l'avait maintenu en vie et l'avait protégé de la mort.

Il s'approcha du lit. Comme si elle avait deviné sa présence, Mariana ouvrit les yeux.

— João ! Puis en baissant la voix pour ne pas réveiller l'enfant. Je n'y crois pas...

— Mais c'est vrai. Vous ne rêvez pas.

Il s'assit sur le lit et la serra dans ses bras. Son parfum le grisait. Sa voix se perdit dans les cheveux soyeux.

— Je suis venu vous voir tous les deux. Faire la connaissance de mon fils. Votre sœur Manuela m'a dit qu'il était beau.

Elle le regarda dans les yeux. Le temps passé, la maternité, tout, même la *saudade* l'avaient embellie.

— Il est beau, oui, il ressemble à son père. Et il s'appelle Matias.

Elle montra du doigt le berceau qui se trouvait à l'autre bout de la pièce, recouvert d'une moustiquaire blanche, tranquille petit vaisseau ancré dans son port.

— Allez le voir, João.

Son cœur battait la chamade sous l'uniforme usé. Il s'approcha tout près du berceau, souleva le voile d'une main tremblante, comme s'il allait y découvrir un trésor. Le visage de l'enfant endormi lui apparut, doux, paisible. Il respirait tranquillement, sa bouche rose entrouverte, les petites mains potelées de chaque côté de ses joues rondes. Et João Gutierrez découvrit d'un coup que le monde se résumait à ce petit être délicat, emmailloté dans des linges brodés, dont les rêves faisaient naître un sourire sur son tendre visage d'ange.

— Il est si beau, Mariana.

— Il vous ressemble, il a vos yeux.

Elle se serra contre lui et ils restèrent un long moment en silence, regardant l'enfant dormir. João se pencha et doucement déposa un baiser sur son front tiède.

— Je ne veux pas le réveiller, pas encore. Nous aurons le temps. Mais maintenant je dois repartir. Je suis venu avec le général Netto. Nous allons traverser le Camaquã, nous sommes à la poursuite des hommes du baron de Caxias. Je dois rejoindre la troupe.

Ils retournèrent vers le lit de Mariana.

— J'ai eu si peur de ne plus jamais vous revoir, João. J'ai eu si peur que vous soyez tué dans la bataille.

Il l'embrassa sur la bouche, savourant le goût de ses lèvres douces.

— Vous devriez savoir que je reviendrais. Je vous l'avais dit. Je ne mourrai pas dans cette guerre. Je me bats pour vous. Quand tout sera fini, je reviendrai, et nous ne nous quitterons plus jamais. Comme une vraie famille.

— Ma mère ne m'a plus jamais adressé la parole, elle n'a même pas voulu voir le petit.

João se rembrunit.

— Oubliez votre mère. Dona Antônia s'occupera de vous jusqu'à ce que je revienne. Elle me l'a promis… Mais il faut que j'y aille, Mariana. Je vous jure que je reviendrai bientôt. Notre fils est une merveille. Prenez-en bien soin. Et attendez-moi…

Mariana le vit traverser le pas de la porte et disparaître dans l'obscurité du couloir silencieux. Elle resta assise longtemps sur le bord du lit, songeuse. C'était comme un rêve, un beau rêve. João avait surgi de la nuit et il était retourné à la nuit. Mais il lui avait promis de vivre, il lui avait promis qu'aucune lance ennemie ne l'atteindrait, qu'ils vivraient tous les trois ensemble quand tout serait fini. Il avait parlé à dona Antônia, il avait fait la connaissance de Matias, le doux Matias. Mariana poussa un profond soupir de bonheur fatigué.

Le jour se levait quand ses yeux se fermèrent et qu'elle se rendormit.

Il tombe une petite pluie fine dehors, une pluie persistante qui a commencé avec l'aube et a traversé la journée. Maintenant la fin de l'après-midi est chargée d'une humidité chagrine. Un manteau brumeux recouvre la campagne et rend tout imprécis. Maria Manuela est debout à la porte de la cuisine, silencieuse comme une apparition. Tout le monde dans la maison s'est habitué à ce qu'elle ne parle jamais de sa fille et de son petit-fils ; personne ne lui demande rien et ni Caetana ni dona Ana ne lui proposent de les accompagner au Brejo pour voir l'enfant.

Maria Manuela referme la porte. Elle traverse la cuisine, prend le couloir vers l'oratoire. Ses pieds avancent seuls. Tous les jours, à la même heure, elle allume un cierge à la Vierge et elle prie. Tous les jours. Mais aujourd'hui la tristesse lui pèse plus que d'habitude. Comme une pierre sur son cœur. Ce doit être à cause de la pluie, de ce début d'automne, de ces nuages gris qui recouvrent la pampa et accélèrent la tombée de la nuit.

Elle ouvre le petit tiroir où se trouvent les cierges. Elle en choisit un gros. D'autres cierges à moitié consumés brûlent devant la statue de la Vierge. Les cierges de sa belle-sœur, de sa sœur. Il y a toujours une grâce à implorer en cette période sinistre. Les mêmes suppliques répétées quotidiennement. Un cierge pour chaque vie, un cierge pour chaque amour. Maria Manuela n'a plus jamais prié pour sa fille Mariana. Elle finit ses prières une minute plus tôt qu'avant. Mais elle s'éloigne toujours les yeux embrumés des mots qu'elle n'a pas prononcés.

Elle allume un cierge à la flamme d'un autre. La mèche hésite, vacille jusqu'à produire sa propre flamme, longue et haute. Maria Manuela la regarde, admire les nuances de rouge et jaune. Il y a quelque chose d'hypnotique dans ces flammes, c'est peut-être pour ça que les enfants sont tellement attirés par le feu. Oui, les enfants aiment le feu. Elle se souvient qu'un jour Mariana s'était brûlée en jouant près de la cheminée, elle se souvient de la petite main blessée, de ses yeux pleins de larmes et de peur, les compresses, les nuits de veille. Mariana, une petite fille brune aux longues tresses et aux jambes dodues. La cicatrice de la brûlure a grandi avec elle, a grandi, grandi, puis a disparu un beau jour comme par miracle, en même temps que l'enfance disparue derrière ce nouveau visage de jeune fille.

Elle fixe la flamme. Il y a longtemps qu'elle n'a pas pensé à Mariana enfant. Penser à sa fille la rend malheureuse. Et cette maudite pluie qui n'arrête pas de tomber dehors et de tout mouiller avec des airs d'éternité.

Maria Manuela incline la bougie, laissant couler la cire fondue sur l'autel, avant de la reposer sur la petite flaque. La Vierge sereine fixe le vide de ses yeux, la pluie tombe dehors. La flamme vacille. Mariana petit bout de chou, mettant sa main dans la cheminée. Mariana pleurant sur ses genoux, disant maman j'ai mal. Elle lève le bras. La main blanche et maigre aux ongles longs qui sort de sa manche est triste comme un oiseau mort et desséché. Une lourde alliance en or brille à son annulaire, solitaire. La main vogue dans l'air, sans volonté ni crainte, jusqu'à la flamme, la paume ouverte s'offre au feu, brûle, brûle, brûle. Les doigts se contractent sous la douleur. Sur son visage flotte un sourire amer et triste, vieilli par la solitude et le chagrin.

Elle hurle.

Dona Ana sort de sa chambre, les cheveux encore humides du bain qu'elle vient de prendre.

— Maria !

Maria Manuela écarte sa main de la flamme. Une légère odeur de chair brûlée flotte dans l'air. Sa paume tuméfiée, rouge, commence à se gonfler de cloques. Maria Manuela fixe sa sœur d'un regard inexpressif.

— Je ne sais pas pourquoi j'ai fait ça.

Dona Ana examine la main blessée.

— Vous souffrez, Maria. Et vous vous punissez.

Elle l'aide à se relever. Zefina accourt de la cuisine et regarde la scène, les yeux écarquillés d'horreur.

— Me punir de quoi ? C'est la pluie. Il pleut depuis ce matin, c'est trop triste. J'ai eu comme un malaise.

Dona Ana prend sa sœur par les épaules.

— Vous ne savez pas pardonner, Maria. C'est pour ça que vous souffrez. Mais la vie nous apprend, parfois c'est très douloureux et parfois moins… Allons à la cuisine. Dona Rosa a un onguent pour les brûlures.

Bento Gonçalves chevauche à la tête d'une troupe de mille soldats. Le matin d'avril est lumineux et doux, mais la douleur dans sa poitrine persiste, rendant sa respiration pénible et lui causant des maux de tête. La fièvre monte la nuit, et il se réveille trempé de sueur, les draps collants avec ce goût de peur dans la bouche. Il a beaucoup maigri, mais son allure est toujours aussi belle et fière, seulement un peu griffée par les nuits difficiles d'insomnie.

Ils marchent en direction de Cangussú. Les troupes de Caxias se sont disséminées dans la Campanha, il faut se réorganiser, reconquérir le territoire annexé par les républicains. Par précaution, il a envoyé les chevaux du côté de Jaguarão, ils seront mieux protégés là-bas. Il se sent las depuis la dissolution de l'Assemblée à Alegrete, les mésententes, les discussions avec son cousin Onofre, une partie vitale de ses forces l'a abandonné. Il sait qu'il ne les retrouvera pas, il n'a plus ni énergie ni foi. Il pense à Caetana, aux longues soirées silencieuses, il rêve d'un morceau de gâteau de maïs, du *churrasco* du dimanche, de ses mille petits bonheurs si loin de sa vie d'aujourd'hui et si précieux. Il chevauche. L'automne embellit la pampa. Les pensées se bousculent dans sa tête. Il aspire à un peu de paix, sans questions, ni plans de bataille, ni soucis. Mais c'est impossible. Mille hommes marchent avec lui. Ils vont retrouver Netto, et João Antônio, et Canabarro. Ils vont à la poursuite du traître qui a eu l'audace de revenir.

Le jeune Bento approche son cheval de celui de son père.

— À quoi pensez-vous, père ?

Le général regarde le jeune homme et sourit. Des rides se sont creusées autour de ses lèvres.

— Je pense à la vie, mon fils.

— La vie est drôle.

Bento Gonçalves da Silva balaie la campagne du regard.

— C'est vrai. Son ironie m'échappe. Imaginer que Bento Manuel est revenu. Une nouvelle fois. Il commande la deuxième division impériale. La première est sous les ordres de Caxias.

— C'est pour ça que nous allons rejoindre les autres bataillons ?

— Oui. Nous tomberons ensemble sur ce chien. Toutes nos forces réunies. C'est un vieux conflit, mon fils. Et peut-être touche-t-il à sa fin. Le traître est à la poursuite d'un des nôtres, le colonel Guedes. J'ai donné l'ordre à Guedes de tenir, de lui résister, jusqu'à ce que nous arrivions. Ils sont du côté de Ponche Verde. Nous verrons bien...

Il éperonna son cheval et s'éloigna, sentant monter une quinte de toux qu'il voulait cacher à son fils. Ne pas se montrer vulnérable, ne pas laisser paraître cette fatigue qui augmentait jour après jour. Il allait rencontrer Bento Manuel. Si le sort, au moins une fois, voulait bien être de son côté. Il avait beaucoup de comptes à régler avec son homonyme, tant de comptes qu'une seule vie n'y suffirait pas.

Manuela frappe doucement à la porte. De l'intérieur, la voix voilée de Caetana l'invite à entrer. Manuela ouvre et voit la chambre illuminée par les chandeliers, sa tante assise devant son secrétaire, une plume à la main. Les feuilles sur la table sont encore vierges. Seul le nom de Bento apparaît en tête.

Caetana lui sourit.

— Je veux écrire à Bento, mais je n'y arrive pas. Je ne trouve rien à lui raconter. Je me sens triste, le cœur lourd...

— C'est la nostalgie, ma tante.

— C'est plus que cela, Manuela. C'est la solitude.

Manuela s'approche. Le visage de Caetana, doucement éclairé par la flamme des bougies, est encore très beau. Les grands yeux verts, la bouche épaisse, la peau dorée qui perd peu à peu de sa fraîcheur.

Manuela prend une chaise.

— Je voudrais vous parler. C'est à propos de Joaquim.

Une ombre passe sur le visage de Caetana. Elle sait que Joaquim est reparti très malheureux. Enfant il aimait déjà Manuela, il aimait la cousine qui lui était promise. Il l'aimait non pas d'un amour commandé par les convenances, mais d'un amour pur, spontané et intense. Il était reparti avec la certitude que jamais Manuela ne serait sienne.

— Vous pouvez parler, Manuela, bien que je sache déjà ce que vous voulez me dire.

Manuela baissa les yeux.

— Je voudrais aimer Joaquim, ma tante, je le voudrais profondément. Mais avant même de connaître Giuseppe, je savais déjà. Quelque chose manquait. J'ai connu avec Giuseppe un amour véritable, un amour qui ne disparaîtra jamais.

— C'est bien, Manuela... Je sais ce que c'est qu'aimer et ce que c'est que d'en souffrir. Rappelez-vous que je suis mariée à Bento... Ce n'est pas facile d'être mariée avec le général Bento Gonçalves.

Manuela pose sur la table un petit étui recouvert de velours.

— Joaquim m'a offert cela. Je ne peux pas l'accepter. Je voudrais que vous le lui rendiez. Plus tard, quand le moment sera venu.

Caetana ouvre l'étui. Elle connaît ce bijou.

— Je le lui rendrai, Manuela. Mais je veux vous dire, j'ai du chagrin pour vous. *Soledad*, solitude, Manuela. *La soledad es un destino muy triste.*

Manuela se relève. Elle embrasse Caetana, respire son parfum de roses. Il n'y a plus rien à ajouter. Elle sort de la chambre silencieusement, ferme la porte derrière elle, sans bruit. Caetana retourne à sa lettre, à ses pages blanches. La plume dans sa main est sèche.

Bento Manuel Ribeiro et ses troupes traversent le marais de Poncho Verde. Il commande deux bataillons d'infanterie et trois corps de cavalerie, un total de mille quatre cents soldats. Il est à la poursuite du colonel Guedes. Il ne se doute pas que de l'autre côté de la *coxilha* balayée par le vent froid de ce début d'hiver, la troupe *farroupilha* l'attend. Bento Gonçalves, Canabarro, Netto, João Antônio et Guedes lui-même – sa proie – l'attendent. Deux mille cinq cents hommes l'attendent. Ils ont soif de victoire, soif de sang, du sien.

La troupe impériale débouche sur la *coxilha*. Le ciel de mai est limpide. Le froid descend sur la campagne, le matin allume ses lumières diffuses, le soleil se lève cherchant à réchauffer ce monde silencieux et infini, cet océan vert qui s'étend au-delà de ce que le regard peut appréhender.

C'est en arrivant au sommet de la colline que Bento Manuel se rend compte qu'il est encerclé. Les rebelles ont préparé une embuscade. Devant lui, il y a l'infanterie et la cavalerie de Canabarro. À l'arrière, les autres, mille cinq cents hommes et Bento Gonçalves est au milieu d'eux, peut-être un sourire sur son visage creusé par la fatigue. Bento Manuel se prépare au combat : il fait placer au centre ses deux bataillons encadrant les chariots et le matériel, la cavalerie se disperse sur les flancs. Et l'infanterie ouvre le feu.

Bento Gonçalves da Silva donne le signal et les rebelles attaquent avec ardeur. À l'avant, il y a les quelques soldats d'infanterie, des Noirs en majorité. La cavalerie, bien plus nombreuse que l'impériale, fonce sur les lignes ennemies, visant particulièrement l'aile droite des troupes de Bento Manuel. Le combat est féroce. Les cris montent vers le ciel, la poussière trouble la vue. Le bruit du métal qui s'entrechoque retentit dans les oreilles de Bento Gonçalves, sa tête le fait souffrir, mais l'émotion l'étreint, la certitude que l'ennemi sera battu, l'homme qui a osé se moquer de lui, le trahir non pas une, mais plusieurs fois. Bento Gonçalves est à la tête de la cavalerie. Sa voix se perd dans ce monde de sang, de violence et de témérité.

Au loin, retentit la clameur venue du marais de Poncho Verde. Bento Manuel se bat avec rage. Il a été surpris, mais il ne perdra pas la bataille. Il ne donnera pas ce plaisir à Bento Gonçalves. Les troupes rebelles forcent sa formation, mais ses soldats résistent. Des hommes tombent et d'autres les remplacent. Le sang jaillit de tous les côtés. Trop de sang pour une matinée si douce.

La bataille dure depuis une heure et demie. Impitoyable, nerveuse, violente.

Les charges se succèdent. La furie grandit sur les visages des hommes. Bento Gonçalves ne sent plus la douleur, ni le poids dans sa tête, ni la fatigue, tout son être à présent est tendu vers la volonté de tuer, d'aiguiser la lame de son épée sur les os de Bento Manuel, mais pas avant de l'avoir humilié, humilié pour la dernière fois.

Les rebelles ouvrent une brèche dans la ligne impériale, s'approchent de Bento Manuel, qui recule un peu. Il est entre deux feux, il a perdu le contrôle de l'attaque et comprend que les républicains ont retrouvé leurs forces. Quelque part au milieu de l'immense tourbillon de bruit, il entend la voix grave de Bento Gonçalves, sa voix de général encourageant son armée. Un goût âcre remplit sa bouche. Ils s'approchent de plus en plus.

Un cavalier avance au milieu de la bataille. Il sort une arme. Et l'inattendu se produit : le cavalier tire par deux fois sur Bento Manuel. Les balles atteignent le côté droit de sa poitrine, son uniforme se recouvre de sang. Une stupeur parcourt les troupes impériales. Bento Manuel ouvre grand les yeux. Ce n'est pas ce qui devait arriver. Le vacarme infernal de l'affrontement décroît, de plus en plus lointain jusqu'à disparaître complètement tandis qu'il tombe de son cheval.

Au début de l'après-midi, les troupes impériales reculent vers le marais de Poncho Verde, sans que l'armée républicaine puisse éviter la manœuvre. Bento Manuel est blessé, inconscient. Ils abandonnent le matériel et les chevaux que les républicains s'empressent de récupérer. La terre est rouge de sang. Un vent se lève en répandant dans l'air l'odeur de la mort.

Bento Gonçalves da Silva arrive au galop dans le campement. Des nègres creusent des fosses pour enterrer les morts.

— Ils sont combien ? demande Bento Gonçalves regardant le tas de cadavres.

— Soixante-cinq morts, général, dont trente soldats ennemis.

Bento Gonçalves détourne les yeux un instant. Un frisson lui parcourt le dos.

— Enterrez-les tous.

Il part au galop pour voir les blessés soignés par Joaquim. Plus de cent hommes en miettes. L'air sent l'iode et le sang. Joaquim va de l'un à l'autre, les vêtements fripés, le visage en sueur taché de boue et de sang. Les blessés gémissent. Bento Gonçalves, toujours à cheval, se demande où diable peut bien se trouver Bento Manuel en ce moment. Parmi les morts ou les vivants ? Trop tôt pour le savoir. Il s'éloigne de l'infirmerie. Il est déprimé. Il n'a pas réussi à vaincre l'ennemi. Une fois de plus. *Mala suerte.* Un jour Garibaldi lui avait dit que pour faire un bon combattant il fallait du courage, de l'intelligence et de la chance. Il n'a pas de chance. Pas dans cette guerre. Pas avec Bento Manuel.

Plus loin, Netto fume, songeur. Bento Gonçalves galope vers lui. La douleur dans sa poitrine est comme un coup de poignard. La nuit arrive avec la fièvre qui martyrise son corps épuisé. Netto reconnaît sur le visage de son compagnon les stigmates de la souffrance, mais il ne dit rien, ne demande rien. João Congo s'approche, la calebasse de maté à la main. Le silence du crépuscule recouvre toute la *coxilha*.

Bento Manuel Ribeiro se dresse sur son lit de camp avec difficulté. Une large bande rougie entoure son torse. Il souffre horriblement. À ses côtés se tient son aide de camp. Bento Manuel prononce quelques mots, sa voix est nette mais faible. Il envoie chercher du papier et une plume. Il veut dicter une lettre. Pendant que l'homme part à la recherche des objets demandés, il s'assied sur son lit, retenant un cri de douleur. Il n'a pas perdu cette bataille. Même si les républicains ont récupéré une partie du matériel et des chevaux, il n'a pas perdu la bataille. Il leur a laissé trente-cinq morts et deux fois plus de blessés. Dans sa lettre au baron, il va relater l'événement à sa façon. Il souffre, il crache par terre. Maudit Bento Gonçalves, maudit.

L'aide de camp revient. Bento Manuel commence à dicter sa lettre.

Votre Excellence,

Aujourd'hui, après une bataille semblable à celle de Passo do Rosário qui eut lieu en 1827, bataille où j'ai dû affronter sur terre les forces ennemies de Bento Gonçalves da Silva, Netto, et Davi, j'ai l'honneur de faire savoir à Votre Excellence que je suis resté maître du combat et que tout ce que vous voudriez savoir pourra vous être relaté par l'aide de camp de Votre Excellence qui sert aujourd'hui dans notre armée comme major de division, j'ai nommé Pedro Meireles, lequel, outre qu'il s'est conduit avec honneur et courage, n'a pas hésité, au cours de ce combat, à affronter les plus grands dangers.

Les forces engagées dans la bataille ont surpassé l'entendement humain. Quant à moi, qui en ai fait moins que les autres, j'ai eu la malchance de recevoir deux balles dans le côté droit de la poitrine.

Que Dieu protège Votre Excellence.

Bento Manuel Ribeiro

Quartier Général à l'Estancia du Pedruca, le 26 mai 1843

Prenant l'enfant dans ses bras, dona Antônia rentra dans la maison. Un vent froid s'était levé, poussant dans le ciel de gros nuages gris. Le petit garçon pleurnicha, il aimait la nature, il aimait se promener avec « grand-mère » dans les chemins de l'estancia et aller voir les poules et les chevaux. Dona Antônia appela l'une des négresses et demanda que l'on fasse chauffer le biberon de Matias. Le petit traversa la salle à quatre pattes pour aller vers ses jouets éparpillés sur les tapis.

Mariana arriva.

— Ma tante, vous avez tardé.

Dona Antônia sourit. Il y avait un éclat nouveau dans ses yeux sombres.

— Sachez que si ce n'avait été le vent, nous serions encore en train de nous promener. Matias veut aller aux écuries. Il aime beaucoup les chevaux, Mariana. Comme votre oncle Bento... Tout petit, Bento aimait déjà les chevaux.

Elle s'installa dans un fauteuil avec sa broderie.

— Je vais faire allumer du feu dans la cheminée.

— C'est une bonne idée. C'est le *minuano* qui souffle. Il va faire très froid.

Mariana s'assit à côté de sa tante et regarda jouer son fils.

— Tante... Il y a presque six mois que je n'ai pas de nouvelles de João. Hier j'ai rêvé de lui, ce devait être un rêve triste, je me suis réveillée en pleurant.

— Ne vous faites pas de soucis, petite. Le père de votre fils va bien, je le sais. Il ne va pas tarder à revenir. La guerre ne peut plus durer maintenant.

— Comment le savez-vous, ma tante ? Il y a presque huit ans qu'on le dit. Quand la guerre a commencé j'avais dix-huit ans. J'en ai presque vingt-cinq. Parfois je me dis que cela n'aura jamais de fin, je vous le jure.

Dona Antônia sortit une enveloppe de la poche de sa jupe grise.

— J'ai reçu cette lettre de votre oncle Bento. Il me dit qu'il a décidé de démissionner de la présidence de la République. C'est triste, Mariana, mais je crois que tout cela touche à sa fin. Une fin douloureuse. Bento ne s'est pas battu pendant huit ans pour en arriver là.

— La guerre est douloureuse pour tout le monde, ma tante.

— Je sais, mais je connais Bento, il ne va pas résister à cette défaite. Il a beaucoup perdu, Mariana. Plus que nous tous.

Assis sur le tapis, Matias se mit à pleurer.

— Ce petit a faim, dit Mariana. Je vais à la cuisine chercher du lait.

Dona Antônia avait les yeux fixés sur l'enveloppe froissée. Elle avait le cœur gros. Puis elle regarda son petit-fils-neveu et son regard s'adoucit. L'avenir était là dans les yeux fendus de Matias.

Le mois d'août était gris et pluvieux. Recouvert de son poncho de laine, Bento Gonçalves n'arrivait pas à se réchauffer. La lettre était sur la table. Il avait beaucoup réfléchi avant de l'écrire, aucun mot ne lui semblait approprié, aucun mot ne pouvait traduire ce qu'il ressentait au fond de son âme.

Bento et Joaquim entrèrent dans le bureau de leur père. Ils étaient graves et tristes. Bento remua les braises dans la cheminée.

— C'est fait, dit Bento Gonçalves. – Il parlait d'une voix enrouée. – Vous pouvez envoyer cette lettre aux autres. La présidence est désormais assurée par Gomes Jardim.

— Et Netto, père ?

Bento Gonçalves regarda la pluie qui s'abattait sur la campagne, inondant les prés, gommant les contours des choses, immergeant l'estancia dans un univers liquide, silencieux et lugubre.

— Netto aussi va démissionner. D'après ce que je sais, le commandement des armées va être confié à Canabarro. On peut dire qu'Onofre et ses amis ont gagné.

— Tout a changé, dit Joaquim.

Bento Gonçalves sourit tristement. Il avait vieilli, il était faible et pâle. Joaquim connaissait suffisamment bien son père pour savoir que cette pâleur ne venait pas de la maladie qui ne le laissait pas en paix, mais de la défaite, de la souffrance que tout cela avait entraînée. Bento Gonçalves n'était pas homme à renoncer. Cela n'arrivait que parce que la situation était devenue insupportable pour lui. Joaquim vit son père repousser la lettre vers l'autre bout du bureau, comme si elle lui faisait peur.

— Tout change toujours, Joaquim. Les choses et les idées vieillissent et deviennent caduques. Comme maintenant.

Un violent coup de tonnerre éclata sur la *coxilha*. Bento Gonçalves se recroquevilla instinctivement dans son poncho. Joaquim attisa le feu dans la cheminée. Il se sentait inquiet comme un animal acculé. Et cette pluie incessante attristait son âme.

Leão entra dans la salle réchauffée par le feu. Dona Ana brodait dans un coin, absorbée dans Dieu sait quelles pensées, les genoux recouverts d'une couverture de laine. Caetana était assise de l'autre côté de la cheminée. Leão regarda sa mère du haut de son mètre soixante-seize. C'était un garçon longiligne qui ressemblait à son père. Des jeux de guerre de son enfance, il lui était resté l'envie irrépressible de combattre pour de bon ; de toutes ces années passées en compagnie des femmes de sa famille, un désir de virilité qui se traduisait dans tous ses gestes, dans le moindre de ses regards.

Huit années. Huit années à grandir entre les dentelles, les broderies, les peurs et les angoisses féminines. Pendant toute cette longue période, il n'avait vu son père que huit, dix fois au maximum, et toujours au cours d'instants volés à des causes plus importantes, la vente de bétail, les décisions et les secrets de cette guerre sans fin. Son père était un général, l'homme le plus important de la République. C'est tout ce qu'il savait de Bento Gonçalves da Silva, et aussi qu'il avait des yeux comme les siens, noirs, profonds, pleins de silences.

Il se débarrassa de son lourd poncho, celui qu'il portait pour aider les péons à soigner les chevaux. La nuit était tombée, un manteau sombre sans étoiles qui promettait des heures glaciales. Il se posta à côté de sa mère. Caetana lisait un gros roman aux pages jaunies, écrit en espagnol.

— *Madre*, je dois vous parler.

Caetana leva les yeux. Devant elle il y avait son fils devenu un jeune homme, si grand, si distant, si solitaire. Elle eut un choc, comme chaque fois qu'elle était face à ce nouveau Leão. Pendant la guerre, le temps s'était arrêté ; elle pensait toujours à son fils comme à ce garçonnet aux jambes maigres qui s'était sauvé un jour avec son petit frère pour rejoindre des combats dont il ne savait rien.

— Oui ?

— Mère, je suis décidé. Père a quitté la présidence pour retourner au combat. Je veux l'accompagner avant qu'il ne soit trop tard et me battre à ses côtés.

Caetana détourna le regard. Encore un fils qui devenait homme. Qui recevrait son baptême de sang dans ces *coxilhas*, la laissant rongée d'inquiétude et augmentant son quota de prières à la Vierge. Encore un fils pour lequel souffrir. Les trois fils qui étaient partis ne suffisaient-ils pas ? Mais Leão avait grandi. Il aurait dix-huit ans en novembre prochain. Elle ne pouvait pas le contraindre à rester à l'estancia.

— Si c'est ce que vous avez décidé, mon fils, je ne peux pas m'y opposer. Mais attendez votre anniversaire, je vous le demande comme une faveur.

— C'est bien, mère. Je partirai le lendemain de mon anniversaire.

Il sortit de la salle, la tête basse. Il manquait encore trois mois. Et cela lui semblait une éternité.

Dona Ana vit son neveu disparaître dans le corridor. Elle sourit à sa belle-sœur, un sourire triste. Elle savait ce que Caetana éprouvait à cet instant.

— Ne vous inquiétez pas, Caetana. Il y a un temps pour chaque chose dans la vie. Vous ne pouvez pas l'éviter, l'heure de Leão est arrivée. Il a toujours rêvé de partir à la guerre. Ce n'est pas comme mon Pedro, pauvre petit, que la guerre n'a jamais intéressé et qui a fini par y laisser la vie...

Caetana retint ses larmes.

— Vous avez raison, Ana. Certains hommes naissent pour se battre. Et les poissons ne meurent pas noyés... Il a sûrement hérité de son père.

— Bento va veiller sur lui. Il s'est très bien occupé des autres, Caetana. Vous devez y croire.

Caetana soupira.

— Je vais y croire, Ana. Je vais y croire.

Ils étaient cantonnés aux abords de Piratini quand les troupes de Xico Pedro, dit le Moringue, arriva. C'était un matin de printemps avec un ciel d'un bleu pur et une brise parfumée. Ce n'était pas un matin de guerre, mais un matin de guitares et de milongas, une belle matinée pour ne rien faire, étendu au bord d'un étang et songer à Mariana et à son fils.

João Gutierrez se lavait le visage dans l'eau encore froide de la nuit, quand un soldat s'approcha et lui annonça :

— Le Moringue est dans le coin. Le général Netto fait réunir tout le monde.

João Gutierrez vit sa milonga se dissoudre dans l'eau transparente et disparaître entre les cailloux qui tapissaient le fond du ruisseau. Il courut vers le campement, revêtit son uniforme, enfila sa dague dans la ceinture, prit sa lance et sa *boladeira*. Le ciel était toujours aussi bleu, comme pour un jour de fête. Une belle matinée qui n'était pas faite pour souffrir.

Moringue est repoussant comme un démon.

C'est l'image que João garde dans son esprit confus. La face difforme de Moringue, ses yeux brûlants, ses grandes oreilles. C'est peut-être sa lance qui lui a transpercé les chairs, peut-être une autre, moins importante mais mortelle, aussi mortelle que n'importe quelle lame.

La chair déchirée palpite, le sang coule sur le matelas immonde. Il ouvre les yeux. Il gît avec d'autres à la belle étoile. Des gémissements montent dans le ciel, et le bleu du ciel est à présent rouge, strié de nuages, un ciel de crépuscule triste et lourd comme son âme.

La fièvre dessèche sa bouche. Il voudrait penser à Mariana, mais c'est la face horrible de Moringue qui lui apparaît, tel un spectre qui le harcèle, qui veut l'emporter sur les chemins de cette laideur mythique. Mais tout ce qu'il veut c'est dormir, ne serait-ce qu'un instant, dormir et rêver de Mariana, rêver d'une milonga mélancolique qui bercerait son sommeil écrasant.

Il aperçoit des ombres. L'une d'elles s'approche de lui, très près. Il sent son haleine et il distingue ses traits creusés. Il lutte avec les ombres qui lui tournent autour pour émerger de la brume. La voix qui sort de sa bouche est rauque et hésitante.

— La bataille est finie ?

L'homme sourit doucement. Il tient dans sa main un coutelas dont la lame est rouge de sang. L'homme saisit son bras droit et l'examine attentivement.

— Oui, la bataille est finie.

Une autre ombre s'approche portant une bouteille d'eau-de-vie et des linges.

— Ça va faire mal, João.

Il ne comprend pas. Qu'est-ce qui va faire mal ? Le ciel empourpré lui tombe sur la tête.

— Que dites-vous ?

Le docteur a mal pour lui. João Gutierrez a toujours été un bon soldat, vaillant et sans peur. Un grand guitariste. Après ce qu'il va faire, les nuits du campement seront silencieuses.

— L'opération va être douloureuse, João. Vous avez eu la main coupée à trois endroits. Il va falloir vous amputer.

Il prend la bouteille d'eau-de-vie, lui met le goulot entre les dents. Exprès, pour ne pas entendre de réponse.

— Buvez ça. Buvez tout votre soûl. Ça va vous aider.

Son bras droit se termine abruptement, enroulé dans des pansements trempés de sang. Un bras qui est maintenant misérable et fragile, privé de la consolation de sa main. Grotesque.

João Guierrez pense à sa guitare, muette pour toujours. Il la donnera à son fils, un jour, si le petit aime la musique. Il pense à Mariana, à la douceur de sa peau, au contour de ses lèvres qu'il aimait tant dessiner du bout des doigts. Il pense à tout cela, à son fils qu'il n'a vu qu'une seule fois. Son fils qu'il n'a pas eu le temps de prendre dans ses bras. João Gutierrez pleure.

Esteban est debout au pied de son lit. Vêtu d'un uniforme de gala. Beau, beau comme dans le plus merveilleux de ses rêves.

Rosário a honte de sa chemise de nuit en lin rustique, de ses cheveux décoiffés. Elle aurait voulu elle aussi porter des habits de fête, mais toutes ses jolies robes sont restées à Pelotas, dans la maison fermée depuis tant d'années. Il n'y a pas beaucoup de bals en temps de guerre et au couvent on ne danse pas.

— Vous m'avez fait peur ! Je ne savais pas que vous viendriez.

Esteban sourit dans l'obscurité.

Le bandage autour de son front est blanc et sec. On voit qu'il s'est préparé avec soin pour venir la retrouver au milieu de cette nuit de printemps. Rosário est fière. Aucune des novices n'a d'amoureux comme Esteban. Oui, et il l'aime follement. Cela se voit dans ses yeux, ses yeux verts injectés de sang.

Esteban s'approche tout près du lit tiédi par la chaleur de Rosário. L'émotion la fait frissonner. Ils sont seuls dans cette chambre, près du lit défait, dans le silence religieux de la nuit. Tout est si romantique.

Il se penche au-dessus d'elle, doucement. Il n'a pas d'odeur. Peut-être celle de la brise. Sa bouche charnue murmure dans son oreille un secret sans mots. Rosário sourit. Il y a longtemps qu'elle attendait ce moment.

Cahiers de Manuela

Pelotas, 25 juin 1890

La démission de mon oncle marqua le début de la fin. Comme l'extrémité d'une pelote de fil dans un labyrinthe, cette décision allait nous conduire sur le pénible chemin que nous devrions parcourir à compter de ce moment. D'une certaine façon, pour nous il s'agissait de l'agonie de la révolution, de la révolution telle que nous l'avions rêvée ou que d'autres comme nous l'avaient rêvée. Plus jamais la gloire, plus jamais l'euphorie du renouveau qui, même si nous ne pouvions le comprendre, nous remplissait de joie. Nous qui nous faisions servir par des esclaves à chaque instant de notre vie, qui pour serrer un corset ou nouer nos cheveux ne pouvions nous passer de ces mains noires, et qui avions vibré pour le rêve républicain de l'abolition de l'esclavage. Et en fin de compte, même ce rêve ambivalent s'effondrait. Il n'y aurait pas de liberté pour les nègres, il n'y aurait pas d'indépendance, aucune grande ville ne serait bâtie et les hommes ne seraient pas libérés de la tyrannie d'un empereur omnipotent. Les caudillos gauchos voyaient leur fierté mortellement foulée aux pieds. Maintenant ce n'était plus qu'une question de temps pour que tout finisse non pas comme un rêve exalté, mais comme un interminable et hallucinant cauchemar qui nous laisserait au petit matin harassés et paralysés par la peur.

Quelle étrange chose… Ils s'étaient battus pour des conquêtes que beaucoup d'entre eux n'avaient pas souhaitées et malgré tout – peut-être même pour cela – la défaite leur fut insupportable. Ce fut le cas pour mon oncle Bento Gonçalves da Silva qui n'avait jamais vécu sans esclaves et avait toujours apprécié l'Empereur. Bento Gonçalves usa les dernières années de sa vie à se battre pour une République qu'il n'avait pas désirée, et à la tête de laquelle il avait été élu. D'une certaine manière, lors de sa démission, il s'était retrouvé au point de départ, sauf qu'il était à présent un paria, un hors-la-loi, un être révolté, malheureux, fatigué et malade. Un perdant. Oui, nous savions tous que la longue guerre avait miné sa santé, nous savions tout de ses fièvres, de cette maladie pulmonaire qui l'épuisait, de ses longues nuits d'insomnies. Mais nous pensions que c'était passager, qu'avec la fin de la guerre qui ne saurait tarder, mon oncle récupérerait ses forces. Dans la famille, nous étions convaincus que Bento Gonçalves était immortel, nous n'imaginions pas qu'il puisse être à la merci d'une quelconque maladie, grave ou bénigne. Mon oncle survivrait à tout, même à la défaite. Vaine illusion. Quelque temps après l'été 1843, nous découvririons combien nous nous étions leurrés. Bento Gonçalves da Silva n'était pas immortel, il n'était pas un dieu et ne possédait pas le plus petit soupçon de divinité. Il était comme nous, mortel, vulnérable et crédule.

Bento Gonçalves mourut comme n'importe quelle créature d'ici-bas. Un jour comme un autre, il cessa de respirer, son cœur cessa de battre. Je resterai toujours persuadée que la pleurésie ne fut rien de plus que l'excuse qu'il trouva pour justifier sa fin. Il mourut de désespoir. Sa mort avait la couleur de l'échec et il dut emporter cette douleur éternelle dans sa tombe. Ce fut un géant. Et sa chute fut à la hauteur de sa grandeur.

Cependant l'imminence de la fin de la révolution n'était pas pour nous un mauvais présage. Même si cette fin était infectée par la douleur de la déroute. Dona Ana ne supportait plus la guerre. Elle n'acceptait plus d'être éloignée de José, son fils, le seul qui lui restait de sa famille décimée. Elle le voulait ici, à ses côtés, prenant en main le fonctionnement de l'estancia, relevant son activité qui s'était écroulée, et allait de mal en pis après toutes ces années troubles pendant lesquelles républicains et impériaux avaient confisqué chevaux et bétail. Elle voulait qu'il s'occupe des ventes de *charque* qui étaient devenues difficiles et hasardeuses. Dona Ana pleura pour son frère, pour l'échec personnel de cet homme qu'elle avait toujours admiré et estimé. Mais tout de suite après, ses yeux brillaient à l'idée que la fin de la guerre marquerait sans doute le retour de José sain et sauf et non pas infirme, malade ou mort comme cela avait été le cas pour son mari et son plus jeune fils.

Mariana aussi attendait avec impatience la fin du conflit. Ce jour-là, João reprendrait le chemin du retour. Complètement installée chez dona Antônia, Mariana ne pensait plus à notre mère, ni à notre maison de Pelotas, ni à la vie mondaine qu'elle avait menée jadis, et à ses bals et ses soirées. Elle ne retournerait pas à la ville, elle resterait à l'Estancia du Brejo avec son mari, son fils, et sa tante qui lui avait dit que, lorsque João reviendrait, elle souhaitait qu'il assure la gestion de la propriété, car elle se sentait à présent trop âgée et trop fatiguée pour s'occuper des chevaux et du commerce du *charque.* Elle avait besoin d'un homme pour prendre tout cela en charge. Et elle voulait garder auprès d'elle sa nièce et le petit Matias. La longue guerre l'avait rendue sentimentale. Elle ne pourrait pas survivre à la solitude des grandes pièces vides, des nuits de *minuano*. Matias lui avait ouvert de nouveaux horizons.

Quant à moi, à cette époque, je n'espérais plus rien. L'avenir était un miroir trouble dans lequel j'évitais de me mirer. Qu'ils s'écoulent à l'estancia ou à Pelotas, les jours qui viendraient ne me réserveraient que solitude. La fin si dramatique qui s'annonçait me rendait malheureuse : dix années de combats, de vies gâchées, pour rien. Mais en vérité j'avais cessé de m'intéresser à la révolution du jour où Giuseppe Garibaldi avait traversé la frontière de l'Uruguay.

Après la naissance de son fils, Mariana me renvoya les cahiers qu'elle avait un jour sauvés de ma fureur. Elle me les renvoya un par un, chacun choisi en fonction de la date où il avait été écrit. Le dernier m'arriva quelques jours avant la signature du traité de paix qui marqua la fin de la révolution. Je les relus comme s'ils ne venaient pas de moi, comme des lignes tracées par une autre femme, une femme qui croyait à l'amour et à l'avenir. Pas moi, jeune fille sans horizon, brisée par une nostalgie qui ne cesserait jamais.

Malgré tout, la révolution avait été pour moi une période heureuse. Ce qui succéda après a peu ou pas d'importance. De longues années stériles, passées à contempler le bonheur d'autrui, tandis que ma beauté et ma jeunesse se flétrissaient, s'affaiblissaient et se ridaient. J'ai vieilli en attendant Giuseppe. Il n'est jamais venu. Et pourtant jamais l'espoir de le revoir ne m'a abandonnée. Mon amour n'a jamais vacillé. Le souvenir que j'avais de lui est resté net et vivant dans mon cœur ; le ton exact de la couleur de ses yeux, la douceur joyeuse de sa voix, la chaleur de ses bras, le piment de ses baisers. Je suis une vieille dame aujourd'hui, assez vieille pour raconter la Révolution *Farroupilha* pour ceux qui ne l'ont pas vécue ou qui n'en savent pas grand-chose. Je suis faite de souvenirs. Les gens dans la rue me montrent du doigt, je suis un personnage qui hésite entre le grotesque et le mystère : la « fiancée » de Garibaldi. Ou presque. Je suis celle qui n'a pas vécu son destin.

Mais je ne suis pas encore morte. La vie m'a réservé son lot de faveurs, le temps que j'ai passé à attendre Garibaldi. J'ai vécu assez longtemps pour apprendre sa mort, il y a huit ans. Et le plus impressionnant c'est que cette nouvelle ne m'a pas fait souffrir. Je me suis séparée de lui, peu à peu, jour après jour, pendant quarante-trois ans, depuis le dernier instant où je l'ai vu jusqu'à la nouvelle de sa mort. Maintenant qu'il a quitté son enveloppe terrestre, je sais où il se trouve, sur quelles mers il navigue. J'irai bientôt le rejoindre. J'attends le moment...

Je pense souvent à Bento Gonçalves. Et j'ai la sensation du goût amer qu'a dû ressentir mon oncle, le goût de la désillusion de celui qui n'a pas pu accomplir sa mission, son destin. Le goût de celui qui attend la mort comme l'ultime chance de trouver le bonheur.

Manuela

Au loin, traversant la *coxilha* au trot de son cheval sous le soleil ardent de décembre, João Gutierrez ressemble à n'importe quel soldat qui aurait quitté son régiment. Il avance lentement, partagé entre bonheur et crainte. Il siffle l'une de ces vieilles milongas qu'il aimait jouer sur sa guitare. Avant.

Il connaît le chemin, il l'a arpenté de nombreuses fois ces derniers temps. Il a réfléchi aux mots qu'il va prononcer, aux gestes qu'il va avoir. Il s'est entraîné pour afficher un sourire serein et un ton de voix approprié. Mais il n'arrive pas à calmer la peur qui l'étreint. Il aperçoit la barrière devant lui. Il éperonne son cheval. Sous sa chemise, les battements de son cœur s'accélèrent.

Le péon le reconnaît et le laisse entrer. Sa patronne l'avait prévenu. Quand l'homme à la tête d'Indien, João Gutierrez, reviendrait, il devrait le laisser entrer au Brejo. Il faisait maintenant partie de la famille. Le péon ouvrit la barrière en grand et le salua de la main. Il ne remarqua rien de particulier chez le cavalier droit et maigre, au visage imberbe et aux yeux très noirs.

Matias joue sur la véranda avec ses petits soldats de plomb. Il a grandi, il va sur ses deux ans. Il a les cheveux noirs de son père et le teint de Mariana. Une négrillonne est avec lui. João Gutierrez descend de cheval. La jeune fille et l'enfant le regardent s'approcher. La jeune fille, qui a écouté les longues descriptions de Mariana, le reconnaît. Matias demande :

— C'est qui, Tita ?

Tita ne sait pas quoi dire.

— Un visiteur, dit-elle.

João Gutierrez a le cœur serré, son fils ne le reconnaît pas. L'homme garde son bras dans le dos, comme s'il voulait cacher une surprise à des regards curieux.

— Allez prévenir *senhora* Mariana, demande-t-il d'une voix ferme.

La jeune fille se lève d'un bond.

— Oui, monsieur, elle est au salon. Vous venez avec moi, Matias ? propose-t-elle à l'enfant.

— Non, Tita.

Matias est assis par terre sur la véranda. Ses petits soldats éparpillés autour de lui ne l'intéressent plus. Il y a du magnétisme chez l'homme qui lui fait face. Il a envie de lui sourire, de lui parler du cheval que grand-mère Antônia lui a acheté pour lui tout seul, mais il sait qu'il ne doit pas parler aux étrangers. Sa maman le lui a dit.

Leurs regards se croisent. Entre eux il y a Matias. Mariana demande à la négrillonne d'emmener l'enfant et ils disparaissent tous deux dans l'ombre de la maison.

— J'ai envie de vous embrasser, João.

Il sourit. Le sourire digne, qu'il a tant de fois préparé, explose, immense et débordant d'amour.

— Moi aussi, Mariana.

Elle se jette dans ses bras. Elle respire son odeur, ses lèvres parcourent ce visage qui a hanté son souvenir pendant des nuits entières. João l'embrasse. Il retrouve le goût de rosée. L'avoir entre ses bras est une sensation délicate, fragile, c'est comme atteindre le ciel.

— Je vous ai tellement attendu. Vous êtes revenu pour de bon ? Vous avez quitté les combats ou vous êtes seulement venu nous voir ?

— Je suis revenu pour de bon, Mariana.

Sa voix a des vestiges de secrets, elle laisse filtrer une cassure, une vulnérabilité, un abandon qu'elle n'avait jamais perçus auparavant. Ses yeux étroits sont inquiets, ses longs cils noirs frémissent, fragiles comme des ailes de papillon.

— Qu'y a-t-il, João ?

Elle s'écarte un peu pour l'observer, à la recherche d'une blessure, d'une faille dans sa silhouette altière.

João lève lentement son bras droit. Le poignet de sa chemise flotte. Mariana ouvre grand les yeux.

— Ce sont les hommes du Moringue, explique-t-il en montrant son bras. Vous voulez encore de moi, Mariana ? Vous voulez d'un homme sans main, mais à l'âme intacte ?

Mariana le prend dans ses bras. Elle ne va pas pleurer. João ne mérite pas cela. Et puis il est vivant. Vivant et à elle, pour toujours. Pour eux la guerre est terminée et João est revenu. Qu'est-ce qu'une main, cinq doigts en somme, à côté de ce qui était en jeu ?

— Bien sûr que je veux de vous, mon amour. Vous êtes vivant, grâce à Dieu. Grâce à Dieu. J'ai prié pour vous tous les jours, João.

Elle prend son bras et pose ses lèvres sur la chair couturée, rouge encore, striée de cicatrices à l'endroit où se trouvait la main qui parcourait les cordes de sa guitare les nuits tièdes d'été. Bien sûr qu'elle l'aimait comme avant. Encore plus qu'avant.

— J'ai pensé ne pas revenir, Mariana. J'ai pensé partir pour l'Uruguay. Mais j'avais besoin de savoir si vous m'aimeriez quand même, comme je suis, un manchot.

Mariana sourit. La souffrance dans ses yeux s'estompe. À présent, ils étaient clairs comme un ciel de matin d'été.

— Venez, João. Entrons. Venez faire la connaissance de votre fils. Il sait tout de son père. Je lui ai raconté notre histoire, dit-elle en embrassant le visage brun de son amour. Matias va être heureux. Enfin, son père est revenu de la guerre.

1844

Várzea de Santana, 24 février 1844

Chère Caetana,

Je vous écris pour vous dire que je vais mieux. Avec l'arrivée de l'été et du temps sec, mes poumons se sont montrés bienveillants avec moi et m'ont laissé tranquille, ce qui m'a permis de reprendre le commandement de mes troupes après ce pénible hiver qui m'a tant fait souffrir. Nous sommes à présent cantonnés avec les autres généraux. Nous avons erré pendant des jours et des jours et du matin au soir à travers la Campanha, dormant ici et là afin d'éviter que les hommes de Caxias nous encerclent n'importe quand, au détour d'une nuit maléfique.

Cette année qui vient de finir a été très difficile pour la République et pour nos armées. Nous avons dû mener un nombre infini de petites batailles, la plupart d'entre elles se soldant par une défaite de nos troupes. Caetano a dû vous en faire le récit lors de sa dernière visite. Mais si je vous reparle de ces malheurs, c'est pour que vous sachiez que j'ai encore suffisamment de forces pour affronter l'ennemi et que, tant que Dieu me maintiendra en vie, je combattrai avec mes hommes dans ces coxilhas. *Je ne suis plus le président de la République, mais je suis encore et toujours un soldat infatigable.*

Autour de moi, les choses sont difficiles. Nous ne sommes plus les mêmes, nous sommes divisés. Je ne reconnais plus Lucas, ni mon cousin Onofre qui me calomnie ouvertement auprès de tous. Vous imaginez que je ne puis le laisser faire. Je vais y penser dans les jours qui viennent. Et je vous enverrai de mes nouvelles.

Avec toute mon affection.

Bento Gonçalves da Silva

Une chaleur sèche écrasait tout. S'il y prêtait attention, il pourrait entendre le murmure de la rivière qui coulait plus loin. Le campement était silencieux. La nuit était claire et étoilée, des insectes voletaient, les grillons chantaient et les *piptadeniae* semblaient eux aussi reposer paisiblement sous la rosée nocturne.

Bento Gonçalves da Silva se leva du tabouret où il était assis et déambula entre les tentes. Il était dévoré par l'angoisse. Il aperçut Congo qui le surveillait de loin, il lui fit signe qu'il n'avait besoin de rien. En fait il avait besoin de quelque chose, de parler à Onofre. Il avait grandi avec son cousin, tous deux avaient galopé ensemble, s'étaient baignés dans les étangs et les rivières, avaient combattu en Uruguay, partagé leurs secrets et avaient fomenté cette révolte ensemble. Et aujourd'hui ils étaient ennemis.

Il marchait sur le sol craquelé. Il entendit un cheval s'ébrouer tout près. Bento Gonçalves da Silva ne pouvait pas admettre l'attitude d'Onofre Pires qui l'avait profondément blessé dans son orgueil. Il avait été humilié. Il fallait mettre fin définitivement à ces rumeurs, quel qu'en soit le prix. C'est pour cela qu'il lui avait écrit. Il avait pensé engager un procès contre le colonel Onofre, mais cela s'était révélé impossible du fait de son immunité parlementaire. Il avait donc besoin de savoir s'il était vrai qu'Onofre l'avait à maintes reprises offensé dans son honneur en le traitant de voleur. Il était minuit passé. Onofre avait déjà dû lire la lettre. Peut-être était-il en train de rédiger sa réponse.

Bento Gonçalves aspira profondément l'air de la nuit. La toux s'insinua, insidieuse, comme un vieux chien cherchant à s'approcher de la chaleur de la cheminée. Il la retint. Il voulait oublier sa maladie. Il voulait oublier Onofre. Il regarda le ciel étoilé cherchant à y déceler ce que lui réservait le lendemain.

Le soldat lui remit la lettre avant de disparaître, avalé par la clarté aveuglante que dégageait le ciel d'été. À peine entré dans la tente, Bento Gonçalves décacheta la lettre et la lut debout.

Au citoyen Bento Gonçalves da Silva

Cher Monsieur,

Voleur de fortunes, voleur de vies, voleur d'honneur et voleur de liberté, c'est ce dont vous accuse ouvertement l'ensemble de la nation rio-grandense, accusations auxquelles je joins ma propre conviction, non pas du fait de l'exécration générale que vous suscitez, ce que je déplore, mais au vu de certains documents que j'ai en ma possession. Vous ne devez pas, monsieur le Général, douter de la conversation que j'ai eue à ce sujet et dont vous avez eu si rapidement connaissance... Ne désespérez pas d'avoir épuisé les moyens légaux pour demander réparation, comme vous le dites : la nature de nos relations et mon grade ne vous empêcheront pas de choisir le moyen qui vous agrée et pour lequel je me tiens à votre disposition.

Voici donc la réponse à votre courrier d'hier.
Votre admirateur Onofre Pires da Silveira Canto

Campo, le 27 février 1844

Dona Antônia fut informée du duel entre Bento Gonçalves et Onofre Pires, un après-midi tiède de début mars, par une lettre de Joaquim rédigée d'une écriture sûre et hâtive. Joaquim lui demandait d'aller prévenir Caetana à l'Estancia de la Barra. Dona Antônia eut du mal à croire ce qu'elle lisait. Bento et son cousin s'étaient battus en duel quelques jours auparavant. Bento défendait son honneur face à Onofre qui l'aurait traité à plusieurs reprises de voleur. Elle revit des scènes de leur enfance, son frère et son cousin galopant à cheval dans la campagne, grimpant aux arbres pour cueillir des fruits, courtisant les petites négresses de la cuisine sous les regards en coin de dona Perpétua qui faisait semblant de ne rien voir... Et aujourd'hui, ça. C'était le début d'un épisode impalpable et cruel, glaçant de méchanceté et d'horreur. Un mauvais présage. Un frisson la parcourut comme si une grande langue froide lui léchait le dos et les bras. Elle replia la lettre et la rangea dans le tiroir de son secrétaire.

Le lendemain, elle prit la route pour la maison de sa sœur en emportant la lettre de Joaquim à l'abri dans la poche de sa robe.

Quatre jours plus tard, une nouvelle lettre arriva. Onofre était mort. La blessure de son bras s'était infectée, puis gangrenée. Ce fut là la fin du géant moustachu. Onofre Pires da Silveira Canto. Enfants, Bento et lui aimaient jouer au bord de l'étang. Et il y avait eu cette révolution.

Le télégramme sur les genoux, elle pleura pour Onofre, pour Bento aussi peut-être. Quels avaient été les chemins qui avaient conduit les cousins jusqu'à ces extrémités, jusqu'à cette fin malheureuse ? Ses pensées vagabondèrent longtemps jusqu'au crépuscule rougeoyant, sans qu'elle arrive à la moindre conclusion.

Il n'y avait rien d'autre que cette tristesse, une tristesse écrasante et déchirante.

Il faisait presque nuit quand Mariana pénétra dans le grand salon désert. Dona Antônia était assise dans son fauteuil à bascule, les yeux dans le vague.

— Tante Antônia ?

Dona Antônia tourna la tête vers sa nièce. Un masque vide d'expression.

— Onofre est mort.

Mariana baissa les yeux, tristement.

— Onofre est mort, répéta dona Antônia et sa voix se perdit dans l'agonie du jour qui mourait.

Maria Manuela appelle Zé Pedra et lui demande d'atteler le cabriolet. Elle veut faire une promenade.

— Trouve-moi un gamin pour me conduire.

— Où voulez-vous aller, Madame ?

— Je vais voir ma sœur.

Zé Pedra acquiesce. Il sait comme tout le monde à l'estancia, que Maria Manuela n'a pas mis les pieds au Brejo depuis que sa fille y vit.

Le cabriolet trotte sur la petite route, sous le soleil doux du début d'automne. Maria Manuela n'est pas sensible à la beauté de la journée, au ciel d'un bleu intense et pur qui s'étend au-dessus de la *coxilha* comme un drap bien tendu. Il y a un moment qu'elle a ça en tête. Peut-être ne descendra-t-elle pas de la voiture, elle veut juste voir le petit de loin. Il aura bientôt deux ans, elle le sait. Quand il est né, enfermée dans sa chambre, elle a prié. Pour sa fille, pour l'enfant, pour son orgueil démesuré et futile.

Une petite brise caresse son visage.

La seule chose qu'elle ne veut pas voir, c'est le *vaqueano*, ce Gutierrez. Celui-là a été bien puni avec sa main arrachée, à défaut d'autre chose. Quand Ana lui en a parlé, elle a dissimulé un sourire. Elle s'est dit que cette blessure, c'était la justice divine. Ce n'était pas la guerre, c'était Dieu. Elle n'a pas pensé que son mari était mort au combat. Si cela avait été, à quelle cruelle sentence Anselmo aurait-il succombé ? Non, elle n'y a pas pensé.

La maison se dessine au loin. Ils ont passé la barrière. Les prés verdoyants se perdent au-delà du regard. Elle sent l'odeur de la rivière.

Garibaldi a vécu ici. Sur cette terre. Il y a aimé. Une de mes filles. La roue de la vie tourne, aujourd'hui, c'est Mariana qui vit ici sa passion. Mais, moi je suis toujours malheureuse.

— Arrête-toi plus loin. Sous l'arbre là-bas. Je ferai le reste du chemin à pied. Je n'en ai pas pour longtemps.

Maria Manuela descend du cabriolet. La maison grandit au fur et à mesure qu'elle s'approche. Un péon chevauche au loin. Deux petits nègres réparent une clôture. Les fenêtres de la maison sont bleues, un bleu azur qui rappelle celui du ciel. Maintenant elle voit la véranda, la porte qui donne sur le salon. Elle se dit qu'Antônia est peut-être à l'intérieur, lisant ou assise à son bureau s'occupant des affaires de l'estancia.

Le petit garçon est assis au pied des marches de la véranda. Elle remarque ses cheveux très noirs, sa peau blanche. Il arrache des brins d'herbe, méthodiquement, comme s'il accomplissait un rituel. Maria Manuela a la gorge serrée. Trente mètres devant elle, il y a son petit-fils, la chair de sa chair. Il a quelque chose d'Antônio, l'ovale du visage, les gestes lents, mesurés. Mais il ressemble à son père. Elle voit João Gutierrez dans le visage de l'enfant et elle éprouve un début de colère à la pensée que le sang de sa famille se mêle à celui du *vaqueano* ; mais la colère s'évanouit. À cet instant, c'est l'amour qui fait palpiter son cœur.

Elle avance, un peu nerveuse, ses jupes l'entravent. Il n'y a personne. Matias lève les yeux et voit la femme debout devant lui.

— Bonjour.

La voix de Maria Manuela tremble. Le petit répond. Elle apprécie ces petits mots d'enfant. Matias a un joli visage, délicat. Les yeux étroits de son père, des yeux de chat.

— Maman est là ?

Le petit lâche le bouquet d'herbe.

— Elle est dedans, dit-il.

— Vous pourriez l'appeler ?

— Oui, je peux.

Matias se relève. Maria Manuela remarque qu'il est grand pour son âge, mince. Il monte les marches et traverse en courant la véranda, entre dans la maison. Elle l'entend appeler Mariana.

Maria Manuela voit le monde à travers le brouillard de ses larmes. Sa fille va arriver dans quelques secondes. Matias est un bel enfant, si charmant. Elle a envie de le prendre dans ses bras, de sentir contre elle la tiédeur de ce petit corps, de l'embrasser. Elle a envie de l'appeler son petit-fils.

La voix de Mariana arrive de l'intérieur de la maison. Mariana qui a pleuré en demandant pardon. Mariana, enfermée dans sa chambre pendant des mois par sa volonté. Mariana, partie sans dire au revoir, un manteau de laine protégeant son ventre proéminent.

Elle part en courant vers le cabriolet où l'attend son petit cocher. Elle trébuche sur les touffes d'herbes, perd son souffle, elle est désespérée. Mariana sort de la maison.

— Il n'y a personne, Matias.

Le petit garçon hausse les épaules.

— Il y avait quelqu'un, maman, je vous jure. C'était une dame.

Le jeune Bento arriva le 20 avril conduit par deux soldats. Boiteux, il avait le bras en écharpe et un pauvre sourire sur son visage amaigri. Les femmes de la maison accoururent, Caetana pleurait, embrassait son fils, voulait savoir s'il avait mal, s'il avait de la fièvre et comment il avait été blessé.

Dona Ana reçut les soldats et écouta leur récit. Bentinho avait été blessé au cours de l'attaque de Cerro da Palma. Un coup de dague au bras, une balle dans la cuisse gauche. C'est son petit frère Leão qui l'avait sauvé. Il allait bien à présent, il n'y avait plus de risques d'infection. Le général l'avait envoyé se reposer à la maison. Tout était très précaire dans les campements *farroupilhas*. Il valait mieux que Bento passe sa convalescence à l'estancia, soigné par sa mère. Dona Ana remercia les soldats et les fit conduire par Zefina à la cuisine où on leur servirait un bon repas et des boissons fraîches.

Caetana installa son fils dans un bon lit aux draps propres.

— Leão m'a sauvé la vie, mère. Il est très courageux. Il mérite le nom qu'il porte. Il paraît qu'il va avoir une promotion.

— Leão rêve de la guerre depuis qu'il est petit. – Elle revit le jeune homme grave, si ressemblant à son mari. – Et votre père, comment se porte-t-il ?

— Père va mal depuis la mort d'Onofre, mère. Cette histoire l'a brisé. Mais c'était inévitable. Onofre accusait père d'être un voleur devant qui voulait l'entendre.

— Tout ça est tellement triste, mon fils.

Caetana se souvenait bien d'Onofre. Elle était la marraine d'un de ses fils. Ils avaient passé tant de dimanches ensemble, à des *churrascos* ou des fêtes de famille. Elle pensait à Bento. Cette mort était un fardeau très lourd pour son mari.

— Père ne voulait pas tuer Onofre, mère. Vous auriez dû le voir le jour de l'enterrement. Il n'y est pas allé, bien sûr. Il est resté sous sa tente, sans dire un mot de toute la journée.

Bento s'installa plus commodément dans le lit. Une servante entra avec un plateau sur lequel fumait un bol de soupe.

— Tout va mal, mère, reprit-il une fois que la servante eut refermé la porte. Nous errons dans la Campanha sans jamais nous poser. Nous sommes acculés. Le Moringue est entré dans Bagé, il y a quelques jours et il a fait prisonnier Domingos de Almeida. Père l'aime beaucoup et il en a été terriblement affecté. Mariano de Mattos aussi a été fait prisonnier.

Caetana fit manger son fils à la cuillère. L'après-midi touchait doucement à sa fin, une brise froide s'était levée. L'automne était arrivé. Caetana était mélancolique. Elle voulait que son mari revienne à la maison, elle voulait pouvoir le soigner avant qu'il ne soit trop tard pour lui. Trop tard pour eux deux.

En mai, Inácio de Oliveira Guilarães vint chercher Perpétua et ses deux filles. Ils allaient s'installer tous les quatre au Boqueirão. Inácio revenait à l'Estancia du Salso pour s'occuper du bétail et des chevaux. On n'avait plus besoin de commissaire de police. Les *farroupilhas* perdaient du terrain et n'avaient plus de villes sous leur contrôle.

Perpétua l'attendit dans le salon, dans une robe neuve, ses deux filles à ses pieds. Elle avait reçu le télégramme deux jours plus tôt. Les malles étaient prêtes, alignées sur la véranda. Elle était un peu nerveuse. Depuis le jour de son mariage, elle pouvait compter sur ses doigts les jours passés avec Inácio. Au fond, elle s'était habituée à cette vie collective entre femmes. Mais elle aimait son mari. Elle avait senti dans sa chair le frisson que la proximité d'Inácio faisait naître en elle.

Caetana pleura un peu, enfermée dans sa chambre. La veille, Bento était reparti au front. Maintenant Perpétua. Il ne resterait plus avec elle que Marco Antônio, Maria Angélica et Ana Joaquina. Elle craignait que Marco Antônio ne veuille à son tour rejoindre les troupes *farroupilhas*. Il avait déjà dix-sept ans. Il pourrait bientôt seller un cheval et partir dans la pampa comme les autres.

Les filles, en revanche... Maria Angélica était devenue une jeune fille. Elle avait très peu de souvenirs de la vie d'avant. Ana Joaquina avait grandi en entendant parler de la révolution et craignait son père qui était un étranger pour elle.

Inácio arriva à midi. Ils déjeunèrent tous ensemble autour de la grande table de la salle à manger. Perpétua mangea peu, elle avait la gorge serrée, un mélange d'excitation et d'inquiétude. Caetana paraissait vieillie, ses yeux verts étaient tristes.

Ils partirent en milieu d'après-midi, sous le doux soleil de mai. Depuis la calèche, les fillettes faisaient de grands signes d'adieu en souriant. Caetana s'appuya sur l'épaule de dona Ana pour ne pas s'évanouir. Elle se sentait faible. Cette nuit-là elle eut un accès de fièvre inexplicable.

Bento Gonçalves monte un cheval noir, élégant. Il se tient droit, porte un uniforme neuf et impeccable, sur le visage il arbore son expression la plus altière. Il y a juste une pointe d'inquiétude au fond de ses yeux sombres, mais seuls quelques intimes pourraient s'en apercevoir. Joaquim remarque la gêne de son père. Il chevauche à son côté sans rien dire. Le Baron de Caxias les attend. Après neuf années de tueries et d'espoirs frustrés, ils vont négocier la paix. Joaquim sait que cette négociation sera âpre, que son père a de sérieuses divergences avec Canabarro, avec Vicente et Lucas. Mais Bento Gonçalves avance envers et contre tout, vers le rendez-vous. Il a été nommé négociateur. C'est sans doute sa dernière mission au nom de la République moribonde.

Le soleil d'août est faible et se cache derrière les nuages. L'estancia où l'attend le Baron se trouve dans les environs de Santa Maria. Quatre cavaliers les accompagnent, une petite escorte silencieuse et grave.

Le Baron de Caxias a quarante ans, des yeux gris et une belle voix. Il accueille Bento Gonçalves avec une poi gnée de main sur la véranda de la maison. Bento Gonçalves serre fort la main qui lui est tendue, avec un sourire discret, mais un regard fier.

Les deux hommes s'installent dans le bureau et parlementent. Bento Gonçalves propose l'idée d'une fédération, en affirmant que Rivera aussi est prêt à fédérer l'État Oriental à l'Empire, comme Mardaríaga avec l'État Correntino. Le Baron s'incline contre le dossier de sa chaise. Il caresse sa moustache et répond qu'une fédération est inenvisageable. Il n'est pas autorisé par l'Empereur à traiter de ce sujet. Si Bento Gonçalves est disposé à faire déposer les armes par les rebelles de la Province et faire en sorte qu'ils se soumettent à l'Empereur, Caxias peut garantir une amnistie générale. Bento Gonçalves évoque la dette interne et externe de la République. Il veut également que tous les soldats soient maintenus dans leurs grades.

Deux heures interminables s'écoulent en longues négociations qui n'aboutissent à rien. Joaquim devine la tension dissimulée sous les gestes contenus de son père.

En fin d'après-midi, le Baron met fin à l'entrevue en disant qu'il ne peut pas s'engager sur la dette des rebelles, mais qu'il en parlera ainsi que des autres questions évoquées à Sa Majesté l'Empereur. Pendant ce temps, l'armée rebelle a l'autorisation de traverser la frontière pour y attendre la décision de Sa Majesté.

Bento Gonçalves se retire en affirmant qu'il transmettra à Canabarro un résumé de cet entretien. Quand il monte sur son cheval noir, le soleil s'est caché derrière la *coxilha* et un vent froid qui annonce la nuit commence à souffler sur la pampa. Bento Gonçalves tousse pendant une bonne partie du retour, silencieux et morose, se réfugiant derrière sa maladie.

Les chefs révolutionnaires n'arrivèrent à aucun consensus. Ils voulaient tous la paix. La République n'avait plus ni ville ni armée. Mais le groupe, commandé par Vicente, Lucas et Canabarro, mit toutes sortes d'obstacles en travers de la négociation. En réalité ils ne voulaient pas que le général Bento Gonçalves récolte les lauriers de la réussite des accords de paix.

Caetano arrêta son cheval devant la maison de Tião da Silva. Il avait été chargé par son père de porter un message à Netto. Tião da Silva était un familier du général qui était le parrain de sa plus jeune fille. Un petit nègre menu le reçut en lui disant que le patron et le général Netto étaient à la *charqueada*.

— Mais vous pouvez attendre dans le salon. Le patron ne va pas tarder.

Caetano pénétra dans le salon baigné de lumière. De grandes fenêtres s'ouvraient sur la campagne. C'était une pièce claire, avec un piano et des livres, une pièce féminine. Des voix arrivaient du couloir. Caetano s'assit sur une chaise et attendit. La lettre de son père brûlait dans la poche de son dolman.

Les voix du couloir devinrent plus nettes. Une jeune fille grande et blonde entra dans le salon, accompagnée d'une négresse. Caetano se leva. C'était un garçon élégant, mince, à la peau dorée et aux yeux noirs comme ceux de son père. La jeune fille eut l'air surpris par la présence de ce jeune homme au milieu de son salon.

— *Buenos dias,* mademoiselle.

Elle avait les yeux bleus, remarqua-t-il. D'un bleu qui évoquait le printemps.

— *Buenos dias,* répondit la jeune fille.

— Je suis le fils du général Bento Gonçalves. Je dois rencontrer le général Antônio Netto. Et l'on m'a informé qu'il se trouvait ici, chez le *senhor* Tião da Silva.

— C'est exact. Le général est venu bavarder avec mon père, dit la jeune fille d'une voix veloutée. Je suis Clara, la fille du *senhor* Tião da Silva.

Une sensation de plénitude envahit Caetano. Son père l'avait envoyé ici pour remettre une lettre. C'était une lettre d'une importance extrême. C'était presque un adieu. La révolution agonisait. Son père agonisait. Alors pourquoi ce sentiment de bien-être, ce goût de fruit dans la bouche, cette joie soudaine et violente ?

Clara Soares da Silva lui sourit. Elle avait des dents parfaites, alignées impeccablement dans une bouche aux lèvres pleines et rosées. Elle invita Caetano à s'asseoir. Une des servantes allait lui apporter un maté. Caetano s'inclina. Le soleil entrait à flots à travers les fenêtres ouvertes. Les jeunes gens demeurèrent en silence. Ils étaient juste assis l'un en face de l'autre, respirant ce moment rempli d'émotions. Soudainement, plus rien ne compta en dehors de cette tendre proximité, de ces longs regards affamés et timides. Soudainement, ils savaient. C'était quelque chose qu'ils avaient compris, qui avait accéléré les battements de leur cœur, qui palpitait en eux.

À Son Excellence le Baron de Caxias

Campo, le 13 octobre, 1844

Cher monsieur le Baron,

Je vous écris pour vous retourner le sauf-conduit qui m'a été remis afin que je puisse participer à la conférence qui devrait nous réunir, car malgré tous mes efforts, et ceux de mes amis pour mener à bien une conciliation qui mettrait fin aux maux qui accablent notre beau pays, je ne pourrai me plier aux termes dans lesquels cet accord est rédigé, car il ne répond pas pleinement à mes souhaits.

Je souhaite ardemment la fin de cette guerre civile, mais je ne peux pas dévier des principes qui sont les miens et dont je vous ai fait part oralement ; principes qui n'étaient pas totalement acceptés par mes compagnons, ce qui aurait neutralisé tous mes efforts, mais dont je suis assuré qu'ils sont aujourd'hui enfin reconnus. Si au nom de mes amis, j'ose affirmer que, dans le cas où vous seriez dans la même disposition à notre égard que celle que vous avez manifestée lors de notre entrevue, et que vous soyez d'accord pour nous concéder les quelques points de négociation destinés à sauvegarder la dignité du Rio Grande do Sul, la paix pourrait être signée très vite, malgré des réactions de mauvaise volonté exprimées par quelques exaltés. J'espère qu'il vous sera possible de me renvoyer par le porteur une réponse définitive, afin que je puisse prendre les dernières dispositions. Si, comme je l'espère, votre réponse est positive, nous vous enverrons dès les prochains jours la personne habilitée à régler les bases de la conciliation. Croyez, monsieur le Baron, qu'il n'y a pas un instant à perdre, vu l'attitude agressive du tyran Rosas dont le Continente ne manquera pas d'être la proie si ses fils persistent à s'entredéchirer, détruisant ainsi le peu de latitude qu'il nous reste pour affronter le despote qui ne cesse, à la tête d'une armée aguerrie, de nous menacer d'invasion. Ces considérations devraient, à mon avis, vous convaincre de l'extrême et urgente nécessité de prendre en compte mes propositions, ce qui rendrait un très grand service à notre pays en mettant fin aux maux causés par la prolongation de ce conflit, et plus encore en imposant le respect à l'ennemi féroce qui nous menace. Combat dans lequel je suis prêt, malgré l'âge et la fatigue, à mettre mes dernières forces au service de mes frères brésiliens, pour la conquête de la paix.

De votre ancien camarade, ami et serviteur.

Bento Gonçalves da Silva

Il mit un point final à sa lettre. Il se sentait exténué, comme si toutes ses forces s'étaient épuisées dans ce dernier et rigoureux effort. Maintenant tout était terminé.

Joaquim était à côté de lui, le visage sombre, le regard triste.

— Et maintenant, père ?

— Maintenant, il faut recommencer à vivre, Joaquim. Rassembler les morceaux.

Joaquim eut envie de poser sa main sur celle de son père. Cette main calleuse, tavelée, vieillie. Mais il ne le fit pas.

— J'ai envoyé prévenir mère. Congo est parti il y a peu.

— Et Terêncio ? Est-ce qu'il sait que j'arrive demain ?

— Leão a envoyé un messager. Tout le monde vous attendra, père. Tout le monde sera à l'Estancia do Cristal.

Bento Gonçalves se leva et marcha jusqu'à l'entrée de la tente. Le soleil de printemps inondait le campement. Un pauvre campement avec seulement quelques tentes et une maigre cavalerie.

— *Mala suerte*. Tout se termine si tristement. Mais il n'y avait pas d'autres solutions, Joaquim. Je ne peux plus faire confiance à personne. En vous seulement, et Netto ainsi que Teixeira. Il n'était plus possible de continuer dans ces conditions.

Joaquim se rapprocha de son père.

— Vous devez oublier, père.

— Presque dix ans, mon fils. On ne peut pas oublier. – Il revint à sa table. Cacheta sa lettre. – Envoyez-moi une estafette remettre ça au Baron.

Cahiers de Manuela

Pelotas, 30 août 1890

Dans la nuit du 14 novembre 1844, Moringue et ses hommes attaquèrent le campement de Canabarro où les soldats dormaient encore. Ce fut l'épouvante et un sauve-qui-peut éperdu, les hommes s'enfuyaient à pied ou à cheval, en uniforme ou nus. Le Corps des Lanciers Noirs, sous les ordres du brave colonel Teixeira Nunes, ne céda pas à la panique générale. Au contraire, ils menèrent leur dernière et glorieuse bataille, comme illuminés par un dieu de la liberté. Ils combattirent dans l'obscurité, leurs lances dansant sous la lueur de la lune qui teignait d'argent la pampa. Ils combattirent en héros pour une liberté qu'ils avaient à peine effleurée... La plupart d'entre eux moururent dans cette ultime bataille, cette nuit-là. Ils moururent, baignés par le clair de lune.

Teixeira Nunes trépassa quelques jours plus tard, il avait été transpercé par une lance impériale au cours de cette bataille surprise contre les troupes ennemies.

La bataille de Porongos fut la dernière grande tragédie de cette guerre. Je ne me souviens plus si j'ai pleuré en apprenant la nouvelle. Mon âme était devenue indifférente, tant elle avait accumulé de tristesse. Mais je me souviens que Zefina, la femme de chambre de dona Ana, s'assit par terre dans la cour, se griffa le visage et pleura une journée entière. Son jeune frère de dix-neuf ans était dans les troupes du colonel Teixeira, il se battait pour sa liberté et il mourut à Porongos. Il ne reçut pas même la pitié d'une poignée de terre sur sa tête.

Porongos fut le dernier soupir. Après cela, il ne restait plus qu'à signer un accord avec l'Empire, un traité qui accorderait au Rio Grande un minimum d'honneur. Nous baignions dans le sang.

À l'Estancia le climat était lugubre. Nous perdions la guerre d'une façon cruelle. Tant d'années. Les filles de Caetana étaient arrivées toutes petiotes, Maria Angélica était à présent une jeune fille, elle avait l'âge que j'avais au début de la révolution. Caetana, qui avait reçu la lettre que João Congo lui avait apportée début octobre, s'était préparée pour le départ avec ses enfants. Bento Gonçalves l'attendait au Cristal. Perpétua était déjà partie. Ma mère et moi resterions encore quelques mois, ma mère redoutait le voyage jusqu'à Pelotas, car la paix, malgré tout, n'était pas encore signée et les chemins du Continente étaient parcourus par des déserteurs affamés et déguenillés.

La maison de ma tante se vidait petit à petit, s'emplissant d'ombres et de silences. Marquée pour toujours par ces terribles années, la grande maison se renfermait sur sa solitude nouvelle. Fini les longues heures d'attente, les bals avec les républicains, la peur pendant les nuits d'hiver. Fini mes après-midi en compagnie de Giuseppe, le mariage de Perpétua, les bains dans l'étang, le piano de tante Ana... Les bons et les mauvais moments, tout cela était fini. Les voix, les odeurs, les souvenirs, tout se perdrait dans les limbes du temps qui passait. Nous avions vécu l'Histoire et en avions goûté l'amertume de la fin.

Manuela

1845

Caetana noua le ruban de son chapeau sous son cou. Elle se contempla une dernière fois dans le miroir en cristal. Elle s'y était mirée chaque jour pendant ces neuf dernières années. La surface polie lui renvoya l'image d'une beauté vieillie.

Elle détourna la tête. Jeta un regard circulaire dans la chambre. Le soleil chaud de janvier entrait à flots par la fenêtre ouverte. Le grand lit trônait au milieu de la pièce avec son dessus-de-lit jaune et ses oreillers de plumes. Combien de nuits avait-elle dormi dans ses draps ? Combien de larmes avait-elle versées après la lecture des lettres de Bento, après les rares nouvelles reçues quand il était en prison à Salvador, et après ses dernières lettres quand la guerre commençait à se perdre et qu'il était tombé malade, qu'il s'épuisait et devenait de plus en plus amer, combien de larmes ?

Elle prit sa petite mallette sur le lit. Zefina avait déjà emporté les autres malles jusqu'au chariot dans lequel Congo entreposait les affaires de la famille. On frappa légèrement à la porte.

— Entrez.

C'était Marco Antônio. Il avait grandi, c'était un homme à présent. Dix-neuf ans. Il lui ressemblait. Elle pensa au jour où il s'était enfui avec Leão et à la fièvre qui l'avait cloué au lit pendant longtemps. La guerre ne faisait que commencer, alors. Elle soupira. Son fils attendait à la porte, ses yeux verts fixés sur sa mère.

— Allons-y, Marco Antônio, dit-elle en jetant un dernier regard sur la chambre. *Adiós*...

Elle sortit rapidement, au bras du garçon. Dans le salon, dona Ana, Maria Manuela, dona Antônia et Manuela l'attendaient. Elles souriaient, debout les unes à côté des autres. Dona Ana avait les larmes aux yeux. Elle fut la première à prendre sa belle-sœur dans ses bras.

— Prenez soin de vous, Caetana, recommanda-t-elle en l'embrassant. Dites à Bento que je viendrai bientôt le voir et faites un bon voyage.

Maria Manuela prononça à peine quelques mots. Quand la guerre serait vraiment finie, elle retournerait à Pelotas avec Manuela et enverrait chercher Rosário dans son couvent.

— Que Dieu vous garde, Caetana. Je prierai pour vous.

— *Gracias,* Maria.

Dona Antônia lui tendit une enveloppe bleue pour Bento, ainsi qu'une feuille pliée en quatre.

— C'est un dessin, Caetana. Fait par Matias pour vous.

Maria Manuela sursauta en entendant le nom de son petit-fils.

Manuela serra et embrassa sa tante très fort.

— *Adiós,* Manuela.

— Adieu, ma tante. Quand nous reverrons-nous ?

Caetana la regarda de ses grands yeux verts baignés de lumière.

— Nous avons le temps, Manuela. La vie recommence à partir d'aujourd'hui.

Elle sortit sur la véranda. Marco Antônio et ses deux filles l'attendaient. João Congo et Zefina étaient debout à côté des deux voitures ; un négrillon était chargé de conduire le chariot chargé des bagages.

Caetana aspira l'air qui embaumait le jasmin. Il était à peine plus de 8 heures du matin. L'air était encore frais et le ciel était bleu.

Elle monta dans la calèche, aidée par Congo. Elle arrangea son chapeau de paille. En haut de la véranda, ses parentes regardaient la scène, l'air grave. Elle sentit que quelque chose changeait autour d'elle. Une horloge arrêtée depuis longtemps commençait lentement à se remettre en route. La vie reprenait, comme elle l'avait dit à Manuela

Elle fit un signe de la main à ses belles-sœurs. Sa main dansa dans l'espace comme un oiseau libéré de sa cage. Ana Joaquina, neuf ans, vêtue d'une robe rose pâle et ses cheveux coiffés en deux longues tresses, lui sourit.

— Nous allons à la maison, mère ?

— Oui, Ana Joaquina.

Ana Joaquina ne se souvenait pas de l'Estancia do Cristal, où elle était née.

— Papa sera là ?

— *Sí, hija*. Papa sera là. Il nous attend.

— Et il va rester combien de temps avec nous cette fois, *madre* ?

Caetana caressa la menotte de sa fille.

— Pour toujours, *hija*. Cette fois, il va rester avec nous pour toujours.

João Congo fouetta les chevaux. La calèche s'ébranla.

Rosário se réveille trempée de sueur. Elle entend sa voix dans le silence moite de la chambre.

— Esteban ?

Elle se redresse. Sa chemise de nuit collée à son corps gêne ses mouvements. Elle cherche une bougie, l'allume. La petite flamme orange tremblote. On ne voit pas grand-chose.

Mais elle le voit. Il est debout à côté de la porte, vêtu de son uniforme de gala. Il est beau, ses cheveux coupés. Il lui sourit. Il porte son épée au côté et n'a plus de pansement autour de la tête. Sur sa peau claire, il n'y a plus aucun signe de la blessure qui l'a tant gêné. Elle a cicatrisé.

Rosário comprend que cela veut dire quelque chose. La blessure est guérie. Et il est là, en plein milieu de la nuit chaude de l'été.

— *El tiempo es mi lugar. El tiempo es tu lugar Rosário* Le temps est ma place. Le temps est ta place, Rosário.

Sa voix sent un peu l'œillet, une voix basse et éthérée.

Esteban ouvre la porte. Le silence du couloir pénétre dans la chambre. Alors, elle comprend. Elle comprend tout ce qui l'a toujours inquiétée et consumée. Esteban lui tend la main, et cette main est chaude et douce, un toucher de velours. Maintenant la vie a tout son sens, il y a un monde au-delà de ces murs de pierre. Elle-même n'est rien, sa peau, son sang, ses cheveux blonds, ses pieds fins et blancs qui avançent sur les dalles du sol. Tout cela est peu. Eux, ensemble, sont beaucoup plus que le monde entier. Rien n'a eu de sens jusqu'à présent. Pas même la guerre. Rien sauf le silence. Le silence quand elle l'a rencontré pour la première fois, quand ce monde s'est entrouvert pour eux. Mais tout a été si peu, si peu... Maintenant ce sera pour toujours. Maintenant tout a un sens.

La main dans la main, ils longent le couloir, descendent l'escalier, traversent la vaste cuisine et sortent dans le jardin du couvent. Les pieds de Rosário s'enfoncent dans l'herbe et dans la terre meuble dans laquelle les novices doivent planter des rosiers le lendemain matin. Ils marchent jusqu'au mur. Esteban la fixe. Ses yeux verts luisent. Le ciel est plein d'étoiles. Une brise tiède et parfumée souffle doucement.

Rosário sait ce qui doit être fait. Doucement elle déboutonne un à un les boutons de sa chemise de nuit. Le tissu glisse sur sa peau et s'étale à ses pieds. Elle enlève ses vêtements de dessous. Elle est nue et la brise la fait frissonner de plaisir. Esteban sourit. Il dépose un baiser sur son front, un baiser tiède.

Esteban sort l'épée de son fourreau. C'est une épée lourde à la poignée d'argent. Il la tend à Rosário.

Rosário brûle. Elle se sent fiévreuse, parcourue d'une belle excitation, comme si elle a bu du vin, beaucoup de verres de vin. Elle lève les yeux au ciel et aperçoit la Croix du Sud comme un joyau sur le fond de velours noir du ciel nocturne. Elle aspire l'air de la nuit pour la dernière fois. Plante fermement ses pieds sur le sol. L'épée est lourde. Elle la soulève des deux mains, à la hauteur de sa poitrine. Tout près d'elle Esteban lui sourit. Dans peu, dans très peu de temps, ils seront unis pour toujours.

— Rosário...

Sa voix est comme une invite.

Le métal pénètre sa chair sans difficulté. Elle ne sait pas qu'elle a tant de forces. Sous la douleur, ses yeux s'ouvrent en grand. Elle aperçoit une dernière fois la Croix du Sud scintiller au-dessus de sa tête. Les cinq étoiles explosent comme un feu d'artifice. Rosário s'effondre sur la terre humide.

La mère supérieure arriva à l'estancia en fin d'après-midi. Cette visite imprévue ne présageait rien de bon. Milú alla chercher Maria Manuela qui se reposait dans sa chambre. Elle arriva décoiffée et pieds nus, sortie d'un cauchemar.

— *Madre !*

La religieuse était pâle et tremblante. Elle tenait un chapelet entre ses mains osseuses, aux longs doigts.

— Quelque chose de tragique est arrivé, Maria Manuela. – Des larmes coulaient de ses yeux châtains. – Quelque chose d'horrible, de diabolique...

Dona Ana entra dans le salon à ce moment. Milú l'avait prévenue de l'arrivée de la religieuse. Dona Ana comprit qu'un événement grave s'était produit. Elle trouva les deux femmes debout l'une en face de l'autre. La religieuse triturait son rosaire de perles blanches en pleurant et ne réussissait pas à prononcer un mot.

— Allons, ma sœur, asseyez-vous, proposa dona Ana en poussant doucement la religieuse vers un fauteuil. Vous aussi, Maria.

Maria Manuela ne parvenait pas à trouver les forces pour formuler la question essentielle. Elle tremblait de la tête aux pieds. Dona Ana prit la parole :

— Quelque chose est arrivé à Rosário ?

— Oui, fit la religieuse en se signant. Rosário est morte. Elle s'est tuée. Hier dans la nuit... Une des religieuses l'a trouvée ce matin très tôt. Elle était allongée par terre dans le jardin, nue... Une épée plantée dans la poitrine. Une vieille épée. Je ne comprends pas d'où cette épée a pu venir... Vous imaginez bien que nous n'avons pas d'armes dans notre couvent.

Maria Manuela plongea son visage dans ses mains, étouffant ses sanglots. La voix de la mère supérieure devenait de plus en plus lointaine et inaudible. Dona Ana s'appuya au mur pour ne pas tomber. Elle avait toujours eu peur pour Rosário, un pressentiment. Mais ça ?

— Mais, ma Mère, comme cela a-t-il pu se passer ? Vous êtes certaine que Rosário s'est tuée ? Quelqu'un n'est pas entré dans le couvent ? Un déserteur, peut-être ? Les chemins sont infestés de soldats perdus, vous le savez...

La religieuse secoua la tête...

— Non, dona Ana.. Je vous le garantis. Le couvent est toujours fermé à double tour. Personne n'y entre ou n'en sort autrement que par la porte principale. Les murs sont très hauts, plus de quatre mètres de hauteur... En plus aucune novice n'a entendu le moindre bruit. Rosário n'a pas crié. Et l'épée... C'est une épée ancienne, on n'en fait plus de semblables de nos jours. J'ai envoyé chercher le père Vado qui s'y connaît en armes. Il dit que cette épée ne vient pas d'ici, elle est sans doute uruguayenne. Et très ancienne, comme je vous l'ai dit...

Maria Manuela écarta les mains. Ses yeux étaient rouges.

— Je suis venue aussi vite que j'ai pu. Rosário est dans sa cellule. Vous devez aller la chercher... Nous ne pouvons pas l'enterrer chez nous, vous savez, les suicidés...

Maria Manuela se mit à hurler. Dona Ana se précipita pour la soutenir. La mère supérieure avait les yeux exorbités par la terreur. Manuela accourut, suivie de Milú.

— Manuela, emmenez votre mère dans sa chambre, j'arrive, ordonna dona Ana.

Manuela obéit sans poser de questions.

Dona Ana se tourna vers la religieuse.

— Ma Mère, vous ne pouvez pas faire ça. Il faut un enterrement chrétien à cette petite. Souvenez-vous, ma Mère, Rosário est la nièce du général Bento Gonçalves.

— Dieu ne fait pas de distinction, dona Ana. Mais j'ai parlé au père Vado. Tout s'est passé très discrètement, dona Ana. J'ai dit que la petite avait été victime d'une syncope. Le silence est important dans ces occasions... Nous avons recouvert sa blessure avec sa chemise de nuit. Le père Vado va l'enterrer, mais pas dans l'enceinte du couvent, pas dans l'enceinte du couvent.

— Où alors ?

— Près d'ici, à Camaquã. Dans un petit cimetière.

Dona Ana soupira.

— C'est bien. Je vais envoyer Zé Pedra préparer le cabriolet. Maria Manuela et moi allons chercher le corps de Rosário.

Dona Ana disparut dans le couloir. La mère supérieure marcha jusqu'à la fenêtre. La fin d'après-midi était divine.

On était le 25 février 1845 et le soleil brillait dans le ciel bleu. Les chefs révolutionnaires se retrouvèrent en haut de la *coxilha* écrasée de chaleur.

Le petit campement était silencieux, chargé d'une étrange solennité. Le président de la République, José Gomes de Vasconcelos Jardim, malade, n'avait pas pu se rendre à la réunion. Lucas de Oliveira, son ministre, le représentait. Le général Bento Gonçalves da Silva lui non plus ne comparut pas, il envoya une lettre dans laquelle il alléguait de sa maladie et où il exprimait son vote. Son opinion serait celle qu'adopteraient ses « *frères d'armes, dans la mesure où leur décision respecterait les voies de la justice et de l'intégrité, et même dans le cas où ces vœux ne seraient pas observés, je ne m'y opposerai pas, je dispose d'autres moyens pour préserver mon honneur et ma conscience. La paix doit se faire absolument* », concluait-il.

Il y avait plus de soixante-dix officiers. Les articles de la proposition de paix, douze au total, furent lus. On procéda au vote. Silencieusement, les officiers favorables à la paix levèrent la main vers le ciel. Des mains calleuses, propres, tristes. Le traité de paix fut approuvé à l'unanimité.

Le général Canabarro demanda que l'on rédige un compte-rendu de la réunion. Le ciel bleu de l'été se couvrait d'une fine couche de nuages, il n'y avait pas de vent. Un profond silence régnait sur la pampa désolée.

Maria Manuela regardait par la fenêtre du cabriolet. Ses yeux ressortaient dans son visage amaigri, ses cheveux noirs étaient ramassés en un chignon sobre.

Il y avait beaucoup d'animation dans les rues. Pelotas, comme l'ensemble du Rio Grande, se réjouissait du retour de la paix. Maria Manuela avait entendu dire que le Baron de Caxias avait été ovationné à son arrivée dans la capitale, où des festivités avaient été organisées en son honneur.

Manuela était assise à côté de sa mère, silencieuse et droite. Elle observait la ville d'un air indifférent. Maria Manuela posa sa main sur la sienne et lui sourit. Un sourire un peu mélancolique qui se voulait encourageant. Il y avait de fines rides autour de ses lèvres. Elles revenaient à la maison. Elle savait qu'Antônio les y attendait. Antônio, son enfant préféré. Oui, elle pouvait à présent assumer cette préférence, elle avait assez souffert. Depuis toujours, elle avait aimé Antônio plus que ses filles. C'est pour lui que son cœur vibrait. Après la mort d'Anselmo, elle s'était mise à adorer Antônio sans mesure. De ses trois filles, il ne lui en restait qu'une. Rosário était morte, une mort terrible, honteuse, indécente même. Mariana était restée à l'estancia avec Antônia, son fils et le *vaqueano*. Elles ne s'étaient plus jamais parlé. Elle ne pensait pas qu'elles se reverraient jamais. Il lui arrivait de songer au petit garçon. Qui sait, peut-être un jour...

— Nous arrivons, Manuela. Regardez, voilà la maison.

Manuela regarda la maison blanche qui faisait le coin de la rue, surplombée par une loggia. Jadis elle aimait s'y asseoir toute seule, là-haut, pour lire tranquillement ses romans. À présent les murs étaient lépreux, l'un des volets pendait tristement, prêt à se détacher. La maison de son enfance exhibait, elle aussi, les ravages auxquels la révolution l'avait soumise.

La calèche s'arrêta devant la maison. La lourde porte d'entrée s'ouvrit, Antônio sortit sur le trottoir en souriant. Il portait une barbe, était habillé en civil et avait maigri. À la vue de sa mère et de sa plus jeune sœur, ses yeux se remplirent de larmes.

Maria Manuela n'attendit pas que le cocher lui ouvre la portière. Elle se précipita hors de la calèche et se jeta dans les bras de son fils. La chaleur de ce jeune corps masculin l'apaisa comme un baume magique. Elle ferma les yeux et rendit grâce à Dieu de le lui avoir gardé en vie.

João Gutierrez sella le poney. Il avait acquis de la dextérité avec son unique main.

Le poney à la robe alezane avait le poil doux. Sa crinière blonde était épaisse et longue. Il sentait la chaleur de l'animal, la texture du poil. C'était un poney très doux. Matias regardait la scène avec ravissement. Ses yeux se remplissaient de l'image du poney que son père lui avait amené.

João Gutierrez s'accroupit à côté de son fils.

— Quand vous serez plus grand, nous monterons ensemble, *hijo*. Nous galoperons dans toute cette pampa.

Mariana prit l'enfant dans ses bras et l'installa sur la selle. Matias, heureux, riait à gorge déployée. Le monde était différent vu du haut de sa monture.

— Ce petit sera *vaqueano*, dit Mariana.

— Comme son père.

— Oui, João. Comme son père.

Ils se sourirent.

Matias chercha des yeux la maison, au loin, et distingua la silhouette de sa grand-mère Antônia assise sur son fauteuil à bascule. Il savait qu'elle était fière de le voir sur son poney. Il lui fit signe de la main. Il vit la main blanche et maigre se lever pour répondre à son salut.

Sur la véranda, dona Antônia souriait, les yeux pleins de larmes. Le soleil de mars glissait doucement dans le ciel bleu. Au fond, à l'horizon, un fin rideau de nuages gris annonçait de la pluie pour le lendemain.

En 1846, à Bagé, naquit le premier fils de Caetano et de Clara Soares da Silva. L'enfant reçut le nom de son grand-père le Général.

Joaquim ne se maria qu'en 1857, après avoir attendu en vain Manuela.

Bento Gonçalves da Silva mourut deux ans après la fin de la guerre, victime d'une pleurésie, en juillet 1847, à l'Estancia do Cristal où il s'était retiré depuis son retour.

Manuela de Paula Ferreira mourut vieille fille à Pelotas, en 1904 à l'âge de quatre-vingt-quatre ans. Elle resta connue dans la région comme la « fiancée de Garibaldi ».

Cette histoire n'aurait pas existé
sans la distance...
Merci, Tabajara Ruas,
pour le trésor que vous m'avez fait découvrir.

PAPIER À BASE DE FIBRES CERTIFIÉES

JC Lattès s'engage pour l'environnement en réduisant l'empreinte carbone de ses livres. Celle de cet exemplaire est de :
1,300 kg éq. CO_2
Rendez-vous sur www.jclattes-durable.fr

CET OUVRAGE A ÉTÉ COMPOSÉ PAR NORD COMPO
POUR LE COMPTE DES ÉDITIONS J.-C. LATTÈS
ET ACHEVÉ D'IMPRIMER EN FRANCE
PAR CPI BUSSIÈRE
À SAINT-AMAND-MONTROND (CHER)
EN MAI 2013

N° d'édition : 01. — N° d'impression : 2003031.
Dépôt légal : juin 2013.